México secreto

Francisco Martín Moreno

México secreto

ALFAGUARA

Penguin
Random House
Grupo Editorial

México secreto

Primera edición: agosto, 2022

D. R. © 2002, Francisco Martín Moreno

D. R. © 2022, derechos de edición mundiales en lengua castellana:
Penguin Random House Grupo Editorial, S. A. de C. V.
Blvd. Miguel de Cervantes Saavedra núm. 301, 1er piso,
colonia Granada, alcaldía Miguel Hidalgo, C. P. 11520,
Ciudad de México

penguinlibros.com

ISBN: 978-607-381-694-6

Impreso en México – *Printed in Mexico*

A Beatriz, siempre a Beatriz, solo a Beatriz
y a Isabella, Huesitos, por tu magia para colorear
y ensanchar mis espacios y mis horizontes
con una simple sonrisa.
¡Ah!, y también a Beatriz…

Prólogo

Poco se ha dicho en torno al papel que desempeñó México como detonador de la Primera Guerra Mundial. La información, rica y genuina, ha quedado en poder de especialistas y curiosos de la materia histórica. El descubrimiento del «Telegrama Zimmermann», enviado por el emperador Guillermo II a Venustiano Carranza en enero de 1917, dejó al descubierto una compleja intriga internacional que produjo, entre otros efectos, el estallido de la Primera Guerra Mundial en abril del mismo año. No debe perderse de vista que Europa entera se convirtió en astillas un mes después del asesinato del archiduque Francisco Fernando y de su esposa Sofía, en junio de 1914, pero es hasta que Arthur Zimmermann, en su carácter de ministro de Asuntos Exteriores del Imperio alemán, envía el citado telegrama al presidente mexicano cuando la conflagración europea adquiere, de golpe, dimensiones planetarias.

México secreto comienza en la oficina presidencial del Castillo de Chapultepec, precisamente el día en que Cándido Aguilar, secretario de Relaciones Exteriores y yerno del presidente Carranza, le informa de la invitación hecha por el káiser alemán de formar una triple alianza Japón-Alemania-México para declararle conjuntamente la guerra a Estados Unidos. Como desde luego las hostilidades coronarían las frentes de los emperadores de Japón y Alemania, así como la del presidente Venustiano Carranza, Alemania se comprometía a devolverle a México los territorios de Texas, Arizona y Nuevo México que le habían sido arrebatados durante una de las catastróficas gestiones de Antonio López de Santa Anna en 1847-1848. A los japoneses se les entregaría como botín de guerra nada menos que California y el Canal de Panamá.

Ni duda cabe de las tendencias germanófilas de don Venustiano, que pueden ser probadas de diferentes maneras y con diversas herramientas que proporciona la historia. El presidente mexicano desde luego llegó a pensar que Alemania, con su poder submarino y su armada educada en el estricto rigor militar prusiano, podía ganar la guerra para después entendérselas con los Estados Unidos y hacerse así del mundo entero. En la soledad del despacho presidencial imaginó una y otra vez la suerte que correría el orbe si Alemania llegaba a ganar la guerra. Sus reflexiones, sin embargo, no le permitían ignorar el destino de México en caso de que Francia, Inglaterra y Estados Unidos fueran los vencedores: la frontera norteamericana bien podría recorrerse hasta el río Suchiate.

Mientras Carranza basculaba las posibilidades de éxito y analizaba la respuesta que daría al representante diplomático del káiser, en Inglaterra, en el interior del llamado Cuarto 40, un selecto grupo de criptólogos ingleses descifraba y traducía el texto recientemente enviado por Alemania a través de tres diferentes conductos trasatlánticos a Estados Unidos y posteriormente a México. ¡Qué lejos estaban el emperador alemán y su canciller, su alto mando y el ministro de Asuntos Exteriores de siquiera suponer que el telegrama ultrasecreto, encriptado y doblemente codificado iba a ser traducido por los enemigos acérrimos de Alemania!

Cuando Inglaterra decide poner en manos del presidente Woodrow Wilson el texto íntegro del «Telegrama Zimmermann», cuidando que no pareciera una nueva conjura británica más para obligar a Estados Unidos a entrar en la guerra y, asimismo, evitando que Alemania supusiera que la Gran Bretaña ya podía descifrar sus mensajes aéreos, el jefe de la Casa Blanca, presa de una furia tan repentina como justificada, ordenó que el telegrama fuera publicado en todos los periódicos de la Unión Americana y, por ende, del mundo entero.

El escándalo fue mayúsculo. Los estados norteamericanos fronterizos, de hecho, declararon una guerra racial en contra de los mexicanos, alegando que jamás permitirían volver a ser gobernados por una «cáfila de cavernícolas, retrógradas, huarachudos, calzonudos y empenachados que no harían sino regresar a Texas, Arizona y Nuevo México a un periodo primitivo de pastoreo y nomadismo del que nadie quería volver a acordarse». La agresión adquiere proporciones dramáticas cuando un grupo nutrido de texanos rocía con gasolina a mexicanos con el propósito de «despiojarlos» antes de privarlos de la vida.

Después de tres días de sospechoso silencio de las autoridades alemanas, el propio ministro Zimmermann confesó la autenticidad del telegrama, manifestando ante un representante de la prensa norteamericana que, efectivamente, él lo había enviado y que el plan era cierto.

Si algo le había costado trabajo al presidente Wilson había sido evitar inmiscuir a su país en la guerra europea; tan es así que su campaña por la reelección la había fundado en el eslogan: *He kept us out of war*. El descubrimiento del «Telegrama Zimmermann» puso a los Estados Unidos de pie, como un solo hombre, en contra de Alemania. Las divergencias de opinión concluyeron con un único movimiento de batuta: Congreso, prensa y electorado coincidieron en la necesidad de declarar la guerra al país germano en términos irrevocables e inaplazables. En un discurso de abril de 1917, en el que declara la guerra al Imperio alemán, Wilson menciona el «Telegrama Zimmermann», aduciendo la imposibilidad de mantener la neutralidad, dado que era insostenible que Alemania invitara al propio vecino de Estados Unidos a iniciar un conflicto armado en su contra.

Debe resaltarse que el «Telegrama Zimmermann» fue el último intento del káiser Guillermo II de provocar una guerra México-Estados Unidos. El alto mando alemán, de alguna manera temeroso de que Estados Unidos pudiera entrar al rescate de Francia e Inglaterra, confiaba en que, de estallar un conflicto armado entre Estados Unidos y México, aquellos tendrían que enviar por lo menos un millón de hombres para aplastar a sus vecinos del sur, soldados que lógicamente no podrían llegar al frente occidental en Europa. De esta suerte, localizó al expresidente mexicano, Victoriano Huerta, en Barcelona, España, para convencerlo de las posibilidades de encabezar un movimiento militar orientado a derrocar a Venustiano Carranza, de tal manera que el conocido Chacal, una vez ungido nuevamente como presidente de la República, le declarara la guerra a su vecino del norte. La conjura alemana fue descubierta oportunamente tanto por los espías contratados por Carranza para seguir cada uno de los pasos de Huerta en Barcelona como por la inteligencia inglesa y la norteamericana. Aproximadamente seis meses después de que Huerta fuera aprehendido por la policía norteamericana falleció en 1916 en Texas, con lo cual tanto Félix Díaz como un nutrido grupo de exhuertistas, exvillistas y exporfiristas vieron cómo se desplomaban todas sus esperanzas. Guillermo II había perdido más de un millón de marcos en oro, además de un tiempo precioso.

Ansiosa de lograr el enfrentamiento militar entre los dos países vecinos, Alemania recurrió a Pancho Villa, un general resentido con los norteamericanos porque estos habían reconocido diplomáticamente al gobierno de Carranza y además le habían permitido a Álvaro Obregón entrar por Arizona para sorprender por la espalda a sus ya menguadas huestes en la batalla de Agua Prieta, en donde se le asestó un golpe definitivo en la nuca al movimiento villista. El káiser, especialmente hábil en el aprovechamiento de los vacíos de poder, supo utilizar el coraje de Villa para animarlo a atacar a un grupo desarmado de casi 20 mineros estadounidenses en Santa Isabel, México. Los fusiló a uno por uno tan pronto descendían del tren que los transportaba. En Washington estalló un movimiento político y militar decidido a vengar esta infamia. Wilson no cayó en esta nueva trampa, alegando que era un problema de competencia estrictamente mexicana, dado que los hechos no se habían producido en territorio norteamericano. El siguiente golpe del káiser, entonces, tenía que darse precisamente en los dominios del Tío Sam, para lo cual Villa, con el apoyo alemán, incursionó en Estados Unidos para asesinar a un grupo de civiles y militares norteamericanos en Columbus. ¿Se produjo la ansiada declaración de guerra? No. El presidente Wilson solo autorizó una expedición punitiva encabezada por Pershing para atrapar a Villa en suelo mexicano y llevarlo ante la justicia norteamericana. Si bien es cierto que la expedición se llevó a cabo, Villa jamás fue localizado. El káiser golpeaba sus botas de charol negro con un fuete confeccionado con verga de buey bávaro.

Mientras tanto, el alto mando alemán invertía cuantiosas cantidades de marcos para financiar el traslado de Vladimir Illich Ulianov, Lenin, de tal forma que pudiera abandonar su exilio en Suiza, regresara a su país e hiciera estallar la revolución rusa. Esta finalmente sacudió al otrora Imperio zarista en octubre de 1917. Los planes del alto mando alemán se producían con rigor matemático: la rendición inmediata de Rusia se hizo realidad. La frontera de Alemania se extendió de hecho casi hasta Moscú, siendo que, en la realidad, bien podría haber llegado hasta los linderos de Rusia con el océano Pacífico.

Con la rendición del Imperio ruso, el alto mando alemán movió a sus tropas hasta el frente occidental con el ánimo de precipitar el derrumbe de la resistencia inglesa y francesa, sin que se hubiera logrado todavía la declaración de guerra tan ansiada entre los dos vecinos americanos. La inteligencia inglesa advirtió a Estados Unidos que en cualquier conflicto militar o diplomático con México invariablemente debería buscar la mano oculta del servicio de espionaje alemán. La Casa Blanca no cayó en ninguna de las trampas tendidas desde la Wilhelmstrasse en Berlín ni permitió que le atara las manos para una intervención masiva en México.

La guerra submarina indiscriminada declarada por Alemania a cualquier barco de cualquier bandera que se dirigiera en cualquier momento a territorio inglés fue otra de las razones que ocasionaron el ingreso de Estados Unidos en la conflagración europea.

Otra vertiente de la trama de esta novela la protagonizan María Bernstorff Sánchez y Félix Sommerfeld. La primera, una chiapaneca de singular belleza a sus deslumbrantes 25 años, hija de alemán afincado en el sureste mexicano, se desempeñaba como agente alemán en Estados Unidos; el segundo había sido en la realidad jefe de la policía secreta de Madero en los Estados Unidos y posteriormente agente alemán al servicio de Villa, de Carranza y al mismo tiempo de las compañías petroleras norteamericanas y, por supuesto, del káiser.

En *México secreto* no solo queda revelada la red de espionaje tejida por las potencias alrededor de nuestro país, en donde agentes de todas las nacionalidades estaban decididos a inclinar la balanza de la guerra, de las intervenciones o de las revoluciones al lado del imperio o al país al que servían, sino que se cuentan con rigor científico las razones por las cuales Venustiano Carranza no se levanta en armas inmediatamente en contra de Victoriano Huerta, el usurpador y asesino de Madero y Pino Suárez, ya que negociaba con el tirano la cartera de Gobernación. Por otro lado, se insiste en la decisión del propio don Venustiano de no promulgar una nueva Constitución como la de 1917, sino simplemente adecuar ciertas reformas a la vigente desde 1857. La corriente constitucionalista abanderada por Carranza deja mucho que desear.

En *México secreto* se encuentran las acciones que tomó Inglaterra para hacerse de los códigos secretos alemanes y descifrar sus mensajes aéreos, traduciéndolos en ocasiones más rápido que sus receptores directos y secretos.

El cambio de escenarios de Washington a México y de Berlín y Londres y Japón hace de *México secreto* una novela obligatoria para quienes quieren conocer los esfuerzos alemanes por ganar la Primera Guerra Mundial, en cuyo estallido México jugó un papel preponderante. La lucha de inteligencias internacionales atrapa al lector desde la primera línea.

Dentro de este contexto histórico he situado una narración de política e intriga internacional, de política e intriga erótica, poblada por los personajes más sobresalientes y menos conocidos de una época apasionante. Espero que el lector comparta conmigo la emoción que sentí al escribir esta novela.

FRANCISCO MARTÍN MORENO

Personajes principales

VENUSTIANO CARRANZA, jefe del Estado mexicano a partir del derrocamiento de Victoriano Huerta hasta su asesinato en mayo de 1920. Fue el presidente de la República durante la Primera Guerra Mundial.

CÁNDIDO AGUILAR, yerno y secretario de Relaciones Exteriores de Carranza.

ERNESTINA GARZA HERNÁNDEZ, amante de don Venustiano, la mujer ante la cual sentía verdadera debilidad.

FEDERICO GUILLERMO VÍCTOR ALBERTO VON HOHENZOLLERN, más tarde Guillermo II, fue emperador de Alemania de 1888 a 1918 y, sin duda, uno de los más destacados protagonistas durante la así llamada Gran Guerra.

ARTHUR ZIMMERMANN, ministro de Relaciones Exteriores del Imperio alemán, uno de los creadores del famoso telegrama que lleva su nombre, y cuyo envío e intercepción produjo la detonación del primer gran conflicto armado del siglo XX.

WILLIAM MONTGOMERY y NIGEL DE GREY, distinguidos criptógrafos de la inteligencia británica que lograron traducir el texto del telegrama enviado por Zimmermann.

DOROTEO ARANGO (PANCHO VILLA), general de la División del Norte, uno de los autores intelectuales de las masacres de Santa Isabel y Columbus.

VICTORIANO HUERTA, presidente de la República y posteriormente agente alemán contratado para lograr el derrocamiento de Carranza y declarar, acto seguido, la guerra a Estados Unidos.

JAMES B. LANSING, secretario de Estado estadounidense.

WILLIAM REGINALD HALL, director de Inteligencia Naval de Gran Bretaña, interceptó y descifró, junto con un destacado equipo de criptógrafos, el telegrama enviado por Zimmermann desde Berlín, en el que este invitaba a México y a Japón a trabar una alianza militar en contra de Estados Unidos.

THOMAS WOODROW WILSON, presidente de los Estados Unidos de 1913 a 1920.

JOHANN HEINRICH ANDREAS HERMANN ALBRECHT, conde Von Bernstorff, embajador del Imperio alemán ante Washington hasta 1917.

NICOLÁS II, zar de Rusia hasta 1917.

WINSTON CHURCHILL, primer lord del almirantazgo hasta mediados de la guerra.

JORGE V, rey de Inglaterra.

FÉLIX SOMMERFELD, agente alemán radicado en México, destacado espía imperial que logró trabajar bajo las órdenes de Madero, Carranza y del propio Villa.

MICHAEL BALFOUR, secretario de Estado británico.

WALTER PAGE, embajador de Estados Unidos ante la Gran Bretaña.

HEINRICH VON ECKARDT, embajador del Imperio alemán en México durante los años de la guerra.

Y no podía faltar: MARÍA BERNSTORFF SÁNCHEZ, un amor ficticio y frustrado del autor... ¡Ay! María, María, María...

Primera parte

El eje Chapultepec-Berlín-Tokio

1. Carranza

En el hermetismo de la oficina presidencial del Castillo de Chapultepec, lejos de todas las miradas, apartado de todos los curiosos e inaccesible a los ojos escrutadores de las figuras de su gabinete, aun de sus familiares y de sus colaboradores más dignos de confianza, Venustiano Carranza apoyó la cabeza desmayada, como si fuera víctima de un repentino vahído, sobre el enorme respaldo de la silla tapizada con terciopelo verde, a cuyo lado derecho se encontraba, bordada con hilo de oro, un águila devorando una serpiente.

Sintiéndose dueño de toda su intimidad, los picaportes cerrados y solo las ventanas abiertas desde las que se podía contemplar la majestuosidad del Valle de México, tal vez sin percatarse dejó caer los brazos abandonados a ambos lados de la silla, deteniendo escasamente con la mano izquierda las breves gafas que, hacía unos instantes, se había retirado del rostro. Inmóvil, encerrado en su mutismo, agotado en apariencia, el presidente únicamente escuchaba el ritmo de su respiración. Su frente arrugada y sus párpados crispados delataban la magnitud de sus preocupaciones.

«¿Será posible —se cuestionó, sepultado en un críptico silencio— que ahora mismo, en febrero de 1917, aprovechando la guerra europea podamos recuperar nuestra Tejas, sí, así, con jota, como se debe escribir, además de Arizona, Nuevo México y tal vez hasta la mismísima California…? ¿Esos territorios no se los habían robado para siempre los malditos gringos desde 1848? ¿No…?» Hizo entonces una larga pausa. Arreglaba sus ideas. Medía fuerzas. «¿Y si esos estados volvieran a ser nuestros gracias a mí…?»

Acostumbrado a ocultar sus emociones tras su abundante barba blanca, el presidente reflexionaba como siempre, lenta y metódicamente: «¿Y si se trataba de una celada más, otra emboscada diseñada por el káiser alemán desde la Wilhelmstrasse para volver a utilizar a México como señuelo de cara a Estados Unidos…? ¿Wilson y Guillermo II me verán como a un imbécil con quien pueden jugar a su antojo para someterme a sus caprichos…? Ya deberían conocerme…»

Su mente escéptica producía una auténtica catarata de ideas. Al pensar en una nueva zancadilla se le petrificó el rostro. Semejante duda era del todo válida. ¿Acaso no cabía la posibilidad de que alguien le hubiera tendido otra trampa? Alemania, según él, contaba con la capacidad para ganar la guerra. La alianza propuesta por el emperador teutón bien podía ser auténtica. ¿Por qué mejor no evaluar esa alternativa…? Bien sabía el presidente de la República que Inglaterra, Francia y Rusia, la *Entente Cordiale* en pleno, estaban al borde del colapso. Dichas potencias podían derrumbarse en cualquier momento ante el poder de la armada y de la flota submarina del káiser… ¡Cuánto peligro! ¡Qué juego tan temerario…!

Carranza, invariablemente sobrio y protocolario, tal y como correspondía a la imagen pública del máximo líder de la revolución, disfrutaba como nunca su soledad tratando de ordenar sus pensamientos después de una de las entrevistas más álgidas de su existencia. De ser verídica y exitosa la propuesta que le habían revelado hacía tan solo unos minutos, él, Venustiano Carranza, le arrebataría a Cuauhtémoc, el recio emperador azteca, el lugar indiscutible con que la historia lo había distinguido. Superaría con creces a Hidalgo, el Padre de la Patria, a Morelos, el Siervo de la Nación y lúcido promotor de la Constitución de Apatzingán, y al propio Juárez, el mismísimo Benemérito de las Américas, el político duro y genial, el autor ignorado de la verdadera independencia de México. Tal vez nunca se llegaría a saldar la cuenta que México entero había contraído con ese formidable indio zapoteca. ¿Y Porfirio Díaz…? Su obra faraónica solo sería reconocida, por otros conceptos, después de varias centurias…

«¿Cuándo aceptaremos —pensaba don Venustiano— que México siempre ha reclamado, reclama y reclamará la presencia de un gobernante fuerte, como lo fue don Porfirio o lo he sido yo, para que el país no vuelva a perderse irreparablemente en el caos…?»

De prosperar la alianza secreta sugerida por el propio Guillermo II y si don Venustiano llegara a recuperar esos inmensos territorios y ricas planicies, el exjefe del Ejército Constitucionalista sería distinguido, sin duda, con el lugar más luminoso en la gloria eterna de México… ¿Quién podría discutírselo…? Si el maestro José María Velasco no hubiera muerto cinco años antes, durante el breve gobierno de Madero, por supuesto que el presidente le hubiera encargado un inmenso óleo, con el Popocatépetl y el Iztaccíhuatl al fondo, pintados desde el cerro de Ocotlán, Tlaxcala. Carranza aparecería en un primer plano, regiamente sentado sobre un trono de nubes, rodeado de ángeles y querubines, en el momento mismo de iniciar su lento ascenso hacia un cielo inmortalizado por Tiépolo, mientras un arcángel de luz estaría coronando sus sienes con unas breves ramas de laurel de oro en su vaporoso peregrinaje hacia la eternidad.

El presidente, encerrado en sus reflexiones, gozando el silencio y el aroma de las azaleas cuando florecen en el invierno, no dejaba de analizar, presa de una ansiedad creciente, las oportunidades históricas que la guerra europea pudiera poner en sus manos… No ignoraba que las crisis son oportunidades para lucrar y también, claro está, para perderlo todo…

«¿Se tratará de una trampa o de una nueva conjura internacional?», se cuestionaba una y otra vez el jefe del Estado mexicano ante la estremecedora realidad contenida en el mensaje proveniente de Alemania, revelado por Heinrich von Eckardt, el embajador del Imperio, a Cándido Aguilar, secretario de Relaciones Exteriores y, además, yerno de Carranza.

Ambos funcionarios habían ponderado, esa misma mañana, la audaz propuesta proveniente del Imperio teutón durante una interminable visita del diplomático alemán a la cancillería mexicana. En la tarde el propio Cándido había enviado un telegrama a Querétaro, donde el presidente continuaba celebrando la promulgación de la Constitución de 1917. Por ese medio le solicitó al jefe de la nación una entrevista personalísima para informarle, con verdadera urgencia, de la iniciativa suscrita por Zimmermann, el ministro de Asuntos Extranjeros del Reich. Resultaba inaplazable bascular los riesgos y alcances de una novedosa alianza Chapultepec-Berlín.

Un par de días después, en la tarde, sentados a los lados del imponente escritorio de caoba perfectamente barnizado —otrora utilizado por don Benito Juárez García—, Carranza y Aguilar habían discutido, por momentos airada y en otras ocasiones serenamente, las implicaciones del texto revelado por Von Eckardt, a quien nunca, en su nerviosismo, se le había visto quitarse tantas veces el monóculo para volvérselo a colocar torpemente después de humedecerlo con vaho y limpiarlo con su conocido pañuelo de seda gris.

Carranza, una vez a solas, vestido como siempre con el chaquetín de gabardina sin insignias militares y con botones dorados de general del ejército, dudando de la autenticidad del mensaje del káiser alemán, detuvo de pronto la mirada en uno de los brillantes del candil que iluminaba un gigantesco cuadro atribuido a Leandro Izaguirre, quien consagrara como nadie en la tela el triunfo mexicano de la batalla de Puebla, precisamente el día en el que las «armas nacionales se habían cubierto de gloria». Ahí, inmóvil y acosado por el escepticismo, repasó en silencio la lista de sus enemigos que podrían haberle tendido otra zancadilla más en un México lleno de espías y de agentes camuflados de origen británico, alemán y norteamericano: ¿y si el telegrama que dice haber recibido Von Eckardt lo hubieran enviado el barbaján de Villa y sus secuaces?, ¡claro que sí, secuaces…!, ¿cuáles dorados?, si no son sino una cáfila de asesinos robavacas que jamás han comido caliente en su vida… Asesinar a inocentes en Santa Isabel o en Columbus como corresponde a un cobarde, eso sí, solo que una propuesta como la alemana no estaba, desde luego, a la altura de la inteligencia de esos salvajes…

«Por ahí definitivamente no —se dijo, acomodándose en el asiento—. Esta vez Villa parecía ser inocente… ¿Y Zapata…? Ese otro truhán no tenía la imaginación necesaria. Además, ya muy pronto le echaría el guante…

»¿No podrían estar entonces los ingleses detrás de todo esto? Ellos, tarde o temprano, intentarían una venganza por haberles expropiado sus ferrocarriles y sus bancos. En la Foreign Office hilaban muy fino… ¡Que si lo sabía él…! No se arrepentía de haber pasado una y otra vez a cuchillo a esos perfumaditos… ¿Cómo se atrevieron a apoyar a Huerta…? Se merecían eso y mucho más… Hoy mismo volvería a nacionalizar hasta el último clavo de los durmientes, así como todas sus malditas cajas registradoras…»

Carranza buscaba la respuesta puntual, precisa, y, sin embargo, no daba con ella. Deseaba sentirla en las vísceras, experimentar, tal vez, un vacío en el estómago, percibir en la temperatura de la sangre y en los poros de la piel la verdadera identidad de los autores del temerario plan. «No, no —negaba mecánicamente con la cabeza insistiendo en su búsqueda silenciosa—, los ingleses tampoco parecen estar ocultos en esta trama. ¿Y Wilson…?, ¿qué tal Wilson? —se cuestionó de inmediato como si de pronto se animara—: ¿y si fuera un nuevo ardid fraguado por el presidente de Estados Unidos y su caterva de asesores especializados en materia de sedición? Esos miserables deben estar pensando que mi política de neutralidad en la guerra europea es el paso previo para suscribir una alianza México-Alemania, sobre todo después de que Pershing nos volvió a invadir… Desconfían de mí… Temen una represalia… ¿Cómo pudo un monje presbiteriano llegar a la Casa Blanca…?»

El México posrevolucionario estaba congestionado de espías disfrazados de periodistas, o de secretarios de Estado, o de importadores extranjeros de todo tipo de productos o bien de operadores de compañías telegráficas. Imposible saber con quién se estaba hablando, cuál era la verdadera identidad de los interlocutores. Igual se daban agentes secretos vestidos de madres de la caridad que banqueros camuflados de sacerdotes o petroleros de legisladores o curas de revolucionarios dispuestos a defender con las armas sus bienes y privilegios, en lugar de dedicarse a la lectura del evangelio… Trampas, paredes que oyen y hablan, traidores agazapados en las esquinas, supuestos turistas extraviados en la Secretaría de Guerra, espías internacionales apostados en la puerta de honor de Palacio Nacional como vendedores de globos, conjuras urdidas por los grupos más insospechados… ¿Cómo desentrañar la verdad oculta en cada movimiento de sus adversarios?

Carranza masticaba sus ideas tratando de no descuidar a ninguno de sus enemigos, entre los que podrían encontrarse los huertistas resentidos o los miembros del Partido Republicano de Estados Unidos opuestos también al pastor demócrata y capaces de todo con tal de desprestigiarlo, además de los petroleros ingleses y norteamericanos afectados por su política fiscal o hasta el clero mutilado, entre otros tantos más...

No podía, sin embargo, dejar de ponderar la autenticidad del telegrama originado en la propia Secretaría de Asuntos Extranjeros del káiser Guillermo II de Alemania, en cuyo caso, de ser genuino, debería apresurarse a descifrar los verdaderos propósitos del alto mando alemán, tomando todas las precauciones políticas, diplomáticas y militares sin perder de vista el desarrollo de la guerra europea a casi tres años de su estallido...

«Si fueran ganando las potencias centrales no me necesitarían... o tal vez me necesitan junto con Japón para amarrar su triunfo sobre los aliados...»

Para todo efecto, don Venustiano percibía el sello de la Wilhelmstrasse... ¿El propio embajador Von Eckardt no había pasado dos días antes, toda una mañana, manifestándole a Cándido Aguilar el sinnúmero de ventajas de la alianza México-Alemania-Japón? El telegrama, según Von Eckardt, ¿no había sido firmado por el propio Zimmermann, el ministro de Asuntos Extranjeros del Imperio alemán? ¿Por qué titubear todavía ante la evidencia? ¡Qué audacia la teutona...! ¿Qué interés podía tener el káiser para apuntar otra vez políticamente hacia México? ¿Qué ganaría el emperador si nosotros recuperáramos los territorios que nos arrebataron en la guerra del 47? ¿Qué...? Cuidado con el káiser alemán: dos años atrás recurrió a cuanta maniobra pudo concebir con tal de volver a instalar a Victoriano Huerta en la presidencia de la República para que el Chacal le declarara la guerra a Estados Unidos... Lo conozco, lo conozco de sobra...

Ahora el emperador de Alemania volvía a la carga con una invitación sospechosa. Carranza estaba obligado a analizarla con una lupa de gran poder... Las palabras con las que el embajador Von Eckardt se había dirigido dos días antes a Cándido Aguilar rebotaban una y otra vez en la cabeza del presidente. Este ya podía repetir, palabras más, palabras menos, el mensaje enviado por Zimmermann:

Alemania iniciará el primero de febrero una guerra submarina indiscriminada... Debemos esforzarnos para que Estados Unidos se mantenga neutral. Si Wilson llegara a declararle la guerra al Imperio alemán, le proponemos a México una alianza en contra de Estados Unidos, además de un generoso apoyo financiero y nuestro compromiso para que al final de la guerra México reconquiste los territorios perdidos de Texas, Nuevo México y Arizona... Carranza debe invitar a Japón a unirse a la alianza y al mismo tiempo mediar entre Japón y nosotros. El uso despiadado de los submarinos alemanes obligará a Inglaterra a firmar la paz en unos meses.

—¿Y lo firmaba Zimmermann, Cándido? ¿Zimmermann, Zimmermann, Zimmermann...?

—Desde luego, señor presidente. Eso mismo me lo confirmó Von Eckardt.

—¿El propio ministro de Asuntos Exteriores de Alemania? —volvió a preguntar Carranza para confirmar el origen del telegrama. Imposible digerir en una primera instancia una noticia de semejante envergadura. Las dudas lo agitaban como quien se ve sepultado bajo una intensa lluvia de granizo.

—De sobra sabe usted que los alemanes no bromean y menos, señor, con una maniobra de esta naturaleza... Si ya es audaz proponerla, resultaría suicida jugar en medio de la guerra con un planteamiento falso. Además, señor presidente —agregó Aguilar convencido de la autenticidad del mensaje—, el embajador del Imperio jamás se prestaría a algo que no fuera estrictamente ortodoxo. Usted y yo lo conocemos...

Carranza se peinaba la barba de atrás para adelante recordando detalles aislados de una de las audiencias más estremecedoras de su existencia. Apoyaba en ocasiones el mentón sobre la mano derecha mientras medía los peligros, trataba de desenmascarar a los involucrados, evaluaba las consecuencias y palpaba los terrenos para tomar la decisión más conveniente.

«¿Qué pretenderán quienes están detrás de todo esto?», se interrogaba el presidente de la República[1] apretando firmemente las mandíbulas en aquel febrero de 1917. «¿No es suficiente la devastación y la masacre que sufrimos? ¿Nunca acabaremos de pacificar a este país? —se preguntó mientras golpeaba con el puño la cubierta de su escritorio—. La revolución hizo retroceder por lo menos 50 años los relojes de la historia mexicana. ¡Mira nada más cómo quedamos! —se dijo, poniéndose pesadamente de pie y dirigiéndose con las manos cruzadas en la espalda a uno de los ventanales del castillo—: acabamos hechos trizas. La industria paralizada, destruida o quebrada, al igual que el gobierno y la mayoría de las empresas del país; la carestía, incontrolable; el peso mexicano, a la deriva; el crédito doméstico o foráneo, inaccesible o inexistente; el desempleo, galopante; la producción nacional y las exportaciones mexicanas, por los suelos; el campo desangrándose y abandonado; las familias, enlutadas; la moral social, despedazada, y agotada la confianza entre nosotros mismos para ya ni hablar de nuestra imagen exterior… Pobre México… ¿No basta? ¿Nada es suficiente…? ¡Carajo!», agregó en su soledad echando mano de términos que él se daba el lujo de pronunciar en voz baja y absolutamente a solas.

A lo largo de su breve estancia en el gobierno, las arcas nacionales estaban igual de vacías que como las había encontrado el emperador Iturbide el primer día de gobierno después de la consumación de la Independencia. El tesoro público de hecho nunca había existido. Todo parecía indicar que la quiebra económica y educativa acompañaría a México como una sombra maligna a lo largo de su historia. ¿Cuál capacidad para generar ahorro? ¿Cuál eficiencia pública y privada? ¿Cuál ética? Éramos una nación de improvisados y todavía nos quejábamos de las consecuencias. «¿Cómo manejar un país sin convicciones comunitarias? ¿Cómo suscribir un pacto social que quien lo llegara a firmar desde luego no lo cumpliría? La ley de los mexicanos no va más allá de un sálvese el que pueda», se dijo Carranza con la impotencia de quien ve reducido el resultado de su esfuerzo al tiempo que tarda en desaparecer una raya en el agua… ¿En quién creen los mexicanos? ¿A quién finalmente respetan? ¿A quién temen? ¿A la muerte? ¡Bah…! Seguimos las leyes sangrientas de nuestra raza: jamás hemos respetado ni mostrado consideración alguna por la vida humana. Yo pude ver cómo miles de colgados de los postes de telégrafos hacían una línea inmensa en el horizonte… A otro perro con ese hueso… Yo conozco a mi gente… En las noches, cada mexicano se ve reflejado en el espejo negro de Tezcatlipoca…

El escepticismo y la fatiga de la ciudadanía eran patéticos; la inversión extranjera regresaba precavida como las aves merodean cautelosas sus nidos después de haber sido espantadas con detonaciones de escopeta. De ahí que cualquier decisión debía ser bien sopesada antes de ejecutarla, porque quienes habían resultado perdedores en la revolución, los afectados por sus decisiones económicas o legales y los interesados en utilizar a México como carnada, estaban, como siempre, a la espera de capitalizar cualquier error para provocar su derrocamiento.

En cada azotea había un francotirador. En cada esquina, un verdugo con el dogal en la mano. Siendo ya presidente debería esperar con serenidad, tino y perspicacia el momento para ser votado en términos de la Constitución apenas promulgada días atrás. Faltaba ya tan solo un par de meses para la celebración de los sufragios presidenciales de 1917. Serían eternos para el Varón de Cuatro Ciénegas… No le era suficiente, desde luego, haber resultado vencedor indiscutible en la contienda armada: don Venustiano deseaba ser ratificado por su pueblo como jefe del Estado mexicano y presidir el Poder Ejecutivo de acuerdo con la voluntad popular y en términos de la ley. Ya veríamos después… Finalmente había llegado la hora del imperio de la norma. Sin embargo, el peligro era inminente. Las zancadillas políticas, cotidianas. Caminaba sobre una superficie de hielo frágil y quebradizo. Un paso en falso y se hundiría irremediablemente, y con él, todo el país. A diario se ejecutaban atentados encubiertos, diseñados sagazmente por quienes no podían ser señalados por propios o extraños. ¿Cuántos poderosos capitanes de industria extranjeros con derechos de picaporte en sus respectivos palacios de gobierno, además de políticos, militares y religiosos, ya estaban tramando sabotajes, represalias o conjuras para impedir la aplicación de la Constitución de 1917? ¿Cuántos industriales insaciables estarían dispuestos a invertir una buena parte de su fortuna en la derogación de la Carta Magna de todos los mexicanos recurriendo a cuanto instrumento lícito o ilícito tuvieran a su alcance? ¿Cuántos…? Los enemigos domésticos o foráneos estaban emboscados en los lugares más insospechados con el rifle al hombro dispuestos a ejecutar un tiro de alta precisión…

Don Venustiano regresó a su escritorio mientras se colocaba las gafas. No podía salir de su asombro. De pie, recargando las piernas contra el mueble, se cruzó de brazos. Su mirada dio entonces paradójicamente con un busto vaciado en bronce con el rostro impasible del Benemérito de las Américas. ¡Qué alcance tan dramático tienen las decisiones de un jefe de Estado! ¡Qué inmenso compromiso implica el hecho de tener que tomarlas en la soledad sin compartir con alguien las razones, las justificaciones y los motivos…! Sí, sí, solo que ante la realidad del «Telegrama Zimmermann» no había tiempo que perder: deseaba extraer una luz, una señal, una advertencia, una conclusión, medir todos los riesgos, adelantarse a los acontecimientos arrancándoles las máscaras a los protagonistas. Hermoso juego de inteligencias, este de la política…

El presidente Carranza se confesó a sí mismo: «Si México pudiera trabar una alianza con Japón y Alemania para declarar la guerra conjunta a Estados Unidos y, una vez derrotados, recuperáramos Tejas, nuestra amadísima Tejas, y además, pudiéramos volver a hacernos de las magníficas planicies de Arizona y Nuevo México y quién sabe si no hasta de parte de la propia California, hasta el más humilde de todos los pueblos mexicanos del presente y del futuro llevaría mi nombre en la avenida principal, sin que pudiera encontrarse ciudad alguna de importancia que no exhibiera orgullosa, en la plaza mayor, una estatua ecuestre con la pata izquierda de mi caballo levantada en señal de victoria, mientras yo, a mi vez, exhibiría orgulloso mi Constitución en la mano izquierda. ¿Qué libro de historia patria, qué enciclopedia nacional o extranjera no contendría mi retrato como el máximo líder mexicano de todos los tiempos…?»

Carranza se retiró a caminar de un lado al otro de la histórica habitación. ¡Qué trabajo le había costado llegar a ocupar su posición política actual! Primero había tenido que sacar a punta de bayonetazos a Victoriano Huerta y, más tarde, en lugar de la paz, las ambiciones desatadas del Centauro del Norte provocaron el estallido de otra revolución sangrienta y devastadora. «¿Centauro, dije…? ¡Qué centauro ni qué centauro, solo es un vulgar cuatrero! —se apresuró a responderse a sí mismo—. Villa siempre se negó a reconocer mi autoridad política: maldito traidor… ¿No era yo el jefe del Ejército Constitucionalista? ¿No me debía respeto y sumisión el hijo de la gran puta…? Además, ¿qué clase de forajido no será este malviviente que estuvo de acuerdo con la última invasión yanqui en Veracruz…? ¡Mil veces bastardo!»

Las imágenes y los recuerdos se le agolpaban en la garganta y en la mente aquella, una de las últimas tardes de invierno y, sin embargo, el telegrama enviado por Zimmermann volvía a ocupar compulsivamente toda su atención: «Si llegara yo a recuperar nuestros antiguos territorios —continuaba Carranza jugueteando con su imaginación—, ahora sí los explotaríamos espléndidamente, poblándolos de inmediato con una adecuada política migratoria y protegiéndolos militarmente para no repetir los mismos errores cometidos por los virreyes españoles, así como por los gobernantes del México independiente. Prohibiríamos el uso y enseñanza del idioma inglés. El español sería obligatorio. Seríamos el principal productor de vegetales y hortalizas del orbe, además de una potencia industrial, para ya ni hablar de las posibilidades de exportación de carne o de ganado bovino al mundo entero», reflexionaba como poderoso exhacendado coahuilense.

«Nuestra riqueza sería inmensa, sin imaginar lo que se podría encontrar en el subsuelo de Arizona o Tejas», pensaba con coraje y nostalgia al recordar el descubrimiento de las riquísimas minas de oro en California en 1852, las de la época de El Dorado, de donde se habían extraído miles de toneladas de oro a tan solo cuatro años de perpetuado el despojo de la mitad de nuestro país. «¿Por qué Dios no nos permitió descubrir el oro californiano cuando menos 10 años antes de 1847? ¿Por qué…? ¿Por qué…? ¿Por qué…?»

La mente de Carranza se había convertido en una voluminosa y espléndida catarata: sí, sí, señor, al ser el granero del planeta, exportar materias primas, tener una poderosa industria, explotar la riqueza de nuestras minas y de nuestros yacimientos petrolíferos, tendríamos un fisco fuerte para fabricar nuestros propios armamentos, los mismos que necesitaríamos para enfrentar a los gringos a la hora de la revancha militar. ¿Gases mortales como los que ya hoy lanza el káiser en las trincheras de los aliados?

Sí, claro que gases venenosos como el mostaza, el cloro, el fosgeno y lo que sea con tal de defender lo que nunca deberíamos haber perdido... Yo gasearía hasta el último yanqui que se opusiera a la reconquista de una Tejas otra vez mexicana... Con los submarinos alemanes hundiríamos todos los acorazados norteamericanos en el Golfo de México... Además, ¿qué harían los ingleses sin nuestro petróleo? ¿Qué...?

En Carranza estallaba al unísono un sinnúmero de sentimientos largamente retenidos. Volvió entonces a la ventana como si buscara instintivamente oxígeno. Pocas veces había sido víctima de tanta ansiedad. Desde ahí pudo comprobar que los jardineros del Castillo de Chapultepec habían cambiado los geranios por azaleas y las habían colocado en enormes macetones poblanos a los lados del Patio de Honor, donde a diario los cadetes del Colegio Militar rendían los debidos honores a la bandera. ¡Qué colorido tan exuberante el de las flores mexicanas! ¡Qué tierra tan fértil y generosa y, sin embargo, a pesar de ser un país tan rico, continuaba sepultado en la pobreza...!

El jefe de la nación no dejaba de evaluar sus recursos defensivos ni ignoraba el poder avasallador de los submarinos alemanes que ya habían echado a pique, en el Mar del Norte, cientos de miles de toneladas de barcos propiedad de los aliados. Por supuesto que también aceptaríamos las armas y la tecnología teutonas. Ahí está, a nuestro servicio, la soberbia academia militar prusiana que continuará capacitando al ejército mexicano para ayudarnos a retener en nuestro poder los antiguos estados norteños. ¡Jamás volverán a ser yanquis...! ¡Eso jamás! ¡Lo juro por la virgen de Guadalupe! Sabremos retenerlos, ahora sí, al precio que sea...

Sin retirarse de aquel imponente ventanal y entusiasmado por la búsqueda de grandes efemérides que lo convencieran de la capacidad ofensiva de Alemania, para él un país de aguerridos triunfadores, Carranza recordó la victoria visigoda en Adrianópolis. ¿Esta no había supuesto el inicio de la caída del Imperio romano? Tenían que haber sido precisamente los godos, los ancestros de los alemanes de nuestros días, los que concluyeran con la hegemonía de Roma. ¿Y qué tal el Sacro Imperio Romano Germánico...? ¿Por qué razón otra vez «germánico»? Será por algo, ¿no...?, se dijo, sintiéndose cada vez más seguro de la fortaleza de quienes podían llegar a ser sus aliados. La cadena de éxitos militares teutones lo animaba a estudiar la idea de Zimmermann antes de rechazarla estúpidamente por prejuicios. El gabinete, el gobierno en general y la prensa estaban llenos de adivinos a quienes ni se debería escuchar...

Nadie supera a un mexicano en su infinita capacidad para adivinar el futuro. Envueltos en sus turbantes tricolores son espléndidos pitonisos para predecir la presencia de catástrofes, solo que por lo general se equivocan...

Por esa razón no deciden nada hasta que la parálisis y el estancamiento los hacen recurrir a la violencia, la única opción para confirmar sus pronósticos…

¿Riesgos…? La vida misma es riesgo… ¿A dónde hubiera ido Carlos V, nada de que Carlos I de España, claro que otra vez de Alemania, sin sus famosos banqueros Függer y Welser? ¿No era claro, clarísimo, con qué nombre había pasado a la historia? ¿Acaso la ejecución de su gigantesco proyecto imperial hubiera sido posible sin el apoyo financiero otra vez alemán, siempre alemán, evidentemente alemán? ¿No ganó también la misma Alemania la Guerra de los Siete Años convirtiéndose en la reina de Europa ya de siglos atrás?

En la biblioteca de la casa de don Venustiano en Cuatro Ciénegas aparecían diversos ejemplares con las bibliografías de Julio César, Napoleón Bonaparte, Cromwell, Juárez y Porfirio Díaz, otras tantas redactadas por Plutarco, así como las memorias de Maximiliano, además de abundantes volúmenes relativos a la historia de Europa, a la que él había dedicado largas noches de estudio. Destacaban cuadros y efigies de Juárez, Hidalgo, Jefferson y nuevamente de Napoleón, así como una colección de los grandes clásicos encuadernada en piel roja. En aquellas veladas, encerrado con sus protagonistas favoritos y soñando con ellos, había aprendido, en especial de Proudhon, que quien hace la revolución a medias cava su propia tumba. Lo anterior era tan cierto que Madero mismo había terminado sus días con un tiro en la nuca… «Yo mismo se lo advertí a ese pobre idiota… Un verdadero enano en lo físico, en lo político y en lo mental…»

Carranza no podía ocultar la admiración que sentía por la historia militar y financiera de Alemania. ¿No había ganado esta última la guerra a Francia en 1870, derrotando a Napoleón III? ¿En 1871 no se coronó Guillermo I con toda la fastuosidad de las óperas wagnerianas nada menos que en el salón de los espejos del palacio de Versalles, dejando de ser simplemente el rey de Prusia para convertirse en el emperador de Alemania…?

¡Cómo olvidar un esplendor nunca visto en ese palacio en los últimos 50 años! Don Venustiano imaginaba la escena en un Versalles caído y humillado. Podía ver a los altos oficiales alemanes uniformados de gala, con condecoraciones, ostentando la altivez prusiana al desplazarse por los pasillos, con la mano izquierda enguantada de blanco colocada en el puño de la espada y los cascos emplumados de plata refulgente sostenidos con la derecha. La esencia de la aristocracia reinante de Alemania, además de lo más selecto del Reichstag, estaba reunida a un lado de París para testimoniar la proclamación del último imperio europeo. ¿Se podía humillar más gravemente al pueblo francés?

Ahora mismo, en febrero de 1917, en plena guerra europea, ¿Alemania no tenía abiertos simultáneamente dos frentes y peleaba contra la propia Francia, además de Inglaterra y Rusia, con la posibilidad nada remota de poder aplastar a los tres países juntos? ¿No era notable? Nicolás II, el zar ruso, Jorge V y Raymond Poincaré, ¿no están temblando ante la perspectiva de una derrota a manos de Alemania? ¿Los submarinos germanos no tienen loco al almirantazgo inglés aun cuando los británicos cuentan con la marina de guerra más poderosa del mundo? ¿Estados Unidos no teme también en el fondo a Alemania y a su penetración encubierta en México porque no les conviene tener a un enemigo de semejante fuerza y talento al sur de su frontera? ¿No…? Capitalicemos el miedo de los gringos. Lucremos políticamente con sus debilidades…

Carranza, un hombre terco, ampliamente conocido por su manifiesta incapacidad de aceptar nuevos conceptos, intolerante, dolido como todos los mexicanos por el episodio traumático de la guerra contra Estados Unidos, fantaseaba con la posibilidad de convencer a los japoneses respecto de las ventajas de una alianza con México y Alemania. «Tal vez el káiser les está ofreciendo California a los orientales para hacerles más atractiva la oferta… Tentador, ¿no?», se dijo el jefe de las instituciones nacionales proyectando una expresión traviesa en el rostro, mientras el día se apagaba entre parpadeos y las luces distantes de Tlalpan empezaban a aparecer a un lado de las faldas del Ajusco.

De golpe espejeó en el vidrio de la ventana la figura del Quince Uñas, la de Antonio López de Santa Anna, la de Su Alteza Serenísima, la imagen misma del traidor, del vendepatrias, del irresponsable que se había quedado dormido en San Jacinto y que los soldados yanquis habían llevado preso, esposado y sometido con grilletes hasta Washington, en su carácter de presidente de la República, para que Jackson, el jefe de la Casa Blanca, conociera de cerca a este espécimen mexicano. ¡Menuda humillación!

—¿Estos comen lo que nosotros? —preguntó el presidente de los Estados Unidos al contemplar al asesino de los soldados «texanos» que custodiaban El Álamo…

«Santa Anna, maldito cojo que vendiste a tu país por unos dólares: ¿te acuerdas cuando en tu lecho de muerte gritaste que 'el mundo no ignorará mi nombre…'?[2] ¿Te acuerdas…? Pues escúchame muy bien: si llego a tener éxito en mi alianza con el káiser, la patria ceñirá, desde luego, sus sienes con guirnaldas de oliva, pero yo y solo yo, descansaré en un sepulcro de honor, para mí serán los laureles de la victoria y todos los recuerdos de gloria… ¡Miserable Quince Uñas, mil veces miserable…!», repetía en su interior don Venustiano…

Carranza movía imperceptiblemente la cabeza de un lado al otro de aquel ventanal por el que había desfilado todo género de personajes de la historia de México desde finales del siglo XVIII. ¡Qué privilegio poder ocupar esa oficina, la más importante de México, la del Castillo de Chapultepec! ¿Cuándo, cualquiera de los habitantes descalzos de Cuatro Ciénegas, un pueblucho analfabeto y miserable sin siquiera una calle adoquinada, permanentemente cubierto de polvo, iba a soñar siquiera con alcanzar esas alturas? ¿Qué parte de la formación política del presidente de la República se debía al hecho de haber nacido el 29 de diciembre de 1859, a mitad del estallido de la guerra de Reforma, en el ojo mismo del huracán, a 11 años de distancia de haberse producido la invasión norteamericana y cinco antes de la llegada de Maximiliano y de la consolidación de la Intervención francesa en México? ¿Hasta qué punto los acontecimientos marcan el destino de los hombres con independencia de sus deseos personales?

Sin apartarse de la ventana y sin retirar la mirada de la puerta principal, imaginó el arribo del emperador Agustín de Iturbide, acompañado por su esposa Ana. Lo contempló llegando triunfalmente a las puertas del castillo después de su fastuosa coronación en la Catedral de la Ciudad de México. A ambos los vio sonreír cuando recibieron el primer saludo de honor del ordenanza imperial, mientras descendían del carruaje abierto jalado por seis briosos corceles blancos decorados con bridas y pretales negros, además de grandes plumeros de diversos colores colocados a los lados de las cabezas de las bestias. El vestido de encaje de la emperatriz, importado de Brujas, estaba cubierto de claveles rojos que el pueblo le había arrojado a su paso por la calle de Plateros, mientras la Güera Rodríguez, la amante de su marido, respiraba por las heridas al haber fracasado en sus esfuerzos por ascender a cualquier precio al primer trono del México ya independiente. El alto clero y los prelados integrantes del tribunal de la Santa Inquisición le habían negado la autorización para contraer nupcias con quien anteriormente fungiera como jefe del Ejército de las Tres Garantías.

—Jamás permitiremos el matrimonio de un emperador divorciado. ¿Lo has entendido? ¡Jamás! —fue la sentencia divina que escuchó la famosa güera cuando un poderoso coro de siniestros purpurados le notificó con una sonora voz de ultratumba la respuesta irrevocable a todas sus solicitudes inmorales: nos condenaríamos todos a la hoguera… Herejía, herejía, herejía… gritaban persignándose y exhibiendo al cielo la sagrada cruz, olvidando que varios obispos integrantes del mismo tribunal habían pasado veladas inolvidables, por supuesto después de elevar las oraciones de rigor, en el cálido lecho de María Ignacia, la Güera Rodríguez, antes de que esta cayera en desgracia y fuera candidata a la excomunión y a la lapidación…

Claro que con sus conocimientos de historia Carranza podía observar a Guadalupe Victoria apeándose de su caballo para conducirlo a beber agua de la fuente central labrada en cantera por artesanos de Querétaro. ¡Era tan sencillo el primer presidente de la República…! ¿Cómo habría logrado subsistir, oculto en una cueva, por más de seis meses? Después recordó al presidente Vicente Guerrero caminando de un lado al otro de la explanada principal, desde la que era posible contemplar el sur de la Ciudad de México. Lo percibía con los brazos cruzados en la espalda, lanzando maldiciones a diestra y siniestra por haber sido víctima del engaño de sus colaboradores, quienes, abusando de su incapacidad para leer y escribir, lo habían timado una vez más al hacerlo firmar un decreto diferente del acordado. ¡Cabrones, mil veces cabrones!, no dejaría de repetir… Hacerle esto a un analfabeto… Es como conducir de la mano a un ciego en dirección a un precipicio…

Don Venustiano apretó instintivamente las mandíbulas. «¿Y los Niños Héroes…? ¿Cómo no escuchar desde aquí los tiros asesinos de los soldados americanos al tomar cada cuarto del castillo a bayoneta calada para luego constatar que habían matado a tan solo unos muchachos, a unos niños cadetes que se habían defendido más que un batallón completo de valientes?»

Todos los rincones, los muros y las paredes estaban cargados de historia. Aquí mismo, en estas precisas habitaciones, Comonfort habría urdido los últimos detalles del golpe de Estado que finalmente propiciaría la sangrienta guerra de Reforma. ¡Grandísimo traidor…! ¡Cuánto daño…! Imaginaba la figura de Melchor Ocampo, la de Guillermo Prieto, la de Sebastián Lerdo de Tejada y la de Juan Álvarez. Escuchaba las álgidas discusiones entre los liberales. Ahí, en ese rincón, se habrían firmado las iniciativas de las Leyes de Reforma. Aquí, tan solo 50 años atrás, Juárez bien podría haber sido visto entre penumbras, sentado en su escritorio, escribiéndole una carta a Abraham Lincoln, a mediados de 1861, lamentándose por el estallido de la guerra de Secesión… ¡Cuántos momentos habría pasado el mismo indio de San Pablo Guelatao frente a esa ventana en los días siguientes a la restauración de la República, sobre todo cuando Porfirio Díaz se levantó en armas en contra de su reelección! ¡Cuánta soledad! ¡Cuánta incomprensión padecían siempre los jefes de Estado…!

El presidente volvió entonces a su escritorio. Estaba cansado, sin embargo, las ideas se atropellaban las unas a las otras. Sentado y fatigado, se apoyó en el respaldo de la silla aterciopelada. Echó la cabeza para atrás y, al empezar a recorrer con la vista el artesonado, lo asaltaron las imágenes de la Intervención francesa. ¿Y Maximiliano, no habría podido discutir con Carlota y Miramón, en esta misma estancia, las posibilidades de fuga cuando todavía podía hacerlo, a sabiendas de que sería ejecutado tan pronto dieran con él? ¡Un emperador no huye…! ¿No fue ahí donde Carlota y Maximiliano se despidieron antes de que ella viajara a Europa para tratar de convencer a Napoleón III de las fatales consecuencias de retirar las tropas francesas de México? Son unos asesinos: *Ils fusilleront à mon mari, son Excellence…**

De lo alto de Chapultepec se habría visto la última salida de Madero montando a caballo y celosamente custodiado por los cadetes del Histórico Colegio Militar rumbo a Palacio Nacional en los días negros de la Decena Trágica. El descubrimiento de la conjura precipitaría el asesinato del apóstol. Días antes Gustavo Madero había conducido a un Victoriano Huerta, ya desarmado, ante la presencia de su hermano Francisco, después de descubrir que el Chacal, el general medio hombre y medio bestia, era un consumado traidor, es un traidor, Pancho, «es un traidor, ¿no lo ves…?»

El presidente respondió devolviéndole la espada a su futuro verdugo y exigiéndole ilusamente que le garantizara con su palabra su adhesión a la elevada causa de la democracia a quien más tarde lo haría asesinar.

—General: tiene usted 24 horas para demostrar su lealtad a la República…

Madero, Madero, ¡ay, Madero…!

En esta misma estancia, concluyó Carranza, el capitán Cárdenas habría informado a Victoriano Huerta y a Aureliano Blanquet, antes de que ambos agotaran las reservas de Hennessy Extra Old del castillo, que Madero había recibido un tiro a quemarropa en la nuca y se había desplomado sin decir ni pío… ¿Oíste que el muy pendejo no dijo ni pío, mi general…?

¿Y el propio Huerta? ¿No habría pasado en abril de 1914 pavorosas noches de insomnio, aquí, en esta misma habitación, cuando el presidente Wilson dispuso la invasión naval en Tampico y en Veracruz con el ánimo de derrocarlo de una buena vez por todas y para siempre? Él también, como todos los jefes de Estado mexicanos, espurios o no, habría amanecido viendo al fondo, desde esa ventana, el esplendor del Popocatépetl y del Iztaccíhuatl.

---

* Ellos fusilarán a mi marido, Su Excelencia…

2. El káiser Guillermo II

El Palacio de Neuschwanstein, al sur de Bavaria, era un auténtico avispero a principios de 1917. En nada se parecía en aquellos tiempos a la paz y tranquilidad que se respiraba en sus jardines, terrazas, salones y habitaciones cuando, el 27 de enero de 1859, Federico Guillermo Víctor Alberto von Hohenzollern, más tarde Guillermo II, vio por primera vez la luz en una cuna de madera tallada por artesanos de Oberammergau, en la que crecería cubierto con sábanas de seda bordadas y rematadas con holanes de Brujas. ¡Cuánta alegría la de su abuelo, el rey de Prusia, y también la de sus padres Federico, Fritz, el príncipe heredero, y Victoria, Vicky, al saber que había nacido un varón que garantizaría nuevamente la sucesión...! Otra generación masculina de Hohenzollern...

A lo largo del siglo XIX la historia iba colocando pieza por pieza sobre el tablero del ajedrez internacional. Uno por uno los protagonistas irían apareciendo sobre la cuadrícula blanquinegra mundial para representar, en su debido momento, un papel vital en la suerte y en el destino de la humanidad: Francisco José, emperador de Austria y rey de Hungría, había nacido en 1830; el káiser Federico Guillermo II, en Berlín, y Venustiano Carranza, en Cuatro Ciénegas, Coahuila, México, ambos en 1859; Thomas Woodrow Wilson, en Staunton, Virginia, Estados Unidos, en 1856; Johann Heinrich Andreas Hermann Albrecht, conde de Bernstorff, en Londres, Inglaterra, en 1862; Nicolás II, cerca de San Petersburgo, Rusia, en 1868; Arthur Zimmermann, en Marggrabowa, Prusia del este, en 1864; William Reginald Hall, en Wiltshire, Inglaterra, y Vladimir Ilich Ulianov, Lenin, en Simbirsk, Rusia, ambos en 1870; Winston Churchill en Blenheim Palace en Oxfordshire, Inglaterra, en 1874, y Jorge V, en Malborough House, Londres, Inglaterra, el 3 de junio de 1865.

Escondidas entre alfiles, torres, reinas y caballos, la maldad, la vesania, la inquina y la ambición también jugaban la partida en silencio. Cada movimiento, cada jugada implicaría una amenaza, un desafío, un reto, una trampa, un grave peligro, cuya oportuna detección dependería de la imaginación y de la sagacidad de los contrincantes, en este caso de los beligerantes en la Primera Guerra Mundial.

Uno de los jugadores, a 29 años de haber sido ungido emperador de Alemania, vestido con unos pantalones de cuero negro y sombrero propios del Tirol, se sentó en cuclillas a la vera del camino para contemplar los enormes pastizales cubiertos por la nieve del invierno de 1917. Realizaba grandes esfuerzos por enfrentarse a él mismo, en tanto arrojaba pequeñas ramas secas a un lado y a otro, para que sus queridos sabuesos se las disputaran entre gruñidos, mordidas y ladridos antes de tener el privilegio de regresarlas a la mano de su amo: se trataba, sin duda, de Guillermo II. Al soberano más poderoso de Europa le gustaba, en ocasiones, aislarse a pensar, a evocar, a soñar y a imaginar otros escenarios distintos al de la guerra. Sin embargo, tarde o temprano caía de nueva cuenta en la masacre y en el terror. Su historia personal lo acosaba tan pronto se sentía solo:

«Cuando llegué a ser káiser de Alemania a los 28 años me irritaban profundamente las comparaciones de mis enemigos con Napoleón I: él asestó el golpe de Estado del 18 Brumario con apenas 30 años cumplidos.» «Él llegó a ser cónsul y posteriormente cónsul vitalicio gracias a su talento, a su propio esfuerzo, determinación y sensibilidad política.» «Él conocía a sus semejantes y a su medio, y por eso logró coronarse.» «Él, él, él es el hombre de la verdadera personalidad, a triste diferencia mía, que heredé un imperio de mi abuelo y de mi padre…

»Yo no di, según mis opositores, un golpe de Estado, sino un golpe de suerte, y todavía me despojan de mi Linaje Divino, alegando que de ninguna manera constituye una constancia de capacidad para gobernar. Soy emperador de Alemania simplemente por apellidarme Hohenzollern: un obsequio del cielo que me cayó a mí por casualidad, como le pudo haber caído a cualquier otro imbécil… ¿Cuál astucia, cuál habilidad, cuál sensibilidad política…? ¿Cuáles merecimientos…?»

A ratos caminaba o se detenía abruptamente. Clavaba la mirada en el cielo. Se cruzaba de manos en la espalda y posteriormente continuaba la marcha como si hubiera entendido repentinamente un pasaje de su existencia.

«Mis enemigos han tratado invariablemente de disminuirme a sus justos tamaños con tal de escapar temporalmente a sus miserias. Los mueve la envidia. Se saben enanos al compararse conmigo. Lo son. ¿Acaso Rodolfo, el hijo del emperador austriaco, no amaneció muerto una mañana por una sobredosis de alcohol después de haber sostenido que bajo mi gobierno 'Austria y Alemania se hundirían en un baño de sangre…'?[3] Se debe ser valiente o suicida para contemplar su triste realidad frente al espejo y todavía atreverse a vivir…»

Cuando a lo largo del invierno, al atardecer, el káiser hacía recorridos en sus cotos de caza, muchas veces lo acosaban recuerdos de su niñez, de su infancia, de su adolescencia y de los años siguientes a su entronización como emperador de Alemania. Las confrontaciones con sus voces internas, después de rehuirlas una y otra vez, terminaban por dejarlo extenuado.

—*No me importan Federico III ni Napoleón ni Francisco José ni su hijo Rodolfo. De lo que aquí se trata es de saber por qué prescindiste de Bismarck y decidiste saltar al vacío…*

«Jamás salté al vacío, es una calumnia, Bismarck ya había cumplido con su cometido», se contestó siempre en silencio al recordar al Canciller de Hierro sentado en su jardín con un traje oscuro y rodeado de sus temidos dóberman, allá en el año de 1897. Fue la última vez que lo vio.

«Mi abuelo, todo un Hohenzollern, y él unificaron Alemania. Vaya para ellos el agradecimiento de la patria. Sea la eternidad quien corone su frente con laureles… Que el cielo los colme de parabienes hasta la eternidad.»

Después volvieron a aflorar los mismos resabios mientras se acomodaba instintivamente sobre una pequeña piedra y jugaba a hacer un ramo de edelweis, sus flores silvestres favoritas:

«¿Cómo se atrevió Bismarck a enfrentar a 'Su' emperador cuando propuse generosos incrementos salariales a los trabajadores alemanes, mientras él, asociado a los grandes capitales, se negaba, desde el oscurantismo, a elevar el nivel de vida de la población? ¡Traidor…!»

—*¿No separaste del cargo al «Padre de Alemania» utilizando todo tu poder imperial porque llegó a tus manos un diario supuestamente escrito por el propio Bismarck? Mira cómo te dejaba:*

Siempre me pregunté si las inclinaciones monstruosas de este sujeto llamado a ser el káiser de Alemania no se debían a los angustiosos momentos en que el pequeño lactante no pudo respirar después del alumbramiento. Esos desesperados instantes fueron suficientes para ocasionarle, por lo visto, un daño cerebral irreversible…

Baste imaginar cuando, a tres días de nacido, su madre descubrió que el pequeño Guillermo no movía su brazo izquierdo ni siquiera por reflejos… Es muy difícil suponer el castigo que significaba para una aristocracia altiva y arrogante el que nada menos su futuro emperador fuera un paralítico. ¿Los miembros de la realeza no eran hechos a imagen y semejanza de Dios y por ende perfectos? ¿Cómo explicar entonces las deformaciones inconfesables del pequeño príncipe…? Nunca olvidaré cuando al infante Guillermo empezaron a darle toques eléctricos en su brazo izquierdo y a bañarlo en sangre fresca de liebre.[4] Por supuesto que degollaban a los infelices animales en la misma tina... ¿No era un horror...?

La tragedia no se redujo al dolor de los padres y a las privaciones del infante, sino al ridículo que la familia real tendría que padecer ante la corte y el pueblo, más aún cuando se supo que una debilidad muscular, conocida como perlesía, lo atacaba junto con otras infecciones de la garganta y del oído, que habrían de afectarle indefinidamente, rompiendo el precario equilibrio emocional, del que todavía disfrutaba el futuro emperador.

Su hiperactividad y sus severos desequilibrios nerviosos, sus arranques de furia, sus agudas depresiones, similares a las de su padre, que le impedían levantarse de la cama y correr las gruesas cortinas de las habitaciones reales, su negativa a ver la luz, su tendencia al llanto, su fragilidad e inseguridad personal, constituían señales ominosas particularmente graves con respecto a quien capitanearía un imperio como el que yo construí. ¿A dónde puede llegar este joven e inexperto emperador con tanto poder económico, tecnológico y militar en sus manos, si es un auténtico narcisista incapaz de administrar sus emociones?

Yo no podía ignorar que tarde o temprano tendría que vérmelas con quien fuera el producto de tantas desviaciones, complejos y, tal vez, hasta venganzas de la naturaleza.

Casi siempre, al ver al joven príncipe, venían a mi mente los parlamentos de Shakespeare referidos a Ricardo III:

> —Yo, privado de la bella proporción, desprovisto de todo encanto de la pérfida naturaleza; deforme, mal fraguado, enviado antes de tiempo a este lamentable mundo; acabado a medias, y eso tan imperfectamente y fuera de moda, que los perros me ladran cuando ante ellos me detengo...

Más tarde concluiría:
—Entonces, ¡que vuestros ojos testifiquen el mal que se me ha hecho! ¡Ved cómo estoy embrujado! ¡Mirad mi brazo, seco como un retoño marchito por la escarcha!

¿Qué puede esperar nuestra Alemania de una persona así? ¿Una tragedia histórica como la que padeció Inglaterra...?

Bismarck continuaba su narración:

El Hohenzollern, heredero del trono, caminaba con enormes esfuerzos con la cabeza inclinada al lado derecho sin disimular los dolores de una terrible tortícolis. Los médicos tuvieron que colocarle un aparato que se apoyaba en la cintura y corría a lo largo de la espina para obligarlo a mantener la cabeza derecha. Pocos podían imaginar los alcances de la tortura física y psicológica a la que era sometido diariamente el menor.

Y Vicky, su madre,[5] no escribía a la reina Victoria, quejándose de que «mi hijo no es como los otros niños, mamá: se disminuye ante ellos porque no puede correr ni montar ni escalar. Su tutor tiene razón al decir que estos males lo lastimarán en su vida adulta porque siempre lo harán sentir inferior a los demás. ¡No es posible que el heredero al trono de Prusia no pueda ni montar a caballo! Para los Hohenzollern, especialmente para el príncipe Federico Carlos, un hombre de un solo brazo no puede ser rey de Prusia… Mi hijo Federico Guillermo, tu nieto, es una pena confesarlo, se ve vestido en uniforme como el changuito del organillero».

Era evidente que un pueblo amante de la perfección se resistiría a tener un emperador deforme. Conozco los trastornos psicológicos de los mutilados, de los lisiados y de los minusválidos. Por su abuelo supe que el lado izquierdo del cuerpo del menor estaba también semiparalizado: no podría valerse solo para comer, para bañarse ni para vestirse… En una persona del vulgo estas desventajas físicas, congénitas, son un problema menor en el seno de una familia, pero cuando se va a ser emperador de uno de los países más poderosos de la tierra, las malformaciones, también del carácter, se magnifican hasta adquirir dimensiones dramáticas, sobre todo cuando al derramarse los males domésticos se causan daños regionales, continentales y hasta mundiales…

—*¿Verdad que la siguiente escena ya hablaba de lo que serías en la vida adulta como emperador de Alemania?*

¡Jamás olvidaré cuando fui invitado al décimo cumpleaños del futuro káiser y su madre le negó un permiso a quien sentía ser merecedor de todo: el futuro Guillermo II se tiró entonces al piso presa de un ataque de rabia! Lloró y lloró hasta empezar a ponerse morado de la cara mientras sus labios violáceos adquirían una tonalidad blancuzca. A pesar de los golpes en la espalda el menor no podía volver a respirar. Los padres contemplaban la escena horrorizados, sin poder hacer nada, en tanto su hijo primogénito permanecía largos instantes con la boca abierta y los ojos crispados, antes de que, transcurridos inenarrables instantes de angustia, pudiera volver a inhalar solo para seguir pateando el suelo y lanzando escandalosos gritos acompañados de insultos soeces y maldiciones irrepetibles que nos alarmaban y agredían a todos por igual. Lo mismo, exactamente lo mismo que Federico Guillermo IV, su tío abuelo, otro maniático depresivo... ¿Y qué tal sus tatarabuelos, Jorge III y el zar Pablo? ¿Guillermo II no era una calca de sus ancestros? ¡Ay!, la realeza...

Continuaba narrando Bismarck sus recuerdos:

En el caso de los gobernantes, las taras físicas y las carencias afectivas las paga la población, y a veces no solo la nacional... ¿Cómo comunicarse con quien se siente titular de la verdad absoluta y pierde toda la compostura cuando se le replica? Y, sin embargo, es el Hohenzollern más brillante que he conocido. Posee una mente inquisidora, una memoria ciertamente privilegiada y una inteligencia por arriba de lo normal sin llegar a ser un fenómeno, solo que por lo general se trata de una inteligencia al servicio de sus emociones. La egolatría y el esnobismo, heredados de su madre, le impiden entender los puntos de vista ajenos. Lo he visto detectar con una sorprendente claridad las flaquezas y debilidades ajenas. Sabe dónde golpear a sus opositores y aprovechar sus diferencias en beneficio de su proyecto político. En muchas ocasiones le he escuchado argumentos deslumbrantes y en otras tantas lo he visto tomar decisiones suicidas simplemente porque no se puede dar el lujo de dudar ante los demás. Un día, presa de uno de sus prontos, podría hundir a Alemania...

¡Qué bueno que nuestro país tiene un régimen parlamentario porque de otra suerte, cuando Federico Guillermo se ciña la corona, podría convertirse en un déspota mil veces peor que Federico el Grande!

No bastan los enemigos externos, no, claro que no, también tenía que cuidarme de los traidores y saboteadores domésticos como Vicky, su madre, entre otros tantos más. Ella trabajó siempre en contra de Prusia y más tarde de Alemania porque jamás dejó de ser inglesa, y de ahí que siempre tratara de hacer de sus hijos anglófilos, y fracasara estruendosamente porque Federico Guillermo se forjó, muy a pesar de ella, como un fanático prusiano enamorado de su patria.

—*Bismarck veía con claridad meridiana que una alianza, querido Guillermo, entre Inglaterra y Alemania garantizaría la paz en Europa, ¿verdad?*

Nunca en su historia Alemania tuvo tres emperadores en tres meses: Guillermo I falleció en marzo de 1888; su hijo Federico III en mayo, por lo que solo pudo reinar tres meses hasta perecer víctima de cáncer en la garganta. Fritz y Vicky hubieran logrado sin duda una alianza con Inglaterra. La reina Victoria, suegra y madre, la hubiera suscrito de inmediato…

Yo, por mi parte, a partir de junio de 1888, tuve que vérmelas con un loco que vivía instantes de genial lucidez… Un sujeto rencoroso, fatuo y arrogante dueño de una inteligencia sin sabiduría… Un hombre repentinamente violento, depresivo, incapaz de soportar el peso de sus decisiones. Un emperador volátil e irascible que desconfía de quien no lo adula y todavía insiste en su origen divino. ¿Cómo dejar el Imperio en sus manos?

«Calumnias, mentiras, embustes y, sin embargo, no le exigí su renuncia de inmediato. ¿No era una prueba de madurez?», se cuestionó Guillermo II al tratar de sacudirse los cargos hechos por su antiguo canciller.

«Sus justificaciones eran directamente proporcionales a su senilidad. Bismarck se sentía indispensable y aquí el único indispensable soy yo. Se equivocó. Respiraba por las heridas. En cada línea de su diario se identifica el rencor.»

Una sucesión de imágenes organizadas diabólicamente lo acosaban como si hubieran sido creadas para arrebatarle para siempre la razón. No había concluido la discusión a muerte con un fantasma cuando ya surgía otro, igualmente feroz, soltando risotadas de muerte.

«¿Y el emperador…? ¿Quién…? ¡Ah!, sí, vean si está en Potsdam, y de estar por ahí organícenle otra cacería de jabalí… Distraigan al tarado ese… ¡Ah!, y que no olvide llevar su escopeta labrada con incrustaciones de oro y plata y madreperlas que le regaló su abuelo Alberto.»

Guillermo II hizo una breve pausa. Parecía inhalar de un solo golpe toda la campiña bávara. El bigote, intensamente blanco como consecuencia de una ventisca helada, le concedía un aire de majestuosidad.

«Pues escúchame bien: al constructor de Europa, al artífice de la unificación alemana, al padre de la patria, al supuesto máximo líder germano de toda la historia, al guía político universal, al menor de todos nosotros, al supremo arquitecto diseñador de alianzas para conservar la paz e impulsar el crecimiento en todo el continente, a la deidad política de todos los tiempos, al genio de la intriga, en síntesis, al líder, al constructor, al padre, guía, arquitecto, genio y semidiós le ordené que se fuera a su casa por mañoso, manipulador, insubordinado, desleal, chantajista y finalmente traidor al Imperio desde el momento en que anteponía sus intereses personales a los de Alemania. *Rrrraaaauusss mit ihm aber schnell, Mensch!**

»Y no me importó que la prensa internacional publicara caricaturas en donde yo aparecía tirando a Bismarck por la borda a pesar de ser el supuesto capitán del barco: ¡Aquí no hay más capitán que yo!»

—*¡Error, error, error!, ¿de verdad pensabas que sería posible materializar tus sueños si empezabas por prescindir de los hombres valiosos? Si tu abuelo, Guillermo I, colocó a Alemania en los primeros lugares de Europa fue precisamente por haberse rodeado de expertos...*

«El tiempo coloca a las personas en el lugar que les corresponde. Los hechos son muy tercos. ¿Cómo negar la realidad...? Por eso el tiempo, otra vez el tiempo, me permitió aplicar mis planes de gobierno y de crecimiento de la economía junto con la expansión de las fuerzas armadas alemanas. Nos merecemos un lugar en el sol y sabremos ganárnoslo.»

En su interior abrigaba un profundo odio hacia todos los ingleses, a quienes, por otro lado, dispensaba una intensa admiración inconfesable. Este choque, de extracción familiar, lo enfrentaba a diario como si los fantasmas de su madre y su abuela lo persiguieran por los pasillos de sus lujosos castillos hasta hacerlo gritar de desesperación. La reina Victoria había muerto en brazos de su nieto Guillermo por una paradoja de la historia. El rostro congestionado de la anciana se le aparecía de día y de noche llamándolo ¡criminal!

—*¿Insististe tanto en la construcción de una flota porque siempre te impresionó la de los ingleses, tus primos, y tú nunca te permitiste sentirte menos...? Cuando comenzaste con la flota, los ingleses se armaron aún más y lo mismo hicieron rusos y franceses. Tú iniciaste la carrera armamentista en Europa...*

«Yo consolidé un imperio... ¿Cómo se puede hablar de la grandeza del Reich, de expansión comercial, de captación de mercados sin una flota? ¿Cómo controlar las colonias en ultramar sin una poderosa *Hochseeflotte*? ¿No era una aspiración germánica desde los meses revolucionarios de 1848? El Imperio inglés se hubiera desmoronado de buen tiempo atrás sin el apoyo de su marina real. Tenía que convencer a la nación de mi proyecto naval. *¿Cómo?* Con propaganda. ¿De qué tipo? Asociando la flota a la prosperidad, a la riqueza, al orgullo nacional, al poder... Por eso mandé

---

* ¡Fuera de aquí, pero rápido, hombre...!

imprimir billetes de 100 marcos con las imágenes de una 'Germania' bien armada: barcos de guerra de nuestra propiedad nunca antes vistos y gigantescos vapores transportando nuestros productos a todo el mundo. Una Alemania adueñándose de los mercados. Un Imperio repleto de millones y más millones de marcos que se destinarían a tres objetivos muy concretos: a la industria, a las universidades y, por supuesto, a la marina. El público alemán compró mi propuesta. Capturé por primera vez su lealtad e imaginación abriendo nuevos prospectos para mi *Grosse Politik*... La penetración e influencia en las masas a través del billete era, desde luego, una de las formas de demostrar la Gran Política. Si éramos únicos había llegado el momento de demostrarlo. Mientras más alemanes tuvieran más billetes de 100 marcos, mientras más ricos existieran en Alemania, más fácil sería convencerlos de que con nuestra flota podríamos comprar y dominar el planeta entero... Estaríamos hablando el mismo idioma...»

—*¿De verdad creías que tu abuela, la reina Victoria, se iba a quedar con los brazos cruzados mientras tú convertías a Alemania, por lo pronto en un feroz competidor comercial, y más tarde y, por supuesto, en un temido enemigo, militarmente hablando?*

«¿Acaso solo los ingleses podían tener una flota, hasta ahora invencible, para proteger sus intereses foráneos? ¿Querían decirme ya no crezcas, ya no tengas tratos comerciales con el resto del mundo y, sobre todo, ya no tengas colonias y si las tienes abstente de protegerlas? ¿O tal vez tenían miedo-pánico de que nuestra marina pudiera oponerse a la de ellos y así empezar a erosionar su odiosa Commonwealth o simplemente temían un enfrentamiento naval con nosotros, es decir, una derrota, o sea la decapitación del muchas veces centenario Imperio inglés? ¿Cómo podrían seguir sometiendo y explotando sin misericordia a sus colonias y fortaleciendo con ello al Imperio británico, sin una marina que aterrorizara a la población e impusiera por la fuerza sus leyes y sus derechos para robar, para saquear y para devorar lo que les viniera en gana en Asia, África y América Latina como verdaderos piratas de nuestros días? Les era totalmente inconveniente una flota alemana a la altura de la suya... ¿Verdad que nuestra flota mercante los obligaría a compartir el mercado con nosotros y se desvanecería el monopolio comercial y el de los mares?»

Mientras contemplaba la *Zugspitze* a la distancia, casi perdida entre las últimas estribaciones de los Alpes, con su mano derecha tomó su brazo izquierdo y lo metió medio congelado en la bolsa de cuero negro de su chamarra. Celebraba el hecho de haber mostrado tanta insistencia en la construcción de su flota. Nunca dejó de recordar a sus súbditos su consigna para alcanzar el éxito en cuanto castillo u oficina llegaba a tener acuerdos:

«¡Barcos, barcos, cruceros, cargueros!»

Todos los días deseaba inaugurar astilleros. ¿Acero? «¡Prodúzcanlo! Que nuestros banqueros financien la expansión de la industria acerera. Concédanles el aval del Imperio. Barcos, barcos, barcos armados con cañones de largo alcance y submarinos, construyamos 100 submarinos… Una Alemania sin barcos es como un molusco sin concha. No hemos llegado tarde a la evolución y al progreso: el progreso es nuestro. La evolución también… Si el Reichstag se opone a mis planes lo mandaré al diablo. ¡Maldito Parlamento! ¡Quiero un calendario de entrega de barcos!»

Jamás estaría de acuerdo con Voltaire cuando señaló: «Ser libre es depender solo de las leyes». Bien sabía que los ingleses habían sido el único pueblo de la tierra en haber limitado el poder de los reyes oponiéndoseles. Guillermo II, por su parte, despreciaba al Reichstag y, por otro lado, admiraba todo cuanto acontecía en «The Houses of the Parliament». El káiser había vestido con orgullo el uniforme de almirante británico. Él mismo había organizado la *Hochseeflotte* según el modelo de la Royal Navy. Disfrutaba navegar a bordo de una embarcación de construcción británica y pasar parte de sus vacaciones en Windsor y en Osborne. Echaba de menos el té inglés, así como los periódicos ingleses. ¿Cómo negar su interés cuando caía en sus manos un libro de Locke o de Hume o alguien hacía un comentario sobre Newton, Blake, Milton o Carlyle?

El tiempo transcurría. Los otoños se repetían unos tras otros a una velocidad asombrosa. ¡Cómo le gustaba caminar en los jardines del Neues Palais cada mes de octubre…! La inminencia del invierno le hacía revivir emociones infantiles indescriptibles. Caían día con día las hojas del calendario; pasaban los meses y los años hasta que se desplomó finalmente el telón del siglo XIX. Iniciaba una nueva época.

«Mi Imperio era rodeado gradualmente de enemigos potenciales. Inglaterra y Francia suscribían la *Entente Cordiale*, más tarde Rusia se sumaría a una alianza en contra de Alemania. Nos cercaban. Nos acosaban por el norte, por el oeste y por el este. Yo me armaba cada vez más. Ellos se armaban. Todos nos armábamos.»

El káiser tenía su propia versión de los acontecimientos. En su fuero interno contaba con un enorme repertorio de justificaciones para explicar el estallido de la guerra: «Cuando Rusia perdió en 1905 la guerra en contra del Imperio japonés finalmente mi primo Nicolás entendió la necesidad de armarse para no ser el Romanov que presenciara la desintegración de su país. Pedro el Grande habría pateado furioso las cuatro tablas de su ataúd. Ya ni hablemos de la famosa Catalina: Nicky, Nicky, menudo discípulo tuvieron…

»Cuando ya en 1908 Francisco José se anexó Bosnia Herzegovina y el zar no pudo siquiera entrar al rescate de los eslavos, entonces la Duma rusa decidió invertir millones de rublos en defensa. Ya era intolerable, ¿verdad? ¿Y nosotros nos íbamos a quedar con los brazos cruzados mientras Rusia triplicaba su ejército y duplicaba su marina junto con Inglaterra y Francia? Ja, ja, ja…»

—*¿Para qué se arman los países si no es para la guerra? Inglaterra y Francia desesperaban con tu creciente poder militar. ¿Qué podían hacer?¡Armarse! Todo comenzó con tu decisión de construir la flota y la intransigencia de Inglaterra en compartir los mercados. Como siempre: todo se reduce a un problema de ambiciones y codicia…*

«No abrigué dudas de que empezaba una carrera armamentista. El almirantazgo inglés no se iba a quedar atrás. Ellos espiaban nuestra expansión, nosotros espiábamos la suya. La disputa por la superioridad naval había comenzado. La posibilidad de una guerra contra Inglaterra no podía descartarse. Ellos, a su vez, también acelerarían la construcción de cruceros y acorazados. Los ingleses jamás estarían dispuestos a perder la soberanía de los siete mares ni los millones de libras esterlinas robados a cañonazos a sus colonias. Mi lema era más vigente que nunca: *Exercitus facit Imperatorem.*»*

Cuando Guillermo II caía en cuenta de que compensaba su incapacidad y debilidad física con la construcción de un poder militar indestructible, se ponía de pie bruscamente, aceleraba el paso, se golpeaba la pierna con la mano o la bota con el fuete. Sus gestos negadores, su frente arrugada, sus ojos angustiados reflejaban la tensión sufrida al recordar esta realidad. En esos días llamaba a Eulenburg, su gran amigo, y permanecían encerrados en una habitación hasta por un par de días…

—*Los cruceros, cañones, rifles y municiones tarde o temprano solo se usan en las guerras…*

«¿A dónde va un gran emperador teutón sin un poderoso ejército? Mi Imperio no era ni es de juguete y, por lo tanto, no podía tolerar que mis vecinos se armaran más cada día. A Nicky le escribí: 'Prepárate porque vas a asistir a una de las peores guerras que haya sufrido Europa y la historia te señalará como el culpable…'»[6]

—*Tu política económica no fue para buscar el bienestar del pueblo alemán, sino para armarte y poder derrotar a los ingleses, tus muy odiados y queridos parientes. Te movía la pasión, el asco y el rencor familiar, emociones incontrolables que sí, sí podían conducir a un baño de sangre.*

---

* El ejército hace al emperador.

44

«El poder es el poder. Puedes juzgarme como te venga en gana. Mi único móvil fue lograr la indiscutible superioridad alemana. Solo un país fuerte puede invertir en una marina poderosa. Defenderé nuestro derecho a participar en la administración y dirección del orbe. No descansaré hasta no tener una marina a la altura de la armada. Aquella es el instrumento ordenado por Dios a través de la divina Casa de los Hohenzollern para colocar a Alemania en el agua.[7] Tengo una confianza absolutamente ciega en el poder militar y económico de mi país, así como en nuestra indisputable jerarquía intelectual y cultural. Somos prusianos de pura cepa. Tenemos, tú lo sabes, un talento y un sentido del honor militar que nos ha hecho invencibles…

»Señor emperador —me dijeron con irritante timidez—, la guerra con Inglaterra será un mero problema de tiempo si no reducimos el ritmo de construcción de acorazados, cruceros y submarinos.

»—¿Ya se dieron cuenta —cuestioné poniéndome de pie y blandiendo con mi mano derecha el fuete hecho con piel de pene de toro de Silesia— de que los ingleses se oponen a nuestro crecimiento industrial, a la construcción de más barcos, a nuestra deslumbrante capacidad de producción acerera, en síntesis, a nuestro progreso? No les conviene la hegemonía alemana en el continente ni perder el control de sus colonias. Ustedes cobran aquí, en Berlín, ¿o son espías del Foreign Office? *Lasst mich allein! Raus mit euch…!**

»Claro que hice de Alemania la primera potencia industrial de Europa del siglo xx. Hice la segunda revolución en materia de acero, químicos e ingeniería eléctrica.[8] Hice crecer seis veces el ingreso nacional; cuadrupliqué en cinco lustros la producción de acero y multipliqué por 15 la de carbón y la de energía eléctrica. Hice transformar la sociedad alemana en una sola generación. Hice que Berlín quintuplicara su tamaño en 35 años. Hice del 'Supremo gobierno' una burocracia eficiente e incorruptible. Hice que las calles estuvieran limpias. Hice que los trenes salieran a tiempo. Hice que los ciudadanos pagaran impuestos. Hice que se gastaran inteligentemente los recursos del Estado. Hice que las universidades alemanas fueran un ejemplo mundial. Hice que las escuelas públicas fueran un sistema de enseñanza respetado en todos los países. Hice que desaparecieran los analfabetos del mapa alemán. Hice que una tercera parte de los premios Nobel de química y física se forjaran en laboratorios y universidades alemanes. Hice que el idioma alemán fuera el lenguaje científico por excelencia.

---

* ¡Déjenme solo! ¡Fuera de aquí…!

Hice que el nacionalismo alemán fuera la religión 'cívica' del nuevo Estado. Hice de los valores militares una aspiración nacional. Hice cincelar la convicción de que la influencia mundial de Alemania debería corresponder a nuestro inmenso poder económico. Hice que el orgullo de ser alemán estuviera profunda y sólidamente cimentado. Hice que nuestra superioridad industrial, militar e intelectual fuera una realidad. Hice expulsar la estupidez de toda conducta doméstica. Hice que Alemania fuera invencible en todos los órdenes de la vida nacional.»[9]

La búsqueda de justificaciones era una tarea habitual en la vida del káiser. La sola idea de asistir como acusado ante un tribunal supremo integrado únicamente por Hohenzollern enfundados en togas negras le hacía mudar varias veces al día de estados de ánimo, de la misma forma en que podía cambiar hasta ocho veces los uniformes diseñados por él, en una sola jornada de trabajo.

Su mente compulsiva no estaba dispuesta, por lo visto, a dejarlo en paz ni un instante durante ese paseo al extremo sur de Bavaria. Debía volver al salón de diseño de submarinos para ordenar un nuevo cálculo de dotación y reserva de oxígeno para travesías de más de tres meses. Pateó las botas contra una piedra para sacudirse la nieve. Arrojó una rama a los sabuesos.

—*¿Y todo esto para qué? Una ambición desbridada, como la tuya, puede conducir a un país al abismo. Tus vecinos no iban a tolerar tu hegemonía militar y económica.*

«Bien, bien, bien… No debe perderse de vista que nosotros, los emperadores cristianos, tenemos obligaciones impuestas por los cielos, es el derecho divino de los reyes. Soy un instrumento del Señor y por lo mismo continúo mi camino sin escuchar opiniones ni puntos de vista ajenos: solo así, llevado de la mano de la Divinidad, alcanzaré el bienestar y el desarrollo pacífico de la patria.[10] Estoy firmemente convencido de que solo la obediencia incondicional al Estado hará totalmente libres a los ciudadanos. Por esa razón mi antefirma dice *Imperator Rex*, y con el mismo argumento remato mis escritos con un *Suprema Lex Regis Voluntas* para que ya nadie piense siquiera en la posibilidad de refutarme. Así es: lo dijo el káiser. Punto. A otra cosa. Final de la discusión. ¡Que nunca se olvide! ¿Cómo no aceptar el justificado honor que me dispensa la prensa italiana cuando se refiere a mí como *il nuovo Cesare*? ¿Cómo negar que estaban en lo correcto? Por eso mismo tengo la obligación de aplastar a los galos como lo hizo César.[11] Y no ha de estar muy lejos el día en que lo logre…»

Caminaba de prisa sin levantar la cabeza. No volteaba a los lados. Nada ni nadie podía interrumpirlo en esta hora suprema del rito personal. Confirmaba, ratificaba la fuerza de su sangre, su pureza, sus justificaciones irrefutables para gobernar. Mostraba la sagrada hostia a los fieles. Se arrodillaban. Enseñaba la cruz al cielo. Nadie dejaba de persignarse ni de humillar la cabeza ni de repetir ciertas oraciones devotamente ante la presencia de un Hohenzollern.

«¿Los principios democráticos corrompen los pilares de una nación? Una sociedad solo es fuerte si reconoce el hecho de la superioridad natural, en particular la del nacimiento, como es mi caso...[12] Mi superioridad es intemporal... Nosotros, los Hohenzollern, tenemos nuestras coronas gracias al cielo y solo a él debemos rendirle cuentas, de ahí que el día del Juicio Final únicamente me prosternaré ante el Señor: Él y solo Él me dio el cargo... A Él le debo las explicaciones. Todo está muy claro: la traducción luterana del Padre Nuestro se refiere dos veces al Reich, a nuestro Reich, por supuesto, como 'El Reino de Dios...' ¿Es necesario abundar más en el tema...?»

Se recargó entonces contra la base de un gigantesco pino nevado. Se cruzó de brazos. Contempló a la distancia el privilegio de ser el káiser de Alemania y de ganar la guerra, como sin duda la ganarían; con el poder de sus submarinos bien podría convertirse en el emperador de medio mundo. De continuar desplomándose los frentes rusos, las fronteras germanas llegarían hasta el océano Pacífico, y de lograr un acuerdo con México y Japón para atacar conjuntamente a Estados Unidos, las perspectivas imperiales no las habría soñado Carlos V ni ningún otro rey, faraón, césar, sultán, presidente o ministro de ningún país en algún momento de la historia. Solo que por el momento bien valía la pena no soñar de esa manera. Lo primero consistía en derrotar a ingleses y franceses y poder asistir a corto plazo al desfile de las tropas teutonas frente al Arco del Triunfo o a Trafalgar Square...

Cuando vio el bosque y recordó la alegría que le provocaba derribar árboles, volvió a vivir el deleite de la cacería, uno de sus pasatiempos favoritos, no solo por la indumentaria y por el placer de matar, sino por la riqueza de los compañeros que lo acompañaban en el amanecer para cobrar buenas piezas. «Definitivamente la gente pobre me aburre. Desprecio profundamente a los fracasados. Me irrita la resignación y la apatía de los perdedores. Las personas sin dinero no vibran ni transmiten emoción alguna por la vida. Cumplen con la rutina biológica: los animales nacen, crecen, se reproducen y mueren. Dos más dos son cuatro... No hay aventura, no hay alternativa ni sueños ni otras posibilidades, visiones y realidades. La sola presencia de las personas sin recursos me deprime, la mediocridad me exaspera, tal y como me frustra la actitud de quienes esperan mes por mes su pago sin desear nada más de su existencia.»[13]

—Pero Willy, son seres humanos…

«Nada, nada, no te confundas, son lastres, plomos en las alas de la nación… La miseria mental me desespera. Esas personas son vagones que se enganchan en las máquinas. Los ricos, en cambio, con independencia del origen de su fortuna, eso me es irrelevante, están en búsqueda permanente desde el momento mismo del despertar. Los ricos son inquietos por definición, viven en continuo estado de alerta para preservar sus enormes intereses, están en el mundo despiertos, atentos, conscientes, devorando noticias, informados y, además, por si fuera poco, sus gustos son refinados a la hora de comer, de cenar, de vestir, de hablar y de contemplar el arte o escuchar la buena música.»

La eterna discusión con él mismo a veces le parecía necia y ociosa, pero no podía vencer esas voces internas que lo cercaban tan pronto encontraba un feliz momento de soledad. Cuando se identificaba con ellas y reían conjuntamente, sus carcajadas hacían eco en la enormidad de las planicies bávaras.

«Disfruto intensamente el *glamour* de la existencia, el *savoir faire*, los modales exquisitos, el buen gusto, el refinamiento en el lenguaje, el comportamiento distinguido, las prolongadas caravanas sombrero en mano a mi paso, las breves genuflexiones de las damas enjoyadas ante la autoridad imperial. ¿Qué tienes en común en cualquier orden de la vida con quien come con las manos, se chupa los dedos, eructa y se golpea el vientre cuando está satisfecho como un primate africano? ¿Eh?

»Sí, sí me pierden los perfumes y los aromas delicados, las mesas elegantes, los manteles bordados, la cristalería fina, las libreas, las cofias, los guantes blancos, la cuchillería y los candelabros de plata labrada, los tapetes de seda, el arte caro, las caobas, las maderas talladas, la música de fondo de Händel interpretada por una orquesta de cuerdas, las condecoraciones de oro y piedras preciosas, los automóviles de lujo, los yates reales y la respuesta inmediata de los tripulantes ante el mínimo arqueo de cualquiera de mis cejas. Basta con que arrugue un poco la nariz para que me traigan una flauta fría de champán. Son claves personales inconfundibles después de casi 30 años de exitoso reinado…»

—A muchos podría parecerles estúpidamente frívolo todo eso, una desviación y una pérdida de tiempo, solo que yo coincido plenamente contigo…

«Calla y escucha… Me fascinan los caballos, las escopetas de lujo, las casacas, los cascos de terciopelo negro, las botas de cuero normando, los ladridos de los perros ansiosos, la neblina del amanecer, el césped húmedo, los primeros rayos del sol acompañados de las máximas figuras de la banca, de la industria, de las monarquías reinantes europeas y de diplomáticos única y exclusivamente de países poderosos. ¿Acaso voy a asistir a las regatas o a la cacería del jabalí con alguien que no tenga por lo menos tres nombres y su apellido no vaya precedido con un 'von'? ¿Cómo sobrevivir sin que me adulen por mi indumentaria, mi talento, mi simpatía, mi poder y mi buen gobierno? Apréndetelo muy bien: desconfío de quien no me alaba y pierdo la compostura ante las personas que no me reconocen… Eso deben saberlo ya quienes me rodean. En estos ambientes nadie ignora que no resisto la crítica ni la oposición a mis ideas ni los desaires ni las expresiones de desprecio. Todos saben el trato que se le debe dispensar a un soberano de mi estatura. Las reglas de convivencia han sido aceptadas.»

—*Pero hablemos en serio, ¿y la guerra? ¿Por qué estalló la guerra en Europa y Asia? ¿No estabas mejor en la cacería y en las regatas o diseñando nuevos uniformes para el ejército?*[14] *¿No disfrutabas más las veladas en el Palacio de Unter den Linden mientras leías textos sobre el origen del universo? ¿Por qué no continuaste publicando artículos con seudónimos sobre estrategia naval para jugar a la guerra? ¿No era mejor que te concretaras a darles consejos a tus primos Eduardo VII y a Nicolás II respecto del papel de las caballerías en el éxito de las guerras? ¿No te dabas cuenta de que, víctima de tu impaciencia, e ignorando a tus asesores, tomabas decisiones irreflexivas sin el menor sentido de la proporción de la realidad política y militar? Cuántas veces te dijeron los expertos navales que el barco diseñado por ti haría todo menos flotar… ¡En cuántas ocasiones caíste en el ridículo al explicarles a tus generales tus estrategias militares! ¡Cómo podías llegar a comparar tu experiencia de campo con la de tu abuelo y todavía sentirte un líder político, naval y militar natural…! En tres meses has dado tres versiones de la política exterior alemana.*

«¿Sabes? Me aburres, siempre me enrostras algo desagradable. Prefiero la música de Wagner que me habla de grandeza en lugar de sentarme aquí a enfrentar tus resabios y rencores. Hoy mismo pediré en el castillo que toquen música de mi gran Richard. Sus recuerdos me fascinan, los tuyos me hartan…»

—*Si Austria le declaró la guerra a Serbia fue por haberse envalentonado gracias a tu apoyo. ¿Por qué le diste a Francisco José un cheque en blanco sin haber consultado con tu canciller como ordenaba la Constitución?*

Guillermo II se retorcía el bigote compulsivamente. Si no le rendía cuentas a nadie, ¿por qué tener que rendírselas él mismo…?

«Siempre pensé que Rusia y Francia no estaban listas para la guerra y que Inglaterra sería neutral —se dijo, como si estuviera señalado por mil dedos de fuego—. Yo no quería la guerra total. Pensaba en un conflicto regional muy localizado. Claro que hubiera podido evitar las hostilidades retirándole mi apoyo a Viena, pero me engañaron y me presionaron los militares. La movilización ordenada por los rusos me llenó de angustia.»

—*Acepta que la suscripción de la* Entente Cordiale *echó por tierra el trabajo y el esfuerzo de Bismarck: las bases de la guerra europea quedaron ciertamente firmes… Tu padre hubiera firmado la alianza con Inglaterra y la paz se hubiera garantizado con ese solo hecho: ¡tú eres el gran culpable de tanta muerte y destrucción!*

«¿Y qué seguía? ¿Que después del asesinato de Francisco Fernando nos asesinaran a mansalva a los emperadores europeos? Si Austria-Hungría no hubiera declarado la guerra, la próxima víctima sin duda hubiera sido Francisco José. ¿Eso querías? Yo hubiera sido el siguiente…

»Por lo demás, cuando sacas el tema de mi padre, de mi abuelo y de Bismarck lo único que se antoja es que te mueras ahora mismo… Hemos terminado nuestra conversación. *Geh'zum Teuffel!…*»*

---

* ¡Vete al diablo!

3. La guerra europea (1914)

En Europa se libraban batallas feroces como la de Mons y el Marne, Tannenberg, Lemberg e Ypres, todas ellas ejecutadas frenéticamente en los últimos tres meses de 1914. Las bajas en ambos bandos eran escandalosas. Los belgas se habían defendido contra todos los pronósticos alemanes, que suponían una rendición inmediata e incondicional. No hay enemigo pequeño. Uno era el *Schlieffen Plan*, diseñado en los laboratorios militares, y otra era la práctica en el campo del honor. La esperanza alemana de terminar rápidamente la guerra al atacar Francia y derrotarla antes de que Rusia tuviera siquiera la oportunidad de lograr la movilización total se convirtió en el principal fracaso estratégico teutón. Con tan solo 40 divisiones jamás tomarían París. El desconcierto cundía en el alto mando y se daba la sustitución fulminante de mariscales y generales. Alemania, que había trazado planes para atacar cualquier país de Europa desde los años de Bismarck, se estrelló contra la sorprendente resistencia belga y francesa. Pericles les advirtió a los atenienses durante la guerra del Peloponeso: «Podrán ganar la guerra siempre y cuando no intenten la expansión territorial y la colonización…» Se repetía la historia. La ambición mataba al hombre.

Los franceses, ávidos de venganza desde la humillación sufrida en 1871, detenían una y otra vez los ataques alemanes. La guerra en los dos frentes era una temeridad. Francia no caería fulminada por un ataque relámpago. Después del Marne, la guerra estaba llamada a perdurar por muchos años. El estancamiento sufrido en las trincheras, cruel y sanguinario, no estaba contemplado en las estrategias iniciales de los beligerantes. Caen muertos 300 mil franceses en los primeros combates. Queda confirmado una vez más aquello de que «el resultado de las batallas suele decidirse en la mente de los comandantes contendientes, no en los cuerpos de sus soldados». Moltke se derrumbó, no así Foch ni Joffre ni Gallieni, quien pudo someter a Von Kluck. La experiencia colonial y militar de Inglaterra resultaba particularmente valiosa en los combates. Los taxis parisinos mueven a los voluntarios. La resistencia es furibunda. París se salva.

El mariscal Paul von Hindenburg y el general Erich Ludendorff, el Héroe de Lieja, obtienen un éxito escandaloso y decisivo en Tannenberg y en los lagos de Masuria. El ejército ruso es derrotado. El general Aleksander Samsonov se apartó silenciosamente de sus cuarteles improvisados, eligió un lugar en el bosque y se pegó un tiro en la cabeza. Ignoraba que los alemanes habían logrado descifrar los mensajes enviados por los rusos y, por ende, conocían anticipadamente los movimientos de tropas y estrategias del enemigo. El zar se siente escurrir por las paredes húmedas de un pozo sin fondo. Su primo, Guillermo II, bien pronto podría llegar a Moscú y anexarse medio país. ¿Que si el general Rennenkampf cometió el error fatal de no acudir en ayuda de Samsonov? Era irrelevante: Hindenburg y Ludendorff se convierten en héroes nacionales cuando 120 mil soldados rusos son enviados a Alemania a realizar trabajos forzados. Se capturan 500 cañones. El mariscal August von Mackensen y el general Hermann von François, a pesar de su gran mérito militar, no reciben el mismo homenaje ni el reconocimiento político y popular.

Austria perdió Lemberg, portal de Galitzia oriental y centro de todas sus redes de ferrocarril y carreteras. La derrota quebró la confianza y la adhesión del ejército austriaco para no volver a ser jamás un arma militar eficiente.

Solo después de su derrota en el Marne los alemanes apreciaron la importancia de los puertos del Canal de la Mancha, ignorados por el Plan Schlieffen. Dunkerque, Boulogne y Calais, por donde pasaban tropas y municiones británicas, habrían podido ser tomados a un costo militar muy bajo durante el avance inicial alemán. A finales de 1914 los objetivos serían difícilmente ocupables. La primera batalla de Ypres se considera una de las grandes victorias aliadas. Si bien la armada alemana no pudo llegar al mar, el pequeño ejército profesional británico quedó prácticamente destruido. La batalla también fue un hito en la dirección de la guerra, puesto que los dos bandos se encerraron en un complejo sistema de trincheras en donde se empantanó la contienda… Guillermo II giró la cabeza en dirección al frente del este… No tenía otra alternativa…

4. Las claves secretas

Si en agosto de 1914 Carranza pudo prever el monumental estallido de la violencia en Europa, así como anticipar la entrada de Estados Unidos al lado de Inglaterra, Francia, Japón y Rusia en lo que sería la Primera Guerra Mundial, jamás pudo suponer el papel que su gobierno jugaría como un poderoso detonador para convertir al orbe en una pavorosa humareda.

Mientras en Europa se cruzaban a diario declaraciones de guerra y el viejo continente empezaba a ser devorado por las llamas, en México, en el mismo agosto de 1914, se extinguían las últimas chispas del enorme incendio provocado por 18 interminables meses de guerra civil. Esta concluyó, solo por un tiempo, cuando Victoriano Huerta, un mes antes, en julio de 1914, fue obligado a zarpar de Veracruz a bordo del *Dresden.* ¿No era curioso que tanto Díaz como Huerta se hubieran exiliado precisamente en barcos alemanes, más aún cuando los ingleses le ofrecieron al Chacal el crucero *Bristol* que se encontraba anclado y a su servicio en Puerto México?

La figura de Porfirio Díaz, acompañado de Carmelita, en su momento se perdió en la inmensidad de las aguas del Golfo de México, sin que aquel, llorando —el Llorón de Icamole—, dejara de agitar ni un solo momento su pañuelo desde la cubierta del *Ypiranga*, en tanto que Huerta y Aureliano Blanquet, tres años después, en contraste, se habían despedido gritando varias veces a voz en cuello desde la cubierta del barco:

—¡Cabrones, malagradecidos! ¡Hijos de puta…! —repetían una y otra vez hasta desgañitarse, mientras articulaban con las manos una serie de señales obscenas lazándolas al viento, mientras silbaban burlona y sonoramente todo género de improperios dirigidos solo a mexicanos entendidos…—. Ai los dejamos con sus pinches gringuitos… Un día se van a tragar a México de un bocado con todo y sus rotitos y su bola de indios inútiles… —acto seguido se retiraron a sus camarotes a embriagarse con tequila y a contar el oro hurtado del menguado tesoro mexicano…

—Escúchame bien, querido Aureliano —confesó Huerta a su incondicional colaborador, mientras cruzaban el Atlántico encerrados en su camarote bajo siete llaves—: yo creía que en la vida solo se podía ser pobre y pendejo, o rico e inteligente, y resulta que me equivoqué, hermanito, porque tú estás exactamente a la mitad: eres un gran pendejo y además rico... Si necesitas explicaciones de lo primero pregúntale a tu madre, si la encuentras, lo segundo me lo debes a mí...

A partir de la derrota y expulsión del Chacal, el primer jefe del Ejército Constitucionalista y una parte reducida de la prensa mexicana de vanguardia empezaron a recuperar momentáneamente la paz solo para advertir que, entre otras amenazas, Europa entera se convertía en astillas a raíz del asesinato del archiduque austrohúngaro Francisco Fernando y de su esposa Sofía a manos de un comando serbio-bosnio.

¿Cómo olvidar las siguientes líneas redactadas por Martinillo, el columnista exiliado en Francia durante la última década del porfirismo? El controvertido periodista volvió a territorio nacional al mismo tiempo que Díaz, el viejo tirano, pisaba el París de sus sueños... Sin embargo, con la llegada de Carranza al poder, muy a pesar del arribo del constitucionalismo, tuvo que volver a huir, esta vez a Estados Unidos, porque, según decía en sus escritos publicados en la clandestinidad, «a don Venustiano le saca ronchas la prensa libre como a todo buen émulo de don Porfirio...» Los últimos párrafos de su artículo fueron muy comentados por su capacidad de síntesis y visión de los hechos:

Cuando el 28 de junio de 1914 Gavrilo Princip asesinó a quemarropa al heredero del trono austrohúngaro, no solo estaba protestando por la anexión austriaca de Bosnia y Herzegovina en 1908, sino que estaba saciando una histórica sed de venganza que se remontaba casi seis siglos en el tiempo. El cándido archiduque ignoraba que Bosnia formaba parte del territorio austriaco solo por el abuso de la fuerza y que, por lo mismo, jamás sería bien recibido en la capital de dicha provincia... Ignoraba también el iluso heredero que precisamente el 28 de junio los serbios conmemoraban el aniversario de una catastrófica derrota sufrida a manos de los turcos en 1389, fecha que marcó el inicio de la opresión extranjera en las últimas centurias... Ignoraba finalmente que la noche de la derrota en el campo de Kosovo un serbio, otro Gavrilo Princip, había entrado en el campamento invasor para apuñalar al sultán Murad, capitán general de los turcos, quienes, a partir ya del siglo XIX, fueron sustituidos por los Habsburgo, convirtiéndose desde entonces en los verdugos de los eslavos modernos...
Todo serbio odia el 28 de junio... Francisco Fernando debía haberlo sabido...

Cuando el archiduque cayó muerto en Sarajevo por provocador e irresponsable, las alianzas diplomáticas trabadas por las potencias europeas se convirtieron en compromisos recíprocos que ocasionaron la tremenda devastación continental. Las potencias europeas tomadas firmemente de la mano, incapaces de soltarse con tal de no violar los pactos de solidaridad, no tuvieron otra opción que la de lanzarse juntas al vacío con todas sus consecuencias...

Si el Imperio austrohúngaro invadía Serbia en ejecución de una venganza, porque ahí se había incubado el magnicidio y era un nido de extremistas eslavos, Rusia no lo permitiría y le declararía la guerra a la monarquía dual. Por otro lado, si Rusia daba un solo paso en contra de Austria, el zar se las tendría que ver también con Alemania. ¿Era suficiente? No:

Si Alemania atacaba a Rusia, entonces Francia e Inglaterra, integrantes de la *Entente Cordiale*, entrarían en guerra contra el Imperio alemán y el austrohúngaro. La guerra sería total. ¿Qué sucedió? Al empujar la primera ficha, todas las demás se derrumbaron en una inercia suicida. Austria-Hungría invadió Serbia; Alemania, víctima de una paranoia por la movilización rusa en dirección a sus fronteras, le declaró la guerra a Rusia y de inmediato penetró en territorio belga rumbo a Francia alegando un pretexto infantil. Alemania abrió dos frentes de golpe. Inglaterra entró, como era de esperarse, al lado de Rusia, Francia y Japón.

Europa entera se incendió en la primera semana de agosto de 1914. Asia empezó a arder cuando Japón se hizo de las colonias alemanas en China. En aquel entonces las llamas empezaron a distinguirse claramente desde el Mar del Norte, el Mediterráneo, el Ártico y los océanos Índico, Atlántico y el Pacífico oriental. ¿El viento invariablemente caprichoso traerá alguna vez el fuego a América?

En ese agosto de 1914, en tanto el jefe del Ejército Constitucionalista festejaba su entrada a la Ciudad de México entre vítores, porras, vivas, flores de Xochimilco y confeti arrojados desde las azoteas, e iniciaba con eternas sonrisas el merecido desfile de la victoria recorriendo más de 12 kilómetros de Tlalnepantla a Palacio Nacional, escoltado por más de 300 mil personas y flanqueado por miles de banderas tricolores, la Casa Blanca se vestía de luto: Ellen, la esposa del presidente, fallecía de tuberculosis en el riñón. Al soltar su mano fría e insensible, Wilson se dirigió a la ventana de su habitación y, contemplando el enorme obelisco erigido en honor de George Washington, sin dejar de llorar, acompañado por sus tres hijas, solo alcanzó a repetir: Dios, Dios, ¿qué voy a hacer...? ¿Qué voy a hacer...? ¿Qué voy a hacer...?[15]

55

Mientras estos acontecimientos ocurrían en Washington y en México, la Gran Bretaña llevaba a cabo una crítica operación secreta en el Mar del Norte llamada a romper el equilibrio de la guerra y a cambiar el rumbo de la historia. Ni los más conspicuos oficiales del alto mando ni los más agudos agentes de la inteligencia alemana pudieron suponer que al día siguiente del ingreso de los entusiasmados y vociferantes regimientos del káiser a territorio belga, a escasas horas de la declaración británica de guerra, el barco *Telconia*, de matrícula inglesa, estaría cortando los cables trasatlánticos que comunicaban al Imperio alemán con el resto del mundo.

En el amanecer del día 5 de agosto una extraña embarcación proveniente de Manchester arribaba sigilosa a Emden, en la frontera alemana. Para cualquier observador, los trabajos que se ejecutaban a bordo de dicha nave podrían haber parecido simples maniobras pesqueras y, sin embargo, se trataba del primer acto abierto de guerra declarada por Inglaterra a Alemania, en donde México habría de desarrollar un papel tan destacado como inimaginable.

Una vez localizado el lugar exacto para anclar, fueron extraídos de la panza del *Telconia* unos largos brazos negros de acero que bien pronto fueron instalados a babor y a estribor del sofisticado barco inglés. Los motores habían sido apagados. Imposible despertar la menor sospecha, sobre todo ante la cercanía del territorio enemigo. La tibieza de la noche de verano se imponía en todo su esplendor. Algunas gaviotas revoloteaban curiosas sobrevolando la nave en busca de desechos de pescado. Las aguas inmóviles del Mar del Norte parecieron despertar cuando los pescadores camuflados dejaron caer dos enormes ganchos de acero que fueron engullidos inmediatamente por el mar, en tanto unas gruesas cadenas oxidadas se desenrollaban entre sonoros rugidos de muerte. La tripulación estaba distribuida estratégicamente en sus puestos. Cada quién tenía instrucciones precisas, tal y como correspondía a un comando especializado. La tensión se administraba profesionalmente. La calma chicha fue rota repentinamente cuando dos enormes serpientes negras cubiertas por lama y lodo fueron jaladas pesadamente hasta la superficie sin oponer resistencia alguna: parecían resignadas a un final previsible. El personal empezó a cortar hábilmente los cables submarinos que unían a Alemania con el resto del mundo. Cinco de ellos corrían a través del Canal de la Mancha, otro comunicaba a Brest en Francia, otro a Vigo en España, otro a Tenerife en África del Norte y dos a Nueva York, vía las Azores. Una parte de los cables mutilados se guardó precavidamente a bordo, en las bodegas del barco, y la otra punta, una vez inutilizada, fue lanzada al mar… El daño fue irreparable. La reconstrucción imposible; más aún en tiempos de guerra.

Alemania se quedaba parcialmente aislada, apartada. Los ingleses habían esperado esa feliz instrucción desde 1912, dos años antes del inicio de las hostilidades. Una vez ejecutada exitosamente la *Operación Telconia*, el káiser y su alto mando solo podrían comunicarse con los diplomáticos del Imperio y con el exterior en general a través de mensajes telegrafiados o recurriendo a algunos cables restantes identificados y espiados también por el enemigo. Los gritos de rabia del emperador alemán bien podrían haberse escuchado al otro lado del Atlántico. Los fuetazos asestados sobre sus botas perfectamente lustradas impresionaron hasta a su íntimo séquito en la Wilhelmstrasse. A partir de ese momento, fue menester reducir la comunicación, a hacerla solo por aire usando un lenguaje codificado o cifrado para que los proyectos confidenciales, las decisiones secretas, así como las estrategias más trascendentes no fueran a dar a manos de sus acérrimos adversarios, los integrantes de la *Entente Cordiale*: Francia, Inglaterra y Rusia.

Los mensajes alemanes telegrafiados que contenían instrucciones, informes, respuestas y datos dirigidos a todas sus representaciones en el extranjero, así como a la marina y al ejército imperiales, a la gran flota de alta mar y a los generales adscritos a los diferentes frentes de batalla, empezaron a apilarse sobre las cubiertas de los escritorios de la Oficina de Inteligencia Naval Inglesa sin que nadie pudiera descifrarlos. Las comunicaciones, lanzadas al aire a través de la poderosa estación de Nauen, cerca de Berlín, eran interceptadas principalmente por la Real Marina inglesa y por franceses, belgas, holandeses y hasta por radioaficionados de diferentes nacionalidades distribuidos a un lado y otro del Canal de la Mancha. Subsistía, sin embargo, una pregunta difícil de resolver: ¿quién, entre los aliados, contaba con los conocimientos y con la técnica necesaria para decodificar las órdenes contenidas en los mensajes dictados por los más destacados oficiales del Imperio alemán?

Harold Sommerfeld, un hombre largamente capacitado por la inteligencia alemana hasta llegar a ser el criptógrafo más sobresaliente del Imperio, solía decir: «Para poder descifrar un código alemán se tiene que haber nacido en Colonia, a un lado del Rin, en Stüttgart o en München, en el corazón de Bavaria; haber estudiado un doctorado en la Universidad de Heidelberg; ser amante de la música de Bach, de Haydn, de Händel, Schubert, Brahms, Beethoven y Wagner, entre otros tantos más; admirar el trazo genial de Liebermann, Zorn, Dürer y Brügel; ser devoto de Kant, de Goethe, de Heine, Ibsen y Schiller, sin olvidar a Mommsen ni a Gerhardt Hauptmann ni a Bertold Brecht o a Nietzsche, a Max Weber, a Rilke, a Lutero, a Calvino, a Friedrich Engels, a Karl Marx, a Hegel o a Humboldt, para ya ni citar a Gutenberg, cuya influencia en la historia es mucho mayor que la de Jesucristo. ¿Verdad que el cristianismo no se expandió por toda la tierra? ¡No!, ahí están los musulmanes, los budistas, entre otras tantas religiones, pues, escúchame bien, los libros sí... ¿Cuántos de nosotros hemos alterado la velocidad de la traslación de la Tierra? ¿Verdad que esta gira al ritmo que dictan los científicos alemanes?

»Un buen criptógrafo —agregaba Sommerfeld eufórico para irritar a quienes lo rodeaban— debe conocer la obra de Johannes Kepler, Leibniz, Robert Koch, la de Emil Berliner, la de Heinrich Hertz, la de Breuer, la de Röntgen y Bosch entre otros científicos, inventores e investigadores más. ¿Alemanes todos ellos? ¡Alemanes! ¿Es claro? Se tiene que reunir mucha inteligencia histórica, talento, imaginación y disciplina, de la que carecen los aliados y el mundo en general, y vivir cientos de miles de vidas deslumbrantes en laboratorios, estudios, archivos y bibliotecas para poder descifrar un código secreto como los nuestros, y mucho me temo, debo confesarles, que la humanidad ya no tiene tiempo para eso...»

Luego concluía: «Nuestro poder intelectual es insuperable. Que se entienda: somos invencibles en cualquier orden. Todos deben someterse a la ley del más fuerte: perdón, pero es una ley biológica...»

Harold vio por primera vez la luz, desde luego, en Colonia, Alemania, el mismo año de 1871, el del apoteósico nacimiento del Imperio alemán. Educado con la extrema rigidez del sistema prusiano; reducidos sus espacios de maniobra en términos del código de honor heredado de sus ancestros; sometido desde muy pequeño al concepto de disciplina militar, la base, junto con la educación superior, del meteórico desarrollo económico y social del Imperio; formado con arreglo a principios científicos demostrables en los laboratorios; conducido de la mano de sus padres por el mundo de la música, la alternativa artística idónea para exaltar el sentimiento de grandiosidad y al mismo tiempo compensar la severidad castrense impuesta en la escuela y en la familia, tanto él, Harold, como el propio Félix, su hermano, apenas dos años menor, y todos los integrantes de su generación eran resultado evidente de una estructuración matemática de la inteligencia y de la personalidad. Los dos hermanos habían jurado eterna lealtad al joven Imperio alemán arrodillados ante el altar de la patria. Ambos prestaban sus servicios en la Oficina de Inteligencia Imperial.

Uno, Harold, en el área de criptología, y Félix en espionaje internacional. La policía secreta doméstica no le despertaba a este último la menor emoción. Amante del riesgo, de la aventura, de la exposición personal en casos de extremo peligro, dispuesto a desafiar cualquier autoridad, salvo la alemana, lo realmente importante para Félix era salir del país y desde el extranjero enviar información útil al káiser, proporcionar datos críticos con respecto a planes adversos que pudieran inclinar la balanza de la guerra a favor de los aliados; hacer llegar al alto mando los planes diseñados para perjudicar a Alemania y, sobre todo, sabotear, urdir, entrampar, complicar y desmantelar cualquier estrategia enemiga aunque la vida misma le fuera en prenda. Acataba fanáticamente las instrucciones. Defendía la superioridad del Imperio como si se tratara de un mandato divino.

Harold disfrutaba contar peripecias, anécdotas y aventuras de su hermano Félix, «mi monstruo», por quien sentía una particular devoción. En el fondo admiraba lo que él era incapaz de hacer... Su mente, estructurada con rigor castrense, solo le permitía soñar o si acaso imaginar. ¿Mentir? ¿Cómo mentir? En el código de ética prusiano y en el estricto seno de la familia Sommerfeld eran imposibles los dobleces y los embustes y, sin embargo, su hermano, ya en la edad adulta, era capaz de engañar sin arrugar la frente ni morderse los labios, sin delatar ansiedad o preocupación a través de la mirada. Félix podía mentir abierta, franca, naturalmente sin reflejar el menor sentimiento de piedad ante quien fuera, llevara o no su sangre. Harold disfrutaba hasta las lágrimas cuando Félix se disfrazaba, embaucaba, estafaba y burlaba, ¿por qué no?, al fin y al cabo su estilo, en el fondo, implicaba una manera de demostrar talento y sobresalir en relación con los demás. Sí, sí, claro: el que engaña es un cínico, sí, sin duda, pero también es un individuo imaginativo, dueño de una inteligencia superior...

«El embustero es un traidor y además cobarde.»

«¡Ay!, caray, quien recurre a los adjetivos es que carece de argumentos... Veamos: ¿es o no más inteligente que la generalidad quien sabe vender "realidades" inexistentes —preguntaba Harold a su mujer, ciertamente convencido— y saca provecho de ellas, invariablemente toma ventajas, nadie lo descubre y vive sin miedo? ¿No se requiere acaso ser un genio para tener cuatro diferentes patrones, todos enemigos entre sí y cobrarles a todas las partes jugosos honorarios por vender los secretos de cada uno?»

«Mi hermano Félix —contaba el mayor de los Sommerfeld sin cansarse jamás de ensalzar las hazañas de su hermano— llegó a ser jefe de la policía secreta de Madero, representante simultáneamente de Carranza y de Villa y espía, importador de armas y pólvora, gestor de las más importantes compañías petroleras norteamericanas con intereses en México, cabildero entre senadores de Estados Unidos y, por si fuera poco y al mismo tiempo, agente del propio káiser, todo ello nuevamente en México...[16] No es fácil desarrollar todas estas personalidades al mismo tiempo, y menos, mucho menos, desempeñar papeles tan opuestos entre adversarios tan claros, sobre todo cuando se es extranjero, ¿o no...?»[17]

En lo que hacía a Harold, en ocasiones le gustaba sacar de su cartera un conjunto de números, supuestamente acomodados con algún sentido, para desafiar el talento de los familiares que le acompañaban, por lo general, después de alguna comida. Una sonrisa sarcástica surcaba de inmediato su rostro: «A ver, ¿quién puede descifrar este mensaje...?», preguntaba el acreditado criptógrafo.

16785 40664 40446 50701 90565 76036 11265 9110. GII

Harold Sommerfeld retaba abiertamente a quienes lo rodeaban para ver si eran capaces de descubrir el secreto escondido en dichas figuras, no sin antes aclarar que cualquiera de los presentes tendría que nacer por lo menos 100 veces antes de poder descifrarlo y eso con los códigos y las claves de solución en sus manos. Un enorme sentimiento de plenitud lo invadía al jugar así, en la intimidad, con los suyos.

—Estos números significan lo siguiente —terminaba así por complacer entonces a un auditorio rendido ante sus conocimientos:

Londres París serán
devastados. No quedará piedra
encima de otra. Confirmado.
Guillermo II

Las muestras de azoro de los suyos estimulaban su vanidad. Las carcajadas no se hacían esperar. Harold Sommerfeld experimentaba una intensa sensación de placer tratando de explicar las posibilidades de interpretación de cada número o grupo de números y de revelar en qué orden deberían empezar a leerlos para intentar descifrarlos.

Fíjense bien —agregaba en tono doctoral— un texto cifrado está construido con arreglo a un método sistemático en el que una letra o un grupo de letras o un número o un grupo de números representa otra letra u otro grupo también de letras o de números de acuerdo con un patrón preestablecido.

El criptógrafo había memorizado cada párrafo disparándolo posteriormente a diestra y siniestra como si las ideas le fluyeran con toda naturalidad y pudiera razonar temas tan complejos a la velocidad en que los explicaba. Intentaba en todo momento impresionar a terceros con una capacidad de palabra muy bien vertebrada, propia, desde luego, de una mente excepcional. Quién podía imaginarse la cantidad de horas que había pasado en su cubículo en la Inteligencia Imperial repitiendo una y otra vez en voz alta los mismos textos hasta aprenderlos para siempre… ¡Qué gusto contemplar el rostro atónito de su reducida audiencia cuando soltaba largas ráfagas de instrucciones como si fueran disparadas por las nuevas ametralladoras del emperador…! Acto seguido concluía:

Un código, por contra, está basado en una sustitución arbitraria de conceptos en donde los significados están listados en un libro hecho específicamente por el codificador…

Nadie había entendido nada. La expresión de los rostros era la mejor muestra de ello.

¿Ejemplos? —pensó entonces en México, tal vez recordando las actividades que su hermano Félix llevaba a cabo en ese país y de las que él estaba puntualmente al tanto— el grupo de números 67893 quiere decir, por ejemplo, México.

Después del obvio silencio continuaba: «¿Quieren más complicaciones?», preguntaba con la misma mueca practicada por el ilusionista al desaparecer una moneda que hacía unos instantes tenía en la mano. «Si quieren hablamos del código encriptado, que no es sino otro texto en clave, envuelto por una capa protectora, misma que también debe ser rota a través de la utilización de un libro secreto imprescindible para poder arrancar cualquier significado. Por esa razón les hablé de Gutenberg, Lutero, Marx y Beethoven: somos los mismos alemanes invariablemente dotados de talentos únicos en la historia. ¿Quién puede descifrarnos…? Desde los años dorados de la Hélade, nunca ninguna generación de ninguna época había acaparado tanta inteligencia…»

Desde luego que Harold jugaba siempre con claves falsas aun entre sus íntimos. Las opciones incluidas en cada figura eran inimaginables. Pocos podían seguir sus explicaciones a pesar de que él guiaba de la mano a sus amigos y familiares enseñándoles detenidamente los accesos y caminos para dar con la solución. Todo era en apariencia tan fácil… Una vez demostrada la incapacidad de quienes lo rodeaban —este era en todo caso un objetivo prioritario— abría su juego rematándolo con una insultante risotada para exhibir aún más la torpeza y las limitaciones de los suyos, quienes desde luego ignoraban su verdadera personalidad como alto oficial de inteligencia imperial, si bien se le conocía como un burócrata al servicio del gobierno… Hubiera bastado con que particularmente los ingleses o cualquier otro adversario lo identificaran para que lo secuestraran o mataran en caso de resistencia. Nada bueno podía esperarle a él o a cualesquiera de sus colegas si llegaran a caer en manos enemigas. Las torturas podrían ser diabólicas con tal de extraerle la información necesaria para descifrar los textos secretos enviados a través del sistema de telégrafos.

Un criptólogo alemán, constructor de códigos, constituía un objetivo militar y estratégico de primer orden. Los espías ingleses, franceses y rusos husmeaban cada sótano, estación telegráfica, oficina, laboratorio, cuartel o cubículo teutón con tal de dar con uno de ellos. No había piedad ni tregua en la cacería. Claro está: en la discreción les iba la vida misma…

A partir de la *Operación Telconia*, la suerte del Imperio alemán dependía ya no de la intercepción de sus mensajes radiados, sino del descubrimiento de las claves para traducir los textos. Los criptólogos llegaban a adquirir más importancia que los propios generales o almirantes de ambos ejércitos. El conocimiento oportuno de los planes alemanes de ataque en los diversos frentes, así como el número de soldados que defendería una plaza a una hora fija y con una determinada artillería; los proyectos de sabotaje para volar presas, puentes, depósitos de armas, fábricas de municiones, aeropuertos y vías férreas a cargo de comandos formados en la escuela prusiana, así como la localización de campos y aguas minadas, ¿no constituían revelaciones vitales? ¿No eran claras las enormes ventajas con que contarían los ingleses de poder traducir en un par de horas un informe supuestamente secreto, enviado al aire, desde la estación de Nauen, en Berlín, en el que se detallaba la ubicación precisa de una parte de la flota de submarinos alemanes? Con los códigos alemanes descifrados ¿no podrían destruir, o al menos controlar, ese auténtico flagelo invisible de los mares que había echado a pique millones de toneladas de acero de los aliados en el Atlántico del Norte? Si los submarinos seguían hundiendo uno tras otro a los barcos cargueros que se acercaran a la Gran Bretaña con armamentos, materias primas, medicinas y alimentos a bordo, bien pronto la podrían poner de rodillas por hambre, enfermedad y falta de parque. Localizar a los submarinos, conocer sus rutas y destinos, era entonces una tarea de vida o muerte, una prioridad estratégica militar.

La suficiencia de Harold Sommerfeld no le permitió imaginar, sin embargo, que el hermético secreto alemán contenido en códigos, claves y cifras alguna vez podría ser descubierto por la inteligencia enemiga, principalmente la inglesa…

Todo comenzó cuando en los primeros días de aquel agosto de 1914 los marineros de un acorazado británico se habían apoderado del *Deutsches Handelsverkehrsbuch*, el Libro de Tratados de Comunicaciones Alemanas, a bordo de un buque mercantil cuya tripulación todavía no estaba enterada de la explosión de la guerra. ¡Increíble! No bastaba la capacidad y la audacia: la suerte siempre sería una protagonista invisible y eficiente…

El hallazgo, aun cuando importante porque se podrían leer los mensajes de los barcos mercantes con Alemania, no fue tan trascendente como cuando un atardecer, el del 25 de agosto también de 1914, dos cruceros alemanes, el *Augsburg* y el *Magdeburg*, navegaban, ocultos tras la niebla a la entrada del Golfo de Botnia, entre Suecia y Finlandia, al acecho de unos destructores rusos. El teniente coronel Habenicht, a cargo del *Magdeburg*, esperaba la señal proveniente del barco insignia para abrir fuego. Todo parecía indicar que el ataque sorpresivo se reduciría a una batalla naval más, de las tantas que habrían de librarse en las heladas aguas del Mar del Norte.

Mientras esto acontecía, Harold Sommerfeld devoraba un *Apfelstruddel mit schlaggene Sahne* y café vienés en el restaurante del hotel Adlon, en Berlín, junto a la Puerta de Brandeburgo. A un lado, sobre la mesa, reposaba una pequeña copa globera con Calvados añejo. «Mi premio», como él siempre insistía en recompensarse. El distinguido criptógrafo jamás podría haber supuesto que en tanto una pequeña orquesta de cuerdas interpretaba el vals *Die blaue Donan*, ya se socavaban las bases para propiciar el derrumbe del altivo Imperio alemán... ¿Por qué...? Él se mostraba invariablemente confiado pensando que nadie podría descifrar los códigos alemanes construidos con 500 años de inteligencia teutona, tal vez nadie, sí, solo que algunos enemigos buscaban de día y de noche bajo cada una de las olas de la mar océana los libros que contenían las claves para poder traducir los textos secretos...

Lo que sucedería a continuación cambiaría dramáticamente el curso de la guerra y, por ende, el de la historia. La niebla, mortalmente espesa, provocó que el buque insignia se perdiera entre vapores infernales. Sepultados en una humedad asfixiante, la tripulación de los cruceros observaba cómo los bajeles escasamente rozaban la superficie del mar. El desplazamiento de agua difícilmente se percibía, más aún a esa insignificante velocidad. Un silencio solo escuchado en los camposantos enmarcaba un escenario de muerte. El miedo alteraba el ritmo de las respiraciones. Los oficiales y vigías del *Magdeburg* ubicados en el puente de mando intentaban, desesperados, romper las cortinas de un horizonte que se estrellaba con el rostro a cada braza. Los oídos se aguzaban para detectar cualquier sonido amenazante. Los marineros permanecían con el paladar seco sujetos a los barandales empapados. Sabían que, de caer al agua, tan solo podrían sobrevivir unos instantes antes de perecer congelados.

Un miembro de la tripulación del *Augsburg* consolaba a sus colegas murmurando como quien eleva una plegaria y ya hubiera sufrido una experiencia similar:

—No se preocupen por ningún dolor: si llegamos a rozar una mina ni siquiera escucharemos el estallido...

Los alemanes suponen que los rusos también han sembrado miles de minas a lo largo y ancho del Golfo de Botnia. A las 23:03 horas el *Augsburg* informa a Habenicht un nuevo cambio de ruta.

Inexplicablemente, la orden de alteración del curso no llega a tiempo al cuarto de comunicaciones del *Magdeburg*. Cuando se descifra la instrucción, ya es demasiado tarde. El teniente coronel Habenicht grita desesperado:

—¡Quince grados a babooooor...!

La nave no responde con la agilidad requerida. Los hombres del *Magdeburg* sienten un impacto demoledor seguido por otros iguales. El buque se detiene violentamente. La mayoría de la tripulación rueda abruptamente por el piso. El *Magdeburg* está paralizado; ha encallado. El agua penetra gozosa y divertida por la cubierta, dado el grado de inclinación de la nave. La profundidad del mar en estribor es de tan solo dos metros y medio; en popa es de cinco metros. El *Magdeburg* se inunda. Pareciera tragarse el Mar del Norte de un solo sorbo.

Todos los esfuerzos para liberar el crucero son fallidos. Se sueltan el ancla y las cadenas con tal de aligerarlo. Son vaciados los tanques de agua potable y de lavado. Las municiones y otras partes de hierro dispensables se lanzan por la borda al igual que las puertas de mamparo. La máquina es sometida a un esfuerzo estrepitoso, y, sin embargo, el crucero no se desplaza ni media braza. Fracasan todas las iniciativas de rescate. El *Magdeburg* rugía como una fiera entrampada ante el inminente arribo de sus captores. Intuía perfectamente su destino. El *Augsburg* continuó sin contestar los mensajes de auxilio de Habenicht.

Las primeras luces del amanecer permitieron distinguir las rocas en el fondo del Báltico. La tripulación comprueba que el buque ha encallado a unos 300 metros de la isla de Odensholm. El teniente coronel Habenicht ordena, en su desesperación, el lanzamiento de 120 proyectiles de mortero para destruir a la brevedad la estación transmisora de la isla y evitar así que las unidades rusas pudieran conocer su posición. El *Magdeburg* presentaba un blanco fijo. Un espléndido objetivo militar. El sueño dorado de cualquier artillero de la marina rusa. Nadie escaparía con vida... El guardia de la isla de Odensholm ya había reportado al servicio de observación ruso que un buque alemán había encallado a un costado de la isla... Los barcos rusos, que estaban siendo acechados, aparecerían en cualquier momento en el horizonte.

Fue entonces cuando un Habenicht incontenible ordenó la destrucción frenética de todo tipo de evidencia. Comienza una operación febril de destrucción de todo material secreto. ¡Los códigos, quememos los códigos...!

Era inútil arrojarlos al mar: la escasa profundidad les hubiera permitido a los oficiales rusos descubrirlos a simple vista al abordar el crucero. La única opción restante era la de quemar todo el material de comunicación aérea. Ya no había tiempo para despedazarlo con las manos. En las calderas los marineros acataban las órdenes quemando todos los documentos proporcionados por el capitán, quien gritaba en su paso del horno al puente de mando y de regreso:

—*Schnell, Mensch, schnell.**

A más papel y más angustia, las flamas se ahogaban en el interior del horno como si el fuego se negara a devorar tantos textos comprometedores. ¿Por qué se agotaba la energía en el momento más crítico? Parecía un cruel acto de sabotaje concebido por Dios.

¿Finalmente la divinidad habría tomado partido? Las llamas agonizaban perezosamente. De nada servían las órdenes desesperadas de Habenicht. Toda voluntad era insuficiente, toda lealtad al Imperio, inoperante, y toda rapidez y buenos deseos, inútiles ante las leyes de la física.

Sommerfeld hubiera podido indicarles con un simple cálculo matemático que de acuerdo con el tamaño del horno y con el volumen de papel a incinerar, la operación debería haberse iniciado cuando menos cinco horas antes si se deseaba conceder al fuego la oportunidad de extinguir lentamente los papeles secretos. *Genug fertig...***

A bordo del *Magdeburg* se encuentran tres copias del libro de señales y dos de ellas están siendo ignoradas por la prisa y la patética agonía del capitán. Permitir al enemigo el acceso a los códigos, cuya custodia habían jurado mantener a cualquier precio ante el káiser cuando se les concedió la mínima graduación en la jerarquía de la marina imperial alemana, le impediría al cuerpo de oficiales regresar a Alemania con vida o volver a ver a la cara a nadie, ya no se diga de la superioridad, por haber incumplido con la ejecución puntual de instrucciones de tanta trascendencia... ¿Cómo justificar una omisión de esa naturaleza? ¿Dejar al alcance de los enemigos dos copias del libro de señales para que estos pudieran descifrar y conocer buena parte de los planes y estrategias alemanas? ¡Entre Habenicht y toda la tripulación tenían que haberse comido los códigos, devorado los libros o al menos haberlos destrozado o inutilizado de alguna manera, y tirado, acto seguido, al mar, una vez convertidos en rompecabezas...!

---

* Rápido, hombre, rápido.
** Suficiente, listo.

¿Falta de tiempo…? *Du wirst in der Hölle verbrennen,** le escupiría el cuerpo de oficiales a Habenicht en pleno rostro en el momento de degradarlo arrancándole los galones de las mangas y de los hombros. Ningún oficial digno de la marina alemana podría defenderse válidamente argumentando pretextos tan insostenibles. ¿Acaso eres un idiota que no fuiste advertido ni capacitado en la mejor academia militar de la tierra?

—*Bistdu verrückt geworden?***

Su ilimitada torpeza lo hubiera conducido por lo menos al paredón. ¿Acaso Habenicht hubiera podido argüir ante un Consejo de Guerra que por falta de previsión permitió a los rusos apoderarse de los planos navales que detallaban la ubicación exacta de las minas alemanas sembradas en el Báltico, además de los códigos ultrasecretos de señales con los que se comprometía a toda la marina imperial y a la misma Alemania?

Cuando los hornos y calderas del *Magdeburg* estaban repletos de códigos y otros tantos marineros desgarraban el material para arrojarlo de inmediato al mar y al mismo tiempo que desde el cuarto de comunicaciones se largaban una y otra vez mensajes cifrados de socorro al *Augsburg*, después de una breve refriega, el crucero alemán fue finalmente tomado por un convoy ruso. Resultó inútil oponer resistencia. La mayor parte de la tripulación del *Magdeburg* fue apresada junto con un Habenicht de cabeza humillada, uniforme tiznado y manos sangrantes. El crucero fue completamente destruido. Todos los papeles restantes, aun los que se localizaron en los hornos en avanzado estado de combustión, fueron recogidos para someterlos a una investigación posterior en la oficina de inteligencia del zar Nicolás II, primo del káiser Guillermo II.

Por si fuera poco, en el fondo del mar, una brigada de buzos zaristas encontró los dos libros de señales hundidos con pedazos de plomo y, a unas brazas del barco, dieron con el cuerpo congelado del sargento telegrafista abrazando otros textos secretos, mientras flotaba petrificado en la superficie del mar. Había saltado al agua con tal de impedir el acceso a las claves que juró apartar, aun a costa de su vida, de manos ajenas ante el mismísimo emperador de Alemania, quien, para tan trascendental ceremonia, utilizó el uniforme de los húsares negros: una elevada gorra oscura con una calavera blanca grabada al frente descansando sobre unos fémures cruzados…

---

* Te vas a quemar en el infierno.
** ¿Te has vuelto loco?

Después de varios intentos y esfuerzos infructuosos, la oficina de inteligencia rusa no pudo extraer provecho alguno de los libros secuestrados al *Magdeburg*. Harold Sommerfeld hubiera reventado a carcajadas con tan solo imaginar el rostro de los criptógrafos rusos al tratar de descifrar un mensaje codificado dirigido por un submarino alemán a la estación de Nauen.

«¿Verdad que les habría parecido un texto redactado en chino de la dinastía Shang? Si serán imbéciles...» Sonreiría al adivinar el cruce de miradas idiotas y perplejas de los máximos oficiales de inteligencia zarista. «Esos estúpidos no podrán traducir nuestros telegramas ni facilitándoles los códigos secretos. ¿No es evidente que el éxito está reservado para las mentes superiores...?»

Confesada su impotencia, el almirantazgo de San Petersburgo decidió, con buen tino, ya entrado octubre de 1914, hacerle llegar los libros secretos a la primera potencia naval del mundo entero: Inglaterra, su aliada. Winston Churchill, primer lord del almirantazgo, recibió en sus oficinas al agregado naval ruso, quien le reveló la importancia de los textos, así como la imperiosa necesidad de que Scotland Yard, el Servicio Secreto o el Departamento de Guerra pudieran tener acceso a ellos.

—Debe tratarse de un material muy importante, Su Excelencia —adujo el marino ruso uniformado—, dado que los alemanes a bordo del *Magdeburg* podían dejarse matar a tiros con tal de no entregarnos los libros. Por lo visto son documentos sumamente comprometedores. Esperamos que ustedes cuenten con mejores elementos que nosotros para entender el significado de las claves.

Una semana después de haber llegado los libros del *Magdeburg* a las mesas de trabajo de la oficina de inteligencia inglesa los decodificadores no podían salir de su asombro: se trataba del más afortunado y deslumbrante descubrimiento en la historia de la criptología de todos los tiempos. Los expertos confirmaron que se trataba de los códigos navales alemanes mediante los cuales la marina imperial se comunicaba con sus flotas en altamar. Faltaban, sí, ciertos libros, solo que con dichas claves en manos de los aliados ya se podrían hacer avances prodigiosos, como anticiparse a los planes incendiarios del káiser para sumarse a la desestabilización de Irlanda; localizar a los submarinos alemanes, los enemigos invisibles y más destructores de la marina comercial y de la guerra inglesas y conocer a cada braza la ubicación de la *Hochseeflotte*.

Winston Churchill y el príncipe Luis de Battenberg, primer Lord del Mar, fueron informados de inmediato del hallazgo. El primero redujo la celebración a un breve brindis con su sherry favorito:

—Ahora sabremos más que nunca de los alemanes. El trabajo no está concluido: todavía faltan piezas críticas para poder armar todo el rompecabezas —concluyó, sin ocultar su entusiasmo.

—Cuando ganemos la guerra, Su Excelencia, y metamos al lunático del káiser en un sótano podrido y oscuro de la Torre de Londres, donde también tuvo que estar custodiado Napoleón Bonaparte, entonces y solo entonces, después de colgarlo, me permitiré beber lentamente dos copas de sherry…

Las enormes posibilidades que se abrieron como consecuencia de la tenencia del código naval alemán condujeron al gobierno inglés a fortalecer dramáticamente su presupuesto destinado al desarrollo de las tareas de inteligencia. El gobierno de Su Majestad, el rey Jorge V, requería de un auténtico cerebro al frente de una de las oficinas más importantes del Imperio británico. Después de analizar detenidamente una lista selecta de candidatos, se acordó nombrar a William Reginald Hall, un ilustre capitán de crucero, como el nuevo «Director of Naval Intelligence».

5. El «Cuarto 40» / I

Reggie Hall había sido, hasta 1914, un reconocido capitán de la marina de guerra. Sus méritos en campaña bien pronto se tradujeron en condecoraciones y galardones con los que podría cubrirse el uniforme de gala de la Real Marina Inglesa. Nadie podía, sin embargo, ser perfecto: le aquejaron diversos problemas de salud, al extremo de impedirle continuar su vida al frente de su crucero.

Hall, a los 44 años de edad, se declaró muerto en vida el día en que, tan solo a tres meses de haber comenzado la guerra europea, tuvo que entregar la jefatura del puente de mando del *Queen Mary*, un portentoso crucero de batalla, el orgullo de la flota de Su Majestad. Por supuesto que Reggie ignoraba la suerte que le esperaba al frente de la Dirección de Inteligencia Naval de su país.

—Nací en el mar, soy del mar, me debo al mar y he de morir en el mar si el Señor no tiene empacho en complacerme —comentaba con su clásica sorna, típica de Wiltshire.

—Perder mi barco es lo mismo que para un cirujano perder las manos; para un músico, el oído, o para un pintor, la vista. ¿Qué hace un corredor con las piernas amputadas por un accidente? ¿Por qué la vida ha de golpearnos donde más nos duele y cuando el futuro parece ser más esperanzador que nunca?

Las tareas de inteligencia no eran desconocidas para Hall. Él, por su parte, había estudiado casos del servicio secreto inglés que se remontaban a los días en que Wellington derrotara definitivamente a Napoleón en Waterloo. Su padre, el capitán William Henry Hall, había sido el primer director del Comité de Inteligencia Exterior. De él supo cómo Rothschild había logrado amasar una fortuna gigantesca al conocer, antes que nadie, de la derrota napoleónica en Waterloo, gracias a una paloma mensajera. Fue entonces cuando, dueño de una información privilegiada, «vendí, hijo mío, bonos, valores y acciones francesas para luego recomprar media Francia a precios insignificantes cuando se presentó la quiebra total».

Dotado de una astuta mentalidad especialmente diseñada para delicados propósitos de espionaje, Reggie Hall parecía un personaje sarcástico extraído de una novela de Charles Dickens. Su nariz sobresaliente rematada agresivamente en forma de gancho, su frente amplia y su calvicie prematura delataban la presencia de un viejo judío usurero de los barrios bajos de Londres. Los detalles de su personalidad no concluían ahí: desde muy joven fue poseído por una contorsión facial, un movimiento nervioso e incontrolable de los ojos que le obligaba a parpadear constantemente hasta llegar a desquiciar a cualquiera que sostuviera una conversación con él por más de media hora. Conocido por sus íntimos y sus colaboradores como Blinker, al mismo tiempo podía ser bromista y en ocasiones cruel. Hall se sabía dueño de una sorprendente facilidad para ejecutar decisiones difíciles. Era magnético y seductor cuando él lo deseaba, altivo y arrogante aun sin proponérselo y, sobre todo, era objeto de burlas por su necedad y por su audacia, cualidades que le garantizarían el éxito…

El primer cambio que ordenó el *captain* Reginald Hall consistió en organizar la sección criptográfica de la marina inglesa mudándola al «Cuarto 40» en el viejo edificio del Almirantazgo en Londres. Su prestigio creció esta vez por su notable capacidad para rastrear los códigos diplomáticos y militares del Imperio alemán y para poder descifrarlos tal vez antes que los mismos receptores.

Cuando llegaron a sus manos los libros del *Magdeburg* y el *Handelsverkehrsbuch* que contenían las claves cifradas, así como los códigos de la marina alemana y esto le permitió saber la posición de cada escuadrón, submarino, crucero y acorazado alemán en cualquier parte del Atlántico y del Mar del Norte, ya que todas las naves del káiser estaban obligadas a informar regularmente sus posiciones a Berlín, emprendió una feroz cacería para localizar todos los libros que se encontraran a bordo de cualquier barco con matrícula alemana, ya fuera mercante o de guerra.

Desde sus primeros días al frente del «Cuarto 40», Hall desarrolló una actividad nunca vista en él. Su misma esposa, un factor determinante para ingresar en la Inteligencia Inglesa, no dejaba de sorprenderse por el notable fanatismo con el que Reginald había abrazado su nueva tarea, siempre dentro del círculo de la marina. Bien pronto olvidó aquello de un corredor con las piernas mutiladas o de un pintor ciego o un cirujano con manos artríticas: en cualquier parte del mundo donde se librara una batalla naval o se descubriera la existencia de un espía alemán, ahí se daría la posibilidad de encontrar libros y códigos secretos para descifrar señales y comunicaciones entre diplomáticos, escuadras marinas, divisiones de ejércitos y espías con Berlín.

Día con día resultaba más difícil un ataque sorpresa de los alemanes a barcos con la bandera de Su Majestad, Jorge V. Al interceptar los mensajes de las flotas alemanas revelando en detalle su posición a Berlín, Hall y su equipo extendieron sobre una gran mesa, en lo que antes fuera una sala de juntas del viejo edificio del Almirantazgo, un mapa enorme del océano Atlántico, de Europa y del Mar del Norte sobre el que colocaron los cruceros y submarinos alemanes a escala, así como la posición de los convoyes, los escuadrones, cruceros y acorazados ingleses. Cada cambio de ubicación decodificada oportunamente por los criptógrafos del «Cuarto 40» se traducía de inmediato en un movimiento sobre el mapa en cuestión y acto seguido en una advertencia de la peligrosa presencia enemiga a los barcos británicos para que tomaran todas las providencias del caso. En el mismo diciembre de 1914 los gritos de felicidad en el «Cuarto 40» eran contagiosos: los ingleses habían logrado interceptar una escuadra de barcos alemanes que venían a bombardear las costas británicas, haciéndola desistir de sus objetivos hasta que se desvaneció en la espesa niebla del anochecer. El alto mando alemán enfurecía ante tanto golpe fallido.

Hall supo antes que Scotland Yard y que las oficinas de inteligencia civiles, políticas, diplomáticas y hasta las militares de la Gran Bretaña, que los espías del káiser deseaban proporcionar armas y recursos económicos a los rebeldes irlandeses estimulando el incendio de Irlanda con el propósito de desmembrar a la Gran Bretaña. Hall, y solo Hall, descubrió las intenciones de Alemania para sabotear cuanto fuera posible en territorios, dominios o colonias inglesas. Hall pudo descifrar las comunicaciones de los espías alemanes con sus superiores en la Wilhelmstrasse o en las oficinas del alto mando del emperador Guillermo II. Hall supo que el káiser financiaba a los revolucionarios de la India; hizo saber de ciertas huelgas en plantas químicas o de armamento localizadas en el extranjero que afectaban principalmente el abasto estratégico británico. También logró interceptar las comunicaciones y mensajes del propio presidente Woodrow Wilson dirigidos tanto a los aliados y a los integrantes de la *Entente Cordiale* como a los titulares de las potencias centrales. Hall, antes que nadie, conoció las genuinas intenciones del jefe de la Casa Blanca por llegar a una solución inmediata de la brutal guerra europea sobre la base de que se diera una paz sin triunfadores.

La búsqueda de códigos secretos, de libros de señales, de claves para traducir mensajes cifrados ocupó febrilmente la vida de Reggie. En una ocasión supo que una escuadra inglesa había hundido cuatro barcos alemanes en la costa norte de Noruega. Esta información, para cualquier oficial, soldado, marino o simplemente ciudadano inglés se hubiera reducido a un par de sonoros ¡hurras! en cualquier *pub* de Manchester, de Liverpool o de Londres. Para Hall tenía significados adicionales. No había tiempo para festejos. Tan pronto conoció el naufragio de los cruceros enemigos, ahí envió a buzos especializados en grandes profundidades para que buscaran los códigos de comunicaciones marinas.

—¡Que no salgan del agua hasta que los encuentren…! —tronó desde el *Old Admiralty Building* en Londres.

Tuvo éxito. Los buzos localizaron en el fondo del mar un cofre herméticamente cerrado que contenía un libro, nada menos que el *Verkehrsbuch*, usado no solo para el tráfico de radio entre buques alemanes, sino también para intercambiar mensajes entre Berlín y los agregados navales de las embajadas alemanas alrededor del mundo. Se trataba de una pieza más para empezar a concluir el rompecabezas. El hallazgo fue sensacional. El Blinker parpadeó intensamente junto con su equipo de ilustres compatriotas ingleses del «Cuarto 40».

Los científicos británicos, los profesores eméritos de la Gran Bretaña, entre ellos un catedrático de arqueología clásica y otros maestros universitarios de lenguas universales, en particular del alemán; profesionales de las más diversas especialidades, empresarios y maestros de música, así como las empleadas y secretarias, todas ellas hijas o hermanas de los altos oficiales de la marina, las únicas con acceso al «Cuarto 40», levantaron al unísono sus copas, tazas con café o vasos de papel con agua para hacer un *toast* y celebrar el formidable descubrimiento.

¿Matar? ¡Sí! Reggie Hall también tuvo que matar a Alexander Szek, un inglés nacido en Austria radicado en la Bélgica ocupada por Alemania. Al joven compatriota lo habían obligado a copiar a mano el Código Diplomático germano. Szek trabajaba para los alemanes gracias a su dominio de ambos idiomas y a su comportamiento ejemplar. Los sabuesos de Hall, informados de que el joven Szek tenía acceso a los libros secretos, lo amenazaron advirtiéndole que si no entregaba los textos en un término perentorio, sus padres, radicados en Croydon, al sur de Londres, amanecerían degollados el próximo año. Tan pronto Szek puso en manos de los enviados de Hall la copia del Código Diplomático, fue asesinado por órdenes del Blinker para que jamás pudiera cometer una indiscreción. Los alemanes nunca deberían llegar a saber que en el «Cuarto 40» ya era posible descifrar sus mensajes. Los honorarios por estrangularlo se elevaron a mil libras esterlinas, mismas que cobró el agente «H».

«La guerra es la guerra —se dijo Hall—. Un secreto tiene muchas mayores posibilidades de derramarse en la misma medida en que más personas lo conozcan. Yo administraré la información y los secretos…»

En cada palabra podría haber una pista nueva; en los comentarios más intrascendentes, una revelación toral; en los chismes, ¡ay!, en los chismes se podría dar con vetas riquísimas de la misma manera en que los mineros golpean a diestra y siniestra en las cavernas de la tierra para dar con los metales preciosos. Un espía —se dijo Hall— que no sabe escuchar está muerto y un director de inteligencia que tampoco sabe hacerlo está mucho más muerto que los mismísimos muertos… Y bebiendo un *Scotch Unhurried Aged*, un *Glenlivet* añejo producido *by Appointment of His Royal Majesty, the King, George V*, su trago predilecto que había solicitado en un vaso pequeño y sin hielo, tal y como se lo servían cuando visitaba el selecto Club de Oficiales de la Real Marina Inglesa, así, de pronto y sin proponérselo, apareció la hebra mágica que habría de sacarlo del laberinto hasta dar nuevamente con la luz…

Todo sucedió en el mismo club de la marina cuando, ya entrado el segundo año de la guerra en 1915, y precisamente al anochecer, un oficial contaba entre carcajadas la anécdota de un tal Wassmuss, un vicecónsul alemán con residencia en Persia, quien, en su huida de las tropas inglesas, había dejado olvidados todos sus bienes personales con tal de salvar el oro que le había enviado el káiser para financiar una serie de sublevaciones en contra de Inglaterra. Hall se acercó discretamente al grupo con su *Glenlivet* en la mano sin dejar de parpadear un solo instante. Bebía a pequeños sorbos y sonreía esquivamente mientras la nariz se le encogía hasta parecer un auténtico gancho de águila blanca norteamericana. Un anciano agiotista no ofrecería un mejor rostro al momento de contar billete tras billete los jugosos intereses finalmente cobrados tras largas noches de insomnio.

El joven oficial, de escasos 30 años, con el rostro tostado por el sol después de pasar varios años en la otrora Mesopotamia, narraba anécdotas de Wassmuss, enviado por Guillermo II de Alemania para sublevar las tribus en el sur de Persia:

—Wassmuss es un aventurero salvaje, un ambicioso perito en las artes del espionaje y sobre todo el mentiroso más grande y cínico conocido en toda la historia de la humanidad —dijo gozoso al percatarse de que tenía dominada a una buena parte de los visitantes del club—. Este personaje extraído de la leyenda, *my dear friends*, efectivamente se fue a Persia con el único objetivo de agitar a todas las tribus en contra de la armada británica. Para el káiser, la guerra contra nosotros no se reduce a tratar de cruzar el Canal de la Mancha y apoderarse de nuestro Parlamento o de Buckingham, qué va, para Guillermo II donde haya algo inglés en cualquier parte del mundo es deber patriótico de todo alemán digno y eficiente tratar de aplastarlo y, cómo no, tratar de dañarnos precisamente en Persia cuando, además de ser dominios estratégicos, son territorios ricos en petróleo. ¿No…?

»Wassmuss —continuaba eufórico el hombre de mar— deseaba que perdiéramos petróleo y territorios enfrentándonos a esas tribus de salvajes... Él es algo así como nuestro Lawrence de Arabia alemán, y trata de hacer en Persia lo mismo que nosotros hacemos en Turquía contra los alemanes: ¡sublevar, incendiar, sabotear, chantajear, espiar y matar, si fuera necesario, tantos turcos y teutones como se pueda!»

Cuando el joven oficial volvió a usar la palabra espiar, Hall supo que había dado con los compañeros vespertinos adecuados. El Blinker parpadeaba. Era el momento de escuchar. Puso su mejor atención como si se tratara de un fraile dominico arrepentido:

—Con oro suficiente como para corromper a un califa o a un sultán y con una lengua más venenosa que el más peligroso de los reptiles del desierto, Wassmuss ha llegado a lastimarnos gravemente, al extremo de que al día de hoy se ofrece una imponente recompensa, nada menos que 20 mil libras esterlinas, una fortuna, para quien lo entregue vivo o muerto.

Contó, a continuación, cómo Wassmuss les había hecho saber a las tribus, incomunicadas del resto del mundo, que cinco ejércitos de alemanes habían invadido Inglaterra, apresado a Jorge V y después de obligarlo a arrepentirse por haber atacado a Alemania, lo había ejecutado en *Trafalgar Square* un pelotón de fusilamiento integrado por la guardia de honor del emperador Guillermo II. De la misma manera les informó que tanto Rusia como Francia estaban a punto de capitular; que Alemania era invencible, que el talento de su alto mando, así como el de su equipo de oficiales, era a todas luces superior al del conjunto de todas las jerarquías de las fuerzas armadas aliadas. Un capitán de submarino alemán vale más que 100 generales ingleses... Cinco soldados alemanes —les hizo saber— hemos llegado a hacer presos a mil soldados franceses.

En la sala repleta de oficiales ya no se escuchaban ni siquiera murmullos aislados. La mayoría de los presentes rodeaba al narrador en espera de la mejor oportunidad para celebrar sus comentarios. Aislados se encontraban un par de lectores de periódicos y revistas. No se contemplaba la presencia de ninguna mujer en el lujoso recinto. ¿Una mujer en el club de oficiales? Sería tanto como permitir el ingreso del diablo en una iglesia...

—Wassmuss —recordó el uniformado— ya había sido vicecónsul alemán en Bushire, Persia, en 1908. Por esa razón conocía las costumbres y tradiciones de estos salvajes y se comunicaba con ellos emitiendo meros sonidos guturales. Él traga las mismas inmundicias que esos hombres del Cromagnon en pleno siglo xx. Jamás duermen en el mismo lugar y beben pócimas vomitivas nocturnas para evitar la sudoración y la deshidratación en las mañanas.

Las interrupciones y los comentarios se repetían cada vez con más insistencia. No cabía duda de que en este centro de reunión se podían escuchar las experiencias militares inglesas de todo el mundo. Hall movía su vaso en pequeños círculos y guardaba silencio en espera del desenlace. Era conveniente permitir que el actor se luciera.

—Wassmuss es nómada como ellos, un roedor del desierto, una rata fiel al káiser, un endemoniado fanático que se la jugó el año pasado con su emperador, aun después del estallido de la guerra, en tanto el resto de los diplomáticos alemanes exigieron su repatriación. Wassmuss decidió quedarse en el ojo de la tormenta. Él se considera un moderno cruzado germano en contra de los intereses del Reino Unido en Persia, un auténtico iluminado, y por esa razón seduce a las tribus y a sus líderes en Constantinopla alegando que Alemania ganará la guerra… Qué tan importante será, que en algunos mapas de posesiones británicas en lugar de Persia aparece en letras enormes: Wassmuss…

—¿Y por qué tanta preocupación por él? —preguntó uno de los oficiales ajustándose la cuartelera.

—¿Te parece poco que perdamos los campos petroleros persas o que puedan cortar el oleoducto y amenazar el abasto de combustible, teniendo que depender del que traemos de Tampico? Tal vez creas que podamos mover la flota inglesa con unos buenos remeros —disparó a quemarropa, provocando la burla para evitar más preguntas inoportunas.

»Wassmuss es el amo —continuó el uniformado, ávido de llegar al desenlace final— en el manejo de las tribus Bakhitiari, Dizful y Shustar. Ha hecho creer a los jefes locales que los ingleses son los enemigos jurados del sultán de Turquía, el califa del islam, y por lo mismo demanda airadamente la iniciación de una guerra santa, un *jihad* en los foros secretos, para lo cual distribuye todo tipo de panfletos y folletos subversivos: maten a los ingleses o hagan que se larguen de Persia antes de que ellos los maten a ustedes… *¡Jihad, jihad, jihad…!*, gritó como un loco. Los persas salvajes empezaron a seguirlo fanáticamente.»

En el club de oficiales era muy frecuente escuchar términos en árabe o en indio o en chino, según la asignación o la base del marino en turno. La Commonwealth cubría una buena parte del mundo y, como tal, el repertorio inagotable de anécdotas en todos los idiomas podía resultar una experiencia muy gratificante.

—Controlar una guerra santa, en donde lo único que no cuenta es la vida, a cambio de honrar y servir a Mahoma, nos obligó a atacar de frente el movimiento iniciado por Wassmuss antes de que perdiéramos el control del levantamiento. De ahí que fijáramos ya no solo una recompensa por la cabeza de este indomable espía alemán, sino que iniciáramos toda una maniobra militar para tomar Bushire con la fuerza de las armas y aquí, precisamente aquí, es donde la fuga ridícula del sabueso prusiano casi nos mata de la risa a quienes conocimos de cerca los detalles de la operación… ¡Qué manera de perder la dignidad…!

Hall veía fijamente a los ojos del oficial vestido completamente de blanco. Se decía que Reggie podía ver con su mirada a través de las personas. Sus insignias colocadas en el pecho y sus galones exhibidos en mangas y hombros, además de darle un toque de color a su indumentaria, delataban los niveles de su jerarquía en la marina, así como las credenciales mostradas para poder ingresar al club. El director de Inteligencia Naval se mostraba impertérrito. Su intuición le anunciaba la presencia inequívoca de una revelación sensacional.

—Dicen —continuó el narrador sin ocultar su entusiasmo— que cuando Wassmuss escuchó los primeros tiros y nuestras bombas lo perseguían silbando por toda la casa en donde dormía plácidamente enfundado en su pijama de seda, el espía kaiseriano gritó desesperado: «¿Por qué no me avisaron que los ingleses estaban cerca? ¿Quién cubría la guardia? ¿Se quedaron dormidos los vigilantes? —repetía mientras se arrancaba su gorro de dormir y buscaba desesperado, sin encontrarla, su ropa para salir a la calle a como diera lugar. Parecía como si alguien le hubiera prendido fuego en el trasero. Ya no gritaba *Jihad, jihad, jihad*, sino *Hilfe, Hilfe, Hilfe*** tan pronto fue informado de que una columna de soldados británicos estaba entrando en la ciudad no solo para tomarla, sino para colgarlo del primer poste que encontraran—. ¡Que me traigan mi automóvil! —dicen que ordenaba perdido entre la furia y la angustia—: *Mein Auto! Hast du gehort? Mein Auto! Bist du taub? Mein Auto!*»** ¿Y para qué creen que quería el automóvil? Para salvar su vida —contestarán ustedes con lógica elemental—. Pues no, escúchenme bien: necesitaba con toda urgencia su vehículo para que se llevaran todo el oro que el káiser le hacía llegar en cantidades ilimitadas para sobornar y comprar a los líderes de las tribus en contra nuestra. En plena calle, en ropa de noche y sin pantuflas, se dio cuenta de que a bordo del coche ya no había espacio ni para él ni para su equipaje y se decidió obviamente por el oro… Ordenó entonces a su chofer que su automóvil partiera sin él. Ya más adelante lo alcanzaría en camello o en avestruz…

---

* Ayuda, ayuda, ayuda…
** ¡Mi coche! ¿Has oído? ¡Mi coche! ¿Estás sordo? ¡Mi coche!

Mientras el coro empezó a reír y a festejar la anécdota, Hall tomó la hebra de inmediato. Ahora tenía una pista. Lo sabía, lo sabía, se dijo en silencio. Decidió entonces preguntar por primera vez con toda suavidad. Desde luego, había oído hablar en detalle del famoso espía e intrigante alemán, cuyo radio de acción era Persia:

—¿Está usted absolutamente seguro de que Wassmuss tenía el cargo de vicecónsul de Alemania?

—Por supuesto —contestó el oficial sin ocultar su malestar porque alguien de nueva cuenta había interrumpido su narración. Ni siquiera se tomó la molestia ni le concedió a Hall la cortesía de voltear a verlo—. «Lárguese ahora mismo —ordenó Wassmuss, descompuesto, a su chofer— y busque al jefe de la tribu Dizful, pregunte por Aboumrad Pahlevi, es amigo mío: quédese usted a bordo del automóvil hasta que yo llegue. A ellos les confío todo, pero usted no se baje ni un instante del coche ni siquiera para ir al baño o le formo un Consejo de Guerra. ¿Entendido…?» Y oigan bien esto —agregó el oficial inglés después de secar el sudor de su rostro—, acto seguido, el tal Wassmuss corrió en pijamas a una caballeriza cercana y después de pagar por un caballo lo que valía la cuadra entera con todo y establo y esposa del dueño, salió a pleno galope a la montaña ya sin detenerse a buscar sus pertenencias: el pellejo es el pellejo, ¿no creen…?

—¿Y sus papeles y equipaje? —preguntó Hall, sin participar en la algarabía.

—¡Ay!, yo no sé —adujo el oficial como si la pregunta ya no viniera al caso—. ¿A quién le van a interesar los calzones sucios de un diplomático? Lo único que cuenta es lo que hicimos con un peligroso enemigo de Inglaterra que se creía dueño del mundo —contestó, viendo por primera vez a Hall—: al primer tiro el muy valiente huyó desnudo a las montañas. Los alemanes son muy hombres cuando están atrás de los cañones y ellos tienen los mandos…

—De modo que no sabe usted dónde quedó el equipaje de Wassmuss —insistió el director de Inteligencia Naval.

—Vaya usted a saber: es como si me preguntara si ese día el espía alemán fue al baño, quién sabe…

La segunda pregunta de Hall esta vez congeló todos los ánimos. Entre los presentes había quienes conocían de sobra su personalidad al frente de una de las oficinas más importantes de la marina inglesa.

Hall tronó:

—Está usted hablando frente a un oficial de jerarquía muy superior a la suya que le hizo una pregunta específica y concreta: ¿dónde quedó el equipaje de Wassmuss? ¡Exijo una respuesta en este momento!

El uniformado palideció tanto por el tono usado por Hall como por los galones dorados colocados en las mangas de su elegante chaqueta.

—Señor...

—¡Cuádrese y salude antes que nada!

—¡Sí...! —agregó llevándose la mano derecha extendida a la sien.

—Sí, señor, se dice...

—¡Sí, señor!

—Conteste entonces: ¿dónde quedó el equipaje de Wassmuss? —preguntó otra vez enérgicamente sin concederle la posición de descanso a su interlocutor.

—Tengo entendido, señor —repuso tímidamente—, que fue traído a la India House, aquí en Londres, y que alguien lo colocó en el sótano de esa casa.

—¿Y qué demonios tiene que hacer el equipaje de Wassmuss en la India House...?

—Lo desconozco, señor, esas fueron las últimas instrucciones a las que yo tuve acceso...

William Reginald Hall dejó entonces su vaso de whisky ya medio vacío a un lado de un retrato al óleo del príncipe Luis de Battenberg, primer Lord del Mar, colocado sobre el marco de la chimenea. Acto seguido salió precipitadamente del club de oficiales mientras el otrora espléndido narrador permanecía en posición de firmes con la mirada fija en el candil principal del salón.

—Fred, John, Winston y Edward: los quiero aquí de regreso en media hora con todo el equipaje de Wilhelm Wassmuss, así se llama, Wilhelm —aclaró hasta el nombre propio del espía.

—Se encuentra depositado en la India House, a unas cuadras solamente de aquí. No dejen ni una hoja ni cofre alguno ni maletín ni nada: lo quiero todo aquí. Traigan lo que encuentren... —ordenó Hall a un breve equipo de criptógrafos de toda su confianza—, es uno de los espías más talentosos de Alemania.

Tres días después, sus sospechas se confirmaron. En el equipaje de Wassmuss estaba efectivamente el que sería otro más de los espectaculares tesoros de la guerra y de la historia del espionaje: el código diplomático alemán. Por eso el espía al servicio del káiser había gritado hasta desgañitarse en su fugaz huida a caballo, el caballo más caro del mundo: mi equipaje, ordenaba frenético a su valet, mi equipaje...

A través del Código Diplomático 13040 secuestrado a Wassmuss, Hall y sus hombres pudieron finalmente leer los más importantes y no menos secretos mensajes enviados por Berlín a todas sus representaciones en el exterior. Hall podría leer después de decodificar y descifrar las comunicaciones del propio canciller, del Ministerio Alemán de Relaciones Exteriores, del ministro de la Guerra con los embajadores de Washington y de México, entre otros tantos diplomáticos más, con una mayor rapidez que los mismos receptores alemanes de los mensajes. ¿Qué habría dicho Sir Winston Churchill de esta nueva hazaña?

6. El espionaje alemán

¿Y Harold Sommerfeld? ¡Ah!, él tenía dos actividades favoritas. Una, conocida de sobra, consistía en inventar nuevas claves para descifrar los códigos imperiales, elevándose, distanciándose, fortaleciéndose como quien domina un idioma que nadie habla. La otra inclinación, muy clara en Harold, se identificaba muy fácilmente con el simple hecho de referirse a su hermano menor.

Félix empezó a estudiar ingeniería y minería en la Universidad de Berlín,[18] donde todo lo que alcanzó con enorme éxito y extrema facilidad fue hartarse y aburrirse de las exigencias académicas hasta llegar al extremo de desertar abruptamente de la escuela, desertar de la familia y desertar del país. Desertar, desertar: él desertaba de todo...

Cansado de la rigidez prusiana, desertó esta vez de Alemania y se fugó en 1896 a Estados Unidos sin avisar a sus padres ni a los profesores ni a los amigos, ni siquiera a su propia novia, Marlene, una hermosa mujer de apenas 20 años, trigueña, estudiante de piano, dedicada de cuerpo y alma al mundo de la música.

¿De qué le faltaba desertar?

Desertó de sí mismo, desertó de todo tipo de honradez. ¿Cómo? Muy sencillo: le robó a Muschi, mi abuela, 200 marcos, y zarpó del puerto de Hamburgo con destino a Nueva York escondido como polizón a bordo del *Schwarzwald*, un barco transportador de productos químicos.

—¿Bueno, y este tipo de hombres jamás se enfrenta con la justicia?

—Sí, eventualmente, solo que cuando llegan a sentarlos en el banquillo de los acusados, hasta en esas circunstancias sus experiencias llegan a ser únicas y envidiables.

—¡El que la hace la paga...!

—Ja, ja, ja... esos son embustes, verdaderas pamplinas útiles solo para ayudar a la resignación de los pusilánimes y de los timoratos. Sé de muchísimos que siempre hicieron daño, asaltaron, engañaron, estafaron, violaron todo lo violable hasta hartarse y jamás pagaron nada ni pagarán nada, y eso entre políticos, sacerdotes, industriales, donjuanes y militares, es más, en cualquier orden de la vida. ¿Dónde está ese juez divino que sentencia y condena a los hombres antes de morir? ¿Eh…? Los asesinos, los traidores y los rateros, por lo general mueren confortados y reconfortados… Mejor divirtámonos con las aventuras de los audaces si es que no nos atrevemos a seguirlos…

Cuando Félix fue finalmente descubierto y puesto a disposición del capitán Biehl, este dispuso que pagara su viaje lavando los platos y cubiertos sucios de las tres comidas diarias de toda la tripulación del *Schwarzwald*. Fue obligado a ayudar a limpiar, además, la ropa interior de los oficiales de a bordo; colaboró a la hora de alimentar con carbón los hornos del barco y participó en faenas humillantes sin gozar de descanso alguno, teniendo que reportarse puntualmente, cada hora, con el piloto de guardia en el puente de mando sin importar si era la madrugada, la mañana, la tarde o la noche. Una de las condiciones impuestas para no ser lanzado por la borda a la mitad del Atlántico consistió en abstenerse de descansar en ningún momento durante toda la travesía.

—Cuando arribó a su destino, mi hermano no pudo abandonar el barco hasta que él mismo no vació la última bodega y lamió el área de carga a satisfacción del encargado. *Ach du Scheisskerl…!**

Durante la travesía, Félix pasó uno de los momentos más ingratos de su vida. Jamás había tenido contacto con el pánico. Los marineros acataron la rutina impuesta para hacer escarmentar a los polizones y después de atarlo firmemente de pies y manos y de vendarle ojos y boca, fue colocado sobre un trampolín que daba directamente al mar. El barco no disminuyó la marcha en momento alguno. Cuando, entre carcajadas, lo empujaron con un palo de escoba, sintiendo la brisa del mar en pleno rostro, aterrorizado, se dejó caer dispuesto a tragarse toda el agua del océano. ¿Qué sucedió? Pues que fue a dar contra una red improvisada que, además de salvarle la vida, apestaba a 50 años de pescado podrido. Cualquiera vomita en semejantes circunstancias… El capitán autorizaba la organización de la máxima fiesta a bordo cuando alguien de la tripulación llegaba a descubrir a un viajero «gaviota…» Novatadas, novatadas…

En Estados Unidos se ganó la vida realizando los oficios más diversos en la forma más o menos honesta que las circunstancias le permitieron. Salir adelante a veces no es tan difícil cuando se está dispuesto a dar todo a cambio. Lo importante es estar dispuesto a ello…

—Harold —le escribió un día Félix desde Nueva York—, puedes tener todo aquello que puedas ver… ¿Ya te diste cuenta…?

---

* ¡Muchacho de mierda!

Sus aventuras interminables continuaron al estallar la guerra hispano-americana en 1898. Fue entonces cuando ingresó como mercenario al ejército norteamericano para ir a combatir a Cuba.[19] Se convirtió entonces en un soldado yanqui más leal y patriota que Ulyses Grant… Buscaba el peligro, vivía al acecho de cualquier reto. Donde se diera una experiencia audaz, ahí tenía que estar Félix Sommerfeld. Un año después volvió a Alemania después de robar 250 dólares, ahora a su compañero de cuarto, desertando, acto seguido, de las fuerzas armadas del Tío Sam. En aquel entonces ya no era, por supuesto, Ulyses Grant, ni se resignaba a sufrir de nueva cuenta los horrores del *Schwarzwald*. También tenía su dignidad: era más conveniente comprar un boleto de regreso a Europa, aun cuando fuera con dinero ajeno.

Harold Sommerfeld no se cansaba de contar estas anécdotas como si se tratara de la vida de un héroe. Su admiración hacia Félix crecía en la misma medida en que reconocía su incapacidad de imitarlo.

—En Berlín, en 1899, permaneció tan solo unos meses antes de buscar el reclutamiento, esta vez en el ejército alemán con el objetivo de viajar a China para reprimir la rebelión de los bóxers.[20] En aquel entonces ya era más prusiano que el propio Bismarck. ¡Qué bien lucía mostrando orgulloso el uniforme de la Alemania imperial! Juró lealtad a la bandera frente al káiser en una ceremonia de gala en la que participaron 50 mil conscriptos más.

La vida da muchas vueltas, tantas como una rueda de la fortuna. Quién le iba a decir a Félix que durante su estancia en China iba a conocer al cónsul alemán adscrito en Shanghái, herr Arthur Zimmermann, sí, sí, nuestro actual subsecretario de Asuntos Extranjeros, con quien trabó una sólida amistad que perdura hasta nuestros días… ¿Qué sucedió a continuación? Cansado del color amarillo, regresó a Potsdam con el propósito de volver a estudiar. Fracasó. Decidió trabajar. ¿Cómo que trabajar? ¡Fracasó!, claro que fracasó solo para volver a Estados Unidos y desempeñarse, esta vez, como «ingeniero minero…» Fracasó. Fue entonces cuando decidió viajar a Chihuahua, México, y dedicarse a la aleación de metales. Fracasó y fracasó y fracasó… A eso llamo yo búsqueda. La vida es búsqueda y control de los miedos que a todos nos paralizan. La vida es también riesgo y es exposición… ¿A dónde vas si nunca dejaste surgir el verdadero hombre que habitaba en ti? Todos los impulsos vitales reprimidos se traducen en venenos, en amargura ya desde los años anteriores a la vejez… A Félix nunca le afectó el hecho de fracasar. En el fondo de su ser siempre supo que algún día encontraría su camino y a su compañera de andanzas…

Después de vivir algunos años en México, Félix se empleó como ayudante del corresponsal de la Associated Press en aquel país. Ya para entonces hablaba muy bien el español y por supuesto dominaba el alemán y el inglés. Con esa trayectoria hizo contacto con Francisco Madero, un joven heredero de un sinnúmero de empresas de Coahuila. Ambos simpatizaron y se fueron conociendo cada vez más a través de los comunicados de prensa maderistas que Sommerfeld hacía recurrentemente a Estados Unidos. Félix escribió a su hermano mayor:

> Este hombre, aun cuando pequeño de tamaño, llegará muy lejos porque es un gigante en ambiciones políticas. Está decidido a todo con tal de llegar al poder y democratizar su país. No me cuesta trabajo verlo como sucesor de Díaz. Hace más quien quiere que quien puede, no lo pierdas de vista...

Me propuse impresionar a Madero desde un principio. Me valí de tres herramientas para lograrlo: mi dominio del inglés y del alemán, además de mi facilidad de palabra en castellano. El coahuilense se dio buena cuenta de que yo podría llegar a ser de gran utilidad en sus planes. Después eché mano de mi labia como embustero profesional, misma que me fue particularmente útil frente a un personaje tan candoroso y lleno de calor humano y buena voluntad. Mi audacia y mi espíritu aventurero, que tan buenos resultados me habían rendido en Cuba y en China, fueron instrumentos muy valiosos para poder conquistar a este personaje.

Cuando llegó al gobierno y me nombró jefe de su policía secreta en Estados Unidos,[21] francamente me pareció una decisión sorprendente: nunca pensé que merecería tanta confianza del presidente de la República.

Los políticos que yo había tratado eran mañosos, arteros, ventajosos y cínicos. Don Pancho Madero carecía de trayectoria política, era un novato en esas actividades. Jamás se las había tenido que ver con expertos manipuladores ni con tramposos capaces de cometer cualquier crimen con tal de llegar o de mantenerse en el poder. Si el presidente se hubiera forjado paso a paso en el medio político, los marrulleros le hubieran obligado a desarrollar habilidades defensivas, sensibilidad para detectar la maldad con oportunidad, y olfato para percibir las situaciones de peligro. ¿Cómo vas a meterte en la boca del lobo sin experiencia alguna...?

Porfirio Díaz descifraba con una mirada las intenciones ajenas; leía las entrelíneas, desentrañaba los móviles reales de quienes le rodeaban, sabía cuándo la tentación sería más fuerte que la voluntad: tenía malicia, adivinaba, conocía a su gente, advertía sus debilidades y, sobre todo, gran sabedor de las fuerzas que movían a las personas, se adelantaba años luz a los suyos, controlando férreamente el presente y el futuro.

Si mi jefe querido, don Pancho, hubiera tenido alguna de esas notables facultades para sobrevivir en una selva donde prevalece la ausencia de principios y de valores, por supuesto y desde luego, él y solo él hubiera enterrado a Huerta y jamás a la inversa…

A Harold le gustaba mostrar fotografías de su hermano en los diversos momentos de su vida: mírenlo vestido de revolucionario y de demócrata, ahora parece ser otro Emiliano Zapata, cuando en realidad no es más que un monárquico y absolutista convencido de que es el único sistema que funciona y mucho más en países de desnalgados como México… ¿Democracia cuando hay millones de muertos de hambre y se comen entre todos? ¿Democracia entre caníbales? ¡Vamos, hombre!, en esos casos solo impera la ley del más fuerte. Ninguna otra… Aquí está Félix disfrazado de soldado yanqui apuñalando lo que quedaba del Imperio español, que a él no le importaba más que un pedazo de mierda; para quien llegue a dudarlo ahí lo vemos desfilando en Berlín, como el mejor y más orgulloso soldado al servicio del káiser, decidido a exterminar todos los bóxers que pudiera. Esta, esta es buenísima, amigos, ahí lo tenemos de revolucionario mexicano con ese sombrerote, esos cueros cruzados donde guardan sus cartuchos los rebeldes y esos zapatos, ¿guajachis?, o como se llamen esas malditas chanclas de los salvajes mexicanos… En esta foto aparece a la izquierda, vestido de frac junto a Von Hintze, en aquel entonces, el ministro alemán plenipotenciario en México también contrató a mi hermano para una serie de asuntos secretos: además de todo, ahora era también agente del imperio… ¿Nada es suficiente, verdad…?

—Puedes engañar a uno una vez, pero no puedes engañar siempre a todos…

—Mira, ya déjame en paz, ¿sí…?

—¡Cómo me he reído con Félix! Desde niño supo engañar a mis padres, a nuestros amigos, a nuestros maestros y después a nuestras policías y ejércitos. ¿A quién respetará mi hermano? ¿Sabrá ser leal a la bandera alemana y a nuestro káiser, o siquiera a alguien, quien siempre se ha acostumbrado a jugar con siete barajas y 20 antifaces?

Ni yo mismo sé quién es mi querido Félix…

—¿Y todo ello te parece divertido?

—Sí, absolutamente divertido y, sobre todo, honesto, absolutamente honesto consigo mismo: quien no hace lo que le dicta su corazón es un hipócrita y, como tal, que pague las consecuencias…

Félix Sommerfeld cambiaba el ridículo sombrero revolucionario por el de copa, el traje de manta por el jaqué, la indumentaria de un «Dorado de Villa» por la de un policía neoyorquino: igual es soldado yanqui, que alemán, que mexicano, que reportero, banquero, comerciante o cura. Por la mañana se pone un sombrero de charro y por la tarde una gorra «old Oxford» como periodista inglés. Él cobra con guante o sin él, en billetes o en cheques, en marcos, en pesos y en dólares. ¡Qué más da...! Por si fuera poco, puede hablar como campesino de la sierra de Chihuahua o como dandy inglés de Piccadilly o como alto oficial alemán de la Wilhelmstrasse o como financiero yanqui de Wall Street o columnista del *New York Times*... ¿No es un hombre completo? Por eso fracasó en todo lo que emprendió con anterioridad: ¿cómo encontrar un cargo o una carrera profesional o un puesto concreto para él, además de estar lleno de distracciones, al ser un galán empedernido que tiene una novia en cada puerto, pueblo y ciudad del mundo? Cuenta con amantes en Chihuahua, en Durango, en El Paso, en Nueva York y por supuesto en China y en Cuba, además de la bella Marlene, aquí en Potsdam.

—¿Pero cómo hiciste, querido Félix, para haber sido jefe de la policía secreta de Madero, hombre de confianza de Carranza y espía de Villa? —preguntó Harold a su hermano en una ocasión cuando ambos coincidieron en una taberna de la Marien Platz, en München, en el corazón de Bavaria.

»¿No te había contratado Carranza para espiar a Villa[22] y hasta te pagó por hacer ese trabajo?», insistió el hermano mayor mientras ordenaba unas chuletas ahumadas con col agria.

—Sí, solo que cuando vi que podía controlar a Villa y conocer fácilmente su vida y milagros, porque has de saber que él es francote y rancherote y por lo mismo facilote y obvio, entonces resolví cobrarle a mi general también por mis servicios, esta vez como importador de pólvora.

—¿Y de dónde sacabas la pólvora?

—Cuando asesinaron a Madero me asilé en la embajada alemana en México gracias a la intervención del embajador Von Hintze para que no me alcanzara la mano sanguinaria de Huerta. ¡Imagínate si no iban a querer matar al jefe de la policía secreta de Madero...! Pues bien, gracias a él obtuve un salvoconducto para salir a Estados Unidos y ahí conocí a un tal Sherbourne Hopkins, un rico cabildero al servicio de las compañías petroleras norteamericanas que se dedica nada más y nada menos que a armar golpes de Estado en América Latina cuando las leyes o políticas van en contra de sus representados. Él, uno de los grandes culpables ignorados del crimen de don Pancho, él, uno de los asesinos encubiertos contratados por

Wall Street para matarlo, me acercó a los fabricantes de pólvora y también me hizo los primeros contactos secretos con Venustiano Carranza. Él sabía cómo abordarlo...[23]

Félix Sommerfeld hablaba, contaba anécdotas, explicaba sus ascensos y descensos; explicaba la creación de su fortuna, festejaba y celebraba las risas escandalosas de su hermano sin reparar en que Harold lo hacía con la boca abierta y llena de comida.

—¿Y Carranza?

—Él me creyó desde un principio. Ya empezaba yo a conocer a los mexicanos y a saber cómo manipular sus fibras... Nunca imaginé que, muerto Madero, yo pudiera volver algún día a la política mexicana y cuando me contrató Carranza me reconcilié otra vez con mi existencia. Soy un mimado, Harold, lo soy...

Harold Sommerfeld, un hombre con una gigantesca protuberancia estomacal, pidió una doble ración de puré de papa y pan de trigo, mucho pan de trigo, *Herr Ober*... En ocasiones perdía el hilo de la conversación con tal de devorar lo que hubiera sobre la mesa. ¿Tiene ensalada de pepino con crema y limón? Su apetito parecía ciertamente inagotable. La comida continuaba siendo su gran debilidad. Sin embargo, no quería perder palabra de la narración de su hermano.

—¿Y Carranza no sospechó nada?

—No, a él le animaba la idea de la lealtad que yo había guardado invariablemente hacia Madero, lealtad a uno, lealtad a todos, y con la misma escuela y con el paso del tiempo logré enamorarlo hasta que me contrató para que espiara cada paso de Villa y me presentara ante él como se me diera la gana... Imagínate si me gané a Villa, que entre batalla y batalla hasta le di clases de alemán... Pude venderle tanta pólvora que todavía la debe tener almacenada... En esos días caí en cuenta que, si la información que yo tenía de mi general Villa también se la vendía a los alemanes, podría sacar unos centavitos de más, como dicen en México...

—¿Le cobrabas a Carranza y a Villa al mismo tiempo a pesar de ser enemigos mortales?

—Por supuesto que los dos me pagaban como me pagaban también, como te decía, los alemanes. En un coctel en la embajada alemana en México le ofrecí al embajador en venta toda la información que pudiera proporcionarle de ambos bandos y entonces fue cuando pude hacer el negocio redondo. Cobré por todos lados: a Villa, a Carranza, a los empresarios gringos y a Von Eckardt, el nuevo embajador del káiser.

Harold reía escandalosamente mientras sostenía apenas con una mano un tarro de cerveza de dos litros.

—¿Quieres saber más? ¿Sí…? A los petroleros norteamericanos también les cobro como cabildero ante Carranza y les vendo información privilegiada.

De pronto Harold dejó de sonreír. Una preocupación ocupó su mente y transformó su rostro. Dejó a un lado los cubiertos y ya no masticó ruidosamente al menos por unos instantes. Imaginó a su hermano fusilado o colgado de un poste de telégrafo:

—¿No te expones mucho…?

—Mira, Harry —contestó Félix echando mano del apodo con el que se dirigía a su hermano cuando eran unos niños traviesos—, los mexicanos se impresionan mucho con los extranjeros: haz de cuenta que nos vieran como seres superiores —dijo en tanto metía media salchicha en la mostaza y la devoraba de una sola mordida—. Al igual que contemplaron a Cortés como un Dios y siguieron por buen rato temiéndole como una figura divina, muy a pesar de que al bajarse del caballo violaba a las indígenas, mataba o encerraba a los maridos o a los hermanos, destruía ídolos y templos, les expropiaba casas y tierras, convirtiéndolos finalmente en esclavos y ni así, a pesar de estas fechorías, Cortés fue colgado de uno de los tantos ahuehuetes de la Ciudad de México.

—¿Qué es un «avuvetete»?

—Un árbol muy grande y frondoso que se da en México.

—Como verás —concluyó Félix mientras enrollaba la col agria en el tenedor y la ingería de un solo bocado—, si eres güerito, así se refieren a la gente rubia como yo, y eres alto y fuerte, hasta medio atlético como otra vez soy yo, y eso sin presumirte, y además hablas inglés y alemán y dices cosas más o menos inteligentes en voz muy alta, es suficiente para impresionar y someter a la indiada: no pierdas de vista que los indígenas cambiaron cuentas de vidrio por oro labrado… En México, con el solo hecho de ser extranjero, ya eres autoridad y por lo mismo te creen y te respetan.

—¿Así de fácil?

—¡Claro! Tú habla fuerte y con acento foráneo, sé alto y güerito, exprésate con claridad y apunta soluciones viables y a cobrar… Los puedes domar como si le enseñaras la cruz a Satanás… No saben confrontar la violencia verbal, para ellos es más fácil asestarte una puñalada por la espalda… Solo ten mucho cuidado con eso…

Harold Sommerfeld rumiaba ideas sin atreverse a interrumpir a su hermano. Menuda sangre fría. Por lo visto nunca acabará la conquista en esos países.

—Cuando Colón llegó a América —continuó Félix, limpiándose la boca con el dorso de su mano derecha— les llevábamos a los indios por lo menos dos siglos de ventaja en todos los órdenes del desarrollo: hoy, a más de 400 años de distancia del descubrimiento, la ventaja no solo no ha disminuido, sino se ha acrecentado. Si los mexicanos no hubieran importado locomotoras y trenes el siglo pasado para hacer posible el ferrocarril de Veracruz, ¿cuándo iban a poder disfrutar semejantes ventajas de la civilización?, hoy y en los próximos 200 años los veríamos andando sobre mulas…

Félix comía y comía salchichas con más, mucha más col agria: hacía tanto tiempo que no disfrutaba un platillo tan exquisito que le recordaba tanto su infancia. Él también, al igual que su hermano, podía detener con una sola mano un tarro de cerveza de dos litros y beberlo completo conteniendo todo el tiempo la respiración.

—¿Cuándo crees que los mexicanos iban a tener la tecnología para fabricar un avión como los que usamos nosotros para retratar desde el aire el movimiento de las tropas francesas en el frente occidental? ¿No es una maravilla…?

Harold iba a contestar mientras tragaba una bola inmensa de migajón.

—No, no te preocupes —se adelantó interrumpiéndolo—, yo te contesto: ¡nunca! ¿Sabes cuándo podrán fabricar una granada de mano o una ametralladora o un submarino como los nuestros? Yo te vuelvo a contestar: nunca, Harry, nunca. Antes eran 200 años de ventaja, hoy serán 300. Serán dependientes hasta el último de sus días… Si no fuera por la industria farmacéutica extranjera, los mexicanos se seguirían curando con yerbas como hace mil años por lo menos… A diferencia de los mayas, olmecas y aztecas que integraban espléndidas comunidades científicas, los mexicanos de hoy tienen que comprar tecnología extranjera o regresar a las cavernas…

7. El káiser y México

Guillermo II parecía inagotable aquella mañana del 1 abril de 1915. Pocas veces había sido tan evidente la tumultuosa y no menos sorprendente actividad desarrollada por el káiser en una sola mañana.

Guillermo I, el abuelo paterno, se lo había comentado en su tiempo al propio canciller Bismarck, cuando el futuro emperador de Alemania vivía apenas su tierna niñez: «Mi nieto parece tener hormigas en los calzones…» Tan solo ese día, ya entrado en sus 56 años de edad, sus ayudas de cámara lo habían mudado ocho veces de ropa. Durante la comida se había levantado un sinnúmero de ocasiones para atender supuestamente asuntos de Estado obligando a que le volvieran a poner la mesa en cuanto lugar se encontrara. En incontables ocasiones arrojó al piso la vajilla y la cristalería al constatar que los alimentos no eran de su agrado o estaban fríos o no se los retiraban inmediatamente con un simple, y a veces inaudible, chasquido de dedos. No faltaba más… En cuestión de segundos su temperamento volátil e irascible dejaba al descubierto su verdadera personalidad.

En punto de las siete de la mañana recibió como siempre a su peluquero para que le almidonara el bigote y exhibiera a la perfección la letra *W*, de Wilhelm.[24] El sastre real también le probó varias casacas de cacería, una de ellas en terciopelo verde oscuro, *deep green*, similar a la usada años atrás por uno de sus primos de la Corona británica durante el *fox hunting* en los alrededores de Oxford. Ante el escultor de la corte, Guillermo II también se daba tiempo para posar de perfil, inmóvil —una tarea faraónica—, ya que deseaba aparecer en las futuras monedas del Imperio con una nariz de corte romano, la propia de todo un César…

Federico Guillermo Víctor Alberto von Hohenzollern no podía tolerar el aburrimiento, de ahí que bajara cíclicamente al sótano del palacio real de Unter den Linden, en Berlín, al área de diseño, a dibujar en un pizarrón, con dos trazos maestros, la proa de un nuevo barco de guerra o a supervisar los detalles de la maqueta de un portentoso submarino concebido por él. Dicho sumergible ostentaba dos compuertas por donde los torpedos saldrían disparados a mayor velocidad y con un margen insignificante de error antes de hacer un blanco preciso. Jamás le preocupó si ambas naves podrían flotar o no… Además de lo anterior, concedía entrevistas a diferentes periodistas del mundo. Sus declaraciones, unas más sorprendentes que las otras, eran curiosamente inconsistentes al compararlas entre sí. Durante la interminable jornada igual se reunió en distintos momentos con Bethmann-Hollweg, el canciller del Imperio, que con Von Tirpitz, el impulsor de la construcción de la flota, para analizar las posibilidades de lograr una rendición inmediata de Inglaterra por medio de un bloqueo naval. Las aguas del archipiélago británico serían declaradas zona de guerra y los barcos aliados que se acercaran serían hundidos sin previo aviso. ¡Al diablo con las tradiciones civilizadas consistentes en la notificación, abordaje, búsqueda, captura, atención y protección a civiles! La guerra es la guerra: pondremos a Inglaterra de rodillas en los próximos seis meses. El hambre acabará con «la Pérfida Albión». Con la misma impaciencia escuchó, invariablemente de pie, las nuevas estrategias y argumentos de Ludendorff y de Hindenburg, sus cerebros militares, glorias auténticas de Alemania, en quienes creía ciegamente.

El asesinato en Sarajevo del archiduque Francisco Fernando parecía cada vez más remoto. El tiempo transcurría imperceptiblemente. La actividad febril de día y de noche ayudaba a confundir escenarios, personas, lugares, momentos, conversaciones e interlocutores. Lo de ayer ya era historia. Los episodios de la guerra consumían toda la atención. El volumen de noticias era abrumador. La entrada de ayudantes uniformados con telegramas en charolas de plata y manos enguantadas de blanco era recurrente en los múltiples salones de ingreso restringido del palacio. No había tregua posible. La sucesión frenética de acontecimientos, la intensidad de las emociones, el peligro latente de un vuelco repentino en los frentes o las fracturas de las líneas defensivas críticas, el naufragio de barcos de guerra considerados invencibles, la pérdida numerosa de soldados en las trincheras, la creciente penetración de espías en cada oficina del alto mando alemán arrebataban la paz, agotaban los niveles de paciencia y consumían en ocasiones las esperanzas de los altos jerarcas militares del Imperio.

Solo que para el káiser ni los partes diarios de guerra recibidos al principio de aquella primavera de 1915 ni la compulsión con la que se desempeñaban todos sus colaboradores ni la angustia que se advertía en los rostros de quienes le rodeaban parecían agredirlo para buscar los espacios de reclusión donde pudiera ordenar sus pensamientos, estructurar sus reflexiones y armar debidamente sus planes. En público proyectaba una absoluta confianza en sí mismo, aun cuando tan pronto se sentía fuera del alcance de terceros se desplomaba en la biblioteca real o en su dormitorio, víctima de una de sus repetidas crisis nerviosas o de llanto. Sin embargo, al trasponer la puerta de su habitación y ajustarse por última vez el uniforme, se exhibía como un hombre inconmovible y plenamente convencido de cada una de sus decisiones. Imposible tratar siquiera de refutarlo...

Pocos se sorprendieron cuando ese mismo día, a media tarde, durante una reunión en la que se analizaban las posibilidades de derrumbe del frente occidental, Guillermo II, incapaz de resistir sentado más allá de 15 minutos ni de poner atención a nadie por un lapso mayor, suspendió la junta por unos instantes para ordenarle a uno de sus mayordomos que organizara una cacería en un bosque cercano con uno de los principales banqueros alemanes. Y no solo eso, acto seguido, devorado por una extraña ansiedad, se dirigió apresurado al salón de los candiles, donde una parte de la orquesta de Berlín ensayaba obras de Richard Strauss, Richard II, como el mismo káiser solía distinguir al ilustre compositor, destacando el lugar que le correspondía al propio Richard Wagner en la historia de la música universal. Después de arrebatarle la batuta al director en turno y mostrarle la importancia de los acentos y de los tiempos y de tararearle cómo el autor había concebido los compases más apasionados de *Así habló Zaratustra*, otra vez, más fuerza, más entrega, más coraje, tarará, tarará, tarará... abandonaba el foro para llegar a un pequeño recinto donde los costureros reales cortaban y armaban los uniformes de gala que él, el propio emperador, había confeccionado el día anterior.

—Las solapas, herr Beyer, deben ser más generosas. Póngale este relleno para que no se doblen. ¿Entiende usted? El forro debe ser negro para que contraste con el saco rojo. Suba más las botonaduras doradas y recorte un poco el faldón para que los soldados luzcan más altos —ordenaba ágilmente mientras ya partía con rumbo a la cocina a un paso tan precipitado que invariablemente obligaba a su séquito a correr detrás de él. ¡Cuántas veces quien llegaba retrasado y perdía los detalles de las instrucciones o de las explicaciones reales era fulminantemente cesado solo por esa razón...!

—*Raus!, habe ich gesagt... Raus!**

Por supuesto que mientras arribaba al rincón de los pasteleros dictaba notas y firmaba diversos decretos para que por ningún motivo se atrasara la marcha de los asuntos reales. En la cocina mejoraba sustancialmente las recetas y probaba los guisos ordenando que al *sauerkraut* le pusieran más manzana, según su gusto y un poco más de agua o quedará muy seco, Franz. ¿Hay abundante raíz fuerte...?

---

* ¡Fuera!, he dicho... ¡Fuera!

—Estas salchichas no requieren más de 10 minutos de cocción a fuego lento. La piel no lo resistiría. Mientras nosotros hagamos el mejor *choucroute*, los franceses jamás recuperarán la Alsacia que mi abuelo y Bismarck conquistaron para siempre a favor de Alemania... La sopa de papa debe ser espesa, pongan menos agua, dejen que se evapore unos instantes más y la calientan otra vez siete minutos y medio antes de servirla. No olviden que me gusta densa. Condiméntenla con un poco de pimienta negra gruesa...

—Tú, sí, tú, pon más frambuesas en el pastel y trata de que la salsa no te quede muy amarga —concluía, ajustándose el bigote con un breve giro invertido de modo que la *W* nunca perdiera su forma original.

Al desplazarse rítmicamente a un pequeño salón anexo a la capilla, ahí lo esperaban dos o tres músicos regionales a quienes les dictaba, improvisando, las letras de canciones populares:

> *Ahí viene la Diosa de Oro,*
> *enamorada de sí misma,*
> *bajando por un tapete de flores rojas,*
> *a verse reflejada en el Rin de mis amores...*

—La tonada debe ser impetuosa, vibrante: hablamos de Alemania, ¿está claro? Pongamos tambores, muchos tambores, cornos, cornos por todos lados, ¿y los timbales...? Quiten los acordeones en esta parte. Supriman los chelos: no queremos tristezas, hablamos de la grandeza de la patria...

Sus jornadas diarias resultaban agotadoras. Su imaginación no conocía la tregua. De buen tiempo atrás había venido pensando en la posibilidad de repatriar a Lenin, el político socialista, ciertamente incendiario, que llevaba viviendo en Suiza más de 10 años. Él, Guillermo II, tendría que aprovecharlo y capitalizar todos sus resentimientos en contra de los Romanov. Nada mejor podía ocurrirle al frente oriental que amanecer un día con la noticia del escandaloso estallido de la revolución rusa. De esta suerte, en el muy corto plazo, las tropas zaristas tendrían que abandonar la guerra. Sí, sí, Lenin era una jugada maestra, pero ¿y Huerta...? Al Chacal lo necesitaba para crear un conflicto militar entre Estados Unidos y México...

A casi un año del estallido de la guerra europea México continuaba siendo, sin duda, una de las principales preocupaciones del káiser. La misma mañana del 1 de abril de 1915 Bethmann-Hollweg le informó que Victoriano Huerta probablemente arribaría el 13 de ese mismo mes a Nueva York proveniente de Barcelona. Todo había quedado perfectamente dispuesto. Un agente secreto, Franz von Rintelen, perito en finanzas y sabotajes, había sostenido varias entrevistas previas con el exdictador en España durante febrero de 1915. El agente alemán había insistido en realizar todos los encuentros antes de la hora de la comida con el propósito de encontrar al expresidente mexicano medianamente sobrio...

Huerta, quien llevaba apenas seis meses exiliado en Barcelona, regresaría a México vía Estados Unidos. Acto seguido, el general mexicano trabaría alianzas con los más importantes jerarcas del ejército y con los representantes de las más destacadas fuerzas políticas de México para hacerse nuevamente del poder presidencial. Una vez colocada en el pecho «esa ridícula banda tricolor que acostumbran los jefes de Estado latinoamericanos» y contando desde luego con la ayuda secreta de Alemania, procedería a organizar una conjura en Norteamérica de la que habría de desprenderse una declaración yanqui de guerra o al menos otra devastadora invasión en territorio mexicano. Guillermo II insistía en que si la violencia volvía estallar entre ambos vecinos, esta vez, en razón de las intrigas alemanas, el presidente Wilson se vería forzado a distraer hombres y armas en ese nuevo conflicto entre Estados Unidos y México.

—Los 500 mil soldados y los cientos de miles de rifles, así como cañones, municiones y acorazados que forzosamente habrá de utilizar Washington en la espectacular matanza de indios mexicanos —adujo el káiser golpeando insistentemente un enorme mapa universal con un señalador de madera— desde luego ya no los podrá emplear en la defensa de Francia, Inglaterra y Rusia. Tengo que tomar mis providencias por si alguna vez Estados Unidos decide entrar en la guerra al lado de mis enemigos... Dejemos, Rintelen, que los yanquis exterminen a cientos de miles de sombrerudos, distraigámoslos, ¿está claro...? Mientras tanto, concluiremos la conquista de Europa, luego, ya tendremos tiempo para cruzar el Atlántico...

—Coincido con usted, Su Alteza, distraigamos a los yanquis... La verdad —agregó el destacado agente secreto y hombre de plena confianza del káiser—, no puedo menos que aplaudir de pie la genialidad de la idea. Al matarse entre ellos mismos harán el trabajo sucio por nosotros...

—¡Correcto! —repuso el emperador irguiendo el pecho para destacar aún más la presencia de innumerables condecoraciones de diversas formas y colores impuestas por jefes de Estado y reyes de los más distintos países—. Que los rusos se maten entre sí cuando estalle la revolución y que los yanquis inviertan su tiempo y sus armas en la extinción de mexicanos —argumentó lacónicamente. Su guerrera con el cuello almidonado llevaba bordadas en la bocamanga diversas estrellas de varias puntas. Las charreteras de oro, plata y seda ensanchaban sus hombros haciéndolo parecer más fuerte y robusto que en la realidad. Una entrevista como la que sostenía Von Rintelen con el káiser de Alemania era realmente una experiencia inolvidable.

—Es un honor para mí trabajar a su lado, Su Alteza. Su inteligencia y perspicacia me deslumbran —disparó el agente a quemarropa, sabiendo a la perfección el efecto devastador que las adulaciones causaban en la personalidad de Guillermo II.

Rintelen confirmó a continuación que él mismo ya había depositado 800 mil marcos en una cuenta de Huerta en La Habana.[25]

Que el pacto estaba cerrado y la palabra empeñada. Que había ratificado la participación de Félix Díaz, el voraz sobrino de don Porfirio, así como las de Pascual Orozco y Aureliano Blanquet, ambos incondicionales del expresidente, Su Alteza… Una buena parte del ejército constitucionalista, al igual que muchos villistas desertores, sobre todo después de la cadena de derrotas sufridas por la División del Norte a manos de Álvaro Obregón, también están con nosotros.[26] ¿Apoyos, Su Excelencia? ¡Todos! Y, por si fuera poco, hasta hemos encontrado mexicanos que, a cambio de dinero, nos llevarán hasta la boca misma de los pozos petroleros en Tampico para hacerlos volar por los aires. Ya veremos la cara de los ingleses cuando se queden sin combustible mexicano…

—En eso coincidimos con la Standard Oil —atajó el káiser sin dejarse impresionar—. Por esa razón los petroleros norteamericanos tiran cada día la puerta de la Casa Blanca en busca de una intervención armada: si quieren dejar a salvo sus pozos y sus utilidades millonarias, deben convencer a Wilson de la necesidad de enviar a sus marines… Tenemos una convergencia con los dueños del oro negro, esos rufianes, estafadores: a ambos nos conviene ¡ya!, una invasión norteamericana en México…

—Por lo visto todos trabajamos en el mismo sentido, Su Excelencia… —replicó Von Rintelen, exhibiendo una mueca sarcástica.

Guillermo II sonrió cuando, además, se le hizo saber que ya se habían gastado millones de dólares en la prensa norteamericana para influir encubiertamente en la opinión pública de ese país, respecto de las ventajas de ejecutar una invasión masiva en territorio mexicano o de aliarse con Alemania, la víctima, la titular de la razón moral y ética de la guerra y, además, la más confiable por el simple hecho de ser más poderosa que todos sus enemigos juntos.

—Sobornamos también, Su Alteza, debe usted saberlo —continuó Von Rintelen—, tanto a distinguidos columnistas americanos como a un nutrido número de senadores, que, llegado el momento, escribirán en sus diarios en nuestro favor o votarán en el Congreso de nuestro lado. Todos sabemos que los yanquis matan por un triste níquel…

«Un káiser —se dijo en silencio Guillermo II— no tiene por qué festejar los éxitos de sus subordinados ni ensalzar sus virtudes: en todo caso es obligación de ellos cumplir con sus responsabilidades al pie de la letra sin que por eso se les deba distinguir a cada paso con un aplauso.» El emperador se mantuvo con el rostro impertérrito y el cuerpo inmóvil en espera de más información. Tamborileaba intolerante con los dedos sobre su escritorio.

Von Rintelen se cuidó mucho de decir que, según él, la guerra no se ganaría en el frente europeo, sino en América. Sabía que la supuesta neutralidad de Estados Unidos era falsa porque abastecía de armas a los aliados, por ende, Wilson, en el fondo, estaba de su lado: un país auténticamente neutral no le vende armas a ningún bando. ¡Claro que no! Si Washington entra algún día en la guerra, sin duda lo hará al lado del enemigo: jamás traicionarán a sus primos hermanos, los ingleses.

Guillermo II le reiteró entonces a Von Rintelen que el gobierno alemán había decidido invertir 12 millones de dólares[27] en la repatriación y en la reinstalación de Huerta en la presidencia.

—¿Está usted seguro de que no habrá errores y que reubicaremos al general mexicano en el poder? —cuestionó el káiser sin ocultar un cierto escepticismo—: usted desde luego no ignorará la impaciencia que me caracteriza cuando estoy frente a un imbécil. No voy a desperdiciar dinero: quiero a Huerta en la presidencia de México, ¡ya!

Von Rintelen apretó instintivamente las mandíbulas. Si no se tratara del mismísimo emperador de Alemania ya le habría cruzado el rostro con uno de sus guantes que reposaban sobre su casco de acero refulgente colocado a un lado del asiento. Las patas torneadas del mueble pintadas en color dorado hacían juego con las telas de brocado tejidas a mano utilizando motivos bíblicos para no desentonar con la decoración del salón de audiencias. En cambio, adujo echando mano de toda la serenidad posible:

—He venido tejiendo en México, Su Alteza, una red de diversos servicios a través de nuestro embajador, de nuestros cónsules, de agentes comerciales alemanes, de la misma comunidad alemana en México, de destacados periodistas y hasta de hombres de extracción alemana insertos en el ejército mexicano para garantizarme el éxito —Von Rintelen decidió ocultar en ese momento el nombre de Félix Sommerfeld—. He jalado a nuestra causa a los enemigos de Villa y a los de Carranza, los verdaderos líderes dignos de ser tomados en cuenta. El movimiento zapatista está reducido a 10 pueblos del estado de Morelos y no tiene, de ninguna manera, proyección nacional.

—¿No quedaron cabos sueltos? —volvió a cuestionar el káiser, mientras acariciaba un busto de tamaño natural con el rostro de su abuelo que se encontraba al lado izquierdo de su escritorio.

—No, Su Excelencia, además de lo anterior, los aliados incondicionales de Huerta están invitados al movimiento. Tan pronto el general vuelva a poner un pie en México, todos los mexicanos serán furibundos huertistas: ellos están con quien detente el poder por conveniencia, por corrupción, por miedo o simplemente porque son traidores por naturaleza... Créame —agregó con un donaire altivo—, es realmente muy sencillo controlar a la gente de piel oscura y tamaño inferior al normal. Se les puede manejar como marionetas... Sus debilidades son tan palpables y obvias como sus posibilidades de explotación a nuestro favor.

El káiser permitió que una sonrisa fugaz escapara por sus labios. Este es mi hombre, se dijo sin dejar entrever una emoción mayor. La Gran Cruz de Federico el Grande, sin duda la condecoración más apreciada en la aristocracia alemana, aparecía en el centro de su guerrera cubierta de brocados de oro. La insignia militar era sostenida por dos listones azules de seda que se perdían en la parte trasera del cuello de una prenda reservada para el uso exclusivo del emperador.

—¿Cómo sabe usted que Huerta no nos traicionará tan pronto lo volvamos a instalar en el poder? ¿No hay posibilidades de que se quede con todo nuestro dinero y se le olviden los acuerdos? Ya sabemos que la palabra de los políticos mexicanos no vale más allá de un *pfennig*. No olvide usted —concluyó con la mirada fija en el rostro de Von Rintelen— que quien traicionó una vez traicionará siempre, y la historia de Huerta, en ese sentido, es interminable, ¿o no...? Nadie puede ignorar la catadura moral de nuestro pintoresco aliado, menos usted, ¿verdad...?

—La conozco, señor —contestó con toda sobriedad Von Rintelen, sorprendiéndose de la claridad mental del káiser: hacían tantas caricaturas injustificadas de él...

—Me he puesto en el lugar de Huerta y he caído en cuenta que aun cuando deseara traicionarnos no sería de ninguna manera conveniente de cara a sus propios intereses: será traidor, sí señor, pero no es torpe... De sobra sabe que no contará jamás con los norteamericanos mientras Wilson continúe en la Casa Blanca y no escapa a su atención, Su Alteza, que todavía falta un año y medio para la celebración de las elecciones en Estados Unidos. Pensar en los yanquis es un absurdo, como lo es también soñar con el apoyo inglés... Asquith nunca se enfrentará a Wilson por culpa de Huerta, aun cuando el petróleo mexicano sea indispensable para mover la flota británica: la prioridad inglesa es contar con la Casa Blanca como su aliada incondicional en un futuro tal vez inmediato. Los ingleses dejarán a Huerta otra vez solo, absolutamente solo...

—En cada inglés hay un traidor —repuso el emperador...

—En efecto, Su Excelencia, pero no perdamos de vista —agregó Franz von Rintelen resistiendo entre sonrisas el peso de la responsabilidad de reinstalar a Huerta en el máximo poder mexicano— que los ingleses traicionaron a don Victoriano después de que este los colmó de concesiones petroleras, cuando se percataron de que Wilson se había obsesionado con la idea de sacarlo del Castillo de *Chauputipé*, o como sea que se llame el lugar ese, donde habitan los presidentes mexicanos. Al Reino Unido no le convenía un conflicto con Wilson y simplemente lo abandonaron a su suerte. Huerta no quiere oír hablar de Inglaterra. En cambio, nosotros lo ayudamos a salir de México en el *Dresden*... Él nos esperaba desde el año pasado en Barcelona ávido de venganza...

Guillermo II mascaba una respuesta. Von Rintelen había estudiado en detalle todos los escenarios. Antes de que el emperador pudiera intervenir, el agente secreto volvió a saltar al paso:

—¿Quién le queda a Huerta salvo nosotros, Su Excelencia? —cuestionó el capitán de mirada glacial—. ¿Carranza...? ¿Pancho Villa...? Los dos son enemigos mortales del Chacal. Solo le resta nuestra ayuda, nuestras armas, nuestro talento estratégico, nuestros marcos, nuestros submarinos y tal vez hasta nuestros soldados. Huerta no tiene otra opción. Está absolutamente en nuestras manos.

—¿Y el grueso de los mexicanos aceptará el regreso de Huerta? ¿Cómo está el país en este momento? —cuestionó el káiser, deseoso de confirmar los puntos de vista vertidos por su servicio de inteligencia. Difícilmente podía ocultar su malestar por haber recibido a tan solo un capitán en sus oficinas reales. En espera de una respuesta y ligeramente escurrido en el elevado sillón imperial, frotaba supersticiosamente la Gran Cruz de Federico el Grande con sus dedos de la mano derecha.

—Los mexicanos asisten pasivamente a las máximas catástrofes de su país —apuntó sin inmutarse el distinguido espía uniformado—. Ellos presencian los peores crímenes como si se dieran en otra latitud y en otro tiempo: contemplan las tragedias nacionales como una audiencia apática en una obra de teatro.

Su capacitación como agente secreto y saboteador le permitía contar con una información impresionante respecto a aquellas personas con las que debería tratar asuntos tan delicados. «Tengo que conocer a los mexicanos mucho mejor que las líneas de las palmas de mis manos. ¿Cómo ejecutar un plan tan importante si ni siquiera conozco a mis contrapartes...?»

Von Rintelen explicó entonces que precisamente en ese momento, a principios de 1915, las ramas de los árboles en México se vencían por el peso de los colgados; los campos estaban sin sembrar; las empresas paralizadas; el gobierno inexistente; Carranza enloquecía en Veracruz en espera de la devastación total de Villa; la ganadería empobrecida o muerta de hambre; las vías ferrocarrileras voladas y los puentes y escasas carreteras destruidas.

—Nadie trabaja, Su Alteza, las enfermedades azotan ciudades completas y cada vez existen más pueblos abandonados. El pánico y el escepticismo gobiernan con todas sus consecuencias y, por si fuera poco, tanto los científicos, los hacendados, los empresarios, la Iglesia y el ejército están de acuerdo en el regreso de Huerta. Su solo nombre implica paz y orden. Los extranjeros, empresarios o no, también sueñan con el retorno de un hombre fuerte. Los mexicanos, lejos de creer en la democracia, prefieren confiar en los efectos de la mano dura. En el fondo de su corazón guardan una cálida nostalgia por don Porfirio… Cada uno lo añora abierta o íntimamente… Por lo mismo, Su Alteza, en esta hora de feliz descomposición y de desconcierto nacionales, es cuando debemos intervenir y colocar a nuestro hombre en la presidencia…

—Coincido con usted —agregó el káiser, poniéndose de pie—, quiero a Huerta como presidente de México en los próximos dos meses —dicho esto, se colocó su casco de plata coronado con la figura dorada intensa del águila imperial alemana, se ajustó la guerrera blanca cubierta por bandas de seda rojas y azules, además de cordeles y listones de diversos colores de los que pendían múltiples condecoraciones y después de fijar su espada de acero refulgente, cuya empuñadura había sido manufacturada con oro y cubierta por piedras preciosas, del lado derecho de su cintura, se retiró sin despedirse, rubricando su salida con un sonoro portazo. Los taconazos asestados por sus botas de charol negro fueron disminuyendo en intensidad hasta que se perdieron definitivamente a lo largo de los pasillos del palacio real de Unter den Linden.

8. Félix y María / I

En México la buena fortuna de Félix Sommerfeld no se reducía solo a cuestiones políticas, económicas y militares, además de otras tantas más de espionaje y cabildeo de alto nivel, no, qué va: el singular agente alemán también había encontrado el éxito en los pantanosos espacios reservados al amor. ¡Claro que sí! A sus 42 años disfrutaba como nadie las magníficas ventajas de la soltería. ¿Cómo...?

—El matrimonio —alegaba conteniendo apenas la carcajada— produce impotencia, mata la inspiración, seca el ánimo, aniquila la ilusión, congela la risa, deforma el cuerpo, empanzona, causa insomnio, tira el cabello, afloja los molares, desperdicia la energía, produce asfixia, agota la paciencia y, sobre todo, mina gradualmente la fortaleza del hombre al igual que la humedad destruye día con día la más impresionante formación granítica hasta convertirla en polvo...

Félix viajó y conoció mujeres en todas las latitudes, razas, edades y profesiones. «A ellas, a diferencia de los hombres, nunca lo olvides, debes seducirlas a través del oído. Nosotros caemos por el ojo y desfallecemos a la hora del tacto. Ni hablar: es el mundo maravilloso de los sentidos...» Candidatas nunca le faltaron, menos, mucho menos a él en su carácter de embaucador profesional. «Logras más con labia que con un físico cinematográfico...» Si Félix era capaz de engañar y de timar a políticos, empresarios, sacerdotes, diplomáticos y periodistas, entre un amplio abanico de personalidades forjadas durante años en las artes del embuste, hombres, por lo general, aviesamente especializados en el uso de máscaras y disfraces para alcanzar sus fines, más, mucho más fácil le resultaba engatusar a esas «lindas e inocentes criaturitas del Señor», quienes, además, buscaban el menor pretexto o la más nimia justificación para acostarse con él, salvando, eso sí, todo tipo de fachada.

—Dales siempre una salida a las mujeres con las que tengas relaciones, sobre todo si son mexicanas, porque estas en especial sienten en carne viva que le fallaron a Dios que todo lo ve y todo lo sabe, a la virgen y a su padre, a la familia, a ellas mismas y si quieres hasta a su patria y al gobierno, por haberse entregado a un hombre. La culpa las mata, y si eres hábil y sabes explotar ese sentimiento en tu propio beneficio podrás controlarlas a tu antojo y hacer de ellas lo que te venga en gana... Nunca pierdas de vista que se sienten traicioneras, reas imperdonables del pecado original; se contemplan como seres manchados, despreciables y hasta indignos después de tener la primera vez relaciones contigo, y por ello es tu oportunidad para lucrar carnalmente con sus maravillosos traumas educativos y religiosos, que el Creador intransigente siempre se encargará de acentuar en nuestro provecho...

Más tarde continuaría con la voz y ademanes de un consejero áulico:

—Es tu momento, ¿te das cuenta...? Por esa razón tenlas, gózalas, disfrútalas; son apasionadas, son ardientes, saben ser agradecidas, pero eso sí, que quede bien claro: si las deseas ver por lo menos una segunda vez, debes atenderlas espiritualmente como un buen confesor y tratar cálidamente de comprenderlas y reconciliarlas con la pérdida de imagen que dicen haber sufrido. Ahora bien, si te aburriste de ellas, ni te molestes en jugar a ser su director espiritual, simplemente dales 50 centavos para el tranvía y verás en qué se convierte su ternura... A modo de resumen concluiría: yo, por mi parte, cuando percibo a una mexicana bella ahogada en la culpa, sé que tengo en mis manos a una presa fantástica, a la que debo saber trabajar con delicadeza y talento para extraer de ella los más caros elíxires reservados para nosotros, los elegidos...

Harold conocía la vida amorosa de su hermano. Este también le hacía llegar fotografías con todas sus conquistas en el mundo entero, en las que aparecían diversas dedicatorias, según los niveles de placer alcanzados en el lecho, en la terraza del cuarto del hotel, en las piscinas, durante una cacería en Texas, en su oficina, sobre el escritorio de la Associated Press en Chihuahua, en una de las bancas del zoológico de Berlín, en un elevador en Brooklyn, en Füssen, al pie de los Alpes alemanes totalmente nevados, al anochecer, en los oasis, en los desiertos que tantas veces visitó, en los manglares y platanares mexicanos, en el Bosque de Chapultepec, en la cabina del ferrocarril durante uno de sus viajes a Pennsylvania o a Veracruz.

«¿Qué tal esta hermosa recamarera que conocí en el barco rumbo a Bremen? Ella aseaba todos los días mi habitación como si fuera el único camarote del buque. Mira que se tomaba tiempo en limpiarlo y ordenarlo a la perfección hasta que me di cuenta de que solo me estaba cazando... Como ves, cualquier mujer es hermosa después de tres copas de champán... ¿Sabes qué trae puesto debajo del delantal almidonado? Adivina, hermanito...» «A esta la conocí en el segundo viaje que hice de Southampton a Nueva York. Viajaba con su marido. Hicimos por primera vez el amor en el baño de mujeres del bar después de que me coqueteó horas y más horas en el casino. Tan pronto vi que se alejaba la seguí, y cuando cerré la puerta tras ella ni siquiera se sorprendió. Después la tuve hasta hartarme en mi cabina. Se daba sus escapaditas tres o cuatro veces al día diciéndole a su esposo: voy al salón de belleza, amor; estoy indispuesta, descansaré un rato en la proa o en popa, donde esté más cómodo y calientito; subiré a tomar clases de cocina o de arreglos florales, cariñito… Malditas viejas, Harold, ¿no…?»

Con aquello de «te juro vida de mi vida y amor de mis amores que nunca, pase lo que pase, terminemos o no, estés viva o muerta, ningún ser humano verá estas placas tuyas», Harold guardaba retratos y fotografías íntimas de las amantes de su hermano. Sin embargo, el criptógrafo jamás comparó semejantes bellezas con su esposa, una matrona de escasos 40 años, que jamás pudo —tal vez ni siquiera lo intentó— bajar de peso. Imposible prescindir de su platillo favorito: *Taubenbrust mit Blutwurstmautaschen in Barolosauce mit gratinierten Kartoffeln und Nussbutter jus* ni de la *Gulasch Suppe* ni de la crema batida, de los pasteles de frutas frescas ni de los chocolates. Los brazos voluminosos, grasosos y flácidos de su mujer, su cintura inexistente, su vientre carnoso y protuberante, que solo lograba ocultar cuando su hermana, partera, le apretaba la faja no sin realizar un esfuerzo titánico; las dimensiones escandalosas de su papada, impropia de su edad y su estatura, cada vez menor debido a que su estructura ósea era incapaz de sostener el peso de semejante «costal de papas», según comentaba el mayor de los Sommerfeld, todo este «bulto», esa «masa humana», esa «bola de sebo» intolerable para cualquier hombre, en el caso de Harold ya no atentaba en contra de su vanidad varonil ni, por supuesto, le despertaba el menor deseo: él se había resignado, de tiempo atrás, a privarse de los encantos del amor, mismos que hubiera podido revivir con otra mujer, solo que su propia figura lo desmotivaba al extremo de rechazar cualquier intento.

—Hace mucho tiempo que se ha venido apagando en mí la pasión carnal, ese yugo implacable al que viví sometido tantos años, si acaso, ahora, retengo únicamente el placer de la contemplación —se decía, dándose pequeños golpecitos en el abultado vientre como quien toca un tambor.

»¿A dónde voy con esta panza? ¿A dar lástima? Si las prostitutas controlan el asco yo no puedo con el peso de la vergüenza… He perdido el hechizo y recuperado el pudor. Prefiero vivir del recuerdo y también, ¿por qué no?, de las anécdotas singularmente cachondas de Félix. Sin embargo, un agudo dolor me acosa: el apetito por la mujer existe, aun cuando las facultades viriles hayan desaparecido para siempre… ¿Por qué, por qué, Señor, no desapareces al mismo tiempo apetito y facultades y dejas de someternos a la tortura de un deseo sin posibilidades de desahogo? Un consuelo me queda, grande, hermoso y refrescante: la criptografía. Esta llena mi existencia y mucho más que eso… Mientras yo sepa que no existe inteligencia humana capaz de descifrar mis códigos y que yo mismo continuaré construyéndolos sin dejar de burlarme de los aliados con mi lenguaje secreto; mientras yo sea único, indispensable e insuperable y mis textos indescifrables; mientras yo continúe siendo superior a cualquier ser, ¿qué me importan las mujeres, mi barriga cervecera y mi degradación física si subsisten mi talento y mi imaginación? En tanto pueda seguir tocando el acordeón con mi barba postiza cada noche en la taberna sin que nadie se imagine mi identidad, el planeta y todas las galaxias me tienen sin cuidado… Además, de sobra aprendí las lecciones de mi abuelo: puedes tenerlo todo en la vida, absolutamente todo, pero nada más…»

Félix Sommerfeld se había zafado de muchas mujeres, que, como él decía, «se me habían enrollado ferozmente en el cuello». Cuando finalmente lograba deshacerse de ellas se acariciaba instintivamente la garganta y volvía a respirar. *Scheisse!* ¿A cuántas no había tenido que arrebatarles materialmente las llaves de su casa de tal manera que nunca, en lo que le quedara de vida, las volviera a ver ni en su cama ni en el baño ni mucho menos con una de sus copas de vidrio de Bohemia, sus favoritas, en la mano? A muchas las había acompañado de la pista de baile a su mesa antes de acabar la pieza, o bien, las había regresado a su casa mudo, hermético, cuando la paciencia se le agotaba repentinamente o la desesperación lo asfixiaba sin poder ya cruzar una sola palabra más con ellas. A muchas las condujo de la mano todavía sonriente como un actor profesional hasta depositarlas en la primera estación de tranvía, a una porque le olía la boca, otra reía estruendosamente o tenía ya tres hijos —si lo hubiera sabido a tiempo: yo jamás viajo con maletas ajenas—, o eran vulgares, frívolas, calladas, torpes, o no tienen conversación y me aburro, Harry querido, me aburro más que un camello en el desierto —argüía con su sentido del humor alemán.

Nunca olvidaría cómo, durante un viaje a Montreal, después de un furtivo encuentro amoroso, huyó, realmente se fugó de la habitación del hotel cuando la «ninfa» en cuestión le anunció: no me tardo «capullito…» Acto seguido cerró la puerta del baño para ducharse y hermosearse… ¿De dónde sacar fuerza y ánimo para seguirse comportando como un caballero cuando la presencia de aquella mujer lo asfixiaba? ¿Y las veces que tuvo que esconderse en el interior del baúl de su abuela cuando ya las «visitas» se hacían impertinentes?

María Bernstorff Sánchez era diferente.

—De María no puedo estar apartado más allá de un metro ni por espacios mayores a tres minutos —confesó en alguna ocasión Félix cuando viajaba con ella en dirección a Querétaro a bordo del tren inaugurado escasos 10 años atrás por don Porfirio. Ambos se habían conocido en Chihuahua, a mediados de 1914, en plena campaña villista para derrocar a Huerta, después de haberla observado durante todo el día cuando ella tomaba fotografías de niños y niñas, de ancianos, de mujeres arrodilladas preparando la masa para las tortillas o echando maíz a los cerdos o de adelitas tejiéndose trenzas las unas a las otras utilizando listones de colores. La siguió de cerca al tomar placas de los «Dorados» limpiando sus carabinas, cepillando o ensillando sus caballos, afeitándose a hoja libre a medio cerro viéndose reflejados en un espejo roto. No perdió detalle cuando los jóvenes llevaban a abrevar a los animales a la poza y ella se sumaba al grupo conversando con unos y con otros. También estuvo presente cuando María ayudó a preparar los tamales y a calentar el atole. Parecía una mujer incansable. Cuál no sería su sorpresa cuando finalmente la percibió en la noche, del otro lado de la fogata, tan pronto concluyeron la merienda y empezaron las guitarras lejanas y las armónicas perdidas a darle la mejor bienvenida a las estrellas. Con un jarro de barro lleno de café de olla, hecho con mucho piloncillo, rodeando el fuego, el agente secreto se acercó a María hasta acomodarse a su lado.

Félix, un hombre creativo, resultó incapaz de imaginar lo que sucedería a continuación. Antes de presentarse y sin poder pronunciar una sola palabra, María se adelantó, disparó a quemarropa, tuteándolo, dirigiéndose a él en un alemán perfecto y con una pronunciación sorprendente:

—*Wie geht es dir, Félix?**

Sommerfeld se quedó petrificado. ¡Cuántas dudas le asaltaron ante una pregunta tan simple! Se sintió, sin revelarlo desde luego, traspasado por mil cuchillos. ¿Quién era esa mujer tan audaz y desinhibida que se atrevía a tomar la iniciativa en una conversación y además lo hacía en su propia lengua? ¿Qué más sabría ella respecto de su verdadero papel en la revolución mexicana? ¿Quién la habría enviado? ¿Por qué estaba ahí, inserta en el corazón mismo de la tropa villista? ¿A quién representaba? Su físico no podía compararse en lo absoluto con el de una adelita ni siquiera en su indumentaria, ya ni se diga en su forma de hablar. María era alta, esbelta, de tez oscura, de facciones indígenas suavizadas, pómulos salientes, ojos negros, rasgados, manos cuidadas, desnudas, y dedos alargados y gráciles

---

* ¿Cómo te va, Félix? ¿Cómo estás?

sin ostentar una sola argolla; frente amplia y luminosa, senos desafiantes, boca grande y labios carnosos, abiertos, expuestos, gruesos, obsequiosos y sonrientes por naturaleza; dientes blancos cuidados y, sobre todo, una cabellera intensamente negra, suelta, loca, lacia, indolente, que atrapó antes que nada la atención del alemán, junto con aquellos 25 años de edad en los que el mundo ya no parece girar ni importan el día ni la noche ni las estrellas ni las guerras…

Aquella belleza semisalvaje, esa mulata clara, picante como la canela joven, apetitosa, un tanto cuanto despeinada, de agradable presencia, tranquila y tal vez hasta dócil y maleable para que Félix hiciera con ella lo que le viniera en gana, esas ansias contenidas que advertía en su mirada, ese recato hipócrita, perturbaba al europeo acostumbrado a admirar mujeres rubias, altas, robustas, de piel nacarada y ojos verdes, pero al fin y al cabo seres fríos, de pobre respuesta ante la presencia del amor. ¿Cómo despertar a las nórdicas, sacudirlas, enredarse en su cabello, tomarlas sin piedad alguna, palparlas y acariciarlas ferozmente para arrancar cuando mucho un lánguido quejido como el que se profiere antes de la siesta? A María, todo parecía indicarlo, una vez rendida después de ir ganando día con día los espacios de su cuerpo, venciendo resistencias, pudores y pruritos, bastaría tocarla con la yema del dedo índice, lo demás sería naturaleza selvática, el estallido del trópico, la lluvia como mil cascadas, el viento abrasador, el calor devorador, así, asfixiante, el de la media noche, el que consume cuando deja de soplar la brisa… ¡Ay! María, María…

«¿La habría mandado Sherbourne Hopkins, el diablo de Hopkins y sus malvados petroleros, para verificar mis informes en relación con Villa? —se preguntó Sommerfeld sepultado en el escepticismo—. ¿O Carranza ya me descubrió y me la envía para informarle de cada uno de mis movimientos o algo trama Von Eckardt desde la embajada o la tal María es supervisora secreta del alto mando alemán para garantizar el incendio de los pozos petroleros de Tampico? ¿Vendrá de parte de los ingleses para medir infiltraciones e impedir sabotajes?» Félix no podía ocultar su curiosidad. «¿Sería ella una de tantos agentes desplegados por Washington para observar de cerca la evolución de la revolución mexicana y espiar la intervención de terceros ajenos al conflicto?» Algo entendió Félix Sommerfeld de inmediato: mi vida está en sus manos dependiendo de la información que posea…

—*Kannstdu dich vielleicht hinsetzen?** —insistió la mujer, en apariencia nativa, pero de rasgos faciales muy finos. No pronunciaba con acento

---

* ¿Puedes tal vez sentarte aquí?

bávaro ni mucho menos se le identificaba el típico timbre del norte. Los originarios de Hamburgo se delataban con abrir la boca. ¿Será berlinesa?

La familiaridad con la que María se dirigía a Sommerfeld terminó por confundirlo aún más. ¿Cómo sabía hasta su nombre…? Él, experto en disfraces, actor consumado capaz de interpretar diferentes papeles simultáneamente; él, el agente de la doble o de la triple personalidad, invariablemente seguro, autoritario, dueño de sí mismo e intolerante ante la estupidez ajena, se sintió de golpe desnudo junto a aquella mujer de la cual no conocía absolutamente nada. Ella, por el contrario, parecía conocer su vida, la de Muschi, su abuela, y la de Max, su abuelo, además del barrio de Potsdam y hasta la calle de Wallotstrasse, donde él había nacido 42 años atrás…

Tan pronto Sommerfeld, vestido de pantalón y camisa blanca, se sentó a su lado, en el suelo, sobre un colorido sarape de Saltillo y se recargó contra una silla de montar, empezaron a intercambiar puntos de vista y a buscar afinidades del pasado y del presente, todo ello en el más puro y popular alemán. ¡Cuánto puede unir a las personas un idioma! Ella no tuvo empacho en decirle que había nacido en México, en el estado de Chiapas en 1890. Que su padre era Gottfried Bernstorff Riefkohl y su madre Laura Sánchez González: ambos vivían en una finca cafetalera al sur de México, como tantos otros alemanes agricultores que continuaban arribando a la región. Había estudiado al principio en Tuxtla Gutiérrez y el *habitur* y la carrera de fotografía los había concluido ya en Dresden, Alemania, la capital de la ópera —¿te gusta la ópera?—, lugar en donde hasta la fecha tenía familia, la que estaría sufriendo lo indescriptible en esta maldita guerra que está dividiendo al mundo, Félix.

—¿No crees que el ser humano es el único animal capaz de aniquilarse en masa? Y eso que somos los verdaderamente racionales de toda la creación…

Ella siguió narrando tan solo una parte de su vida, la que cualquier tercero podía saber, mientras él, complacido, movía su jarro de barro en pequeños círculos sin dejar de sonreír: un día le habían mostrado una fotografía de la guerra de 1847 entre Estados Unidos y México, la primera guerra en la historia de la humanidad en la que ya se pudieron tomar placas, y desde entonces había decidido ser fotógrafa profesional y vender sus trabajos a los periódicos nacionales o extranjeros que desearan adquirirlos.

—He publicado ya varias veces en el *New York Times* y en algunos otros diarios alemanes y mexicanos. Me pagan bien: no me quejo.

A Félix no dejó de sorprenderle el apellido de María: Bernstorff, coincidía con el del embajador alemán en Washington, con quien el agente ya había tenido algunos tratos. De cualquier manera, ése no era el momento de practicar un interrogatorio.

—¿Y realmente eso es todo lo que haces para ganarte la vida? —preguntó Sommerfeld, mostrando una inocencia y un candor impropios de su experiencia. ¿Acaso ella le iba a confesar que también era agente alemán contratada por la marina y que cobraba en esa rama naval de la inteligencia imperial? ¿Creía Félix que María le iba a revelar hasta su ficha confidencial que la acreditaba como «empleada» secreta del gobierno alemán, que cobraba de la nómina confidencial y que lo de la fotografía no era sino un ardid, una estrategia para penetrar en las filas más influyentes entre las partes beligerantes, además de otros trabajos mucho más importantes de los que ella no le iba a dar ni cuenta ni razón? ¿Quién iba a sospechar de una mujer tan guapa que viaja por el mundo con la cámara y el tripié al hombro? Los alemanes, se dijo en silencio, serán muy disciplinados, inteligentes y precisos, sí, solo que todas esas cualidades son inútiles ante las dimensiones de su candor. Los alemanes, en efecto, son puntualmente ingenuos, si no, que le pregunten a mi padre…

María repuso, sin ocultar una sonrisa esquiva, que con la fotografía se podía sostener decorosamente —el mundo de la creatividad y de la oportunidad te reporta muchas satisfacciones—, adujo, pensando en sus adentros: por lo visto, lo que tiene de guapo lo tiene de pendejo, como decía mi difunta tía Merceditas.

—Una fotógrafa —dijo con un doble sentido— debe estar siempre alerta para no dejar pasar el momento… Debes dormir siempre con un ojo abierto.

En la forma de ver y de escuchar asomaba, para los buenos lectores, como sin duda lo era Sommerfeld, una fortaleza, un coraje y al fin y al cabo una arrebatada pasión por vivir.

La curiosidad carcomía a Félix al extremo de ser incapaz de descubrir las insinuaciones lanzadas en cada parrafada por su ágil interlocutora.

—¿Cómo sabes, además, mi nombre? —cuestionó realmente intrigado el profesional del espionaje.

—¡Ah!, muy simple —repuso ella, soltando una carcajada—, hace un ratito, antes de sentarnos a merendar lo leí en una de las tarjetas de tu maleta…

Sommerfeld, sintiéndose descubierto y percibiendo que su verdadera identidad ya era del conocimiento público, prefirió soltar una carcajada mientras mascaba una respuesta.

—De alguna forma tenía yo que llamarme, ¿no…? —repuso el alemán, experimentando una desagradable sensación de estupidez.

—Sí —agregó ella con un aire cáustico y continuando en la broma con el ánimo de asestarle un golpe demoledor en plena quijada:

—Seas quien seas, porque eso sí, alguien serás, Félix, de alguna manera tenías que llamarte o tenían que llamarte… —en la contagiosa risa de María se escondía el fuego.

A Sommerfeld se le heló la sangre. Si ella osaba dirigirse a él como «Puli», su clave secreta registrada ante la embajada alemana en México, en ese momento se hundiría aun cuando fuera en el suelo de tepetate de la zona lagunera. Por primera vez se percató de los tamaños de María: estaba frente a una mujer claramente peligrosa. Le bastaron dos palabras para darse cuenta de los espacios por donde volaba una dama con esas características. Hablar constituía un compromiso, callar implicaba otro. Prefirió darle dos vueltas más a su jarro de barro y retirarse pretextando cualquier razón para irse a descansar. El que evita la ocasión, evita el riesgo, se dijo preparando su salida.

—¿Y tú qué haces, Félix? ¿Cómo te ganas la vida en estos días tan difíciles en donde no sabes ni con quién hablas? —atajó ella la fuga del agente percatándose de que la sonrisa de Sommerfeld ya había desaparecido de su rostro. Metió entonces el dedo en plena llaga sin piedad alguna—. ¿No es una maravilla este juego de talentos y habilidades? —cuestionó María, recogiendo las piernas y enseñando unas botas de manufactura inglesa que asomaban del pantalón de montar.

Félix no hizo mayor caso del comentario. Frunciendo el ceño se concretó a responder después de un trago de café:

—Soy maestro de escuela en el Colegio Alemán. Nuestro instituto fue fundado en México en el siglo pasado y aquí estoy con mi general Villa trabajando como su traductor.

—Ah, sí —repuso ella sarcásticamente—, en ese caso yo soy Guillermina II, emperatriz de todas las Alemanias.

—¿No me crees?

—Te creeré si aceptas que yo soy la abuelita de Otto von Bismarck, el Canciller de Hierro…

—Tú no eres la abuela de nadie.

—De acuerdo, solo que si tú eres maestro de escuela, yo soy la mismísima chingada… ¿Conoces a la chingada…?

Ambos festejaron sonoramente la feliz ocurrencia.

—¿Abrimos las barajas? —dijo Sommerfeld.

—Abrámoslas —repuso ella sonriente.

—Soy consejero diplomático de mi general Villa.

—Y yo soy María Estuardo, reina de los escoceses —continuó la espía fotógrafa sin bajar la guardia y continuando el juego.

—Yo estoy hablando con toda seriedad —adujo Félix, mostrando una cierta inquietud. Los primeros rastros de intolerancia asomaban entre las arrugas de su rostro bronceado por el sol del Bajío.

—Y yo también —comentó ella poniéndose de pie y extendiéndole a él su mano derecha para ayudarlo a incorporarse a sabiendas de que no llegaría a ningún lado con esa conversación—: mejor acompáñame a servirme un café, ya que no tuviste la gentileza de ofrecerme del tuyo ni de traerme uno como corresponde a todo un caballero prusiano.

Sommerfeld aceptó la ayuda sintiendo otro delicado bofetón en plena cara. Cada palabra pronunciada por esa mujer iba desmantelando uno a uno los bastiones defensivos tras de los cuales siempre se agazapaba y se escondía para sentirse inalcanzable. ¿No era elemental haberle servido un café o habérselo traído? ¿No era él exageradamente cortés con todas las mujeres? ¿Por qué fallaba ahora hasta en lo obvio y perdía seguridad y confianza? Ya, ya sé: se sentía descubierto ante ella. Si su fuerza radicaba en sus varias personalidades y se consolidaba en la medida en que podía engañar a propios y a extraños, el simple hecho de experimentar una sensación de desnudez, sin sus disfraces ni sus máscaras, lo hacía sentirse ante ella inútil y torpe. ¿Era la primera persona que tal vez podría contemplarlo a contraluz con meridiana transparencia? El gran conquistador, espía y agente triple multinacional, ¿fracasaba con una simple mujer a la que casi le doblaba la edad? ¿Y si efectivamente se trataba de una fotógrafa y él, el gran experto, estaba siendo víctima de su imaginación? ¿Qué papel jugaban los ojos negros como la obsidiana, esos ojos rabiosos y temerarios de María, ojos esquivos y resentidos, donde tal vez se escondía el rencor indígena de más de 400 años? Para Félix los ojos de María, llenos de poder, de autoridad y también de generosidad, le reflejaron, antes que nada, la intensidad de la pasión carnal que podía llegar a sentir. Ella jamás haría algo con tibieza: a todo habría de imprimirle un marcado acento de pasión. ¿Indolencia o apatía? ¡Ni hablar…! Su vida entera la acometería con una violencia arrebatada que en la cama seguramente se traduciría en palabrotas, arañazos, desafíos, mordidas y tirones de cabello para volver a vivir una vez más la misma muerte, la misma dulce agonía que precede a la absolución definitiva el día del Juicio Final.

Algo había sido evidente: ella se había abstenido de enviar cualquier tipo de señal amorosa al alemán. El lenguaje con el que María Bernstorff se había comunicado fue intencionalmente asexuado. ¿Sommerfeld soñaba con lo contrario? ¿Era fotógrafa o no…? ¿Se había insinuado como mujer…? ¿No se trataba de una simple relación más entre profesionales?

La mano de María sabe a cielo, se dijo Félix al cruzar a un lado de la fogata que ya lanzaba chispazos agónicos, mientras el clarín de la guardia nocturna anunciaba el arribo del silencio y la luna navegaba entre un banco de nubes hasta perderse lentamente en el infinito.

A partir de esa fecha Félix Sommerfeld desplegó una inusitada actividad con tal de descubrir la verdadera identidad de María. El primer paso lo daría, claro está, dirigiéndose sin pérdida de tiempo a la Ciudad de México para entrevistarse con Heinrich von Eckardt en la embajada alemana.

—¿La conoce usted, Su Excelencia? ¿La ha oído nombrar? Tenemos que saber si espía a favor de la Casa Blanca…

Von Eckardt confesó haber escuchado en varias ocasiones el nombre de María asociado de alguna manera a Estados Unidos sin que yo pudiera precisar la actividad concreta que desarrollaba en aquel país.

—Pediré informes a Berlín —agregó, sentado en la sala de la residencia imperial sepultado en la penumbra a media mañana. El embajador exigía que las cortinas permanecieran semicerradas para escapar a la luz—. ¡Quién puede concentrarse en las mañanas! —tronaba molesto cuando se le escapaba alguna idea que pensaba recuperar tomando taza tras taza de café chiapaneco y fumando un puro tras otro de San Andrés Tuxtla—: Bendito sea este país tan rico en tradiciones, emociones y naturaleza…

«¿Estados Unidos…? Si realmente ella es una agente al servicio de los yanquis debo descubrir qué hace y quién es», pensó Sommerfeld en silencio. ¿Estados Unidos?, se preguntaba y se volvía preguntar el agente alemán.

En aquella entrevista a Von Eckardt, puso toda la atención en el primer apellido de María: Bernstorff.

—¿Se informó usted —cuestionó en voz muy baja a Sommerfeld mientras arrojaba una larga bocanada de humo blanco— si María tiene alguna relación con el embajador de Su Alteza Guillermo II en Washington, Johann Heinrich Andreas Hermann Albrecht Count von Bernstorff?

Sommerfeld fruncía el ceño: «¿Cómo llamarse entonces Bernstorff y trabajar como espía al servicio de Estados Unidos? Todo podía ser posible en esta actividad. ¿Él mismo no era un doble agente…? No, no, María debería estar del lado del Imperio». Eso lo intuía Félix desde el fondo de sí mismo.

—Pocos saben su nombre completo —agregó el diplomático como para tranquilizar al agente—. Yo conozco la trayectoria de Bernstorff desde que se desempeñaba como cónsul del káiser en 1906 en El Cairo. Su padre llegó a ser el embajador del Imperio ante la Corte de Saint James. No es un apellido común. ¿Cree usted que el padre de María, allá en Chiapas, tenga alguna relación con el Bernstorff de Washington?

—Ya empieza a estar claro —interrumpió Sommerfeld al diplomáti-co—, ella debe desempeñarse con un segundo nombre y un segundo pasa-porte: es muy sencillo relacionarla con el embajador solo por el apellido.

—Abramos varias vías —apuntó Von Eckardt, pensando que su inter-vención se podría traducir en alguna ventaja personal—. Yo buscaré en Ber-lín, en la armada y en la marina, usted, por su parte, señor Sommerfeld, hágalo aquí en México y en Estados Unidos.

Mientras Félix investigaba la verdadera personalidad de María Bernst-torff, al mismo tiempo, día tras día, trataba de hacerle llegar cartas formales o simples notas para no perder el contacto con ella en la inteligencia de que tal vez jamás las recibiría o se las entregarían todas de golpe en cualquier parte del país. Lo importante era dejar constancia de su interés y demos-trarlo enviando un mensaje, una línea, un pensamiento en cuanto lugar ella pudiera encontrarse. Mandaba una sonrisa por correo, una solicitud, una súplica velada para sostener otro encuentro, una discreta invitación al amor. ¿Podía abrigar esperanzas? ¿Y tus fotos? ¿Has tenido éxito en tus publicacio-nes? ¿Pondrás tu nueva exposición después de la revolución? ¿Y tus manos y tu pelo y tu mirada y tus ojos de fuego…? ¿Puedo alimentar esperanzas?

Varias veces se volvieron a ver durante el levantamiento armado de los constitucionalistas en contra de Huerta. Sin embargo, ella se ausentaba sos-pechosamente durante largos periodos. En ocasiones transcurrían meses sin que ella enviara telegramas, respondiera a las cartas o simplemente mandara recados con amigos comunes. Cuando finalmente volvían a encontrarse, ella no permitía reclamaciones ni accedía a conceder explicaciones.

—Aquí estoy de nuevo: ¡fin de la conversación! No hay nada que acla-rar. Continuemos…

Todo ello no les impidió saborear los éxitos militares de Obregón y de Villa en tanto estos iban venciendo al Chacal hasta lograr derrocarlo defi-nitivamente con el firme apoyo norteamericano.

Félix y María creyeron ver en Carranza al triunfador definitivo de la revolución. Ambos llegaron a pensar que la paz llegaría finalmente a Méxi-co después de la Convención de Aguascalientes. Coincidieron en que los ejércitos, facciones y divisiones aceptarían sin chistar la autoridad y el poder de don Venustiano. Los mejores retratos de Carranza captados por la lente oportuna de María dieron fugazmente la vuelta al mundo. La proyección internacional del líder vencedor del movimiento armado. Ahí estaban las fotografías de González Garza, Álvaro Obregón, Luis Cabrera, Heriberto Jara, Francisco Murguía, Lucio Blanco, Felipe Ángeles, Vito Alessio Robles, entre otros tantos más. Ninguno de los dos previó que la violencia volvería a estallar con una rabia inusitada, esta vez debido a una fractura profunda e irreversible entre los grupos victoriosos. La cámara de María enfocó el momento en que, después de la ocupación de la Ciudad de México, Villa y Zapata se disputaron, entre bromas, la silla presidencial con el escudo grabado con hilos de oro en el elevado respaldo. A ambos los retrató en Xochimilco y en Palacio Nacional. El momento quedó impreso para siempre en los anales gráficos de la nación.

El tiempo había transcurrido meteóricamente. En esos días el cometa Halley ya no surcaba la inmensidad del infinito con su larga estela de luz blanca, haciendo las veces de un siniestro heraldo que anuncia una secuela de catástrofes, como en los años anteriores al estallido de la revolución. En enero de 1915 don Venustiano Carranza se había negado a negociar con los secuestradores de Jesús, su hermano, y de Abelardo, su sobrino. ¿Que los maten? ¡Que los maten! No cederé ante el chantaje para impedir que los asesinen. No transigiré con delincuentes. El Estado mexicano no será, por ningún concepto, rehén de una caterva de bribones. Sin embargo, su fortaleza se derrumbó como quien recibe una puñalada en la yugular cuando fue informado de que Chucho y su hijo habían sido alevosamente privados de la vida por sus captores. La cámara de María Bernstorff retrató los cadáveres ensangrentados del hermano y del sobrino del líder de la revolución.

¿Y Villa hubiera reaccionado igual de haberse visto en las mismas circunstancias o hubiera entregado la causa como lo hizo durante la invasión norteamericana de abril del 14? ¡Patán vendepatrias!, continuaría repitiendo hasta el último de sus días el jefe del Ejército Constitucionalista.

En ese mismo mes de 1915 el propio Carranza había acordado con los alemanes promover el Plan de San Diego,[28] por medio del cual instaba a los mexicanos radicados en Estados Unidos a unirse a negros, a sudamericanos y hasta a pieles rojas y apaches para restituirles sus tierras de Arizona y formar así la República del Sur de Tejas en los territorios perdidos por México en 1848. Sommerfeld sonreía en silencio, cuidándose de confesar la parte del papel que le correspondía en los hechos. Carranza se encerraba como siempre en su tradicional mutismo. El gobierno alemán, sin duda, estaba detrás de la estrategia firmada en Monterrey el día 6 de enero de 1915.[29] Ambos lo sabían, ambos lo habían acordado también en un hermético secreto. ¿Félix no era el representante secreto de Carranza?

—Necesitamos detonar un pavoroso conflicto entre México y Estados Unidos —gritaba, fuete en mano, el káiser alemán desde la Wilhelmstrasse...

¿Quién les hará pagar un precio a los yanquis por todas las felonías cometidas en contra de un vecino impotente? ¿El derecho? ¿La ley? ¿Las convenciones internacionales? ¡Bah! Lo único que entienden estos traganíqueles —diría Carranza— es el lenguaje del dinero o el de las balas. Y eso que decían cometer las traiciones con buena fe; ¡mira que Wilson bombardeó Veracruz e intervino en la revolución porque, según él, intentaba «rescatar al 85% de los mexicanos que deseaban la libertad», cuando ese mismo 85% no podía distinguir entre Huerta, Díaz o yo, y la mayoría se había pelado al monte para salvar sus burros y sus gallinas…

9. La reconstrucción nacional

En ese mismo año de 1915 empezaría la pacificación de México. La segunda parte de la revolución llegaba a su fin. Las estrellas de mi general Villa, la de Pascual Orozco y la de Félix Díaz ya no solo no parpadeaban, sino que se perdían en el ocaso de los tiempos. La ofensiva de Zapata había quedado reducida al estado de Morelos. Más tarde María retrataría el rostro dolorido de Villa cuando fue derrotado en Celaya y su patética expresión de fracaso cuando fue aplastado y traicionado en Agua Prieta gracias a que el jefe de la Casa Blanca había autorizado a Obregón el paso por Estados Unidos para poder sorprenderlo por la retaguardia. Villa ignoraba que se le habían vendido cartuchos sin pólvora. El famoso divisionario y exactor contratado por una naciente industria cinematográfica de California, conocida como Hollywood, quedó aniquilado para siempre. Su prestigio y sus fuerzas como altivo líder de la División del Norte quedarían sepultados ahí junto con sus huestes. Jamás volvería a levantarse. Félix Sommerfeld llegó a decir cínicamente en una cantina de Durango:

—Yo no sabía, *verdá* de Dios, como dicen por aquí, que las municiones eran falsas —confesaba mientras besaba una cruz improvisada con el pulgar colocado sobre el índice—. Yo, como todos, estaba seguro de que cuando mi general Villa disparaba sus armas desde luego estaba matando constitucionalistas. Nos engañaron otra vez los gringos, ¿no...? —argüía en su defensa mientras depositaba sus comisiones por venta de «pólvora» en un banco de Texas. No dejaba de imaginar la cara descompuesta de Pancho Villa cuando le informaron que los cañones tronaban, mi general, sí, sí, tronaban como el carajo, pero no nos echamos al plato ni a un chingado carrancista...

Comenzaba un lento proceso de reconstrucción nacional en el que no era posible ignorar los horrores ni las amenazas de la guerra europea. ¿La violencia en el viejo continente podría atraer a México y a Estados Unidos con la fuerza de un huracán de esos que destruyen las más caras esperanzas del Caribe? La luz crepuscular emitida por la figura de Porfirio Díaz se perdió para siempre en julio de ese 1915: el anciano dictador, uno de los grandes culpables de la revolución, falleció en el número 28 de la Avenue du Bois, mientras contemplaba por última vez, a través de una ventana, el París de sus sueños... Harold Sommerfeld hubiera presentado como pruebas, ante el supremo tribunal de la historia, la vida impune del tirano que había atenazado a México durante casi 35 años y se había ido al otro mundo sin pagarla en tanto dormía entre sábanas de seda a un lado del Sena de sus amores, en lugar de perecer colgado, al más decantado estilo revolucionario, de un triste palo de telégrafos, como diría Félix de esos salvajes, para que después lo devoraran las aves de rapiña... ¿Verdad, insisto, que quien la hace no siempre la paga...?, hubiera comentado entre salchicha y cerveza encerrado en una taberna berlinesa al tenor de:

Ein prosit, ein prosit der Gemütlichkeit...*

En octubre de 1915 don Venustiano Carranza, líder de la facción triunfante, fue reconocido por Estados Unidos, Argentina, Brasil y Chile como presidente. ¿Razones? A Wilson no le convenía, de ninguna manera, la continuación de la convulsión al sur de la frontera, menos aun cuando la guerra entre las potencias centrales y la *Entente Cordiale* parecía alcanzar sus máximos niveles de destrucción. El fuego iniciado más allá del Río Bravo bien pronto podría escapar a cualquier género de control y propagarse furiosamente por Estados Unidos... Los vientos sureños eran muy veleidosos... La mejor muestra de su fortaleza era el propio Villa, quien atacó a Carranza por corrupto al haber enajenado la patria a los intereses yanquis a cambio del reconocimiento diplomático: claro que ahora el maldito barbas de chivo tendrá acceso a créditos, armas y a privilegios financieros y comerciales. ¿O creen ustedes que al tal Wilsoncito le salió gratis...?

—¿Quién me concederá a mí un centavo de financiamiento, me venderá municiones si al quedar Carranza acreditado como presidente yo me exhibo como un borracho forajido...? Todo con el barbas, nada con el centauro, ¿no...? Nadie, escúchenme bien, Wilson y Carranza, absolutamente nadie traiciona a Villa sin perder todos los dientes y colmillos después de un par de golpes de culata de mi 30-30 en pleno hocico: al tiempo y a los hechos, bola de cabrones —sentenció sin que nadie, salvo Félix Sommerfeld, pudiera entender en aquellos momentos los alcances de sus amenazas... El agente alemán y el que fuera general de la División del Norte acordaron un plan conjunto ya autorizado por Berlín. Washington y Londres se sacudirían en sus cimientos como si hubiera estallado una pesada carga de dinamita. El tiempo tendría la última palabra... o los hechos... ¿No...?

---

* Un brindis, un brindis por el bienestar...

¿Y María Bernstorff? ¿Dónde estaba María Bernstorff? Por supuesto no contestaba las cartas de Félix ni hacía saber si estaba viva o muerta. Solo que para aquel entonces Sommerfeld había tenido éxito en sus gestiones a través del embajador Von Eckardt y quedaba confirmado que María era efectivamente agente especial del káiser para operaciones secretas en Estados Unidos. Se confirmaba su intuición. Pertenecían pues a la misma familia. Solo faltaba descubrir cuál era su misión en aquel país. ¿Quién podía saberlo de inmediato? La persona menos imaginable.

A finales de 1915 los ataques sufridos por la población civil mexicana ya no fueron de carácter militar, esta vez los de origen económico retomaban una fuerza inusitada haciendo que el precio de los frijoles se disparara de 25 centavos a tres pesos el kilo; que la mantequilla subiera meteóricamente de dos a ocho pesos: una carestía incontrolable atentaba en contra de los bolsillos y del ansiado bienestar de una población necesitada de paz, alivio y descanso.

Ahí aparecía repentinamente María Bernstorff retratando las interminables filas de mexicanos hambrientos en las puertas de una modesta tortillería a la espera de algo de masa para colocarla encima del comal. ¿Chiles? No había chiles ni para chiles… Tomó placas de niños, hombres y mujeres descalzos y vestidos escasamente con harapos, cargando humildes recipientes en tanto esperaban inútilmente frente al puesto de la leche. Los rebozos perforados de las niñas-madres apenas detenían a los hijos lactantes de piel oscura. Siempre los prietos cargaron con el hambre, llenaron las cárceles y pusieron a los muertos. ¿Y los blancos? Ellos invariablemente tuvieron recursos para expatriarse o influencias para mantenerse intocables. Las placas de María habrían tenido un efecto devastador de no ser porque los alcances de la tragedia europea y la muerte de millones de personas no tenía comparación en la historia de la humanidad.

—El tiempo, solo el tiempo —decía Félix a modo de consuelo— rescatará toda la fuerza contenida en tus originales.

La incapacidad de adquirir bienes de primera necesidad en los primeros meses del México posrevolucionario, ya fuera por caros o por escasos, se traducía en severas fricciones sociales. Las carencias propiciaban una profunda nostalgia por los años estables del porfirismo o despertaban la tentación de recurrir una vez más a las armas y reinstalar a un nuevo tirano. Mano dura, ¡carajo!, es lo que necesita este país. ¿Democracia? Qué democracia ni qué democracia: primero hay que tener pa los frijoles y las tortillas. Luego hay que aprender a *ler* y a *escrebir* y luego ya con calmita llegará el tiempo pa la política… La desesperación, como el hambre, jamás fueron buenas consejeras…

¿Y la ayuda norteamericana…?

¿Cómo lograrla si de ninguna manera nos entendemos con Wilson? Él exige a México una definición diplomática en relación con la guerra europea. ¿Entendido?

Sí.

¿Y qué hace en la práctica el pastorcito protestante? Parapetado en la supuesta neutralidad norteamericana, más falsa que un billete de tres dólares, la Casa Blanca sostiene relaciones comerciales sobre todo con una de las partes beligerantes…

Para usted, Mr. Wilson, la guerra es un negocio más, si no, ¿por qué, en apego a su supuesta neutralidad, no se abstiene de venderles alimentos, armas, municiones y medicinas a Francia y a Inglaterra fundamentalmente? ¿Verdad que sus banqueros, auténticos piratas de Wall Street, prestan dinero y extienden créditos a tasas maravillosas, con garantías nunca vistas, abusando de la extrema necesidad de los aliados? ¿No es válido afirmar que es un buen momento para cerrar espléndidos negocios lucrando con la extrema angustia de los amigos? ¿Verdad que a más utilidades de las empresas de guerra, más impuestos a favor del Estado y más riqueza para Estados Unidos? Que ya no me cuenten: usted es un sir Walter Raleigh del siglo xx…

No, no, no contemos con los gringos, más bien cuidémonos siempre de ellos… Las placas de María eran crónicas mudas, pero de una estremecedora elocuencia del proceso revolucionario. Ella las archivaba como parte de la historia gráfica de México. Algún día hablarán por sí solas…

10. El káiser y Huerta

—Quiero inmediatamente a Huerta en la presidencia de México —gritaba ansioso el káiser Guillermo II mientras tronaba imperativamente los dedos de la mano derecha— y quiero también, pero ¡ahora!, que México declare la guerra a Estados Unidos o estalle un verdadero conflicto militar entre los dos países: no esperaré un solo instante más —ordenaba al canciller Bethmann-Hollweg sin que este pudiera contestar una sola palabra.

—¿No se da usted cuenta de que Estados Unidos debe mandar hombres, armas y municiones a México antes de usarlos en contra nuestra?

—Es que…

—Es que nada: ¿prefiere usted a los norteamericanos aquí, en Europa como nuestros enemigos, o los quiere usted en Chihuahua, exterminando a toda esa maldita raza de inútiles?

—Señor…

—Tarde o temprano, escúcheme bien, Estados Unidos entrará al rescate de sus primos ingleses.

—Su Alteza…

—Después de la rendición de Francia, de Rusia y de Inglaterra me enfrentaré a Estados Unidos y no antes: mi carrera es contra el tiempo. ¿Lo entiende usted, o le es muy difícil? Entretengamos a los norteamericanos, ese es el juego, antes de que sea demasiado tarde.

—Su Excelencia…

—Solo quiero que me conteste una pregunta —continuó el káiser sin acusar la interrupción.

—Usted dirá, señor.

—¿Cuándo llega Huerta a Nueva York?

—Debo informarle…

—¡Fecha…! ¡Quiero la fecha exacta! Me sé de memoria todas las explicaciones y justificaciones. Ya ve usted a qué se redujo el Plan de San Diego… íbamos a crear una nueva República, ¿verdad?

—Quiero…

—Si no me responde con una fecha precisa cancelamos el acuerdo…

Finalmente el emperador alemán, perfectamente uniformado y de pie, caminando ansiosamente de un lado al otro, hizo una breve pausa para colocarse con toda discreción el brazo izquierdo dentro de la bolsa de su saco condecorado que lo acreditaba como Jefe Supremo de las fuerzas armadas alemanas. Jamás habló con ningún subordinado de la parálisis que le aquejaba en esa extremidad desde su nacimiento. Por otro lado, ¿quién se iba a atrever a preguntarle el origen de su dolencia? ¿Quién…?

—Huerta llegó ayer a Nueva York de acuerdo con lo planeado, señor.

—¿Y por qué no me lo había informado?

—A eso vine precisamente. Solo estaba esperando la oportunidad de podérselo decir…

11. Victoriano Huerta, agente alemán

Victoriano Huerta desembarcó en Nueva York el día 12 de abril de 1915 a las seis de la tarde en punto. Como diría el *New York Times*, «el viejo y pintoresco guerrero» descendió sonriente por la plataforma vestido con un impecable traje azul, sombrero de fieltro café, camisa blanca y una corbata negra de satén que ostentaba un fistol con la forma de un enorme diamante ligeramente abajo del nudo. La multitud que le tributaba una cálida bienvenida le impidió el paso por espacio de una hora, en la que aprovechó para declarar:

—Vengo a Estados Unidos en viaje de placer. Carezco de planes para el futuro. Solo busco la paz y la tranquilidad en los últimos años de mi vida… En lo que hace a mi país, es imperativo que se le deje resolver sus problemas internos sin la intervención de potencia extranjera alguna…[30]

Huerta ignoraba que durante su estancia en Barcelona había sido espiado por agentes carrancistas que vigilaban y reportaban celosamente todos y cada uno de sus pasos. También Wilson recibía igualmente informes periódicos del comportamiento del exdictador mexicano. Carranza combatía a la División del Norte en el Bajío, trataba de aplastar a la guerrilla zapatista, negociaba la venta de armas y pertrechos con el jefe de la Casa Blanca, sí, sí, pero no perdía de vista los movimientos de Huerta ni olvidaba que a las víboras se les controlaba sujetándolas vigorosamente de la cabeza. Y semejante culebra merecía cualquier precaución dada su inmensa peligrosidad.

Si ya desde Europa habían seguido con lupa sus andanzas, al hacerse público su arribo a Estados Unidos un auténtico enjambre de espías de diversas nacionalidades recibió la consigna de descubrir, antes que nadie, sus auténticas intenciones. Al diablo con que «solo busco la paz y la tranquilidad en los últimos años de mi vida…» ¿Quién iba a creerle a un embustero profesional? Villa y Carranza protestaron ante Wilson por la presencia del Chacal en territorio norteamericano. No le crean. Sujétenle las manos. Ánclenlo al piso, parecían decir en su desesperación. Tarde o temprano será una fuente de conflictos. Deténganlo para que enfrente los cargos de asesinato del presidente, vicepresidente y senadores de la República, además de periodistas y otros inocentes. Es un criminal: depórtenlo hoy mismo a México para someterlo a un consejo sumarísimo de guerra. Así lo pasaremos al menos 20 veces seguidas por las armas y le dispararemos otros tantos tiros de gracia… Por otro lado, además de los agentes carrancistas y alemanes, estaban los ingleses y, por supuesto, Hall, capitaneando a la distancia un sofisticado equipo de espionaje, además de los integrantes de la inteligencia norteamericana.

Huerta tramaba, articulaba planes, estructuraba una estrategia tras la otra, medía riesgos, basculaba todas las posibilidades de error y evaluaba los imprevistos que bien podían hacer descarrilar su último proyecto para volver a ocupar el Castillo de Chapultepec. Su edad y su prestigio solo le concedían una oportunidad.

«Tengo un tiro en la recámara se repetía incesantemente de día y de noche—: no puedo permitirme fallar. O doy en el centro mismo de la cabeza del animal o estaré perdido…»

Si para conquistar el poder había asesinado, perseguido, secuestrado y mutilado y, además, había provocado una catastrófica revolución, una guerra civil que había destruido a México sepultándolo en el atraso y en el escepticismo; si ni la sangre ni la salvaje matanza de indios yaquis y mayas ni los pruritos ni la ética ni valor ni principio alguno lo habían detenido nunca a la hora de ejecutar sus planes, ¿por qué razón iba a detenerse en esta ocasión? Jamás volvería a contar con los apoyos que disfrutaba de alguna otra potencia…

A su esposa llegó a comentarle una de las noches en las que quedaba agotado después de tantas visitas:

—Mira, vieja, si fundieran a todos los mexicanos en una fragua, no sacarían ni a medio Victoriano Huerta. Esos pinches pelados perfumaditos se asustan con el primer cuete que se les tire a los zapatos: ¡maricones! —decía al beber a pico su imprescindible Hennessy—. Que no se hagan los pendejos solitos —agregó meciéndose en dos de las patas de su silla confeccionada con bejuco: ¿cuál democracia si acabamos de cambiar el penacho por el sombrero de paja y la lanza por el 30-30?

—¿No serás muy necio, Victoriano? —repuso su esposa mecánicamente, dando un punto tras otro a su eterno tejido, sin voltear a ver a su marido.

—Los mexicanos somos hijos de la mala vida, vieja. No puedes dejarnos sueltos y libres porque nos lleva el merititito carajo. En este país solo se puede imponer el orden y el crecimiento a punta de chingadazos. ¿Quién conoce más a nuestros paisanos que yo? —aducía en busca de aceptación—: con oír cómo arrastran los huaraches o cómo raspan las espuelas contra el piso o cómo huelen o simplemente con escuchar el tono de la voz, a ciegas te adivino si es traidor, mariquita o macho cabrón para servir a usted...

Huerta recibía en pequeños grupos a 400 oficiales del ejército mexicano en el hotel Ansonia. Con el propósito de distraer la atención de la prensa y del gobierno norteamericano, declaró que alquilaría una mansión en Forest Hills y se ganaría la vida trabajando como ingeniero civil. Se entrevistó largamente con Nemesio García Naranjo, su exministro de Instrucción Pública, para invitarlo a participar en la revuelta que lo reinstalaría como presidente de la República, ofreciéndole esta vez, como compensación política, la cartera de Hacienda.[31] Conferenció con oficiales de la inteligencia alemana para precisar detalles del sabotaje de los pozos petroleros de Tampico en caso de fracaso del próximo levantamiento armado. Se reunió en repetidas ocasiones con el capitán Karl Boyd-Ed y con el capitán Franz von Papen, los agregados militares de la embajada alemana en Washington. Acordaron la cantidad de armas y municiones que serían desembarcadas en puntos específicos de las costas mexicanas por submarinos alemanes. Se adjudicaron los papeles que desempeñarían Pascual Orozco, Mondragón y Félix Díaz a partir del día en que Huerta cruzara la frontera. Confirmó con Franz von Rintelen, el asesor financiero del almirantazgo, su principal contacto con Alemania, las condiciones y términos para el desembolso de los recursos antes y después de llegar al poder.

Nadie podía suponer en esos momentos la existencia de un jugador mudo que, como siempre, contaba con información confidencial para adelantarse a los acontecimientos. ¿Su nombre? Hall, Reginald Hall. En esta ocasión ni la inteligencia inglesa ni los criptógrafos y expertos del «Cuarto 40» supieron de la llegada a Nueva York de Victoriano Huerta. Era evidente que se habían escogido diversas rutas telegráficas, así como otros medios de comunicación. Los agentes de Su Majestad adscritos a Estados Unidos, así como la prensa norteamericana, dieron cuenta pormenorizada del arribo del expresidente. El discreto Blinker intuyó, al igual que norteamericanos y mexicanos, la existencia de una conjura. El exdictador no estaba en Estados Unidos en busca de paz ni perdía su tiempo disfrutando unas vacaciones. *For heaven's sake!* Él debería dar con la razón de su presencia en Nueva York aun cuando tuviera que buscar en el último de los pliegues de la vida del tirano. Para ello había invertido mucho tiempo en la organización del contraespionaje alemán en Estados Unidos.

Contrató entonces a Emil Voska,[32] el líder clandestino del movimiento checo, un furioso enemigo de lo alemán, para conocer la realidad de lo que acontecía. Aquel le informaría a Gaunt, un agente de inteligencia adscrito a la embajada británica, lo que sus cientos de orejas de resentidos checos escucharan en los centros neurálgicos alemanes ubicados en Nueva York.

La organización secreta de Voska tenía colocada como ama de llaves del embajador alemán acreditado en Washington nada menos que a una checa, también una furiosa antigermana encargada de espiar desde la correspondencia personal de Von Bernstorff hasta sus llamadas telefónicas. Esculcaría su portafolios, los papeles dejados encima del escritorio, bajo las gafas, cuando el cansancio finalmente lo obligara a descansar, así como cualquier otro papel o dato contenido en las bolsas de su saco o en la ropa sucia. Escucharía escondida tras las puertas, buscaría afanosamente la clave de la caja de seguridad de la residencia para copiar o hacerse de información trascendente. ¿Alguien más? El chofer de la embajada informaba a los ingleses y al Departamento de Estado respecto de los visitantes y lugares, monumentos, parques, hoteles y restaurantes a los que conducía a los representantes diplomáticos o a invitados distinguidos o no, así como las conversaciones que llegaba a escuchar a bordo del automóvil o en la calle cuando aparentaba fumar distraído un cigarrillo mientras sus pasajeros se despedían tomando los últimos acuerdos del día. Sabía el contenido de cartas, paquetes y otros envíos, así como los nombres de los destinatarios y de los remitentes. Todo podía ser importante. Todo lo escribía. Todo lo informaba.

Hall pudo conocer la increíble realidad de los planes alemanes en relación con Huerta cuando Voska y sus hombres alquilaron las habitaciones anexas a la suite que ocupaba Huerta en el hotel Manhattan, entre la 42 y Madison. Después de horadar cuidadosamente las paredes para colocar sordinas, pudieron hacer saber a la inteligencia inglesa que Huerta exigía del káiser todo el apoyo moral y económico; que no sería justo que lo dejara abandonado a la mitad de la suerte por la razón que fuera; que los submarinos deberían descargar las armas en las noches en los lugares señalados por los lugartenientes del exdictador. Que Félix Díaz iniciaría el movimiento por el sur, mientras él, Huerta, lo haría por el norte contando con todos los adeptos que hubieran logrado reunir Pascual Orozco y Blanquet. Que los sobrevivientes de la División del Norte, ya destruida y en franca desgracia, así como muchos desertores del carrancismo hartos de promesas, se unirían a las fuerzas huertistas tan pronto el general injustamente exiliado cruzara la frontera. Que al llegar a la presidencia buscaría la manera de provocar una guerra contra Estados Unidos, para lo cual contarían con rifles, cañones y cartuchos de manufactura alemana o norteamericana, a su disposición en el mercado negro, además de tres millones de dólares para financiar la revuelta y con una cantidad mayor para consolidarla.

Que el honor de herr Huerta lo tenía en alta estima Su Alteza, Guillermo II, y que la palabra del emperador alemán estaba, por supuesto, exenta de cualquier duda… Que con el menor pretexto tomaría un tren para visitar la Feria de San Francisco y transbordaría en Kansas City para llegar lo más rápido posible a El Paso, donde lo esperarían sus seguidores para hacer estallar en México, a la brevedad, el levantamiento con todas sus consecuencias.

Hall no podía salir de su asombro. La jugada era clara: distraer a los norteamericanos en una guerra contra sus vecinos para que no pudieran entrar al rescate de los ingleses en caso de que estos lo solicitaran.

El director de Inteligencia Naval se comunica por teléfono con Edward Bell, segundo secretario de la embajada de Estados Unidos en la Gran Bretaña, su gran amigo, amante de la cerveza oscura amarga que tanto disfrutaban ambos en los *pubs* de Londres, un feroz antialemán, deseoso de encontrar los recursos políticos y diplomáticos necesarios para provocar el ingreso de Estados Unidos en la guerra. Ambos hablaron, discutieron, precisaron, acordaron un documento preparado para la superioridad. Lansing, el secretario de Estado norteamericano, tuvo al día siguiente un reporte exacto de los planes alemanes.

Huerta y sus seguidores, así como los alemanes encabezados por el capitán Karl Boyd-Ed, el brazo derecho de Von Bernstorff, el capitán Franz von Papen y Franz von Rintelen, los protagonistas, continuaban con la ejecución de sus planes en el más hermético secreto. Nadie, por supuesto, debería saber los alcances de su estrategia. Nadie, absolutamente nadie debería descubrirlos. Jamás podría abortar un proyecto tan íntima e inteligentemente urdido. El káiser y Bethmann-Hollweg, Von Büllow y Zimmermann, esperaban atentos la marcha de los acontecimientos. Wilson y Lansing, informados de los avances, esperaban el momento preciso para detener a Huerta acusándolo de violación a las leyes de neutralidad…

Así, el 26 de junio de 1915 Huerta abordó el tren con rumbo a San Francisco después de presenciar un espléndido juego de beisbol. Iba feliz en busca de su destino. Soñaba con un nuevo retrato al óleo de cuerpo completo vestido de riguroso frac, zapatos negros de charol sin polainas y con la banda tricolor cruzada en el pecho, mientras su mirada se extraviaría en la inmensidad del firmamento. Al fondo aparecería impoluto y majestuoso el Castillo de Chapultepec, en cuyo alcázar estaría ondeando la bandera nacional.

«Nadie mejor que yo para conducir los destinos de este país atrasado y engañado», podría haber jurado sereno y convencido, colocando su mano derecha sobre las siete tablas. La patria le compensaría con creces sus esfuerzos por reconstruir la vida política y el desarrollo económico de México. «Tengo todo para rescatar a México del abismo en el que se precipitó a la salida de don Porfirio, ese gigante que tanto nos comprendió y ayudó desinteresadamente…»

Sabía que en Ciudad Juárez se hallaban listos al menos 10 mil hombres dispuestos a dar todo a cambio de la libertad. Esa ciudad sería la primera en caer en la nueva y promisoria era «victoriana». A lo largo y ancho del país se encontraban miles de villistas y de carrancistas atentos a la primera señal para sumarse a la causa. En un almacén secreto de El Paso y otro de Newman se habían depositado cientos de miles de rifles y millones de cartuchos. Un número selecto de exoficiales huertistas habían zarpado de La Habana con rumbo a Nueva Orleáns. Un barco con armamento había salido de Seattle para dejar su explosiva carga tal vez en Mazatlán o en Acapulco, cualquiera de los dos puertos del Pacífico mexicano. Se decía que las montañas chihuahuenses estaban llenas de huertistas en espera de su líder. No se había omitido detalle del plan. Todo se desarrollaba con la misma precisión de un reloj suizo. Huerta contaba con dinero, con la tropa, con armamento, con el respeto de sus seguidores y con la sed de venganza de soldados perdedores en busca de un lucrativo botín de guerra.

¿Y la gente? ¿El pueblo? ¿La ciudadanía, para decirlo con más propiedad?: mira, ni me espantes con un fantasma que nunca ha existido… Por la mente de Huerta pasaban imágenes de Villa colgado de un frondoso eucalipto y de Carranza fusilado de espaldas al pelotón, como se ejecuta a los traidores. A Zapata lo aplastaría de la misma manera como se mata a una mosca con un periódico… «Ya desde los años del lunático de Madero le traigo ganas a este pinche caballerango de Morelos con ínfulas de cacique. Ya nos veremos las caras, y mira que la mía no es tan bonita…»

Huerta cambió discretamente de trenes en Kansas City. Ya no viajaría a la Feria de San Francisco, sino que iría a El Paso para visitar a su hija que vivía en dicha localidad… Esa sería la coartada. Con tan solo imaginar su próximo destino, un repentino estremecimiento le recorrió el cuerpo entero. Había transcurrido casi un año desde su derrocamiento a principios de la guerra europea. Añoraba los sopes, las tortillas de nixtamal, las criadillas encebolladas, el caldo tlalpeño, los chiles toreados, las chalupas de pierna, el mixiote, la barbacoa, los sesos, los riñones, las menudencias, los tacos con guacamole y carne de puerco. ¿Y un buen vaso con agua de tamarindo o de chía o de guanábana? Devoraría los mangos de manila en esta temporada al igual que metería la cabeza en una sandía y comería una chirimoya con lágrimas en los ojos al recordar en el paladar sus años de niño en Michoacán. ¡Cuántos placeres me esperan con tan solo cruzar la frontera! Su gente, su comida, su paisaje, el sentido del humor de los suyos, la política, la presidencia y ¡otra vez la historia! Estaba ya tan harto de la tortilla de patatas…

Dos agentes del servicio secreto del gobierno de Estados Unidos y un agente carrancista siguieron paso a paso a Victoriano Huerta en su viaje de regreso a México. Telegrafiaron desde la Grand Central Station de Nueva York para hacer saber a sus superiores la ruta seguida por el exdictador. Volvieron a hacerlo antes de abordar el tren, esta vez rumbo a El Paso. El propio presidente Wilson y Lansing, su secretario de Estado, conocían en detalle la marcha de los acontecimientos. Al día siguiente, a las cuatro de la mañana, el hijo del general Huerta, acompañado de 10 generales leales a su padre, salió de San Antonio en dirección a El Paso. Uno de sus yernos, precisamente el que le cortara la lengua a Belisario Domínguez y acto seguido lo masacrara a tiros después de obligarlo a cavar él mismo lo que sería su propia tumba, lo esperaba a bordo de un automóvil para llevarlo de inmediato a México. El káiser, Bethmann-Hollweg, Franz von Papen, Boyd-Ed y Rintelen von Kleist, además del embajador Bernstorff, esperaban ansiosos una sola noticia: Huerta ha cruzado la frontera... La mecha ha sido finalmente encendida.

En el trayecto de Kansas City a El Paso, Huerta ya no se concentró en la coordinación de su proyecto militar para llegar al poder, ni siquiera en sus planes de gobierno una vez que fuera ungido por segunda ocasión como presidente de la República. Esta vez ya no trataría de cubrir las apariencias constitucionales llamando a ningún Pedro Lascuráin para ocupar la titularidad del Poder Ejecutivo durante 45 minutos, el tiempo necesario para transmitirle a él legítimamente los mandos y así escapar a la acusación de usurpador, además de la de asesino por haber depuesto y privado de la vida al presidente Madero. En esta ocasión se sentaría en la vieja silla de terciopelo verde con el águila dorada bordada en el ángulo superior derecho y ¡ya! Se pondría la banda tricolor y ¡ya! Al diablo con los formalismos: soy presidente y ¡ya...! Más tarde veremos cómo manejar las elecciones al estilo de don Porfirio... Este país, de repente tan democrático, ¿no lo había aguantado casi 35 años y lo había despedido con lágrimas en los ojos y agitando pañuelos en Veracruz?

En la última etapa de su viaje ferrocarrilero, el tirano ocupó su mente en imaginar la cara de los alemanes tan pronto los mandara con todo y su káiser, ese, lleno de corcholatas en el pecho, a la mismísima chingada. Claro que lo habían ayudado con discreción y puntualidad prusianas, ¿pero creen esos ilusos que soy tan pendejo como para declararles la guerra a los gringos? ¿Piensan que voy a organizar una batalla naval con trajineras xochimilcas en contra de gigantescos acorazados o que planearé un combate aéreo entre guajolotes tuertos y aviones de largo alcance? ¿De *veritas* creen que soy tan pendejo como pa tirarles cuetes y palomas o pa reventarles

125

fulminantes a los pelados güeros y que ellos, a cambio, nos avienten hartas bombas como pa acabar con media indiada? Además, si los alemanes ya no pueden ni con su alma en la guerra que tienen abierta en todos los frentes, menos van a poder rescatarme cuando se los pida ni mucho menos me van a dar las armas que necesito cuando ellos mismos tratan de importarlas de Estados Unidos. Que nadie lo pierda de vista: soy pendejo, pero voy a misa… Cuando llegue a la presidencia *ai* mismo me quedo hasta que la muerte me separe del cargo. ¿Los alemanes…? ¡Que se jodan…!

Cuando anunciaron que en una hora más el tren arribaría a El Paso y que antes se haría una última parada más en el pueblo de Newman, Victoriano Huerta se puso de pie con toda solemnidad. Se apretó el cinturón, se talló los zapatos contra el pantalón a la altura de las pantorrillas, se ajustó el saco, se peinó, se caló el sombrero de fieltro, retocó el pañuelo ubicado en una bolsa a un lado de la solapa izquierda, frotó las lentes de sus anteojos después de sonarse con su paliacate colorado de Michoacán. Precavido todavía, se hurgó la nariz con el índice, embarró una y otra vez la mucosidad contra el respaldo de uno de los asientos hasta limpiar perfectamente bien el dedo. Por supuesto, intentaba dejar a bordo una elocuente huella de su presencia. Consultó la hora, bajó su maleta personal, escupió por el carrillo derecho y se adelantó a la puerta de descenso como cualquier otro pasajero. Todo marchaba a la perfección. La ansiedad lo devoraba. México, México otra vez…

Al apearse del tren en la estación de Newman, el general Victoriano Huerta vio acercarse apresuradamente a un hombre vestido con un elegante traje de charro café oscuro, botonadura de plata y un corbatín rojo intenso anudado a modo de un moño para rematar su indumentaria mexicana. Llevaba el sombrero en la mano mientras un colorido sarape de Saltillo colgaba indolente de su hombro derecho. Por la sola forma en que arrastraba las espuelas contra el piso cualquiera hubiera distinguido la presencia de Pascual Orozco. El reencuentro entre ambos generales estuvo cargado de emotividad. Permanecieron abrazados efusivamente por unos instantes en tanto intercambiaban puntos de vista inaudibles siquiera para aquellas personas que presenciaban la escena a muy escasa distancia. Cuando uno de los dos callaba, el otro festejaba cualquier comentario soltando enormes carcajadas. Uno murmuraba al oído del otro. ¿Hablarían del feliz momento de la revancha?

—Ahora sí me le voy a aparecer a Carranza disfrazado de calaca, pinche viejo «barbas de chivo…» Meteremos los submarinos alemanes por Xochimilco… Con el primer escupitajo de uno de los lanzallamas del káiser, haremos chicharrón de Villa y sus doraditos, bola de cabrones, compadrito de mi vida, ¿no...? A la primera fumigada con gas mostaza que les demos a los carrancistas, saldrán corriendo como ratas letrineras cuando se hunde el barco... Mientras estos tiran con resortera, hermanito de mi vida, nosotros se las devolveremos con cañones de 90 milímetros... Los pinches huarachudos volarán por los aires con todo y carabinas... ¿Nos echamos un tequilita con pólvora como en los viejos tiempos tan pronto estemos del otro lado? Ja, ja, ja...

Al momento de soltarse y enjugarse las lágrimas después de semejante ataque de hilaridad y ya dirigiéndose a la calle, donde los esperaba un automóvil para conducirlos al otro lado de la frontera, la vida les había preparado una celada, una sorpresa ciertamente artera, inimaginable: un alguacil federal de Estados Unidos, enfundado en una gabardina color azul marino, se dirigió a ambos personajes en un castellano muy bien construido, pero con un acento sajón que delataba el origen del interlocutor.

—¿Mister Huerta...?

—Sí —contestó lacónicamente Victoriano Huerta en lugar de agregar un formal «a sus órdenes» como era su costumbre y le habían enseñado a responder desde niño cuando escuchaba su nombre. De cualquier manera, la cortesía mexicana exigía ese tratamiento, solo que un señor expresidente de la República no se pone a las órdenes de nadie. ¿Está claro, clarísimo?

—¿Mister Orozco...? —repitió la pregunta el gigantesco representante norteamericano de la ley.

—Sí —repuso intrigado el general en tono provocador. «¿Cómo sabrá el gringo este mi nombre?», se cuestionó igualmente sorprendido el militar mexicano.

—Les voy a agradecer a ambos que me acompañen...

—¿Acompañarlo a usted...?

—Sí, señores...

—¿A dónde...?, si se puede saber... Somos muy malos para bailar, ¿verdá, mi general...?

—No estoy bromeando —tronó el agente norteamericano—: en nombre del gobierno de los Estados Unidos están ustedes detenidos, aun cuando todavía no arrestados.

—¿Detenidos, nosotros...? —palideció Huerta por primera vez.

—¡Detenidos!

—¿Y por qué carajos nos detiene, si se puede saber, mister...? —interpuso Orozco como quien se lleva la mano a la pistola.

—¿Cuáles son los cargos? —preguntó Huerta con más cautela, midiendo la seriedad de la situación—. Desde que ingresé a Estados Unidos he respetado escrupulosamente las leyes —adujo en tono defensivo. Por supuesto que él había cuidado todas las formas para no entorpecer el futuro levantamiento, evitando cometer torpezas propias de párvulos.

—A mí tampoco pueden acusarme de nada —terció Orozco conteniendo la respiración y el coraje. Un buen mexicano se encabrona y se rebela ante la presencia de la autoridad. ¿Cómo dejarse, además, de un maldito cara pálida que, por si fuera poco, intentaba privarlos de la libertad, con lo cual podían derrumbarse sus históricos planes? No había espacio para confusiones. Además, ¿quién no se achicaba cuando Pascual alzaba la voz?

—Señores, yo vengo a detenerlos y no a explicarles las razones de su cautiverio, de eso se ocuparán las autoridades respectivas —dejó claramente asentado el alguacil norteamericano que ostentaba una chapa en forma de estrella en una de las solapas de su traje—. De modo que acompáñenme sin oponer resistencia para no complicar por lo pronto este asunto: evitemos la violencia, señores, y si podemos, evitemos también un baño de sangre… —advirtió con el mismo timbre y tono de voz de quien estaba acostumbrado a dichas diligencias—. Les suplico —sentenció finalmente— que se controlen y controlen también a su gente para que este trámite se maneje civilizadamente…

Pascual Orozco empezó a perder entonces la compostura. Sintió cómo todas sus esperanzas se erosionaban de golpe:

—Usted, por supuesto, no sabe con quién está tratando —amenazó de acuerdo con la añeja tradición mexicana cuando se desafía a la autoridad—: mi general Huerta fue presidente de México.

—Por esa misma razón les pregunté antes sus nombres. Tenía instrucciones de identificarlos previamente. Mis órdenes eran muy precisas —agregó el agente mientras les mostraba a ambos una credencial con una fotografía que lo acreditaba como delegado del Departamento de Justicia del gobierno de los Estados Unidos.

Ambos se quedaron paralizados, volteando inquietos a los lados en busca de ayuda. ¡Cómo hubieran deseado tener un ejército de federales para barrer con ese mugre gringo que, con su tono autoritario e intransigente, parecía representar a cinco batallones juntos!

—¿Y si nos resistimos? —preguntó Orozco envalentonándose.

—Tienen ustedes dos opciones —repuso el alguacil fríamente, elevando la voz por primera vez. Estaba dispuesto a todo. Su determinación no dejaba lugar a dudas—. O me acompañan o tendré que encadenarlos y encañonarlos hasta llegar a la prisión —concluyó, abriéndose la gabardina y dejando entrever una pistola Colt .45.

—Usted y cuántos como usted —se plantó enfrente Pascual Orozco como si pretendiera cubrir el cuerpo de Huerta—. Tal vez nosotros dos podamos más que usted —retó el militar mexicano como si tratara con un paisano más al alcance de su monedero o temeroso del poder de su revólver.

—Eso lo creerá usted —enarcó el alguacil las cejas, llevándose a la boca el dedo índice y el pulgar de la mano derecha para producir un agudo y sonoro chiflido, la señal esperada para que un grupo de 25 hombres uniformados de a caballo y otros tantos de a pie aparecieran de la parte posterior del edificio para apoyar al representante de la ley en caso de resistencia de los generales mexicanos.

Ambos voltearon al unísono y se quedaron petrificados. No tenían alternativa posible más que acatar las órdenes. Los apuntaban 50 rifles a la cabeza. Por supuesto que no había dudas ni malos entendidos ni errores: la consigna de detenerlos era muy precisa y no respondía de ninguna manera a la casualidad.

—No tiene *usté* derecho a detenernos. ¿Tiene *usté* una orden de detención? —arguyó Huerta, conocedor de algunos derechos de los norteamericanos.

El delegado de justicia conocía de sobra esa debilidad, sin embargo, aun cuando pareciera atropello, debería detenerlos. La instrucción precisa venía de la Casa Blanca: por ningún motivo deben cruzar la frontera mexicana.

—No es ante mí ante quien tienen que alegar su defensa ni tengo por qué darles pormenores —cortó tajante el policía sin dejar espacio a mayores comentarios—. Vienen o vienen —terminó, sacando unas esposas de la bolsa de su gabardina—. Evítenme la pena de hacer esto…

Huerta y Orozco sucumbieron. ¿Cómo exponerse a aparecer esposados en los periódicos nacionales o extranjeros? Menudo ridículo. Mejor, mucho mejor someterse, aconsejó Huerta.

—Ya veremos después cómo salimos de esta…

Al día siguiente apareció la noticia en los periódicos y diarios mexicanos, norteamericanos y europeos. El Palacio de Unter den Linden parecía arder en llamas. El emperador alemán se golpeaba como siempre con su fuete sus botas perfectamente lustradas, mientras gritaba furioso en su impotencia:

—¿Por qué estoy rodeado de imbéciles, incapaces de ejecutar una orden a la perfección?

—Perdimos ocho meses diseñando la estrategia; perdimos tiempo y más tiempo discutiendo con Huerta punto por punto en Barcelona; perdimos tiempo y más tiempo llevando a este salvaje a Nueva York cuidando todas las apariencias; luego volvimos a perder tiempo y otra vez tiempo en lo que llegaba a México; perdimos tiempo, tiempo y tiempo preparando a esos idiotas para garantizar el éxito del golpe de Estado y volvimos a perder tiempo y dinero en armas, municiones, honorarios y sobornos, cuidando hasta el último detalle, y después me salen con que detuvieron a Huerta a 20 minutos de la frontera mexicana... ¿Qué es esto? ¿Una burla? Todos creerán que soy un estúpido porque no puedo materializar mis planes —reprendió fuera de sí al canciller Bethmann-Hollweg, quien permanecía de pie y con la vista clavada en la duela austriaca instalada en la oficina principal del emperador.

—¡Inútiles, estoy rodeado de inútiles con cara de gente inteligente! —gruñía el káiser mientras Lansing, el secretario de Estado, acompañado de sus íntimos colaboradores, bailaba con los brazos levantados y daba largos giros en su espacioso despacho. El presidente Wilson, por su parte, concedió poco tiempo a la celebración dado que tenía una cita de amor: almorzaría nuevamente esa mañana con una hermosa y elegante mujer: Edith Bolling Galt, a quien una prima muy querida había invitado a la Casa Blanca a tomar té una mañana de marzo, a tan solo siete meses de la muerte de su esposa, Ellen.[33]

—Jamás la dejarás salir, Wood —le advirtió en aquella ocasión al oído a su primo—. La conozco, es distinguida e inteligente.

Wilson regresó antes de lo previsto de un juego de golf con su médico de cabecera, el doctor Cary Grayson, solo para conocer a Edith. Cuando terminaron de tomar el té, el presidente le pidió que no se retirara.

—¿Podrías quedarte más tiempo a conversar?

Ella se negó. Tenía otros compromisos. No se vería bien que se quedara toda la tarde con un hombre a quien acababa de conocer, por más que fuera el presidente de los Estados Unidos de Norteamérica. Tomó sus guantes amarillos que hacían juego con su vestido y después de bajarse un leve velo del sombrero, hizo que la llevaran a su domicilio.

Cuando Wilson se comprometió con ella en mayo de ese 1915, el escándalo en Washington fue mayúsculo. Wilson ni siquiera había permanecido viudo un año completo. ¿Habría matado a la hoy difunta?, se preguntaba el populacho. «Es un cínico y tal vez asesino.» «Ella, la tal Edith, debe ser una mujerzuela…» «¿Cómo se atreve a salir con un hombre que ni siquiera ha concluido sus días de duelo, sus días de guardar?»

Wilson quedó prendado de aquella mujer de modales tan reposados, tan cuidadosa en sus respuestas, afable, preparada e inteligente. No la olvidaría. La buscaría afanosamente hasta convertirla en su esposa.

El tiempo transcurría. Una muerte lenta agotaba a diario a los generales mexicanos hasta que el día 3 de julio Pascual Orozco se dio a la fuga exitosamente.

—El dinero es un pasaporte internacional —reía cuando se alejaba a caballo de El Paso a toda velocidad acompañado de otros cabecillas—. ¿No que muy puritanos los gringuitos? La lana es la lana, chingao, ¡hijaaaaa! —gritó golpeando salvajemente con las espuelas los ijares de la bestia.

La policía migratoria, a título de respuesta, aumentó drásticamente las medidas de seguridad en contra del propio Huerta, quien continuaba alegando la falta de fundamentos legales para justificar su cautiverio, mientras que el Departamento de Justicia buscaba hacerse de todos los elementos para poder mantenerlo en prisión y disfrazar de la mejor manera posible los motivos jurídicos de su detención.

Wilson había sentenciado: hagan lo que hagan y tengan lo que tengan que hacer, este maldito barbaján, borracho y asesino no puede regresar a México. No permitiré que levante otra vez al país en armas y después, como todo un títere de Alemania, intente siquiera comprometer a Estados Unidos en un problema.

Lansing festejaba la claridad con la que el jefe de la Casa Blanca contemplaba la realidad. El secretario de Estado estaba harto de las intrigas germanas y no mostraba ningún recelo en confesar que consideraba a Von Bernstorff, el embajador del Imperio alemán, como un saboteador camuflado que en la vida práctica era la cabeza de una cáfila de espías y de agentes sediciosos e incendiarios, en lugar del titular de una representación diplomática.

Wilson continuaba rumiando sus ideas y justificando su nueva política antihuertista en el salón oval, mientras contemplaba, dándole la espalda a Lansing, el enorme jardín de la Casa Blanca. Al fondo aparecía la Avenida Pennsylvania, nombrada así para honrar el lugar donde se había firmado el Acta de Independencia de Estados Unidos. El verano en Washington era una maravilla.

—Metamos a Huerta en una mazmorra subterránea, más aún en la actual coyuntura que vive Europa, y sobre todo después del hundimiento del *Lusitania*…

Victoriano Huerta creyó recibir un tiro en plena nuca disparado a quemarropa, tal y como el general Mondragón hizo fuego en la cabeza del presidente Madero, al saber que Pascual Orozco había caído masacrado por los *Texas Rangers*. Un grupo de mexicanos —fue la explicación pública— atacó ayer, 30 de agosto, un rancho en el estado de Texas en busca supuestamente de comestibles. Corrieron la suerte de todo cuatrero. Fueron ultimados a balazos como corresponde a cualquier vulgar ratero.

—Al carajo —gritaba furioso Huerta pateando los barrotes de la prisión en donde estaba recluido. Los sacudía con ambas manos como si

131

quisiera derribar la cárcel a empujones—. Hijos de perra, malditos yanquis comemierda, ellos mataron a mi hermano Pascual. Asesinos, criminales, hijos de puta, con un millón de *rangers* no vuelves a hacer un Pascual Orozco. Ya no saben ni qué pretexto inventar para acabar con nosotros...

A partir del conocimiento de la muerte de Pascual Orozco, Victoriano Huerta empezó a beber como nunca antes lo había hecho en su larga vida. Ni siquiera cuando participó a principios de siglo en la campaña en contra de los indios mayas en Quintana Roo o escoltó a Díaz hasta Veracruz o autorizó el asesinato de Madero llegó a niveles de embriaguez como cuando fue informado de la pérdida irreparable de su querido amigo Pascualín... Una a una arrojaba las botellas de Hennessy, compradas desde luego con recursos de la familia, contra las paredes de su celda o contra los barrotes. Era materialmente imposible desplazarse en la estrechez del cuartucho. ¡Ay, los años dorados del Castillo de Chapultepec!, porque en cualquier lugar se pisaban astillas, cuellos de botella o simplemente pedazos de vidrio con la etiqueta todavía adherida. Por si fuera poco, el lugar despedía unos hedores nauseabundos porque mi general Huerta vomitaba y vomitaba donde se encontrara, *verdá* de Dios: vomitaba de pie o acostado, en la cama al amanecer o de noche, antes de dormirse. El suelo y el piso del pasillo apestaban a madres. Todo estaba manchado y daba asco, ni los marranos viven así, lo juro por esta... Su ánimo andaba bien jodido y a veces ya ni me reconocía... ¡Qué años aquellos cuando era presidente! Hoy ya no quedan ni polvos de aquellos lodos...

Los huertistas iniciaron una acentuada desbandada de la frontera. Se dispersaron a lo largo y ancho del país cuando fue confirmada la noticia de la muerte de Orozco y supieron del aplazamiento indefinido de cualquier solución en torno a la figura de Huerta. Uno muerto y el otro detenido sin posibilidades de obtener la libertad, decapitó de un solo corte el nuevo movimiento revolucionario.

La salud de mi general empeoró con el paso del tiempo y más aún cuando fue informado de que el presidente Wilson había reconocido oficialmente al gobierno encabezado por Venustiano Carranza allá en octubre de 1915. El expresidente mexicano sentía que se precipitaba en un foso oscuro y saliginoso. Se perdía en el vacío sin contención alguna, rasgando las paredes de musgo hasta quedarse sin uñas. La muerte de toda esperanza lo hundió aún más en el alcoholismo. ¡Cuánto le gustaba el trago, pues el trago acabaría con él...!

Al mismo tiempo que el presidente Wilson celebraba sus segundas nupcias en la Casa Blanca en medio de la Navidad de ese mismo año, Huerta empezó a debatirse entre la vida y la muerte. Los médicos que lo atendían le indicaron la necesidad de operarlo de inmediato para conocer la realidad de su situación. Mi general aceptó con la condición de que no fuera anestesiado ni narcotizado, siendo que en ningún momento deseaba quedar inconsciente. Se resistía a perder la lucidez. ¿Qué tal si hablaba dormido? ¿Qué tal si delataba todos sus secretos, que no eran pocos ni irrelevantes?

Cuando fue finalmente intervenido durante una mañana de enero de 1916, se recostó en la mesa de operaciones pidiendo tiempo para acabarse a pico, como él decía, un par de botellas de Hennessy.

—No más espérenme un poquito y le entramos al cuchillo.

Acto seguido, se llevó a la boca su paliacate colorado de Michoacán y lo mordió con toda la fuerza posible como si de ello dependiera su vida. ¡Qué güevos los del jefe! Una vez totalmente acostado, arrojó al piso la sábana blanca quedando completamente desnudo, mientras que con la mano derecha hizo una señal al cirujano, ordenándole practicar un corte transversal.

«Corte, corte, cabrón, corte, a ver si es tan machito —parecía decir con la mirada—. Ninguno de ustedes me llega ni a los talones —intentaba desafiar al grupo de médicos que lo rodeaban y lo contemplaban como si no pudieran dar crédito a una escena que les relatarían a sus bisnietos—. A ver quién es el macho que le raja la panza al general Huerta…»

A simple vista, los cirujanos comprobaron que Victoriano tenía el hígado del tamaño de una nuez. La cirrosis lo había consumido. Le permitieron volver a su casa en Fort Bliss con escasa custodia policiaca porque su fallecimiento era inminente. Los doctores apostaron entre sí a que no pasaría de la primera quincena de ese mismo mes. No se equivocaron: Victoriano Huerta murió el 13 de enero de 1916 mientras los escasos seguidores que lo acompañaron en sus últimos momentos todavía alegaban que a Huerta y a Orozco los habían matado los gringos porque ya no podían sacarles ningún provecho… Mi general Huerta, cirrosis, y Orozco, robavacas, cuéntenme otro cuento…

Woodrow Wilson y Robert Lansing descansaron cuando fueron informados del fallecimiento de Victoriano Huerta. La muerte en Fort Bliss, Texas, de este «otro salvaje, medio hombre y medio bestia», uno de sus enemigos más feroces, el que les había costado largas noches de insomnio, sobre todo al presidente, les llenó de una paz efímera. En realidad se trataba de un deceso tan esperado como deseado. A los alacranes había que aplastarlos contra el piso y abstenerse de darles alas… Un individuo tan peligroso ya no sería utilizado por nadie, ni él mismo podría ya desestabilizar la precaria paz mexicana ni complicar las relaciones entre ambos países.

¡Cuánto había sufrido Wilson con la intervención en México y con la muerte de marinos norteamericanos y soldados mexicanos! Su sensibilidad puritana se había visto gravemente lastimada. Jamás desearía volver a vivir un momento similar como el que padeció cuando fue informado de que el puerto de Veracruz había sido bombardeado por las escuadras norteamericanas arrojando un elevado número de bajas entre los defensores mexicanos. Muerto Huerta se cerraría un capítulo. Era necesario ver para adelante.

¿Y el káiser alemán?

¿Acaso continuaba golpeándose las botas con el fuete tal y como era su costumbre mientras caminaba del escritorio a la ventana y de la chimenea a la puerta de su oficina principal? ¡Qué va! A partir de la detención de Victoriano Huerta ya lo había declarado muerto...

—Basura, es una basura, un desperdicio, una vaca que no da leche, acabemos, demos la vuelta a la página...

De inmediato autorizó otra estrategia para causar un conflicto entre México y Estados Unidos.

—¿Tenemos un buen agente alemán en México? —preguntó a Bethmann-Hollweg mientras retorcía el lado derecho del bigote para que la *W* quedara perfecta. El almidón resistía toda una jornada.

—Sí, señor...

—¿Cómo se llama...?

—Félix Sommerfeld, Su Alteza.

—¿Ah, sí...?, pues tengo una misión especialmente delicada para él...

12. Navidad de 1915

La Navidad de 1915 fue particularmente importante para diversos protagonistas de la historia. Mientras el presidente Woodrow Wilson contraía nupcias y daba los últimos detalles ornamentales a un gigantesco pino traído del Yosemite National Park para decorar, como cada invierno, los jardines de la Casa Blanca, observaba en detalle la evolución del escándalo desatado a raíz de la publicación de los sabotajes alemanes en Estados Unidos.[34] Todo comenzó cuando Hall continuó informando a su amigo Edward Bell, el segundo secretario de la embajada norteamericana en Londres, los pasos de Franz von Rintelen para estallar plantas y puentes y hacer llegar a Huerta a la frontera mexicana y más tarde a la presidencia. El resto se supo y confirmó cuando Heinrich Albert, en la desesperación de saberse perseguido por agentes norteamericanos, olvidó[35] en un tren documentos secretos muy valiosos que hicieron prueba plena en contra del propio Rintelen y provocaron la expulsión de Boy-Ed y de Von Papen. Bernstorff se quedó desarmado al haber perdido a sus incondicionales. El embajador de la Alemania imperial no fue declarado *persona non grata* a pesar de la insistencia de Lansing, porque según Wilson, el diplomático estaba a favor de la paz y podría sernos útil en las negociaciones. El *Times* describió paso a paso lo ocurrido, especialmente el caso de Huerta. La opinión pública se incendió en contra de Alemania cuando se descubrieron en detalle los cuantiosos depósitos de Rintelen y sus planes para crear un conflicto entre México y Estados Unidos.

El káiser volvió a enfurecerse con las publicaciones. «¿Estaré rodeado de imbéciles…?» Caminaba gritando como un loco de un lado al otro en una de las oficinas de su castillo en Neuschwanstein con vista a un lago de Bavaria, a los pies de la *Zugspitze*. El viento frío y el paisaje invernal lo reconfortaban. Bernstorff tenía la audacia y la obligación de descartar cualquier involucramiento alemán en el problema mexicano. Hall leía las entrelíneas en la posición del embajador. Sabía toda la verdad. Era un gran cínico que desempeñaba profesionalmente su oficio diplomático. Hacían falta muchas tablas para mentir de esa manera. Bernstorff podía comer «un sapo podrido sin proyectar el menor asco en el rostro…»

Bernstorff solo esperaba que el portafolio de Albert no contuviera la evidencia de sobornos a senadores americanos. Estos habían recibido cantidades importantes de marcos para emitir una ley que impidiera la exportación de armas a Europa.[36]

13. Félix y María / II

En medio del escándalo y de la publicación de los planes de sabotaje alemanes, el presidente Carranza cenaba en la noche vieja por primera vez en el Castillo de Chapultepec. Había pedido romeritos con agua de chía. En esa ocasión prescindiría del puchero. Doña Chole, una paisana de Coahuila, se los había enviado para festejar las fiestas de fin de año. En Europa, lo que había comenzado como una guerra rápida y fácil se convertía en un auténtico pantano del que sería difícil salir en el corto plazo. Los cientos de miles de bajas, los lisiados o mutilados de por vida, la desintegración de familias, el escepticismo y la desconfianza ciudadanas en torno a la capacidad y responsabilidad de los gobiernos beligerantes, la catástrofe económica y financiera, el arribo de la hambruna y de las enfermedades, la arrogancia suicida de los políticos y los invaluables daños materiales hacían cada vez más voluminoso el expediente de pruebas irrefutables. El Marne era el mismísimo infierno. Alemania insistía en convencer a Japón de las enormes ventajas de cambiar de bando y de aliarse con las potencias centrales. Simultáneamente no dejaba de presionar a Estados Unidos, tanto por la vía diplomática como a través de cualquier otro medio, incluido desde luego el sabotaje, para impedir el abasto de materias primas y de alimentos a los aliados europeos.

—¡Japón debe estar de nuestro lado…! —tamborileaba el káiser con los dedos de la mano derecha extendidos sobre la cubierta de su escritorio—. Los rusos no pueden olvidar cuando los japoneses los derrotaron en 1905… Si Japón se convierte en nuestro aliado y le declara la guerra a Rusia, mi primo, el zar Nicolás II, tendrá que distraer sus fuerzas enviándolas al Pacífico, con lo cual el frente oriental se derrumbará y estaremos más cerca que nunca de Moscú. Si Japón se suma a Alemania, dominaremos los dos hemisferios y se garantizará la paz mundial… ¿Está claro…? ¡Facilitémosles el acceso a los territorios chinos que se les dé la gana…![37]

Varios embajadores alemanes y austrohúngaros, al igual que Von Hintze en China, tratan de vender a los japoneses las ventajas de una alianza con Alemania. Hablan con sus homólogos japoneses en el mundo entero para hacerle saber a su emperador que nosotros, a diferencia de Estados

Unidos, no tenemos inconveniente de que se queden con media China, a cambio de que se unan a la brevedad a las potencias centrales: es imperativo hacerlos cambiar de bando…

El odio, el coraje, el resentimiento ancestral, la ambición insaciable, la vanidad envenenada, el sentimiento de superioridad, la avidez territorial, el narcisismo militar, la megalomanía, la competencia por la conquista de colonias y del planeta en general se debatían ferozmente en el lodo de las trincheras, en los campos de batalla nevados, en los frentes congelados que los beligerantes disputaban metro por metro en tanto caían obuses cada vez con mayor poder expansivo o se rociaba con gas letal o con auténtico fuego al enemigo. Los científicos no dormían. Dedicaban su tiempo a la investigación y al descubrimiento de gases con mayores poderes tóxicos; armas más destructoras, sumergibles más completos, cañones de más alcance, acorazados invencibles para matar. Matar. Matar. Matar. La industria militar trabajaba a su máxima capacidad. La locura se había apoderado una vez más de los hombres sin que Félix Sommerfeld y María Bernstorff pudieran escapar a esta afirmación, aun cuando, claro está, viviéndola de diferente manera…

En aquella Navidad de 1915 Félix y María no dirimían sus diferencias a balazos ni arrojándose bombas incendiarias ni penetrando las carnes del otro con tiros y cuchillos afilados, no, qué va, ellos se lamían sus heridas remojándolas con champán, cuando lo llegaban a tener a la mano, tequila, jerez, mezcal o simplemente saliva y besos, muchos besos, todos los besos húmedos e interminables, caricias audaces y arrumacos pervertidos destinados a precipitar el proceso de cicatrización…

La pareja se había reunido en los últimos meses de ese mismo 1915 en la Ciudad de México, en Veracruz y finalmente en Torreón. Sus entrevistas casi siempre habían sido en público. Ella se resistía a los encuentros en privado alegando pretextos aparentemente justificados.

—Tengo una reunión con un periodista del *New York Times*, ¿sabes…? Viene mi padre de Chiapas, apenas podremos comer juntos en El Globo… Venustiano Carranza da una recepción a los fotógrafos nacionales y extranjeros, ya ves, le fascina que lo retraten, no puedo estar ausente…

Félix soñaba en pasar un día completo con María y por una razón o por otra le había resultado imposible. ¡Cuánto desperdicio…! Una tarde perdida no se recupera jamás… Si por lo menos pudiera caminar tomado de su mano y besarla de tiempo en tiempo al pasear por la Alameda capitalina… Ella no propiciaba la ocasión para que él pudiera expresar sus sentimientos y le permitiera expulsar, al menos, una parte del fuego que lo devoraba. El momento esperado se dio sin buscarlo, como casi siempre acontece, en el centro de la Ciudad de México, al verse gradualmente envueltos en una protesta callejera en contra de la carestía. Los dos se fundieron en el gentío. Carranza había autorizado en 1914 a sus más destacados comandantes que imprimieran su propio papel moneda, fundamentalmente en los estados de Sonora, Chihuahua, Durango, Sinaloa, Nuevo León y Tamaulipas.[38] Las consecuencias no se hicieron esperar.

Inmersos en la marcha de protesta por el incremento del precio de las tortillas se percataron de que los manifestantes eran fundamentalmente mujeres humildes y hombres, jefes de familia, sin empleo.

Las condiciones económicas después de la revolución eran catastróficas. Félix caminó detrás de María gritando igualmente consignas mientras colocaba sus manos sobre aquellos hombros que parecían quemarle los dedos. Todo era motivo de diversión. Cuando ya llegaban a los cimientos del Palacio de las Bellas Artes, después de haber pasado por el Hemiciclo a Juárez, la nutrida procesión se detuvo por alguna razón desconocida. Félix la abrazó entonces por atrás sujetándola firmemente por la cintura. Se acercó como nunca. El cuerpo de María latía como si fuera a estallar. Palpitaba. Su pecho se expandía al ritmo de su respiración. El agente alemán colocó su cabeza a un lado de la de ella rozando sus mejillas. Ardía. Sus palabras y su aparente indiferencia no coincidían con el lenguaje de su piel, que la delataba, la acusaba, la traicionaba. A través del escote pudo ver sus senos colmados, repletos, suplicantes, eran unos senos duros, desafiantes. La noche caía lentamente. Se encendían gradualmente las primeras farolas de la Alameda.

Mientras la gente levantaba pancartas y repetía la misma rima con airada monotonía; mientras el Popocatépetl resurgía conquistando alturas nunca vistas; mientras la escasa policía capitalina presenciaba el acto tratando de evitar desbordamientos y desmanes; mientras un suave viento invernal refrescaba a los manifestantes y jugaba cínico y lúbrico bajo las faldas de María; mientras todo esto acontecía y el cielo se poblaba de estrellas al alcance de la mano, permaneciendo ella de espaldas al agente alemán, Félix, ¡ay, Félix!, subió lenta y tímidamente las manos hasta acariciarla por primera vez, tocándola, recorriéndola, palpándola sobre la tela cada vez con mayor fuerza. ¿Estaría soñando?

La resistencia de la fotógrafa se redujo a reclinar su cabeza sobre el pecho de Félix. Sorprendentemente María lo dejaba hacer extraviada en el bullicio callejero. Víctima de un repentino y no menos justificado arrebato, el alemán metió sin más la mano bajo el generoso escote. Sus dedos se acoplaron de inmediato a las formas de ese cuerpo tembloroso y arisco, ya por momentos húmedo, que por lo visto le había pertenecido desde antes del comienzo de la historia. Félix, el experto de Félix, con los ojos crispados juraba por los cuatro clavos de Cristo no haber conocido jamás semejante sensación. ¿Se asfixiaba? Ella consintió, lo hizo creer que había derribado todas las barreras y ganado finalmente todos los espacios de su cuerpo... Bien sabía la fotógrafa que cediendo, dejándolo sentir e imaginar el universo de formas y emociones que lo esperaban, engancharía aún más al alemán. Ella sabría cortar a tiempo. Suspendería radicalmente las caricias y las insinuaciones cuando lo considerara necesario, una vez que hubiera sembrado aromas, fantasías y realidades en Félix, recuerdos, en fin, que lo perseguirían como sombras pertinaces tan pronto la soledad los acompañara. Sin embargo, cuando María estaba a punto de cancelar abruptamente el hechizo, de tal forma que su imagen, ya cincelada esa tarde en la mente de Félix, lo acompañara obsesivamente a donde fuera, de pronto sucedió lo inesperado: una serie de estallidos brutales dispersaron al gentío que corrió despavorido a protegerse. Era la voz de Carranza. La autoridad impedía la manifestación. Por lo pronto eran disparos de salva...

Félix y María corrieron para guarecerse en el interior de la iglesia de San Francisco, frente al Callejón de la Condesa. Ella se cubrió delicadamente los hombros con un rebozo que había llevado anudado a la cintura. Ambos se prosternaron frente al altar de oro. Unos instantes de oración les permitieron recuperar la cordura y el aliento. ¿Félix se había propasado? ¿Qué podía esperar de ella como respuesta cuando terminara de elevar sus plegarias y se volviera a poner de pie? El mismísimo Lucifer había habitado por unos instantes en sus cuerpos frágiles y condenados al pecado eterno. La tarde terminó con un beso esquivo en la mejilla. ¿Se volverían a ver? ¿Cuándo...?

Las hojas del calendario caían unas sobre las otras. La pareja disfrutaba encuentros casuales, fugaces, enloquecedores. Ambos se provocaban la sed, se la despertaban. Era una sed devoradora que se acentuaba con los incomprensibles diferimientos de María y sus «hoy no, estoy atorada en el cuarto oscuro, tendré que revelar toda la tarde; mañana, tal vez mañana o la semana entrante», todo ello interrumpido por un repentino, «¿puedes hoy, güerito?», o un «tengo tiempo, ¿comemos juntos...?» Dios mío, qué agonía, y todo para rematar una entrevista tan deseada con un «nos vemos, Félix, sé bueno...»

La incertidumbre desquiciaba al alemán, acostumbrado desde sus años de niño a que dos más dos eran cuatro. En México, güerito, escúchame bien, dos más dos es lo que yo quiera y a la hora que yo quiera. ¿Estás acostumbrado a las mujeres puntuales y a las citas exactas, verdad, tesoro? Pues fíjate muy bien: yo dictaré la hora en todo tu universo, amor... Conmigo no valen tus leyes ni tus mañas ni tus caprichos ni tus estrategias ni tus planes ni tu labia, ¿lo has entendido? Nada vale: yo soy la nueva autoridad, sol… Una autoridad que nunca has imaginado. Hoy te doy azúcar, mañana hiel, dos días después ni te recibo ni te hablo ni te contesto ni te escribo. Conmigo aprenderás a desear. Nada es más gratificante, cariño, que la satisfacción de un intenso deseo. Ya lo comprobarás… Me pierdo, me esfumo y en el fugaz reencuentro te doy a beber sorbitos de miel y luego nada… A veces sí y a veces no. ¿Te gusta mi juego? Yo mando, yo gobierno, yo dirijo: eres muy fácil, Félix, estás acostumbrado a triunfar, a obtener, a conseguir, y para tenerte y retenerte solo necesito impedir que ganes como siempre. Así te manejaré. Si yo cedo fácilmente, me di cuenta desde el principio, lo nuestro se acabará antes de la consumación de un suspiro…

Después de haberse llegado a ver en diferentes ocasiones, acordaron reunirse en la estación ferroviaria de Torreón. «Por razones de trabajo» ella sugirió ese lugar para que pasaran juntos la Navidad. María decidió esconderse tras una de las puertas de salida. Estaba decidida a sorprender una vez más al alemán.

«Son tan cuadrados, tocan invariablemente siguiendo la partitura, así viven, son incapaces de improvisar, y en eso los mexicanos somos maestros, por eso los volvemos locos… Dale certeza a Félix y lo matas…»

Con el pecho a punto de reventar en mil pedazos, solo ella sabía los alcances de sus planes, lo vio descender del cabús y acercarse a la salida con un portafolios en la mano derecha, mientras una gabardina azul marino colgaba de su hombro izquierdo. Caminaba lentamente volteando a todos lados, girando ante cualquier chiflido; de sobra sabía él la fuerza con la que María era capaz de silbar y las travesuras que era capaz de realizar como una niña que jamás tuvo infancia. Menuda sorpresa le deparaba el destino tras esa puerta en la estación de Torreón.

La vida de Félix dio un giro espectacular cuando ella saltó materialmente encima de él al llegar a la salida. La existencia de las personas puede cambiar al abrirse la puerta de un elevador, al descender de un tren, al entrar a un restaurante, al aceptar la invitación para asistir a un coctel o simplemente al poner un pie en la calle o recibir una llamada de teléfono…

El portafolios y la gabardina de Félix cayeron al suelo. Se mojaban, se empapaban mientras ella se colgaba de su cuello y le daba besos retozones, intensos, sueltos, juguetones, murmuradores, interminables. Le mordía los labios, se los humedecía, le susurraba picardías al oído mientras se ceñía al cuerpo del alemán con aquella falda suelta y esas zapatillas con las que parecía una chiquilla irresponsable, más aún cuando llevaba el pelo recogido para atrás y permitía que su frente luminosa y su sonrisa brillaran en todo su esplendor. Había pasado el tiempo en que las caricias de Félix le hacían sentirse cada vez menos dueña de su voluntad. Ya no había espacios para más juegos: las circunstancias de su propia vida le habían enseñado a demostrarle al agente el tamaño de mujer que habitaba en ella. Los últimos días había hecho estallar varias plantas propiedad de la Bethlehem Steel en el este de Estados Unidos. Estuvo a punto de perder la vida. Me salvé, sí, me salvé, pero si logro volver a ver al actor, como se dirigía ocasionalmente a Sommerfeld, seré suya sin condiciones ni escrúpulos ni tardanzas: otro susto como el anterior y no volveré a verlo nunca… Es más, no sé si Dios me dé vida para verlo simplemente hoy… Hoy es hoy…

A bordo del landó alquilado, él metió la mano bajo su falda recorriendo compulsivamente sus muslos y caderas. Sin contenerse, abrió su blusa casi rompiendo los botones hasta llenarse las manos de María. Ella se montó a horcajadas encima de él mientras lo besaba al tiempo que trataba de estrangularlo. Reían, disfrutaban esa magia reservada a los privilegiados. Ella tiraba de sus cabellos y abrazaba su cabeza apretándola firmemente contra su pecho, mientras Félix hundía su cabeza en aquellos senos arrogantes creados por el Señor para la eterna reconciliación de sus hijos. Creced y multiplicaos, parecían escuchar el divino mandamiento pronunciado por Él: os he creado el uno para el otro para vuestro propio deleite. Disfrutaros sin más límite que vuestra imaginación, que bien deseo sea portentosa…

Ya en la habitación, a la que subieron precipitadamente después de garrapatear las hojas del registro de huéspedes, se desnudaron entre sí con la misma suave violencia, el mismo ímpetu y garra que se había apoderado de ellos a bordo del landó. En silencio se desvistieron, ¿se desvistieron?, ¡qué va…!, ella le arrancó la camisa a él, mientras lo besaba en el pecho y fracasaba en sus intentos por zafar la hebilla del pantalón. No era momento de palabras.

—¿Cómo se quita esto, carajo…?

Después de ayudarla, él desabotonó su blusa rompiéndole el último ojal en su precipitación. Las prendas caían una tras otra al suelo hasta convertirlo en una arena donde permanecía arrojada la indumentaria de los amantes colosales. La falda cayó a un lado de la cama sobre el suelo rojo de barro cocido recién barnizado. El sostén quedó tirado encima de los zapatos de Félix mientras el alemán rodaba por el suelo víctima de la prisa por querer desprenderse lo más rápido posible de los pantalones y pretender caminar al mismo tiempo.

—¡Ay! —las carcajadas de María…

El golpe resonó en todo el hotel mientras ella trataba inútilmente de levantarlo sin poder contener la risa. Lloraban entre risotadas como un par de borrachos pueblerinos. El amor los había embriagado. Hay quien muere con los ojos abiertos o cerrados, repetiría Félix hasta el cansancio: cuando yo deje de existir lo haré con un guiño y dando gracias por haber tenido la fortuna de conocer a esta mil veces bendita mujer que me enseñó a vivir…

Cabalgaron, maldijeron, blasfemaron, rieron, lloraron, sollozaron, se abrazaron, se besaron, se tuvieron, se colmaron, deliraron, suplicaron, se colapsaron, respiraron, se bebieron, se amenazaron, se insultaron, bromearon, cállate, bruja, y aguanta; verdugo, macho, haragán: dame más, más y más… Me muero, Félix, me muero; muérete, perra maldita, virgen mía, amor, mi diosa perdida y degenerada, ten, ten y ten… No, así no, cállate y toma, y toma y toma: te lo mereces por haberme hecho sufrir así, zorra, zorrita, cariño, dime que jamás nos volveremos a separar…

Los cuerpos desfallecientes cayeron de repente en un silencio que anunció el final de la escena para el resto de los huéspedes, varios de los cuales se habían colocado en el pasillo, junto a la puerta, para no perder detalle de los gritos ni de las embestidas ni de los lamentos ni de las súplicas. Félix y María apenas podían respirar. Se miraban, se secaban las gotas de sudor el uno a la otra. Él le enjugaba las lágrimas. Sonreían:

—Estás hecha una bruja, mira cómo te quedó el maquillaje.

—Tú pareces un globo desinflado: mira cómo quedó tu Felixito…

Un abrazo, otro abrazo, el agradecimiento, la paz de la conquista, la reconciliación de todos los sentidos y de la vida misma. Un momento inolvidable para el recuerdo. Un sentimiento que no se podría fotografiar, pero que había quedado guardado en la memoria eterna de ambos, ya fuera que los ingleses dieran con Félix y lo asesinaran en el lugar donde se encontrara o lo degollaran sus enemigos, en esta profesión no hay palabra de honor, o que a ella los norteamericanos le dispararan un tiro en la cabeza y la echaran muerta en cualquiera de los muelles de los que zarpaban los cargueros transportando armamentos o alimentos a los aliados en Europa.

En aquella ocasión, una vez saciado el apetito voraz y bebido un sinnúmero de tragos de coñac de una botella que Félix llevaba guardada en un estuche de violín con todo y copas —la vida es diversión y apariencias, ¿no?— empezaron a conversar de su relación, de cómo se habían conocido, qué había pensado uno del otro —¿te creías soñado por ser güerito, verdad?—, cuáles habían sido sus primeras impresiones, qué habían sentido, cómo se acercarían, qué funcionaría para atraparse recíprocamente sin perder la dignidad. Algo había quedado sumamente claro desde un principio: la atracción entre ambos había sido intensamente magnética; «tus hoyuelos en las mejillas cuando te ríes me fascinaron», comentó Félix sin dejar de acariciar la cabellera de María que le despertaba un instinto salvaje.

—¿Qué tiene tu pelo que me pierde…?

Ella, por su parte, jamás se refirió al físico del agente, si bien «solo me llamó la atención el papel de conquistador de conquistadores que adoptas con las mujeres y de ahí que, acostumbrado a lo fácil con una sola y simple insinuación, yo tuviera que escoger para ti algo diferente: la lucha, la ilusión, la necesidad de estar, el gusto por al fin y al cabo tener y disfrutar y gozar tal y como lo hicimos el día de hoy… Si yo te hubiera facilitado todo, nunca habríamos llegado a este momento que nos debía la vida, de modo que dame las gracias, ingrato…»

Hablaron y hablaron. Se arrebataron una y otra vez la palabra. Rieron, discutieron, se abrazaron, conocieron la infancia de cada uno, los años de adolescencia en Chiapas, en la finca cafetalera y en Potsdam, sus años formativos, ambos en universidades alemanas, sus primeros enamoramientos, muy poco de las mujeres de Félix y algo de los pretendientes de María, quien recibía insinuaciones de cuanto hombre nórdico conocía. «¿Te gusté tanto porque tengo rasgos indígenas, maldito colonialista descarado?» Se contaban sus vidas antes y durante la guerra y en estos momentos en donde ya nadie puede prever a dónde llegaremos a dar.

—¿Qué le importaba a Austria-Hungría el asesinato de Francisco Ferdinando en Sarajevo si tenía muchísimos más candidatos como herederos al trono?

—Nada, nada, absolutamente nada, tan no le importaba que el emperador Francisco José ni siquiera asistió al sepelio de su sobrino. Su hijo se había suicidado a finales de 1898… Lo que en realidad acontecía es que la monarquía dual se estaba desintegrando y una de las formas de evitarlo era anexándose a Serbia de la misma manera que en 1908 se había adueñado de Bosnia Herzegovina: la guerra era contra los serbios para que pudiera subsistir el Imperio austriaco…

Construían sólidos puentes para pasar una y otra vez a través de ellos. Consolidaban afectos, se juraban lealtad eterna, afianzaban la confianza. ¿No es maravilloso confiar en alguien? ¿Verdad que no hay sentimiento más estimulante que la confianza? Abordaban temas de política, familiares y personales. Proyectos de vida durante y al final de la guerra. ¿Qué harás, amor? Ambos ya sabían que uno se debía al otro y que la materialización de su amor era un mero problema de tiempo. Imposible pensar entre ellos en la traición. ¿Cómo darle cabida a semejante palabra? Bastaba un intercambio de miradas para despejar cualquier duda. ¿Me juras? ¡Te juro! ¿Por quién? ¡Por quien quieras! ¿Será? ¡Ponme a prueba…!

La conversación se fue haciendo cada vez más íntima, y llegó a donde ninguno de los dos creyó poder llegar jamás con cualquier otro ser:

—¿Quién eres realmente, María Bernstorff? —preguntó directamente el agente alemán.

—Solo con Dios me confieso. Él y solo Él conoce mis andanzas al pie de la letra —adujo María, acercándose al alemán y retorciéndose lentamente como una gata empalagosa.

—¿No crees que ya los dos nos merecemos la verdad? —contestó Félix, sin acusar la respuesta ni la broma.

María guardó un breve silencio. Reflexionaba. Con ese hombre no solo se entregaría de cuerpo sino de alma. Era tan maravilloso poder confiar en alguien, más aún en las actividades que ella desarrollaba. «Nunca sé si volveré...» Se ciñó entonces al cuerpo de Félix. Sin verlo a los ojos se abrió, dejó fluir su pasado y su presente:

—El embajador Bernstorff en Washington, un pariente mío lejano, me da instrucciones personalmente[39] junto con Franz von Papen y Karl Boy-Ed hoy en desgracia, expulsados por indeseables de Estados Unidos...

Sommerfeld levantó la ceja. Jamás imaginó una apertura tan fácil y honesta. Era una prueba de amor:

—¿No eres fotógrafa? —preguntó, confirmando viejas intuiciones...

—¡Qué va!, eso es una pantalla para esconderme y viajar de un país a otro sin mayores contratiempos.

—¿Entonces? —repuso Félix, ávido de información.

—¿Entonces? —volvió a cuestionarse ella abriendo un espacio de suspenso—, soy espía y saboteadora, y me dedico a impedir que barcos norteamericanos, ingleses o franceses zarpen rumbo a Europa con armamento o alimentos norteamericanos útiles a nuestros enemigos. Cada carguero que no zarpa o que se hunde a la mitad del Atlántico es una ventaja más para el gobierno del káiser y para Alemania.

Félix Sommerfeld saltó de la cama como si lo hubiera picado un alacrán pantanero de la zona de Tabasco. Se envolvió una sábana alrededor de la cintura para esconder medianamente sus desnudeces y le preguntó a quemarropa a María:

—¿Estoy entendiendo bien cuando me dices que tú, mi mujer, nada menos que mi mujer, estás en el equipo secreto del káiser que sospechosamente hunde barcos en el Atlántico?

—Sí, amorcito —respondió sonriente—: si tu mujer ya soy yo, entonces efectivamente estoy entre los saboteadores —concluyó sin negar una creciente satisfacción por la intimidad y compromiso que estaban alcanzando. Se cubrió con uno de los cobertores. No era posible hablar de temas tan serios con sus vergüenzas al aire. ¿Vergüenzas? ¿Cuáles vergüenzas? Premios, gracias, reconocimientos, homenajes rendidos por el Señor...

¿Me dejas volver a verte? Ponte ahí, de pie, en la esquina de la cama, quiero verte, verte, verte…

—¿Desde cuándo eres espía? —preguntó Félix con timidez.

—Desde casi el principio de la guerra.

—¿No tienes miedo?

—¿Quién no tiene miedo?

—¿No te preocupa que un día nos separemos y te traicione?

—¿Tú? ¿Traicionarme a mí? Tendrías que morir cien veces antes de poder hacerlo.

—¿Cómo lo sabes? ¿Por qué estás tan segura?

—Lo leí en tus ojos desde la primera vez. A mí me cuidarías antes que a ti, ¿o no, güerito?

Sommerfeld se quedó con la espalda desnuda pegada a la pared. ¿Cuál frío? Permanecía inmóvil y callado. En ningún momento le retiró la vista. Cuando iba a hacer otra pregunta, ella lo interrumpió para hacerle saber que la embajada alemana en Washington, en aquellos días, era un centro internacional de espionaje, igual que México. Bernstorff jugaba un doble papel: el de representante diplomático del káiser y cabeza del cuerpo de espías y saboteadores, para lo cual contaba con un enorme presupuesto.[40] ¿Quién crees que falsifica los pasaportes? ¿Por qué crees que en Estados Unidos tengo varias identidades? El embajador debe impedir que los norteamericanos entren en la guerra y al mismo tiempo está obligado a frustrar todo tipo de envíos que pudieran ayudar a los aliados en Europa. ¿Difícil, no? Sobre todo por su inmunidad diplomática y porque él a veces debe pensar que hasta su sombra podría ser inglesa…

—Bernstorff —continuó María, revelando lo que había jurado no decir jamás ni siquiera moribunda ni esperando en el pabellón de los condenados a muerte— sostiene en la intimidad que la supuesta neutralidad de Estados Unidos es solo de palabra, la misma palabra hipócrita de siempre de estos descendientes de piratas y de forajidos, si no, ¿por qué Wilson les vende armas a Francia, a Inglaterra y a Rusia…? Armar a nuestros enemigos y financiar sus compras, ¿eso entienden por neutralidad…? Mientras esto se siga dando, nuestro embajador seguirá encabezando los planes de sabotaje a industrias militares norteamericanas y yo seguiré siendo una de sus más cercanas colaboradoras…

Sommerfeld escuchaba sin perder detalle de la narración. En el fondo no dejaba de alarmarle que María fuera una de esas mujeres que no se detiene ante nada con tal de lograr sus propósitos. ¿Sería capaz de entregarse a otro hombre con tal de hacerse de un secreto o de datos útiles al Imperio? Los celos, los celos, ¡ay! ¿Los celos en un hombre tan seguro como Félix…?

¿No largabas a tus amantes de tu casa mientras les tronabas los dedos? ¿No te mataban de aburrimiento porque para ti solo eran objetos sexuales? Esta prietita tarde o temprano iba a ser como las demás, ¿no, güerito…?

—Heinrich Albert hasta hace unos días administraba en la embajada los fondos secretos de Bernstorff[41] —continuó María revelando detalles y más detalles, apoyándose en la cabecera. Solo sus brazos desnudos aparecían afuera del cobertor. Encendió un cigarrillo—. Nosotros debemos sabotear fábricas de armamento norteamericanas sobornando a líderes obreros para hacer estallar huelgas, todas las huelgas posibles con cualquier pretexto. Nuestra misión es paralizar lo que se pueda de la industria militar yanqui para que no les llegue ni un solo cartucho a los ingleses, a los rusos o a los franceses. También contamos con un grupo importante de anarquistas gringos para impedir la salida de barcos por el Pacífico rumbo a Rusia. Tenemos mucho que hacer en ambos lados de Estados Unidos. El zar debe sentir que se hunde con todo y su palacio en San Petersburgo cuando hacemos estallar a medio océano cargueros repletos con municiones destinadas a su país.

—¡Quién lo iba a decir!, sobre todo con esa carita de que no mato ni una mosca… Yo también creí que eras fotógrafa…

—A una espía que se respeta no se le debe ver nada. Si yo fuera transparente y obvia ya estaría muerta…

—¿Te gusta tu profesión?

—Me fascina.

—¿Te das cuenta de que te pueden matar donde te encuentren tanto los gringos por volar sus plantas militares como los ingleses, franceses, rusos y japoneses?

—¿Por qué crees que te abracé y te besé como lo hice en la estación de trenes?

—¿Por qué?

—Porque cualquier día puede ser el último de mi vida y yo no quería concluirla sin haber estado contigo como estuvimos hoy…

—¿Te están persiguiendo? —preguntó Sommerfeld, alarmado.

—Ve a saber… Igual me está esperando un grupo de hombres en el vestíbulo del hotel o están por abrir la puerta a balazos, en cuyo caso nos iríamos juntos al otro lado —arguyó ella en tono de broma.

—¿Por irnos al otro lado te refieres viajar a Estados Unidos? —repuso el alemán sin acobardarse ante la advertencia. Al fin y al cabo él también había vivido, vivía y viviría en riesgo toda su vida. ¿No había probado el opio en China cuando la guerra de los bóxers? ¿Cómo vivir sin opio en la sangre?

—¡Bésame! —ordenó ella en términos cortantes y perentorios—. No te hagas el payasito...

—No soy tu empleado para obedecer tus órdenes.

—¡Bésame!, he dicho —insistió María como si el alemán estuviera sordo.

Félix se acercó con aparente desgana al lecho para cumplir con sus placenteras instrucciones.

—Bésame como si me quisieras, güerito pendejo, o te hago *ajusilar*...

El agente alemán retiró de un jalón las sábanas y el cobertor. Abrazó firmemente a María. Se acostó encima de ella. La besó, la besó una vez más sin quitar su boca de la suya y sin aligerar de alguna forma el peso de su cuerpo. No se apoyó ni un instante en sus rodillas ni en sus codos. El plan surtió efectos. La asfixiaba. Ella volteó la cabeza de un lado al otro en busca de aire hasta zafarse:

—Bruto, eres un bruto, quítate de aquí, casi me matas —empujó al alemán que rodaba por la cama entre carcajadas—. Eres un estúpido, animal, me estabas ahogando.

Con la última sonrisa Sommerfeld estiró el brazo izquierdo exigiendo la última parte del cigarrillo:

—Termina de contarme, princesita, ¿o ahora va a resultar que no eres María la bruja, sino la princesa del cuento?

Después de una larga fumada al cigarro de tabaco oscuro, María continuó:

—Algún día vas a saber por la prensa de la explosión del Canal de Welland en Canadá por donde pasa una parte significativa de las materias primas necesarias para fabricar armas en Estados Unidos, ¿te acuerdas, el canal que une los lagos Ontario y Erie...? Pues volaremos también el puente internacional de ferrocarril por el que Halifax recibe las armas americanas antes de enviarlas a Inglaterra. Haremos estallar y explotaremos cuanto pueda lastimar sobre todo a Francia y a Inglaterra. La guerra es en todos los frentes, no lo olvides.

Félix fumaba boca arriba. Ambos se cubrían escasamente con el cobertor que él había recogido del piso.

—Incendiamos una planta fabricante de cable telegráfico, la John A. Roebling en Trenton, Nueva Jersey, donde no quedaron ni cenizas, y después cuatro fábricas de armas más en ese mismo estado. Provocamos tres incendios en la planta de pólvora de Wallington, Carney's Point, además de Pompton Lakes, Nueva Jersey, y dos veces en la de Wilmington, Delaware, además de la de Filadelfia, Pittsburgh, la de Sinnemahoning, Pennsylvania, y la de Acton, Massachusetts...[42] No estamos jugando —afirmó pensativa y grave sin ocultar una mirada acerada que reflejaba su determinación a acometer febril y decididamente cualquier tarea. Si no fuera porque Sommerfeld sabía que no habían tomado alcohol en exceso, hubiera pensado, sin duda, que estaba perdidamente borracha y, por lo mismo, inventando historias.

Solo que esa tarde María no estaba dispuesta a detenerse. Contó también cuando compramos, dentro de un hermético secreto, una de las fábricas de municiones más importantes de Estados Unidos, la misma que abastecía fundamentalmente al mercado francés, sin que nuestros enemigos supieran, ni creo que sepan hasta la fecha, que los cartuchos con los que supuestamente nos disparan están cebados…

—¿No es una genialidad…? ¿No es otra genialidad que hayamos enviado caballos enfermos de Norteamérica a Europa para contagiar a la caballería inglesa? —el peligro constante en el que vivía era tan endiabladamente emocionante—: ¿quién crees, amor, que hundió al *SS Orton* en Brooklyn? ¡Claro que yo junto con mi grupo de pirómanos a sueldo…! —agregó satisfecha—. Nosotros estallamos los cuatro barcos en Tacoma de los que tanto ruido hizo la prensa. Sacudimos todo el puerto y varios kilómetros adentro… No te lo puedes siquiera imaginar… ¿Crees acaso que íbamos a permitir que les llegaran a los rusos semejantes cargamentos de pólvora? Nuestro cónsul en San Francisco, Franz von Bopp, es un genio, además de simpático…

María estaba incontenible. No podía ocultar el fanatismo que le despertaba su trabajo. ¿Te acuerdas cuando estallaron unos trenes repletos de caballos sanos destinados al frente francés? ¿Quién piensas que voló el tren? ¿O tú también creíste que había sido un «lamentable» accidente?

—¿Nada te detiene? —preguntó Sommerfeld atenazado por la narración. Tanto había oído de los sabotajes que nunca pensó conocer a los protagonistas y menos si entre ellos se encontraba su mujer.

—Nada, amor, nada, por eso podíamos vernos tan rara vez. Después de actuar en Estados Unidos tengo que venir a esconderme a México antes de que me pesquen los carapálidas… Como tú entenderás, yo no te iba a decir: Félix, me voy a estallar plantas de armamento a Estados Unidos, si vuelvo te busco para comer un chilpachole.

—¿Puedes dejar de bromear con la muerte? A ustedes los mexicanos no les preocupa, ¿verdad? Pero dime, dime —insistió, exhibiendo su curiosidad—, ¿y México?, ¿eres más mexicana que alemana?

—Soy alemana con la cabeza y mexicana de sangre y de corazón. Adoro a ambos países por diferentes razones. Ya quisieran ustedes contemplar la vida como lo hacemos nosotros los chiapanecos… ¿Te imaginas una marimba en un sepelio en tu Potsdam?

Sommerfeld no había terminado de reír con tan solo imaginar la escena cuando María confesó que los espías alemanes en Estados Unidos colocaban bombas de tiempo en los barcos cargueros. Incendiamos decenas de barcos. Una cosa es que explote un barco en Boston y otra muy distinta es que cunda de repente un fuego «accidental» en alta mar y se hunda «lamentablemente» el barco con mercancías destinadas a ayudar a nuestros enemigos. ¿Sabes dónde hacíamos las bombas de tiempo en forma de cigarrillos que explotaban a los 15 días? En el *Friedrich der Grosse* anclado en Nueva York…

Sommerfeld se recostó a un lado de ella. Medía serenamente los alcances de la estrategia del alto mando. ¡Qué inteligentes y qué audaces! Se felicitaba por ser alemán.

—¿Por qué ustedes los nórdicos no tienen vello en el pecho, eh…? Los hombres del Mediterráneo son mucho más varoniles, sobre todo aquellos que tienen la barba con el tono de las cinco de la tarde. En realidad —concluyó con una carcajada—, con esa piel tan lechosa, ese pelo amarillento, esas manitas de pianista, lampiño y además medio bobo, como decimos por acá, mejor me busco un verdadero macho *majacano*…

El agente se volteó a ver a María dispuesto a darle un ataque de cosquillas. Tan pronto la tomó por los costados y la pellizcó, ella se rindió sin poner condiciones:

—¡Ay!, güerito, haré lo que me pidas pero suéltame, por lo que más quieras…

—¿Lo que yo quiera? —interceptó Félix en su desnudez sin soltarla.

—Sí, sí, sí, *plis, plis, plis*…

—¿Me debes una?

—Te la debo, pero afloja, por lo que más quieras.

De regreso al tema, María contó sus planes para hacer volar el año entrante, a mediados de 1916, el Black Tom, el centro más importante de envío de armas y pólvora a los aliados europeos.

—¿Lo conoces?

—Ni idea.

—Está a un lado de Nueva York. Te aseguro que si nos dan la luz verde en el alto mando no quedará un vidrio sano de las ventanas de los rascacielos en ocho kilómetros a la redonda. Si estallamos ese depósito de armas, convertiremos a la ciudad entera en astillas.

—¿Eres consciente de que te juegas la vida en cada explosión?

—Sí, solo que mi padre me enseñó a amar a Alemania, ahí me formé, y, sobre todo, odio a los gringos porque nos robaron a los mexicanos medio país y porque nos han saqueado hasta hartarse. Jamás nos han respetado ni nos han tenido consideración alguna: toman lo que se les da la gana cuando se les da la gana, quitan y ponen presidentes, nos roban petróleo y otras materias primas, no pagan impuestos, nos invaden cuando lo juzgan necesario y pretenden a cada paso controlarnos a su antojo solo porque son ricos… Pues tengan —chocó el puño de su mano derecha contra la palma de la izquierda—, ahí les van unos cuetitos…

Sommerfeld se reía junto con ella abrazándola ocasionalmente mientras negaba con la cabeza y celebraba el ingenio y la desbordada pasión con la que defendía sus puntos de vista. ¡Cuánta vehemencia en sus palabras…!

María saboreaba las carcajadas de su amante y por lo mismo se animaba a contar más, mucho más:

—Sí, sí, Félix, volamos muelles, plantas de cable telegráfico, canales, puentes ferrocarrileros, barcos anclados en puertos y otros tantos navegando en alta mar; hacemos que estallen huelgas, compramos plantas de armas para falsificar las municiones… Estoy empeñada en que ganemos esta guerra —concluyó, guardando silencio por primera vez… Permanecieron inmóviles sin hablar. Meditaban, recordaban, basculaban. La vida de María había quedado expuesta como un libro abierto. ¿Y la de Félix…?

—¿Y tú, amor? —preguntó sin dejar de sonreír con un donaire burlón y esperando en el fondo la misma autenticidad en la confesión de Félix—, ¿sigues como profesor de escuela o prefieres que te diga yo quién eres…?

Sommerfeld saltó. ¿Cuánto sabría ella? ¿Qué estaba él dispuesto a revelar? ¿Ella era tan encantadora como peligrosa? Escucharla le había parecido fascinante. Claro que sí: de sobra sabía que ya no podría dar un paso más mientras no conociera hasta el último pliegue de la vida de María. Para ella, contar, por lo visto, no representaba el menor esfuerzo, pues narraba con una simpatía natural, una sorprendente espontaneidad: tenía un gracejo seductor con el que sabía vestir sus anécdotas sin medir, al menos ante él, las consecuencias. En el caso de ella todo era muy simple.

El agente alemán no dejaba de entender que María le había rendido una insuperable prueba de amor. En lo que hacía a Félix, se encontraban varios obstáculos ciertamente difíciles de superar para igualar la capacidad narrativa de la fotógrafa. Ella era abierta, él, cerrado; ambos, por naturaleza. El carácter germano, las densas nubosidades del Mar del Norte, la ausencia permanente de sol, los días invernales interminables con cinco horas de luz, la obligatoria reclusión doméstica impuesta por el frío, el eterno gris como único color del universo, la disciplina escolar, el rigor de las formas familiares, la sobriedad, la marcada distancia en las relaciones influían en el temperamento y no le ayudaban en lo absoluto. Y, por si fuera poco, además de todas las limitaciones y castraciones personales, Sommerfeld vivía en riesgo permanente, el miedo lo acompañaba como su respiración de día y de noche.

—¿Cómo descansar cuando debo dormir con una pistola cargada bajo la almohada?

La existencia de traidores y asesinos a sueldo habían hecho de él un ser hermético, inconmovible: la discreción era un presupuesto inevitable en su conducta diaria. ¡Qué diferencia con nosotros —replicaba María— que comemos chile, bebemos mezcal, tenemos sol todo el año, nos vestimos de colores, nuestra música es alegre, vital y contagiosa, nos reímos hasta de la muerte, tenemos frutas y flores como si la primavera fuera la única estación del año y no conocemos el rigor ni la disciplina ni las formas estrictas ni el código de honor de Potsdam ni otras ridiculeces…!

«Soy alemán, se dijo Sommerfeld en silencio, vivo del secreto y en el secreto y, por si fuera poco, no sé contar y, si supiera, mi profesión me impediría hacerlo… ¿Cómo ser simpático en esas condiciones?», continuó sepultado en sus reflexiones, permaneciendo impertérrito con la mirada clavada en el techo de la habitación.

—Me asusta verte tan callado —inició ella la conversación una vez transcurridos unos instantes.

—Es que yo, María…

—¿Qué…? ¿Acaso no me dirás la clase de bicho con quien me metí en la cama?

—Es que yo no sé contar, no tengo tu simpatía.

Pues cuenta en voz baja, en desorden, con bromas o sin ellas, serio o sonriendo, pero habla: no quiero ni pensar que no confías en mí como yo en ti. Este no es un concurso de oratoria ni es una competencia entre payasos —argumentó, cubriéndose instintivamente el pecho. Lo que momentos antes había sido una maravillosa experiencia íntima empezaba a desvanecerse ante el silencio, la desconfianza, las dudas o el notable malestar de Félix—. Tu silencio me agrede, me mata, me desilusiona.

Sommerfeld rumiaba sus ideas. ¿Cómo comenzar cuando él no se atrevía ni a hablar en voz baja cuando se trataba de su auténtica profesión? Rara vez pasaba la noche con alguna mujer precisamente por el miedo a hablar dormido. ¿Cómo confesarle a María que él había traicionado invariablemente a cuantas personas había tratado? ¿Y si la decepcionaba? ¿Y si ella cometía una indiscreción que le costara la libertad, la vida o por lo menos una golpiza o un secuestro con torturas? ¿Y si ella echaba a perder sus planes y el alto mando alemán lo mandaba asesinar con tal de esconder sus estrategias e impedir que se difundieran en forma irresponsable? ¿Y si el ministerio pierde la fe en mí, no acabarán conmigo? ¿Y si mañana rompo con María, quién me garantiza que en un acto de venganza no soltará todo lo que sabe? ¿Cómo confiar en las mujeres si son apasionadas y vengativas más aún cuando son rechazadas? Si dudaba del sentido de la lealtad femenina, si nunca había dado ni un *pfennig* ni un triste quinto por la discreción de ellas, ¿cómo entregarse a María? ¿Un traidor confeso, un traidor por naturaleza podía a su vez confiar en una sola persona y más, mucho más si esa persona era una mujer?

María se apartó desplazándose lentamente hacia el lado derecho de la cama. La ausencia de respuestas era insoportable. La cautela de Félix la abofeteaba de una mejilla a la otra y una vez más. El castigo era intenso. El rostro le ardía de coraje, de arrepentimiento, de decepción y de vacío. Un repentino miedo la invadió de golpe. Se le heló la sangre. ¿Tendría que matar a Sommerfeld ahí mismo, en esa humilde habitación de Torreón? ¿Utilizaría finalmente la pistola que llevaba en el doble fondo de su bolsa? Nunca lo podría dejar salir vivo sabiendo tantos secretos a menos que hubiera un compromiso entre ambos. Por esa razón ella se había arrojado al vacío a sabiendas de que al fin y al cabo caería en sus brazos. María no era una mujer de una sola noche. Si se había entregado a Félix era porque confiaba en sus sentimientos, en la firmeza e intención de su mirada, en su sonrisa tímida pero acogedora, fiel. ¿Ella se había equivocado al evaluar sus manos, sus modales, su tono, su tacto, sus palabras invariablemente acomodadas con tino y cuidado, los desplantes de su carácter, el corte de su rostro y la contundencia de sus actitudes, desplantes y motivos? En su profesión o sabía leer la conducta de sus semejantes o estaba muerta, y tal parecía que en esta ocasión se había equivocado y lo había hecho gravemente. De aquí no podremos salir los dos vivos. ¡Qué cerca se podía estar del amor y de la muerte!

—¿A dónde vas? —cuestionó él, cortante.

—Creo, Félix, que ya no tenemos nada de qué hablar. Tu silencio es la mejor respuesta a tu falta de compromiso. Esto es de dos y entre dos… Espero al menos que me cuides: he puesto mi vida en tus manos…

—Espera —agregó el agente, reteniéndola con su mano derecha. Félix sabía que si ella abandonaba la habitación sin corresponder a la confianza que María había depositado en él, la relación se extinguiría al cerrar la puerta. Habría perdido a una mujer única que lo motivaba con tan solo verla; se encantaba al tocarla; se divertía al escucharla; se extraviaba al devorarla y le había arrebatado el sueño como ninguna otra. ¿Cómo quedarse sin ella después de tantos años de búsqueda para convertirla, además, en un enemigo feroz capaz de todo? Si la había añorado, deseado, idealizado, fantaseado con su piel, sus manos y sus formas; si a cientos de kilómetros se había

153

embriagado con el aroma de su pelo y había escuchado igualmente sus contagiosas carcajadas y recordado sus argumentos, sus pláticas, su visión de la existencia y sus planes para el futuro y todo ello le conmovía y le impresionaba, ¿cómo perderla tras el simple *click* de la puerta?

La atrajo entonces hacia sí. La abrazó. Acercó su boca al oído de María. Ella se dejó hacer. La estrechó con fuerza. Se envolvió en sus cabellos hechiceros y habló, habló sintiendo a veces húmedos los ojos. Tal vez hablaba el niño de Potsdam que nunca se había desahogado o comunicado con alguien. La disciplina prusiana era inalterable. La rigidez familiar y social intocable y la fortaleza del carácter incuestionable. La emoción se desbordaba por instantes. Félix la sujetaba por atrás. Era incapaz de mirarla a los ojos en esos momentos. Le contó cómo cruzó por primera vez el Atlántico después de robarle a Muschi, su abuela, el dinero para el boleto. Entró en detalles de su vida en Estados Unidos hasta llegar a la guerra hispano-norteamericana en la que había sido soldado. Explicó cómo le había robado a otro compañero el dinero para regresar a Alemania donde se aburría con estudios y sin ellos. Le hizo saber cómo había ido a China a la guerra de los bóxers.

Se abstuvo de comentarle que durante su ya lejana estancia en China había conocido a Zimmermann cuando este todavía fungía como cónsul en Shanghái. Ya como subsecretario de Asuntos Extranjeros, desde 1911, él mismo lo había conectado posteriormente con Bernstorff y con Boy-Ed en Washington, para que conjuntamente tramaran y ejecutaran un plan para estallar los pozos, ductos e instalaciones petroleros de Tampico. No llegó a hacerlo porque en el último momento recibió instrucciones del almirantazgo alemán en sentido contrario: si Carranza llegaba a descubrir la participación alemana en dicha conjura y México se enfrentaba a un desplome de la recaudación de impuestos en divisas por concepto de extracción y exportación de crudo pagado fundamentalmente por ingleses y norteamericanos, el káiser perdería un aliado vital.[43]

—Traicioné a mis familiares, traicioné a mis amigos y traicioné a Alemania al haber sido soldado de otro país…

María no respiraba. Inmóvil y muda escuchaba atentamente la narración. Mientras más hablaba, más se identificaba con su amante. ¿A dónde va una mujer que no admira a su hombre?

Le confesó que había llegado a ser jefe de la Policía Secreta de Madero en Estados Unidos y que en la actualidad tenía cuatro diferentes patrones, todos enemigos entre sí y a todos les cobraba a cambio de sus servicios. Era representante de Carranza y de lo que quedaba de las fuerzas de Villa, espía contratado por los constitucionalistas, importador de armas y de pólvora, gestor de las más importantes compañías petroleras norteamericanas con intereses en México, cabildero a sueldo de senadores de Estados Unidos y, por si fuera poco, y al mismo tiempo, agente del káiser en México...

La carcajada que soltó María sorprendió a Félix. Ella se volteó entonces, lo besó, lo mordió, le tiraba de los pelos, le acariciaba las mejillas, su mirada desbordaba admiración. Recordaba y volvía a reventar de la risa.

—¿Cómo es posible que hicieras todo eso, güerito? ¿Solo...? —dijo ella colocando las yemas de sus dedos en las sienes del alemán.

—Nadie me ayudó —arguyó satisfecho—. En esta profesión del secreto, a quien no sabe guardarlo lo encuentran colgado de un eucalipto o con un tiro en la cabeza en un hotel... o con una puñalada en el cuello en el centro de la Alameda.

María no dejaba de reír. Realmente festejaba el ingenio de Félix. ¡Qué audacia! ¡Qué talento! ¡Qué valor!

—¿Y nunca han estado a punto de descubrirte? ¿Cuándo te has sentido más cerca de la muerte? Si Villa se hubiera enterado de que lo espiabas por órdenes de Carranza, él mismo te hubiera metido un tiro en la cabeza, amor. ¿Nunca te has confundido de temas? ¿Cuándo has estado más nervioso? —hasta que llegó la pregunta más esperada:

—¿Por qué estás en todo esto? ¿De qué lado estás? Yo soy agente incendiaria porque odio a los gringos, amo a Alemania y me encanta mi país, ¿y tú?

—Yo antes lo hacía todo por dinero y por aventura, lo que fuera con tal de salir del hastío, solo que la guerra me ha venido cambiando. Cada vez hay menos espacio para juegos. Alemania está en un predicamento rodeada de enemigos. El hambre y los bloqueos nos acosan por todas las fronteras. Estamos empantanados y gradualmente me he venido convirtiendo en un patriótico agente alemán. Yo ya solo pienso en Alemania con toda la fuerza de mi alma. Lo que yo pueda hacer para salvar a la patria sin duda lo haré aquí en México.

—¿En México? Mejor únete a nuestro equipo de saboteadores. Hay mucho que incendiar...

—Lo que yo puedo hacer aquí en México equivale al incendio de mil plantas de armamento en Estados Unidos...

—¿Cómo? —preguntó ella, poniéndose de rodillas en la cama. Sus senos de cedro macizo, de encino, de parota o caoba o cualquier otra madera preciosa chiapaneca lucían a su máximo esplendor. Era la exuberancia misma del trópico, luz, color, arrogancia, plenitud y muestra elocuente de los poderes incontestables de la naturaleza.

Sommerfeld apoyó su mano en la pierna de María. La apretó suavemente. La estrujó como si quisiera extraer un jugo, tal vez un elíxir. La contempló fijamente. Subió lentamente la mirada. Pensó en las obras de arte que seducen al observador solo a través del ojo y las comparó con el cuerpo de María que seducía a través del ojo, sí, sí, pero también a través del tacto, del olfato y del gusto. Nunca el hombre podría superar la imaginación de Dios, se dijo avasallado y tocando mudo e inmóvil, imperturbable, la esbeltez de su mujer.

—He recibido instrucciones de Alemania, originadas en la oficina del káiser, para provocar una guerra entre México y Estados Unidos —esgrimió, sin ningún género de recato ni de discreción.

—¿Una guerra?

—Se trata de que Wilson mande a México cientos de miles de soldados con sus respectivas armas para se queden congelados aquí por mucho tiempo. Queremos provocar otra guerra México-Estados Unidos, o una invasión yanqui masiva, con lo cual Alemania saldría vencedora. En el fondo se trata de quitarles apoyos a Francia y a Inglaterra. ¿Qué tal…? —concluyó Félix retirando un mechón de pelo del rostro de María. Deseaba verla sin ninguna obstrucción.

—¿Cómo vas a provocar una guerra?

—Tenemos una idea que no es descabellada. Yo tendré que llevarla a cabo y tú podrías ayudarme…

—¿Cómo?

—Debemos aprovechar el coraje feroz que tiene Villa en contra de Estados Unidos porque Wilson reconoció oficialmente hace dos meses al gobierno de Carranza. Sabemos que la furia devora a mi general Villa por este hecho y porque la Casa Blanca permitió que las tropas de Obregón entraran por Arizona y lo sorprendieran por la retaguardia: realmente ahí acabaron con los restos de la División del Norte. Mi general se siente justificadamente traicionado. Yo debo aprovechar su rabia en nuestro propio beneficio.

—¿Y qué debes hacer con Villa?

—Muy sencillo —repuso Sommerfeld con un aire de suficiencia—. Debemos inducirlo a una venganza para que mate gringos donde se encuentren y cuando se los acabe en México que empiece la cacería en Estados Unidos.

—¿Una invasión de Villa a Estados Unidos?

—Una invasión ejecutada por mexicanos y encabezada por Villa: ¡esa es la idea! Matarán la mayor cantidad de gringos que se pueda y a continuación Villa se esconderá en México. El orgullo herido de los yanquis hará

156

que se produzca la guerra o al menos una invasión en gran escala... ¿Te imaginas la represalia norteamericana...?

—¿Y crees que los gringos caerán en la trampa?

—Esa es la apuesta...

—¿Y Villa se atreverá a invadir Estados Unidos?

—De eso debo ocuparme yo. Tengo varios argumentos para lograrlo.

—¿Para cuándo piensas hacer esa operación?

—No después de marzo del año entrante.

—Tienes poco más de tres meses.

—Los tengo, por eso debo darme prisa ahora mismo. No tenemos tiempo que perder, ¿verdad, prietita?

—¿Y tú crees —cuestionó María como quien se echa la carabina al hombro— que yo voy a permitir que los malditos gringos invadan nuestro país como parte de una estrategia alemana? Nuestra relación se acabaría el día en que los soldados norteamericanos pisen México. ¿Me entendiste?...

Sommerfeld palideció. No supuso una reacción de esa naturaleza. Nunca debería perder de vista que María también llevaba sangre mexicana en las venas.

Félix buscaba una salida ágil ante semejantes extremismos de la chiapaneca.

—Entiende por favor —arguyó al final—, si se da la invasión en México estaremos ayudando a Alemania porque los refuerzos norteamericanos en Europa son inconvenientes en este momento. Al acabar la guerra contra Francia e Inglaterra el káiser vendrá en rescate de sus aliados aztecas y entonces tendremos un México germanizado, ¿ves...?

María sonrió. En su rostro aparecían las suspicacias. De cualquier forma, no era un momento para violencias...

La tarde concluyó entre abrazos, ayes, risas, lamentos fugaces, exigencias, reconciliaciones, súplicas, llantos esquivos, risotadas de placer mientras empezaba a caer una nevada intensa, desconocida en Torreón, que anunciaba el final del año.

Segunda parte

Del amor, la intriga y sus placeres

14. 1916: La guerra europea / I

La música de Wagner produce un efecto más peligroso en el pueblo alemán que mil discursos en el Reichstag.

Martinillo, Memorias

La aparición de los tanques, un invento inglés, y de los cañones de 420 milímetros en los dantescos escenarios de la guerra demostraron como nunca antes la imaginación del ser humano para aniquilarse en masa. Se conocieron bombas del tamaño de un hombre. Algo nunca visto. El poder explosivo era tan deslumbrante como devastador. Ahí estaban las ametralladoras inglesas, los tanques, los cañones Krupp, los aeroplanos BE2, las motocicletas, el fusil kar 98 Máuser calibre 7.9 milímetros, el avión SE5a, el Neuport, el Martin B-10, bombardero de largo alcance, los acorazados. Los móviles reales afloraban día con día: Rusia deseaba una salida al Mediterráneo y también controlar el Mar Negro. Alemania y el káiser pretendían apoderarse de los gigantescos territorios rusos que conformaban su frontera oriental. «A Napoleón I lo venció el invierno. A diferencia de él, Dios está conmigo…»

Deutschland, Deutschland über alies se escucha en los frentes teutones para reforzar los ánimos de la tropa. La música inflama el espíritu del pueblo alemán. Inglaterra se empleará a fondo con tal de hundir a la temida *Hochseeflotte*, a la artera escuadra de submarinos y a los barcos mercantes del káiser. Francia luchará hasta la muerte para humillar a su feroz vecino con una derrota ignominiosa. Recuperará la Alsacia y la Lorena. Japón batallará en contra de China y de otros países orientales para expandir sus colonias en el remoto Pacífico. El Imperio del Sol Naciente e Inglaterra deseaban respectivamente, ya desde antes de 1915, las colonias alemanas de Asia y de África. En el alto mando alemán se cruzan acusaciones por haber creído en la neutralidad de la Gran Bretaña. En medio de la guerra, en 1916, fallece en la cama, a los 86 años de edad, Francisco José, el emperador de Austria. Los rusos lamentan rabiosamente la ausencia de armas adecuadas, a veces ni siquiera contaban con las más elementales.

Los alemanes piensan que con la guerra desaparecerán las diferencias domésticas entre liberales y socialistas: se equivocan una vez más. Falkenhayn decide atacar a la armada francesa en Verdún.

Ludendorff y Hindenburg adquieren estatura de héroes. Su popularidad llega a superar a la del káiser, quien no percibe la amenaza política que se cierne sobre él en razón de los sonoros éxitos de ambos militares. Toman Varsovia. Mientras tanto los austriacos piden auxilio una y otra vez. El alto mando alemán alega: estamos atados a un cadáver, hasta parecen italianos en el campo de batalla. «*La guerra e bella ma' incomoda...*» El lodo en el campo de batalla se convierte en uno de los peores enemigos. Se hundían los soldados, los caballos y todo equipo militar. La movilización se hace imposible. El abasto de la tropa se traduce en una labor faraónica. Desplazar la artillería es una auténtica pesadilla. Sin embargo, los cañones se convierten en los grandes asesinos, los causantes directos de 70% de las bajas. Se cavan trincheras de día y de noche. Son tantas y tan extensas que se hubiera podido caminar a lo largo de ellas desde Suiza hasta el Canal de la Mancha siempre y cuando los gases y las ratas, así como el lodo, lo hubieran permitido. Los belgas inundan los terrenos para complicar gravemente el avance alemán. Los aviones de reconocimiento se limitan a fotografiar el movimiento de tropas.

Turquía tenía en los Dardanelos un gran bastión en el que los ingleses estaban interesados. El Reino Unido enfoca sus baterías hacia Persia. Desea apoderarse de los pozos de petróleo. Tampico corre muchos riesgos. Mejor, mucho mejor la diversificación. Como consecuencia de la batalla de Gallípoli, Asquith despide a Winston Churchill como Lord del Almirantazgo. Inglaterra impone un bloqueo naval a Alemania para matarla de hambre. La represalia del káiser no se hace esperar: Guillermo II ordena a su flota de submarinos hundir a los barcos que se acerquen a la Gran Bretaña. Alemania importaba 25% de sus víveres mientras el Reino Unido llegaba a 64%. La labor del embajador Bernstorff fue definitiva para evitar el conflicto. El gas de cloro, el fosgeno y el mostaza son armas letales. Matan en cinco minutos después de su inhalación. Las máscaras antigases hablan de la modernidad militar. Un mayor grado de sofisticación en el arte de matar se alcanzó cuando los zepelín atacaron Inglaterra y lograron bombardear ciudades enemigas. En Verdún caen 10 mil proyectiles cada hora. Pétain se consagra como el vencedor de Verdún. Mueren 607 mil soldados de la Gran Bretaña en 1916. Alemania pierde 400 mil hombres. Francia sufre pérdidas por 500 mil. Europa entera se viste de luto. La cifra total de caídos rebasa el primer millón. Nunca en la historia militar de la humanidad se había conocido semejante debacle. El petróleo persa y el mexicano se convierten en piezas clave para la ofensiva inglesa.

15. Félix y María / III

La vida en la ciudad de Chihuahua, sin embargo, era muy diferente, más aún en el caso de Félix y de María en aquellos últimos días de marzo de 1916. Ella, por supuesto, había continuado sus actividades de sabotaje, huyendo, acto seguido, con toda precipitación, a México.

La chiapaneca, engolosinada en su actividad incendiaria, gozosa al ver volar por los aires los pedazos de una industria de armamento, ignoraba que en varios de los mensajes cifrados enviados por el embajador Bernstorff a Berlín solicitaba una ampliación de sus gastos, «un presupuesto adicional para esta, una de las más exitosas defensoras del Imperio en Estados Unidos. Su labor en diferentes puertos, ciudades y fábricas norteamericanas ha sido ejemplar. Ni los propios alemanes han tenido tanto éxito».

Reginald Hall captaba los mensajes y los descifraba. Conoció en su momento hasta el número de la remesa con que se le autorizaba un aumento solicitado a «esa persona» de la que solo se conocía el número con el que operaba. Sí, sí, pero ¿quién era? Las pistas empezaban a estar claras. El «Cuarto 40» en Londres estaba detrás de los movimientos de María Bernstorff aun cuando, por el momento, ignoraba si el número que la acreditaba como un agente alemán especialmente peligroso correspondía al de un hombre o a una mujer. ¿Qué puede decir un número? Hall no descansaría hasta conocer su identidad, sexo, edad, nacionalidad, domicilio y el alcance de sus acciones terroristas en Estados Unidos. ¿No se había anotado un éxito sonoro al hacer que fusilaran a Mata Hari, la famosa espía alemana? ¿No logró que el Departamento de Estado expulsara de territorio norteamericano a Boy-Ed, a Franz von Rintelen, a Albert Heinrich y a Von Papen, la cabeza y los brazos del embajador alemán ante Washington? ¿El descubrimiento de los códigos secretos alemanes no había facilitado toda la tarea? Gracias, muchas gracias a la tripulación del *Magdeburg*, a Wassmuss, a los cruceros hundidos en el Atlántico, a Szek. Gracias a los constructores de códigos alemanes que se sentían inaccesibles y gracias, otra vez a ellos, porque no los cambiaban. Gracias al sentimiento de superioridad alemán el «Cuarto 40» podía seguir trabajando y revelando los más íntimos e inconfesables planes del alto mando del káiser.

María también ignoraba que Hall, Blinker Hall, parpadeaba más intensamente cuando salía a colación el tema de este «destructor fantasma». Nadie daba con él. Se desvanecía como la niebla cuando soplaban los vientos fríos del Mar del Norte. Se empieza hablar de recompensas para quien aportara datos que permitieran la localización de este peligroso agente imperial…

¿Y Félix? Félix había sostenido largas y fructíferas conversaciones con Pancho Villa para acometer los planes ya acordados en el Palacio de Unter den Linden. Por lo pronto ambos, María y Félix, aprovechaban un día de campo en las márgenes de un riachuelo. Se actualizaban en sus respectivas actividades. Como siempre, una le arrebataba al otro la palabra. Ella había comprado unos embutidos, algo de jamón y queso, pan y fruta pensando que comerían plácidamente sentados sobre un sarape muy colorido, de esos que tanto llamaban la atención del alemán. Todo fue imposible. Tan pronto María descendió del caballo y se disponía a dejarlo beber en un recodo del río cubierto por unos enormes arbustos, Félix, Félix el sediento, el voraz, el insaciable, no pudo resistir cuando ella se retiró el sombrero, se quitó un moño negro que mordía delicadamente mientras se soltaba la larga cabellera agitando la cabeza a ambos lados para liberarla de cualquier atadura. Los botones superiores de la blusa cedieron cuando ella hizo aflorar su paliacate color rojo para secarse el sudor del rostro. El agente alemán creía haber soñado toda su vida con esa misma escena y con las que seguirían a continuación.

Bastó un breve golpe en las ancas del animal que él montaba para que saliera a abrevar a un lado del caballo de María. El agente alemán se acercó lentamente a ella tomándola por atrás, sorprendiéndola mientras rozaba con su barba las humedades de su cuello después de la última galopada en la que la chiapaneca, desde luego, había resultado vencedora. ¡Cuántos recuerdos, en particular la marcha en la Ciudad de México, en la que ella le había concedido todas las licencias! Después de ese día ya no le quedó la menor duda de que pronto, muy pronto, María sería suya, absolutamente suya. Pensar en esa mujer le estimulaba todas las fantasías, lo hacía acomodarse una y otra vez en la soledad de su cama, llevarse las manos a la nuca y apoyarse en la almohada para repetir sin interrupciones el ensueño de aquella tarde, sin duda una de las más felices de su existencia. ¡Cuántas veces había consultado el reloj durante la noche, en espera agobiante del amanecer del día en que se encontraría con su amante! ¡Cómo había matado el tiempo jugando con las sombras huidizas que se proyectaban en el techo de la habitación o tratando de interpretar los ruidos nocturnos!

María, por su parte, celebraba el hecho de no haber cedido a sus impulsos. Su estrategia había obligado al alemán a desearla, a idealizarla, a soñarla y a recordarla a lo largo del tiempo…

Sentado en el tren de pasajeros o en el tranvía citadino, Félix la buscaba inconscientemente entre todas las mujeres que los abordaban. Cabía la casualidad. A veces era imposible saber si María había regresado repentinamente a México, y en ese caso podía dar con ella en cualquier momento. Podía encontrarla de pronto en la calle o en la embajada de Alemania o en cualquiera de sus consulados, en algún periódico entregando algunas fotografías o simplemente en su lonchería favorita cerca de La Merced.

María se abstuvo de devolver las caricias. Con esta actitud le decía soy tuya, dispón de mí a tu santo antojo… De sobra sabía que esa aparente indiferencia trastornaba al alemán como también lo sacaba de control con el hecho de haber soltado su cabellera. Félix entendía todas las señales y descifraba los lenguajes de su cuerpo. La atacó. La mordió. Le suspiró picardías al oído mientras ella empezaba a retorcerse. Habían transcurrido casi tres meses desde su último encuentro. Una vida, un mundo, un universo de tiempo. La reconciliación necesaria ante tan larga ausencia debería ser inmediata. No hubo oportunidad de poner el mantel sobre la hierba ni beber algo del vino que María había aportado a la convivencia. ¿El jamón, el queso, el pan y la fruta…? Que esperen. Que todo se detenga. Ven, ven, María, ven: nunca creí en las obsesiones hasta que te conocí.

—No pasa un día sin que piense en ti —dijo mientras la volteaba y la besaba retirándole el pelo travieso de la frente. La veía y la volvía a ver hundiendo sus manos en su abundante cabellera. Su rostro parecía tostado por la larga caminata a caballo. ¿Hablar? Ya habían hablado o en todo caso ya lo harían: era la hora de palparla, de recorrerla, de tenerla, de amarla, de poseerla, de recordarla, de disfrutarla, de embeberse, de emborracharse con sus aromas y gozar su frescura y humedades. ¿Para qué conversar? Era el lenguaje del cuerpo, de las manos, de los alientos, de la piel, de los labios, de los dedos, del cabello, de los ojos, de la voz, de los sentidos, era el idioma del alma, de los sentimientos inexplicables donde no había espacio para razones ni para argumentos.

Se tuvieron, se rozaron, se estrujaron, se gritaron, se apretaron contra un árbol, se insultaron, se dolieron, se rieron y se rindieron ya en el piso cubierto de hojas secas mientras se daban el abrazo eterno con el que se anuncia la llegada a la eternidad. Suspiraron, respiraron, se agitaron, suplicaron hasta caer desfallecientes atados uno al otro por el vínculo divino, diseñado por la insuperable sabiduría del Señor para garantizar la continuación de la especie. Durmieron, se desmayaron con el rostro pegado al escaso césped. Los caballos distraídos permanecían inmóviles, con la cabeza fija en el agua del río. La fotografía con la que también había soñado María de pronto adquirió movimiento. Los pájaros volvieron a volar. El agua del riachuelo continuaba fluyendo. Las nubes viajaban en vaporosa cadencia sin dirección determinada. Se daba una exquisita indolencia. Los árboles volvían a proyectar sombra. El sol calentaba de nueva cuenta. El viento empezaba a soplar tenuemente. Las copas de los árboles comenzaban a murmurar. La luna pálida y remota contemplaba la escena a la distancia. Las chicharras entonaban su canto monótono e interminable. Y Félix y María volvían a hablar. ¿Era la hora de poner el mantel? No, qué va: se desnudaron y nadaron libres y sin prejuicios. Rieron, retozaron, jugaron, se sumieron, se besaron, se abrazaron, se vieron, le quitó uno a la otra el pelo mojado del rostro para contemplarse y estrecharse aún más sin importar el rigor del agua fría. Había sido tan larga la espera...

Una vez afuera y secándose con lo que tuvieron a su alcance, María empezó a cepillarse el cabello sentada sobre una raíz. Sus piernas desnudas, húmedas, recias, volvían a desatar a la fiera que habitaba en el interior de Félix, quien ya soñaba con tomar un largo trago de tequila o beber un enorme sorbo de vino tinto. La vida seguía su curso. Félix Sommerfeld tenía mucho que contar.

Finalmente sentados y recargados cada uno en su silla de charro, María cortó una telera a lo largo y, sin retirar el migajón, untó mostaza en una de las tapas, mientras que en la otra puso frijoles refritos que había aderezado con algo de vinagre la noche anterior. De un recipiente sacó las rebanadas de jamón, unas rajas de chile jalapeño con abundantes zanahorias, cebolla y ajos, la salmuera era estupenda, un par de aguacates y jitomates y ciertos pedazos de queso de Chihuahua, con lo que confeccionó una torta tapatía que ya la hubieran extrañado en los Altos de Jalisco. Bebieron directamente de la botella de vino y, al agotarse, continuaron con dos cervezas oscuras hechas en Nuevo León. Todo un banquete en el campo. La euforia y la broma fueron disminuyendo gradualmente. Según se adentraban en los terrenos de sus vidas, la conversación adquiría tintes de severidad. Ambos deseaban, por lo visto, escapar de los temas difíciles, abrir un paréntesis en el que no tuvieran cabida los riesgos ni los peligros y pudieran olvidar al menos por un buen rato las aflicciones, las persecuciones, los pánicos y los sustos, ¿qué tal unos instantes de paz, entrega y serenidad? Sí, sí, pero al mismo tiempo era imposible impedir que ambos conocieran sus últimas correrías, sus hazañas y actividades, así como contar en detalle sus planes y proyectos. ¿Cuándo volverían a verse, a tenerse, a disfrutarse si es que antes no caía encima de ellos la policía secreta norteamericana o bien el cuerpo de espías ingleses, que intentaban desmantelar en forma encubierta el aparato de saboteadores alemanes en Estados Unidos que estaba impidiendo envíos de armas y alimentos al Reino Unido y a Francia? ¿Se volverían a ver?

María contó los avances para hacer estallar el gigantesco almacén de municiones ubicado en Nueva York a más tardar el 16 de junio de ese mismo año de 1916. Bernstorff, el embajador, no solo estaba enterado de los planes, sino que invertía parte de su tiempo en la organización del operativo ultrasecreto.

—En junio, amor, convertiré en astillas a Black Tom y con ello les salvaremos la vida a muchos alemanes destinados a perecer víctimas de la pólvora americana que sí estallará, solo que en los mismos almacenes de Estados Unidos junto con la paciencia de Wilson, la del primer ministro inglés y la del presidente de Francia —adujo escrutando la cara de Félix. Experimentaba una rara fascinación cuando leía e interpretaba las expresiones de su rostro.

—Por esta vez dejaremos en paz los barcos y los puertos del Pacífico. A los rusos ya les hemos hecho pegar bastantes corajes. Estamos invirtiendo lo mejor de nuestra atención en la costa este…

—¿No te preocupa que te sigan, Mari? —cuestionó el alemán sosteniendo con la mano derecha la torta sin servilleta—. Yo sé que tomas todas las precauciones necesarias para cuidarte, solo que un espía muere cuando se confía y piensa que cubrió todos los flancos.

—Me encanta que te preocupes por mí, *alte Kartoffel*[44] —respondía María risueña.

—No te burles ni lo tomes a la ligera…

—¡Claro que no!, amor, ¿te cuento? —preguntó ella, encantada y consciente de los conocimientos que tenía su amante en la materia.

Sommerfeld no respondió. Dio una gran mordida a la telera. El aguacate se salía por los extremos. Con los dedos volvió a meterlo entre las tapas del pan.

—Me visto de diferentes maneras, me peino con todos los estilos imaginables, uso gafas gruesas al extremo de que parezco ciega, o bien, recurro a anteojos oscuros, hablo en inglés o en español, jamás en alemán, y dispongo de varios pasaportes hechos a la medida de la ocasión.

—¿Y crees que es suficiente?

—Nada es suficiente, solo que casi nunca operamos dos veces en la misma plaza.

—Tú me dijiste que en Carney's Point causaron ya tres terribles explosiones y dos espantosas en Wilmington, Delaware, ¿no es así?

También regresaron a otro acto en Wilmington y muchos en las plantas de Bethlehem Steel Company en la costa este…

A María le impresionaba la memoria de Sommerfeld. Bastaba darle un dato para que no lo olvidara jamás.

—¿A dónde va un espía distraído o sin memoria? —adujo ella sorprendida y halagada porque sus palabras jamás caían en el vacío.

—¡Ah!, eso te lo contesto de inmediato —interceptó cortante el agente—: va al paredón, a perecer degollado o baleado o envenenado o «suicidado…» Algo sí te garantizo, va a morir y a poner en riesgo a toda su familia, pareja, amigos, hermanos, padres y colaboradores.

Sommerfeld se estremeció cuando María preguntó con un candor injustificado:

—¿No se acaba todo con un tiro de gracia en la cabeza?

—Para ti se acabará ahí si llegas a tener suerte, mi vida —contestó Félix, guardando como podía la compostura al haberse dado cuenta por primera vez de que hablaba con una mujer igual de audaz que irreflexiva, pero que en el fondo era una novata. Si te descubren intentarán por todos los medios conocer los alcances de la red de espionaje, y por lo mismo, antes de darte el tiro de gracia, te torturan para arrancarte los nombres de tus superiores y de tus colaboradores, mientras te dejan sentada en un sillón por cinco días despertándote cada 15 minutos con patadas en las espinillas o con toques eléctricos en los ojos hasta que se te salten de la cara…

María guardó silencio. Dejó de comer y de beber. Colocó la botella de cerveza lentamente sobre el mantel. No parpadeaba.

—Y digo si tienes suerte porque antes de darte el tiro en la cabeza escucharás los gritos de horror de tu madre o de tu padre o de alguno de tus seres queridos que sin duda estarán siendo torturados en el cuarto anexo hasta que tú, María Bernstorff, confieses todo lo que sabes.

María rehuyó el tema. Félix se escandalizó ante el indigerible candor de su mujer. Se puso de pie y explicó cómo se trataba de desbaratar la red. Cómo se sometía a inocentes a suplicios insoportables para minar el ánimo de los espías y conocer finalmente toda la verdad.

—Si es imposible que resistas tres días colgada de los pulgares, menos resistirás si escuchas las súplicas de piedad de una persona de tu propia sangre que es torturada por tu culpa o tu torpeza. El tiro de gracia sería una pena insignificante contra un castigo como el que te cuento.

—Es difícil que den conmigo —arguyó María como quien se niega a ver la realidad—. El año pasado —continuó queriendo convencer a su amante— destruimos plantas de pólvora y fábricas de municiones en Gibbstown, en Turtle Creek, Eddystone y Callery Junction.

Prendimos fuego con bombas de tiempo a por lo menos 13 barcos que sufrieron explosiones en alta mar y nunca sentí que me persiguieran. Antes de comer o de dormir o de tomar un tren doy dos vueltas a pie en la manzana donde se encuentra el restaurante, el hotel o la estación. Entro por una puerta de un almacén y salgo por otra. Corro y me meto al tren subterráneo y desciendo en la próxima estación, solo para regresar al mismo lugar. De repente me detengo en una tienda y regreso a quién sabe dónde como si hubiera perdido algo —concluyó satisfecha—. No sabes la cantidad de veces que he abandonado mi cuarto en la casa de huéspedes con maletas y objetos personales con tal de no volver a un lugar donde sospecho que me pueden estar esperando.

Sommerfeld volvía a respirar.

—No voy a la embajada alemana en Washington ni llevo conmigo correspondencia o documentos comprometedores. Nuestros acuerdos los tenemos siempre a 200 millas del lugar del atentado y nos reunimos hasta nueva orden, momento que yo aprovecho para venir a México.

Ahora Sommerfeld guardaba silencio.

—La vida es riesgo y más riesgo en nuestra profesión, amor. Tú y yo vivimos la vida con una intensidad que ni se imaginan nuestros semejantes.

—Claro que es riesgo. Lo que me alarmó es que no conocieras los métodos de nuestros adversarios para conocer la verdad y los alcances de nuestra organización, y sobre todo…

María lo interrumpió. Colocó delicadamente su dedo índice en sus labios y lo hizo jurar:

—Prométeme que si sabes que están tras de mí y me van a echar el guante tú acabarás conmigo para que no me hagan sufrir.

—Estás loca, María, loca, loca, loca… loca perdida…

—Prométemelo —insistió ella con rispidez, sin dejar el menor espacio para la negociación.

—María, ya basta…

—¡Prométemelo!

—Tengo una mejor idea: si es evidente que vienen por ti o por mí y ya estamos escuchando los pasos en la escalera, entonces los dos nos damos un tiro al mismo tiempo o una serie de cuchilladas en el cuello. Yo acabo contigo y tú conmigo.

—No seas infantil, Félix, ¿acaso renunciarías a seguir luchando por nuestra causa solo porque a mí me descubrieron?

—¡Por supuesto que sí!

—¿Qué clase de convicciones tienes, entonces? ¿No está antes nuestra causa que nuestro amor?

—¡No!, nada está antes que tú. Nada, absolutamente nada…

—Eso lo dices para quedar bien conmigo.

—Eso lo digo porque no puedo dejar de pensar en ti ni duermo imaginando los riesgos que corres, y si sueño, sueño en el día en que podamos vivir en Schwarzwald o en el Soconusco en un rancho cafetalero. Por nada del mundo estaría dispuesto a perderte. ¿Sabes que llevo toda mi existencia buscándote? ¿Sabes que nada tiene sentido sin ti? —repuso, aumentando el tono de la voz—. ¿Sabes que conocí muchas mujeres antes que a ti…? Sé perfectamente bien lo que quiero y jamás me perdonaré si llego a perderte —adujo con los ojos anegados, para sorpresa de María.

Ella permaneció inmóvil y muda.

—¿Crees que todo esto es un juego o un mero lance de amor y que tan pronto me despida de ti en Ojinaga ya se me habrá olvidado tu voz, tus miradas, tus perfumes y tus palabras? ¿Crees que puedo prescindir de tus palabras y de tu compañía? ¿Eso crees?

María se acercó lentamente de rodillas hasta donde se encontraba el agente. Lo abrazó. Guardó silencio. Levantó imperceptiblemente el rostro hasta dar con la mirada del alemán. Hundió sus dedos delicados entre sus cabellos rubios. Un simple cruce de miradas equivalía a una vida de conversaciones.

Con los ojos húmedos, la saboteadora profesional insistió en el juramento:

—Prométeme, Félix Sommerfeld, dame otra vez tu palabra, que si me descubren y vienen por mí y nos sorprenden juntos y ya todo es inevitable, tú me matarás a mí primero porque yo jamás tendré el valor de hacerlo al revés. ¡Júrame que tú dispararás primero, júralo! —exigió angustiada, tirando del cabello del agente.

¿Qué otra prueba de amor podía pedir el alemán? La vida lo había premiado con la mujer con la que había soñado. Todo lo que esperaba era poder disfrutarla para siempre.

—Júralo, ¡carajo!

—Lo juro.

—¿Palabra de prusiano?

—¡Palabra de prusiano!

—Te pudrirás en el infierno, pinche *Kartoffel*, si incumples tu promesa…

—Me pudriré en el infierno, pero junto contigo…

María volvió con cierta desgana a su silla charra. Félix la siguió con la mirada. Atardecía. Se sentó a su lado. Ambos habían perdido el apetito. El vino se había agotado. Las cervezas también. Para embriagarse solo

170

quedaban miradas, palabras y fantasías. ¿El futuro es nuestro? Si María llegaba a ser aprehendida y la hacían confesar después de someterla a una tortura y, acto seguido, lo atrapaban a él, quedaría claro que ella ya no viviría y, por ende, todo carecería de sentido. Sommerfeld habló y habló. Cambiaba de tema, de escenarios, de tiempos y de protagonistas.

—Debes saber que después de la aprehensión de Huerta en Estados Unidos, antes de que falleciera en condiciones sospechosas hace un par de meses, empecé a hablar con mi general Villa. Él estaba terriblemente resentido con el presidente Wilson por haber retirado las tropas de ocupación en Veracruz y facilitado la toma del puerto por parte de Carranza, para que este se pudiera hacer de divisas provenientes de los impuestos de comercio exterior para poder importar armas. ¿Qué fabricante extranjero de municiones iba a aceptar los pesos que Villa había impreso la noche anterior en un furgón de ferrocarril? El rencor del Centauro se acrecentó cuando Wilson presionó a las compañías petroleras para que nuevamente pagaran sus impuestos a la facción carrancista: fue sangre fresca y nueva, repetía Villa insistentemente. Su rabia se desbordó desde el momento en que el presidente Wilson permitió a las tropas encabezadas por Obregón pasar por Arizona para atacarlo por la espalda en Agua Prieta, Sonora. Ahí, como es bien conocido, descoyuntaron definitivamente lo que quedaba todavía de la División del Norte después de la batalla de Celaya. Por si fuera poco, Wilson cometió otro error, a los ojos de Villa, una traición mucho más grave que la anterior, cuando reconoció *de facto* el gobierno de Carranza, con lo cual el «barbas de chivo», como lo llama Villa, podría hacerse de armas en Estados Unidos y sobre todo tendría acceso a créditos. El reconocimiento diplomático consolidó a Carranza como el triunfador de la revolución, porque muchos países siguieron el ejemplo de la Casa Blanca. Villa estaba enfurecido porque, según él, su derrota y aniquilamiento político y militar se debía a la injerencia de Wilson en los asuntos internos de México.

»'Los gringos son unos cabrones, Félix, nunca debe usted de creerles. Ellos se casan con quien les ofrece más garantías pa cuidar sus centavos. Solo los mueve el *chingao* dinero, *verdá* de Dios', me confesó un Villa verdaderamente dolido y sin alternativas. ¡Qué esperanza cuando todavía contaba con 30 mil hombres de su División del Norte! 'Durante la revolución escasamente me metí con los norteamericanos ni con sus intereses —confesó Villa arrepentido— y casi nunca toqué sus propiedades ni los colgué de los álamos: ahora es otra cosa…'

»Villa se derrumbó materialmente cuando en octubre del año pasado Wilson se la jugó con Carranza y lo reconoció como el menos malo de los líderes mexicanos —agregó Sommerfeld con cautela, de tal manera que la

171

secuencia de los hechos justificara los planes acordados por el alto mando alemán y aprobados por el káiser Guillermo II.

»En honor del jefe de la Casa Blanca debo reconocer que yo hubiera hecho lo mismo.»

Félix explicó que si algo deseaba Estados Unidos era lograr la paz en México, pacificar el país, antes de que los alemanes aprovecharan cualquier oportunidad para crear un conflicto entre ambos países vecinos. Pormenorizó las razones por las cuales a Wilson le preocupaba sobremanera apagar el fuego en México, más aún cuando la guerra en Europa cumpliría ya dos años de haber estallado y el conflicto amenazaba con desbordar todas las fronteras. Dejó en claro por qué en el Departamento de Estado se hablaba a diario de cómo un incendio en México podía propagarse y arrasar una buena parte del territorio norteamericano.

—Ahí tienes, María, unas de las razones por las cuales Wilson reconoció a Carranza, solo que Villa, el gran perdedor de la contienda, lo entendió a su manera... «El "barbas de chivo" le está vendiendo los estados del norte de México a los Estados Unidos, Félix: Carranza es el Santa Anna de nuestros días, créame, es un vendepatrias, un vulgar ratero y además traidor, ¿o todavía piensa usted que el reconocimiento diplomático se lo extendió gratis el pinche Wilson, así porque sí...?», no dejaba de repetírmelo, igual que un borracho te llora sus desgracias.

—¿Estaba ebrio? —preguntó María.

—Villa no bebe, es un hombre sobrio, solo que la pasión y la sed de venganza le nublan la razón. En esos momentos, en noviembre del año pasado, solo pensaba en la mejor manera de ejecutar una represalia. Entendamos que no es fácil vengarse de Estados Unidos.

—¿Y qué hiciste?

—Cuando estuve en Oriente hace unos 18 años durante la guerra de los bóxers, precisamente cuando conocí a Arthur Zimmermann, aprendí que en las artes marciales es vital aprovechar la fuerza del contrario en tu propio beneficio, y fue entonces cuando propuse por primera vez a Alemania que la rabia y el resentimiento de Villa se emplearan en la creación de un conflicto entre Estados Unidos y México.

—¿Cómo, amor?

—Poco después del hundimiento del *Lusitania* y cuando, a pesar de todo, Wilson se negó a declararle la guerra a Alemania, hablé con Bernhard Dernburg, uno de los representantes de los intereses alemanes en Estados Unidos. Él me contrató para que Norteamérica le vendiera armas a Alemania y de nuestras conversaciones salió la posibilidad de exaltar aún más la furia de Villa para que asesinara norteamericanos donde se encontraran.[45]

De esta manera, la respuesta yanqui no se haría esperar y vendría irremediablemente una intervención en gran escala… No pierdas de vista que en los contratos de abastecimiento de armas entre Francia, Rusia e Inglaterra y la Casa Blanca se establece que «si Estados Unidos entra en un conflicto armado este contrato será declarado nulo». ¿Qué tal, amor, no es una maravilla?

—Entonces, tú…

—Espera, espera: si hay guerra con México, en ese instante se cancelan los contratos de venta de armas con los aliados y, por si fuera poco, los hombres que Estados Unidos envíe a México ya no los podrá enviar a Europa…

—No lo puedo creer…

—Déjame, déjame terminar —replicó ansioso, sintiéndose descubierto—: Dernburg ni siquiera le comentó a Bernstorff en Washington, sino que le pidió autorización respecto de mi proyecto a Henning von Holzendorff, uno de los comandantes más influyentes de la marina alemana.

María nunca se imaginó el fondo de los acontecimientos que tanto la habían sacudido. Ella creía que lo sucedido se debía en buena parte al temperamento volátil de Villa, a uno de sus arranques, a sus impulsos incontrolables, a uno de sus conocidos prontos por los cuales un día se podría hacer fusilar él mismo.

—Solo que Henning von Holzendorff —argüía Félix, ávido de beber un buen trago de tequila o un buche de mezcal al que ya se estaba acostumbrando después de tantos años en México— no se sintió capaz de tomar semejante decisión por sí solo y lo consultó con Von Jagow, el ministro de Asuntos Extranjeros del Imperio alemán, y con mi amigo Zimmermann y ambos obtuvieron la conformidad de Bethmann-Hollweg, el canciller, y del propio káiser.[46]

—¿Matar gringos…?

—Sí, matarlos donde se encontraran para provocar a Estados Unidos…

Félix Sommerfeld revelaba el secreto como si le fuera a explotar en el pecho. Nadie sabía la verdad. ¿Cómo podían saberla? La expresión de María lo conmovía. No cabía duda de que lo contemplaba como un genio, un virtuoso, un genial estratega. Alemania era un semillero de hombres notables.

—Lee, lee tú misma —le exhibió a María la copia de un texto firmado nada más y nada menos que por el propio Von Jagow:

En mi opinión la respuesta es absolutamente sí. Aunque no se puedan detener los embarques de municiones, y no estoy seguro de que se pueda, sería altamente deseable que Estados Unidos participara en una guerra que lo distrajera de Europa, donde claramente simpatiza cada vez más con Inglaterra. No están interviniendo, sin embargo, en la situación china, y por tanto, una intervención producida por los acontecimientos en México, sería la única posible distracción del gobierno estadounidense. Además, dado que en este momento no podemos hacer nada respecto a la situación mexicana, una intervención estadounidense sería lo más conveniente para los intereses en nuestro país.[47]

María leyó detenidamente y luego levantó despacio la mirada hasta dar con la de Félix:

—¿Tú, Félix Sommerfeld, urdiste junto con el alto mando alemán la matanza de Santa Isabel y la de Columbus…?

—¿Verdad que yo no te interrumpo cuando tú me cuentas tus hazañas… amorcito? Pues escucha las mías hasta el final —adujo, exhibiendo una sonrisa traviesa—. Es increíble lo que te voy a decir, pero el káiser había llegado a la misma conclusión que yo[48] y, por lo mismo, ya pude hablar con Villa, como te decía, a mediados de noviembre del año pasado —continuó, decidido a llegar hasta el final—.[49] Villa confiaba en mí desde que Wilson impuso el embargo de armas a México y yo se las vendía a él de contrabando…

—¿Cómo las metías al país?

—De una manera insólita —repuso risueño—, las internábamos en México desde Estados Unidos en ataúdes o en barcos petroleros.[50]

Mientras María sonreía mordiendo un trébol de cuatro hojas que había encontrado distraídamente en el pasto, Félix reveló cómo había hecho para convencer a Villa de las ventajas de un ataque a Estados Unidos porque, «en el fondo, mi general, como usted bien dice, son unos traidores hijos de la chingada y ya es hora de hacer justicia…» Sommerfeld le expuso a Villa que con la jugada se mataban varios pájaros de un tiro:

—Mire, mi general, si Estados Unidos invade México después de sus ataques, Carranza no tendrá otro remedio que oponerse a la intervención como lo hizo hace dos años en la invasión en Tampico y Veracruz. ¿No…? Si maldice a Wilson y anuncia su rechazo ante la prensa y el Departamento de Estado, entonces perderá el carísimo apoyo del jefe de la Casa Blanca, quien piensa que por el solo hecho de haberlo reconocido diplomáticamente ya puede hacer y deshacer en México…

—Carranza es un reconocido cabrón, pero no es presidente de nada ni de nadie —me interrumpió Villa furioso—. Lo único que debemos hacer por puritito patriotismo es eliminarlo del mando antes de que sea demasiado tarde…[51]

—Bueno mi general, calmado, ahora a la inversa —agregó Sommerfeld en tono conciliador—, si el «barbas de chivo» aceptara la intervención yanqui en territorio mexicano y les extendiera a los gringos un tapete rojo hasta el Palacio Nacional, entonces quedaría como un traidor que estaría negociando efectivamente pactos inconfesables con la Casa Blanca. En ese caso el problema le estallará en las manos aquí mismo en México…

—Pos fíjese *usté*, güerito, que este su plan me recontracuadra. Aquí mismo en Chihuahua hay hartos gringuitos pa darles chicharrón.

—Así es, mi general, le contesté entusiasmado, María, si Carranza rechaza la invasión, perderá todas las ventajas del reconocimiento, entre ellas el otorgamiento de créditos y la venta libre de armas y, si está de acuerdo, quedará como traidor a la Patria…

—O sea que Carranza no tiene salida, ¿verdad?

—Claro que no, Mari… Si para Villa resultaba una maravilla, para Alemania, más todavía, porque podría inmovilizar a un gigante que le haría mucho daño si entrara en la guerra del lado de los ingleses, franceses, rusos y japoneses: todos en contra de Alemania… Malditos cobardes…

—¿Entonces es una patraña eso de que Villa hubiera matado a los gringos de Santa Isabel y a los de Columbus porque había sido víctima de uno de sus típicos prontos o que se trataba de una venganza por el asesinato de 20 mexicanos que en El Paso habían sido rociados con petróleo para despiojarlos, como era la maldita costumbre, pero que se les había pasado la mano y les habían prendido fuego…?

—Qué prontos ni qué prontos. ¿Cuáles arrebatos? Yo lo convencí. Yo le di la idea a sabiendas de que los militares norteamericanos estarían de acuerdo con la invasión a México, tal y como estarían a favor los estados de Texas y Arizona y, desde luego, los petroleros norteamericanos que ven en Carranza una auténtica amenaza para sus intereses. Sherbourne Hopkins, un hombre al que la historia de México algún día habrá de analizar, me dijo que los propios petroleros estarían de acuerdo con la invasión. ¿Te imaginas las presiones a las que se sometió a Wilson tanto a través de la prensa como del Congreso norteamericano?

—¿Y tú tramaste junto con Villa lo de Santa Isabel?

—No, qué va, a mi general le bastó mi idea. Él la instrumentó a su estilo muy particular. Él mismo invitó a Emiliano Zapata «para que juntos atacaran a los norteamericanos en sus propias madrigueras…» Se las arregló para esconder la mano en ambos casos porque él directamente no fusiló a los ingenieros mineros que iban en el tren a la población minera de

Cusihuiráchic, allá en Chihuahua. ¿Supiste cómo Pablo López, un general villista, hacía bajar del tren uno por uno a los gringos y después de obligarlos a desnudarse los baleaban como si jugaran tiro al blanco? Villa, como te decía, no estaba ahí, como tampoco llegó a Columbus, ya que permaneció del lado mexicano de la frontera. Desde luego tenía pánico de que los norteamericanos le pudieran echar el guante.

—¿Y tú sabes en realidad qué pasó?

—Claro que sí: Pablo López, un incondicional de Villa, confesó que tan pronto detuvieron el tren a media sierra cuando iba a Santa Isabel, lo abordó maldiciendo a Wilson y a Carranza.[52] A los pobres gringos los fusilaron en ropa interior y luego les robaron sus objetos personales. Ningún otro extranjero que hubiera estado a bordo fue molestado y solo sobrevivió Holmes, un norteamericano, el único de los supervivientes gringos que contó lo sucedido a su muy particular estilo…

María, inquieta, preguntó que, si la masacre había sido en enero, hacía dos meses, por qué Estados Unidos no declaró la guerra ni intervino militarmente en ese momento.

—¿Qué pasó, amor? ¿No fue suficiente?

—Por lo visto no —respondió Sommerfeld sentándose sobre la silla charra—, en primer lugar porque la matazón se llevó a cabo en territorio nacional y, además, no fue masacre: solo murieron 17 gringos y el presidente Wilson no lo consideró *casus belli*…

—¿Esperaban que Villa llegara a Washington y ametrallara a quien se encontrara en la calle para ejercer alguna represalia?

—En ese momento el jefe de la Casa Blanca ya solo contestó que el problema era competencia exclusiva del gobierno mexicano: «en todo caso es un asunto interno de México en el que por respeto no intervendré, pero que al mismo tiempo espero que sea resuelto castigando a los criminales en los términos de la ley…»

—O sea que era necesario subir el tono…

—Eso lo entendí desde lo de Santa Isabel y por lo mismo le sugerí a mi general Villa que si de verdad deseaba exhibir a Carranza como traidor o bien privarlo de todas las ventajas que implicaba el reconocimiento, era el momento de atacar en territorio norteamericano, para lo cual escogimos Columbus.[53] ¿Qué tenía que perder Villa si ya era un cadáver insepulto? ¿Qué, si ya no tenía a su División del Norte y, si acaso, lo acompañaba un par de sus leales y respetados dorados? ¿Con qué se iba a enfrentar a un ejército federal cada vez más pertrechado y mejor pagado? Wilson lo había reducido al tamaño de un prófugo de la justicia por haber asesinado a un tal Benton, por lo que ya era buscado por la policía norteamericana y,

176

además, lo había arruinado política, militar y económicamente, dado que por escasez ya no podría seguir exportando ganado ni algodón robado de las haciendas, sobre todo las de Chihuahua, ni podría conseguir recursos de ferrocarrileros, de petroleros ni de la prensa americana. Villa, María, estaba más muerto que una calaca de azúcar de las que venden en tu tierra en el día de muertos…

—¿No le preocupaba a Villa que, como respuesta a su ataque a Columbus, Estados Unidos decidiera quedarse con todo México y absorberlo para siempre en lugar de hacer una simple intervención? —preguntó María, midiendo el nivel de patriotismo del centauro.

—Lo comentamos, amor —repuso Sommerfeld—, solo que Villa siempre mencionó que se repetiría la historia de Tampico y Veracruz: un par de escaramuzas, un bloqueo y mucha publicidad, por lo demás, me dijo mi general sorprendiéndome por su información, Estados Unidos solo cuenta con 50 mil hombres en su ejército regular, a los que jamás va a comprometer dada la evolución de la guerra europea.[54]

—Se subestima a Villa, ¿verdad? De tonto ni un pelo y de loco y atravesado menos…

—Por supuesto que no: Villa conoce, consulta, cuenta con varios agentes como yo. Se informa y desde luego sabe. Como podrás entender, me abstuve de decirle que el interés de Alemania era provocar la intervención y distraer a Estados Unidos, ahora bien, el tiempo que se quedaran en México y la anexión de todo el país no eran temas que por el momento nos preocuparan.

María saltó furiosa con el último comentario:

—¿Supones que nosotros, los mexicanos, vamos a tolerar la anexión? ¿Ustedes están propiciándola? Ya, ya entiendo, ustedes los alemanes, con tal de impedir que Estados Unidos entre en la guerra del lado de Inglaterra son capaces de propiciar la desaparición de México, ¿verdad? Ustedes se salvan y a México que se lo lleve el carajo, ¿no…?

Sommerfeld sintió cómo se le enrojecía la cara. María estaba en contra de Estados Unidos, pero invariablemente estaría a favor de México. Trató de tranquilizarla. Por un momento había vuelto a perder de vista que hablaba con una mexicana recia y decidida y no con una alemana, amante incondicional y defensora de los intereses del Imperio. Si algo podría lastimar a María es que su labor se tradujera a la larga en un daño para México, en un perjuicio irreversible, al extremo de convertir a su propio país en una estrella más de la bandera norteamericana. Ella jamás podría vivir con el peso de semejante culpa.

—Claro que no, amor, no lo contemples así…

—¿Y cómo quieres que lo vea si a ustedes les es igual el tiempo que se queden en México los gringos, así como qué parte del país lleguen a anexarse para siempre?

—Pero eso no pasará, fíjate bien en lo que me dijo Villa —repitió casi deletreando la respuesta—: Estados Unidos tiene un ejército regular de 50 mil hombres, a los que no comprometerá de cara a la guerra europea y, por lo demás, la nueva intervención no tendrá mayores alcances que las de Tampico y Veracruz, ¿ya…? ¿Ves que no hay peligro?

—Una cosa es que no haya peligro de desaparecer y otra muy distinta es que a ti, Félix Sommerfeld, mi pareja, te importe un carajo el destino de los mexicanos, entre los cuales, por supuesto, me incluyo…

—Claro que me importa —replicó el agente alemán—: tus preocupaciones son las mías. Me expresé mal, perdóname, no quise lastimarte —adujo, viéndola a la cara para medir el impacto de sus palabras. Prefirió abstenerse de abrazarla y evitar en ese momento todo contacto físico para adoptar una posición de víctima contrita, avergonzada y arrepentida con la que esperaba calmar a su amante, una mujer arrebatada y de mecha corta, como decían en México con mucho sentido del humor.

Se hizo un largo silencio. Se acomodaban. Se veían. Estudiaban sus rostros. Calculaban. Basculaban. Sin embargo, Sommerfeld tenía que convencer a María de la validez de su estrategia. Una de las muestras del verdadero amor consiste en conceder a la otra parte una inmediata posibilidad de perdón. ¿Había sido mala fe? ¡No! ¿Le había querido infligir un daño intencional? ¡No! ¿Fue un momento poco afortunado? ¡Sí! Entonces no había que concederle mayor importancia. María volvió a sentarse sin pronunciar palabra. Después de algunos instantes en que el viento frío refrescaba sus rostros y sus ánimos, ella continuó como si nada hubiera ocurrido:

—¿Y en Columbus fue mucha la matazón? —cuestionó María dispuesta a olvidar.

—De ninguna manera, amor: ahí perecieron tan solo 27 norteamericanos contra por lo menos 100 villistas. Las bajas fueron insignificantes en proporción a los resultados y al escándalo…

—¿A pesar de que los villistas tomaron por sorpresa a toda la guarnición?

—Sí, a pesar de que la tropa estaba dormida y de todas las ventajas y de que ya sonaba entre el ejército norteamericano que bien pronto Villa podría estar atacando ciudades de Estados Unidos… El propio John J. Pershing, quien estaba al mando de las tropas gringas a lo largo de la frontera, tuvo conocimiento de los planes.[55] Los villistas se equivocaron porque Candelario Cervantes, quien se encargó de ir a la vanguardia para descubrir cuántos soldados norteamericanos custodiaban la guarnición, resolvió que no había más de 50, cuando en realidad eran 600. Ahí siguieron los errores.

—¿Siguieron?

—Sí, porque desde un principio fue un problema grave el reclutamiento de gente. A los habitantes de Namiquipa y Cruces tuvieron que reclutarlos a la fuerza, a diferencia de los años de la División del Norte, donde la inmensa mayoría estaba integrada por voluntarios.

—¿Y si desertaban?

—Si desertaban los villistas volvían por las familias de los traidores para colgarlas de los álamos del río. Menuda amenaza, ¿no? Eso te explica el desgaste del prestigio de Villa. Ya no era nadie ni era seguido por sus famosos generales regionales como Contreras, Ortega y Buelna, porque ellos jamás se hubieran equivocado en el conteo del número de soldados enemigos ni hubieran confundido los cuarteles con las caballerizas, donde los villistas gastaron una buena parte de su parque matando caballos en lugar de soldados, ni hubieran incendiado el hotel del pueblo solo para que el fuego iluminara en la noche a los villistas haciéndolos blancos más precisos, ni mucho menos hubieran regresado con las manos vacías después de haber fracasado en su intento de robar el banco… El resultado, militarmente hablando, fue un desastre, al igual que fue una catástrofe el operativo desde el punto de vista económico, solo que el objetivo político y diplomático fue un éxito. La intervención militar en México por parte de Estados Unidos es un problema de días. El káiser quiere cambiar el nombre de la calle de Wilhelmstrasse por la Sommerfeldstrasse, ¿qué te parece? —cuestionó celebrando la broma de antemano.

—Me parece —repuso María dispuesta a devolver un golpe mortal— que la calle deberá cambiar forzosamente de nombre, pero para llamarse Von Eckardtstrasse, como el embajador alemán en México, porque yo también he oído que él, y no tú, fue el cerebro de toda esta operación.

—Falso —repuso Sommerfeld, poniéndose esta vez él de pie impulsado por la rabia y el ridículo ante su mujer—, yo fui el de la iniciativa, yo se la comenté a Bernhard Dernburg, él a su vez se la transmitió a Holtzendorf y este último a Von Jagow y a Zimmermann —descargó con el rostro congestionado de sangre—: no permitiré que me arrebaten el crédito —concluyó, poniendo ambos brazos en jarras.[56]

—Amor —devolvió María mientras buscaba más tréboles en el pasto sin prestar mayor atención a la postura asumida por el agente—, se dice que la influencia de Von Eckardt con Carranza es cada vez mayor y que el embajador insiste a diario en las ventajas de que México le declare la guerra a Estados Unidos.

—Esas son pamplinas, no tiene ni pies ni cabeza lo que me dices. ¿Cómo supones que Carranza les va a declarar la guerra a los norteamericanos cuando ellos son sus proveedores de armas y de dinero, siendo que el «barbas de chivo» carece de recursos hasta para comprar pólvora para los fuegos artificiales? ¿Qué dices…?

—No te enojes, cariño, solo te repito lo que oigo…

—Carranza no quiere saber de los alemanes desde que estos apoyaron a Huerta para que volviera de Barcelona solo con el propósito de derrocarlo. ¡Mentiras que Von Eckardt influye en él! El propio «barbas de chivo» mandó agentes especiales a España para que le informaran de cada paso del borrachuelo y tirano. Él supo antes que nadie que saldría a Nueva York y de ahí regresaría a México solo para intentar su derrocamiento. De modo que ni le hablen de los alemanes y menos de los ingleses: los odia a ambos…

—Bueno, güerito gruñón, dale un besito en el cachetito a tu mujercita.

—Qué beso ni qué beso, ¿no ves que estoy furioso contigo?

—En primer lugar yo no tengo la culpa, te transmito lo que oigo, y en segundo lugar, tú siempre dijiste que un espía que no logra tener la cabeza fría y controlar sus emociones corre muchos peligros…

Sommerfeld sonrió. Entendió. Recostó su cabeza sobre su regazo.

—Dame tú el beso. Haz que se me quite el mal humor. ¿Eres profesional, no…?

16. El presidente Wilson

¿Y Wilson...? No solo Félix se extraviaba con la mirada de María. No solo Félix recordaba momentos tal vez irrepetibles vividos al lado de su amada. No, no solo Félix Sommerfeld era capaz de inhalar a la distancia el aliento de su mujer enervándose y removiéndose en la soledad del lecho como si el insomnio lo padeciera acostado sobre un comal. Nunca había conocido a un ser humano que pudiera anular su razón y doblegar hasta el último impulso de su voluntad. Nunca. ¡Claro que con cerrar los ojos olía su perfume, palpaba cada pliegue de su piel y soñaba con peinar lentamente sobre su regazo su larga y recia cabellera como si se tratara de las crines de una potranca salvaje! ¡Cómo reían con esas comparaciones!

Félix anhelaba el jugueteo de los dedos mágicos de María cuando ella lo acariciaba con disimulada distracción durante aquellos días, amaneceres, noches y atardeceres en que ella lo tocaba sin tocarlo o lo rozaba sin rozarlo, podía reproducir el calor de su cuerpo y gozar con el recuerdo de sus muslos permanentemente incendiados. Imaginaba sus manos pequeñas e indolentes, el color de su piel, sus sonrisas sonoras, jugosas y contagiosas en las que ella reventaba cuando el alemán le susurraba al oído alguna picardía después de hacer el amor o de sugerirle alguna travesura. Félix podía escuchar la voz de su amante, el timbre de su voz, aun cuando llevara meses sin verla, de la misma manera que podía imaginarla vestida o desnuda, recostada sobre una cama o un petate, montada a caballo sobre la silla charra, sentada en el vagón del ferrocarril, tomando un café en El Globo, contando anécdotas donde el peligro era inevitablemente el principal protagonista, o bien, la veía lanzada a pleno galope, a pelo, en cualquiera de las llanuras del Bajío.

¿Acaso su mente no estaba plagada de fotografías en las que ella aparecía bebiendo de un solo trago su caballito de tequila, empinándose, acto seguido, el chato de sangrita, o comiendo un taco de barbacoa o de maciza, su carne favorita, especialmente si estaba bien doradita, sin faltar la salsa verde preparada en el molcajete con harto tomate, cilantro, cebolla y chile habanero? Sí, sí, pero Félix no era el único privilegiado en revivir todos estos recuerdos. También el presidente Wilson podía percibir la presencia de su mujer y gozar con tan solo imaginar el rostro sorprendido, curioso o hilarante de ella aun cuando estuviera a millas de distancia. Wilson, al igual que Félix, podía adivinar los estados de ánimo de Edith con tan solo oír el ritmo de sus pasos cuando esta se acercaba o se retiraba. Ambos invertían sus espacios de ocio en idealizarlas cuando se encontraban ausentes, en dar con ellas, en oírlas, en verlas actuar, en volverlas a tener, en mirarlas cuando se maquillaban, en contemplarlas cuando se vestían. Los dos podían saborear intensamente su compañía o endulzar con diferentes imágenes su soledad cuando esta era inevitable.

¿Quién iba a suponer que el presidente Wilson, después de un intenso romance, desposaría a Edith Bolling Galt en Hots Spring, Virginia, precisamente en las navidades de 1915, tan solo nueve meses después de haberla conocido?

Su luna de miel fue ciertamente efímera. Cuando Woodrow y Edith regresaban a la Casa Blanca a principios de enero de 1916, y ella instruía a la servidumbre respecto de la forma en que debería ser acomodada su ropa en los vestidores, armarios y roperos y disponía dónde colocar sus objetos personales, sí, mientras los mayordomos sacaban el equipaje del automóvil presidencial para introducirlo en el Lincoln Room y cambiaban de lugar los cuadros pintados por Roesen, Harnett, Chartan, Whistler, O'Keefe y Constantino Brumidi, así como el retrato de George Washington; por su parte, Wilson intercambiaba puntos de vista con Lansing, su secretario de Estado, en el salón oval, para conocer de cerca los más recientes avances y el estado general de la guerra europea, Villa, ¡ay!, Villa asesinaba en Santa Isabel, Chihuahua, a 16 ingenieros norteamericanos… ¿Por qué precisamente norteamericanos?

¿Cuál descanso, cuál amor, cuál romance? Las relaciones entre México y Estados Unidos alcanzaban de nueva cuenta peligrosos niveles de explosividad. ¿Cuándo podría haber un entendimiento cordial entre ambos países? Más sangre, más violencia, más amenazas y sobre todo ahora mismo, en este momento tan inoportuno, cuando el mundo entero parecía incendiarse… ¿Por qué ahora mismo Villa, por qué…?

Villa, again, Jesus Christ…

La prensa entera y el Congreso, para ya ni hablar de Teddy Roosevelt, se le vendrían encima como un gigantesco alud de lodo. Si ya antes Wilson consideraba a Villa un barbaján, un despiadado criminal, un auténtico salvaje que emitiría sonidos en lugar de palabras articuladas para hacerse entender, en realidad, con los episodios de Santa Isabel, no había hecho sino confirmar sus niveles de brutalidad, desde que podía matar a sangre fría a verdaderos inocentes solo por el placer de hacerlo.

Él, Wilson, que había estudiado leyes en la Universidad de Virginia y había obtenido el doctorado en la Universidad Johns Hopkins, un auténtico pacifista, hijo de un ministro presbiteriano que había sido pastor durante la guerra civil, un educado y respetuoso amante de la preservación de la ley, un *peacemaker*, jamás podría entenderse con un bárbaro que comía y mataba con las mismas manos, un analfabeto cavernícola que hacía fusilar por capricho, que tenía tantas mujeres como pueblos visitaba y que tendría hijos desperdigados por todo México; un vulgar robavacas que podía extraerles los ojos a sus víctimas con los pulgares entre sonoras carcajadas antes de dispararles un tiro a quemarropa en cualquiera de las sienes; un desequilibrado mental que lloraba como un crío huérfano después de colgar a conocidos o extraños de cualquier rama de álamo que se encontrara en el camino. ¿Esa bestia que caminaría encorvada arrastrando los nudillos al estilo de los primates pretendía ser presidente de México y negociar con él en la Casa Blanca como si se tratara de alcanzar un acuerdo entre semejantes? ¿Cómo sentarse a dialogar en un sillón negro con un enorme respaldo de cuero negro con un salvaje que se espantaría las moscas con la cola y que jamás se habría aseado la boca, su aliento apestaría a estiércol putrefacto de mil años, difícilmente conocería el jabón ni el agua entubada ni la comida caliente y que, además, escupiría en los elegantes tapetes de los salones de la capital de Estados Unidos si no es que los rasgaría con las uñas de los pies? ¿Una caricatura? ¡Qué va: Villa era un subhumano que se alimentaba con hierbas silvestres! ¿No llegó a pensar que ese forajido podría haberse llegado a orinar a los pies de la escultura en bronce de George Washington o frente a la pintura de Jefferson en el mismísimo salón oval, porque, igual que los animales, sería incapaz de controlar sus funciones excretoras? ¡Qué diferencia de haber podido tratar con Benito Juárez, de cuna igualmente humilde, pero dotado de una sensibilidad natural y de una educación universitaria que por sí solas ya lo hacían un ser diferente...!

La prensa norteamericana incendia entonces a la opinión pública. El expresidente Teddy Roosevelt, el hombre que mutilara a la Gran Colombia para construir el Canal de Panamá, llama, a su vez, a la guerra en contra de México, por medio de sus amigos, asociados y seguidores en el Congreso de Estados Unidos. Alega, como si ya estuviera en campaña política por la reelección, que Wilson era un cobarde, que la dignidad norteamericana había sido manchada, así como el honor nacional mancillado... Los norteamericanos somos intocables... ¿No lo puede entender nuestro actual presidente...? El país entero clama venganza, venganza, venganza y llama asesino a Villa, un criminal, al que había que darle su merecido, junto con México, integrado por gente similar. La presión ejercida sobre la figura de Wilson se empezó a hacer irresistible. Quien a esas alturas difícilmente podía escapar al aliento perfumado de Edith ni huir de la tibieza del lecho nupcial, particularmente en aquellos días helados de enero de 1916, se sintió morir lapidado por la opinión pública norteamericana.

El jefe de la Casa Blanca escucha entonces las palabras comedidas de Lansing:

—Señor presidente, Alemania desea que entremos en una guerra en contra de México. No debemos hacerlo. Caeremos en el juego del káiser y de sus asesores en la Wilhelmstrasse. La matanza puede responder a una nueva estrategia alemana para inducirnos a la guerra en contra de nuestros vecinos del sur. No debemos caer en la provocación. Lo que hagamos con México debe ser conducido a la luz de nuestras relaciones con Alemania.

—Bien pronto me lincharán, Lansing, de hecho no podré salir a la calle sin que me apedreen si no sacio la sed del electorado.

—Tenemos que resistir. Todavía no podemos acusar a Alemania. ¡Claro que después del *Huerta affair* y de tantos actos de sabotaje que hemos sufrido a manos de agentes alemanes, me es muy fácil suponer un nuevo involucramiento germano en el asunto de Santa Isabel!

—¿Puede usted imaginarse el trabajo que cuesta recibir los cargos de cobarde y no poder defenderme?

—Tal vez su esfuerzo escapa a mi imaginación…

—Lo supongo, solo que comparto su punto de vista en el sentido de que una declaración de guerra o una intervención armada en México es el movimiento deseado y esperado por Alemania y, por lo mismo, no podemos complacerla…

—En efecto, señor.

—Me tendré que tragar los ataques y declarar públicamente que el pueblo norteamericano confía en la impartición de justicia de México.

—En efecto, señor presidente.

—El gobierno de Estados Unidos es incompetente para resolver este asunto en el orden judicial.

—En efecto, señor.

—Diremos entonces que confiamos en los tribunales mexicanos aun cuando carezcan de presupuesto para tener jueces. Ya sabemos que la justicia en México se resuelve a balazos.

—En efecto, señor.

—Convoque hoy mismo en la tarde a una conferencia de prensa. Solo espero que el káiser no esté detrás de todo esto.

—En efecto, señor…

—¡Ah!, y en el caso de los texanos que viven en El Paso y que andan por la calle armados por si se encuentran a Villa o a mexicanos sospechosos —exclamó por último el presidente—, prepare usted un texto de ley marcial en ese estado antes de que se desborden los ánimos. No permitiré que esos *cowboys* nuestros invadan México para hacerse justicia con sus manos.

17. Ajustes a la estrategia alemana en México

El tiempo, como siempre, enfriaba gradualmente los ánimos. La temperatura política descendía y los hechos se archivaban. La vida regresaba a la normalidad y los belicosos texanos, junto con la prensa y el Congreso americano, resolvían envainar de nueva cuenta sus armas. Sin embargo, la guerra en Europa continuaba y con ella la posibilidad de que Estados Unidos entrara al lado de la *Entente Cordiale*, alianza a la que abastecía puntualmente con créditos, armas y alimentos. Fue entonces cuando, nuevamente inspirados en las ideas de Sommerfeld, Alemania autorizó, dentro de un críptico secreto, un segundo golpe contra Estados Unidos, esta vez asestado en su propio territorio, que por primera ocasión sería invadido por una pequeña fuerza extranjera. El acribillamiento de norteamericanos en Santa Isabel, Chihuahua, ¿no había sido una detonación lo suficientemente fuerte como para ejercer una represalia militar masiva en contra de México? ¿No? Pues ahí iría Pancho Villa, el Centauro del Norte, a patear violentamente la espinilla del Tío Sam y a retorcerle la nariz con su mejor imaginación.

—Ya veremos si Wilson podrá permanecer inmóvil, llamar a la calma, apelar a las instituciones, a la razón y a la paz después de que nos chinguemos a unos 600 yanquis o más. Iremos subiendo de tono hasta acabar con su paciencia y así lograr desenmascarar al «barbas de chivo», que solo pretende convertir a México en un protectorado más de la Unión Americana. ¿No les basta tampoco con Columbus? Atacaremos entonces otra vez El Álamo o llegaremos a Houston hasta romper, si es necesario con una piedra, cualquiera de las ventanas de la Casa Blanca. Félix Sommerfeld tiene razón: tal vez sea conveniente llegar al extremo de sacarle un ojo a Wilson para hacerlo reaccionar y lograr que invada México una vez más. Eliminaré a Carranza del mando y Wilson sabrá en carne propia lo que yo sentí en Agua Prieta...

Cuando el káiser fue informado de que Villa había invadido finalmente Estados Unidos y había asesinado norteamericanos con sus menguadas huestes, ¿tan solo 27 muertos?, no importa, eso es irrelevante, argumentó fascinado, lo que cuenta son los resultados, en ese mismo momento el emperador alemán solicitó un brindis a la salud del revolucionario mexicano:

—Sekt, sekt, ich möchte jetzt sekt trinken. Wir müssen den Anfang des Krieges zwischen die Vereinigten Staten und Mexiko feiern* —los corchos de champán alemán volaban a lo largo y ancho del salón de juntas Friedrich der Grosse en el Palacio de Unter den Linden. Al menos por unos instantes se suspendían los partes de guerra para dar cabida a la euforia.

—Ach, dieser Mexikaner sin ja fantastisch!** —aducía Guillermo II—: el vacío existente entre Wilson y Villa lo llenaremos nosotros, los alemanes. Aprovecharemos a quien abrigue rencores y resentimientos en contra de Estados Unidos… En la vida hay que lucrar con los vacíos que dejan las relaciones personales, las sociales y las internacionales…

Se ve cercana, como nunca, la dorada posibilidad de la guerra entre ambos países. En el alto mando alemán se articula una estrategia secreta de ejecución inmediata: se decide apoyar a Villa con dinero y con armas. Para tal efecto se le harían llegar las que iban a ser utilizadas para la reinstalación de Huerta en la presidencia de la República.[57] Aquí no se desperdicia nada. Simultáneamente se empieza a producir una notable y no menos sospechosa efervescencia en la frontera con la Unión Americana. El saqueo de empresas americanas en esa región es escandaloso. Curiosamente las sociedades alemanas no son atacadas, ni siquiera molestadas, al igual que sus propietarios… Raro, ¿no?, argumentaban en el «Cuarto 40»… El embajador Von Eckardt recibe instrucciones del Ministerio de Asuntos Extranjeros para fortalecer anímica y económicamente a Carranza, de tal manera que no se deje doblegar ni mucho menos impresionar por los yanquis.

Antes de recibir en Palacio Nacional a Von Eckardt, Carranza golpea la cubierta de su escritorio y, acto seguido, se lleva ambas manos a la cabeza:

—Otra vez Villa, Villa de mierda, miserable mamarracho: apenas comenzaba mi luna de miel con Wilson, otro intratable…

—Tiene usted el respaldo incondicional del Imperio alemán y la palabra de honor de nuestra armada y de nuestra marina —dispara Von Eckardt al entrar en la oficina presidencial con las polainas impecables y ajustándose el monóculo.

Lo tratan de predisponer alegando la insultante soberbia del gobierno norteamericano. El Varón de Cuatro Ciénegas escucha y sonríe sardónicamente… Entiende perfectamente las entrelíneas y los alcances de las insinuaciones.

---

* Champán, champán quisiera tomar a gusto. Tenemos que festejar el inicio de la guerra entre Estados Unidos y México.
** ¡Ah!, ¡estos mexicanos son fantásticos!

México empieza a convertirse en el ojo de un huracán. El propio representante diplomático de Guillermo II le propone a Carranza la instalación de una base de submarinos en Antón Lizardo a cambio de asesoría militar. «Ganaremos, ganaremos la guerra, señor presidente…» Se insiste en el Plan San Diego para crear una República, un Estado Negro, de mexicanos, indios y personas de color en California, Nevada, Arizona, Texas y Colorado. Desintegremos Estados Unidos. Era impostergable aprovechar el coraje de los resentidos y dividir el país. ¿No declarará Wilson la guerra a México? ¿No? Pues crearemos un problema doméstico agudo que les consuma una buena parte de su atención y de su fuerza. Finalmente la prensa centroamericana, sobornada también por los alemanes, empezará a permear entre sus lectores la idea de que Estados Unidos deseaba apropiarse de territorios desde Texas hasta el Canal de Panamá para tener el control de esas riquísimas regiones tropicales que empezaban a ser furiosamente explotadas por la United Fruit… La animadversión en contra del Coloso del Norte empieza a ser mayúscula…

Por otro lado, en Europa, en el archipiélago británico, *the Prime Minister, the Secretary of Foreign Affairs, the First Lord of the Admiralty* y su equipo cercano de colaboradores contemplan con horror la posibilidad de que Estados Unidos se involucre en un conflicto militar inútil con México, un país indefenso después de años de devastadoras revoluciones, tantas como 23 contadas a partir de la guerra civil norteamericana, sin olvidar, desde luego, los recientes episodios violentos iniciados a partir del asesinato de Madero, con los que el siglo XX anunció su escabroso nacimiento. La pólvora y los hombres los deben enviar aquí, a Europa, y no a exterminar empenachados. La verdadera civilización occidental está en peligro. A ella se le debe defender antes que a nada. ¿Qué han aportado los mexicanos de nuestros días al progreso y a la evolución de las mejores causas del hombre? ¿Qué? ¿Acaso Wilson piensa que la humanidad, hoy amenazada, se salvará matando millones de indios analfabetos en lugar de aplastar una dictadura militar que, de permitirlo, bien puede acabar con la libertad y otros principios democráticos por los que hemos luchado ya durante siglos? En Europa está en juego el futuro del mundo, que no se puede exponer a cambio de buscar a un bandolero en los prostíbulos de Tampico.

Hall ve. Hall sabe. Hall husmea. Hall intercepta cuidando escrupulosamente la fuente de su información para que el enemigo no cambie ni códigos ni señales ni lenguajes. Jamás confesará que puede traducir mensajes telegráficos cifrados y que cuenta con los códigos secretos alemanes. De ser así, el enemigo cambiaría de inmediato sus claves, perdiéndose una colosal ventaja que bien podría alterar el fiel de la balanza de la guerra.

Hace saber a sus superiores una parte de los planes alemanes, sobre todo aquellos consistentes en dotar a Villa de las armas originalmente destinadas a Huerta. El mismo Voska, el espía checo, enemigo recalcitrante de todo lo alemán, revela los planes germanos después de una exitosa labor de espionaje. Wilson y Lansing son oportunamente informados. Son los alemanes de nueva cuenta. Ellos son los autores intelectuales de la matanza de Columbus. Sí, solo que no es posible romper con ellos. Wilson desea la paz, un armisticio sin vencedores. Ni pensar en involucrarse en la guerra al lado de nadie. Defiende su cuestionada neutralidad. No quiere recurrir a las armas y, sin embargo, la presión política que ejerce la nación a través de la prensa y del Congreso, a raíz de los acontecimientos de Columbus, no le permiten otra alternativa que ordenar por lo pronto y contra toda su voluntad una «expedición punitiva» en México para arrestar a Villa y llevarlo de inmediato ante la justicia norteamericana con el propósito de castigarlo con todo el rigor de la ley.

—Nunca quise llenarme las manos de sangre, Edith, y sin embargo me manché por primera vez con sangre mexicana en 1914 y tengo horror de volvérmelas a manchar con la de estos mismos muertos de hambre que son nuestros incomprensibles vecinos del sur. ¿Serán tan raros porque antes les sacaban el corazón en la piedra de los sacrificios y después los quemaban vivos durante 300 años en las siniestras piras de la Inquisición? —le confiesa a su esposa en la soledad de la alcoba nupcial más importante del país—. ¿Por qué nunca hemos podido entendernos? Tengo que arrojarles balas en lugar de migajas de pan…

—¿Está comprobado que Villa fue el responsable? ¿No es prematuro culparlo del atentado a tan poco tiempo de los hechos?

—Lo sé por informes, lo sé por nuestros servicios de espionaje, me lo repite nuestro equipo de inteligencia, lo sé porque me lo dice el estómago, la sangre: él es, no tengas duda. Se hubiera dejado cortar ambas manos con tal de que yo lo reconociera como presidente mexicano. Las masacres de Santa Isabel y ahora la de Columbus me demuestran que no me equivoqué… Villa, desde luego, no es el hombre para dirigir los destinos de un país, menos aún los de México… Solo debe ser bueno para espantar al ganado…

—¿Le declararás la guerra a México?

—¿Declarar la guerra…? ¡No!, de ninguna manera, eso equivaldría a entrar al juego de los alemanes. No caeré en la trampa. Primero Huerta, luego Villa. ¿Quién continuará?

—¿Qué harás…?

—Reduciré la invasión a una intervención cuasi policiaca que encabezará Pershing.

18. El general Pershing invade México

De nueva cuenta se echa a andar la maquinaria militar norteamericana en contra de su vecino del sur. Lansing cita al embajador carrancista en Washington, con el objeto de informarle que 6 mil 600 soldados estadounidenses invadirán México en los próximos días. No se respetan las formas ni el protocolo. No hay una comunicación telegráfica ni una carta privada ni el representante diplomático de la Casa Blanca en México solicitó jamás una audiencia para comunicar al gobierno de Carranza, ya reconocido oficialmente, la inminencia de la nueva invasión armada, la que tenía como objetivo fundamental perseguir a Villa en territorio mexicano, implicara ello o no una flagrante violación a la soberanía nacional, estuvieran o no de acuerdo los mexicanos y sus autoridades *postizas*. ¿El derecho internacional? Era irrelevante: se trataba de ir tras el asesino, el criminal robavacas, el mismo que había tenido el atrevimiento, la inconcebible osadía de invadir Estados Unidos para matar cobardemente a civiles y a soldados inocentes. Darían con Villa se encontrara donde se encontrara, escondido tal vez en una cueva; disfrazado de acólito, de campesino, de maestro rural o de arriero en la sierra de Chihuahua; dormido, desnudo, con cualesquiera de sus mujeres; tirado en el piso de una cantina embrutecido por el alcohol y sepultado en aserrín; vestido como soldado del ejército constitucionalista para confundir al enemigo o simplemente sentado en la plaza pública de Torreón apostando unos pesos con un merenguero, al cual tal vez haría fusilar de perder los volados más de tres veces seguidas.

Carranza mide fuerzas. Estados Unidos es una potencia con la suficiente capacidad como para derrocarlo. De la misma manera en que Porfirio Díaz buscó el respaldo de Europa para compensar la creciente penetración económica norteamericana, asimismo Carranza decidió acercarse a Japón y a Alemania para hacerse de más elementos defensivos y recuperar el equilibrio de fuerzas políticas y militares. En dichas condiciones era menester pasar por alto el apoyo que en sus días le hubiera concedido el propio káiser a Huerta para facilitar su regreso al poder. No era momento de reacciones emocionales ni de resentimientos ni de rencores: era la hora de la alta política internacional en la que don Venustiano empezaba a dar muestras de una singular astucia y de un talento sobresaliente. Sin embargo, el interés del emperador Yoshihito y de su gobierno en relación con México se reducía a una mera venta de armas y municiones: su verdadera prioridad era China y solo en el caso de que Estados Unidos se opusiera a la expansión japonesa en Asia, solo ante esa eventualidad, el Imperio del Sol Naciente podría reconsiderar y prestar oídos a las sugerencias de una alianza velada con Carranza.

—Los japoneses jamás apoyaron a mis enemigos —pensaba Carranza mientras limpiaba con vaho sus anteojos oscuros en la hermética soledad del Palacio Nacional en abril de 1916—. Ellos son una potencia temida por Estados Unidos, y si no temida, al menos respetada. Si Yoshihito le hiciera saber sutilmente a Wilson que ante cualquier problema con México se las tendría que ver con Japón, todo cambiaría. Hubieran pensado más de dos veces antes de enviar al tal Pershing a México… Tengo que interesar a los asiáticos: ofrecerles algo a cambio…

Mientras el jefe del Poder Ejecutivo mexicano intentaba atraer a su red a los emperadores Yoshihito y Guillermo II con tal de contrarrestar la política hegemónica de Estados Unidos en México, Alemania hundía al *Sussex*, otro barco de pasajeros, principalmente norteamericanos. Se vuelve a hablar de guerra tal y como aconteció con el hundimiento del *Lusitania* y del *Arabic*. Solo se escucha el llamado de los tambores a la contienda euroasiática que ya amenaza con convertirse en la primera conflagración mundial en la historia de la humanidad. Carranza, por su parte, trata de justificar diplomática y legalmente la invasión norteamericana ante la opinión pública mexicana, alegando los convenios de 1880, que permitían a las policías de ambos países cruzar sus respectivas fronteras sin internarse en los territorios, siempre y cuando estuvieran a la cacería de bandidos, especie en la que Villa quedaba perfectamente encuadrado. Wilson ordena suspender las exportaciones a México, y Carranza, por su parte, cancela contratos con empresas estadounidenses. La situación alcanza el rojo blanco y el nivel de explosividad hace temer lo inevitable. Se habla de rompimiento de relaciones. Se piensa en convocar a la primera reserva militar. Se estudia el mapa de la República mexicana para detectar los puertos más convenientes de cara al desembarco norteamericano. Se diseña una estrategia. La invasión parecía inminente.

Villa, Villa: muérete una y mil veces…

Los generales y estrategas deliberan. ¡Pobre de aquel país en donde los militares deliberan…! ¿Qué regimientos cruzarán la frontera? ¿Cuáles puntos representan mayores ventajas? ¿Dónde podía darse más resistencia? Se trazan las líneas de abasto de la vanguardia y de la retaguardia. En esa crítica coyuntura, precisamente cuando la tensión llegaba a niveles intolerables y el llamado a las armas era una realidad; cuando las aguas estaban a punto del desbordamiento y la paciencia se estaba agotando, mueren emboscados 12 norteamericanos invasores y 23 más son hechos prisioneros por haberse adentrado en el país más allá de la «zona de tolerancia».

Entonces las pasiones se desatan. El Departamento de Guerra decide ir a un enfrentamiento militar de enormes proporciones. El rompimiento de hostilidades es una mera cuestión de tiempo. Solo se espera la autorización del presidente y el desahogo de los trámites legislativos ante el Congreso. Wilson vuelve a mandar acorazados, corbetas y destructores a los puertos mexicanos. Envía a la guardia nacional a la frontera. El jefe de la Casa Blanca recuerda en silencio el incidente de Tampico en 1914, cuando unos cuantos marinos norteamericanos fueron aprehendidos en territorio mexicano al desembarcar en busca de unas provisiones. Esa supuesta circunstancia había desencadenado posteriormente el bombardeo en Veracruz. ¡Cuánto se había cuidado él de declarar que en realidad el arribo del famoso *Ypiranga* había precipitado todos los acontecimientos desde el momento en que llegaba a ese puerto lleno de armas alemanas compradas por Huerta y que era inevitable detenerlo se violaran o no normas de derecho internacional! ¡Que no descarguen ni un solo cartucho!

«Cuando menos me di cuenta ya tenía otra vez atrapados los dedos en un nuevo embrollo mexicano —pensó el presidente Wilson enarcando la ceja izquierda—. Lo mismo que ahora. ¿Por qué matar a nuestros muchachos emboscándolos cobardemente y hacerlos arrestar cuando todo lo que hacen es cumplir con sus obligaciones al igual que lo hicieron nuestros marinos en el 14?»

Carranza no cede. Impone condiciones para la liberación de los prisioneros. La tensión en Berlín es dramática. Guerra, guerra, por Dios, la guerra mientras aplastamos a los ingleses…

Bernstorff en Washington es de los pocos que entienden con claridad meridiana que la supervivencia de Alemania depende de una guerra a gran escala entre Estados Unidos y México. Una expedición es insuficiente… No estamos jugando a los soldaditos… ¿Qué más hacer? Cada paso se sigue con lupa. Sin embargo, nada sucede. Cuando está a punto de estallar el conflicto y la detonación es inevitable e impostergable, la movilización de la prensa y de las masas es sorprendente, y la declaración de guerra es un mero trámite, Carranza absuelve y libera a los detenidos al tiempo que ya escuchaba la odiosa tonada del *Yankee Dooddle* en las inmediaciones del Castillo de Chapultepec. Piensa en la toma de Molino del Rey, en la batalla de Churubusco, en la de San Ángel y en la de La Angostura…

¿A dónde iba con la provocación? ¿A un escalamiento del conflicto? ¿En lugar de casi 7 mil soldados norteamericanos, mejor 100 mil? ¿Qué tal la anexión total del país a Estados Unidos? Caben todos los supuestos, más aún si estos están accionados por el miedo...

Pershing busca a Villa bajo las piedras, en las cañadas, en los maizales, entre los surcos de las milpas, en las lápidas de los panteones, en el interior de los armarios de las sacristías, en los mercados más humildes, desde luego en la última fosa de las cavernas más apartadas de la civilización, entre los tramoyistas de los teatros ambulantes, en los prostíbulos levantándoles las faldas a las madrotas, siendo que el criminal podía adquirir, bien era sabido, diferentes personalidades en un abrir y cerrar de ojos. Continúa la persecución en bosques, laderas y despeñaderos, en las escuelas rurales, cantinas y destilerías sin dar con el menor rastro del Centauro.

Las tropas norteamericanas evitaron provocar una invasión formal en México. Lansing, sobre todo, advertía la presencia de la mano alemana. Solo que la «expedición punitiva» beneficiaba de cierta forma los intereses de Carranza. En realidad lo ayudaba a alcanzar un objetivo militar que el ejército constitucionalista no había alcanzado después de meses de lucha: aniquilar a las tropas del Centauro del Norte.

El embajador Von Eckardt no pierde el tiempo. El servicio secreto alemán en México había establecido cinco objetivos muy precisos: la instalación de bases submarinas, la infiltración en el gobierno y en el ejército mexicano, la preparación de ataques contra Estados Unidos, cerrar contactos con los enemigos de Carranza y desarrollar el contraespionaje en relación con los servicios secretos norteamericanos y de sus aliados. Permitir el mejor desarrollo de los casi 60 «consejeros» alemanes que ocupaban puestos estratégicos en el Ejército Constitucionalista. Buscar más espacios, especialmente para Maximilian Kloss,[58] el oficial prusiano que había aconsejado a Obregón en la famosa batalla de Celaya y que lo había instruido en los más modernos conocimientos alemanes anteriores a la Primera Guerra Mundial.[59] Sus objetivos eran muy claros. Era menester ejecutarlos de inmediato.

Ahora más que nunca, el diplomático visita a Carranza en Palacio Nacional. Entra hasta el Patio de Honor conduciendo él mismo su propio automóvil. Los soldados encargados de la custodia del presidente lo saludan marcialmente sin exigirle identificación alguna. Lo conocen perfectamente bien. Se abstienen, eso sí, de presentar armas. No se cuadran. Llega sin cita previa. Sube silbando por la escalera principal. Jamás toca los barandales tallados en cantera. El piso rojo de barro cocido lo cautiva. Es ágil. Nunca se le hace esperar. Pasa largos ratos con el jefe de la nación. Sostienen conversaciones interminables. Disfruta el café negro, espeso.

El diplomático insiste invariablemente en la pertinencia de no dejarse intimidar por Wilson. Juntos traman la formación de un bloque de países latinoamericanos que habría de llegar a contar con la suficiente cohesión y poder como para oponerse a Estados Unidos. Los dos planean cómo instalar en Centroamérica gobiernos promexicanos y en el fondo absolutamente proalemanes que contarían con el apoyo militar, político y económico del káiser. Acuerdan influir en la prensa mexicana para que esta se expresara siempre bien de Alemania. Carranza presiona para lograr este propósito. Aprovecha la ocasión con fundamento de causa: detesta la Doctrina Monroe. Rechaza el tutelaje forzoso. Las grandes potencias deben respetar a las débiles, de ahí que debamos promover la solidaridad latinoamericana como fórmula para oponernos a la odiosa hegemonía yanqui. Es un mero pretexto de Estados Unidos para intervenir en los asuntos hemisféricos, como y cuando se le dé la gana.

A la Doctrina Monroe, Carranza opone la «Doctrina Calvo»: ningún inversionista extranjero podrá recurrir a las fuerzas armadas de su país de origen para proteger su patrimonio ubicado en territorio nacional...

Wilson pierde la compostura:

—¿Quién es este mentecato para decirme a mí cómo, cuándo y con qué proteger a mis empresas en el exterior?

El periódico *El Demócrata* de hecho se convierte en el vocero de la legación alemana.[60] Von Eckardt lo subsidia con 8 mil pesos mensuales. Ambos hombres traban una estrecha amistad, más aún cuando Carranza acepta finalmente la posibilidad de que se instale la base de submarinos en territorio nacional, de tal suerte que los temidos aparatos del Imperio puedan navegar protegidos a lo largo y ancho del Golfo de México.

—¿No puede usted cancelar el abasto de petróleo a Inglaterra, señor? ¿Qué le dejan los ingleses a México, qué...? Ellos, en cambio, señor presidente, sí mueven a título gratuito una buena parte de su flota con el combustible de ustedes... Debería usted expropiarles el petróleo, todos sus pozos, por ladrones... Los ingleses son piratas por naturaleza, no lo pierda jamás de vista.

—Para sacarlos de Tampico y de Veracruz necesitaría recurrir a las armas y, como usted sabe, en este momento México no tiene fuerza ni para levantar los brazos, ya ni se diga para apuntar a alguien con una carabina. La revolución nos dejó agotados y, por si fuera poco, atacar inversiones británico-norteamericanas no hará sino complicar aún más mi situación. Ya legislaremos al respecto en otra ocasión más propicia... Quien da dos pasos al mismo tiempo por lo general se cae, señor embajador. No pierda usted de vista que tengo un país nuevamente invadido...

El propio representante del káiser se cuida mucho de informar a Carranza, «muy a pesar de la confianza que nos tenemos», que él mismo hace arreglos para la compra de cables de la *Transozean* con periódicos de orientación gubernamental. La influencia alemana en los medios periodísticos mexicanos es definitiva.

Carranza no solo ordena a periódicos y demás medios propagandísticos adoptar una postura proalemana, sino también introduce en las publicaciones una nueva estrategia para explotar y manipular la idiosincrasia antinorteamericana del pueblo de México. *El Demócrata*[61] publica a diario artículos proalemanes, así como *El Pueblo, El Nacional, El Occidental*, de Guadalajara; *La Vida Nueva*, de Puebla; *El Minerva, El Día*, de Monterrey; *La Opinión*, de Veracruz; *La Reforma*, de Tampico, y la *Gaceta*, de Guaymas, que recibían suministros alemanes...

. —A través de la prensa —diría don Venustiano— debemos formar la conciencia social. No importa que el gobierno británico intente bloquear la exportación de papel a México.[62] Buscaremos otros proveedores...

A los cónsules norteamericanos radicados en el país no se les escapa esta situación, como tampoco pueden negar el creciente malestar local en contra de Estados Unidos propiciado por la «Expedición Pershing», así como por el envenenamiento popular en contra de los «pinches carapálidas», estimulado exitosamente por la prensa «alemana...» No es difícil explotar el rencor nacional de los mexicanos en contra de los gringos. «El resentimiento histórico se encuentra invariablemente a flor de piel...» Dichos detonadores eran obvios en la Wilhelmstrasse. Había que saberlos accionar...

Los reportes de los diplomáticos norteamericanos acreditados en México arriban uno tras otro al escritorio de Lansing en el Departamento de Estado. La efectiva labor de Von Eckardt no dejaba lugar a duda. Se trataba de un intrigante profesional escogido con pinzas por la inteligencia alemana para lograr actos perfectos de sedición. Uno de los cónsules hace constar los peligros de una repentina volcadura mexicana del lado de Alemania. «Aquí las cosas se ven, señor secretario, como que en cualquier momento México puede dejar de ser *aliado a la fuerza* de Estados Unidos, con los consecuentes riesgos fronterizos. Sería sumamente delicado tener a un vecino por enemigo. Pongamos mucha atención en la penetración alemana.» Cada vez crece más el rumor de la construcción de una base de submarinos en Antón Lizardo, Veracruz.

Otro informa: «Carranza, que ahora se muestra abiertamente amistoso con Alemania, está dispuesto, si resulta necesario, a prestar ayuda a los submarinos en aguas mexicanas, hasta el máximo de sus posibilidades».[63]

Von Eckardt recibe un mensaje del alto mando alemán: Es posible el inicio de una guerra submarina «ilimitada» en aguas norteamericanas: «Sería muy valioso tener bases para ayudar al trabajo de los submarinos tanto en Sudamérica como en México».

De ser esto cierto, los intereses norteamericanos y la integridad territorial de Estados Unidos estarían en un serio entredicho. «Es evidente que la guerra europea va llegando gradualmente a América.» «Por diferentes conductos he llegado a conocer la insistencia del embajador alemán para cancelar el abastecimiento de petróleo a Inglaterra.» «No ignoran que el Reino Unido respira por ahí, gracias al petróleo mexicano, en particular el de Tampico, donde radico desde hace cinco años representando los intereses de Estados Unidos. Las huelgas que han estallado en esta región entre los trabajadores de las empresas petroleras han sido financiadas por Alemania. Al káiser Guillermo II le va a ser muy difícil esconder la mano. Tampico es un avispero de agentes alemanes.»

Y más, más, mucho más: «El antiamericanismo que se palpa en Chihuahua, Sonora y Coahuila, al igual que en Arizona y California en lo que hace a los trabajadores migratorios. está inspirado en políticas y estrategias alemanas destinadas a desprestigiarnos y dividirnos. Estados Unidos no debe quedarse con los brazos cruzados mientras la contaminación racial en contra de nosotros es cada día más alarmante. No pasará mucho tiempo antes de que empiecen a dispararnos desde los edificios». «Es claro que gracias a sobornos entregados al gobierno de Carranza los alemanes se han hecho de concesiones mineras muy importantes en el norte de México. En el caso concreto se encuentra la Compañía Metalúrgica de Torreón, que ya empieza a ser más importante que las plantas de Guggenheim en México. Los norteamericanos empezamos a perder terreno en diferentes áreas de la economía mexicana. Más nos vale instrumentar una política de contención a todo lo alemán antes de que sea demasiado tarde. Por si fuera poco, los alemanes subsidian a la prensa e influyen cada vez más a su favor en la sociedad mexicana.» «Los bancos alemanes están concediendo créditos cuantiosos al gobierno de Carranza. Le tratan de arrebatar a Estados Unidos su papel financiero. Es notable la penetración de Alemania en este país. En la Ciudad de México, por ejemplo, la unión de ciudadanos alemanes ha creado ya 27 comités para inculcar el bienestar proalemán. La sociedad Cruz de Hierro cuenta ya con 75 sucursales a las que asisten representantes del gobierno, del ejército y del sector privado de México. De ninguna manera se debe menospreciar la organización ni el papel que está jugando protagónicamente el káiser en México a través de sus agentes secretos y representantes oficiales.»

Wilson y Lansing no solo mostraban preocupación por la alarmante injerencia de Alemania en los asuntos internos de México, sino que también se sorprendieron al saber que el gobierno de Carranza había adquirido en Japón, en ese mismo mayo de 1916, 30 millones de cartuchos, así como la maquinaria más moderna para producir pólvora en una fábrica que se construiría en los alrededores de la Ciudad de México. Dinero y armas japonesas; dinero y armas alemanas, además de apoyo político, no faltaba más… ¿Ya se les habrá olvidado que en este continente hace ya un siglo que existe la Doctrina Monroe? ¿No es evidente a estas alturas que América es, única y exclusivamente, para los americanos del Norte…?

—¿Cómo no levantar la ceja ante estos acontecimientos —decía Lansing, mientras caminaba nervioso de un lado al otro de su oficina—, si estas operaciones se llevan a cabo en el preciso momento en que Japón y Estados Unidos pasan por una pésima coyuntura en la historia de sus relaciones, sobre todo desde que no coincidimos en los términos de una política asiática, en particular con respecto a China? Alguien está lucrando políticamente con nuestras diferencias diplomáticas con el Imperio del Sol Naciente. ¿Cómo someter a este necio de Carranza, quien además sabe meter muy bien el hocico donde nadie lo llama? ¿De qué nos sirve que Japón haya suscrito el Pacto de Londres donde se acordó no firmar una paz separada con nadie? Es evidente que Japón puede cambiar de bando en cualquier momento, en buena parte dependerá de nosotros mantenerlos donde están…

El ministro germano ofrece a Carranza y a Cándido Aguilar la cantidad de 60 millones de dólares a cambio de la amable oferta realizada.[64] Cablegrafía a la Wilhelmstrasse: «México está ya orientado hacia Berlín. El legado de Hernán Cortés está a la venta…»[65] Mientras se dan los primeros pasos para el establecimiento de la base submarina en costas mexicanas,[66] con la condición de recibir a cambio apoyo monetario y militar, además de que los ataques no tuvieran lugar en las aguas nacionales.[67] Empieza a correr el rumor de que el servicio secreto alemán inicia la construcción de una estación secreta de radio en el suburbio de Iztapalapa.[68] Se habla de la instalación de una fábrica de armas y municiones en México,[69] así como del arribo de instructores militares alemanes. Todo un plan conjunto.

19. El amor de Carranza

¿Y el amor…?

Don Venustiano movía sus torres, caballos y alfiles en el interior de su oficina en Palacio Nacional. Día con día se transformaba en un agresivo jugador de ajedrez internacional.

Sí, sí, pero ¿y el amor…? ¿No amaba a ninguna mujer?

Desarrollaba un agudo instinto para el manejo de las relaciones exteriores. Aprovechaba vacíos y capitalizaba tensiones entre los enemigos de sus enemigos.

¿Y el amor, dije…? ¿No contestas… Venustiano…?

¡Basta!

De una forma o de la otra Carranza colocaba sus piezas de tal forma que colosos como Estados Unidos, Inglaterra, Alemania y Japón tuvieran enfrentamientos entre sí en el caso de tratar de intervenir en los asuntos internos de México.

«Nuestro país no puede aparentar estar solo, aun cuando de hecho lo esté», pensaba al desplazar lentamente las piezas sobre el tablero. En otras ocasiones, sabedor de los alcances de su jugada y sin mostrar el menor titubeo, brincaba en diagonal sobre la cuadrícula blanquinegra sujetando a la reina o a los alfiles firmemente entre los dedos. Sonreía esquivamente en su fuero interno: «meterse a la mala con nosotros equivale a introducir la mano desnuda en un panal…»

«¿Quién puede saber para dónde va a jalar un mexicano arrinconado o amenazado si por las buenas ya somos inentendibles ante los yanquis, eh? Mientras más jabonosa, escurridiza e impredecible sea mi conducta ante Estados Unidos, menos podrán controlarme: solo necesitan seguridad para engullirnos… Por esa razón nunca deben saber a qué atenerse con nosotros. ¿Creía Wilson que por el hecho de haber reconocido diplomáticamente mi gobierno yo iba a aceptar que invadieran México para buscar a Villa? ¿Verdad que no saben nada de nosotros? ¿Verdad que nunca se imaginaron que yo me opondría ferozmente a una nueva intervención norteamericana? Pues así está bien: mientras menos nos conozcan y menos sepan por dónde sujetarnos, mejor, mucho mejor… Nunca deben saber a qué atenerse con un mexicano…»

Fundada o no su intención, sus maniobras y estrategias producían un éxito sorprendente en el exterior. ¿Gigantes de humo? Tal vez, solo que en la práctica operaban excelentemente bien como elementos de contención. ¡Claro que se sabía rodeado de enemigos, de agentes de triple rostro, de espías, por supuesto, perfectamente bien camuflados! ¡Cada persona que pisaba la duela con entrecalles de barro rojo cocido de su oficina bien podría ser un traidor o un «negociador» que se acercaba al jefe de la nación con intereses inconfesables!

Las presiones que resistía Carranza de manera abrumadora requerían de un temple de acero para no dejarse vencer por el agobiante peso de los acontecimientos. ¿La economía? Arruinada. ¿El campo? Desangrado. ¿Las deudas? Asfixiantes. ¿La carestía? Una nueva invitación a la violencia. ¿El desempleo? Galopante. ¿Las huelgas? Amenazantes. ¿Las arcas nacionales? Vacías. ¿Las relaciones Iglesia-Estado? Temerarias. ¿La educación? Abandonada. ¿El saqueo de recursos naturales? Una actividad en plena expansión. ¿La moral popular? Quebrada. ¿El ahorro público? Inexistente. ¿La esperanza? Agotada. ¿El pesimismo? Una permanente sombra maligna. ¿La reconstrucción? Una ilusión ya inalcanzable. ¿El hambre? Un azote inevitable. ¿Las zancadillas? Felonías cotidianas. ¿Los diferentes tipos de papel moneda en circulación? Golpes certeros en la nuca del pueblo. ¿La vecindad con Estados Unidos? Una dorada oportunidad para los francotiradores extranjeros dueños de una certera puntería para romper cualquier equilibrio con tan solo oprimir el gatillo al recibir la señal acordada. ¿Las acechanzas internacionales? A la orden del día... ¿Cómo no buscar entonces a media jornada un remanso de paz? ¿Qué tal, por ejemplo, ahora sí, el amor...?

Entre traidores, espías, saboteadores nacionales e internacionales, trampas, emboscadas, chantajes, secuestros y asesinatos de familiares y seres queridos, las amenazas de la guerra mundial, México otra vez invadido, el proceso de pacificación interior suspendido, además del caótico entorno en el que se encontraba atenazado el país, Venustiano Carranza buscaba afanosamente fugas o distracciones cuando la adversidad parecía aplastarlo. De ahí que una mañana, a mediados de julio de 1916, suspendiera todas las audiencias y los acuerdos, aun los impostergables, abandonara harto y malhumorado su oficina en Palacio Nacional y se dirigiera discretamente a bordo de su automóvil para estar el mayor tiempo posible con Ernestina Hernández Garza, su mujer, su auténtica debilidad, con la cual había concebido de tiempo atrás, entonces todavía en Coahuila, cuatro hijos fuera de matrimonio.[70] Cuatro hijos, cuatro varones, Emilio, Rafael, Venustiano y Jesús.[71]

Ernestina vivía en una casa que él le había rentado meses antes en las calles de Río Lerma, en la Ciudad de México. Carranza la había hecho traer de su tierra para vivir con ella. ¿La paz? Con ella. ¿Desprenderse de su uniforme caqui sin insignias militares ni galones ni estrellas ni condecoraciones de ningún tipo? Solo ante ella, ante Erne, su Erne. Solo con ella y ante ella se desplomaba en el lecho una vez dejadas sobre el buró sus breves gafas. ¿Y Virginia Salinas, su legítima esposa con la que había contraído nupcias en 1882 y con quien procreó dos hijas, Virginia y Julia? ¡Ah!, ella había sido una buena persona, una agradable compañera, fallecida un año antes, en 1915, solo que nunca se pareció ni en humor ni en físico ni en perspicacia ni desde luego en cuerpo a Erne, mi Erne, su Erne, ¡ay!, mi Erne... ¿Casado? Sí, su mujer en términos de la ley fue Virginia, solo que Ernestina invariablemente fue la dueña de sus amores. Con ella, con Erne, Carranza dejaba de ser el ciudadano presidente de la República o el titular del Poder Ejecutivo federal o simplemente don Venustiano, para ser mi Venus, ven, rey, mi rey, mi norteñote tan sabio, tan decidido, tan hombre y tan seriezote...

—Dime, dime, barbitas, ¿quién te hace reír más que yo? ¿Quién te quita el piso cuando te sientes *quesque* el muy presidente?

Carranza simplemente mostraba una sonrisa esquiva ante este tipo de preguntas que, por supuesto y desde luego, nadie se atrevía a formularle. Cuando ya era víctima de un arrebato y estaba a punto de reventar en una sonora carcajada, solo se permitía mostrar fugazmente los dientes como prueba inequívoca de su capacidad para festejar un comentario ocurrente. Su sobriedad, bien lo sabía él, intimidaba a terceros, no así a su amada Ernestina.

En aquella ocasión, a media mañana y contra toda su costumbre, incapaz ya de soportar tanta presión, agobios y angustias sobre sus hombros, faltando a todas las normas autoimpuestas, *huyó* de Palacio Nacional para dirigirse a las calles de Lerma en busca de Ernestina. Las primeras campanadas del reloj de la catedral parecieron ser la señal esperada para adentrarse en sus pensamientos. Por alguna razón inexplicable vino entonces a su mente la imagen de su hermano Jesús.

«¡Qué precio tan alto he tenido que pagar por haber participado en política hasta llegar a dirigir los destinos de este país!», pensó al escuchar las últimas notas del clarín interpretadas, a modo de despedida, por un ordenanza uniformado colocado a un lado de la puerta de honor. Un hermano y un sobrino asesinados en enero de 1915 después de haber sido villanamente secuestrados... Carranza jamás habría dado su brazo a torcer estuviera en juego o no la vida de quien fuera, en este caso de su propio hermano, del cual se despidió en una carta anunciándole su decisión irrevocable de no ceder ante los plagiarios: «Prepárate para lo peor... ¡Tú bien sabes cuánto te quiero!»

«Lo sacrifiqué, sí, sí, lo sacrifiqué, ¿pero qué otra alternativa me quedaba? ¿Rendirme y rendir la gran causa nacional ante unos pillos?»

Pensó entonces en el calvario de Gustavo Madero y el macabro dolor sufrido por Francisco, al saber que también su querido hermano, por quien sentía auténtica debilidad, había sido asesinado por los esbirros de Huerta. Estando todavía preso en el interior de la intendencia de Palacio Nacional, un par de días antes de ser asesinado, el presidente lloró, lloró inconsolable como un niño sobre el regazo de su madre. El peso de la culpa tarde o temprano habría acabado con él. Imposible que un hombre con su sensibilidad resistiera el peso de semejante carga. Si yo no hubiera estado en política jamás hubieran sacrificado a mi hermano...

«¿Por qué las agonías diarias son insuficientes? ¿Por qué los recuerdos terribles se suman en el momento más inoportuno a nuestra destrucción, precisamente cuando nuestra fuerza y nuestra resistencia empiezan a escasear? ¿No basta con el presente? ¿Todavía tenemos que soportar la dolorosa carga del pasado?», se dijo Carranza sentado en la parte trasera de su automóvil al dar la espalda al Palacio de los Virreyes y entrar por la calle de Madero dejando a un lado el edificio del antiguo Ayuntamiento de la ciudad.

Su mente disparaba ráfagas de recuerdos desafiando todas sus barreras defensivas. Hoy en día era efectivamente el presidente de la República, solo que una sensación de vértigo lo estremecía al recordar su origen, sus días de niño en Cuatro Ciénegas, Coahuila. Menuda carrera política... «Los Carranza siempre habíamos estado cerca del poder. Mi propio padre, en 1864, ¿no le prestó 2 mil pesos a Juárez, al propio Benemérito y otros mil unos meses más tarde?[72] No somos improvisados...» Sin esconder una sonrisa inescrutable, experimentando un viejo sentimiento de invencibilidad, recordó cómo en 1887 llegó a ser presidente municipal de Cuatro Ciénegas; en 1894, diputado por Coahuila; en 1903, senador de la República; en 1908, gobernador interino; en 1911, gobernador provisional de Coahuila, y a partir de 1915, presidente de la República. «Me hice solo, absolutamente solo, si acaso confié equivocadamente en Bernardo Reyes, antes de que cayera muerto durante la Decena Trágica. Nadie me ayudó: todo me lo debo a mí, a mi necedad, a mi conocimiento de los hombres y de la historia universal. Al diablo con que a pesar de ser un antirreeleccionista ocupé la presidencia municipal de Cuatro Ciénegas durante los años 94, 96 y 98... ¡Nunca han de faltar los envidiosos...!»

Tratando de evadir sus problemas actuales, mientras una suave brisa acariciaba su rostro tostado por el sol, sonrió al ver en sus fantasías la casa que él había construido con sus propias manos a tan solo unos pasos de la paterna, en 1882. Él contaba en aquel entonces con 24 años de edad.

«Mis enemigos la incendiaron hasta convertirla en cenizas durante la revolución, como si al destruirla fueran a acabar conmigo. ¡Malvados ilusos!»

Carranza había recorrido un camino escarpado hasta llegar a la presidencia de la República. En sus años remotos y no menos confusos de juventud había estudiado tres años de medicina. El furor por la política había permanecido todavía adormecido en aquellos primeros años cuando vivió, antes de casarse, un intenso romance con la hermana de José Martí en la Ciudad de México. «¡Qué años, qué años, Señor de los cielos...!» Luego se había casado con Virginia y años más tarde se había perdido por Ernestina... ¡Cuántos, cuántos momentos inolvidables! ¿Una doble vida...? «¡Déjame en paz!, ¿cómo cerrarle la puerta al amor...? ¡Cuánta, cuánta riqueza afectiva!»

Don Venustiano era muy dado a presumir su complexión atlética y su resistencia física. A la fecha, a sus 57 años de edad, podía dormir en descampado, en el piso, sin petate ni frazadas, a cielo abierto en pleno invierno, a cualquier temperatura, sobre las mismísimas piedras, con o sin almohada.

«¿Qué, acaso cuando hace tres años me levanté en armas en contra del Chacal, no me fui montando a caballo desde Piedras Negras, Coahuila, hasta Hermosillo, Sonora, con viento o sin él, cruzando el desierto y padeciendo sus inclemencias, de día o de noche, a pleno sol o en medio de una nevada norteña en la sierra de Chihuahua? ¿Quién puede montar a mi edad tres meses seguidos sin inmutarse o quejarse? ¿Quién, quién, quién...?»

Venustiano Carranza saludaba a unos y a otros desde su vehículo. Uno de sus grandes placeres consistía en transitar lentamente por la calle de Madero, ya nombrada así desde 1914, para ver a las mujeres elegantemente ataviadas con sus vestidos largos confeccionados con brocados y pesadas crinolinas, sin faltar el paraguas y los guantes igualmente blancos. Unas caminaban agitando rítmicamente el imprescindible abanico a esas alturas del verano, mientras que otras lucían sus mantillas al desplazarse muy despacio de vitrina en vitrina y de aparador en aparador. El presidente tocaba invariablemente su bombín con el dedo índice para saludar a un bolero que a diario lo veía al pasar desde la esquina de la iglesia de La Profesa. Si se supiera, pensó, que la Iglesia católica tramó ahí, en La Profesa, la independencia de México para no correr, por ningún concepto, la misma suerte que el clero de la metrópoli. ¡Imposible perder tantos privilegios económicos y políticos tal y como lo habían dispuesto las Cortes de Cádiz...! ¡Allá el clero español si se deja! ¡Por lo pronto nosotros rompamos con España para impedir que llegue a América la ola liberal...! Hagamos creer a los mexicanos que se independizaron porque son amantes de la libertad... Iturbide, confirmó Carranza, fue una mera marioneta eclesiástica, la herramienta política necesaria para que los purpurados pudieran conservar sus fueros y su gigantesco patrimonio...

¿Cuántas personas pasaban indiferentes por la puerta tallada en madera de la entrada de la iglesia de La Profesa o continuaban rumbo a su destino sin detenerse ante la espléndida fachada de cantera, ignorando que precisamente en ese templo también se había tramado la rebelión de los polkos financiada igualmente por el clero para negar la ayuda vital solicitada por Santa Anna en los años difíciles de la invasión yanqui del 47...? ¿Cuál patriotismo de la Iglesia mexicana? ¿Cuál? Si las paredes pudieran hablar y revelar todo lo que se había tramado a un lado del altar del templo o junto a la fuente bautismal... «No todo en la Iglesia es malo —se dijo, mordiéndose un labio—, pero de que ha sido una fuerza tremendamente regresiva, eso no se los quita nadie...»

Al voltear a la derecha, el presidente advirtió cómo algunas nubes grises anunciaban un chaparrón vespertino por el lado de la Villa de Guadalupe.

Aquella tarde su mente no estaba dispuesta a complacerlo enviándole mensajes gratos y reconfortantes. Además de sus demoledores problemas actuales, todavía tenía que luchar con remordimientos y cargas del pasado que ensuciaban su carrera política y, sobre todo, su dorada imagen de constitucionalista y de amante fanático de las causas republicanas y democráticas. Le perturbaba profundamente el hecho de llegar a ser acusado por sus detractores y por la historia desde que no se había levantado en armas en contra de Huerta al mismísimo día siguiente del magnicidio del presidente Madero y del vicepresidente Pino Suárez. Era cierto: más de un mes después había iniciado inexplicablemente la sublevación. Los telegramas enviados lo condenaban. Había que destruirlos, quemarlos, hacerlos trizas, para que jamás fueran utilizados como material de análisis por los historiadores ni mucho menos aprovechados como municiones para ser atacado por sus enemigos. Los testigos tenían que ser pasados por las armas. Se requería desaparecer toda evidencia de sus debilidades y tentaciones.

¿Qué tal descender un momento del automóvil y pasear un rato por la Alameda como si fuera un domingo más? ¿Por qué no comer como cualquier otro paisano un elote con chile piquín, unos esquites, una jícama o un algodón rosado? ¿Por qué no sentarme en una banca a ver los árboles, disfrutar el vuelo de los gorriones o contemplarlos cuando se detienen a saciar la sed en un charco formado por las primeras lluvias? ¿Desde cuándo no admiraba el vuelo de un pájaro o se sorprendía ante la magia aérea de un colibrí? ¿Un presidente? ¡Jamás! ¿Y la fachada? ¿Y el misterio que siempre debe acompañar a los jefes del Ejecutivo? Los hombres públicos no tienen vida privada. ¡Con qué gusto hubiera comido unas buenas memelas en cualquier puesto callejero!

«Desde luego yo ya me entendía con Bernardo Reyes[73] y hablábamos sobre la posibilidad de derrocar a Madero porque era un iluso, un extraviado, un confundido, un hombre tibio y obtuso que pensaba gobernar con el mismo ejército, el mismo Congreso y parte del mismo gabinete de Díaz... ¿Qué esperaba en esas condiciones el insensato? ¿Lealtad? ¿Esperaba gobernar rodeado de enemigos el grandísimo estúpido? ¿Creía que lo iban a respetar? ¿No aceptó el nombramiento de León de la Barra como presidente provisional en lo que él accedía al poder?[74] ¿No estaba poniendo a la Iglesia misma en manos de Lutero? ¡Claro que León de la Barra, un porfirista consumado, estuvo a punto de impedir que Madero llegara siquiera a la esquina de Palacio Nacional! Ya iba a aplastarlo antes de que tomara el mando. Madero empezó mal y por supuesto acabó mal.

«¡Claro que yo deseaba el derrocamiento de Madero! El caos con él al frente era toda una realidad. ¿Cómo negar ahora que al mismo tiempo en que formaba parte del movimiento maderista para derrocar a don Porfirio ya confabulaba yo con don Bernardo Reyes[75] para impedir que el enano lunático se sentara en la silla presidencial? No logré nada. Preferí esperar», concluyó mientras se acariciaba la barba.[76]

«Acepto que Huerta me madrugó en el golpe de Estado.[77] Bernardo Reyes y yo lo hubiéramos intentado igualmente de haber fracasado el Chacal», fraseó encerrado en un críptico silencio. Esperaba que nunca se supiera que había invitado a *cazar* a los gobernadores de San Luis Potosí, Aguascalientes, Sonora y Chihuahua en enero de 1913 para tramar el derrocamiento de Madero...[78] «Y que nunca se descubra que yo ofrecí como apoyo las mismas monturas, armas y municiones que me había dado el propio Madero para ayudarme a defender la revolución...» Nadie tenía por qué saber esta realidad ni conocer que, si no hubiera sido porque el propio Reyes le había negado el apoyo, también se hubiera levantado en armas en contra de Porfirio Díaz algunos meses antes del estallido de la revolución.

En ese momento, al pasar frente al Palacio de Iturbide, se distrajo recordando que el inmueble nunca había llegado a ser de su propiedad, sino de Miguel Berrio y Saldívar, conde de San Mateo Valparaíso. Agustín I, emperador de México, solo se había alojado en ese lugar antes de ser coronado. Que quedara bien claro. El regio edificio, a más de 100 años de historia, ostentaba todavía una extraordinaria dignidad y belleza. ¡Cuánto talento desperdiciado en este país! No solo hemos contado con ingeniosos arquitectos, sino con una mano de obra envidiada por todo el orbe. ¡Qué gran combinación! Ahí está una breve muestra de nuestras capacidades…

Las imágenes se agolpaban una tras otra. Carranza arrugó el entrecejo al recordar cuando Madero se refería a él como «un viejo pachorrudo que le pide permiso a un pie para mover el otro». Don Pancho desconfiaba del gobernador de Coahuila, su supuesto aliado, desde el momento en que aquel lo desafiaba y se negaba a acatar sus instrucciones para licenciar tropas irregulares alegando que «era una medida prematura, antipatriótica, imprudente e impolítica». Por esa razón Madero había nombrado secretario de Gobernación a Abraham González y no a Carranza, porque en el fondo de su ser bien sabía que este último tarde o temprano lo traicionaría…

«Entre Madero y González no se hace uno: yo era el hombre para ocupar la cartera de Gobernación. Con ese par de inútiles, inexpertos en política, México no podía esperar nada bueno…», volvió Carranza a vivir sus resentimientos cuando no le fue ofrecido el cargo. El rencor de Carranza se incrementó con el paso del tiempo.

A diferencia de Madero, él sí sabría evitar que la revolución se desviara desperdiciándose tantas vidas y tanto esfuerzo. Sí, efectivamente es cierto que en diciembre de 1912, tres meses antes del magnicidio, yo confesé en el salón Bach, entre amigos y entre copa y copa, que «era necesario hacer a Madero a un lado porque es un hombre inepto, débil y torpe para gobernar; es necesario sustituirlo por un hombre inteligente, fuerte y apto para manejar las riendas del gobierno».[79]

«Yo no debo mentirme a mí mismo, no, no, la verdad sea dicha también: efectivamente declaré que Coahuila debería ser el primer estado que levantara su pendón en contra de Madero.[80] ¿Decirme la verdad? Sí. ¿Acabar con todo tipo de pruebas que me comprometan? También. ¿Quién, por Dios, era Madero para ser presidente de la República? ¿Cuáles eran sus méritos políticos? ¿Un triste librito ese de la *Sucesión presidencial*, que, además, se lo escribieron? ¿Se lo sugirió la ouija? ¿En manos de quién estábamos? ¡Díaz se fue a París sin que hubiera prácticamente derramamiento de sangre ni devastación, la verdadera revolución estalló por culpa de este imbécil!»

Carranza vivía una inesperada convulsión interior aquella mañana veraniega. Apretaba las mandíbulas sin percatarse de ello. Las sienes le latían compulsivamente. Parecía que todo en su interior estuviera haciendo crisis. El cambio de aires ese día era más necesario que nunca. ¿Él, Carranza, perder la compostura? Pues sí, en efecto, en cualquier momento podía perderla. El presidente tan parsimonioso, tan analítico y atrozmente lento en sus respuestas, un hombre tan controlado y dueño de sus emociones, podía reventar en mil pedazos en cualquier momento. ¡Ya estaba bien! ¿Por qué no hacerlo de tarde en tarde ignorando los protocolos y mandando al carajo los modos, los estilos, las formas, la oficina, los empleados, la familia, las mujeres, los hijos y al país gritando: todos se pueden ir juntos a la mismísima chingada...? No, pero no: yo debía contenerme, ser paciente, tolerante, sonreír y guardar la compostura en todos los momentos de la vida. ¿A dónde va un gobernante que no es prudente ni recatado y se deja conducir por las explosiones y los prontos? Por el contrario, qué sabroso es gritar: ¡Todo mundo se va a la chingada cuando yo diga, que nadie se me adelante, yo mando, yo digo cuándo: a la chingada ahoritita, yaaaa...!

Por alguna razón curiosa, al recordar las manos de Ernestina, apareció a sus ojos la iglesia de San Francisco y su convento, el más grande en toda la historia de la Nueva España con sus 32 mil metros cuadrados. ¡Cuántos franciscanos fueron quemados en la hoguera instalada en el zócalo capitalino por haber hecho exaltaciones de pobreza en contra del creciente enriquecimiento de la Iglesia! La historia, se dijo, ¿por qué no volver a ella y recordarla todos los días? ¿No era una maravilla saber que los predios de la iglesia de San Francisco antes fueron destinados a la Casa de las Fieras de Moctezuma Xocoyotzin, donde el emperador mexica tenía aves, zorros, tigres y hasta seres humanos, como una familia de albinos enjaulados?[81] ¿Qué esplendor azteca aquel en el que Moctezuma podía destinar tan solo 300 personas a alimentar a las aves? Todo funcionaba en los tiempos de la gran e imponente Tenochtitlán: el campo, el ejército, la justicia, la ética, la sociedad ordenada, las finanzas, el gobierno en general, ¡qué tiempos aquellos...! ¡Qué magnífica evolución social dentro del rigor militar! ¡Cuántos éxitos! ¡Qué Imperio tan deslumbrante que se perdió para siempre!

El combate con sus recuerdos y su conciencia era, por lo visto, a muerte. Sí, se dijo, apretando los puños, sí me opuse a que el día del asesinato de Madero y de Pino Suárez fuera considerado luto nacional. ¿Por qué iba a ser día de luto? ¿Por qué? No seré yo quien contribuya a la glorificación de quienes no se lo merecen.[82] No me arrepiento de esa decisión ni mucho menos de haber cancelado las pensiones de las viudas del presidente y del expresidente. Hoy mismo sigo convencido de lo que hice. El gobierno no tiene ninguna deuda con esas damas por más dignas que sean.

Mezquino y malagradecido? ¿Por qué ser generoso con quien es culpable de la destrucción del país?

La mirada fija y extraviada de Carranza delataba su nivel de tensión. Yo nunca quise quitar a Madero para ponerme yo. Todo lo que deseaba, aun cuando de antemano sé que nadie lo creería, era impedir que gobernara un solo día más para evitar ya mayores daños al país. Acepto que yo no lo quería en la presidencia y no porque no me hubiera dejado las tropas federales bajo mi mando, sino porque él ya era un peligro para el futuro de México. Por esa razón no me he convertido en un cínico como Díaz, que año con año colocaba personalmente coronas funerarias en la tumba de Juárez, cuando él mismo se había levantado en armas en contra del propio Benemérito. ¿Cómo voy a poner siquiera un cempasúchil donde descansa Madero cuando fue un inútil a quien no admiro ni le debo nada? En cambio yo sí confisqué todos los bienes de la familia Madero, cosa que don Porfirio no se atrevió a hacer con los de Juárez...[83]

Al girar la cabeza a la derecha se encontró con la Casa de los Azulejos. ¿Cómo escapar de uno mismo cuando la propia mente se convierte en una auténtica maquinaria de tortura? De poco le sirvió recordar que dicho inmueble había sido decorado de esa manera porque el padre de un «joven de vida disipada» había sentenciado a su hijo, advirtiéndole que con el nivel de gasto y el desorden con el que vivía «no podrás hacer tu casa con azulejos», y como respuesta a la advertencia, había hecho colocar todos los imaginables de arriba abajo de la hermosa residencia.

Hay ocasiones, se dijo don Venustiano, en que la conducta humana es inexplicable. ¿Cuántas veces nos comportamos de cierta manera en particular sin saber por qué lo hacemos? ¿El estudiante sabe en realidad por qué razón estudia derecho o por qué se casa o se divorcia o pasa la vida como empleado de un banco o de una sastrería? ¿Cuántos funcionarios llenan vacíos afectivos infantiles y personales a través de la política, creyendo que su supuesta vocación de servicio responde a la necesidad de hacerle un bien a la patria que los necesita de rodillas? ¡Cuántas equivocaciones en una vida tan breve! ¿Dónde está la verdad? Navegamos a la deriva.

La cabeza del presidente era un caldero en ebullición. Por lo visto ese día no habría tregua para el jefe del Estado. ¿Cómo impedir que trascendiera el hecho de que Pablo González,[84] su brazo derecho, su incondicional, ya sostenía enfrentamientos armados en contra de las tropas leales a Madero en el norte del país, mientras él era gobernador de Coahuila gracias al presidente y la Decena Trágica ya se desarrollaba en la Ciudad de México?[85] ¿Carranza le hacía el juego a Huerta, a Blanquet, al propio Bernardo Reyes y a Félix Díaz?

Cargos, cargos y cargos, ¿por qué no poder borrar el pasado y comenzar todos los días una página nueva? Nadie me perdonaría esto. Mi figura histórica, que tanto he cuidado, se desplomaría escandalosamente como una torre de fichas de dominó. Yo denuncié el mismísimo 19 de febrero la carencia de facultades del Senado de la República para nombrar presidente a Huerta… Yo telegrafié a todos los gobernadores para que desconocieran el gobierno de Huerta al saber que Madero ya estaba detenido y ejecutado el golpe de Estado…

Sí, se contestó él mismo, solo que cuando Huerta cumplió con todos los requisitos legales, tú, Venustiano querido, empezaste a negociar vergonzosamente con el nuevo tirano de México.

Ya no se trataba de reflexiones aisladas de Carranza, sino de una auténtica confrontación con su pasado. De otra manera habrías tomado las armas y publicado el Plan de Guadalupe a más tardar el 20 o el 21 de febrero y no haberte esperado hasta el 26 de marzo, más de un mes después del asesinato del presidente, para convocar a la nueva revolución.

¡Falso!, se defendió Carranza de las imputaciones: yo en realidad discutía con Huerta el derecho a que se mantuvieran las tropas federales ubicadas en Coahuila bajo mi control aun cuando las pagara la Federación.

No hay que ser iluso, contestó aquella voz fantasmal subiendo el tono gradualmente, mientras Carranza se movía inquieto en el asiento. No se percataba de que ya atravesaba la Alameda ni volteaba a ver las copas de los árboles ni ponía atención en los transeúntes. Tú, Venustiano, no tenías nada que hablar con Huerta. El único lenguaje que cabía era el de las armas, el de los cañones, el de la pólvora, el mismo al que tú acudiste cuando el dictador no te pudo complacer en tus peticiones personales.

El presidente se sentía preso como si estuviera ante la presencia de un tribunal popular. El fiscal era implacable y su información era irrebatible. Decidió callar y pensar en nuevos argumentos de defensa mientras la andanada continuaba en volúmenes crecientes.

¿Mandaste o no mandaste a Eliseo Arredondo y a Rafael Arizpe a conferenciar con Huerta ya sin poner en duda la legalidad de su gobierno? ¿El reconocimiento no lo dabas ya por descontado tan pronto se formalizaron los trámites para legalizar el acceso de Huerta al poder? ¿No…? ¿Qué negociabas con Huerta de no ser la inmediata liberación de Madero? ¿Verdad que eso ni siquiera fue tema de conversación?

Yo no quería a Madero en el poder…

¿Y a ti, como amante de la ley y del derecho, no se te ocurrió una forma republicana y civilizada para lograr tus fines?

Silencio.

¿No le mandaste a Huerta un telegrama personal en el que te diriges a él por su título como presidente de la República? ¿No te parece indigno que exista un telegrama con semejante dedicatoria y firmado por ti?

Silencio.

¿No le ordenaste a tu hermano Jesús, todavía en vida y a Pablo González que suspendieran toda operación militar y toda hostilidad al gobierno federal, ya que te habías entendido con Huerta? ¿No?[86]

Silencio.

¿No le anunciaste el 21 de febrero al cónsul norteamericano en Saltillo, mister Holland, que dabas toda tu conformidad para con la nueva administración de la Ciudad de México? ¿No le dijiste expresamente que abandonabas toda oposición, que abrías «desde luego» los ferrocarriles y que todo permanecería en perfecta quietud y eso mismo lo notificó el propio cónsul al secretario de Estado norteamericano? ¿Los gringos no supieron cómo te habías rendido ante Huerta en un principio?[87]

Silencio.

¡Habla! Habla, Venustiano, defiéndete… ¿No le confirmaste a Philander Knox, fíjate bien, nada menos que al secretario de Estado del gobierno estadounidense, tu adhesión al gobierno de Huerta, el maldito asesino, el Chacal, por el que supuestamente iniciaste la revolución?[88]

Silencio.

La voz no estaba dispuesta a interrumpir lo que ya se había convertido en un interrogatorio. Apoyadas ambas manos en la curva del bastón, Carranza, con la cabeza gacha, mantenía la vista clavada en el piso del vehículo. Por supuesto ya no devolvía los saludos de sus paisanos ni le importaban en ese momento los edificios históricos ni los gorriones ni los colibríes ni los vendedores de algodón rosado. Al diablo con los álamos y los ahuehuetes. ¿Cómo iba a preservar su aureola legalista, su portentosa figura ante los suyos como un genuino defensor de las causas democráticas, cuando él mismo había estado negociando con el gobierno espurio de Huerta?

¿Por qué razón te dirigías a Alberto García Granados, el mismo secretario de Gobernación de Huerta, como señor ministro, con lo cual terminabas reconociendo al gobierno de Huerta? Di, di, di… ¿No le pediste una cita al propio García Granados para resolver los problemas entre el estado de Coahuila y el gobierno federal en lugar de retarlo a duelo en Chapultepec, al amanecer, por colaborar en el gobierno de un carnicero? ¿Por qué una cita, Venustiano? El único arreglo era a balazos, ¿o no? Y tú todavía sales diciéndole que en el lugar y a la hora que él se sirva fijar.[89] ¿Así te diriges al cómplice de un asesino?

Cuando Carranza escuchó el nombre de García Granados contrajo el cuerpo e hizo una mueca de angustia desconocida en él. Se dejó caer en el respaldo de su asiento como si de pronto le hubiera faltado aire. Corrió levemente la ventana. Se aflojó el corbatín de seda negro. Sudaba.

Sin embargo, por esta ocasión la voz continuó como si nada hubiera acontecido. Confiesa, Venustiano, le dijo al oído: ¿Verdad que si Huerta te hubiera autorizado tu capricho, el mismo que nunca te concedió Madero, en el sentido de que las fuerzas armadas del estado de Coahuila las pagara la Federación manteniéndolas bajo tu único mando, o te hubiera nombrado secretario de Gobernación, verdad que en ese caso hubieras reconocido el gobierno de Huerta?[90] La legitimidad ya había pasado a un segundo término, ¿o no...? ¿Si no, para qué mandaste a Arredondo y a Arizpe a conferenciar y a negociar?[91]

Carranza empezaba a irritarse. Él no se sentaría jamás ante ningún banquillo de acusados. Ni siquiera su conciencia podría gozar de semejante privilegio. Cada quién tenía su verdad, entonces que el veredicto final quedara a cargo de la historia, a la que él le amputaría todas las posibilidades de investigación desde el momento mismo en que se empleara a fondo para suprimir todas las pruebas. Breceda, si estuviera aquí Breceda...[92]

El constitucionalismo fue una bandera de enormes posibilidades de lucro político que utilizaste con gran talento, Venustiano, debo confesarlo. Solo que tu estrategia nada tiene que ver con la ilegalidad del gobierno de Huerta que tú estuviste dispuesto a aceptar de no haberte negado el carnicero los fondos que deseabas para mantener a tu cargo a las tropas federales en Coahuila, ¿verdad?

¿Y Ernestina? ¿Dónde estás, Ernestina?

¡Ya basta!

¡No, no basta! Tú estabas negociando para colocarte políticamente en el gobierno de Huerta. No me vengas con cuentitos de que amabas la libertad y la causa de la legalidad y el constitucionalismo. Te hubieras dejado cortar una mano por haber sido secretario de Gobernación con Huerta, ¿o no? No te la dieron ni te dieron tus soldaditos y entonces, a 30 días del asesinato de Madero, cuando tus gestiones fracasaron y no tenías futuro político con Huerta, fue entonces cuando saliste con tu movimiento constitucionalista... No me engañes, por favor...

Carranza deseaba apearse de su automóvil. Solo que ya faltaban un par de cuadras para llegar a la calle de Lerma y caer en los brazos de Ernestina. Con un portazo dejaría afuera sus problemas y se entregaría por completo a las delicias del amor. Al entrar al patio caminaría, luego aceleraría el paso y hasta correría cruzando el pequeño jardín. De inmediato subiría las breves escaleras con la rapidez que su agilidad le permitiera, si era posible de tres zancadas hasta encontrar a Ernestina en la cocina, en la sala, en la recámara, colocando las últimas fotografías a las que el Varón de Cuatro Ciénegas era tan afecto. Una de ellas, la que una tal María Bernstorff le había sacado en plena campaña militar en el Bajío, era su favorita. Al estar frente a Ernestina o cerca de ella ya se sentiría a salvo de la persecución, aun cuando mucho se cuidaría de explicarle las razones de su llegada ni los orígenes de su angustia. Él, ante todo, cuidaría las formas.

El presidente tomó en sus manos la manivela para abrir la puerta tan pronto estuviera frente a la cochera. Esto no le impidió escuchar la última parrafada que nunca hubiera querido oír.

Quien realmente ocasionó la revolución fue Madero, por imbécil, como tú dices, ¿o fuiste tú mismo desde que Huerta no pudo saciar tus apetitos políticos y por lo mismo levantaste en armas a todo el país solo porque no te habían complacido?

Carranza se llevó los dedos índices discretamente a los oídos.

¿Te imaginas si Huerta te hubiera nombrado secretario de Gobernación o te hubiera dejado el presupuesto para tus soldaditos? ¡Jamás te hubieras levantado en armas! ¡Jamás! ¡Jamás, Venustiano, y por lo tanto la destrucción y la matanza de más de un millón de mexicanos no se hubiera dado! La negativa de Huerta de acceder a tus peticiones le costó al país mucha sangre y medio siglo de atraso.

¿Y qué hubiera sido del gobierno de Huerta? ¿Crees acaso que Wilson lo hubiera dejado continuar a pesar de que su gobierno ya había sido reconocido por 16 países? Wilson jamás hubiera permitido a Huerta continuar en la presidencia de México.

La verdad de las cosas es que tú organizaste un infierno en México porque Huerta no pudo saciar tus ambiciones políticas y no porque te interesara tanto ni la Constitución ni la democracia… Eres porfirista de corazón…

Huerta me tenía miedo y por esa razón no mandó tropas a Coahuila para aplastarme. Él también prefirió negociar.

¡Faltas a la verdad! Si Huerta no te mandó aplastar es porque bien sabía él que los felicistas eran muy poco confiables y que tan pronto el Chacal mandara una parte de su ejército para combatirte, esa coyuntura la aprovecharía Félix Díaz para atacar por la espalda, muy a su estilo, el del propio Victoriano. Si no te atacó no fue por miedo, sino por no descubrir un flanco a los que bien sabía que tarde o temprano lo traicionarían también por insaciables apetitos políticos. El sobrino de don Porfirio no se andaba chupando el dedo, señor constitucionalista…

Cuando el vehículo presidencial se encontraba a unos metros de su destino aquella voz de ultratumba disparó su última ráfaga directamente al corazón de Carranza.

¿Sabes por qué en octubre de 1915 hiciste fusilar a Alberto García Granados, sí, sí, el mismo que fuera secretario de Gobernación de Huerta?[93]

Don Venustiano no estaba dispuesto a escuchar más sandeces ni necedades. Deseaba descender de su automóvil en plena marcha con tal de escapar a semejante tortura.

Lo hiciste matar, o mejor dicho en términos legales, lo hiciste «fusilar» porque él, don Alberto, supuestamente tenía todos los documentos, cartas y telegramas que te inculpaban de cara a la historia. Tú lo mataste porque tu figura histórica estaba en sus manos, guardada en sus archivos que tarde o temprano se abrirían a la luz pública y eso, desde luego, no le convenía a tu imagen apostólica de luchador de las grandes causas de la legalidad y de la justicia.

Carranza descendió del automóvil todavía en movimiento cuando ya se acercaba a la orilla. En su confusión, el chofer pensó que alguien había disparado de la calle y que el presidente había caído muerto sobre la banqueta. Su sorpresa fue mayúscula cuando lo vio correr apresuradamente hacia la reja de entrada con los hombros levantados como si quisiera protegerse de una lluvia de piedras.

Lo que no sabías, Venustiano, es que los telegramas y las cartas nunca se destruyeron, sino que García Granados se los entregó al embajador alemán Von Hintze y este a su vez los envió a Alemania para que se pudieran utilizar en el momento más conveniente. Los alemanes, ¿verdad? Otra vez los alemanes. García Granados ya no tenía la correspondencia que tanto te exhibiría ante los mexicanos ni cuando lo hiciste encarcelar ni cuando lo hiciste «fusilar» el año pasado.

Un sonoro portazo canceló de golpe la *conversación*.

Venustiaaaanoooo, gritó la voz, como si quisiera alcanzar con una pedrada al presidente: el problema no es tan grave. Todo se resuelve si negocias con Von Eckardt la entrega de los documentos. Es tu amigo, no lo olvides, hasta tiene, como pocos, derecho de picaporte… Acuérdate que en Europa se vive la guerra y que los alemanes están más que urgidos y mucho más que necesitados de contar con excelentes relaciones contigo. Si quieres recuperar la paz perdida, si quieres dejar tu imagen a salvo, habla con Von Eckardt, es la hora de las alianzas, de los pactos, de las negociaciones, de las reciprocidades y de un buen tequila compartido con Ernestina, nuestra Erne, nuestra querida Erne… Te lo ganaste por haber tenido el valor de enfrentarte a mí…

«Vete al carajo…»

Al llegar a la puerta de entrada a la casa después de cruzar un peque-ño prado rodeado de flores, el presidente se detuvo de golpe. Se ajustó la guerrera, se caló el bombín; extrajo de la bolsa trasera de su pantalón un paliacate. Se secó el sudor apresuradamente. Se alisó las barbas blancas con los dedos de la mano derecha, se calzó las gafas y se colocó el bastón en el antebrazo izquierdo después de revisarse el lustre de los zapatos. Acto segui-do hizo girar la perilla y entró en otro mundo. Se perdió flanqueado por nubes espesas en otro escenario. La fuga dio resultado. Recuperó la respi-ración. Con tan solo pronunciar la palabra mágica: ¡Erne! ¡Erne!, Carranza dejó su pasado, la historia de la nación, su imagen ante las futuras genera-ciones, sus conflictos domésticos e internacionales, su futuro, su realidad, su presente con todo y guerra europea y Pershing escudriñando bajo las pie-dras para dar con Villa…

La voz de respuesta provenía de la parte baja de la sala, a unos pasos del vestíbulo que comunicaba las estancias inferiores con las superiores por medio de una escalera volada en forma de medio caracol. Carranza ya no insistió ni deseaba esperar un segundo «Rey» para dar con el amor de su vida. Encontró a Ernestina tratando de terminar precipitadamente la últi-ma línea de su tejido de punto. Confeccionaba un chaleco color café cla-ro para su pareja. Necesitaba terminarlo antes de las próximas navidades. Era uno de sus regalos.

Carranza la vio sentada, maternal, toda una mujer de su casa, como Dios manda, abnegada, comprensiva, dulce, tolerante, incondicional, so-lidaria, maleable, dócil y dispuesta a conceder y a ceder en todos los capri-chos, deseos, instrucciones y propósitos de mi Venus, un hombrazo que resuelve todos los problemas sin quejarse ni manifestar el menor cansancio ni hartazgo ni desesperación.

—Un hombre al que tienes que preguntarle qué te pasa, simplemente no sabe esconder sus emociones o mendiga comprensión porque los pro-blemas lo rebasan… ¿No te es claro que en realidad está buscando los bra-zos de su madre con tanto quejidito…? —repetía sin cesar don Venustiano cuando se refería a los varones débiles.

Cuando el presidente llegó al sillón donde se encontraba su mujer, simplemente le extendió la mano izquierda como quien invita a un ser que-rido a dar un paseo.

—¿Pasó algo? ¿Por qué llegaste tan temprano? —preguntó ella sorpren-dida, tratando de guardar el tejido en una bolsa bordada a mano con los nombres de sus cuatro hijos. Por supuesto que ya no concluyó la línea aun cuando le faltaban tan solo cuatro puntos para acabarla. Estaba intrigada.

Carranza no retiró la mano ni pronunció palabra alguna. Simplemente arrojó el bombín y el bastón sobre un equipal que tenía cubierto el asiento por un cojín color frambuesa, un regalo del gobernador de Michoacán.

Ella lo vio de abajo para arriba y dejando la bolsa sobre el piso con la mano derecha, tomó a don Venustiano con la izquierda. Se puso de pie lista a seguirlo a cualquier destino. ¿Irían a la cocina para revisar el guisado o el caldo de gallina que había preparado para la comida? ¡Claro que había comprado en la mañana suficiente chile chipotle para sazonarlo como le gustaba a su pareja! También tenía nieve de limón para el postre. Todo estaba listo. ¿O tal vez deseaba tomar un tequila, contra toda su costumbre, antes de comer? Sus hijos no estaban en casa. ¿Habría comprado un coche nuevo y se lo quería mostrar con tanto sigilo y misterio?

Cuando Ernestina llegó a la Ciudad de México buscó un salón de belleza para que le cortaran las trenzas y la peinaran a la última moda impuesta por las mujeres citadinas. Ella, a sus 40 años de edad, habría de sacarles buen provecho a sus años. En ningún caso pasaría como una provinciana tímida ni mucho menos confundida. Ni el peso de la sociedad capitalina ni sus tradicionales prejuicios ni los «dimes y diretes» ni las críticas de las mujeres envidiosas y venenosas la harían empequeñecerse ni enclaustrarse. Saldría, saldría a la calle y se vestiría no como en el campo ni como en el infierno chico de Saltillo, qué va, saldría y se pondría la misma ropa y el calzado de las mujeres con las que tarde o temprano habría de convivir. Cambió el rebozo por el chal, las sencillas zapatillas por los botines, compró corsés, crinolinas y medias; utilizaría maquillaje, se daría toques de color carmesí en los pómulos y se pintaría la boca con lápices labiales importados, todo ello a diferencia de sus amadas costumbres campiranas. Cuánto rebuscamiento en la capital, ¿no, Venusillo…?

Puesta de pie, al lado del presidente de la República, y sin soltarle la mano, esperó dócilmente en silencio, intrigada y curiosa, el siguiente paso a seguir. Don Venustiano entonces la condujo fuera de la estancia decorada solo para recibir visitas y familiares. Tanto el resto de los sillones como los tapetes estaban cubiertos por sábanas blancas para protegerlos del polvo y del uso cotidiano. Acto seguido, el jefe de la nación giró a la izquierda, rumbo a la escalera, y empezó a ascender lentamente mientras los escalones de madera crujían al paso de los inquilinos de la casa que algún día formaría parte del acervo histórico de México.

Así, tomados de la mano, tratando ella de adivinar sus intenciones en alguna expresión fugaz de su rostro, lo siguió en silencio recogiéndose las enaguas con la mano derecha y sin dejar de voltear por doquier en busca de alguna pista. Nada. Llegaron a su habitación ubicada en el lado izquierdo de la residencia después de caminar tan solo unos pasos a lo largo de un breve pasillo flanqueado por un barandal de balaustradas tallado de madera. Los cuartos de sus hijos divididos por un baño habían quedado atrás.

Al ingresar a la habitación, don Venustiano le cedió el paso acorde con las más elementales formas de la caballerosidad. Él, sin girar, a sus espaldas, viéndola a los ojos café oscuros, cerró la puerta con dos giros de llave. Tomándola por los antebrazos, casi sujetándola por los codos, la hizo sentarse en la cama. Carranza pateó delicadamente el orinal que estaba al pie del lecho para no restarle romanticismo a esta, la máxima suerte que pueden jugar juntos un hombre y una mujer. Sentada, con ambos brazos cruzados sobre su regazo, una mano encima de la otra, esperó inquieta la continuación de la escena. Nunca el presidente había sido tan ceremonioso. ¿Juguetón? Sí, sí, casi juguetón, como pocas veces lo había visto, y eso cuando de tarde en tarde podían quedarse solos en Cuatro Ciénegas, Coahuila, en su tierra, a la que algún día habrían de volver a terminar la vida que habían iniciado juntos. ¿Verdad, mi Venus, rey de reyes, amor de mi vida…?

Ninguno de los dos hablaba. Él se retiró parsimoniosamente hasta colocarse a un lado de su perchero sin retirarle a ella la vista ni un solo instante, tal y como el cazador se acerca a su presa apuntando y enfocando perfectamente bien la mirada para interceptar cualquier intento de huida. Ernestina no se movía. Crecía su intriga. ¿Ha renunciado y no sabe cómo decírmelo? Bastó un solo movimiento, simple y sencillo, para que ella se diera cuenta de las intenciones de su pareja. Puesto de pie a un lado de la ventana, se zafó el botón superior de la guerrera, precisamente el que mantenía el cuello levantado y unido de aquella prenda de corte militar que no ostentaba grados ni condecoraciones. La insinuación fue definitiva para Ernestina. Se estremeció. Sonrió sutilmente. Una infantil expresión de sorpresa apareció en su rostro de piel clara que no requería de afeites para mantenerse lozano, fresco y joven. Sin embargo, los efectos del sol norteño dejaban huella de los primeros estragos. Esperó, esperó a que el gran actor, para ella el mejor en la historia de la humanidad, prosiguiera en el desempeño de su papel, un papel que tal vez no volverá a representar jamás, dada la sobriedad de su carácter.

—Toma lo que te da la vida, cuando te lo dé y cuanto te dé —le había enseñado su abuela cuando Ernestina era todavía una chiquilla y vivía junto con su familia en una hacienda en las afueras de Saltillo.

Para Ernestina no había nada malo: había lo que había y lo que había era necesariamente bueno, muy bueno, buenísimo. ¿Esto me toca hoy?

A gozarlo, a disfrutarlo, a encontrarle el ángulo agradable y constructivo, el positivo, el optimista, el útil. Cada día es una nueva aventura, una hoja nueva, una sorpresa que nos depara el libro de la existencia. No hay días iguales, jamás encontraremos un día idéntico en nuestra corta vida, vivámoslo a placer como cuando uno da con una mandarina y después de horadarla con el dedo se estruja, se aprieta, se chupa y se succiona hasta la última gota de jugo para luego abrirla y comer la pulpa y devorar el resto de los gajos. Así se debe vivir al día, más, mucho más quienes ya vivimos una revolución y cada día despedíamos a nuestros padres y hermanos sin saber si los volveríamos a ver o no.

Don Venustiano siguió zafando uno tras otro los botones de general. Se desprendió de la guerrera. La colocó sobre los hombros del perchero. Ostentaba una camiseta sin cuello y sin mangas. Continuaban sin dirigirse la palabra y sin apartarse la mirada. Ella levantó una pierna para empezar a zafarse las agujetas del botín. Proseguía el juego. Don Venustiano la detuvo levantando rápidamente el brazo derecho y mostrándole en alto la palma de la mano con los dedos cerrados. Ernestina se abstuvo de cualquier intento de colaboración y volvió a su posición original. Sus brazos descansaron nueva y dócilmente encima de su regazo. El presidente se desprendió sin prisa alguna de sus pantalones. Los colocó perfectamente doblados en el perchero. Imposible que se percibiera la menor arruga. Sus calzoncillos largos llegaban a la altura de su rodilla. Con la punta del zapato izquierdo se pisó el talón del derecho. Al ejercer una breve presión quedó semidescalzo. Se agachó entonces para desanudar la otra agujeta. Se desprendió ágilmente de los calcetines dejando ver con toda claridad la flexibilidad que mantenía al haber sido toda su vida un gran jinete. Venustiano Carranza era un hombre robusto, casi diríase gordo. Sabía esconder muy bien bajo la ropa y tras las barbas su verdadera complexión.

Mientras el piso rechinaba, se acercó a su mujer y, exhibiendo las palmas de sus manos, le suplicó que le acercara uno de sus botines para que fuera él y solo él quien deshiciera el lazo formado por la agujeta y procediera a aflojarla hasta liberar su pie de la tortura del calzado.

Ernestina accedió gustosa y en silencio a cumplir con la sugerencia.

—Lo mejor de los hombres maduros es cuando vuelven a ser niños y juegan como tales —se dijo, tratando de encontrarse inútilmente con la mirada de su marido.

Un botín. Acto seguido el otro rodó por el suelo. El presidente bien pronto los acomodó al lado del buró. A él le gustaba hablar lentamente, comer lentamente, pensar lentamente, caminar lentamente y beber lentamente, lentamente, muy lentamente…

Ernestina lo miraba conmovida. Lo buscaba sin lograrlo. Don Venustiano introdujo entonces las manos bajo las enaguas hasta retirar las medias de su mujer. Imposible que ella lo ayudara en la maniobra. ¡Ay, solo por estos momentos valía la pena la existencia! Le volvió a ofrecer ambas manos para ayudarla a descender del lecho. Cuando la tuvo frente a sí, le desabotonó uno a uno los botones forrados que corrían entre los dos senos formando una línea. Los ojales eran muy estrechos y el esfuerzo era mayúsculo, más para aquellas manos acostumbradas en sus primeros años a las arduas faenas del campo. Los dedos gruesos y grandes del presidente complicaban gravemente la maniobra, pues ya le era difícil tomar siquiera cualquiera de ellos antes de que se le escapara, como si fuera a picar una aceituna con un palillo.

Cuando terminó sin ninguna ayuda semejante tarea faraónica que desde luego exigía mucho más allá que la paciencia de un chino senil, Carranza abrió el vestido a la altura del pecho y una vez zafado de los brazos y hombros tiró de él hacia abajo obligándose a ponerse de rodillas ante su mujer para cumplir completamente con sus obligaciones maritales. Ella colocó su mano izquierda sobre el hombro derecho del presidente para desprenderse de una primera parte del vestido. A continuación hizo lo propio con su mano izquierda hasta que don Venustiano pudo tener en su poder la prenda entera, misma que colocó en el banquillo, frente al tocador donde se arreglaba Ernestina.

Ella hubiera deseado cubrirse instintivamente con sus brazos. La escena le parecía muy agresiva. Si al menos estuviera oscurito o las cortinas permanecieran cerradas o se hubiera tomado un buen trago de tequila para desinhibirse aun cuando fuera sin sangrita… Algo, algo, ¿pero así en seco, sin previo aviso, sin las caricias nocturnas, sin las insinuaciones y arrumacos necesarios antes de cada encuentro amoroso…?

El presidente la hizo girar delicadamente. Todavía le faltaba un mundo de trabajo en lo que zafaba el corsé que una de las muchachas del servicio había apretado como si se hubiera dispuesto a impedir que su patrona, quien a todo el mundo obsequiaba sonrisas, volviera a respirar. Desanudó los lazos blancos y los fue retirando uno a uno de los dientes de una prenda que, por lo visto, jamás fue pensada para cuando la pareja sufriera un repentino e incontrolable arrebato amoroso. Cuando finalmente concluyó y se percató de que la delicada ropa femenina, toda una ingeniosa estructura, diseñada con moños rosas de satén y bordados con hilos de seda para subrayar la cintura de las mujeres, quedó suelta y libre y ya no había corpiños que quitar, se lo retiró lentamente a Ernestina mientras que ella colocaba sus puños sobre la colcha de la cama. Tenía el torso completamente desnudo. La odisea había sido mayúscula.

Don Venustiano jamás había llegado a esos extremos en casi 15 años que llevaba de conocerlo. ¿Qué extraña fuerza se movía en el interior de su pareja y lo hacía conducirse de una forma tan curiosa y al mismo tiempo tan seductora? ¿Qué lo obligaba a tener contacto directo con la vida, con lo mejor de la vida? Parecía como si el presidente requiriera reconciliarse con algo, como si estuviera viviendo o hubiera vivido una severa pérdida. Entendió a aquellos que se empinan de golpe una botella de mezcal a pico o beben uno tras otro un caballito de tequila o acaban con un vaso de pulque de un par de tragos y sin respirar. Las emociones pueden llegar a ser tan intensas o la realidad tan adversa, que es necesario asirse de una tabla de salvación como a la que se aferra compulsivamente un náufrago antes de perecer ahogado.

Carranza recorrió con las barbas la espalda blanca y tersa de Ernestina mientras que introducía sus dedos pulgares a un lado de los calzones largos y bordados. Los hizo descender sin percatarse de que a la altura de la rodilla también estaban anudados por unos breves lazos de seda rosa que remataban con un moño estratégicamente colocado como un detalle de coquetería que Venustiano pocas veces había advertido. Nuevamente de rodillas, de espaldas a ella, ahora sí la desvistió completamente. Le besó las nalgas una y otra vez. Le insinuó que se subiera a la cama sin pronunciar palabra alguna. Ella volvió a cumplir con sus instrucciones al pie de la letra.

Carranza la tuvo así a su alcance, a sus órdenes, a su gusto y a su antojo. ¿Qué haría un hombre sin su pareja, una voluminosa fuente de ilusión, una de las más poderosas justificaciones de la existencia? El destino, el único destino, la única razón tal vez sin saberla, por la que el compositor compone, el legislador legisla, el juez sentencia, el escritor escribe, el pintor pinta, el doctor opera, el catedrático enseña y el gobernante gobierna. Todo gira alrededor de una mujer como la que yo tengo ahora aquí frente a mí. Bendita bendición de los benditos mortales.

Fue entonces cuando Venustiano Carranza amó a Ernestina sin desprenderse de su ropa interior ni quitarse su camiseta ni los calcetines café oscuros, tal y como era su costumbre. Un hombre que permite que su esposa lo vea desnudo le perderá el respeto de ahí en adelante. ¡Cuídate de que tu mujer te vea algún día las nalgas porque serás un auténtico don nadie en tu casa!

Don Venustiano la penetró, la penetró lo más rápido que pudo, la penetró frenéticamente, contradiciendo sus propios ritmos existenciales. Después de un par de feroces arremetidas, como las de un búfalo agonizante, cayó sobrio a un lado de la cama y sin sonreír, habiendo olvidado quitarse las eternas gafas. ¡Ay!, cuánto había padecido de los ojos desde su remota juventud. Y pensar que estuvo a punto de quedar ciego, completamente ciego y para siempre…

Ernestina, sin cerrar todavía las piernas, mantenía clavada la mirada en el breve candil que decoraba la habitación. ¿No es una maravilla, un privilegio de las mujeres, poder dar tanto placer a nuestros hombres, a nuestros machos que tanto les debemos y tanto nos dan…? ¡Cuánto le agradezco a mi abuela que me haya enseñado a dar sin recibir! Cuánto le debo por haberme enseñado y educado para que yo jamás me permitiera sentir nada al estar con un hombre: es impropio de una señorita que se respeta, me repetía siempre para mi bien…

Un sonoro ronquido hizo las veces de respuesta a la pregunta de Ernestina: rey, mi rey, Venus, mi dios, ¿a qué horas quieres comer tu pucherito de gallina, mi cielo…?

Cuando Carranza despertó, le sirvieron su platillo favorito. Al lado de su plato se encontraba un pequeño recipiente con chiles chipotles. Ernestina había desmenuzado la pechuga y escogido personalmente los garbanzos más suaves. El agua de chía jamás podía faltar sobre la mesa. En esa ocasión el presidente de la República comió sin pronunciar palabra. Se abstuvo de confesarle a Ernestina sus planes para reformar solamente la Constitución de 1857 sin incorporar mayores reformas sociales. Solo introduciría algunos cambios y él mismo escogería a los diputados constituyentes para evitar desviaciones políticas y legales…[94] No era el momento de discutir el tema con ella. Soñaba con ver convertidos a los campesinos en parvifundistas, dueños de granjas y de colonias agrícolas. Por supuesto que no creía en el ejido. Trataría de repartir la menor cantidad de hectáreas posibles. Lo haría cuando las presiones fueran insoportables o para premiar a sus generales por méritos en campaña.

De postre probó el zapote con algunas gotas de jugo de naranja. No tenía la menor duda de la necesidad de abolir la institución de la vicepresidencia de la República ni de imponer el principio de la No Reelección. Defendería su imagen de inspirado demócrata. Pasara lo que pasara, clausuraría la Casa del Obrero Mundial y desde luego reviviría el «Decreto Juárez» y fusilaría a quienes incitaran a huelgas y a la descomposición del precario orden nacional.[95] ¡Claro que continuaría fusilando a los falsificadores de billetes! Era muy efectivo recurrir al paredón del campo de tiro…

20. El «Cuarto 40» / II

La mayoría de los expertos que prestaban sus servicios en el «Cuarto 40» ignoraban, por lo general, si era de día o de noche o si se trataba de un jueves o de un lunes o si ya habían cenado, comido o desayunado. ¡Cuánto agradecían los febrilmente involucrados en las secretas, secretísimas labores de inteligencia naval del gobierno de Inglaterra, las palabras mágicas *It's time to go home for a while*, pronunciadas por Reginald Hall con un timbre de voz apenas audible!

Hall demostraba cada vez más sus habilidades. Su manera de ser, en especial su desesperante terquedad y su espíritu de competencia le habían reportado inmensas satisfacciones.

—En el juego y las guerras pierde quien comete más errores —alegaba como si jamás hubiera conocido la resignación; así, Hall, un «perfecto perfeccionista», como le decía su mujer, estimulaba a sus colaboradores, les sugería alternativas, opciones, caminos, atajos—, donde hay una opinión, hay una nueva posibilidad… Escuchen, escuchen todo y a todos… —sabía también confortarlos cuando el fracaso, después de horas y más horas de esfuerzo por descifrar un texto, acababa por agotar su paciencia.

»*Go and get some fresh air… Tomorrow is going to be another day…*»

Hall buscaba fanáticamente el triunfo negando siempre en silencio con la cabeza cuando le explicaban las razones por las cuales no habían podido descifrar un mensaje. En ese momento contestaba con un odioso *bla, bla, bla and bla, again* para pinchar el amor propio de su cuerpo de criptógrafos, la mayor parte de ellos, improvisados. Orgulloso de la historia de la marina inglesa, más aún por el papel que había desempeñado en la derrota final de Napoleón Bonaparte, estaba dispuesto a ganar la guerra europea espiando los movimientos alemanes, por insignificantes que fueran, de tal manera que lograra descubrir ciertos planes del alto mando antes de que pudieran ser ejecutados en alguna parte del mundo. Hall había decidido recurrir a cualquier medio con tal de alcanzar sus fines…

Reginald Hall y Winston Churchill ¿no habían acordado, en una reunión a puerta cerrada, cuando el último todavía era Lord del Almirantazgo, el hundimiento del *Lusitania*, cargado con mil 195 pasajeros civiles,

94 niños y 140 norteamericanos, con tal de provocar el ingreso de Estados Unidos en la guerra? Hall ya había interceptado mensajes enviados por el alto mando alemán que instruían a Schwieger, el comandante del submarino, para que echara al fondo del mar al *Lusitania* y, sin embargo, Churchill y Hall, conociendo esta información privilegiada, permitieron que el barco continuara su ruta y fuera torpedeado, a sabiendas de que arrojaría un saldo atroz de muertos.[96] ¿Por qué el *Lusitania* no fue desviado oportunamente? ¿Por qué no enviaron destructores desde Liverpool para escoltarlo a su paso por Queenstown o por el Canal de San Jorge y garantizar, así, su arribo a un puerto seguro?[97] ¡Churchill quería asestar un sólido puñetazo en la nariz del presidente Wilson…! Hall estaba con él…

¿El propio Reginald no había mandado asesinar al joven Szek después de que este ya había copiado a mano y entregado a un agente inglés el código marino de Alemania que tanto requería el «Cuarto 40»? ¿No había cumplido cabalmente con su palabra? ¿Cómo dejar un secreto tan caro en manos de un imberbe?

Claro que Hall estaba dispuesto a sacrificar a toda la tripulación de un barco, así como a sus pasajeros de cualquier nacionalidad, edad o sexo y mucho, mucho más, con tal de alcanzar un objetivo específico, sí, pero no solo eso: también contaba con la confianza y los recursos de su gobierno para crear una red de espías, además de un enorme cuerpo de agentes. A partir de los hallazgos del *Magdeburg* y de la maleta de Wassmuss le empezaron a conceder fondos a discreción para hacerse de informes confidenciales. Lo abastecían con enormes cantidades de dinero para sobornar, secuestrar, torturar y asesinar, si fuera el caso, con tal de obtener un gran secreto que inclinara la balanza de la guerra a favor de la Gran Bretaña.

Hall era un inglés convencido de la insuperable capacidad intelectual de sus compatriotas. El orgullo de su nacionalidad era una poderosa fuente de inspiración para lograr el diseño y ejecución de sus proyectos. La seguridad que mostraba en el triunfo de todo lo británico hacía que jamás decayera su entusiasmo, con el que era capaz de contagiar a todo su equipo, animándolo, sacudiéndolo constantemente de una u otra forma para subrayar la importancia de su misión.

—*It's England my friend, it's England… England, England, England…*

—Una buena inteligencia —afirmaba constantemente— es la clave de la victoria, y quienes estamos reunidos en este cuarto representamos lo mejor de la inteligencia inglesa…

Encerrado en una ocasión en el Club de Oficiales de la Marina y rodeado de sus más íntimos colaboradores, a quienes invitaba esporádicamente a beber un par de whiskys, Hall confesó que tarde o temprano se veía obligado a poner la información secreta, sus tesoros, en manos de políticos y diplomáticos. «De otra manera los esfuerzos y sacrificios carecerían de sentido...»

Tomando a sorbitos su whisky sin hielo de un vaso pequeño de cristal cortado —en su casa su mujer se lo servía en un vaso del mismo tamaño, pero de cristal de roca— reveló su más grave preocupación: los alemanes jamás deben saber que tenemos los códigos para descifrar sus mensajes. De este secreto, *dear gentlemen*, depende sin duda el resultado de la guerra. En nuestras manos está bien cuidado, pero en manos de los políticos, *God Save the King*... El poder los pierde y los enloquece... Y sucede que nosotros les daremos poderes con los que nunca han soñado.

—¿De qué le sirve al Reino Unido —continuó el almirante con el ceño fruncido— descubrir los planes de Alemania si se los ocultamos a nuestro gobierno para evitar un mal uso de ellos? Es como tener petróleo en el subsuelo y no poder extraerlo. ¿Vamos a esconder las claves y secretos para ganar la guerra por miedo a la indiscreción o corrupción de un político? ¿Verdad que no? —y concluyó convencido—: no podemos desperdiciar la información obtenida a través de nuestros servicios de inteligencia. *No, sweet dear Lord... no!* Tenemos que exponernos...

La conversación se desvió unos instantes hacia la política y los políticos. Hall recordó el sentido del humor de Churchill cuando él mismo se burlaba de sus colegas al afirmar: la gloria de un político es directamente proporcional al grado de estupidez de la ciudadanía... Que si el rey, que si el primer ministro, que si la Cámara de los Comunes o la de los Lores y ¡ay!, la prensa, la prensa... La guerra, en particular la submarina, la falta de medicinas y alimentos, los alemanes descastados, el infierno en las trincheras francesas y belgas, los horrores de la llegada de un nuevo invierno, el maldito gas mostaza del káiser...

—¿Cómo se explican ustedes —volvió Hall al tema en el seno íntimo de sus colaboradores— que cuando el *Magdeburg* encalló hace ya dos años, los alemanes no cambiaron inmediatamente sus códigos de comunicación, sobre todo a partir de que el propio Habenicht, el comandante del *Magdeburg*, confesó que a él no le había dado tiempo de destruirlos antes del naufragio?[98] ¿No era una precaución elemental, más aún cuando Enrique de Prusia, el mismo hermano del káiser, había solicitado en todos los tonos la elaboración de nuevas claves?

Lo más selecto de la Inteligencia Naval Inglesa estaba reunido ese día en el salón reservado a Reginald Hall, quien había puesto la lupa en cada candidato a ingresar en su equipo de trabajo. Se trataba de elegir a ciudadanos británicos con notables convicciones nacionalistas y una reconocida capacidad intelectual en su actividad profesional. Nadie podría oponerse a prestar sus servicios a la Madre Patria, sobre todo cuando esta se encontraba en un severo predicamento. En aquella ocasión asistió De Grey, un hombre de 30 años con rostro de estrella cinematográfica graduado en la Universidad de Eaton.[99] A su lado se encontraba el reverendo Montgomery, escritor de temas teológicos, quien dominaba el inglés, el alemán y el francés y tenía un grado académico en el Colegio Presbiteriano de Londres y en el Colegio de San Juan en la Universidad de Cambridge. También estaba presente Ernest Harrison, profesor emérito de los grandes clásicos del Trinity College Cambridge, así como «germanólogos» de diferentes universidades, como L. A. Willoughby, de Oxford, y W. H. Bruford, de Caius, encargado del tráfico con Madrid. También se encontraba Patrick Curwen, actor; Molyneaux, oficial inválido de la marina; G. P. Mackeson, caricaturista, y Francis Toye, crítico musical, entre otros tantos más. Una canasta variada de protagonistas, todos ellos destacados en sus respectivas áreas, probadamente discretos y dispuestos a lo que fuera necesario con tal de evitar que su país cayera en las garras de la dictadura germana.[100] Todos ellos habían demostrado una sorprendente capacidad de aprendizaje de las técnicas criptográficas.

Willoughby, dejando caer una palabra tras la otra, como si fueran golpes asestados por el mallete del juez, acotó que «despreciar una pista, ya ni se diga una sugerencia planteada por el hermano del káiser, un hombre, además, del mar, es un acto de soberbia suicida».[101] A veces es tan fácil engañar a quien cree saberlo todo…

Cuando Hall hablaba con su equipo de cuestiones de inteligencia no solo guiñaba el ojo más aceleradamente, sino que se percibía un brillo muy particular en su mirada. Discutir esos temas parecía ser la mejor medicina. Ningún facultativo, ni aun con toda su ciencia «a bordo», hubiera podido curarme… La frustración por el retiro obligatorio por motivos de salud se iba desvaneciendo con el tiempo. De hecho, ya no sentía nostalgia ni por su barco ni por el mar y sus horizontes interminables, ni por los vientos sobre cubierta ni por las tormentas a bordo, que disfrutaba a veces amarrado en la proa, ni extrañaba la paz propia de la calma chicha.

Entre el reverendo Montgomery y Francis Toye discutieron la importancia de cambiar cíclicamente los códigos completos. «Es el ABC de cualquier departamento de criptografía y por supuesto de cualquier elemental oficina de inteligencia.» «Los alemanes siempre han sido muy suficientes y desprecian cualquier inteligencia ajena. Los estoy escuchando mientras dicen *'unsere Feinde sind ja alle idioten'*. El exceso de confianza en ellos mismos siempre los ha matado y espero que esta vez también los aniquile…»

—Es cierto —agregó De Grey, mientras comía un puñado de cacahuates—, los alemanes son tan confiados en su indisputable superioridad tecnológica y científica que cambian la puerta, pero dejan la misma cerradura… Increíble, ¿no…? Después de meses de sospechas modifican las claves frescas de acceso y dejan intactos los mismos códigos… Mientras sigan creyendo que ellos son genios y nosotros unos débiles mentales, ganaremos la guerra…

Hall tenía la enorme ventaja sobre todos sus colaboradores de acaparar la información global, a diferencia de estos, que solo conocían la de sus respectivos departamentos. El almirante disfrutaba al escuchar las opiniones de sus criptólogos. El trabajo cotidiano impedía conocer de cerca sus inquietudes personales. Esos breves espacios, los del *scotch time*, les permitían acercarse e identificarse más, un objetivo imposible dentro de la locura diaria del «Cuarto 40».

—Créanme —agregó Toye a su vez—, tan los alemanes nos desprecian que continúan mandando mensajes al aire como si ni Dios pudiera descifrarlos. Ellos mismos contribuyen a su propia inseguridad al abusar, además, de la comunicación sin cable.

—¿Y qué otra cosa pueden usar si les cortamos los cables submarinos intercontinentales desde el primer día en que comenzó la guerra? —saltó Hall orgulloso de la hazaña, otra vez inglesa. ¿Cómo disimular su satisfacción?

—Entonces que sean más discretos…

—Esa es nuestra gran ventaja —interceptó otra vez Hall—. Si fueran más discretos o menos confiados y descubrieran que desde hace tiempo desciframos 90% de sus mensajes, estaríamos acabados.

Willoughby dio un gran trago de escocés. Conocía a la perfección las ventajas de guardar celosamente semejante secreto.

—¿Se imaginan ustedes si nosotros hubiéramos desdeñado las denuncias anónimas que nos llegan al «Cuarto 40»? —cuestionó Molyneaux, secándose los labios con una servilleta grabada con el emblema del club—. Jamás hubiéramos descubierto la estrategia alemana para reinstalar a Huerta en el poder ni hubiéramos conocido a tiempo los planes del káiser para incendiar Irlanda del Norte aliándose a los enemigos del rey ni hubiéramos desmantelado la estrategia del alto mando alemán para provocar la independencia de la India…

La conversación no se prestaba para argumentos jocosos ni para bromas crueles a las que Hall era tan proclive. No era conveniente desvanecer la euforia en ese momento. Bien valía la pena disfrutar ese breve desahogo. La guerra arrojaba muchas bajas, el hambre amenazaba a toda Europa y el bloqueo submarino impuesto por Alemania desde el 4 de febrero de 1915 causaba ya estragos mayúsculos. El miedo a caer absorbidos por una dictadura militar, como la alemana, era una posibilidad cada día menos remota.

—Desde Juan Sin Tierra en el siglo XIII, en plenas Cruzadas, la Gran Bretaña ha peleado por la democracia, por no hablar de Cromwell o Disraeli ni de Tomás Moro —adujo Willoughby recargándose en el respaldo de la silla mientras se mesaba el bigote—. No podemos permitir que un perturbado de sus facultades mentales, como Guillermo II, arrase con un esfuerzo de siglos por crecer en libertad.

—La historia no termina ahí —advirtió Hall en tono circunspecto, volviendo insistentemente al tema que absorbía toda su atención—. Deben saber que hace un par de meses toda la flota alemana rechazó un nuevo código por ser complicado, grande y aparatoso.[102] Eso significa que afortunadamente nos quedaremos con los libros viejos por un buen rato más…

Las carcajadas y el brindis no se hicieron esperar. Estamos en la más espantosa guerra de la historia y estos salen con que desprecian su tabla de salvación porque está fea… Ya sabemos quiénes son los idiotas… *Cheers!*

—Eso sí —comentó W. H. Bruford mientras pedía más hielo. Cada uno hablaba de cierta manera de su área de responsabilidad—. Gracias a que aumentaron el alcance de la estación de Nauen, los mensajes que captamos en América, África occidental y hasta en China son más limpios y legibles. *Dankeschön, Herr Kaiser, vielen dank…*

—¿Se acuerdan —interrumpió Hall con una sonrisa sardónica— cuando alguien del gobierno nos pidió que dinamitáramos la estación de Nauen para que Alemania quedara incomunicada?

—*That's really a bloody stupid thing to do* —acotó Willoughby—. ¿Íbamos a perder una herramienta maravillosa para descubrir los planes tramados en contra nuestra?

«Apartemos a los políticos de las labores de inteligencia.» «¿No es claro que los políticos invierten horas para explicarnos sus planes y luego otras tantas más para justificar sus fracasos?» «Cuando fallan las palabras de los políticos los acuerdos se imponen a bombazos», decían entre sí para apoyar a Hall y atacar a los causantes de las guerras: «Cuando se agotan las palabras entonces los políticos disponen de las balas».

El whisky iba relajando la reunión. La familiaridad empezaba a ser contagiosa. ¡Cuánta necesidad había de reír de vez en cuando para sacudirse al menos por unos instantes el peso de la losa que cargaba a diario el equipo selecto de criptógrafos del almirante Hall! Las ocurrencias cruzaban de un lado al otro de la mesa. La cordialidad afloró aún más cuando el mesero uniformado, de cara apergaminada, colocó al centro una nueva botella de Glenlivet de 12 años y otra cubeta con hielo. El agua siempre fue innecesaria.

En esos momentos, L. A. Willoughby, habiéndole pedido autorización a Hall, procedió a contar su descubrimiento de las cuadrículas.

—¿Cuadrículas…? —se apresuró a hacer eco un par de los técnicos, llenos de curiosidad.

Los presentes se quedaron intrigados. L. A. Willoughby contó entonces cómo los alemanes habían dividido el Mar del Norte en una cuadrícula en donde los cuadros medían 6 × 6 millas y cada uno estaba numerado.

—Cuando un barco alemán sale al mar está obligado a informar continuamente al almirantazgo su posición exacta, al estilo teutón: no deben quedar dudas del lugar preciso donde se encuentra la embarcación. ¿Está claro hasta ahí? —preguntó, conteniendo la risa. Sin permitir que nadie le contestara, continuó diciendo que él marcaba en un mapa las posiciones de todos los barcos, incluidos los submarinos, según iba descifrando sus reportes de alta mar, hasta ser evidentes los canales de navegación…

»Lo más importante para nosotros fue descubrir cómo ningún barco alemán tocaba nunca ciertos cuadros, ya que invariablemente se quedaban en blanco —Willoughby empezó a sonreír—. Me fue muy fácil concluir que en esos cuadros blancos estaban precisamente las minas y, por ende, descubrir cuáles eran las áreas donde era completamente segura la navegación… ¿No fue una maravilla?», concluyó, soltando una risotada mientras algunos de sus compañeros permanecían boquiabiertos…

—¿O sea que hoy nuestra marina puede navegar por el Mar del Norte como si estuviera de veraneo?

—Cierto…

—¿Y los submarinos?

—Los submarinos antes nos hacían mucho más daño, solo que como ahora la mayoría se reporta cada milla náutica —adujo Willoughby en plan de sorna—, hoy por hoy, gracias al cielo sabemos dónde está una buena parte de esos aparatos arteros. En el Atlántico las condiciones son distintas.

—Si sabemos dónde están las minas y los submarinos, ¿por qué entonces no organizamos una regata en el Mar del Norte? Sería una burla magnífica en plena guerra —festejó Cruwen—. ¿Se imaginan la cara del káiser con todo y su casco de pico plateado?

Al sentir cómo se abría la baraja y de alguna manera se hacía un pequeño concurso de lucimiento ante el jefe de la inteligencia británica, Bruford, decidido a no quedarse atrás, contó cómo él había venido descubriendo los intentos alemanes para iniciar una guerra bacteriológica contaminando con bacilos del cólera todos los ríos que cruzan Portugal.[103]

Hall guardó silencio por primera vez en la reunión. Su rostro adquirió una repentina severidad. ¿Estarían llegando demasiado lejos en difundir la información confidencial que cada uno tenía, aun cuando se tratara de un hermético grupo de colegas?

Sin embargo, Molyneaux pareció no captar la expresión facial de Hall y continuó narrando cómo, en otra ocasión, llegaron a saber, siempre descifrando mensajes aéreos, el caso de la amante de un tal Krohn, quien transportaba ántrax a Buenos Aires a bordo del *Reina Victoria Eugenia* para infectar 200 mulas que estaban siendo embarcadas en el *Phidias*. Se trataba de impedir que esos animales llegaran a apoyar a la caballería francesa. Todas las pobres bestias murieron hasta que pudimos desmantelar ese aparato siniestro de intoxicación masiva.[104]

—¿Ántrax? ¿Qué es ántrax? —preguntó Willoughby lleno de curiosidad.

—Un veneno poderosísimo que mata masivamente —contestó Molyneaux—. Basta tirar lo que quepa en un barril para envenenar todo el lago Constanza o los Grandes Lagos de Estados Unidos o el Mar Negro…

Para los buenos observadores, Hall ya lucía visiblemente incómodo. Sin embargo, a pesar de su silencio, la reunión continuaba con toda normalidad. A veces, estando de cuerpo presente, se aislaba de todos, dejándose conducir por los problemas… Igual ya estaba pensando en la posibilidad de sabotear los planes alemanes en China con tal de impedir que recuperaran alguna de sus colonias perdidas en Asia. A saber… En ocasiones estaba tan distraído. De cualquier manera el director de Inteligencia Naval recordó cuando interceptó un mensaje aéreo enviado por un miembro del Parlamento inglés al cónsul alemán en Rotterdam en el que le proporcionaba información secreta.[105] El legislador fue juzgado por espía y ejecutado sin que nunca supiera cómo había sido descubierto. Trajo a la conversación el caso de otro cónsul, también inglés, que estaba por hacer estallar una nueva revolución en Irlanda y acabó colgado.[106] No pudo evitar narrar el caso Mata Hari cuando el agregado naval alemán en Madrid pidió fondos para la espía H-21, que resultó ser la popular bailarina. Por supuesto que fue fusilada con todo y su belleza y su magia…

El último comentario se dio cuando Curwen, quien hasta ese momento había permanecido casi callado, hizo saber que lo mejor estaba todavía por venir. Esta sí es noticia de noticias. Él estaba a punto de descubrir la identidad de un grupo de saboteadores que había hecho volar, dos meses antes, un depósito de armas y pólvora en Nueva York, el Black Tom, además de otros tantos incendios provocados, todos en Estados Unidos, como fábricas de cable, explosiones en depósitos de armas y fábricas de municiones, entre otras más, donde el mismo conjunto de maleantes también había estado involucrado. Ya sabían, por ciertos telegramas interceptados, que una de las integrantes de la banda era mujer y que, después de dinamitar puntos estratégicos en Estados Unidos, se internaba en México para escapar de las manos de la justicia norteamericana.

—Muy pronto Lansing y Wilson sabrán quién hace volar por los aires las fábricas de armamento y de equipo norteamericanos de las que Inglaterra cada día depende más —advirtió Curwen, blandiendo amenazadoramente el dedo índice—. Yo me comprometo a que la cuelguen. Me encantaría ser el primero en colocar clavos en el patíbulo de esa maldita mujer… ¡Asesina! Me gustaría ser su verdugo…

Con el comentario de Curwen, la mayoría volteó a ver a Hall para conocer su reacción. Su nariz majestuosa, sus labios firmes pero escasos, formados por una sola línea, la barbilla prominente, delgada y partida, hablaban de un hombre con el que no era posible tomarse libertades. Parecía un halcón peregrino, una impresión que se reforzaba con aquellos conocidos ojos penetrantes, educados para funcionar como dardos para controlar a la gente. Con su mirada podía ver a través de las personas y escudriñar su alma…

Hall creyó que era el momento de cancelar el capítulo de las intimidades y confesiones, dar el último trago de «scotch» y volver al «Cuarto 40». La guerra no podía esperar. Era el 30 de noviembre de 1916. Una noche helada anticipaba la inminencia del invierno. El *Big Ben* anunció las cuatro de la madrugada. La espesa niebla londinense podía provocar que los contertulios pudieran extraviarse estando tan solo a unos metros de distancia. Nada se movía: ningún vehículo, ni siquiera de los que subsistían todavía tirados por caballos, circulaba a tan temprana hora de ese día. La mayoría de los criptógrafos del «Cuarto 40» desaparecieron de golpe en la primera estación del *subway*. Sus voces se perdieron en la espesura mientras hablaban de la muerte del emperador Francisco José, quien había gobernado casi 70 años el Imperio austrohúngaro. A Hall y los suyos los esperaban otros 800 colaboradores y subalternos más… La temperatura del «Cuarto 40» en nada se parecía al frío prevaleciente en Piccadilly Circus…

21. Félix y María / IV

Mientras tanto, Félix y María tuvieron otro feliz encuentro ya entrada la primera semana de diciembre de ese mismo 1916. Habían transcurrido por lo menos dos meses desde su regreso de Alemania, a donde habían ido contra todas las recomendaciones, para que María conociera a Harold, el hermano de Félix. Después de entrevistarse con él en Hamburgo, confirmaron que, efectivamente, el mayor de los Sommerfeld estaba tocado de muerte con una enfermedad terminal: los médicos le concedían, cuando mucho, seis meses más de vida.

Se habían embarcado en un vapor alemán de pasajeros que zarpó de Boston rumbo a Barcelona y de ahí llegaron como pudieron a Hamburgo, para encontrar el puerto en plena efervescencia bélica. ¡Todas las noches a bordo del *Mummerle* las pasaron desnudos e intensamente abrazados en la cama, a veces con los ojos cerrados, en duermevela, a la espera de un torpedo disparado por un submarino inglés que hiciera blanco en la sala de máquinas! En los días, a medio Atlántico, a toda hora buscaban, con el mayor disimulo entre ellos mismos, una línea blanca submarina y macabra que apuntara incontenible hacia la proa de la nave. ¿Y si los espías ingleses habían colocado bombas incendiarias de tiempo de las tantas que había puesto María a bordo de las embarcaciones británicas, francesas y hasta americanas y que estallaban a los tres días de iniciada la travesía? Ámame, amor, tal vez no podamos hacerlo ya nunca más… Cada mañana volvían a respirar, a reír, a disfrutar si acaso los últimos instantes de vida que les deparaba el destino. En todo momento, y a los ojos de los demás, parecían un par de jóvenes adolescentes divertidos que gozaban por primera vez a placer las delicias del amor. ¿Guerra? ¿Cuál guerra cuando jugueteaban como chiquillos en cubierta?

De regreso en la Ciudad de México, sentados en el restaurante Gambrinus, ampliamente conocido porque ahí mismo, durante los días aciagos de la Decena Trágica, Victoriano Huerta había comido con Gustavo Madero y a la hora del postre lo había hecho detener para asesinarlo horas más tarde, la pareja escogió una pequeña mesa, que daba a la ventana, decorada con una flor de nochebuena. Ahí recordaron a Harold, festejaron su sentido del humor a pesar de su enfermedad, contaron el número de tarros de cerveza de un litro que había ingerido, sin respirar, sujetándolos con aquellas manazas que disminuían el enorme recipiente de vidrio al tamaño de un dedal. ¿Cuánto le pesaría esa panza? ¿No le desviaría la columna? ¿Cómo haría el amor, Félix?

Por supuesto que habían advertido el hambre en Alemania, la angustia de la gente, la desesperación por la cadena de privaciones. Inglaterra había impuesto a sus enemigos un bloqueo cerrado, cerradísimo, para condenarlos a la inanición lo más rápido posible. Ya nadie quería recordar los días felices en que las tropas del káiser desfilaban insufladas de pasión y de ilusión por ir a la conquista de nuevos territorios y a germanizar media Europa. Era difícil volver a imaginar a las mujeres que arrojaban flores desde los balcones o besaban a los soldados a su paso por las avenidas principales rumbo a la estación de trenes o al puerto más cercano. Todos eran héroes en aquellos momentos. La esperanza en un mundo mejor, aun cuando fuera a través de la muerte, fortalecía los ánimos populares. La justicia acabaría por imponerse.

El conflicto armado no podría durar supuestamente más allá de siete meses y, sin embargo, ya habían transcurrido más de dos años y la devastación era cada vez peor. ¿En qué terminaría todo esto? ¿Qué clase de mundo emergería después de tanta destrucción y millones de pérdidas humanas? ¿Qué lección aprenderían las futuras generaciones a partir de estos actos de barbarie originados en la ambición insaciable del hombre? ¿Por qué comenzó todo? ¿Por apetitos territoriales, por vanidad militar, por competencia comercial o por prejuicios raciales? ¿A dónde podían conducir las pasiones desbordadas, la arrogancia de los príncipes del poder, los resentimientos familiares y los rencores nacionales? Hoy todo era luto entre los beligerantes. Sobre toda Europa se percibía un gigantesco moño negro.

En aquella ocasión, Félix había decidido ocultar, aun a su hermano, el nombre verdadero de María: nunca ninguna precaución es excesiva. A nadie debemos informarle ni quién eres ni mucho menos qué haces. Sería una locura. Te presentaré como Eugenia Ochoa.

—¿Es una más de las tantas mujeres que han pasado por tu vida? —preguntó María con cierto recelo ante la improvisación tan rápida del nombre.

—No, amor, no, se trata de una *personaja*, como ella siempre se decía y que, después de ti, es la mujer más inteligente que he conocido.

—No, no, nada con tu pasado, llámame Teresa Sánchez. Usemos mejor mi segundo nombre y mi apellido materno.

Mientras cenaban lo poco que podían ofrecer los menús locales en el Ratsweinkeller, en el 2 de la Grosse Johanesstrasse del puerto, Harold les había contado de un conjunto de nuevos códigos navales, diplomáticos y comerciales diseñados por él y su equipo de criptólogos y que ni Dios, ayudado por los apóstoles, podría jamás descifrar. Era una lástima que no los hubieran adoptado por su grado de dificultad, que él mismo reconocía, pero que habrían de reportarle mucho más seguridad a Alemania de cara al espionaje, cada día más agresivo y penetrante.

—No importa —adujo, golpeando con la base de cristal del tarro la gruesa cubierta de madera llena de corazoncitos y nombres de parejas que dejaron sus iniciales talladas en las enormes mesas alargadas de la antigua fonda—, mis códigos originales son indescifrables: yo apuesto a que un inglés, de esos que parecen haberse tragado una espada, sería incapaz de traducir un mensaje nuestro aun poniendo a su disposición las claves modernas. Nosotros, por el contrario, ya podemos decodificar los escasos mensajes que salen de la Pérfida Albión. En cada inglés hay un traidor, un pirata, un filibustero, un ratero disfrazado con bombín y bastón y, por ende, debemos acabar con ellos: imagínense, traidores por naturaleza y además armados hasta los dientes. Son un peligro para la estabilidad y el futuro del *Heimatland*.*

En los paseos por el puerto, bien abrigados porque el viento marino era particularmente helado en esa parte del año, Harold comentó, sin darse cuenta del alcance de sus palabras, que en las oficinas de la inteligencia alemana se estaban dando actos de espionaje enemigos verdaderamente agresivos, al extremo que ya nadie confiaba en nadie. Los sobornos descubiertos a cambio de datos eran alarmantes. Una de las informaciones más codiciadas consistía en descubrir la identidad del grupo de saboteadores que estaba haciendo estallar fábricas de armas y depósitos de municiones en Estados Unidos, pertrechos de guerra que iban a dar a manos de los enemigos de Alemania.

Félix y María se tomaron las manos enguantadas con más fuerza que nunca. De pronto caminaban como autómatas ya sin pronunciar una sola palabra ni escuchar las confesiones de Harold. Un frío más penetrante que los vientos provenientes del Mar del Norte les caló hasta los huesos. María miraba el piso mientras pateaba indolente algunas hojas secas de los árboles cercanos. Félix contemplaba el horizonte con el rostro sobrio, sin arrugarlo ni inmutarse al sentir cómo se le congelaba la piel.

---

* La Patria.

—Y ese grupo es el más buscado, no solo porque es el que hace más daño, sino porque tanto a Rusia, como a Francia, como a Inglaterra les han ocasionado perjuicios atroces —explicó el reconocido criptógrafo sin percatarse de la trascendencia de sus palabras—. Imagínense ustedes que cualquiera de los aliados espera cinco millones de cartuchos para el frente y no llegan porque la bodega donde se encontraban las municiones voló por los aires o se hundió sospechosamente el barco que transportaba los rifles o repentinamente se declaró en huelga la fábrica que iba a producir la pólvora —comentó, soltando una carcajada y celebrando, desde luego, la originalidad de los agentes alemanes que operaban en Estados Unidos.

Félix rodeó a María con el brazo derecho sin aflojar el paso. ¡Qué lejos estaba Harold de imaginar el alcance de sus comentarios! ¡Y qué cerca estaba de una de las saboteadoras más buscadas por los aliados!

—Todo se vale en la guerra —continuó ufano el enorme Harold—. Estados Unidos no debería vender ni un solo cartucho a nuestros enemigos si es que realmente es neutral, ahora bien, si es un aliado camuflado entonces nosotros tenemos derecho a dinamitarle el culo a Wilson, ¿o no?

Félix y María continuaban sin escuchar. Solo pensaban en ellos mismos, en su futuro, en sus planes personales. Félix se ocuparía, al final de la guerra, de la finca cafetalera de Chiapas, propiedad del padre de María. Ambos entendían que sus actuales papeles como espía y agente bien podían conducirlos al paredón o a la muerte por estrangulamiento en cualquier esquina, parque, tren, bar, lonchería o restaurante víctimas de los brazos largos de los aliados, que por ningún concepto los entregarían a la justicia norteamericana con el riesgo de salir bajo fianza, o bien, fugarse o seguir armando sabotajes desde la cárcel. De dar con María, «la justicia» se haría en plena calle, a tiros, o al dormir en un hotel o al ser atropellada por un automóvil o al beber un martini envenenado en Filadelfia o en San Francisco... Esto no era un problema de tribunales ni de entogados ni de leyes...

—Los buscan cuatro países, incluido Estados Unidos. Las recompensas son enormes. Yo mismo, que ya pienso en mi retiro y en la pensión de mi mujer, podría caer en la tentación y entregar la identidad de al menos dos de ellos... No me costaría trabajo... —concluyó sonriendo.

—Retráctate de lo que acabas de decir —tronó Félix con una violencia desconocida en él que sorprendió a su hermano e intimidó a su mujer. Suspendió la caminata y se enfrentó furioso a Harold.

—Retráctate ahora mismo: retráctate, retráctate, retráctate... —gritó fuera de sí, sujetándolo enloquecido por las solapas y sacudiéndolo como un maniático. En cualquier momento lo patearía.

Algunas gaviotas volaban indiferentes mientras caía la tarde. Una espesa niebla invadía el puerto que por lo visto jamás había conocido el sol.

Harold se asustó. Por supuesto que él hablaba en broma… Era un súbdito leal al emperador y simpatizante fervoroso de la causa de la resistencia alemana en Estados Unidos. Él sería un saboteador más, un inclaudicable compañero de todos ellos. Sí, sí, él mismo pondría bombas en la Casa Blanca o en el Capitolio si fuera preciso y necesario. ¡Cómo había cambiado Félix! Ya no se reía de sus bromas de antes… La misma Teresa Sánchez se había quedado muda…

—¿Qué te sucede? ¿Me crees capaz de semejante bellaquería?

Félix se sintió avergonzado. Reaccionó lentamente. Salía muy despacio de una alucinación. Soltaba el traje de su hermano como si fuera a desmayarse. Humilló la cabeza. Se arrepintió de haber sido víctima de un impulso tan agresivo e injustificado. No podía dar un paso ni levantar la mirada. Su única respuesta consistió en abrazar compulsivamente a su hermano. Lo volvió a abrazar y lo besó. Extraña conducta, ¿no? Él nunca lo había hecho. No era así. El trópico mexicano cambia a los hombres. El chile, la comida tan condimentada, las mujeres tan bravas, el tequila, el mezcal, los aguardientes, el recalcitrante sol tropical, definitivamente afectarían el carácter… Por alguna razón los mexicanos eran tan sentimentales…

Félix no soltaba a su hermano mayor, un verdadero admirador de sus hazañas. Experimentaba un intenso estremecimiento al estrecharlo. En su boca abundaba la saliva. Al abrir los ojos crispados se percató de que tal vez desde su infancia no lloraba. Las lágrimas escasas rodaban por sus mejillas, no por arrepentimiento ni por las palabras recién pronunciadas ni por su hermano al que no veía de buen tiempo atrás: lloró porque, en realidad, se estaba despidiendo. El sentimiento de pérdida, de vacío, la presencia de la nada, los recuerdos infantiles se agolparon simultáneamente en su garganta. La enfermedad, incurable, acabaría muy pronto con Harold. Sabría Dios si volvería a verlo, sobre todo porque el curso y los alcances de la guerra eran impredecibles. El futuro era una moneda en el aire.

El abrazo parecía interminable. María los contemplaba conmovida. Ambos hermanos se golpeaban en la espalda una y otra vez. Parecía un grito mudo, un lamento profundo, una súplica como si los dos se estuvieran hundiendo. Cuando se separaron, Félix se enjugó con la manga del abrigo. Los tres emprendieron de nueva cuenta la caminata. Esta vez en silencio. Cada uno deseaba dejar reposar unos instantes sus pensamientos.

Todos esos recuerdos ocupaban la mente de Félix cuando, comentándoselos a María, le extendió el menú en el restaurante Gambrinus.

—Te recomiendo la sopa de queso con unos granos de elote y rajas —sugirió el agente alemán a su mujer. Ella cerró la carta.

—Pide lo que quieras. Solo que en el postre mando yo —aclaró María con su clásica sonrisa picaresca.

El alemán, en un castellano casi perfecto, pidió la sopa para los dos y un par de tiras de carne adobada con una enchilada verde rellena con pollo, frijoles refritos y una buena ración de guacamole.

—¿Qué es el postre, amor? No resisto la tentación…

—Son dos. ¿Te digo uno?

—Sí, sí…

—Tengo una colección de nuevas fotografías que no has visto. Antes de publicarlas quiero que las critiques…

—Hacía mucho tiempo que no te veía con la cámara al hombro…

—Malo, muy malo cuando alguien se olvida de uno mismo… —repuso ella con ese conocido brillo en los ojos que irradiaba vida, ilusión y hasta candor, muy a pesar de su actividad secreta.

—¿Y el otro postre?

—Esa es sorpresa, sorpresa, Felixito… Y ya ni me preguntes porque no te contestaré: te jodes con toda tu curiosidad —concluyó, soltando una palabrota de las que tanto disfrutaba el alemán, sobre todo si la pronunciaba María.

Empezaron a brindar por la Navidad, por ellos, por su futuro, por la finca, por Chiapas, por los chilpayates, ¿cuántos quieres tener?, por una Alemania victoriosa y por la paz, la paz, el arribo de la paz, mientras Félix besaba las manos de su mujer, llevándoselas, acto seguido, a sus mejillas.

María no pudo resistir y contó detalles de la explosión del Black Tom en Nueva York, en julio pasado.

—Ni siquiera hui como acostumbro antes de las explosiones: esta vez me quedé a presenciar el espectáculo. ¡Cómo celebro cuando los gringos pagan su precio! Deben tantas, Félix, tantas, tantísimas y sobre todo a mi país, a este país indefenso y lleno de gente tan buena y noble, como pendeja…

—Fueron meses y más meses para planear el atentado, amor. El embajador Bernstorff estuvo informado de todos los pormenores. Él mismo participó en la estructuración de algunos detalles —por supuesto que nos deben estar buscando hasta debajo de las piedras…

—¿Y cómo fue finalmente?

María Bernstorff acercó su cabeza a la de Félix y empezó a narrarle al oído, después de voltear a los lados y constatar que nadie los escuchaba, cómo ella y otros dos agentes alemanes habían llegado en silencio, a las 12 de la noche del día 29 de julio, a bordo de una pequeña lancha de remos, hasta la base misma del gigantesco depósito donde se encontraban estibadas las municiones que se embarcarían en los siguientes días rumbo a Europa.

—La barcaza casi se hunde —explicó— porque estaba llena de pólvora, de fusibles y de mecanismos explosivos. Traíamos TNT para volar medio Manhattan y, además, dinamita para hacer estallar toda la costa este de Estados Unidos…

Félix se sorprendió.

—Ya sé que exagero, hombre, déjame al menos contarte la historia…

—Uno de los veladores, un norteamericano nacido en Sttütgart, también de padres alemanes, quien se había empleado en la planta cuatro meses atrás —contó María sin ocultar su orgullo—, nos abrió la puerta trasera a la hora esperada, todo de acuerdo con los planes. Entonces, dentro de unos pequeños vagones, en realidad los propios equipos de carga y descarga del almacén, colocamos los explosivos y sus detonadores, nada menos que al lado de las bombas y municiones destinadas a los rusos en el frente europeo. A mí me correspondió poner TNT en un pequeño bote y atracarlo al lado oriente del depósito, muy cerca de los muros, ya con una bomba de tiempo activada que estallaría después de las dos de la mañana.

Sommerfeld no salía de su asombro. El vino permanecía servido sin que ninguno de los dos lo probara. La sopa se enfriaba. Ambos guardaban silencio cuando la presencia del mesero se hacía inevitable. En el servicio del Gambrinus bien podían estar infiltrados agentes norteamericanos. México mismo estaba lleno de espías de todas las nacionalidades. Félix permanecía mudo, sosteniendo inmóvil la cuchara con la mano derecha.

—Todos estábamos vestidos con chamarras y pantalones negros. La cabeza la llevábamos cubierta con pasamontañas del mismo color. Éramos verdaderamente sombras en la noche —María parecía dispuesta a contar hasta el último detalle de su hazaña—. Cuando todos cumplimos con nuestra misión, regresamos remando ya cuatro personas, puesto que a Kristoff, el velador, también nos lo llevamos para que no lo pudieran responsabilizar en las investigaciones.

Sommerfeld dio un buen trago de vino. Tenía la boca seca y el rostro duro. Miraba a María fijamente a los ojos.

—Nunca olvidaré el sábado en la madrugada de aquel 29 de julio de 1916 —continuó María contando la aventura con la mirada vidriosa. Rebosaba felicidad—. La noche tan clara y agradable solo podía ser del verano. Apenas unas horas antes habían cerrado Coney Island y Rockaway Beach —la chiapaneca no podía olvidar su experiencia en Nueva York en los últimos días. Explicó que las playas estaban solo medio llenas de neo-yorkinos porque se habían dado repetidos ataques de tiburones en Long Island y en Brooklyn, eso sin contar una huelga de empleados del ferro-carril de la tercera avenida, además de un brote de parálisis infantil que tenía agobiada a la ciudad y que forzó a muchas personas a quedarse en sus casas para evitar mayores peligros.

El alemán pensó que María estaba difiriendo intencionalmente el momento estelar de la explosión para darle más dramatismo a la narración y producir en él toda la tensión posible. Pronto empezaría a tamborilear con los dedos sobre la mesa.

Se equivocaba.

—De pronto —dijo María con el rostro iluminado— se produjo una espantosa detonación como si hubieran estallado mil relámpagos simultá-neamente o se hubieran disparado cientos de miles de cañones para acabar con la dulce paz veraniega de estos malditos gringos tragadólares que ven-den armas para matar a los nuestros.

Ilusionada por su relato, María contó cómo se había hecho auténtica-mente de día en la plena noche de Manhattan. Cohetes envueltos en lla-mas y bombas silbantes rompieron el cielo como si se tratara de unos fuegos artificiales. No sabes la hermosura de los colores y la intensidad del estruen-do. Solo con decirte que la estatua de la libertad se iluminó desde su corona de luz hasta sus pies. Era un espectáculo maravilloso, mi amor.

La agente alemana continuó desbordada mientras Félix apuraba un par de cucharadas sin atreverse a interrumpirla.

—Con la explosión se estremeció todo el puerto. Haz de cuenta que estuviera empezando un terremoto sin precedentes. Todo temblaba y se sacudía. La onda expansiva rompió miles de ventanas de los rascacielos convirtiéndolas en astillas al estrellarse contra las calles y banquetas. Se sacudió Nueva York, por supuesto, y Nueva Jersey y sus suburbios.[107] La metralla perforó paredes de edificios y casas, muchas de las cuales se incen-diaron… ¡Volamos el centro de embarque de armas y pólvora más impor-tante de los aliados en Estados Unidos, Félix! Imagínate las caras de quienes emigraron de Europa huyendo de la guerra y Nueva York los recibe con una explosión de esas dimensiones.

María hizo una breve pausa para beber un poco de agua. En aquella ocasión se había arreglado especialmente bien para lucir deslumbrante a la hora de la cena. Su pelo largo, negro azabache, con el que enloquecía al ale-mán, caía a los lados de su rostro cincelado delicadamente con rasgos indí-genas en el que era detectable, al mismo tiempo, la herencia paterna. La unión sanguínea del Bernstorff y del Sánchez era más evidente en el corte de las manos largas y el cuello espigado junto con el color canela de la piel. Su vestido negro, generosamente escotado, sus aretes de pedrería de fantasía, como si fueran brillantes de una singular pureza, hacían de toda ella un cuadro inolvidable en esa noche.

—¿Y, entonces...? Habla, habla, no te detengas...

—Cuando empezaron a sonar las alarmas de robo e incendio de la ciudad y chillaron las sirenas de la policía y de los bomberos, en ese momento se dio una segunda explosión, similar a la primera... Los cuatro nos desvanecimos en la seguridad de la noche sabiendo que jamás olvidaríamos aquel escenario infernal...[108]

—¿Y dónde durmieron?

—En un hotelucho en las afueras de la estación de Jersey City. Con los primeros rayos del amanecer tomé un tren rumbo al sur hasta llegar dos días después a tropezones sobre la frontera mexicana. De ahí, ya en paz y sin miedo, fui a visitar a mis padres en Chiapas. Quería esconderme debajo de cada arbusto de café. Más tarde supe que el estallido de 87 furgones de ferrocarril creó un cráter, un abismo en donde estaba el depósito, que llegaba mucho más bajo que el nivel del mar.

Los dos amantes se veían a la cara, se tomaban las manos, guardaban silencio, escondían como podían las lágrimas sabiendo que un día, el menos pensado, cualquiera de los dos podría faltar a su cita... De ahí que sus encuentros fueran tan intensos. ¿Habrá un mañana? La fatalidad podría estar siguiendo sus pasos como una sombra siniestra. Al mismo tiempo que Sommerfeld representaba a petroleros, ferrocarrileros e inversionistas norteamericanos de la industria minera y acerera percibiendo jugosos emolumentos en dólares, captaba cuantiosas contraprestaciones en pesos de sus «amigos» mexicanos, sus supuestas contrapartes, así como devengaba buenas sumas en marcos de sus superiores en la Wilhelmstrasse. ¿Dólares, pesos o marcos de quien fueran y en las condiciones que fueran? ¿Qué más daba...? ¿De cuándo acá el dinero tenía palabra de honor? ¿Matarlo? Para más de uno de los dorados de Villa o de los constitucionalistas o de los funcionarios del Foreign Office de Londres o del Departamento de Inteligencia Naval, capitaneado por Hall o del Departamento de Estado norteamericano o de su policía secreta, o de los consejeros de administración de un sinnúmero de empresas engañadas, aprehenderlo, detenerlo, arrestarlo por tramposo, saboteador e incendiario, hubiera sido un verdadero privilegio. Ya se sabía que su lealtad solo estaba con el emperador de Alemania y con el dinero. Tenía muchas cuentas pendientes...

A veces, cuando hablar ya era imposible, era más conveniente beber un gran trago de vino girando lentamente la copa de gran cáliz, inhalando lentamente el buqué sin retirar la mirada del recipiente. Un paréntesis oportuno e inesperado permitía acomodar las ideas o manejar mejor las emociones antes de su desbordamiento. La visita intempestiva de un conocido sentado en la mesa anexa, una fuga repentina al tocador, la pregunta amable del jefe de cocina con respecto a la calidad de los alimentos podían ser salidas muy socorridas antes de caer en el descontrol.

¿Por qué insistir en los riesgos? Se trataba de un tema tan largamente explorado como agotado. Ante cualquier invitación a desistir de los actos de sabotaje en Estados Unidos, María siempre se había limitado a sonreír para hacer a continuación lo que le viniera en gana.

¿Entonces…?

Sommerfeld prefirió contar a su vez sus últimas actividades en México, de las que los servicios de espionaje ingleses en Tampico podían haber estado al tanto.

—He pasado miedos de horror —confesó el alemán—, me encargaron incendiar los pozos petroleros de Tamaulipas de los que se surte, en parte, el almirantazgo de Gran Bretaña.

María no tardó en expresar su coraje:

—Nuestra guerra es más allá de las fronteras mexicanas, Félix, no podemos ocasionarle ningún daño a México, ese fue siempre nuestro trato.

—¿Daño? —repuso el alemán sin soltar la mano de su mujer—, los británicos y americanos verdaderamente saquean las minas y los pozos mexicanos sin dejarle al país la menor ventaja. Solo te heredan agujeros donde antes había metales y petróleo, los mismos que usan para mover sus flotas siniestras de destructores y de acorazados…

—Pero si haces estallar los pozos…

—Sería en todo caso un daño transitorio para México. Llamando la atención de esa manera, algún día esa riqueza llegará a beneficiar al país —agregó, animado por la idea de no violentar a María—. Claro que le pagan impuestos jugosos a Carranza y por esa razón el presidente los trata con pétalos de rosa: los ingleses no son tontos, pero nadie tiene idea de todo lo que se roban… —remató Sommerfeld.

Engolosinado todavía preguntó el agente alemán:

—¿Cómo puede México controlar el volumen extraído y los barriles exportados si las tropas del Peláez[109] impiden a los carrancistas verificar y auditar los embarques?

—Peláez es un miserable: me parece mentira que un mexicano se pueda vender así por dinero a los extranjeros —agregó María como si estuviera próxima al vómito.

238

—A los petroleros, principalmente a los ingleses, les cuesta una fortuna al mes el sostenimiento del ejército de Peláez, eso sin contar los honorarios en dólares que les cobra ese miserable por proteger o aislar la zona petrolera de las leyes y de la fuerza armada de Carranza.

—Traidor, Peláez es un traidor —sentenció furiosa María—. Creo que me queda un poco de TNT del Black Tom para volarle el culo, como dice Harold.

—Nada ganarías: vendría otro igual o peor que él. No pierdas de vista que Félix, el sobrino de don Porfirio, es su socio, otra alimaña de la que todos debemos cuidarnos.

—¿Qué hacer entonces? ¿Permitir que un policía mexicano proteja a los extranjeros mientras estos nos asaltan? —adujo María, soltando la mano de Félix y recargándose fastidiada en el respaldo del asiento.

—Los petroleros ingleses ordeñan los pozos petroleros de Tampico con toda impunidad —afirmó Sommerfeld—. Eso sí, les preocupa profundamente que los alemanes puedan asesinar a Peláez o que destruyamos los pozos o se los expropie Carranza en uno de sus arrebatos.

Sin que María interviniera de alguna manera, el agente alemán continuó reforzando su posición:

—No tienen que rendirle cuentas a nadie de los barriles que extraen y se llevan porque Peláez está ahí precisamente para defenderlos y a falta de él estarían los acorazados ingleses, franceses y americanos permanentemente anclados en el puerto —concluyó harto—. Y si Peláez no existiera ni Díaz ni los acorazados, no te preocupes, ahí está la guardia fronteriza yanqui dispuesta a invadir México al primer clarinetazo ordenado por la Casa Blanca.

—¿Entonces no se puede ni llegar a Tampico?

—Los controles son feroces por mar y tierra —confirmó Sommerfeld, ajustándose la servilleta—. Por cada tamaulipeco hay cinco espías de la Gran Bretaña, de Estados Unidos, de Alemania y de Carranza.

—Pero entrar se puede, ¿no…?

—¿Entrar?, sí, llegar hasta la boca de los pozos, tal vez también, si se cuenta con buen dinero para sobornos y no se trata de más de dos saboteadores.

—¿Y cuál es el problema? ¿Por qué no seguiste adelante…?

—El alto mando en Berlín y la embajada me detuvieron a última hora, porque volar los pozos señalaría a Alemania como la gran culpable, más aún si Carranza los expropiaba después y ponía lo que quedara a disposición del káiser.

—¿Y crees que Wilson se iba a quedar con los brazos cruzados si México les expropia sus bienes a los norteamericanos y, además, se los entrega a Alemania? ¡No seas iluso…!

—Estoy contigo —contestó Félix tranquilizándola—, lo que desconoces es que si Estados Unidos invadía, ya no aumentando los contingentes de Pershing, sino interviniendo directamente en los campos petroleros, Carranza incendiaría, él mismo, los pozos productores.

—¿Quién va a ganar si Carranza incendia los pozos?

—Nadie.

—¿Y crees que Carranza se hubiera atrevido a hacerlo?

—Yo lo conozco de cerca y sé lo obcecado que es. No me cuesta ningún trabajo oírlo decir: si no es para México no es para nadie. ¡Denme los cerillos!

—¿Le crees?

—Le creo, por supuesto que le creo —agregó Sommerfeld incorporándose y poniendo los codos encima de la mesa. Tomaba nuevos bríos. Era por lo visto su turno—. Además —preguntó cáustico—, ¿tú crees que Inglaterra o Estados Unidos iban a incendiar los pozos mexicanos cuando ahora mismo se despachan con la cuchara grande? ¿A quién podría interesarle únicamente dicho acto de sabotaje?

—A Alemania —repuso María sin chistar.

—¡Claro!, y en ese caso el odio de Carranza hacia el káiser iba a ser mayúsculo, con lo cual perderíamos un valioso aliado en potencia al que cada día explota y maneja mejor el embajador Von Eckardt.

—Si algo les pasa a los pozos van a culpar a Alemania.

—Mmmmjjmmm —respondió Sommerfeld sonriente.

—Y Carranza rompería inmediatamente todo vínculo con Alemania.

—Mmmmjjmmm —volvió a gruñir satisfecho al constatar la sagacidad política de María.

—¿Y por esa razón te detuvieron?

—Creo que sí, además —continuó en tono sospechoso—, Berlín debe tener planes más agresivos en los que México está involucrado y no desean destruir la buena voluntad de Carranza que tanto trabajo ha costado recuperar después de lo de Huerta. Inglaterra —concluyó pensativo— debe tener otras fuentes de obtención de petróleo en el Medio Oriente y en ese caso mejor cuidamos a don Venustiano…

—¿Y tú qué harás mientras tanto?

—Esperar instrucciones de Berlín. El embajador Von Eckardt dice que este mes de diciembre será crítico para la guerra porque necesitamos poner de rodillas a Inglaterra en seis meses o nuestros ejércitos se verán en apuros junto con el hambre y la desesperación del pueblo.

—Y ¿cómo ponerla de rodillas en tan poco tiempo?

—Muy sencillo: declarando una guerra submarina total, cuanto barco se acerque a Inglaterra, sea de cualquier nacionalidad, será hundido sin más. Se habla de un bloqueo total al archipiélago británico. A ver a qué país le estalla antes una revolución popular. Es un juego de paciencia y resistencia…

—¿Y Wilson va a leer indiferente las noticias del hundimiento de sus barcos en el Atlántico? ¿Te cayó mal el guacamole, chulito?

—Ese es el gran dilema del Ministerio de Asuntos Extranjeros y del alto mando —adujo Sommerfeld, siempre sereno, sin inmutarse por la burla—. Esa es la discusión de fondo: ¿qué hará Estados Unidos ante una guerra submarina total?

—¿Qué dice tu amigo Zimmermann?

—Él sostiene —repuso Sommerfeld bajando la voz y con toda sobriedad— que la guerra submarina provocará la rendición incondicional de Inglaterra antes de que Estados Unidos pueda poner un pie en Europa.

—¿Tú ves la guerra mundial? —cuestionó el agente alemán.

—La veo con la misma claridad que te veo a ti —contestó María con la cabeza inclinada, clavando la mirada en el agente alemán.

—Pues el alto mando discrepa de tu punto de vista. Wilson logró reelegirse con su eslogan: *He kept us out of war.** Tiene que respetar sus compromisos con el electorado…

—¿Compromisos con el electorado…? ¡Bah! Tú solo hunde un par de lanchas salvavidas de las que usan los niños americanos en Coney Island y verás la respuesta yanqui… Ya viste que, con el hundimiento del *Lusitania*, Wilson estuvo a punto de declararle la guerra a Alemania…

—Acuérdate de que Wilson no puede traicionar la confianza de su pueblo metiéndolo ahora en un conflicto en el que prometió no entrar —respondió molesto Félix por el sarcasmo de su mujer.

—Mejor acuérdate tú del *Lusitania*. Si en Berlín piensan que los gringos van a permitir que les hundan sus barcos y que, además, van a renunciar a su comercio con Inglaterra y Francia, están soñando…

Nunca se te olvide —agregó, blandiendo el dedo índice— que los yanquis matan por un triste níquel… ¿Crees que van a aplaudir de emoción la pérdida de millones de dólares diarios…?

—No aplaudirán, claro que no, retendrán por un tiempo a sus barcos en puertos seguros, suspenderán provisionalmente su comercio y negociarán…

------

* Él nos mantuvo fuera de la guerra.

—¿Ah, sí…? Prepárate entonces para la guerra mundial. Cuando empiecen a hundir barcos americanos, el planeta arderá como el Black Tom…

—Vuelves a exagerar.

—Ya lo veremos —repuso cortante María cuando percibió que la conversación se estaba haciendo personal. No era el momento de discutir, menos en la antesala de la Navidad, y mucho menos en ese feliz reencuentro con Félix. En el tema de la guerra se desbordaban las pasiones. ¡Que si lo sabía ella! Mejor, mucho mejor, calmar los ánimos y mejor, todavía mejor, contemplar fotografías, la primera parte del postre…

Para cortar la conversación, se quedó callada viendo su copa de vino vacía con los brazos cruzados sobre la mesa. Cualquiera hubiera dicho que estaba perdiendo la paciencia. Félix se sorprendió. María adoptaba una actitud semejante cuando estaba a punto de estallar con aquel temperamento volcánico que la caracterizaba. El alemán se replegó de la batalla. Tampoco deseaba terminar la cena con un distanciamiento. Meditó el paso a seguir.

—¿Estás listo para una sorpresa, amor? —cuestionó María como si fuera a dar la mejor noticia de su vida. Era proclive a todo tipo de giros y radicalismos, aun en las conversaciones.

—Sí… —repuso Félix, volviendo a respirar.

—Pues mira esto…

María le mostró entonces una serie de fotografías que llevaba guardadas cuidadosamente en un viejo cartapacio. En realidad había retratado a toda la sociedad mexicana de principios de siglo, la de los ambientes bohemios, la del mundillo literario, artístico y poético, la de las altas esferas del gobierno y de la aristocracia restante, la que pertenecía a los mandos más elevados y a los inferiores del ejército, a los profesionales y clases medias, a quienes vivían de noche en los cabarets o languidecían en las cárceles, a todos los mexicanos de todos los estratos, sexos y edades los había fotografiado consumiendo zoapatli, toloache, opio, marihuana, codeína, cocaína, pastillas Houdé, polvos Dover, morfina «en jeringas Pravas» y hasta heroína en sus más variadas formas, las auténticas costumbres de la época, muy a pesar de las persecuciones que ya comenzaban.[110]

Sommerfeld se sorprendió al ver la calidad y oportunidad de una fotografía tomada en un fumadero de opio del barrio chino de la calle de Dolores. Otra donde aparecía un sombrero de revolucionario con las alas cubiertas por carrujos, en la que María le había puesto el título: «Yerbita libertaria, consuelo del agobiado, del triste y del afligido». En otra placa aparecía un indígena sentado de cuclillas con los huaraches cubiertos de costras de lodo mientras fumaba marihuana.

—Lo pesqué en una larga inhalación y por esa razón le puse este título: «Yerbita Santa que crea Dios en los campos para alimentar las almas y elevarlas hasta Él». ¿No es una maravilla, Félix...?

Ahí estaba un preso con el rostro enervado, sentado en un camastro y consumiendo coca y con un letrero en la parte inferior que rezaba así: «¿No has observado que estoy embalsamado? Fíjate cómo tan pronto me pongo el polvo blanco en la nariz me desaparezco y ya nadie me puede ver...» Por otro lado le mostró a un cargador de víveres, recargado contra un saco lleno de elotes empinándose una botella de vidrio de un litro llena de pulque en la Candelaria de los Patos, exactamente enfrente de la pulquería El Circo Romano. El precio de la botella, según decía el anuncio, era de siete centavos... En otra más aparecía un joven vendiendo carrujos de marihuana en plena calle, «un voceador que vende sueños». La siguiente se trataba de un tianguis en donde los yerberos, sentados en el piso y vestidos con trajes de manta deshilachados, vendían huesos de fraile, zoapatli, toloache, semillas de la virgen, peyotitos y muchas otras plantas capaces de llevar a sus usuarios a la «otra realidad». No podía faltar el borracho callejero tirado sobre la banqueta, «durmiendo la mona» con el sombrero a un par de pasos de su dueño, descalzo, con la boca abierta, sin haberse afeitado en los últimos 15 días y la cara tostada por el sol completamente congestionada por el alcohol. Su mujer, sobando una y otra vez un rosario, con la cabeza cubierta por un rebozo, permanecía sentada pacientemente a su lado esperando que despertara su «cruz que Dios le impuso».

El recorrido por el mundo de las fotografías distrajo la atención de los amantes. Eufórica, María corrió su silla para explicar, muy cerca de Félix, la técnica que había utilizado, el momento exacto de la toma y la circunstancia. La cantidad de fotografías que había eliminado para llegar a esa selección. Unas veces los modelos le habían cobrado por posar, otras, el sentido del humor y la liviandad le habían permitido tomar todas las placas que te venga en gana, güerita: saca fotos hasta que te canses... Esta la tomé en este cabaret, aquella en una reunión en el Castillo de Chapultepec, esta, la de los músicos de la orquesta sinfónica, totalmente borrachos, ¿no te gusta? ¿Y el título? «La borrachera discreta, bien vestida, paseada en coche, es cosa diferente, respetable y decente...»

La pareja comentaba los usos, las costumbres, el afán de María por eternizar escenas, la indumentaria, los sayales con remiendos sobre remiendos, color mugre, los panoramas, los objetos, los rostros y hasta los cuerpos. Reían, festejaban las ocurrencias, casi parecían hablar o comunicarse con los protagonistas en las vendimias callejeras, en los puestos de fruta y pescado, en los saraos o ambigús, donde las mujeres aparecían con vestidos y guantes largos, además de sus imprescindibles botines, y los hombres con sombrero de copa y monóculo, así como los vendedores de pregones o los panaderos con sus enormes canastas y el título: «La Ciudad de México siempre es una cosa y todo lo contrario». Ahí estaba esa placa de una indígena descalza registrando a su hija con el nombre de Germaine…

—¡Qué país! ¡Qué colorido!, ¿no, amor? Mira, estas son distintas. Son otros temas de mi colección. ¿Qué te parece este cilindrero, o el abogado con chaleco o esta del payaso?, ¿no te gustan?, ¿y la de los nuevos ricos en automóvil? ¡Déjame que te enseñe la de la peluquera rasurando a un revolucionario en plena calle, navaja en mano…! ¿Ves la de los boleros frente a la catedral? Nuestros boleros encarnan la sabiduría popular: míralos platicando con la clientela. ¿Qué te parece esta del canarito adivinador? Imagínate a un pájaro sacando un papelito de una caja para adivinarte la suerte —la última fotografía era la de un par de pintores sentados en la Plaza del Volador atrás de un letrero que decía: «se pintan casas a domicilio…»

—¿Cómo se puede pintar una casa si no es a domicilio? ¿No es gracioso? —María explotaba en carcajadas al reconocer la ingenuidad o la ignorancia de sus paisanos—. ¿En qué parte del mundo puedes ver algo así…?

La risa de María solo la escuchaban ya algunos meseros. El restaurante se había vaciado. Ellos eran los últimos comensales. Por respeto y consideración y con aquello de que están en *su casa*, ni siquiera les habían insinuado la hora de retirarse.

—Siempre me ha impresionado lo susceptible que es el mexicano a la cortesía, así como lo violento que puede llegar a ser cuando se pierden las formas…

—¿Nos vamos? —dijo María recogiendo sus fotografías y pidiendo la cuenta.

—Nos falta el otro postre —repuso el alemán, amante de los pasteles.

—Ese te lo daré yo misma en un momento más en el hotel Alameda…

Tercera parte

La estrategia alemana, la inteligencia inglesa y la astucia mexicana

22. 1916: La guerra europea / II

La guerra europea entró en una etapa crítica a finales de 1916. Las finanzas británicas se encontraban en un callejón sin salida. El Reino Unido hacía todo género de esfuerzos para no perecer víctima de una asfixia económica. Tan grave era la situación, tan inaplazable la ayuda norteamericana, que si a más tardar en la primavera de 1917 el Federal Reserve Board no retiraba las restricciones crediticias impuestas al Reino Unido,[111] este se hundiría sin más en medio de su ya creciente insolvencia para adquirir materias primas, armamento, municiones, petróleo, alimentos y medicinas. El fantasma de la rendición incondicional, a través de la quiebra financiera, sepultaba a Inglaterra bajo una densa capa de niebla y pesimismo. La orgullosa conquista de su democracia y de sus principios políticos obtenidos a sangre y fuego a través de luchas intestinas seculares y de intervenciones armadas extranjeras, se veía gravemente amenazada por una tiranía fanática de corte militar que resumía lo peor de todos los teutones de la historia. ¡La bota germana aplastaría sin más hasta la última simiente de libertad! El sistema de valores, la concepción del mundo y de la vida, la idea de la civilización y del progreso, preservados en el arrogante archipiélago con el ingenio de sus filósofos, con la fuerza de sus armas, en particular, la de su marina y con las convicciones de sus ciudadanos, constituían, uno a uno, elementos para defenderlos con lo que se tuviera a la mano sin detenerse en consideraciones con respecto a los poderes y fortalezas del enemigo.

«Todo lo que hemos logrado, el esfuerzo de generaciones de ingleses, las penurias y sacrificios, las revoluciones por la tenencia de la tierra, las guerras religiosas, las luchas sangrientas por la supervivencia de los principios políticos, por las garantías jurídicas, por la imposición de un Estado de derecho, por la prensa libre, entre otras costosas realidades muy dignas de tutelar y acrecentar, jamás podrían extraviarse en medio del griterío castrense de los militares alemanes, la obnubilación imperial de Guillermo II y sus delirios teológico-genealógicos con los que deseaba acreditar su descendencia divina. Mientras existiera tinta para escribir, pólvora para matar, saliva para exaltar, voz para arengar y fuerza para arrojar una piedra o un escupitajo al menos al rostro del invasor germano, la Gran Bretaña no cejaría en su determinación ofensiva.»

Los días estaban contados para iniciar el desenlace en todos los frentes. Solo en la batalla de Verdún habían caído 700 mil hombres. Antes de Verdún todos los beligerantes confiaban en poder obtener la victoria; después de este sangriento episodio se hizo evidente que nadie tenía la solución para la guerra. Esta se estancaría indefinidamente. La batalla de Jutlandia, en donde la corona de laureles se la arrancaban entre sí los contendientes, propició que la *Hochseeflotte* no volviera a zarpar. El combate del Somme perdido por todos los beligerantes produjo cientos de miles de bajas y de mutilados…

La muerte rondaba y batía sin piedad su guadaña sobre los cuellos delgados de los enfermos y heridos en las trincheras de todos los bandos y facciones. Se trataba una vez más de la supremacía del más fuerte y de quien tuviera una mayor resistencia. La hambruna invadía Europa y mataba indiscriminadamente como en los años macabros de la peste bubónica. El tifus extinguía a los serbios con más eficacia que las agotadas y desesperadas tropas austrohúngaras. Alemania dominaba desde el Canal de la Mancha hasta la frontera con Rusia y del Báltico al Mar Negro. Ocupaba Polonia, Rumania, Bélgica y la Francia industrial hasta Reims. Los aliados se mantenían desde Grecia e Italia hasta los Balcanes. Turquía, aliada de las potencias centrales, controlaba el Medio Oriente desde Bagdad hasta Jerusalén. Los legisladores alemanes exigían, a cambio de la paz, incorporar a su territorio una buena parte de Rusia, casi toda Bélgica, además de la costa de Francia de Dunkerque a Boulogne. Deseaban que el presidente Wilson mediara ante los aliados para que les garantizaran dichas extensiones como condición previa para celebrar un armisticio definitivo. Inglaterra, por otro lado, se negaba a suscribir paz alguna hasta que Alemania no abandonara los territorios aliados. Ante tanta intransigencia suicida, el jefe de la Casa Blanca negaba con la cabeza sin pronunciar palabra alguna.

En Rusia, la escandalosa ovación dispensada a los asesinos de Rasputín, Grigori Yefímovich, un brujo taumaturgo de la secta de los khlysty, llamado a la corte para curar la hemofilia del *zarevich*, confirmó la impopularidad de la familia real y el descrédito del régimen zarista. ¡Cómo olvidar cuando en uno de los intentos por envenenarlo con chocolates rellenos de cianuro «el brujo vidente» no solo no pereció de inmediato, sino que mientras comía goloso conversaba y reía ante el estupor de los criminales! Más tarde se sabría que lejos de ser un superhombre inmune a los tóxicos más agresivos, el chocolate era un antídoto del cianuro.

La severidad del invierno ruso vino a asestar un golpe de gracia a la dinastía de los Romanov y a sus gobiernos autocráticos. Nicolás II, a quien se le ocultaba la realidad de la situación, seguía sosteniendo que él no tenía por qué merecer la confianza de su pueblo, sino que su pueblo debería, antes bien, merecer la de él... Con el tiempo se extraviará aún más... Las temperaturas a menos de 40 grados centígrados; el racionamiento del pan y de la mantequilla a extremos intolerables; la escasez de combustibles para calentar los hogares de 160 millones de habitantes; las familias enlutadas; el pánico ante el estallido repentino de las minas colocadas arteramente al ras de suelo; el pavor a los francotiradores ocultos; la amenaza del arribo repentino del enemigo cuando ya se carece de fuerza hasta para levantar el fusil con el peligro de que la piel de las manos se quede adherida a la culata congelada; el riesgo de muerte por inanición o enfermedad ante la falta de medicamentos para curar una simple herida infectada que tarde o temprano se convertiría en gangrena en nada se parecía a la euforia con que la población despidió a sus tropas animándolas y arrojándoles claveles y geranios desde los balcones en los días esperanzadores del inicio de la guerra.

La impresión y emisión descontrolada de dinero disparó los precios hasta desquiciar la economía familiar y agotar la paciencia ciudadana en Rusia.[112] Una feroz helada produjo la inmovilidad urbana. La desesperación llamaba a la puerta de la violencia. Los transportes públicos de pasajeros y mercancías estaban paralizados. El ejército tenía la prioridad en el consumo de aceites y otros derivados del petróleo. Las masas obreras empezaron a lanzarse a la conquista de la calle. Proliferaron los estallidos de huelga sin importar los llamados al patriotismo ni los cargos y condenas por hacerle el juego al enemigo. ¿Qué hace un pueblo antes de morirse de hambre...?

«No es la hora de una revolución doméstica, es el momento de batir al monstruo alemán que nos acosa e intenta absorbernos y devorarnos...»

Niet, niet, niet. Pan, pan, pan... Vayamos a la huelga general cualquiera que sea la consecuencia... ¡Muera el zar! ¡Acabemos con sus lujos y privilegios! ¡Degollémoslo! ¡Veremos que no tiene sangre azul...! ¡Es un vulgar tirano! ¡Que no quede un solo Romanov sobre suelo ruso...!

El zar, ya en octubre de ese mismo 1916, había hecho, a través de Suecia, los primeros intentos secretos de acercamiento con Alemania para tratar de llegar a una paz separada, a la que desde luego se oponían Inglaterra y Francia con creciente alarma. Había que resistir a como diera lugar. Solo que en ese mismo diciembre el zar ya no gobernaba: se encontraba en Tsárs-koye Seló, aislado de la toma de decisiones vitales.[113] El gobierno pretendía recuperar el control del ejército para someter a la sociedad civil, sin ignorar que con ello descuidaban el inminente derrumbe en todos los frentes. Menuda encrucijada.

—Es el mejor momento para hacer estallar una revolución socialista en Rusia. Se matarán entre ellos y luego de un zarpazo quintuplicaré la superficie territorial de Alemania. ¿Qué tal si pudiéramos llegar al Pacífico? —soñaba Guillermo II en tanto arrojaba ramas secas a sus sabuesos, esta vez en el corazón de la Selva Negra.

Mientras las demás naciones industriales del mundo se dedicaban a producir materiales de guerra, Japón encontraba un amplio mercado para sus telas de algodón y otros productos manufacturados. La Primera Guerra Mundial también se convertía en un espléndido negocio para el Imperio del Sol Naciente. Venderles a los aliados le reportaba crecientes utilidades que regían las decisiones políticas y confirmaban su posición en el seno de la *Entente Cordiale*. ¿Por qué o para qué cambiar de bando…? El archipiélago japonés experimentaba un tremendo desarrollo industrial estimulado por Francia e Inglaterra que lo contemplaban como una eficaz fuente de aprovisionamiento a bajo costo. Los dividendos industriales y bancarios provocaron que la población dejara de ser agrícola en una buena parte. La bonanza económica se tradujo, al igual que en Alemania, en una formidable expansión militar. Japón se apoderó de territorios en China aprovechando la distracción de los aliados. Ganó el control de las islas del Pacífico bajo dominio del Imperio alemán. ¿Quién podía dejar de mirar, al menos de reojo, a Japón?

En Alemania, a principios de la guerra, cada decisión tenía que firmarla el káiser de manera inequívoca y forzosa. El jefe del Estado Mayor no ejercía en realidad el mando, la autoridad del monarca era absoluta. Con semejantes poderes, Guillermo II contaba con todas las herramientas políticas y militares para realizar su obra maestra. ¿Quién se atrevía a oponérsele? Sin embargo, apenas había pasado medio año cuando el emperador ya no era sino el ilustre prisionero del cuartel general. A poco más de dos años del estallido de la guerra, había desaparecido en él toda facultad de decisión, hasta quedar por debajo de Hindenburg y de Ludendorff, los militares más admirados y respetados de Alemania.

Guillermo II advierte victorias por todas partes. Es incapaz de aceptar su responsabilidad en el fracaso de la batalla del Marne. Su médico de cabecera lo ve entrar y salir de agudas depresiones, de arranques impetuosos y de ataques compulsivos de llanto en la hermética intimidad de su oficina a donde no tiene acceso ni Dona, Augusta Victoria de Schlesswig-Holstein, su propia esposa. Solo se reúne a solas durante largos espacios de tiempo y a puerta cerrada con el príncipe Eulenburg.[114] ¿Mujeres? Ninguna, todo parece indicar que con su antiguo amigo es suficiente para tener todo tipo de desahogos. No importa que aquel viva en Viena como embajador del Imperio alemán. En sus breves encuentros parecen confortarse y reconciliarse entre sí.

En el fondo, el káiser desea traspasar la responsabilidad del mando a otra persona pero su amor propio se lo impide. Piensa en declararse enfermo, en buscar una salida airosa. Prohíbe que se le comuniquen malas noticias. Sufre agresivos colapsos mentales. El príncipe heredero, Willy, su propio hijo, intenta un golpe de Estado en contra de su padre. Su corte de aduladores le miente patéticamente al informarle que su viejo plan para desestabilizar a la India finalmente ha prosperado: la sublevación y el incendio en aquel país adquiere a diario proporciones impresionantes, Su Excelencia... Los agentes alemanes han tenido un éxito rotundo. Nuestros saboteadores profesionales se han cubierto de gloria... Tenía usted razón, Su Majestad: Inglaterra se desintegra, se hunde, el Imperio inglés y su flota son ya parte de la historia... Él sonríe. Lo sabía, lo sabía, lo sabía...

Guillermo II no toleraba los partes de guerra adversos ni ostentaba paciencia alguna ante quien le hacía saber las dificultades logísticas para pertrechar a los soldados en las trincheras. Ni hablar de sus carencias, de sus privaciones, de sus estados de ánimo ni mucho menos, claro está, de los avances del enemigo. Prefería desayunar con su cuchillería de plata labrada y vajilla de Meissen, tan lejos como se pudiera del frente, si era posible, al menos a 200 kilómetros de distancia y dedicarse a diseñar, eso sí, una nueva banda negra de cuero, perfectamente pulida, para colocarla en la base de su casco de acero refulgente. Imposible tratar de abrir sobres en público. La parálisis de su mano izquierda, el descontrol nervioso y la presencia pertinaz del miedo reducían sus más elementales campos de acción.

—Guarden mi flota. Que no zarpe de ningún puerto. No voy a exponerla a un nuevo ataque inglés como el de Jutlandia. Tal vez la use después del invierno...

—Pero señor, los ingleses quedaron más lastimados que nosotros. Reparemos nuestras embarcaciones y zarpemos mañana mismo...

No, no atacará a nadie mientras él no lo ordene. No se moverá de puerto alguno hasta que él no lo disponga. No desea arriesgar la escuadra. Quiere guardarla a buen recaudo para siempre. Es su gran orgullo y debe permanecer intacta...

¡Qué lejos estaba de aquellos días cuando en la bella Prusia se hacían ejercicios militares de cara a la Gran Guerra e invariablemente sus estrategias resultaban victoriosas!

Él, él siempre sabía mejor que sus generales el momento más oportuno para utilizar a la infantería. ¡Nadie como él para detectar la coyuntura ideal para hacer entrar en acción a la artillería! ¡Solo a él se le había ocurrido echar mano de la aviación para tomar fotografías de los emplazamientos del enemigo! ¡Únicamente él y solo él podía concebir el mejor lugar, el más ventajoso para ganar la batalla! Él y solo él, al bajar el fuete y estrellarlo violentamente contra sus botas perfectamente boleadas, tenía la capacidad para escoger el instante preciso para el ingreso triunfal de la caballería. En las maniobras de campo celebradas cíclicamente entre las tropas alemanas, él ordenaba soltar unas descargas inofensivas supuestamente de gas mostaza o de fosgeno cuando el viento soplaba en dirección a las trincheras «enemigas»…

—*Jetzt…!*

¡Ay de aquel que no se hacía el muerto para contar todas las bajas en nombre del emperador…! ¡Ay de aquel que no permitía que el káiser resultara el vencedor indiscutible…! La teoría era una maravilla, pero la guerra verdadera estaba muy cerca del infierno…

Guillermo II tiene momentos de mucha lucidez. Opina y es escuchado aun cuando sus debilidades empiezan a permearse como una agresiva humedad entre su equipo de colaboradores. Se le consulta. Sabe esconder sus flaquezas y disfrazar sus sentimientos. Su inteligencia no deja de sorprender. Sin embargo, parece vivir en otro mundo.

Los estrategas de la guerra, los recios militares graduados en la antigua academia castrense de Prusia, la que había hecho posible el nacimiento del Imperio alemán a raíz de la derrota de Napoleón III en 1870, confinan al káiser. Lo enclaustran al igual que lo hacen sus colegas rusos con su primo, el zar Nicolás II. Lo esquinan, lo ignoran, lo arrinconan, lo excluyen, sí, sin embargo, no dejan de tomar en cuenta sus puntos de vista en las decisiones difíciles. Algún rasgo de su innegable genialidad los puede ayudar a dar con la luz. ¿Superstición o miedo? No es hora de practicar análisis psicológicos: lo dejan todavía presidir las reuniones del alto mando en el Castillo de Pless, uno de los 75 palacios que tiene en Alemania. Sesionan, claro está, lejos del olor a pólvora y del estruendo de los cañones. Desde aquellos balcones helados no se escuchan los lamentos de los heridos en las trincheras ni los quejidos del pueblo que añora las salchichas y el *choucroute*, el *kartoffelsalat*, el *Eisbein* y la *Schweinekottelette* y la cerveza clara, mucha cerveza. Se siente nostalgia por las alegres canciones tirolesas y por el sonido entusiasta de los acordeones, para ya ni hablar de una buena copa de vino blanco de los interminables viñedos del Rin, donde Wagner bien pudo inspirarse para escribir un par de arias del *Buque Fantasma* o de *Tannhäuser*.

El pueblo alemán deseaba fervientemente la paz siempre y cuando no se viera obligado a regresar los territorios ocupados, que deberían formar parte definitiva del Estado alemán. Un armisticio «perdedor» en otras condiciones hubiera debilitado severamente al partido liberal y ello podría haber originado el estallido de una revolución socialista en un momento de debilidad postrante que bien podrían aprovechar los enemigos. De modo que ni hablar de paz, salvo que pudiera dictarla el káiser a su gusto y conveniencia.

El bloqueo naval impuesto por los ingleses acicateó la portentosa imaginación científica alemana. Ante la ausencia de grandes inventarios de armas convencionales, se vieron obligados a inventar sustancias químicas de enormes poderes mortíferos que bien podían sustituir la pólvora por el hule sintético o el aceite por carbón como energía para la maquinaria.

En octubre de 1916 los militares habían decidido hacerse cargo gradualmente del gobierno. Erich von Falkenhayn, quien había llegado a ser maestro del káiser, gobernador militar, ministro de la Guerra y jefe de Personal del Imperio, un destacado general muy cercano y respetado por el emperador, presentó su renuncia al último cargo. La salida de Falkenhayn, según los agudos lectores del desarrollo de la guerra, marcó el inicio del derrumbe del Imperio alemán. Él, Falkenhayn, se negaba a conceder más tropas a Hindenburg y a Ludendorff, quienes deseaban aplastar primero a los rusos en el frente oriental para volver, acto seguido, en contra de Francia. Aquel militar perspicaz había trazado su estrategia a la inversa y el káiser lo había apoyado en forma determinante, solo que cuando Rumania se unió a Inglaterra y a Francia su posición se hizo indefendible, y antes de claudicar de sus ideas se vio obligado a renunciar. Por si fuera poco, Falkenhayn también se oponía a la guerra submarina. Entonces era un poderoso enemigo a vencer de cara a los objetivos de la élite del ejército imperial.

El golpe de Estado en contra del propio káiser se empezaba a tramar sin que la mayoría lo percibiera. Bernstorff lo veía venir con la misma claridad con que un torpedo se dirige a los cuarteles generales en la Wilhelmstrasse. Con la caída de Falkenhayn el embajador perdía, desde Washington, un aliado muy valioso para evitar la guerra submarina indiscriminada, misma que implicaba, según él, el ingreso automático de Estados Unidos en la guerra, con todas sus consecuencias… ¿El emperador no entendía que la salida de Falkenhayn equivalía a una media abdicación?

Hindenburg tomó el cargo de Falkenhayn. Ludendorff fungió a partir de ese momento como su asistente. El prestigio de ambos en el campo de batalla justificaba sobradamente los movimientos desde un punto de vista popular. Los dos generales asumen poderes informales dictatoriales.

«Haremos que el Reichstag convierta en leyes todas nuestras iniciativas. Pobre de aquel legislador que se niegue a otorgar préstamos o simplemente se oponga a nosotros… Los delicados asuntos de Estado que pueden influir en la marcha de la guerra 'también' los resolveremos nosotros…»

¿Esto significa que Alemania pasará a ser una dictadura militar en lugar de una monarquía constitucional, para decirlo sin eufemismos?

Pongan las palabras que deseen. Lo importante es que los complejos problemas de Estado y los de la guerra son demasiado delicados para dejarlos en manos de los políticos…

¿El káiser quedará como una figura decorativa?

El káiser es muy aprovechable en varios aspectos. No dejaremos de escucharlo, pero finalmente decidiremos nosotros, los militares… ¿Está claro?

Hindenburg y Ludendorff, Bernstorff lo sabía, no reducirían su autoridad al terreno exclusivamente militar, donde habían logrado una sorprendente cadena de éxitos. No, qué va, su segundo objetivo, como cuando la armada desea hacerse de un bastión inexpugnable, consistía en bombardear las oficinas de Bethmann-Hollweg, el canciller del Imperio, hasta tomarlas por completo… ¡Nadie puede oponerse a los dictados de los altos mandos del ejército! ¡Nadie! ¿Está claro? Nosotros, los militares, conducimos la guerra, el destino de la patria está en nuestras manos. Los políticos no pueden ni deben tener papel alguno en las decisiones que afecten el destino de la nación. ¿Somos los únicos responsables de la supervivencia del país? Sí. Fuera entonces los políticos ignorantes de estrategias que no entienden ni hay tiempo para explicárselas.

La única manera —sentenciaron los acreditados generales— que existe para ganar esta guerra es hundiendo todos los barcos que se dirijan a Inglaterra. No importa si son de pasajeros o de carga. Todos son todos. Si queremos poner a la Gran Bretaña de rodillas en seis meses y obtener su rendición total e incondicional debemos proceder a una guerra submarina indiscriminada. Inglaterra no podrá recibir ni un solo gotero ni jeringas ni pastillas. ¡Nada! Los ingleses no tendrán acceso a un solo cartucho norteamericano más ni a un gramo de pólvora ni a rifles ni ametralladoras yanquis. ¿Está claro, clarísimo? Ni un grano de maíz ni una espiga de trigo ni una chuleta texana. ¡Al diablo con los ingleses! La enfermedad, el hambre y la indefensión militar acabarán con ellos. Cenaremos en Buckingham el próximo verano… Todos los jugosos dividendos y rentas que cobra la Commonwealth serán a favor del Imperio alemán en un principio para gastos de indemnización por la guerra, después, para lo que se nos dé la gana…

¿Quién se opone a ello? ¿Quién se opone a que todos, hemos dicho *todos*, los barcos que se acerquen a la Gran Bretaña, sean de la nacionalidad que sean y lleven lo que lleven a bordo, sean hundidos por nuestra flota de submarinos sin previo aviso?

Además del canciller del Imperio, se opone Gottlieb von Jagow, el secretario de Asuntos Exteriores y el embajador Von Bernstorff en Washington.

¿Sí?, entonces comencemos por partes. Gottlieb von Jagow también deber ser eliminado. Minemos uno a uno los apoyos del canciller. Desmantelemos el aparato político que sustenta al káiser. Al principio gritará, reclamará, amenazará, estrellará rabiosamente, una y otra vez, su fuete contra sus botas, caminará agitadamente de un lado al otro de su oficina después de empujar violentamente una silla contra la pared... Sí, golpeará la mesa de su escritorio y después de toda esta espléndida representación teatral, esta exaltación wagneriana, esta dramatización tan habitual en él, nosotros, los altos mandos del ejército, terminaremos por imponer nuestra ley y el propio emperador agradecerá que alguien decida por él...

Acabemos primero con Gottlieb von Jagow e impongamos a Arthur Zimmermann como secretario de Asuntos Extranjeros...

¡Sí!, él está a favor de la guerra submarina y, además, no les teme a los norteamericanos...

Zimmermann ya ha venido negociando con Von Eckardt en México la instalación de bases para nuestros submarinos cerca de Veracruz.[115] El presidente Carranza desea suscribir un tratado de amistad entre los dos países, capacitación prusiana para el ejército mexicano, inversiones alemanas destinadas a fabricar armas, venta de submarinos y la instalación de una poderosa estación de radio para comunicarnos entre los dos países.[116] ¿No es claro que Carranza desconfía de Wilson? Sabe que en cualquier momento puede invadirlo de nueva cuenta y por esa razón recurre a nosotros. Aprovechemos sus miedos. Zimmermann lo ha hecho muy bien. Merece el ascenso...

Bernstorff está al otro lado del Atlántico. Desde Washington puede influir poco en el káiser. Mejor que se dedique a entretener y a distraer a los yanquis mientras nosotros armamos la guerra submarina. Que acate las instrucciones como un buen soldado, aun cuando no crea en ellas.

En Estados Unidos el nombramiento de Zimmermann caerá muy bien: es «hombre del pueblo», no es militar... Lo ven como un hombre opuesto a la guerra submarina... Creen que llega para firmar la paz...

¡Procedamos...!

23. El error fatal

El día 18 de diciembre de 1916, en el Castillo de Pless, en Alemania, se tomaría una de las decisiones que alterarían bruscamente el rumbo de la guerra. Aquella noche el alto mando alemán conjunto había llegado antes de las 19:30 horas para estar reunido, tal y como lo establecía el protocolo prusiano, antes de que el káiser hiciera su entrada formal en el salón de sesiones. Salvo Bethmann-Hollweg, el canciller del Imperio y Zimmermann, todos los demás asistentes vestían uniforme militar de gala. Las condecoraciones multicolores brillaban en el pecho para impresionar a los interlocutores. Arthur Zimmermann, recién ingresado como cabeza del Ministerio de Asuntos Extranjeros apenas un mes antes, lucía escasas medallas en el pecho, aunque su principal vacío lo tenía en el alma... Él no era un «von» como el resto de sus colegas y superiores. ¡Cómo le hubiera gustado llamarse como el anterior canciller Bernhard Fürst von Bülow o como el actual, Theodor von Bethmann-Hollweg, o como el príncipe Otto von Bismarck! ¿Qué tal Gottlieb von Jagow?, su antecesor, ¿o Friedrich von Holstein o el mariscal de campo Otto von Manteuffel?

En la aristocracia alemana el «von» implicaba prosapia, prestigio, dignidad social y política y él había sido un oscuro burócrata que había ascendido el escalafón a lo largo de una dilatada carrera en el servicio exterior. Su objetivo consistía en colocarse entre los elegidos votando a favor de quienes ejercieran en la práctica el poder para conquistar su gracia. Si Hindenburg y Ludendorff pretendían el estallido de la guerra submarina indiscriminada, había que estar con ellos, había que ubicarse en el círculo de los vencedores sin discriminaciones ni desprecios y, sobre todo, conquistar el tan anhelado «von» para poder medirse de igual a igual con el gabinete. ¿Méritos? Estaba dispuesto a luchar por ellos. ¿Obstáculos? Pasaría por encima de todo con tal de conquistar la gloria de su apellido y un lugar destacado en el firmamento político germano. ¡Cuánto malestar cargaría Ludendorff ostentando solamente el rango de general en comparación con Paul von Hindenburg o con Von Benkendorff, ambos mariscales de campo![117]

De golpe el káiser Federico Guillermo Víctor Alberto von Hohenzollern ingresó ruidosa y agitadamente en el elegante salón de sesiones secretas. Todos al unísono se pusieron de pie y golpearon los tacones de sus botas. El emperador vestía una larga capa de armiño, botas negras de charol más arriba de la rodilla, pantalones ajustados y guerrera blancos. Una espada larga y curvada, con un mango de oro cubierto por piedras preciosas al igual que la funda, se sostenía del lado izquierdo de su cintura colgando de una cinta guinda de seda. Las condecoraciones más exclusivas de varios países europeos, solo concedidas a dignatarios como el emperador de Alemania, se mezclaban en el pecho entre listones y cordones de múltiples colores. Las charreteras tejidas en hilo de oro amarillo hacían que sus hombros tuvieran la apariencia de un auténtico atleta. Un casco de plata sostenía la figura del águila imperial fundida en oro macizo.

La reunión a puerta cerrada inició tan pronto un ayudante del Estado Mayor del Ejército libró al káiser de su formidable capa y del imponente casco, le acercó el soberbio sillón de alto respaldo, cuyas telas estaban bordadas con temas de *Lohengrin*, retirándose de inmediato sin que nadie lo escuchara ni lo advirtiera.

Hindenburg inició la conversación sin cederle la palabra al canciller Bethmann-Hollweg. Anticipándose a su respuesta, se dirigió únicamente al káiser como si ambos estuvieran solos en el histórico recinto. El famoso mariscal resumió la situación prevaleciente en todos los frentes en los que las potencias centrales continuaban librando batallas. Explicó las dificultades crecientes en los abastecimientos de los diversos frentes y de las retaguardias, la fatiga de la tropa, las calamidades que se sufrían en las trincheras, más ahora que ya estaba entrando el invierno, un invierno tan frío que ya no sabemos de qué lado está Dios… Puso el acento en el análisis del cansancio de la gente, el agotamiento físico del pueblo, en las ciudades y en el campo. Expuso que difícilmente se le podía exigir más a la nación entera y a los defensores de la patria tanto en el mar como en la tierra. Las materias primas, la paciencia y los recursos económicos se agotaban día con día…

—Cada vez es más difícil fabricar armamento; cada vez es más difícil obtener créditos y tener acceso a los grandes capitales para financiar la contienda; cada vez es más difícil transportar las municiones y los pertrechos a los frentes; cada vez es más difícil hacernos oportunamente de medicinas y alimentos: perdemos soldados por falta de aspirinas, señor emperador.

El silencio era sepulcral. El káiser, haciendo verdadero acopio de fuerza para poder poner atención más de cinco minutos en el mismo tema, taconeaba instintivamente contra el piso de duela austriaca. ¿Cómo escapar a las malas noticias? No había alternativa: tendría que escuchar hasta que todos hubieran hecho uso de la palabra. ¿Cómo salir airoso de la prueba? En medio de la reunión, recurriría como siempre al escapismo para huir de la tensión refugiándose en un mundo interior de su muy íntima creación. No se trataba de espacios internos de reflexión, meditación e imaginación, sino de visiones que tenían muy poca relación con la realidad. En sus largas ausencias representaba diferentes papeles, como el de un lord inglés o el de Federico el Grande o el de Bismarck o el de los tres a la vez. Las ilusiones ocupaban la mayor parte de su tiempo. Creía en la realidad de sus sueños, de ahí que al despertar cayera en destructivos colapsos mentales.

—Necesitamos inyectar ánimo en la tropa antes de que enfrentemos sublevaciones en el frente y en las ciudades. La población está harta de privaciones porque el ejército y la marina gozan justificadamente de todos los privilegios. El argumento fue útil en tanto inició la guerra, solo que en estos momentos el hambre, el frío y la enfermedad son tres monstruos que nos pueden llegar a aplastar si no reaccionamos —sentenció Hindenburg, pontificando desde lo alto de un pedestal.

Bethmann-Hollweg, sentado regiamente como si se hubiera tragado una espada, chocaba los pulgares mientras mantenía entrelazados los dedos de las manos. La mesa de granito con incrustaciones de mármol de diferentes colores era una verdadera obra maestra de los artesanos italianos del siglo XVII.

—¿Y cómo inyectar ánimo? —cuestionó el canciller.

—Creando esperanza —repuso Hindenburg.

—¿Y cómo pretende usted crear esperanza?

—Convenciendo a la armada y a la marina y por supuesto al pueblo de que podemos ganar la guerra en seis meses —respondió el afamado militar.

—¿Cómo los va usted a convencer? —cuestionó Bethmann intentando cerrarle a Hindenburg todas las puertas de salida.

—Recurriendo a un arma que no se nos permitió utilizar este año porque se trataba de una herramienta insuficiente.

—¿Cuál arma…?

—Los submarinos, Su Excelencia —se dirigió entonces Hindenburg directamente al káiser.

—¿No estará usted pensando otra vez en la guerra submarina total? —contestó el canciller en lugar del emperador.

—Por supuesto que sí, herr Kanzler.

—O sea, ¿insiste usted en el viejo plan de hundir a todos los barcos de todas las nacionalidades y banderas que se acerquen a Inglaterra para, como usted siempre dijo, ponerla de rodillas a través de un bloqueo total?

—Así es, señor emperador —contestó Hindenburg dirigiéndose de nueva cuenta al káiser. No estaba dispuesto a seguir escuchando palabras necias…

—Se ve que sigue usted ignorando las posibilidades militares de Estados Unidos, así como sus reacciones políticas —adujo Bethmann sin permitir la intervención del káiser, actitud que en el fondo el emperador apreciaba—. El mismo día en que iniciemos la guerra submarina y empecemos a hundir barcos yanquis, ese mismo día, en la tarde, nos declararán sin más la guerra.

—El miedo a Estados Unidos se refleja en su rostro, señor canciller...

La reunión se paralizó en ese instante. Nadie se movía. Nadie respiraba. Las miradas permanecían fijas e indescifrables para no comprometerse ni con los pensamientos.

—Usted confunde el miedo con la prudencia y la cordura, señor mariscal —contestó cortante Bethmann-Hollweg—. Valdría la pena que conociera las posibilidades ofensivas de Estados Unidos. Ese país puede convertir su industria civil en militar así —tronó los dedos para dejar en claro que sería en un instante.

—Eso es lo que usted cree, señor canciller —repuso Hindenburg enfrentándolo directamente—, lo que ignora es que en seis meses,[118] antes de que Estados Unidos pueda poner un solo hombre en Europa, antes de que atraque el primer crucero en Southampton o en el Havre, nosotros ya habremos acabado con Inglaterra y estaremos listos para patear al Tío Sam donde más pueda dolerle.

—Hasta el Imperio austrohúngaro está en contra de la guerra submarina.

—No hablemos de cadáveres. A Austria la hemos tenido que arrastrar a lo largo de la guerra. ¿Los austrohúngaros? ¿Quiénes son militarmente los austrohúngaros para oponerse a nada? Seamos serios... —golpeó severamente Hindenburg.

El enfrentamiento entre el político y el militar acaparó la reunión. Los asistentes volteaban a ver a uno y a otro sin pronunciar palabra alguna. Los argumentos a favor y en contra salían disparados de los dos ángulos de la mesa. El káiser observaba, meditaba, basculaba también en silencio. ¡Nunca su bigote con la forma de una W se había visto mejor almidonado!

—No hay enemigo pequeño, señor general —sentenció Bethmann-Hollweg—, desde principios de este año, en que ya usted empezó a hablar de una guerra submarina indiscriminada, ha subestimado, si no es que ignorado, el poder norteamericano.

—No son enemigos de temerse —contestó, sin sentirse aludido al haber puesto sobre la mesa la palabra ignorar.

De inmediato el almirante Von Kapelle, secretario de la marina imperial, expresó su adhesión a la postura asumida por Von Hindenburg:

—El ingreso de Estados Unidos a la guerra no agregará nada.[119] Si no entramos a la guerra submarina en los próximos tres meses yo no garantizo la supervivencia de Alemania como una superpotencia ni siquiera algo parecido...

Helfferich, secretario de Estado, se opuso a Von Kapelle y a Hindenburg: estaba francamente en contra del ataque a barcos americanos. Varios asentían con la cabeza concediéndole la razón.

—Los americanos son dignos de todo respeto militar —saltó airado sobre la mesa el canciller—, ustedes no se imaginan la velocidad con que los norteamericanos pueden construir barcos de guerra en lugar de cargueros.

—Por más armas que puedan producir —insistió Hindenburg alisándose el bigote—, tardarán cuando menos seis meses en poder colocarlas en suelo europeo, y en ese tiempo ya solo nos quedará un enemigo a vencer: Estados Unidos —concluyó satisfecho como quien espera una ovación.

—Se sorprendería usted al conocer la capacidad de organización de ese país de guerreros. Los norteamericanos siempre están listos para la guerra —advirtió Bethmann-Hollweg amenazadoramente—, y antes de lo que usted sospecha, pueden poner 500 mil hombres perfectamente armados y absolutamente frescos en suelo europeo.

—Adivina, usted adivina —sonrió burlonamente Hindenburg mientras Ludendorff le decía algo al oído—, si usted es un pitoniso entonces ¿por qué razón no nos advirtió el resultado de cada batalla para haber podido trazar otras estrategias? Los resultados de la campaña francesa y los de las batallas de Verdún, Marne, Somme y otras tantas más hubieran sido distintos de haber podido contar con su ayuda visionaria...

Las sonrisas y los murmullos no se hicieron esperar. El canciller no tardó en mostrar su malestar.

—Es sabido que cuando usted carece de argumentos pretende ganar las discusiones derrotando anímicamente a su adversario. Solo que la sorna y el sarcasmo no son armas que pueda enderezar en contra mía.

El káiser se acomodó en su asiento como si fuera a hacer uso de la palabra. Hindenburg se volvió a adelantar percibiendo el intento del emperador.

—En ese caso, tal vez fuera conveniente que usted apoyara con elementos de prueba todo su dicho —respondió de inmediato el militar, para tratar de acorralar al canciller.

—Tengo diversas fuentes de primera mano, entre ellas la experiencia y la visión de uno de los más notables alemanes y, simultáneamente, uno de los más confiables estudiosos y observadores del desarrollo de Estados Unidos.

—Estoy dispuesto a escuchar los nombres de los «estudiosos y observadores» siempre y cuando uno de ellos no sea el embajador Bernstorff —acuchilló Hindenburg a su oponente por consejo de Ludendorff.

—Si vamos a desconfiar de nuestro propio embajador en Washington, ¿para qué lo mantenemos en el cargo? Mejor, mucho mejor, que se venga a pelar patatas a la cancillería —agregó Bethmann echándose para atrás en su asiento como si ya fuera inútil continuar la discusión.

—Bernstorff es un fanático y además resentido, porque cuando renunció Von Jagow al Ministerio de Asuntos Exteriores él estaba seguro de que ocuparía esa cartera, hoy afortunadamente en poder de herr Zimmermann.

—Como ejercicio de memoria, señor general, valdría la pena recordar que, desde hace ya más de un año, Bernstorff se ha negado rotundamente a la guerra submarina indiscriminada. El señor Zimmermann tomó posesión del cargo hace un mes —repuso el canciller pacientemente, usando el mismo tono de voz.

—En ese caso es solo un fanático porque la pasión no lo deja contemplar la realidad con claridad.

—¿Llama usted fanático a quien cuenta con el inventario de la marina de guerra americana? ¿Fanático porque sabe cuántos yanquis están en las reservas y pueden ser incorporados a los activos militares antes de que usted pueda tronar los dedos? —arremetió, poniéndose de pie y volviendo a chasquear los dedos de su mano derecha—. ¿Fanático porque conoce cuántas fábricas hay de armamento para producir pólvora, rifles y municiones de toda clase en los volúmenes que se deseen sin perder de vista que Estados Unidos puede ser autosuficiente en un número creciente de materias primas que se encuentran en su vastísimo territorio? ¿Fanático porque sabe que los norteamericanos no tienen que pedirle crédito a nadie para echar a andar su industria militar hasta acabar con nosotros? —repuso Bethmann como si estuviera disparando una ametralladora—. ¿Fanático porque puede llevarlo a usted hasta a los astilleros más pequeños de tal manera que pueda constatar el poderío naval de ese país que usted menosprecia? —concluyó, dejándose caer sobre el asiento cubierto de brocados de oro—. Ahí está un Von Papen, un doctor Albert, un Counselor Haniel, pregúntenles también a ellos —agregó antes de terminar su intervención.

Después de consultar al oído de Ludendorff y sin ocultar la expectativa creciente en el salón de sesiones, Hindenburg también se puso de pie. Frente a él se encontraban Bethmann-Hollweg y Zimmermann. Detrás de ellos destacaba un conjunto de puertas de vidrio que conducían al jardín del Castillo de Pless y sus espléndidas 300 habitaciones.

Una fuente en el centro con el tema del Rapto de las Sabinas dominaba todo el escenario que esperaba en cualquier momento el arribo de las primeras nevadas.

—Los informes del alto mando difieren de los que usted acaba de presentar —refutó acremente el prestigiado mariscal Von Hindenburg—. Nosotros dudamos de que aun cuando procedamos a la guerra submarina total Estados Unidos vaya a declararnos la guerra, y si lo hace, Wilson y su país tendrán que enfrentarse a nosotros, los vencedores de Inglaterra, Francia y Rusia unidas, nada menos que a los destructores de la *Entente Cordiale*, un enemigo nada despreciable, ¿verdad, señor canciller?

—Es un suicidio su aseveración... Bernstorff es nuestro embajador en Washington desde 1908 y conoce como pocos su inmenso potencial.

—¿Suicidio? Para nosotros Estados Unidos ni siquiera es una potencia mundial.[120] El puesto de embajador ante la Casa Blanca no es una posición de prestigio para el Imperio alemán. No son tampoco adversarios de consideración. Es más, ni siquiera son aristócratas...[121]

—En el caso muy remoto de que Inglaterra, Francia y Rusia se rindieran en los próximos seis meses —adujo Bethmann haciendo acopio de paciencia— debemos considerar que nuestras tropas, agotadas y desmoralizadas después de tres años de guerra, se enfrentarían a las norteamericanas, frescas, optimistas, bien capacitadas y espléndidamente armadas y pertrechadas, además de la resistencia inglesa y de la francesa, junto con la rumana y la italiana, entre otras tantas más.

—En la mente del canciller vuelve a aparecer el miedo —adujo Hindenburg, envenenando la discusión en tanto el rostro impertérrito del káiser era para un retrato.

Varios de los presentes pensaron en un duelo en los bosques de Potsdam, sin embargo, Bethmann contestó:

—Vuelve usted a confundir el miedo con la cordura y la precaución. Como canciller del Imperio no puedo caer en provocaciones que otra vez demuestran la ausencia de argumentos —atacó sin perder la compostura y retirando una pelusa de su saco oscuro como si quisiera sacudirse con ello al obcecado militar—: no podemos darnos el lujo de tener un enemigo como Estados Unidos, menos, mucho menos en las presentes circunstancias.[122]

—Los alemanes, toda Alemania en pleno exige ya en la calle el empleo a fondo de nuestros submarinos. La paciencia doméstica se está agotando. Nadie entiende por qué pudiendo emplear un arma devastadora no se recurre a ella para terminar con el infierno que vive nuestra gente —volvió a atacar Hindenburg.

—Al pueblo le falta la información que nosotros sí tenemos. Su pasión es justificada como sus deseos de concluir la guerra, eso sí, sin meterlo en un infierno mil veces peor. Entrar en la guerra implica el *Finis Germanie* —concluyó, tratando de agredir diplomáticamente a los militares recurriendo a un lenguaje que ellos desconocerían.

—¿Dice usted que la voz del pueblo es ignorante?

—Eso mismo sostengo y por lo mismo quienes sabemos lo que estamos haciendo no podemos dejarnos conducir por las masas ni mucho menos entrar en guerra contra un gigante en estas circunstancias.

—¿No se da usted cuenta de que o acabamos con la guerra o una revolución interna acabará con nosotros?

—Ahora resulta que el brujo es nuestro mariscal Hindenburg —devolvió la afrenta Bethmann-Hollweg.

Pocos se imaginaban que ese día iban a presenciar un duelo entre verdaderos gigantes del gobierno alemán. La decisión era crucial para el país, para Europa y para el mundo entero. Se estaría hablando de la Primera Guerra Mundial si se hundían todos los barcos que llegaran a Inglaterra, más aún si eran los norteamericanos.

—Me temo que usted pretende dirigir la guerra tomando en cuenta estrictamente los puntos de vista políticos y no los militares —repuso Hindenburg, sin acusar malestar por el sarcasmo de su superior, el canciller de Alemania.

El canciller hizo un breve silencio como si ordenara sus argumentos para poder llegar a una conclusión.

—Estamos aquí reunidos en presencia de la máxima autoridad de nuestro país —hizo una breve inclinación de cabeza al dirigirse al káiser— para llegar a una solución que beneficie a Alemania. De ninguna manera pretendo ni podría imponer mi parecer en este conflicto. Mi único deseo no es vencerle a usted en esta discusión, señor mariscal, sino evitar más complicaciones en esta difícil coyuntura que nadie pudo prever.

Mientras Bethmann hablaba, Hindenburg empezó a ordenar los papeles que tenía dispuestos encima de la mesa de granito como si intentara retirarse. Bien sabía con cuánto prestigio contaba entre los alemanes, qué bien había sido recibido su nombramiento entre el pueblo de todos los estratos sociales y qué mal caería su renuncia y, sobre todo, cuánto daño ocasionaría al káiser mismo su dimisión, más aún cuando el propio Reichstag ya había estado varias veces dispuesto a exigir la abdicación del soberano. Un golpe así no lo resistiría el emperador. La salida repentina de Hindenburg y de Ludendorff se traduciría en más descrédito y más escepticismo en la figura y en la gestión del monarca.

Arreglando sus ideas de la misma forma en que ordenaba sus papeles, Hindenburg sentenció como quien apunta un revólver .45 a la cabeza de Guillermo II:

—Nosotros, los militares, el ejército imperial, no nos responsabilizamos de los resultados del actual conflicto si no se nos autoriza recurrir a la guerra submarina indiscriminada —acotó cuando ya guardaba sus papeles en un portafolios negro—. Las estrategias armadas deben instrumentarlas los militares y no los políticos, Su Alteza. Usted tiene la última palabra en la inteligencia de que si es aceptado el punto de vista del señor canciller, en ese momento contará usted inmediatamente con la seguridad de mi renuncia irrevocable.

—También con la mía, Su Excelencia —tronó Ludendorff, con ímpetus marciales.

—Y la mía —agregó Alfred von Tirpitz, ministro naval del Imperio alemán, quien había pasado largas veladas con el káiser discutiendo las ventajas de la guerra submarina.

El mariscal Holtzendorff asintió con la cabeza. Él también presentaría su dimisión. Este último se puso de pie e inesperadamente dejó caer sobre la mesa las siguientes palabras:

—Doy mi palabra, como oficial naval, de que ningún americano pondrá un pie en el continente. Nos haremos cargo de Estados Unidos. La oportunidad para una guerra submarina nunca será tan favorable otra vez.

Tratando de mediar y de suavizar la situación, Zimmermann sostuvo que el Ministerio de Asuntos Exteriores estaba de acuerdo con la posición asumida por los destacados generales.

—Son más los riesgos domésticos de la inmovilidad que los de la guerra submarina —arguyó, a sabiendas de que se acercaba al corazón del grupo que ya empezaba a gobernar en los hechos a Alemania.

El canciller jamás le perdonaría semejante comportamiento, solo que, bien lo sabía él, era el momento de elegir y de acertar. Si los militares llegaran a ganar la guerra, Zimmermann tendría asegurado un trono de plata al lado de los triunfadores.

—Yo me ocuparé —arguyó el nuevo secretario de Asuntos Extranjeros— de entretener a Washington simulando pláticas de paz… Además podemos aprovechar el enojo de México y de Japón en contra de Estados Unidos para crear un conflicto en América que impida a los soldados yanquis poner un solo pie en Europa…

—Antes que nadie está Alemania —argumentó finalmente el káiser, dándose bien cuenta de las insinuaciones de Zimmermann, a quien vería a solas en los próximos días—, no hay espacio para intereses personales en estos difíciles momentos.

—De acuerdo —repuso Hindenburg—, solo que cada quién tiene una manera diferente de velar por la integridad de la patria: unos lo hacen con palabras y otros con las armas, cuando ya no hay otro remedio como en estos instantes...

—Calma, señores, calma —sugirió el emperador.

—Con todo respeto, Su Excelencia: no podemos tener calma cuando existe el riesgo de enfrentar en el corto plazo una revolución socialista en el país, una revolución por hambre, enfermedad y muerte; ni podemos, por otro lado, consentir en una desbandada de nuestras tropas de las trincheras y de los frentes con altísimo costo para Alemania —resumió Hindenburg su posición—. La única salida es la guerra submarina: usted decidirá...

El emperador se puso ruidosamente de pie. Acaparó de golpe todas las miradas. Recordó entonces que él solo era responsable de sus actos oficiales y privados ante Dios y que de Él emanaba su autoridad ejecutiva, misma que ejercía a través del canciller del Imperio. Bethmann, inquieto, no le retiraba la mirada. Caminó a lo largo de la estancia haciendo sonar los tacones de sus botas. Pasaba una y otra vez frente al cuadro de *Wannsee* pintado por Max Liebermann sin detenerse a verlo por lo menos de reojo. Miraba al piso en sus desplazamientos con las manos cruzadas tras la espalda. Se percató de que su canciller no amenazaba con la renuncia. Él mismo había estado en contra de la guerra submarina, en cambio la deposición de sus prestigiados generales vencedores de Tannenberg bien podía significar su derrumbe.

Entonces formuló una pregunta a Hindenburg que atravesó de un lado al otro el cuello de Bethmann-Hollweg:

—¿Usted me garantiza que pondrá a la Pérfida Albión de rodillas en seis meses? —cuestionó ajustándose el bigote almidonado. La *W* parecía más tiesa que nunca.

La cara del mariscal recuperó el color:

—Si no se detiene la marcha en la construcción de submarinos y llegamos a contar con 150 antes de febrero de 1917, cumpliré con mi palabra. Echaremos a pique 600 mil toneladas de barcos mercantes al mes y antes de la próxima cosecha de verano Inglaterra estará a nuestros pies.

Guillermo II se relamió los labios al volver a escuchar semejante posibilidad. Tenía en el puño de su mano derecha la venganza en contra de sus odiados primos y parientes. Con qué gusto le prendería fuego a todo lo que le recordara a su madre, y a su abuela y a su tío Eduardo VII.

¡Cuánto detestaba y cuánto admiraba esa civilización que necesitaba destruir para escapar, ahora sí, a toda confusión…!

El mariscal hizo un silencio escrutando el rostro de Zimmermann, en el que aparecía más clara que nunca una inmensa cicatriz en la cara producto de un duelo. En ese momento agregó:

—Además, esperamos que Japón entre de nuestro lado en la guerra atacando a Estados Unidos por la costa del Pacífico.

Al percatarse del peligro que corría en lo personal, experimentando una sensación de vómito originada en el fondo mismo de sus intestinos, sintiéndose señalado por decenas de dedos flamígeros, los de todas las generaciones de Hohenzollern que le apuntaban amenazadoramente desde el más allá, viéndose firmando su carta de abdicación o bien pasado furiosamente por las armas cuando las escuadras de socialistas fanáticos gritaran *Feuer!, Feuer!, Feuer…!*, después de improvisar como paredón cualquiera de los muros del Castillo de Unter den Linden para ejecutarlo con todo y su origen divino, imaginándose los horrores de una revolución doméstica por hambre y desesperación y, finalmente, asumiendo la catastrófica posibilidad de una desbandada del ejército y de la marina imperiales, modulando la voz, sabiendo que la guerra no resistiría otro invierno, ahí mismo decidió radicalmente:

—Vayamos a la guerra submarina —ordenó, mientras firmaba el acuerdo presentado a su consideración estampando un garigoleado «Wilhelm II R». Acto seguido salió del recinto sin considerar argumento alguno ni esperar a que le colocaran la capa de armiño.

»El mejor momento para declararla lo resolveremos más tarde», se alcanzó a escuchar todavía, mientras desaparecía del salón sin detenerse a cerrar la pesada puerta de madera tallada por los artesanos de Oberammergau.

24. La inteligencia británica

Mientras tanto, en el «Cuarto 40» Hall y sus hombres trabajaban intensamente en varios objetivos, dos de ellos incumbían directamente a los mexicanos. El primero consistía en dar con una mujer llamada María Bernstorff, una agente saboteadora sumamente peligrosa que había hecho estallar plantas productoras de pólvora, depósitos de armas, fábricas de municiones, puentes, líneas de ferrocarril y barcos en alta mar que transportaban pertrechos de guerra a los aliados. Con ese nombre no cabía la menor duda de los vínculos de ella con el embajador alemán en Washington. Después de revelar su identidad al Departamento de Estado norteamericano, se fijó una recompensa importante para quien diera con ella.

—¿Viva o muerta?

—Me conviene más viva para obtener los nombres de sus cómplices —contestó el almirante Hall a la pregunta—. Si resultara imperativo matarla, entonces acaben con ella donde se encuentre. Solo necesito evidencias de su identidad. Debe tener 15 o 20 pasaportes con diferentes nombres y nacionalidades. Su cabeza vale la no despreciable suma de 250 mil libras esterlinas.

Solo Hall sabía quién le había proporcionado semejantes datos. Solo Hall sabía cuánto le habían costado. Solo Hall sabía a quiénes habían sobornado o asesinado para obtener la información. Solo Hall sabía que esa mujer, la maldita incendiaria buscada durante tanto tiempo, no se llamaba Mucky Bolbrügge ni Gaby Schroeder ni Elena Fontanot ni Lorein Retteg, ni mucho menos Amparo Zúñiga ni Patricia Hiriart ni Ana María Carrasco, entre otras tantas más. La criminal que buscaba, una agente profesional empleada por el servicio secreto alemán y que ya la hubiera querido tener Hall bajo sus órdenes por su eficacia y discreción, era María Bernstorff, sí, María, María Bernstorff, la misma.

—Ella, ella: a quien me traiga las pruebas de que fue estrangulada en un baño o ejecutada con un tiro en el cráneo al bajarse de un tranvía en la Ciudad de México, a quien me demuestre que ya no existe y que la muerta es ella —agregó con su clásica flema británica— le daré 250 mil libras esterlinas, lo suficiente para no volver a trabajar jamás en la vida...

—¿Y dónde está?

—En México: ahí se esconde siempre en lo que trama otra explosión.

—¿Es alta, baja, flaca, gorda, joven, vieja…?

—Todo lo que sé es que se llama María Bernstorff, es obviamente mujer y vive en México en un lugar llamado Cheapa o Chiapas o Chopas. Ya saben ustedes los nombres mexicanos… Si yo tengo que buscarla, encontrarla y matarla, ¿para qué los quiero a ustedes…?

—¿Cuántos la buscaremos?, para saber las posibilidades de que nadie se nos adelante.

—Están en la competencia los agentes y espías británicos ubicados en México y Estados Unidos y, por supuesto, la inteligencia norteamericana en su conjunto: ellos están notificados y ya rastrean sus últimas huellas.

El otro objetivo de Hall consistía en conocer el canal de información por el que México se estaba comunicando a través de mensajes aéreos con Berlín. Sabía que la estación de Nauen contaba con la suficiente potencia como para transmitir mensajes hasta México, solo que las leyes mexicanas prohibían a las embajadas la recepción de telegramas codificados, pero además —cuestionó Hall en tono conspicuo— ¿de qué les serviría si por otro lado México carece de transmisores con la suficiente capacidad para cruzar el Atlántico? Se empeñó entonces en descubrir el canal que la embajada alemana estaría utilizando para comunicarse con Berlín y evitar así la pérdida de datos particularmente valiosos… Ya hemos comprobado que México es una pieza de ajedrez muy recurrida por Alemania. No debemos descuidarla.

Por aquellos días, Hall llegó a saber que, por restricciones con Estados Unidos, Berlín enviaba sus mensajes vía Buenos Aires-Valparaíso y de ahí se perdía totalmente la pista. Bernstorff recibía una inmensa mayoría de los telegramas, misma que retransmitía al Ministerio de Asuntos Extranjeros, sí, pero faltaba una parte crítica. ¿Enviaría Alemania la codiciada señal a Japón y más tarde a México? ¿Los japoneses entonces ya estarían conjurando en secreto con Berlín y México en contra del Tío Sam? ¡Menuda noticia…!

A los alemanes se les había autorizado aprovechar las líneas privadas de Estados Unidos, aun las submarinas, siempre y cuando no se utilizaran indebidamente las facilidades otorgadas en su carácter de país neutral. La estación de Sayville, en Long Island, ya estaba siendo controlada por la marina americana porque los alemanes se habían aprovechado indebidamente de ella para notificar a sus submarinos la posición de los barcos que intentaban hundir. Bernstorff se quejaba con Lansing por estas restricciones, mientras Bethmann-Hollweg y Zimmermann hacían lo propio con Gerard, el embajador de Estados Unidos en Berlín. Necesitamos líneas confiables que ustedes le conceden a los aliados y nos niegan a nosotros cuando ustedes son, supuestamente, un país neutral…

En las labores de espionaje, en las militares, en las políticas, aun en los episodios amorosos o de cualquier otra índole, la suerte es una jugadora silenciosa, siempre presente, a la que jamás se debe ignorar ni soslayar. Puede aparecer en el momento más inesperado y volcar todas las estrategias. Su presencia, en ocasiones, puede producir los mismos efectos que cuando alguien golpea por abajo un tablero de ajedrez y hace volar por el aire a las reinas, los reyes, los caballos, los alfiles, los peones y las torres.

Tan es cierto lo anterior, que una noche, antes de las navidades de 1916, cayó en las manos de Hall la copia de una carta enviada por el embajador Von Eckardt directamente al káiser, mediante la cual solicitaba el otorgamiento de la condecoración de la Orden de la Corona, de segunda clase, al encargado de asuntos comerciales de la embajada sueca en México, herr Folke Cronholm, por los servicios prestados al Imperio, tales como «el arreglo de las condiciones del tráfico oficial telegráfico con Su Excelencia…» Sentado solo en su oficina, el director de Inteligencia Naval frunció el ceño. Ataba los cabos sueltos…

«Cronholm, Su Excelencia, como usted sabe, solo cuenta con una humilde distinción del gobierno chileno y, además, en caso de que usted accediera a esta petición, la orden alemana se entregaría, por supuesto, en privado, sin la presencia de la prensa, para no levantar suspicacias en el enemigo…»

El almirante recibía los informes más inverosímiles, además de todo tipo de papeles, archivos, boletos de barco, contratos, baúles y telegramas de todas partes del mundo por si pudieran ser de alguna utilidad. A saber… De la lectura del texto, Hall conjeturó que no se trataba de la primera ocasión en que Von Eckardt hacía una petición de esta naturaleza ante el monarca para el mismo candidato. Cada hebra podía ser importante y, de tirar de ella con cuidado y discreción, podría conducir a la salida misma del laberinto.

Era bien sabida la poderosa atracción que ejercían las condecoraciones en el vanidoso mundo de la diplomacia europea. Pero ¿por qué precisamente el embajador alemán solicitaba una de ellas para el encargado de asuntos extranjeros sueco? ¿Algún agradecimiento en particular aun sobre la base de que Suecia y Alemania se entendían en secreto durante la guerra? Raro, ¿no…?

La pieza faltante para armar toda la maquinaria la aportó mister «H», desde luego un agente de Hall destacado en México. Su verdadera identidad constaba en los archivos secretos del «Cuarto 40» de la Dirección de Inteligencia Naval. Mister «H», después de espiar los movimientos de la embajada sueca, encontró que Cronholm, el más escandaloso miembro proalemán del cuerpo diplomático acreditado en México, hacía muchas más visitas de las normales a las oficinas de telégrafos mexicanos... El costo de sus envíos superaba con creces el presupuesto autorizado por Suecia para estos fines, así como el tránsito de mensajes era muy superior al requerido, dado el nivel de las relaciones entre México y Suecia, más aún si se las comparaba con las de Italia o Noruega, por ejemplo.

Con la carta en sus manos y los datos confidenciales abastecidos por mister «H», para Hall y sus hombres no fue nada difícil espiar los mensajes recibidos a través del cable submarino que unía a Suecia con Inglaterra y de ahí, descansando en el fondo del mar, llegaba a las terminales de Long Island, en Estados Unidos. La reiterada petición de Von Eckardt para que se le impusiera a Cronholm la *Kronenorden* por parte del káiser, ¡ay!, la vanidad, siempre la vanidad, así como las repetidas visitas del sueco a las oficinas telegráficas mexicanas, le permitieron al almirante saber que la ruta escogida era México-Estocolmo-Berlín y a la inversa, y no solo eso, sino que, por si fuera poco, la supuestamente neutral Suecia hacía lo propio con todas sus embajadas en el mundo entero.

No, no se trataba de una conjura con Japón ni con los chinos ni con los rusos, aun cuando aliados bien podrían estar tramando una paz secreta con los alemanes: no, ninguno de ellos estaba involucrado en las maniobras telegráficas. Los mensajes no se enviaban a través del océano Pacífico ni de los Urales para escapar al espionaje británico. La ruta ahora quedaba descubierta: las embajadas suecas en el mundo eran los puentes aéreos para llegar a Berlín.

Así Hall supo de los mensajes enviados por Eckardt a Zimmermann, en donde aseguraba: «Carranza, quien ahora ya es abiertamente amigo de Alemania, está dispuesto, de ser necesario, a permitir, a nuestra mejor conveniencia, la navegación de submarinos alemanes en las aguas del Golfo de México». «Muy pronto instalaremos la primera base de sumergibles en el Golfo de México.» «Carranza conforme con la capacitación del ejército mexicano por oficiales de la academia militar prusiana. Desea comprar submarinos alemanes y que le instalemos una estación transmisora de radio.» «El ministro carrancista de telégrafos mexicanos, señor Mario Méndez, ya está en la nómina del Imperio alemán: lo sobornamos con 600 dólares al mes, con lo cual nos extiende todas las facilidades.» «Trabajo intensamente con Carranza para que la mayoría de los regímenes centroamericanos sean proalemanes, en especial Panamá, por su importancia estratégica.» «Mientras más tiempo permanezca Pershing en México y el país continúe invadido por los norteamericanos, más posibilidades tendremos de que

Carranza caiga en nuestros brazos… Militarmente, Estados Unidos está ahora muy distraído con México. Cuatro quintas partes de su ejército no quitan los ojos de su vecino del sur.»[123]

¿Cómo olvidar la cara crispada de Hall cuando leyó un mensaje enviado por Zimmermann en el que le anunciaba el inminente estallido de la guerra submarina indiscriminada?, «el modo más efectivo de aniquilar a nuestros enemigos. Lo anterior implica operaciones en aguas americanas. Sería muy apreciado si pudiéramos contar con bases de submarinos en América del Sur y en México. ¿Qué ventaja sustancial podríamos concederle a México a cambio de permitirnos instalar dichas bases tan necesarias para nuestros objetivos militares?»

Blinker Hall pidió una entrevista de inmediato con Edward Bell en la embajada de Estados Unidos en el Reino Unido. Filtraría la información. Wilson y Lansing deberían conocer sin más demora los planes del inicio de la guerra submarina indiscriminada. *Good Lord!*

Hall caminaba mecánicamente de un lado al otro de su oficina. Se detuvo unos instantes a un lado de su escritorio para leer la traducción de otro mensaje enviado por Eckardt a Zimmermann en el que anunciaba el viaje del mayor Carpio a Japón, a bordo del *Emperatriz de Asia*. «Los japoneses solo pueden vender armas a los aliados, sin embargo, violando todos los acuerdos, se las venderán a México a pesar de su neutralidad. Carpio va a comprar armas y además una fábrica de municiones japonesas que se transportará en barcos japoneses y la instalarán técnicos japoneses. Carranza homenajeó con una cena de gala en Palacio Nacional a la delegación japonesa. Los lazos entre México y Japón cada vez son más estrechos. El color amarillo es cada día más claro en México.»

*Gott sei dank werden die japaner mit uns arbeiten hauptsalich wenn wir jetzt den Krieg mit dem U-Booten anfangen.**

El almirante apresuró el paso antes de decidirse a visitar al secretario inglés de Asuntos Extranjeros. Ambos acordaron de inmediato informar al secretario de Estado norteamericano sin explicar, desde luego, cómo habían conocido los planes de que los submarinos alemanes navegarían en el Golfo de México hundiendo cuanto barco se encontrara de cualquiera nacionalidad. Aprovecharon la ocasión para sugerir la conveniencia de que las tropas de Pershing abandonaran a la brevedad el territorio nacional, antes de que la situación pudiera complicarse más con la «asesoría alemana…»

---

* Gracias a Dios los japoneses van a trabajar con nosotros ahora que iniciaremos la guerra submarina.

Lansing telegrafió a Carranza advirtiéndole que la instalación de bases de submarinos alemanes constituía una clara violación a la neutralidad mexicana que «produciría los más desastrosos resultados».

Don Venustiano entendió el mensaje de Lansing sin duda como un acto de intimidación. Lo era, solo que la reclamación le confirmó una realidad: el presidente mexicano estaba rodeado de espías. Titubeó. ¿Cómo se pudo filtrar la conversación sostenida entre él y Von Eckardt? ¿No habían estado solos en Palacio Nacional? ¿Von Eckardt era un indiscreto? Por supuesto que ni lo era ni lo parecía. Se trataba, a su juicio, de todo un profesional de la diplomacia. ¿Entonces? ¿Las paredes oían y, lo que era peor, hablaban?

La embajada americana en México temía la presencia japonesa en el país. Percibía con claridad los coqueteos, los galanteos y hasta los arrumacos. Carranza mismo deseaba hacer sentir a Estados Unidos que no estaba solo y que el diferimiento indefinido de la intervención armada de Pershing podría tener repercusiones en todo el orbe. ¿Son tan ilusos como para creer que si México entra en la guerra su participación se podría reducir a una mera amenaza alemana por el frente Atlántico? Ah, ¿sí…? Pues que los norteamericanos no pierdan de vista la existencia del «peligro amarillo» que se cierne por sus costas del Pacífico y, desde luego, al sur de su frontera por diferentes motivos…

«Quien se quiera comer una tuna mexicana a la brava se puede espinar la mano pero también los genitales…»

De la misma manera que estaba dispuesto a incendiar los pozos petroleros de Tampico si las ambiciones internacionales se desbordaban al extremo de orillar a su gobierno a un colapso, de esa misma suerte había decidido crearle a Estados Unidos un severo conflicto con las potencias extranjeras si persistía la expedición Pershing en México y se materializaba la posibilidad de una invasión masiva. ¿Japón? ¡Japón! ¿Alemania? ¡Alemania!, con tal de sacar las mugrosas manos de los yanquis en los asuntos internos de México.

Todo lo anterior estaba bien, muy bien, pero ¿por qué los norteamericanos tenían información secreta cuando él, Carranza, solo abría la boca para comer? ¿Por qué Lansing conocía sus acuerdos con Von Eckardt? ¿Cómo era posible que los americanos supieran de sus negociaciones secretas, secretísimas, con los alemanes para que estos intercedieran a su favor ante la Casa Blanca y Wilson retirara a la expedición Pershing? ¿Cómo…? ¿Qué pasaba?

25. El error de María

María Bernstorff, acompañada por un tal Wozniak, hizo estallar una fábrica de bombas en Kingsland, Canadá. Toda la planta quedó destruida después de una pavorosa explosión que terminó con una inversión de más de 17 millones de dólares. Volaron por los aires 275 mil bombas cargadas y más de un millón de casquillos. Se destruyeron medio millón de fusibles de tiempo, 300 cajas de cartuchos y 100 mil detonadores. Cantidades incuantificables de TNT aumentaron la devastación y el pánico en aquella pequeña ciudad. Los grandes perdedores fueron los accionistas y sus aseguradores, así como los rusos que esperaban ansiosamente esas armas para utilizarlas en contra de los alemanes en el frente del este.

La chiapaneca regresó a Mazatlán, México, en una pequeña embarcación pesquera trabajando como grumete porque «deseaba tener una experiencia en el mar, al que amaba desde niña…» La agente alemana tuvo que disimular sus formas a bordo y adoptar una personalidad salvaje para impedir ser víctima de abusos a lo largo del trayecto. No cobraría, trabajaría como cualquier otro hombre, comería lo mínimo y haría guardias nocturnas para repartir las cargas de trabajo. En realidad deseaba escapar lo más rápido posible de Canadá embarcándose en Vancouver; pretendía vivir de cerca la experiencia de Félix cuando viajó de Alemania a Estados Unidos como polizón 15 años antes de que estallara la guerra y, sobre todo, sería la forma más segura de reencontrar a su amante en Sinaloa.

Sin embargo, al abandonar Canadá cometió un error de párvula, tal y como se lo reclamaría más tarde el propio Sommerfeld. Satisfecha del resultado del último sabotaje, agradecida ante Dios por haber podido salvar la vida una vez más y sintiéndose más libre que un pájaro, mandó a sus padres una carta manuscrita, donde les anunciaba sus planes de pasar unos días en Mazatlán antes de volver definitivamente a Chiapas.

Me muero de ganas de estar otra vez en la costa mexicana del Pacífico, tomar el sol, dormir, sacar fotografías de niños norteños y, sobre todo, comer muchos camarones en el restaurante La Cubeta

273

como cuando fuimos ahí en mis años de niña. Volveré a estar otra vez con ustedes al filo del 25 de febrero. Besos a todos,

Mari-Mari

P. D. Si tuvieran algún apuro económico dispongan de mis ahorros en la cuenta del Banco de Londres y México. Otra vez Mari-Mari

Los agentes ingleses espiaban de día y de noche el domicilio paterno sin que ella tuviera la menor noticia ni tomara la mínima precaución. Sus mismos padres no pudieron comentarle, sin sospechar la realidad de la actividad profesional de su hija, que de unos días para atrás habían empezado a aparecer extranjeros desconocidos en la región haciendo preguntas sobre ella. Después de años de vivir en la finca, conocían a todos los vecinos, por lo que los merodeadores se distinguían a la distancia al igual que una gota de tinta negra en una hoja de papel blanco. ¿A dónde escribirle? ¿A Mazatlán, así nada más a Mazatlán…?

—Siempre estos viajes tan rápidos de Mari. Imposible saber dónde está. Quiera Dios que un día no nos vaya a pasar algo y no podamos avisarle —repetía su madre entre las muchachas del servicio sobre todo cuando preparaba el mole negro de Oaxaca y pasaba horas y horas en la cocina moliendo el chocolate.

—¿Quiénes serán estas personas tan educadas que preguntan por Mari? —se cuestionaban Gottfried Bernstorff Riefkohl y Laura Sánchez González, mientras cerraban cuentas de la última cosecha de café—. ¿Serán dueños de museos extranjeros interesados por su fotografía? ¿No es una maravilla tener a una hija genio? Tarde o temprano veremos su obra colgada en las galerías de Alemania o en las de Estados Unidos. Todo es cuestión de que termine la guerra…

—La confianza mata al hombre —le había repetido Félix hasta el cansancio—. Yo sé que te irritan los consejos porque tú todo lo sabes mejor que los demás, pero la paranoia en un espía, el delirio de persecución, es lo que le salva la vida.

Tal vez María Bernstorff no se percataba del daño que ocasionaba a rusos, ingleses, franceses y americanos al hacer estallar fábricas, puertos, vías férreas y depósitos de municiones y armamentos en Estados Unidos. No se imaginaba hasta qué punto podría ser importante su captura para los aliados, por razones obvias, y para los industriales y compañías de seguros norteamericanos hartos de ver volar por los aires sus instalaciones, sus inversiones, así como el patrimonio de sus asegurados.

Un presentimiento propio de las mujeres —nosotras, le había dicho siempre su madre, tenemos un sexto sentido y por lo mismo intuimos lo que los hombres ni se imaginan, es una de las pruebas de nuestra superioridad, hija mía— le había empezado a arrebatar la paz a María desde que tomó el tren en su última misión rumbo al norte de México para llegar a Canadá, como siempre con pasaporte falso.

Algo la angustiaba, tal vez el hecho de saber que las autoridades americanas estaban tras la pista de Félix, uno de los más perversos espías alemanes que había propiciado un sinnúmero de problemas entre ambos países. Si a Félix lo capturaba finalmente la policía secreta yanqui tal vez no volvería a saber de él. ¿Ese, ese era el motivo de su angustia? No, no, por ahí no se encontraba su desazón, además no sería fácil arrestarlo con todas las personalidades y disfraces que podía adoptar en tan solo una noche. Repasaba entonces sus sentimientos como quien abre los diminutos cajones de un *secretaire* en busca de una pertenencia perdida. El de la izquierda, el de la derecha, el del centro, el de abajo, y así padre, madre, Félix, finca y nada, absolutamente nada: ninguna sensación especial se le reproducía al imaginar a sus seres queridos o sus bienes. Su generosidad le impidió pensar en ella.

¿Hall? ¿Quién era el tal Hall? Sí, Hall, sin que ella lo hubiera podido suponer o imaginar, había logrado finalmente sobornar a un agente alemán con una cantidad desproporcionada que se tradujo en una severa reprimenda por parte del primer ministro Asquith. Hasta ahí llegó la reclamación. Solo que el almirante quería ganarse el respeto, la credibilidad y la confianza de sus contrapartes en Estados Unidos y por ello accedió a una suma tan elevada. Prefirió la amonestación a cambio del aumento de su prestigio, vital en las lides en las que se encontraba involucrado. Nunca le habrían autorizado más allá de tres chelines en época de guerra y menos aun que, en un mundo de espías, todo podía ser embuste, fraude y engaño. ¿Quién le aseguraba a Hall que los datos obtenidos eran verídicos?

El hecho real es que finalmente el Departamento de Inteligencia Naval a cargo de William Hall ya sabía el nombre y las señas de la agente «mexicana» que había hecho estallar tantas plantas, fábricas, depósitos, puentes y líneas de ferrocarril. Se llamaba María Bernstorff Sánchez. Su número secreto de identidad era el 13044. Vivía en Chiapas, México, y era una mujer joven de 25 años de edad, alta, espigada, tez oscura…

¡Ay!, estos alemanes no saben describir a una mujer, a la única reina de la naturaleza: María era una hembra de tez color canela, picante, sabrosa, intensa; ojos negros como la obsidiana, inquietos, buscones, inquisitivos, alegres, traviesos y golosos, cargados de pasión y de deseo. María era inmanejable, indomable, brava en la cama, inspirada, decidida, mordaz, infatigable, ocurrente y de risa estridente y contagiosa. ¿Nalgas? ¡Ah!, nalgas suaves, generosas, obsecuentes, tersas, receptoras, invitadoras, oceánicas, magnas, y senos desafiantes, llenos, firmes, íntegros, casi intocados, un destino milagroso, una prueba inequívoca de la sabiduría de Dios, una posibilidad real de reconciliación de Félix con la vida, con la muerte, con el presente, con el futuro y con la eternidad. ¿Qué le importaba más al alemán, el mismísimo káiser, la guerra y el triunfo del Imperio o tener en sus manos esos dos motivos ante los cuales los hombres se rendían, se humillaban, se negaban, traicionaban, construían castillos y corporaciones, escribían, esculpían, pintaban, cantaban, movían al mundo y mataban en lo individual y en masa?

¡Ah!, sí, María Bernstorff Sánchez, su número secreto de identidad, decíamos, era el 13044, domicilio en Chiapas, México. Sexo femenino. Edad, 25 años, alta, espigada, tez oscura…

Los sabuesos ingleses invadieron materialmente México, además de alertar a los agentes secretos británicos ya domiciliados en el país para participar conjuntamente en la localización de María a como diera lugar. Deténganla donde se encuentre. No se trata de llevarla a comparecer ante las autoridades mexicanas o ante las americanas ni de tramitar exhortos judiciales para sacarla legalmente del país. El objetivo es dar con ella, identificarla a plenitud, si es necesario a través de la tortura, para no sacrificar a una inocente y, acto seguido, una vez revelados los nombres de sus cómplices, privarla de la vida con el método más expedito que se tenga a la mano. En síntesis: mátenla donde la encuentren: *Crush her against the floor like a bloody dirty cockroach…!*

26. El «Telegrama Zimmermann»

Una mañana helada en Berlín, la del 3 de enero de 1917, una vez concedida la audiencia con Guillermo II, el ministro Zimmermann se presentó a primera hora en la oficina del Castillo de Unter den Linden para plantearle al emperador un proyecto de suma importancia.

Los mayordomos reales recibieron el abrigo, los guantes y el sombrero del ministro de Asuntos Extranjeros del Imperio. Uno de ellos, el de mayor edad, vestido elegantemente de jacqué, lo condujo escaleras arriba al despacho mismo del monarca, en donde la leña encendida, colocada en el hogar de la chimenea, reconciliaba con el frío matutino. Al verse solo en una de las oficinas más importantes del Imperio, sin olvidar, desde luego, la de Hindenburg y la de Ludendorff, Zimmermann se frotó una mano contra la otra y estiró y contrajo los dedos entumidos a pesar de haberse transportado en automóvil desde Potsdam.

Era la primera ocasión en que Zimmermann se encontraba solo en esa regia habitación. Por su mente pasaron las escenas de cuando fungía como cónsul del Imperio en Shanghái, China. Nunca imaginó que 18 años después llegaría a ocupar el cargo de ministro de Asuntos Extranjeros ni mucho menos que fuera a sostener una conversación en privado con el mismísimo káiser. Tuvo entonces el tiempo necesario, había llegado unos minutos antes de la cita, para ver de cerca el busto en bronce de Guillermo I, el abuelo del actual monarca, el fundador del Imperio en 1871 junto con Bismarck, el Canciller de Hierro, quien jamás hubiera permitido el estallido de la actual guerra de resultados imprevisibles. ¡Por supuesto que él hubiera insistido hasta suscribir una alianza con Inglaterra y otra con Rusia para que nunca se llegara a estos extremos! ¡Claro que lo habría intentado y, desde luego, lo habría logrado!

La soberbia cabeza de Guillermo I veía hacia la ventana en dirección a la famosa Avenida de Unter den Linden. El viejo soberano había posado en los últimos años de su larga gestión para legar a la posteridad ese magnífico busto. Su mirada contemplativa hablaba de un hombre sabio y prudente que invitaba a consolidar todo lo obtenido. Jamás pensó en convertir a Alemania en una potencia colonial ni mucho menos en iniciar una competencia naval por el control de los mares con Inglaterra. En todo caso estaba satisfecho con las extensiones territoriales del Imperio a partir de 1871. Ahí estaba su barba, sus prominentes ojeras, su frente patriarcal, su soberbio mentón en donde se concentraba toda su energía, sus añoradas condecoraciones con cordeles y listones.

En la otra ventana, la del lado poniente, desde la que era posible admirar los jardines imperiales perfectamente atendidos hasta en sus mínimos detalles, se encontraba otro busto firmado en 1780, cincelado en mármol blanco de Carrara por un artista de Siena, Italia, ciertamente desconocido. Se trataba de Federico el Grande, Friedrich der Grosse, sin duda el forjador de la vieja Prusia, la que a la larga había hecho posible el nacimiento del actual Imperio.

Un enorme gobelino de 1520, decorando la pared principal, recordaba el momento en que César cruzaba el Rubicón y conquistaba la Galia. El candil, una magnífica araña saturada con cientos de brillantes manufacturado por artesanos de Bohemia, iluminaba el despacho con múltiples focos en plena mañana. Más allá, del lado izquierdo, se encontraba, colocada sobre un atril, la partitura original de la tetralogía del *Anillo de los Nibelungos*, un obsequio del propio Wagner al emperador, quien consideraba esa obra el resumen mismo de Alemania. *El Rhin*, de Max Liebermann, colgaba atrás del escritorio de Guillermo II. El gran ausente era Federico I, Fritz, el padre del actual monarca: ni una fotografía ni un retrato al óleo o al carbón o a lápiz. Ni un busto pequeño sobre la mesa de trabajo. Nada, absolutamente nada, como tampoco había huellas, ni siquiera un camafeo extraviado en una vitrina donde se encontraban cuidadosamente guardadas sus más preciadas condecoraciones. El vacío era evidente. De su madre, Vicky, la hija de la emperatriz Victoria de Inglaterra, no se encontraba ni rastro, como tampoco había retratos de los hijos varones del propio Guillermo II, sobre todo después de que el mayor de ellos, el kronprinz Willie, nada menos que el príncipe heredero, había conspirado en contra de su propio padre para asestarle un golpe de Estado, desde luego por la espalda. ¿Una fotografía de Dona, su esposa? No, tampoco se podía localizar nada de ella…

Cuando en punto de las ocho de la mañana Zimmermann admiraba el colorido tapete persa tejido con miles de nudos de seda, un obsequio del sultán del Imperio otomano, de pronto el jefe del servicio de seguridad personal del emperador abrió bruscamente la puerta del despacho. Guillermo II hizo su aparición vertiginosa como si hubiera terminado de montar un pura sangre sobrado. La *W* de su bigote recién almidonado por el peluquero imperial lucía a la perfección. Sin extender la mano para saludar a su ministro, con la palma derecha invertida, delicadamente le sugirió tomar asiento enfrente de su escritorio, sobre el que no se encontraba un solo papel ni una carpeta. La veta de la madera bávara perfectamente barnizada era en sí misma una obra de arte. En el extremo superior se distinguía solamente un tintero de plata y una pluma, un conjunto artesanal regalado por el presidente Poincaré.

En un principio, y deseando ocultar su creciente ansiedad a como diera lugar, Guillermo II dejó su fuete a un lado del escritorio. Su jefe de seguridad le acercó el asiento. Sin voltear a verlo y con un chasquido de dedos producido con la mano derecha, el fornido ayudante se retiró, cerrando la puerta con artificial sigilo. Ahora estaban solos, cara a cara.

Sin el obligado *Guten morgen, herr minister*, Guillermo II inició la conversación.

—¿A qué debo su visita?

Zimmermann hubiera esperado alguna distinción o una pregunta medianamente cortés de acuerdo con las más elementales formas del protocolo.

Zimmermann vestía como siempre: un sobrio traje negro y corbata del mismo color. Él tampoco saludó ni hizo alusión alguna al frío ni a la guerra. Consideró fuera de lugar recurrir a cualquier pregunta de cortesía.

—Desde la última reunión del consejo de ministros en la que usted autorizó formalmente la guerra submarina indiscriminada —arguyó Zimmermann sin rodeos— quedó clara la posibilidad de que Estados Unidos entrara en la guerra.

—No todos estuvieron de acuerdo en que forzosamente así tendría que ser…

—Conforme —aceptó el ministro—, solo que es muy factible que cuando procedamos a hundir sus barcos tan pronto se acerquen a Inglaterra, nos declaren la guerra.

—Cierto…

—Entonces tomemos las providencias necesarias para que, de darse esta peligrosa coyuntura, los yanquis ya estén involucrados en otra guerra que les impida venir, con la rapidez requerida, a apoyar a Francia, a Inglaterra y a Rusia en los frentes europeos.

Guillermo II se acomodó en el asiento. El diseño de estas estrategias podía proyectarlo a los más elevados confines de la historia. El delirio de grandeza aparecía inmediatamente en sus ojos apagados por instantes.

—Vaya al grano…

—Me propongo, señor emperador —adujo Zimmermann sabiendo de antemano la respuesta, dado que el propio Guillermo II había sugerido un año antes, en la intimidad, el mismo plan que su propio ministro sometía a su muy elevada consideración—, invitar a México a suscribir una alianza secreta con nosotros.

—¿México? —sonrió sardónicamente el monarca.

—¡México! —confirmó Zimmermann.

—Explíquese…

El ministro continuó de inmediato, percibiendo un estremecimiento en el cuerpo. La cicatriz del rostro le latía como si un cirujano hubiera terminado de suturar la herida. De tener éxito la propuesta, Alemania se podría llegar a convertir en la dueña del universo.

—Necesitamos convencer al presidente Carranza de la importancia de invitar a Japón, su gran amigo y abastecedor de armas, a que suscriba a su vez una alianza con México para declarar conjuntamente la guerra a Estados Unidos.

—Continúe —tronó el monarca controlando apenas su impaciencia y revolviéndose en el asiento. La idea no le parecía, por lo visto, novedosa.

—Si Japón decidiera apoyar a México en contra de Estados Unidos porque están hartos de la intromisión de Wilson en los asuntos asiáticos, entonces nosotros haríamos lo propio, y aun cuando con limitados recursos por el momento, Alemania, México y Japón, todos juntos, iríamos en contra de los yanquis.

—Bien, Zimmermann, bien —repuso gozoso el emperador al apoyar las yemas de los dedos de su mano derecha sobre la cubierta de su escritorio sin percatarse de que la empezaba a cubrir de perlitas de sudor. Guillermo II transpiraba abundantemente.

—Yo sé cómo continuar la ejecución del plan —se adelantó el káiser, aceptando que se estaba rescatando un viejo proyecto de los arcones empolvados de palacio y que, sobre todo, se le estaba haciendo justicia a sus ideas. Ya él había pensado en una alianza entre Alemania y Estados Unidos para ocupar conjuntamente México y repartírselo a sus anchas en 1905, o bien, una muy distinta utilizando siempre a México para crear un conflicto armado entre Estados Unidos y Japón en 1913. México había sido siempre una carta recurrente en la baraja imperial de Guillermo II.

Zimmermann lo sabía: ¡claro que lo sabía!, lo sabía perfectamente bien… Su propuesta no tenía el menor margen de error. Se trataba de un tiro disparado por un arquero profesional en el centro de la diana.

—Al final de la guerra y como premio a Japón por su calidad de aliado —marcó con el dedo índice como si estuviera ordenando la entrada de los violines en un concierto sinfónico— le entregaremos la Alta California, Panamá y parte de los países centroamericanos en los que Von Eckardt ya ha trabajado exitosamente para hacerlos proalemanes. Yoshihito mataría por ser el emperador de California...

Los ojos de Zimmermann parecían desorbitados. Enmudeció. Echarse a la bolsa al emperador era relativamente sencillo: se trataba de facilitar su lucimiento a toda costa, permitirle exponer sus objetivos y proceder de inmediato a aplaudirlos, exhibiendo un rostro demudado y atónito ante la magnitud de su talento. Solo que en esta ocasión el káiser manejaba argumentos deslumbrantes. ¿Quién era el atrevido idiota que lo había señalado como un tonto desubicado en la geografía y en el tiempo...? Sus razonamientos eran simplemente brillantes.

—A México le devolveremos los territorios robados por Estados Unidos en 1846-1848, ¿no...?

—Sí, Su Excelen...

—Pero hay más, mucho más, Zimmermann. Necesitamos desplegar una rabiosa actividad similar en medio mundo...

—Usted dirá —respondió el ministro sorprendido, pensando que su idea de una alianza México-Japón-Alemania ya era suficientemente agresiva.

—Quiero que nuestros agentes en Turquía y en la India continúen promoviendo levantamientos entre los musulmanes en contra de Inglaterra, esa nación de tenderos odiosos y mentirosos —gritó repentinamente con los ojos inyectados de sangre, desempeñando sin duda una de sus mejores actuaciones—. Es imperativo agitar el fanatismo musulmán en contra del Reino Unido y atraer a Persia del lado de Turquía, y, por lo tanto, de nuestro lado —el coraje y el malestar afloraban en cada uno de sus movimientos—. Si nosotros ya estamos heridos y vamos a sangrar hasta morir, ellos deben perder la India, que tarde o temprano caerá en nuestras manos. Estimulemos también la insurrección en Egipto. Solo si Turquía invade Egipto y las llamas queman media India y además logramos que arda Irlanda, entonces y solo entonces haremos que los ingleses sean más flexibles y humildes...[124]

En ese momento el káiser no pudo más. Se puso de pie y blandiendo el fuete se golpeó la bota derecha mientras se encaminaba a una de las ventanas por donde veía el busto de su abuelo, también todo un Hohenzollern. Su brazo izquierdo se mantenía inmóvil dentro de la bolsa de la guerrera como si la manga hubiera sido cocida por adentro. Él estaría orgulloso de sus ideas. Acabaría con el dominio inglés en Persia. Cortaría el oleoducto anglopersa y atraería después a Afganistán.

Solo que nada parecía ser suficiente. Improvisaba planes o revelaba ideas, sofisticados proyectos y complejas estrategias como si las hubiera estudiado toda la vida. Tocó también el tema de Lenin. Su proyecto para permitirle el paso por Alemania rumbo a Suecia para que se ocupara de hacer estallar una guerra civil sin precedentes en Rusia. Tendrán que salir de la guerra para matarse entre ellos y yo más tarde me quedaré con todo… Mi primo Nicolás es un idiota: él acabará sus días colgado y yo me apropiaré de su país.

—Su Excelencia, en el caso de la alianza con Japón y México —trató Zimmermann de recuperar el tema ante tanta dispersión. El káiser parecía estallar por todos sus poros.

—Para México también tendremos una recompensa jugosa, ¿verdad? —cuestionó mientras observaba cómo la luz del sol inundaba de golpe su oficina imperial. El cielo se abría después de una copiosa nevada tal y como se ampliarían sus horizontes si llegaban a convencer a Carranza y al emperador Yoshihito.

—Carranza pasará a la historia como el hombre que pudo vengar las traiciones de Santa Anna, así como las históricas ofensas norteamericanas. Es evidente —adujo como quien rasga el aire con su sable afilado— que con recuperar Texas, Arizona y Nuevo México cualquier héroe de ese país de emplumados será insignificante comparado con el actual presidente mexicano.

—Correcto —alcanzó a aducir Zimmermann.

—Ya sé que es correcto —tronó el káiser viendo a la cara a su ministro como si quisiera atravesarle el rostro con un florete como había acontecido el día del duelo—. No necesito su confirmación. Esta es una idea genial mía, solamente mía… Nadie está por encima de mí para aprobarla o desautorizarla… ¿Entendido?

El ministro palideció. Guardó un prudente silencio.

—De cualquier manera lo felicito. Es una estrategia perfecta —sentenció, sin voltear a ver a su subordinado—. ¿Cómo le hará saber a Carranza la propuesta de alianza? —cuestionó cortante, sin apartar la vista de la ventana.

—Pienso mandarle una carta a través del submarino *Deutschland* junto con otra comunicación para Von Eckardt dándole instrucciones con respecto a los pasos a seguir.

—No es conveniente…

—¿Por qué no, señor?, si no es indiscreción preguntarlo.

—El submarino tardará en llegar 15 días a las costas de Veracruz. No podemos perder tanto tiempo. Necesitamos otro conducto expedito.

—¿Cuál, señor?

—El aéreo.

—¿Un telegrama? —preguntó el ministro.

—¿Se le ocurre otra manera?

—Sí.

—¿Cuál?

—Un telegrama submarino. Así evitaremos el espionaje británico. Nadie podrá leer el mensaje —Zimmermann llevaba todas las barajas escondidas en la manga como respuesta a todas las posibilidades—. Utilicemos las líneas submarinas que nos ha proporcionado el gobierno de Estados Unidos.

—Pero violaremos los principios de neutralidad. Nos las facilitaron para negociar la paz —arguyó el káiser sorprendido.

—Sí, señor, solo que esta travesura o abuso, como usted quiera llamarlo, al lado de la guerra submarina indiscriminada, es un mero juego de niños.

—¿Sugiere usted que usemos el cable secreto reservado a la Casa Blanca?

—Eso mismo, señor.

—¿Y si los norteamericanos lo llegaran a traducir?

—Lo mandaremos doblemente encriptado. Al traducir la primera capa se darán por satisfechos, sin suponer que hay escondido otro significado. Además, Su Excelencia, los americanos y los ingleses son tontos por naturaleza. Nadie puede descifrar nuestros códigos. A nuestros criptógrafos los inspira Dios…

El káiser dejó pasar desapercibida la alusión a la divinidad.

—¿Entonces lo recibirá Bernstorff en Washington?

—Así es, Su Excelencia, y él lo hará llegar a Von Eckardt y este le informará de su contenido al propio Carranza. Nuestro embajador en Washington me ha asegurado que podrá convencer a Wilson de la necesidad de poner a disposición de Alemania el sistema de telégrafos del Departamento de Estado.

—Se sabe que Lansing está en contra y hasta ha declarado que el Departamento de Estado no es una oficina de correos a nuestro servicio.[125]

—Lansing está en contra, pero Colonel House, el *alter ego* de Wilson, está de nuestro lado: confía en que no defraudaremos su confianza y que no haremos mal uso de las instalaciones. Él influye más en Wilson que el propio Lansing. Por algo todos dicen que es su brazo derecho.

—Bien pensado, Zimmermann. Creo que están cubiertos todos los flancos. Corremos un alto riesgo con Estados Unidos pero no tenemos otra alternativa. La guerra submarina puede estallar este mismo mes de enero. La oferta no puede ser más tentadora para Japón ni para México

—advirtió, tratando de resumir en dos palabras las posibilidades de éxito y de fracaso.

—Tráigame a la brevedad un proyecto de telegrama. Lo enviaremos de inmediato. Véalo con Hindenburg y Ludendorff. Hágales saber mi conformidad. Es un plan viejo. No tenemos ya mucho que pensar.

Zimmermann contempló pensativo al emperador. Decidió no interrumpirlo.

—Los seres superiores sí pueden engañar a los inferiores —concluyó finalmente—, no es poco caballeroso, es esperado, es natural, es la ley. Los superiores podemos siempre engañar a los tontos —asintió satisfecho Guillermo II.

—Fracasamos por diferentes razones con Huerta y más tarde con Villa. Le garantizo a usted que este tercer intento con Carranza saldrá coronado con el éxito —afirmó el ministro en términos contundentes—. El presidente mexicano está con nosotros, me lo ha confirmado Von Eckardt muchas veces.

El káiser, ya impaciente, escuchó por esa única ocasión con la debida paciencia los puntos de vista de su ministro.

Zimmermann describió las facilidades que Carranza había prometido para poner una base de submarinos en Antón Lizardo, así como los convenios sugeridos por el propio presidente mexicano a cambio de asistencia militar y de venta de armas. Insistió en capitalizar los resentimientos históricos entre Estados Unidos y México, así como en aprovechar las diferencias económicas y políticas entre Japón y la Casa Blanca.

—Toda Alemania espera de nosotros el éxito, señor Zimmermann. No podemos darnos el lujo de fracasar —repuso al regresar a su escritorio. La última parte de la cacería de venados esperaba. La jauría ladraba insistentemente.

—Señor emperador —expresó con claridad Zimmermann, poniéndose de pie y abriendo un pequeño portafolios negro que había permanecido a un lado de su sillón.

—Dígame —contestó impaciente el káiser, sabiendo que todavía tendría que desayunar.

—Aquí tengo conmigo el primer borrador del telegrama. Lo someto a su consideración para que, si usted no dispone otra cosa, lo enviemos de inmediato.

Obsequiándole la última parte de su paciencia, Guillermo II leyó con detenimiento estirando el brazo. No tenía tiempo para colocarse los espejuelos con los que acostumbraba leer.

El texto decía así:

Pretendemos iniciar el primero de febrero una guerra submarina ilimitada. A pesar de esto debemos esforzamos en mantener neutral a los Estados Unidos de América. En la eventualidad de que esto no llegara a suceder, le hacemos a México una propuesta o, en su caso, una alianza sobre las bases siguientes: hacer la guerra unidos, hacer la paz unidos, un generoso apoyo financiero y un entendimiento de parte nuestra de que México podrá reconquistar los territorios perdidos de Texas, Nuevo México y Arizona. Los detalles de los acuerdos son dejados a usted. Usted informará al presidente al respecto de la manera más secreta tan pronto el comienzo de la guerra con Estados Unidos sea seguro y agregue la sugerencia de que él deberá, por iniciativa propia, invitar a Japón a la adhesión inmediata y al mismo tiempo mediar entre Japón y nosotros. Por favor llamen la atención del presidente del hecho de que el uso despiadado de nuestros submarinos ahora ofrece la posibilidad de obligar a Inglaterra en unos meses a hacer la paz. ZIMMERMANN

Después de leerlo, el káiser tiró el texto sobre el escritorio y se dirigió a la puerta a paso marcial.

—Muéstreselo a Bethmann, a Hindenburg, a Ludendorff y disparen. Yo ya no tengo nada que decir. *Feuer!, mein herr, Feuer!*

La puerta quedó abierta. Pronto se escribiría otra página de la historia.[126]

27. La respuesta de Carranza

El Congreso Constituyente inició sus deliberaciones el 1º de diciembre de 1916. Una semana antes Carranza había salido a caballo rumbo a Querétaro siguiendo la ruta de Maximiliano cuando huyó de la Ciudad de México perseguido por las tropas liberales juaristas. Unas veces apoyados los codos en la silla charra y otras tantas echado para atrás, con las palmas de sus manos descansando sobre las ancas del animal, el presidente de la República pensaba en los términos más favorables para solamente reformar la Constitución de 1857. ¿Por qué redactar una nueva?

Mientras montaba, no podía sustraerse a los títulos, encabezados y artículos publicados por la prensa de ese día. Tomó la carpeta con recortes de periódicos que le habían entregado en Palacio y los leyó mientras cruzaba la pierna derecha por encima de la silla:

«Carranza contra los trabajadores.» «La revolución de México es como tantos otros movimientos americanos, la lucha estéril de unos cuantos caudillos que quieren cimentar su poderío en el derramamiento de sangre de un pueblo.» «Las reformas carrancistas son la burla más sangrienta que pueda haber recibido nunca el proletariado. Su reforma agraria es una bofetada dada en pleno rostro a los desheredados.» «Proletarios: a quien os hable de carrancismo, escupidle el rostro y quebradle el hocico.»[127]

El presidente reconocía que, en el fondo, lo movía más su afán de legitimidad que la ejecución de una reforma social. Si había restituido tierras, lo había hecho más por un espíritu de justicia que convencido de la creación de un nuevo régimen de propiedad.

Según avanzaba al paso, con más claridad percibía la presencia de dos grupos rivales, cada uno posesionado en su respectiva trinchera política: los liberales y los militares. Los primeros representaban un civilismo elitista, los segundos, un militarismo populista. No faltaban, claro estaba, los grupos reformistas, los fanáticos de siempre, como los capitaneados por Francisco Múgica, quienes sostenían: «El clero es el más funesto, el más perverso enemigo de la patria. Una cueva de forajidos, ladrones, estafadores, una hidra que devora al mexicano, sobre todo a la mexicana, por la vía auricular: el confesionario». ¿Cómo era posible que el anticlericalismo de

1917 fuera más intenso que el de 1857? ¿No habían sanado las heridas? ¿Nunca sanarían?

No había habido literalmente un solo día durante su presidencia en el que alguien, en algún lugar de México, no se levantara en armas contra el gobierno; la actividad contrarrevolucionaria y el bandolerismo se negaban a desaparecer. Esta violencia contenida no representaba un peligro real para el gobierno, pero provocaba una continua y masiva fuga de recursos en una economía de por sí agotada. ¿Cómo reconciliarnos…?

El terreno agreste, sediento, los tonos ocres y la resequedad le recordaban sus días en Cuatro Ciénegas, Coahuila, donde, como decía su abuelo, ya ni las víboras podían sobrevivir en este auténtico comal. Carranza confirmaba cómo la muerte de los ríos y de los árboles, el sofocante calor, iba modificando el paisaje pintándolo de un polvo amarillento.

Cada vez eran más frecuentes las tolvaneras en febrero y marzo, así como las lluvias irregulares, los vientos inusuales y las heladas prolongadas en otoño e invierno que acababan con la esperanza de los agricultores. En el fondo, nunca dejaría de estudiar las señales del cielo ni de interpretar las voces del ambiente. Siempre sería ganadero de corazón y jamás olvidaría sus años de niño en el campo cuando nadaba en algunos bordos y jagüeyes, donde abrevaban los animales después de devorar las pasturas. ¿Por qué morían los pirules, los sauces llorones y los sabinos? ¿Dónde estaban los tejones, los tlacuaches, las comadrejas, las tuzas y los topos? ¿Qué, qué pasaba…? ¿Quién había matado a las tórtolas, a los gorriones, a las coconitas y a las agachonas?

De la misma manera en que el campo se secaba, se desangraba y agrietaba, la economía del país también se deshidrataba agresivamente, pensó en su lenta marcha rumbo a las planicies queretanas. La devaluación del peso de 0.46 a 9.70 por dólar se había traducido en un verdadero colapso financiero. Los billetes infalsificables, todo un fracaso, habían dejado al gobierno a un paso de la incautación bancaria. El haber permitido a sus generales emitir dinero en sus estados natales, a modo de recompensa por sus servicios prestados, se había traducido en un error de proporciones incalculables. Después de 60 años de vivir al amparo del papel moneda, México tenía que regresar gradualmente al metalismo. La reconstrucción del país después de la revolución sería una labor mucho más que faraónica. El viejo edificio porfiriano se había derrumbado escandalosamente por las graves desigualdades existentes en su cimentación. Los ahorros de la nación los poseían mil personas, no más, la mayoría extranjeros…

Los cultivos abandonados, las haciendas paralizadas y muchos de sus dueños y patrones colgados, la impartición de justicia olvidada, las instalaciones ferroviarias destruidas, la ganadería intercambiada por municiones, las minas e industrias cerradas, los bancos quebrados, los capitales fugados con los primeros disparos… ¡Horror! ¡Horror! ¡Horror…! La falsificación de billetes, la impunidad, los asaltos, los robos, verdaderos azotes, son más castigos, castigos y castigos como si nada fuera suficiente, se dijo, ajustándose bien las gafas y subiéndose el paliacate hasta cubrirse medio rostro con tal de dejar de tragar polvo. ¿Ya se podía empezar a colocar una piedra sobre la otra? No, no, no: ahí estaba todavía la sed de venganza de los desposeídos, sus peticiones de confiscación agraria, las huelgas obreras y, para rematar, la insolente rebeldía de las compañías extranjeras y la sanguinaria violencia de los fanáticos religiosos. ¡Dios!, el caos y solo el caos: ¿cómo salir de él sin usar el látigo y el guante de acero…?

En Tepeji del Río comió cabeza de cordero tatemada al horno, chile con queso, carne asada, café negro y tortillas de harina, invitando desde luego a Secundino Reyes, su inseparable compañero de paseos ecuestres. ¿Alcohol? Ni probarlo. Ese día don Venustiano se encontraba ausente. Ni siquiera había pedido su salsa mexicana para condimentar la comida.

«Tenemos que revertir la tendencia histórica: tres siglos de opresión y uno de luchas intestinas nos han venido acercando al abismo. ¿Juárez no había sido calificado como autoritario? A cambio de resguardar la soberanía nacional, todo había sido válido.» «Convenía más pecar de exceso al estilo de Juárez y de Díaz que por defecto, para no terminar sus días como Madero.»

Un repentino remolino de polvo hizo que Carranza bajara la cabeza. ¡Cuánto faltaba para la próxima temporada de lluvias…! «Fue una gran decisión —continuó pensando— el haber excluido a todos los huertistas hijos de su mala madre, al igual que a los maderistas y a los convencionistas de Aguascalientes, como diputados del actual Congreso Constituyente», se alegró cuando pudo respirar nuevamente «¿A dónde va uno con traidores, tibios y desleales en todos los sentidos de la palabra? O los diputados están conmigo, o perderé el control de la asamblea y a ver qué entuerto sale de este proceso constitucional en los próximos 60 días…»

Las ideas lo asaltaban mientras el sol tostaba su piel. Pasara lo que pasara en el Congreso Constituyente, él vería la forma de imponer su ley.

«¿Cómo entregarle a un niño de cinco años un revólver .45 cargado? ¿Para que juegue…? ¿Por qué concederles a las mujeres el derecho a votar? ¡Eso jamás! Ni los diputados deben proponer semejante derecho ni ellas pueden quedar autorizadas a participar en las elecciones nacionales… ¿A dónde demonios vamos con un país en el cual las mujeres deciden?[128] No consentiré por ninguna razón que la propuesta sea siquiera mencionada.

¿No es ya suficiente el efecto destructivo de los analfabetos? Los diputados a las leyes y las mujeres a las cacerolas…»

¿Cómo haber sido jefe del Ejército Constitucionalista y pasar a la historia sin haber propuesto cambios sustanciales en la actual Carta Magna? No se haría una nueva, no, solo se practicarían ciertas adecuaciones, se dijo, confiado en su prestigio y tranquilo por el hecho de haber seleccionado él mismo a la mayoría de los legisladores.

En el tema de los opositores, insistiría en la aplicación de la ley de Benito Juárez y pasaría por las armas a cualquiera que invitara a la suspensión de actividades en algún centro de trabajo… ¿Nadie se da cuenta de que las huelgas que estallan a diestra y siniestra atentan contra la estabilidad del país?

Como en la Constitución del 57, prohibiría el trabajo obligatorio, excepto cuando fuera impuesto como pena por los tribunales.

Sé, pensó Carranza circunspecto, que las iglesias deben tener personalidad jurídica propia… ¿Por qué razón mutilarla? ¿Por qué los sacerdotes no pueden participar en política y prohibir los partidos políticos de filiación clerical? ¿Por qué la educación laica? ¿Por qué…?

Las llanuras interminables del Bajío lo llenaban de paz para entender más su realidad y adelantarse a los acontecimientos. El relincho repentino de su caballo le hizo sonreír. ¡Cuántos contrastes tenía la vida…!

28. El presidente Wilson

Mientras tanto, en Washington, el presidente Wilson daba los últimos retoques a su discurso inaugural en la colina del Capitolio. El pueblo norteamericano lo había reelecto por cuatro años más. El 22 de enero de 1917 iniciaría su nuevo mandato. Su propuesta electoral de *He kept us out of war* había funcionado a la perfección. ¿Para qué participar en el conflicto europeo si los negocios florecían a lo largo y ancho de los Estados Unidos? Se podía ser neutral de dos formas: o prohibiendo totalmente la venta de armas norteamericanas a todos los beligerantes o vendiéndoselas a todos por igual. Tanto el Congreso como el gobierno y la nación optaron, desde luego, por esta última alternativa, más aún cuando se hablaba de un embargo total de armas a todos los beligerantes. Si el poderío aliado impedía a las potencias centrales procurarse municiones norteamericanas, esa circunstancia, en sí misma, no tenía por qué afectar el estatus de neutralidad que tanto defendía el presidente Wilson: allá el káiser y sus estrategias ofensivas y defensivas... Si los alemanes no podían transportar las armas al otro lado del Atlántico, malamente se le podía acusar a nadie de semejante imposibilidad.

¿Cuál podía ser el interés de Estados Unidos de ingresar en la guerra si las exportaciones de municiones, principalmente a los aliados, habían ascendido de 40 millones de dólares en 1914 a mil 290 en 1916? ¿Por qué, a ver, por qué declararle la guerra al Imperio alemán y al austrohúngaro si el comercio total con los aliados se había disparado de 825 millones a 3 mil 214 en los mismos dos años y Estados Unidos se convertía de país deudor a país acreedor?[129] La guerra estaba demostrando ser un espléndido negocio. ¿No estaba rescatando a los norteamericanos de la recesión comercial padecida en el último año?[130] La efervescencia en Wall Street era contagiosa: ahí se refugiaban los grandes capitales del mundo. La expansión financiera era notable. Los empréstitos, fundamentalmente a los aliados, crecían de un día para el otro, al extremo de dispararse a 2 mil millones de dólares contra tan solo 27 concedidos a las potencias centrales en tan corto tiempo. La neutralidad le reportaba a Wall Street todas las ganancias de la guerra sin los correspondientes sacrificios y riesgos de la más diversa índole.

Se debía permanecer el mayor tiempo posible en esa misma condición para disfrutar todas las ventajas. El campo americano exportaba, al igual que las industrias militar, química, farmacéutica y acerera. Los bancos prestaban con garantías colaterales y crecientes tasas de interés, mientras las empresas acumulaban utilidades jamás sospechadas antes de que mataran a quemarropa al archiduque austriaco.

Wilson sabía, en su fuero interno, que la única manera de no entrar en la guerra al lado de los aliados era acabarla, envainar las espadas, llegar a un armisticio sin vencedores ni triunfadores, volver a escuchar los trinos y el rumor de las frondas de los árboles de los bosques en lugar del estruendo de los cañones.

«Mientras más tiempo transcurra sin negociar la paz, más posibilidades tendremos de involucrarnos en un conflicto que nos es ajeno y distante.»

Por esa razón, en su discurso inaugural reiteraría los esfuerzos de su gobierno por lograr un armisticio. Tocaría una y otra vez el tema de la democracia. Exigiría que los gobiernos tomaran en cuenta el consentimiento de los gobernados. Criticaría veladamente a la autocracia alemana, a la austrohúngara y a la rusa. Insistiría en la libertad de los mares, en la limitación de los armamentos militares y navales, en una Liga para garantizar el cese de las hostilidades, pero sobre todo demandó la suscripción de una «paz sin victoria». ¿Nadie se da cuenta de que una paz impuesta, dictada, sin consultar la voluntad de los beligerantes o más tarde la de los vencidos, se convertirá después en una bomba de tiempo…?

Wilson, sentado tras su escritorio en el salón oval, garrapateaba ideas sobre un papel. Tachaba, volvía a tachar conceptos escritos a mano de la misma forma en que el escultor golpea delicadamente una y otra vez el cincel con el martillo hasta lograr la forma deseada. El presidente corregía cuartillas escritas a máquina con su manguillo lleno de tinta negra. Su letra era pequeña, casi diríase diminuta y escasamente legible en un primer intento, salvo para su secretaria, quien, como él mismo decía, después de interpretar su caligrafía ya estaba ampliamente capacitada para leer jeroglíficos…

Wilson se dio cuenta de que seguía nevando cuando Lansing entró en su oficina sacudiéndose los últimos copos de nieve de su abrigo. El presidente suspendió la redacción. Acostó su manguillo sobre una canaleta labrada en una pequeña plancha de mármol negro sobre la que se encontraba el tintero. Sabía que todos sus acuerdos con él eran intensos y este no tenía por qué ser diferente, sobre todo a partir de la posición cada vez más extremista que estaba adoptando, con el tiempo, su perspicaz secretario de Estado en contra de todo lo alemán, fundamentalmente por resultarle inadmisible la monarquía militar alemana y su indigerible káiser, «un descendiente de Dios». ¿Cómo en pleno siglo XX puede existir una potencia mundial con una estructura política propia de la edad de piedra…?

Sin escatimar un *Good morning Mister President* de rigor y como quien continúa la conversación después de una breve interrupción, Lansing abrió fuego sentándose frente al escritorio presidencial.

—Se acordará usted, señor presidente, de la cantidad de veces que, en esta misma oficina, yo le advertí que cuando Inglaterra declaró al Mar del Norte y al Canal de la Mancha como «zonas militares», en realidad estaba bloqueando comercialmente a Alemania…

—Por supuesto —repuso Wilson, ávido de noticias y conocedor de los abordajes de Lansing, quien tenía la costumbre de hacer un breve *introito* antes de entrar en materia. Solo esperaba que el hecho de haber permitido a Alemania el uso del sistema de cables del Departamento de Estado no volviera a ser tema de conversación. ¿Quién iba a hacer un uso innoble de ese canal telegráfico?

—Se acordará usted también de que un embargo de municiones a los aliados a mediados de 1915 los hubiera hundido de cara a Alemania porque aquellos no eran ya capaces de satisfacer la demanda de explosivos de sus propios ejércitos.

—Sí, sí —repetía mecánicamente Wilson en espera del desenlace.

—Sin nuestras armas y municiones, Alemania habría devorado a Francia y a Inglaterra de una sola mordida…

—Así es —repuso Wilson lacónicamente, ajustándose el monóculo.

—A partir de entonces pensamos en tres escenarios de respuesta por parte del káiser. El primero —dijo mientras contaba con el dedo pulgar derecho— consistía en una embestida diplomática alemana para exigir una auténtica neutralidad americana, es decir, el embargo de armas a todos, con lo cual solo beneficiábamos a las hordas de «hunos» capitaneados por el Atila moderno: el káiser.

Wilson se recargó en el asiento en espera del último acto.

—Dos, señor presidente —arguyó, blandiendo el índice—, ambos concluimos que Alemania bloquearía a Inglaterra colocando minas en el Mar del Norte y en el de Irlanda y utilizando al máximo sus submarinos, lo cual desde luego aconteció, y tres —levantó los otros dos dedos junto con el cordial—, la más temida por todos nosotros: la declaración de guerra submarina total, indiscriminada, por parte de Alemania para estrangular y condenar al hambre, de una buena vez por todas y para siempre, a sus enemigos ingleses.

—Nunca he creído que Alemania se atreva a declarar una guerra de semejante naturaleza —adujo Wilson sin incorporarse—. De hacerlo, el actual conflicto europeo adquiriría proporciones mundiales y nosotros, claro está, entraríamos al lado de los aliados: nuestra posición siempre la ha sabido el káiser y la he discutido hasta el cansancio en esta oficina con Bernstorff. ¡Que se cuiden…!

Lansing sonrió. Nunca había estado tan cerca la oportunidad de declararle la guerra a las potencias centrales, a su estructura militar, una amenaza para la libertad y para las democracias mundiales.

—Recuerde usted ahora —arremetió esta vez Wilson sin moverse del asiento— que cuando hundieron al *Lusitania* hace ya casi dos años, los alemanes nos pidieron perdón. Es más, Bryan no soportó la presión extrema a la que sometí a Alemania, casi hasta llegar al ultimátum, y por esa razón renunció como secretario del Departamento de Estado.

—Sí, señor —arguyó Lansing sentándose en la orilla del sillón como quien se prepara a dar la batalla—, y tres meses después hundieron al *Arabic* matando otra vez norteamericanos.

—Exacto —repuso Wilson, poniéndose de pie y dirigiéndose a acomodar el retrato de George Washington que estaba cargado a la izquierda—, y en esa ocasión, para que no se rompieran las relaciones diplomáticas, nos prometieron que no se hundirían barcos de pasajeros sin advertencia y sin salvar la vida de los no combatientes.

—¿Y el *Sussex* que estando desarmado lo hundieron en el Canal de la Mancha el año pasado?

—Recuerde usted que casi llegamos otra vez al rompimiento de relaciones y desde entonces, casi me atrevo a decirle, hemos tenido más diferencias con Inglaterra que con Alemania: nuestros primos ya no saben qué inventar para que entremos en la guerra —concluyó, dándole la espalda a Lansing mientras se retiraba del cuadro para constatar si lo había colocado bien.

—Ellos siempre prometen y prometen y al final de cuentas hacen lo que quieren porque nos tienen por débiles y miedosos.

Wilson, sabiendo de antemano a dónde conduciría una discusión en relación con el mismo tema, prefirió cortar por un atajo y preguntarle a Lansing la razón concreta de su visita.

El secretario de Estado se puso de pie y encaró al jefe de la nación norteamericana:

—He sabido que Alemania ya decidió emprender la guerra submarina indiscriminada, lo cual implica hundir botes, paquebotes, vapores, buques de pasajeros y barcos de carga de cualquier nacionalidad que naveguen fundamentalmente en el océano Atlántico... Si quiere usted contamos cuántas horas y minutos faltan para que nosotros le declaremos formalmente la guerra a Alemania —adujo en tono burlón, mientras sacaba su reloj del bolsillo de su chaleco.

Wilson puso los brazos en jarras.

—¿Cómo lo sabe usted?

—Nuestros servicios de inteligencia están más despiertos que nunca, señor —Lansing se cuidó de decir que la información se la había dado el embajador inglés de parte del almirante Hall.

—¿Cuándo la harán estallar? —cuestionó Wilson sobriamente, sabiendo que, de ser cierto, no podría cumplir por mucho tiempo más su promesa de campaña *He kept us out of war.*

—La decisión la tomaron en diciembre pasado y sin consultar siquiera con Bethmann-Hollweg; Hindenburg y Ludendorff le sacaron el acuerdo final al káiser: la guerra submarina estallará sin duda el próximo 1º de febrero.

—¿En 15 días más? —preguntó Wilson, midiendo sus fuerzas y espacios de maniobra diplomática.

—En 15 días más nuestros barcos se irán a pique con todo y nacionales norteamericanos y sus cargas: adiós respeto, adiós consideraciones, adiós seres humanos, adiós comercio, adiós prosperidad americana, adiós, adiós, adiós todo, señor presidente, los bárbaros de nuestros días han tomado el mazo y no la palabra...

—Todos creíamos que la llegada de Zimmermann significaría más posibilidades de paz y conciliación, pero nos equivocamos, ¿verdad?

—No creo en ningún alemán, señor...

Wilson, sin responder a semejante comentario, solo agregó que House le había informado sobre la posición liberal de Zimmermann y todavía lo señalaba como el hombre que contendría a los militares fanáticos del alto mando alemán para ayudar a concluir la guerra.

Lansing volteó discretamente para encontrarse con el retrato de Abraham Lincoln colgado del lado derecho del Salón Oval. Prefirió no contestar antes de soltar una impertinencia. House, House, House... es un iluso, un hombre cándido y generoso sin la menor noción de la política internacional y sin la menor intuición de la maldad humana. Lástima que estuviera tan cerca del presidente...

«Si entramos en la guerra, la gente pensará que mi campaña fue una estafa electoral —se dijo el presidente en silencio—. Defenderé mi posición de neutralidad hasta que el pueblo mismo, el Congreso y la prensa, me demanden lo contrario.»

—Sería un acto de suprema locura torpedear nuestros barcos, señor Lansing…

—Lo harán, señor presidente, lo harán: siempre nos han subestimado. Entendamos que es una jugada desesperada para acabar con Inglaterra y más tarde enfrentarse a nosotros…

—Yo esperaré hasta que se atrevan a hundir el primer barco —regresó a su escritorio—, por lo pronto, en mi discurso pondré el acento en la importancia de la paz mundial.

—¿Y no tomaremos ninguna medida?

—No voy a declarar la guerra por un comentario. Esperaré a la materialización de los hechos: quiero hechos concretos, señor Lansing, para justificar mis decisiones y mis propuestas al Congreso y a la nación. Por lo pronto —concluyó echando mano nuevamente del manguillo— ya aumentamos, como usted sabe, las fuerzas militares y navales. La ley de la Defensa Nacional incrementó el ejército regular, reforzó la guardia nacional y estableció un cuerpo de oficiales de reserva.

Lansing permanecía de pie ciertamente decepcionado pero entendiendo la postura conservadora del presidente.

—No pierda usted de vista que, desde el año pasado, ya estamos construyendo acorazados y cruceros de batalla y que aumentamos a 50 millones el presupuesto para compra o construcción de barcos mercantes. De modo que quietos no estamos, señor Lansing —agregó para tranquilizar a su secretario—. No olvide usted —remató cuando ya buscaba hilar la última idea de su discurso— que para coordinar las industrias y sus recursos, el Congreso creó un Consejo para la Defensa Nacional.

—Está usted informado de los últimos planes alemanes, señor —advirtió Lansing tomando su abrigo. ¡Claro que conocía al centavo todas las medidas y estrategias, solo que a veces le desesperaba la inacción y hasta la tibieza del presidente de Estados Unidos!

—Esté tranquilo, señor secretario, pero alerta, como siempre está usted… No dudo de que tengamos que entrar en la guerra, pero resistámonos hasta el límite máximo de nuestra dignidad y de nuestras fuerzas… Esperemos los hechos concretos…

—¿Esperaremos a que hundan a uno de nuestros barcos y mueran cientos de americanos o torpedeen nuestros puertos del Atlántico?

—Esperaremos —respondió, clavando la mirada en los ojos de su secretario de Estado—. No habrá guerra, no, no la habrá: Estados Unidos no quiere involucrarse. Sería un crimen en contra de la civilización si lo hiciéramos. ¿Qué país quedaría entonces con la suficiente influencia como para negociar la paz…?

Lansing prefirió guardar silencio. Permaneció inmóvil pensando en una respuesta. Era inútil. ¿Para qué otro enfrentamiento? Al salir, todavía sujetando la perilla de la puerta con la mano izquierda, insistió ante el presidente:

—Sé que usted lo sabe, pero rectifique su decisión de permitir a Bernstorff el uso del cable del Departamento de Estado. Es un tipo truculento y sucio. Tarde o temprano abusarán de su generosidad. No olvide a Rintelen ni a Boy-Ed ni a Von Papen ni a Albert Heinrich, entre otros tantos más: todos ellos trabajaban en el sabotaje contra nuestras industrias y en nuestra descomposición social a través de la prensa. Son maleantes y espías o incendiarios profesionales. Piense en Huerta, piense en Villa, por favor…

Wilson tachó una frase que le parecía muy larga. Ya estaba de nueva cuenta en su discurso del día 22. De repente levantó la cabeza y como quien está en otro mundo respondió: ¡Ah!, sí, sí, claro que almorzaremos juntos…

Robert Lansing abandonó furioso y frustrado el salón oval.

29. La traición de Harold

Harold Sommerfeld abrió una cuenta especial en el Deutsche Bank a nombre de su mujer, Ilse Hahne Sommerfeld. Ahí depositó 100 mil marcos de extraño origen. Su creciente malestar físico, su evidente invalidez, su angustia por no dejar a Ilse en el hambre cuando concluyera la guerra debido a la insuficiencia de la pensión, la incapacidad de generar nuevos recursos y vivir permanentemente atado y subordinado a la nómina burocrática imperial y a la asfixiante jubilación, fueron venciendo una a una las resistencias del criptólogo. La preocupación por heredar a su mujer una posición cómoda que le permitiera vivir dignamente por el resto de sus días, ese agradecimiento que se siente ante el ser amado cuando la irreversible fatalidad toca a las puertas del hogar, lo condujo gradualmente a caer en la tentación económica y en la traición. Su mayor interés consistía en asegurar el bienestar de Ilse y ya no tanto distinguirse como «un súbdito leal al emperador». ¿Que él era un simpatizante fervoroso de la causa de la resistencia alemana en Estados Unidos? Sí, sí lo era, pero más le estremecía el hecho de imaginar a su mujer en una buhardilla muerta de frío y hambre por su culpa. Ni siquiera había podido darle hijos, una compañía gratificante para la senectud, para la decrepitosa vejez. ¿Qué tal dinero, al menos dinero? ¿Él también estuvo dispuesto a poner bombas en los cimientos de la Casa Blanca y del Capitolio? ¿Le hubiera gustado ser saboteador e incendiar propiedades y fábricas enemigas? En fin, hubiera deseado realizar tantos planes que su enfermedad había truncado…

Finalmente, pensó Harold Sommerfeld, ¿quién es María Bernstorff Sánchez? ¿Quién? Si la llegan a colgar o a fusilar o a estrangular y torturar nunca lo sabré. Ella es una muerte anónima más, con la diferencia de que me deja marcos, marcos para Ilse, muchos marcos para garantizar su futuro. Es la misma sensación, reflexionaba él mismo para ratificar la validez de su decisión, de quien dispara en la noche ráfagas y más ráfagas de ametralladora desde las trincheras sin saber si hiere o mata a uno o a varios o a ninguno… ¿Qué importa un muerto más en esta carnicería donde ya han perdido la vida millones de personas de ambos bandos? Si una chiapaneca pierde la vida en medio de este holocausto, ¿quién lo sabrá y quién la llorará? Es como una gota en el mar, apagar una estrella del firmamento, derribar un árbol de los bosques bávaros. Es irrelevante María Bernstorff. La única mexicana que me ocupé de cuidar, y eso que es evidente su indiferencia a la guerra, fue Teresa Sánchez, la hermosa mujer de Félix: todas las demás mexicanas pueden morirse ahora mismo de golpe. No son de mi incumbencia. Si con la pérdida de María Bernstorff, aun cuando tenga apellido alemán, voy a garantizar el bienestar de Ilse, por mí que la fumiguen de día y de noche con gas mostaza y fosgeno juntos, sonrió al firmar la ficha de depósito después de haber entregado esa misma mañana la documentación secreta que acreditaba a María como agente saboteadora contratada por el Imperio. Justo es decirlo, a Harold le impactó leer su hoja de servicios. ¡Menudo personaje! Era de llamar la atención el número de incendios y actos de sabotaje en los que había participado en los últimos años. Sin duda se trataba de una profesional de cuidado...

30. Descifrar el telegrama

Después de una segunda reunión el 9 de enero de 1917 en el Castillo de Pless, se ratificó por mayoría la decisión de hacer estallar la guerra submarina indiscriminada. El káiser, incapaz de tolerar que sus generales lo superaran en seguridad, determinación y confianza o se mostraran más decididos y valientes, avaló la estrategia naval sepultado en reservas internas, todas ellas inconfesables, pero eso sí, jamás demostraría debilidad o flaqueza ante sus subordinados. Un portador de la voluntad divina no podía darse el lujo de dudar o temer públicamente. Los representantes de Dios en la tierra debían mostrar una inequívoca certeza militar en todos y cada uno de sus actos. Así como se escucha el golpe puntual y rítmico de los tacones de las botas castrenses en los desfiles organizados por el alto mando y que tanto admira y aplaude el pueblo alemán, de esa forma debería el káiser resolver sus asuntos: de un trazo, así, sin dudar, con la fuerza y determinación de un rayo, con precisión matemática y rigor científico.

Zimmermann abandonó el salón de juntas secretas con una pistola cargada y todo género de licencias para usarla a su mejor conveniencia. Lo hizo con exactitud prusiana el día 16 de enero de ese mismo año. A partir de esa fecha, los hechos se desencadenaron como disparos continuos de una ametralladora. La ráfaga de acontecimientos cambiaría para siempre la faz de la tierra. Nada volvería a ser igual después de que Zimmermann arrojara una poderosa bomba, en forma de telegrama, del otro lado del Atlántico.

Para asegurar que un primer mensaje llegara a su destino, lo envió a través de la estación de Nauen hasta Sayville, en Estados Unidos; una copia la mandó a través de la red sueca también a Washington, y la última, acatando el acuerdo con el káiser, la hizo llegar a las manos de Bernstorff utilizando el cable secreto del Departamento de Estado, mismo que el propio embajador había obtenido a través de Colonel House, solamente para negociaciones de paz, por lo que en términos de este *gentlemen agreement* era de descartarse cualquier uso inescrupuloso del mismo.

Aproximadamente a las 10:30 de la mañana del 17 de enero el reverendo William Montgomery empezó a captar lo que parecía ser un mensaje inusualmente largo. En el interior del «Cuarto 40» nadie conocía el significado de la palabra rutina. Las sorpresas y las novedades provenientes de cualquier parte del mundo se producían diariamente. La información que obtenían podía cambiar en instantes el curso de la guerra. ¡Qué importantes eran los secretos que ahí mismo se custodiaban como si estuvieran encerrados en una bóveda de seguridad rodeada por paredes de granito y forrada por varias capas de acero y hormigón! ¿Cuántas veces Hall pudo haber alertado a los barcos franceses de la presencia de submarinos alemanes? Sin embargo, se negó a ayudarlos para no permitir que los enemigos supusieran que sus códigos habían sido rotos y sus señales ya podían ser traducidas e interpretadas desde Londres...[131] Simplemente negaba con la cabeza y con los ojos cerrados cuando llegaba a saber del naufragio de un barco aliado que él bien pudo evitar. Antes estaba la preservación del secreto para que los alemanes no cambiaran las claves que tanto trabajo había costado obtener. ¿Y el *Magdeburg*? ¿Y Wassmuss? ¿Y Szek...? ¿Y los códigos encontrados en submarinos alemanes hundidos en el Atlántico o en el zepelín?

¿Aburrirse? Nunca, como tampoco se aburrió el criptólogo del mismo «Cuarto 40», quien descubrió, un día similar a ese 17 de enero, que Trebitsch Lincoln, un miembro del Parlamento inglés, un supuesto patriota, quien logró escapar a la justicia británica, estaba vendiendo información militar a los alemanes. La cara de Hall cuando pusieron en sus manos los textos:

CABLE PRICES FIVE CONSIGNMENTS VASELINE, EIGHT PARAFIN

El significado del mensaje enviado por el parlamentario al cónsul alemán en Rotterdam decía así:

(At) Dover (are) five first-class cruisers, eight seagoing destroyers

Solo que esa mañana el reverendo William Montgomery y su joven colega, Nigel de Grey, se acomodaron en el sillón de su escritorio cuando se percataron de la longitud del nuevo mensaje. Al tenerlo completo abrieron la puerta del despacho de Hall para mostrárselo. El almirante les advirtió que un texto similar estaba llegando por la llamada «ruta sueca» y por el cable del Departamento de Estado. Alemania estaba escogiendo tres vías diferentes. Forzosamente se trataba de un mensaje excepcional.

Se puso de pie. Trató de leerlo inútilmente. Con su actitud deseaba justificar la emoción que Montgomery proyectaba en su rostro y en su mirada. En esos momentos ninguno de los dos podía saber que estaban frente al descubrimiento más sensacional en la historia de la criptografía de todos los tiempos.

158 0075 13401 8501 115 3528 416 17214 6491 11310 18147
18222 21560 10247 11518 23677 13605 3494 14936 98092 5905 11311
10392 10371 0302 21290 5161 39695 23571 17504 11269 18276 18101
0317 0228 17694 4473 22284 22200 19452 21589 67893 5569 13918
8958 12137 1333 4725 4458 5905 17166 13851 4458 17149 14471
6706 13850 12224 6929 14991 7382 15857 67893 14218 36477 5870
17553 67893 5870 5454 16102 15217 22801 17138 21001 17388 7446
23638 18222 6719 14331 15021 23845 3156 23552 22096 21604 4797
9497 22464 20855 4377 23610 18140 22260 5905 13347 20420 39689
13732 20667 6929 5275 18507 52262 1340 22049 13339 11265 22295
10439 14814 4178 6992 8784 7632 7357 6926 52262 11267 21100
21272 9346 9559 22464 15874 18502 18500 15857 2188 5376 7381
98092 16127 13486 9350 9220 76036 14219 5144 2831 17920 11347
17142 11264 7667 7762 15099[132]

ZIMMERMANN

—¿Podrán traducirlo? —preguntó Hall tímidamente, pero ávido por conocer su contenido.

—Los imposibles nos están costando un poco más de trabajo en la actualidad, si no, pediremos ayuda —consintió De Grey con su mueca característica.

—Todo lo que le podemos adelantar ya en este momento es que el mensaje tiene mil códigos agrupados numerados y está dirigido a Bernstorff, el embajador alemán en Washington, y firmado por Zimmermann, el secretario de Asuntos Extranjeros.

—Qué más, qué más —repuso Hall sin ocultar su ansiedad.

—El mensaje viene encriptado en el Código Diplomático alemán conocido como el 0075, en el que hemos trabajado ya por tres meses.

Por supuesto que el código 0075 era el que tantas veces había presumido Harold con Félix, el mismo que «ningún mortal podrá descifrar», hermanito querido, ¿te acuerdas de que se lo hicimos llegar a Bernstorff a bordo del submarino *Deutschland* a finales de octubre de 1916 para evitar la menor posibilidad de intercepción?[133]

—¿Estamos cerca de romper el código? —volvió a preguntar el almirante devorado por la curiosidad.

—Estamos frente a un nuevo código partido en dos, diseñado para el Ministerio de Asuntos Extranjeros de Berlín que tiene, como se ve, dos ceros y dos dígitos, los dos dígitos siempre mostrando una diferencia de 2 —asentó Montgomery.

—¿Cuánto tiempo necesitarán? Nunca habíamos recibido un mensaje tan extenso —replicó Hall empezando a parpadear.

—Ya logramos romper los códigos 0097 y 0086 que se usan para las misiones alemanas en Sudamérica y el 0064 que se utiliza entre Berlín y Madrid, así como el 0053 y el 0042. No perdamos de vista que el 0075, como el que llegó hoy, se distribuyó a partir de julio del año pasado en las delegaciones alemanas de Viena, Sofía, Constantinopla, Oslo y un par de ciudades más.

Hall era marino, no criptólogo. Él sabía coordinar los trabajos y organizar al personal a su cargo, dirigir las investigaciones y administrar la información con un gotero, pero, por supuesto, no sabía romper un código. El almirante se impacientaba.

—Desde noviembre del año pasado hemos interceptado muchos telegramas de Berlín a Washington en el código 0075 que viene encriptado y en varias capas. Creo que será un problema de un par de semanas si trabajamos de día y de noche —advirtió Montgomery.

En ese momento Hall rodeó su escritorio, tomó del brazo a sus respetados colaboradores y los condujo a la puerta:

—En ese caso estamos perdiendo el tiempo mientras especulamos. ¡Manos a la obra!

A partir de ese día, tan pronto Hall llegaba temprano cada mañana al «Cuarto 40», no perdía el tiempo en otros menesteres y de inmediato se dirigía a las oficinas de De Grey y Montgomery para conocer los avances logrados durante la noche anterior. Varios días la respuesta consistió en negativos movimientos de cabeza antes de que se produjera el primer comentario.

Una noche, cuando el propio Hall ya se colocaba el abrigo y después de haber hecho esfuerzos más allá de su voluntad para no pasar el día al lado de sus criptólogos, ambos corrieron a sorprenderlo con una hoja de papel tachoneada en la que se alcanzaba a leer parte del texto que cambiaría el rumbo de la guerra. Era una solución parcial, pero ahí estaba. Las miradas de De Grey y de Montgomery ya delataban los alcances del descubrimiento. Ninguno de los tres se había equivocado. La prueba ya la tenía Hall en sus manos. El contenido no podía ser más estremecedor:

Ultrasecreto para la información personal de Su Excelencia y para ser enviado al Ministro Imperial (¿México?) con el telegrama No. 1 […] por una ruta segura.

Nos proponemos iniciar el 1 de febrero una guerra submarina indiscriminada. Al hacer esto debemos esforzarnos por hacer que América permanezca neutral. (?) De no lograrse (lo anterior) proponemos a (¿México?) una alianza sobre las siguientes bases:
(joint) conducción de la guerra.
(joint) conclusión de la paz.
[...]
Su Excelencia debe informar por el momento al presidente (de México) secretamente (que nosotros esperamos) guerra contra los Estados Unidos (posiblemente) [...] (Japón) y al mismo tiempo negociar entre nosotros y Japón. (Por favor diga al presidente) que [...] o submarinos van a obligar a Inglaterra a la paz en pocos meses. Acuse recibo. ZIMMERMANN.[134]

El almirante sintió que ciertas frases aisladas le abofeteaban el rostro. Le aterraban los conceptos «guerra submarina indiscriminada» o «guerra contra Estados Unidos...» o, finalmente «proponemos una alianza...» ¿Cuándo? ¿Entre quiénes? ¿Por qué?

Urgió entonces a ambos a encontrar la solución a la mayor brevedad. Sabía que pronto tendría en sus manos un arma ciertamente poderosa. Les pidió que no se comunicaran con nadie, que destruyeran todas las copias, que no informaran del descubrimiento que estaban a punto de realizar a ningún otro colega por más cercano que fuera, que imprimieran el máximo esfuerzo de que fueran capaces y que ya no salieran del «Cuarto 40» ni a comer ni a dormir. Él, por su lado, sin preocuparse por informar ni una sola palabra a la Oficina de Asuntos Extranjeros de Su Majestad, el rey, regresó a su despacho guiñando con ambos ojos.

Helaba afuera. El frío londinense en aquella época del año parecía ser más intenso que nunca. La guerra llamada a durar tan solo tres meses ya había entrado en su tercer año sin que las perspectivas permitieran advertir la inminencia de un final próximo. Había caído medio millón de franceses en Verdún y solo habían logrado regresar la línea del frente de guerra hasta donde se encontraba 10 meses antes. La parálisis era total en la línea occidental. El estancamiento desesperaba y consumía la escasa paciencia de los beligerantes. Era el caso de dos fornidos boxeadores que ya no pueden levantar los brazos para lanzar golpes y permanecen de pie, abrazados, odiándose sobre el cuadrilátero. Inglaterra, que había perdido 60 mil hombres en un solo día en la batalla del Somme, caía exhausta defendiéndose como podía sin esperanza alguna. La línea Hindenburg permanecía intacta. Rumania, la nueva aliada, había sido vencida, y Rusia, el Coloso del Este, estaba virtualmente derrotada.

Hall sabía que una campaña submarina aumentaría severamente la presión sobre los aliados. Significaría más hambre para los soldados y para los pueblos, menos posibilidades de triunfo, menos medicamentos, menos municiones, menos esperanza y un poco más de optimismo para las agotadas tropas de las potencias centrales, mismas que habían llamado a la defensa de la patria hasta a los jóvenes de 15 años de edad. Los civiles alemanes reducían su dieta al consumo de papas como siempre, en razón del cerrado bloqueo inglés a todos los puertos del Mar del Norte. Por si fuera poco, Grecia y Portugal también habían entrado en la guerra del lado de la *Entente Cordiale*. El precario equilibrio podía romperse si los barcos neutrales con pertrechos y alimentos se iban a pique en medio del Atlántico junto con las ilusiones de cientos de miles de soldados que carecían ya de energía para sacar la cabeza del lodo congelado de las trincheras.

Sí, se dijo Hall viendo desde la ventana: solo que la guerra submarina tiene dos filos... Uno, el que los aliados podamos morir de hambre o de enfermedades y lleguemos a rendirnos, y dos, el ataque a barcos norteamericanos obligará a Estados Unidos a entrar en la guerra, yo espero antes que después... Wilson no va ser el payaso que ponga una mejilla y luego la otra cada vez que hundan una de sus naves... Tiempo, tiempo, esto será un problema de tiempo...

31. La embajada alemana en Washington

¿Qué iba a hacer Alemania sin cables trasatlánticos después de que el *Telconia* los había cortado al principio de la guerra? Muy sencillo: dadas las abiertas intenciones de Wilson por lograr la paz, Bernstorff pidió facilidades de tal forma que su gobierno pudiera comunicarse directamente desde Berlín con la Casa Blanca. El presidente aceptó de buena fe y de acuerdo con las formas más elementales de respeto y elegancia que Alemania usara el cable submarino propiedad de Washington utilizando, además, los propios códigos germanos. Semejante decisión sostenida por House iba en contra de las prácticas internacionales aceptadas, puesto que si un país deseaba hacer uso de las instalaciones telegráficas del otro, debía someter el texto, ya descifrado, a la consideración del anfitrión para impedir abusos y compromisos indeseables, sobre todo entre naciones beligerantes y neutrales.

Cuando Zimmermann envió el telegrama a las tres de la tarde del 16 de enero de 1917 a la embajada de Estados Unidos en Berlín y esta retransmitió a Estados Unidos el texto completo, no pasó por su mente que dicha representación diplomática enviaría el mensaje vía Copenhagen, después tocaría obligatoriamente Londres, es decir, el «Cuarto 40» y de ahí partiría, ahora sí, a Washington. Hall abrió sus barajas con De Grey y Montgomery revelándoles a sus dos criptólogos su juego completo y con ello todas las facilidades para establecer comparaciones y alternativas para salir del oscuro laberinto donde se encontraban.

El «Telegrama Zimmermann» llegó a Washington el día 17 de enero. Al ser inusualmente largo, se le consultó a House y más tarde a Lansing si debería ser entregado a la embajada alemana en Washington. El altercado entre ambos llegó a niveles grotescos.

—El Departamento de Estado no es una oficina de correos al servicio del imbécil del káiser —repitió a gritos su conocido argumento el secretario de Estado.

—Usted, señor secretario, no ha podido entender que necesitamos comunicación directa con Berlín para negociar la paz sin intermediarios. En el fondo usted se niega a hablar, a negociar y a discernir con los beligerantes, con todas las consecuencias catastróficas que implica.

—No me niego a hablar y menos a negociar, House, me niego a que nos utilicen y nos vean la cara de idiotas al utilizar nuestros propios cables para tramar en contra de los supremos intereses de Estados Unidos.

—¿Tiene usted pruebas de su afirmación?

—Lo supongo. Los alemanes no son confiables, es más: ningún enemigo de la democracia puede ser confiable por definición.

—Si usted actúa con arreglo a suposiciones y no a los hechos, entonces es un caso de paranoia pura.

—Lo mío puede ser paranoia, solo que lo suyo es un suicidio colectivo inaceptable.

—Escúcheme bien, señor secretario de Estado, como dijo el juez romano: aunque se caiga el cielo, el telegrama llegará a manos de Bernstorff...[135] ¿Me expliqué?

—Veremos la opinión final del presidente. Usted será el único responsable de lo que acontezca...

—Así sea —respondió Colonel House sin inmutarse, sabedor, como sin duda lo era, de su influencia con el jefe de la Casa Blanca.

Esa misma mañana el conde Johann Heinrich Andreas von Bernstorff recibió el mensaje de Zimmermann. Dada la instrucción ineludible de que lo decodificara él mismo —no en balde había sido pacientemente capacitado en Berlín por el propio Harold Sommerfeld, al igual que todo el cuerpo diplomático alemán—, el embajador se ocupó de inmediato en desentrañar personalmente las órdenes y las noticias contenidas en el texto. ¡Qué enemigo tan atroz podía ser la distancia y la incomunicación verbal y visual, más aún cuando la práctica exigía la toma de decisiones inmediatas e inaplazables que podían costar millones de vidas y millones de dólares...!

Tres días después, en lugar de ir al club de diplomáticos de Washington a beber su *daily very dry marttni* o de hacer visitas vespertinas o nocturnas a las mujeres más adineradas de la ciudad, como era la costumbre del conde Bernstorff, bien conocido por sus andanzas y travesuras y por su capacidad para engañar a su esposa saliendo siempre airoso de todos los lances, en esa ocasión, una vez traducido el texto, permaneció en la residencia de la embajada pateando rabiosamente las paredes de su oficina, cerrando violentamente los cajones de los archiveros y golpeando de vez en cuando con los nudillos la cubierta de su escritorio.

¿Con quién desahogarse ante semejante insensatez? ¿Cómo era posible que Bethmann-Hollweg y varios de los generales del alto mando hubieran perdido la batalla en contra de la guerra submarina indiscriminada? ¿En realidad quién gobernaba en Alemania? Era claro, clarísimo, que el káiser no era más allá de un triste payaso, un ridículo maniquí cuyos hilos eran movidos por Hindenburg y el monstruo de Ludendorff. ¿Nadie en Berlín sabía que hundir barcos americanos implicaba patear a un gigante dormido? Solo un estúpido o un ignorante puede subestimar la fuerza y los recursos de este país en el que he estado ya nueve años como embajador… Al torpedear la neutralidad americana a través de una guerra submarina solo lograremos que Estados Unidos ponga en territorio alemán millones de soldados yanquis, frescos y bien pertrechados: ¿nadie se percata de que estamos tan agotados como para ya no poder gritar ni siquiera auxilio? ¡Insolentes! ¿Por qué no escuchan la voz de la experiencia y del conocimiento? ¿Para qué tantos años de estudio de la industria y del comercio y de las posibilidades militares norteamericanas si se van a ignorar las conclusiones y la realidad que los jerifaltes berlineses ni se imaginan? ¿Cuántos han estado siquiera en Estados Unidos y conocen algo de la capacidad ofensiva de este poderoso país del que ya hoy dependen los aliados para salir victoriosos? Si no hubiera sido por las armas, municiones, medicinas y alimentos abastecidos por el Tío Sam, de buen rato atrás ya nos hubiéramos engullido a Francia, a Inglaterra y a Rusia juntas. ¿No se ve? ¿No se entiende todo esto?

La desesperación y la impotencia del conde Bernstorff llegaba a niveles incontrolables. Él, hijo de diplomático, formado en el mundo de las relaciones exteriores, lamentaba las limitaciones de su profesión. ¿Cómo influir en los acontecimientos en forma determinante estando maniatado del otro lado del Atlántico? ¿Cómo…? Zimmermann era un traidor que bailaba al ritmo de la conveniencia de sus superiores. El nuevo ministro había sostenido siempre su negativa a declarar una guerra submarina indiscriminada porque sabía el destino que le esperaba a la madre patria y, ahora, renuncia a sus convicciones por evolucionar en su carrera política. ¿Y la madre patria? ¿A mí me corresponde mantener a Lansing y a Wilson en el terreno de la neutralidad mientras nosotros hundimos los barcos americanos en el Atlántico y en el Mar del Norte? ¿A quién se le ocurre semejante idiotez? Soy embajador, no Dios…

Se sirvió entonces una copa de coñac *Xo*, el verdadero *extra old* de su predilección. Pensó en calentar el licor sobre una pequeña flama alrededor de la cual le gustaba hacer girar la copa. A la mitad de la delicada maniobra volteó inexplicablemente rumbo a la chimenea donde encontró, en su parte superior, un cuadro al óleo del káiser vestido con uniforme de gala. Tenía la mirada perdida en el infinito como si estuviera siendo adoctrinado personalmente por Dios. De su cabeza altiva, llena de luz, partían los rayos del sol que iluminaban sus pensamientos. Fue entonces cuando, movido por un brutal arrebato, arrojó con inaudita violencia la copa de Baccarat contra la odiosa pintura que representaba el origen de la tragedia alemana. ¡Cuánta frustración retenida! ¡Cuánta! ¡Con qué ganas él mismo habría estrangulado a Hindenburg, a Ludendorff y a Zimmermann por inútiles, torpes, ignorantes o traidores o por todos los calificativos juntos! El coñac había humedecido el rostro y el casco refulgente rematado con el águila imperial de oro que ostentaba el káiser en su retrato. El líquido escurría por su cara y empapaba su bigote almidonado con la letra W hasta llegar a mojar la capa de armiño y más tarde la guerrera y sus condecoraciones.

«¿Carranza? ¿Una alianza con Carranza? —se preguntó rabioso el embajador—. Ese viejo mañoso ha jugado a su antojo con todos nosotros para mantenerse en el poder. Ante un problema con Estados Unidos, su primera reacción será acercarse de inmediato a Alemania o a Japón para insinuarle al presidente Wilson que no está solo y que cualquier agresión a México se traducirá en un conflicto internacional con todas las potencias del orbe. ¿Quién le cree a Carranza? ¿El estúpido de Zimmermann piensa que Carranza se va a dejar seducir con la recuperación de Texas, Arizona y Nuevo México? El presidente mexicano jugará con nosotros en contra de Estados Unidos hasta que ya no le convengamos. Entonces nos arrojará a la basura como una colilla de tabaco usada. Subestiman, subestiman en Berlín: subestiman la fuerza de Estados Unidos y sus potencialidades militares y vuelven a subestimar a Carranza pensando que es un indio descarriado y torpe… ¡Cuántos errores al mismo tiempo! ¿Japón? A Japón lo único que le interesa es que prospere su expansión imperialista en Asia: que crezcan sus mercados y pueda hacerse de colonias en el Pacífico. ¿No se quedaron con las nuestras? ¿A quién se le ocurrió que Japón podría declararle la guerra a Estados Unidos?»[136]

Sí, el conde Bernstorff podría estar en desacuerdo con la política exterior instrumentada por el alto mando militar y no ya por los diplomáticos de carrera, solo que tenía que cumplir como un soldado disciplinado las instrucciones recibidas. Ya habría un mejor momento para invitar a la reflexión a sus superiores. Fue entonces cuando, dos días después, le envió a Von Eckardt el «Telegrama Zimmermann» prescindiendo del código 0075, cuyas claves no estaban todavía al alcance del ministro imperial acreditado en México. Mandó el texto completo a través del código 13040, el mismo que le había sido secuestrado a Wassmuss en la Mesopotamia el 4 de febrero de 1915 y que había sido distribuido a las misiones alemanas en Centro y Sudamérica entre 1907 y 1909 y a Washington, Nueva York, Cuba, Puerto Príncipe y La Paz en 1912. La razón era muy sencilla: la embajada alemana en México no contaba todavía con los libros para descifrar el código 0075. Bernstorff cambió el encabezado Berlín-Washington por

Washington-México usando el tres como número de serie y fechando el mensaje el 19 de enero en lugar del 16, dado el tiempo que había invertido en descifrarlo y en retransmitirlo.

Finalmente Bernstorff mandó a Von Eckardt el texto del telegrama encriptado vía Western Union sustituyendo su propio número de telegrama, el 158, por el de 130 y agregando una línea adicional: «Legación alemana. México City. Telégrafos del Departamento de Asuntos Extranjeros. Máximo Secreto. Descífrelo usted mismo». Al final firmó: Bernstorff, en lugar de Zimmermann, tal y como la había recibido él mismo. La mecha estaba prendida.

Al día siguiente la Western Union de México puso en manos del embajador Von Eckardt el texto íntegro del mensaje con las instrucciones exactas del ministro de Asuntos Extranjeros del gobierno alemán. Junto con Magnus, su brazo derecho, hombre incondicional de absoluta confianza, descifraron palabra por palabra, renglón por renglón y párrafo por párrafo las instrucciones codificadas enviadas por Zimmermann.

Según avanzaban en sus trabajos cruzaban miradas atónitas… El 1º de febrero inicio de la guerra submarina indiscriminada… Mantener neutral a Estados Unidos… Alianza entre México, Japón y Alemania declarando la guerra conjuntamente a Estados Unidos para que México recupere los territorios perdidos…

—Esta es la guerra mundial —disparó Magnus a la cabeza de su jefe.

Von Eckardt no se atrevía a dar su opinión. Guardaba silencio. Se podían escuchar sus razonamientos. Se rascaba la frente. Apoyaba por momentos su barbilla en la palma de la mano izquierda. Levantaba la cabeza en dirección al techo en busca de explicaciones. Tragaba saliva. La idea era una auténtica genialidad.

Explotar el resentimiento histórico de los mexicanos en contra de Estados Unidos solo se le pudo ocurrir a un genio como nuestro káiser, un iluminado.

—Júreme —pidió Von Eckardt inflamado de orgullo patrio— que si en este momento nos ponemos de pie y cantamos el himno alemán, nunca nadie lo sabrá.

El embajador se levantó marcialmente. Se llevó la mano derecha a la zona del corazón y en posición de firmes empezó a entonar la primera estrofa del himno imperial alemán.

Deutschland, Deutschland über alles, über alles in der Welt…*

———————

* Alemania, Alemania sobre todo, sobre todo el mundo…

La mirada firme en cualquier objeto. El cuerpo recto, estirado. El pecho amplio, insuflado. La actitud de auténtico sacrificio. La mirada devota, angelical con una mezcla entre compasión y arrojo.

Magnus se colocó a su lado inmediatamente. Era una irreverencia escuchar el himno nacional y permanecer sentado, más aún cuando el intérprete era su propio jefe, el ministro imperial de Alemania en México. Adoptando todos los movimientos y el íntimo rigor protocolario, Magnus también cantó, solo que él lo hizo en una escala tonal inferior. En el coro de la escuela siempre estuvo colocado al lado de los bajos. ¡Cuánto hubiera disfrutado hacerlo entre los tenores…!

Cuando ambos concluyeron la interpretación del himno patrio, ciertamente desafinados pero eso sí, a toda sonoridad, los dos se mantuvieron de pie con la cabeza humillada viendo al piso. De esta suerte transcurrieron ciertos instantes en que Magnus no sabía si hablar, sentarse, comentar una idea del telegrama o abandonar la habitación para permitir al ministro la máxima intimidad en incendiada liturgia patriótica. Permaneció, inmóvil, tieso, hundido en las mismas reflexiones de Von Eckardt, en apariencia poseído por el justificado sentimiento de superioridad alemán. En cualquier momento surgirían Valquirias y hombres con formas de dioses en la reducida habitación.

—¿Y si volvemos a cantar una vez más, Magnus?, al fin y al cabo que nadie nos oye y se siente uno maravillosamente bien.

Magnus no tuvo tiempo de contestar. Del balbuceo pasó al ronroneo para acompañar a Von Eckardt y no ser tachado de traidor o de algo peor. Una especie de pudor lo limitaba en este tipo de representaciones. Siempre había sido muy tímido y poco expresivo. Sin percatarse y sintiéndose contagiado y conmovido, aumentó gradualmente el volumen de voz. Más tarde cantó abierta y desaforadamente hasta que las lágrimas rodaron por primera vez sobre sus mejillitas. Al concluir, los dos funcionarios se abrazaron estrechamente. La vida los había reunido inexplicablemente en esta misión diplomática en México. ¿Uno de los caprichos de la existencia? Tal vez, solo que los dos eran sanguinarios defensores de la madre patria, adoraban en silencio a la *Heimatland*, creían que jerárquicamente la primera de las razas era la aria, luego la aria y finalmente la aria… ¿Y los mexicanos? ¡Ah!, esos vienen despúes de los perros…

—¿Sabe usted dónde radica la genialidad del káiser? —preguntó el embajador.

Magnus solo pensaba en el estallido de la Primera Guerra Mundial. Ahora sí, todo el planeta en llamas. De visitarnos ahora mismo los extraterrestres se sorprenderían de nuestra capacidad para dirimir controversias.

Europa es una humareda. Asia ya es otra humareda y bien pronto América misma será una enorme humareda… El ministro consejero ni siquiera escuchó el comentario de Von Eckardt.

—Él sabe reconocer los rencores, las ambiciones y las envidias existentes entre dos países y sabe mejor que nadie cómo arrancar esas costras, abrir esas heridas que aún no cicatrizan y tal vez nunca cicatrizarán para hacer regresar al campo de batalla a los enemigos de siempre. De esa forma se volverán a matar, una y otra vez, los unos a los otros, eso sí: siempre y cuando la matanza y la nueva destrucción recíproca sea en beneficio del Imperio.

—¿Y qué interés puede tener el káiser —preguntó Magnus, quien permaneciendo sentado tal vez estaría cometiendo una falta cívica de respeto, una irreverencia ante el propio ministro— en que Estados Unidos, México y Japón entren en una guerra?

—Es muy sencillo, Magnus, cada soldado, bala, caballo o cañón; cada barco, acorazado, tambor, enfermera que mande Estados Unidos a México serán soldados, balas, caballos, cañón, acorazados y tambores que ya no podrá enviar a Europa para defender a los ingleses y a los franceses. ¿Lo entiende usted?

Un *ach du lieber Gott** le salió del alma al consejero al entender la jugada de ajedrez.

—¿Y por qué no se les ocurrió antes? Estados Unidos es una amenaza militar.

—Por supuesto que se nos ocurrió —repuso con aire de suficiencia: recuerde usted que a Victoriano Huerta lo regresamos desde Barcelona para que se hiciera de la presidencia mexicana y desde ahí declarara la guerra a Estados Unidos, ¿no lo ve claro?

—Clarísimo —agregó, sin poder cerrar los ojos.

—¿Y el Plan de San Diego? ¿No pretendíamos formar una nueva República en los estados sureños, antes propiedad de mexicanos, invitando a los negros y a los centroamericanos? Hubiera sido una nueva guerra civil similar a la del siglo pasado… Hubiéramos dejado muy entretenidos a los yanquis como para que pensaran en los campos de batalla europeos…

El consejero recordaba a la perfección cómo Carranza había estado de acuerdo en la instrumentación de dicho plan y lo cerca que estuvo de llevarlo a cabo.

Von Eckardt insistió, sin que ello fuera una indiscreción profesional, dado que el propio Magnus había vivido día con día la marcha de los

---

* Oh, Dios mío.

311

acontecimientos cuando, junto con Félix Sommerfeld, «instrumentamos un plan para que Pancho Villa asesinara gringos, primero en Santa Isabel, México, y, posteriormente, ante el silencio y la inacción yanqui, decidimos hacerlo en el propio territorio de Estados Unidos, en Columbus».

—Sí, por eso la invasión Pershing...

—No queríamos una expedición punitiva, deseábamos una invasión en forma, nuestras intenciones consistían en que Wilson se anexara México de una buena vez por todas y para siempre, proyecto que le llevaría por lo menos otros dos años, como en la guerra del 47 y 48, y ya para entonces estaríamos listos para vernos cara a cara con el Tío Sam...

—Si con Huerta no resultó, ni con el Plan de San Diego ni con Columbus y Villa, veremos ahora qué sale del «Telegrama Zimmermann» —resumió tímidamente Magnus.

—Esta es la estrategia militar más talentosa y lógica que he conocido en mi vida: los mexicanos odian a los gringos por rateros, ellos les robaron medio país y, por otro lado, los japoneses son enemigos naturales de los mismos gringos por sus reiteradas intervenciones en Asia, en donde ambos tienen intereses comunes.

—¿Y cómo reaccionará Carranza cuando usted le cuente el plan del káiser?

—Tal y como lo conozco, sentirá que ningún héroe mexicano será comparable a él si restaña las heridas causadas por el traidor de Santa Anna. ¿Se imagina usted que México volviera a contar con Texas, Arizona y Nuevo México?

—Construirían otro Ángel de la Independencia...

—¿Otro ángel? Mil ángeles, pero no de la independencia, sino ángeles para recordar la eterna gloria de Carranza.

—¿Usted cree que el presidente apoyará el plan?

—Durante todo su gobierno ha temido una nueva invasión americana pero no como la de 1847 ni como la de Veracruz de 1914 ni como esta de Pershing, sino una de proporciones temerarias en la que intervenga por lo menos un millón de gringos.

—Carranza siempre ha temido, al menos así me lo ha hecho saber usted, que lo asesinen como a Madero los intereses americanos o los británicos, o que invadan Tampico para quedarse con los pozos petroleros a la mala.

—Es correcto: si tiene miedo de que lo vuelvan a invadir o que refuercen la expedición Pershing, aunque por lo visto ya va de salida, o que vuelvan a mutilar el país o que se roben sus tesoros como el petróleo sin que él pueda defenderse, o bien que unos militares mexicanos armados por los empresarios yanquis lo asesinen a tiros como a Madero y a Pino Suárez, si todo eso puede sucederle tiene que pensar muchas veces la conveniencia de declarar una guerra conjunta entre Japón, Alemania y México en contra de sus enemigos de toda la historia…

—¿Lo hará?

—De mí depende, en mi carácter de embajador alemán en México, saber entusiasmar al presidente no solo para que confíe en las ventajas del plan, sino para convencer a los japoneses de la generosidad de este proyecto.

—¿Por qué no les ofrecieron California a los mexicanos? —preguntó Magnus deseoso de entender toda la situación.

—Seguramente es para los japoneses, señor consejero. Esa carta se la debe estar trabajando el káiser por otro lado. Imagínese usted una california japonesa. Atractivo, ¿no?

—¿Cuándo hablará usted con Carranza?

—Cuando Estados Unidos entre en la guerra. Esa es la instrucción de Zimmermann. Vea usted el penúltimo párrafo. Tendré que esperar.

—¿Cree usted que Wilson le declarará la guerra a Alemania?

—Todo depende del número de barcos que les hundamos. Nuestros submarinos entrarán en acción el 1º de febrero. Tenemos los días contados. Por lo pronto —concluyó poniéndose de pie el ministro imperial—, guarde usted el telegrama en la caja fuerte.

—Entendido, señor…

—¿Quién tiene las claves de seguridad?

—Solo yo, señor.

—Tenga especial cuidado, señor consejero: se trata del asunto más delicado que hemos tratado juntos y el más secreto que haya existido en esta embajada y en ninguna otra.

—Tenga usted la seguridad de que donde está guardado el telegrama no entra ni la luz sin mi permiso…

32. Estados Unidos y México

Mientras tanto, después de un nuevo fracaso entre Wilson y Carranza porque este último se había negado a extender diversas concesiones petroleras a cambio de la salida de la expedición Pershing, cuando esta se había originado precisamente en la captura de Villa y no en cuestiones energéticas, el presidente de Estados Unidos no tuvo más remedio que ordenar el retiro incondicional e inmediato de sus tropas del territorio mexicano. Ante la posibilidad del estallido de una guerra cada vez más próxima con Alemania, el Estado Mayor norteamericano le sugirió al jefe de la Casa Blanca:

—No podemos darnos el lujo de tener tres cuartas partes del ejército americano en la frontera con México o cerca de ella, y por otro lado, señor presidente, jamás daremos con Pancho Villa, todos en México parecen y quieren ser Pancho Villa de cara a nosotros, los norteamericanos invasores… No perdamos de vista el evidente peligro de que alguien pueda aprovechar la presencia de tropas extranjeras en México para crear un conflicto de mayores proporciones: mientras más tiempo estemos invadiendo ese país lleno de espinas y disentería, más estaremos poniendo a México en brazos de los alemanes y más facilitaremos la instalación de sus bases de submarinos en el Golfo de México. Salgamos de ese país antes de que todo se complique… ¿Qué tal que japoneses y alemanes se unan y exijan la salida de Pershing…? Las costas mexicanas están llenas de «pesqueros» japoneses… ¡Cuidado!

—Además, señor presidente, el prestigio diplomático, político y militar norteamericano por esta invasión infructuosa va en franca picada y nadie puede entenderse con Carranza, un intratable, un impresentable, un hombre imprevisible, caprichudo, mañoso, marrullero, inestable, desleal e incapaz de trabar una amistad y respetarla… *Oh!, God, this Carranza is a real pain in my ass…!*

La política petrolera carrancista irritaba cada día más a los industriales americanos y, por supuesto, a los ingleses, más aún cuando se empezaba a filtrar en las calles un artículo de la próxima Constitución mexicana que establecía: el suelo y el subsuelo son propiedad de la nación.

—*¿Estou significar que todos los pouzos y lous depóusitous y los yacimientous petroulerous y las minas serán proupiedad del goubiernou mexscicanou?*

—Así es, pinches güeritos, a partir de la promulgación de nuestra Carta Magna tendrán que pedir concesiones para explotar sus pozos y sus minas, pues ya serán propiedad de los mexicanos.

—*¿Y si yo tener mi ferrrrocarril, ¿entonces qué será miou si el malditou suelou también ya será de los mexicanos?*

—Lo que será de ustedes serán los durmientes y las estaciones. El suelo sobre el que descansan las vías también es propiedad de la nación…

—*Pero si you haber pagadou pesou por pesou el terrenou y ahora resultar que ya ni es miou.*

—*Pos sí,* con los mexicanos nunca sabrá *usté* de qué lado masca la iguana…

—*¿Qué seguridad tener you entounces comou inversionista en este país?*

—Mira, güerito, la misma seguridad de que te quiebre de un plomazo si me sigues encabronando con tanta preguntita…

—*Mi ya no mi gustar tu presidentitou exproupiadour… veremos la manera de derrocaurlo y poner unou que sí entender de negocious como Huerta o doun Porfis…*

33. Los ingleses contra Carranza

Por su parte y del otro lado del Atlántico, el Foreign Office de Inglaterra, influido a su vez por el Estado Mayor de Su Majestad, el rey, tramaba a puerta cerrada el derrocamiento de Venustiano Carranza por haber expropiado bancos, ferrocarriles e intereses mineros británicos como una represalia al apoyo que la Corona le había concedido a Victoriano Huerta durante su efímera tiranía. A lo largo de las reuniones con el primer ministro diversos grupos poderosos insisten en el asesinato del presidente mexicano: borrémoslo del mapa...

Se imponen, sin embargo, los intereses y el talento diplomático y comercial: «la solución de los problemas mexicanos y el manejo de las relaciones con ese país corresponde, antes que a nadie, al gobierno de Wilson, y si nosotros nos interponemos en sus planes y llegan a descubrir nuestra participación en áreas de su competencia, entonces contaminaremos gravemente una relación muy valiosa con la única potencia mundial que nos puede rescatar de un escandaloso naufragio ante el Imperio alemán. ¡Que nunca se nos olvide cuando desconocimos la injerencia de Estados Unidos en México y pretendimos imponer nuestra propia política ignorando la voluntad de Wilson...! Simplemente nos elevó las tarifas para cruzar por el Canal de Panamá y se afectó gravemente el comercio británico. ¡No juguemos con nuestro principal aliado potencial!

»¿Quién de los presentes desea enfrentar a Estados Unidos con Inglaterra en esta terrible encrucijada en la que nos estamos jugando el futuro del Imperio y de las democracias mundiales?»

El silencio fue la mejor respuesta...

Lansing, por su parte, cita a Ignacio Bonillas, el embajador mexicano en Washington, para hacerle saber que la crisis ocasionada por la política petrolera carrancista podría conducir antes que nada al retiro del reconocimiento diplomático del presidente mexicano, después al rompimiento de relaciones entre ambos países y, posteriormente, a la guerra...

—Señor, en México hay finalmente democracia y el Congreso Constituyente es soberano y totalmente independiente. El señor Carranza se someterá al veredicto del Congreso como corresponde a un demócrata de su talla. La política petrolera no responde a una decisión personal del presidente de la República: es la voluntad del pueblo de México emitida a través de los diputados constituyentes.

—Usted bien sabe que Carranza es el Congreso y el Congreso es Carranza. No me venga con cuentos democráticos. Yo sé muy bien cómo operan políticamente los presidentes mexicanos.

—Lamento confirmarle que está usted en un error. Hablamos del nuevo México, un México completamente distinto al de Huerta...

—No me cuente, embajador, no me cuente: nosotros fuimos determinantes en el resultado para que ustedes pudieran expulsar a Huerta del poder... ¿A dónde hubieran ido sin nuestras armas y municiones? Lo que pensamos el presidente Wilson y yo es que el señor Carranza es un mal agradecido. No tiene noción de la amistad.

—La amistad, según ustedes, establece compromisos para que hagan de nosotros lo que a ustedes les venga en gana. Ya que me ayudaste, haz de mi país lo que desees, ¿no...?

—¿Ve usted cómo no podemos entendernos? Mire, por lo pronto avísele a Carranza que si no cambia su política petrolera esto acabará en el retiro de su reconocimiento diplomático, en el rompimiento de relaciones y finalmente desembocará en la guerra...

Un frío helado congelaba la oficina del secretario. Ambos guardaron un largo silencio que parecía ser todo menos prudente.

—¡Ah!, y esa repentina relación con los japoneses —cuestionó Lansing haciéndose el sorprendido—, ¿no le parece sospechosa?

—Nosotros queremos ser amigos de todo el mundo, ¿qué hay de malo en ello? —respondió Bonillas.

Harto, contestó Lansing:

—¡Concrétese a comunicar nuestra posición al gobierno mexicano!

—Daré su mensaje en mi carácter de representante diplomático, mister Lansing...

34. Félix y María / V

A finales de enero de 1917 Félix Sommerfeld llegó tarde por primera vez a un compromiso con María Bernstorff, la mujer por la que ya no podía conciliar el sueño. Todo había comenzado como un juego al igual que con tantas otras, solo que ella, María, finalmente lo había atrapado por las entrañas. Imposible moverse siquiera sin pensar en su More, la More, mi More...

La cita era en La Cubeta, en el puerto de Mazatlán, a las nueve de la noche, y, sin embargo, eran las nueve y media y Félix no llegaba. Los comensales, algunos de ellos borrachos, no dejaban de preguntarse las razones por las que una mujer dotada de una belleza tan particular estaba sola en un restaurante a esas horas de la noche. María empezaba a inquietarse. Era tan raro un atraso en Félix. Ella nunca había tenido que esperarlo ni un segundo, en años ya de una relación amorosa muy consolidada. ¿Qué pasaría? No se atrevía ni a pensar en que los americanos hubieran podido atraparlo. Félix era muy vivo y estaba siempre alerta. ¿Para qué angustiarse antes de tiempo...? Mejor pedir una cerveza regiomontana...

Un tiempo después, cuando ella ya se disponía a pedir la cuenta, Félix descendió de un auto prestado, el del cónsul de Alemania en Sinaloa. Se detuvo unos instantes en el pequeño vestíbulo para ajustarse la camisa blanca antes de entrar a lavarse las manos después de reparar un maldito neumático que le había estallado en el momento más inoportuno. Mientras se peinaba en la puerta, escuchó en la penumbra de la oscuridad cómo dos tipos, hablando un estupendo inglés, obviamente británico, señalaban a María desde la entrada y decidían si entrar por ella o esperar a que saliera para no hacer un escándalo en un lugar tan concurrido. Controlarían la situación mucho mejor a la salida. La tenían completamente identificada. No cabía la menor duda: era ella... Convenía esperarla afuera. Así garantizarían el éxito por si alguien en el interior deseaba defenderla o entrometerse cuando intentaran arrestarla.

Félix se quedó petrificado y continuó peinándose una y otra vez. Un frío helado le recorrió el cuerpo. Aquellos hombres pensaban que nadie en Mazatlán podría entenderlos. Los tres pescadores muertos de hambre en este puerto con dificultad hablarían el castellano. Por su mente pasaron imágenes a modo de ráfagas. ¿Cómo olvidar cuando ella le había hecho jurar que antes de que ningún agente extranjero la capturara para torturarla y matarla después, él, el propio Félix, estaba obligado a privarla de la vida para evitarle todo sufrimiento? ¿Qué tal cuando el mismo Félix se sintió atemorizado con el hecho de pensar que al torturar a María, ella podría revelar los secretos, así como la actividad profesional del agente alemán? Pero ¿qué más daba?

Muerta María, su vida carecería de sentido… Sommerfeld recordó en un instante el feliz día en que la había conocido en plena campaña villista. ¿Cómo olvidar la fogata y la tarde en la que ella se entregó en medio de la manifestación callejera en la Ciudad de México, además de otros días, noches, ¡qué noches!, tardes, comidas, paseos y viajes que habían hecho juntos?

«Mari-Mari, Mari-Mari, Mari-Mari…»

Solo que no se trataba de un momento para recordar, sino de un instante reducido al tiempo en que se puede producir un chasquido de dedos para actuar, y actuar de inmediato antes de que fuera demasiado tarde. Félix Sommerfeld entró a La Cubeta y se dirigió, en medio del barullo del lugar, a la mesa donde se encontraba María. Ella se iba a levantar para abrazarlo, pero él, cubriéndose la mano con el cuerpo, dando la espalda a la puerta de acceso, movió agitadamente el dedo índice para impedir el menor movimiento de ella. Los gestos de su rostro reflejaban una angustia descomunal, impropia en un hombre con el control personal que el alemán siempre había exhibido.

María palideció y solo alcanzó a escuchar:

—No te muevas. No hagas nada. Voy al baño. Un mesero te traerá una nota mía. Disimula. Te están observando —y pasó de frente como si nada aconteciera.

María se sirvió un poco de cerveza. Las palpitaciones sacudían su pecho. La respiración delataba la intensidad de sus emociones. No se atrevía a voltear. El tiempo que tardaría en llegar la nota de Félix la haría envejecer mil años. ¿Quién la estaría observando? ¿Cómo era posible que alguien supiera de su existencia precisamente en La Cubeta? Nadie la podía haber seguido desde Canadá. Ningún tripulante del barco pesquero parecía ser espía ni agente extranjero de ninguna potencia. ¿Cómo pensar en la traición si ni siquiera a Wozniak le había revelado sus planes ni su destino inmediato después del atentado en Kingsland? Ella operaba casi sola, si acaso con dos agentes más ampliamente conocidos en los que tenía depositada toda su confianza. Ninguna persona podía saber nada, absolutamente nada. ¿Cómo era posible entonces que alguien la hubiera seguido y localizado?

María no recordó las largas noches de amor con Félix. Sabía que su vida estaba amenazada. Solo pensaba en su salvación y, por lo pronto, debería confiar en Félix y no moverse, no voltear, no mostrar la menor señal de alarma muy a pesar de que podían estarle apuntando con una pistola desde una mesa anexa. Volvió la cabeza como si alguien la hubiera llamado. Nada, no vio nada sospechoso. Todos los presentes eran desde luego parroquianos de su tierra. ¿Alguno de ellos estaría camuflado? ¡Horror! Empezaba a sentir los momentos más angustiosos de su vida.

De golpe un mesero le trajo una nueva cerveza con la instrucción de que leyera la servilleta.

—Un galán quiere con usted —fue todo lo que alcanzó a decir el hombrecillo aquel, descalzo y con una camiseta raída, tal vez un yaqui sobreviviente de la matanza ejecutada por Huerta.

Con suaves movimientos, María desdobló la servilleta y leyó el texto:

> Ve al baño de hombres, es el único que cuenta con una ventana. No preguntes nada ni hables con nadie. Ya rompí el vidrio. Al entrar cierra la puerta, apóyate en la cubeta que coloqué y salta a la calle. No titubees. Yo ya te estoy esperando afuera. Tengo el coche con el motor encendido. No corras. Camina despacio. Espera a que salga el último hombre y entra sin más. Buena suerte. Félix.

María secó instintivamente los labios con la servilleta que había dejado a un lado de la botella. La arrugó entre sus manos. La guardó en su bolsa. Empujó la silla de metal, cuyas patas estaban rodeadas de aserrín, y se levantó tomando su pequeña bolsa con la otra mano en tanto los agentes ingleses se codeaban entre sí preparándose para atraparla en la salida. Mientras se echaba para atrás la cabellera negra, se dirigió lentamente al baño esperando que un hombre saliera para entrar de inmediato.

La suerte estaba con ella. Al acercarse al baño salió un individuo con una enorme panza cerrándose los botones de la bragueta. Todo estaba dispuesto tal y como lo había reseñado Félix en la servilleta. Con tan solo 29 años a cuestas, no le fue difícil apoyarse en la cubeta, trepar por la ventana y saltar hacia la libertad. Los agentes ingleses ya habían entrado al restaurante para estar más cerca de ella y descartar cualquier margen de error. ¿Cómo explicarle a Hall que la habían localizado, la tenían a 10 metros de distancia y, sin embargo, se les había escapado…? Mejor, mil veces mejor, entrar y esperarla ya adentro del salón comedor, bebiendo unos tragos de pie apoyados en la barra…

María cayó en uno de los guardafangos del automóvil de Félix. Al segundo salieron con las luces apagadas por la zona de descarga de mercancías de La Cubeta. Unos instantes después huían con rumbo desconocido pensando si tomar una embarcación en el mismo puerto, zarpara a donde zarpara, o abordar un tren con cualquier destino. ¿El puerto? No, el puerto podría estar infestado de agentes ingleses. «Hay que salir de Mazatlán a como dé lugar. Una vez fuera estudiaremos el paso a seguir.»

—¿No te importa dejar abandonado todo tu equipaje en el hotel? —preguntó Félix.

—Dejé algo de dinero canadiense y mi ropa. Mi pasaporte falso lo tiré a mitad de la travesía. A estas horas se lo habrán comido los tiburones. ¿Mi ropa? Se pierde en la guerra todos los días...

Decidieron tratar de pasar la noche en Acaponeta o cerca de ahí, tal vez hasta donde les alcanzara la gasolina y salir al día siguiente en burro, en lancha de remos, en un barquito camaronero, en tren o como se pudiera, hacia el lugar más lejano posible. Ya verían luego la manera de llegar a Chiapas. ¿A Chiapas...?

En el camino Félix le contó lo acontecido. María, con un increíble candor suicida, todavía preguntó si efectivamente se estarían dirigiendo a ella o estarían buscando a otra mujer.

—No puedo creer tus preguntas, pareces novata —agregó Félix molesto—. ¿Cuántas mujeres solas había en La Cubeta? ¿A cuántas en ese pueblo crees tú que podría estar buscando un grupo de agentes británicos...? ¿Lo ves claro...? ¿No te das cuenta de que la policía local no habla inglés?, no buscaban a una indígena trenzuda que se hubiera robado tres tacos de chilorio. ¡Te apuntaban únicamente a ti!

—¿Y cómo me encontraron?

—Algún error, una indiscreción qué sé yo...

—Nadie sabía que yo estaba en Mazatlán.

—¿Nadie?

—¡Nadie!

—Bueno, solo tú, Felixito...

—No es hora de bromas. Guarda tus chiapanecadas para otro día...

—Viéndolo bien —comentó ella fijando la vista en la inmensidad de la noche...

—¿Qué...?

—Ahora recuerdo que les escribí a mis padres contándoles mis planes. Ellos lo sabían. Pero es imposible...

A Félix Sommerfeld se le heló la sangre. Ahora sabía lo cerca que seguían a María. Estaban interceptando la correspondencia y por supuesto ya conocían la dirección de sus padres. La estaban esperando en la finca. La cacería ya se había destapado. No era difícil pensar que el servicio de inteligencia inglés hubiera dado con la ficha de María como saboteadora que había ocasionado tanto, tantísimo daño. No debía perder de vista que los agentes que estaban en La Cubeta tenían el inconfundible acento inglés, más particularmente el *cockney accent*...

—¿Cómo se te ocurrió hacer eso? —repuso molesto Sommerfeld—, por el timbre postal sabrían que llegarías de Canadá. Tú misma les dijiste que te dirigirías a Mazatlán. Dejaste huellas de todos lados, amor. ¿No es evidente que cientos de sabuesos te están siguiendo con una lupa?

—Nunca me sentí tan importante...

—No te hagas la payasa, por favor. No cambias ni viendo la muerte de cerca...

—Como dicen aquí en mi tierra, las calaveras me pelan los dientes...

—Date cuenta de que no podrás volver en mucho tiempo a Chiapas ni comunicarte con tus padres en varios meses y, por lo que más quieras, hablemos en serio.

María tenía en el fondo un inconsciente desprecio por la muerte. Cualquier nuevo día para ella era un obsequio divino porque después de vivir lo que ya había vivido, el resto era cortesía de la casa de Dios, alegaba siempre cuando se hablaba de la mortalidad humana.

—Tendremos que escondernos muy bien, amor, y escondernos los dos.

—¿Los dos? —contestó María sintiéndose inquieta. Ella sí podía pasar todo tipo de peligros pero no podía permitir que Félix, su amor, su adoración, estuviera expuesto a lo mismo—. ¿Por qué los dos?

El alemán, sin soltar el volante ni voltear a verla, le hizo saber que la policía americana estaba tras sus huesos. Que Sherbourne Hopkins se lo había hecho saber en su último viaje a México. Que la justicia de Estados Unidos tenía cargos fincados en su contra por haber falsificado miles de pasaportes para entregárselos a súbditos germano-americanos que habían decidido viajar a Alemania para apoyar al ejército imperial en las trincheras francesas. Con el pasaporte de un país neutral pueden tocar cualquier puerto.

—Nunca me dijiste que hubieras falsificado pasaportes, Félix.

—¿Para qué llenarte más de miedos? A ti no te asusta estallar fábricas de municiones pero sí te preocupa que yo falsifique documentos oficiales.

—¿Quién te daba los pasaportes?

—¿Quién me los da?

—¿Ahora mismo lo sigues haciendo?

—Claro que sí: tuve y tengo que sacar compatriotas de Estados Unidos, a reservistas que estén dispuestos a pelear por el káiser y el Imperio. No olvides que en Alemania ya estamos reclutando jóvenes de 15 años...

—¿Y cómo lo haces? —insistió María.

—Me apoyo en el hampa, mis proveedores en el bajo mundo. Tan pronto tenía listos los pasaportes se los entregaba a quienes me ordenaba tu pariente en Washington, el propio embajador Bernstorff. Hoy me las arreglo solo con mis contactos.

—¿Bernstorff, el embajador…? —preguntó ella, sabiendo que jamás terminaría de descubrir el mundo secreto de su amante y ya pronto su marido—. Por lo visto el diplomático no solo organizaba las explosiones de fábricas de armas…

Sin comentar lo dicho por María y deseoso de informarla de su situación personal, Sommerfeld agregó:

—Me dice Hopkins que no solo me acusan por haberle dado a Villa dinero alemán y por haber inspirado la matazón de Santa Isabel y la invasión a Columbus, sino, además, el Departamento de Justicia alega que tiene en su poder dos cartas, una en la que el agregado naval en Washington informaba a Bernstorff acerca de ciertos contratos militares con Italia, información que yo le proporcioné confiando en su discreción, y la otra, una comunicación que yo mismo le envié a Von Papen en que le describía una serie de contratos de los aliados con Estados Unidos para la compra de municiones.[137]

—¡Caray!, mira que has estado activo. Tu nombre ya es importante para el Departamento de Estado.

—Informo todo lo que puedo del abastecimiento de armas a Europa. Ahora sé que me incriminan como espía al servicio del káiser, que conocen mi participación al lado de Villa, saben que espío el comercio de armas, que soy el cerebro de una serie de operaciones y que, por supuesto, he falsificado miles de pasaportes.

—Si a mí me siguen cientos de sabuesos, a ti te sigue medio servicio de inteligencia de Estados Unidos —agregó María, subiendo la ventana del vehículo.

—¿Quieres saber lo peor? —dijo Sommerfeld prendiéndose un cigarrillo—. Carranza hace que busquen hasta abajo de las piedras para dar conmigo aquí, en México también.

—¿Carranza?

—Sí, él ya sabe que cuando me contrató para espiar a Villa lo traicioné y me dediqué a asesorar al Centauro. Ya le informaron también que armas destinadas a los constitucionalistas fueron a dar a los villistas porque me las pagaban mejor…

—¿Te buscan en Estados Unidos y en México?

—Sí, porque Carranza no me perdonará que yo haya orientado a Villa en lo de Santa Isabel ni en lo de Columbus, metiéndolo en un tremendo lío internacional que acabó en la expedición Pershing.

—¿Qué haremos? ¿Dónde viviremos, Félix?

—He pensado pedir un salvoconducto con pasaportes falsos de otros países, tal vez documentos peruanos, para que vayamos a vivir con mi hermano a Alemania, él nos quiere bien, en sus manos estaremos siempre seguros. En México no nos podemos quedar ninguno de los dos…

—No, amor, tu hermano está enfermo. Seremos una carga para él, además, si Alemania llegara a perder la guerra viviríamos allá un infierno. Por otro lado, yo no quiero abandonar a mis padres.

Habían transcurrido casi dos horas desde la salida de La Cubeta cuando, en medio de la discusión, a un lado de una carretera sin pavimentar que costeaba una parte del océano Pacífico, el automóvil del cónsul alemán empezó a toser, a producir estertores agónicos, se sacudía como si estuviera herido de muerte hasta llegar repentinamente al silencio total, permitiéndoles todavía deslizarse por una pequeña bajada. Una primera parte de la aventura concluiría cuando terminara la inercia del vehículo al que se le había agotado el combustible. En Mazatlán había dos gasolineras cerradas en las noches y, por si fuera poco, con sus tanques tradicionalmente vacíos por las dificultades de abasto. En plena noche no tuvieron otra alternativa que detenerse a un lado del camino sin luna ni equipaje, algo de dinero y muy poca esperanza por lo menos en lo relativo a Félix. Las olas rompían a escasos 100 metros del lugar…

—*Ach, dass ist la unglaublich** —dijo, mientras golpeaba repetidamente con la mano el volante bajo la inmensidad de la bóveda estrellada. La impotencia podía descomponerlo.

Reflexionaron unos instantes. Permanecieron inmóviles viendo el camino hasta donde la oscuridad lo permitía. Ninguno de los dos hablaba. María extendió los brazos y se recostó sobre el tablero viendo el piso del automóvil. Félix pensó en apearse para patear el piso. Ella lo detuvo con la mano. María y, ¿quién más si no ella?, tendría la ocurrencia definitiva.

—¿Por qué no nos desnudamos y corremos a la playa?

—¿Estás loca? ¿Y si nos vienen siguiendo?

—Ya nos habríamos dado cuenta o nos hubieran alcanzado. Dimos más vueltas que un trompo para confundirlos antes de salir de Mazatlán… Calla —dijo de repente—, ¿oyes algún motor que se acerque…?

—¿No podemos tomar esto en serio?

—Lo estamos tomando en serio —dijo abriéndose los botones de la blusa—, solo que ahora mismo, amorcito de mi vida y de mi corazón, ya no

---

* Esto es increíble.

podemos hacer nada más que nadar desnudos. Si tú quieres, puedes quedarte tras el volante hasta aburrirte como ostra desvelada.

El cambio de actitud, la manera de contemplar la vida de aquella mujer, podía trastornar los sentidos del alemán acostumbrado a la disciplina, al dos más dos son cuatro, al rigor metódico con escaso espacio para la diversión. Estas respuestas tan inesperadas, ajenas a todo propósito, divorciadas de la matemática social, salidas ocurrentes, lúcidas, deslumbrantes, desequilibraban un espíritu teutón como el de Sommerfeld.

Mientras, atónito, todavía pensaba en estrategias para salir y huir, escapando a todo trance de los sabuesos ingleses, americanos y tal vez mexicanos, María se desprendía de la blusa y del sostén, se sacaba las botas y los pantalones vaqueros. En cuestión de segundos flotaba desnuda rumbo al mar, perdida entre los vapores de la noche:

—Por favor —alcanzó a decir a la distancia—, cuide mi coche, señor chofer, mientras me refresco. Cuando vuelva quiero el parabrisas perfectamente limpio y a usted con las botas lustradas. No se le ocurra volverse a presentar de manera inadecuada.

¿Piedras, animales reptantes y ponzoñosos, tarántulas o arañas venenosas o tiburones?, ¡qué va!, ella decía estar permanentemente cubierta por un haz de luz blanca que la hacía invulnerable a cualquier mal o daño. Corría sobre la playa dejando escasamente huellas sobre la arena mientras su larga cabellera negra se mecía al tiempo que gritaba eufórica:

—¿Ya se te olvidó que la vida se define por un simple «*jetzt*»*…?

Sommerfeld, paralizado, un alemán forjado en las artes de la perfección y de la prudencia, no podía con semejante relajamiento e irresponsabilidad.

¿Y si de repente llegaran 500 sabuesos ingleses, 500 perros de cacería norteamericanos y 500 mastines carrancistas o mil o 10 mil —¿qué más daba…?—. ¿Y si los encontraban nadando desnudos y los sometían a tiros? ¿No era hermoso morir junto con la mujer amada, la única persona que en realidad Félix había respetado, admirado y querido con locura durante toda su vida? ¿No?

¿Qué sentido tenía la existencia sin aquella mujer risueña, entusiasta, ocurrente, que desmantelaba sus miedos y sus traumas, desarmaba su rígida estructura prusiana para mezclarla con un andamiaje jarocho, el humor chiapaneco y la ligereza norteña? Ella, María, había hecho estallar también por los cielos los viejos moldes en los que había crecido Sommerfeld.

---

* Ahora.

En la vida los deberes ocupaban solo una parte del tiempo disponible, ¿obligaciones?, ni hablar, había que cumplir con ellas, pero el resto del tiempo, ¿qué tal bromear, hacer ejercicio, beber tequila, besar, acariciar, soñar, reír, disfrutar un atardecer o un amanecer en el bosque o en la playa, cantar aun cuando desentones, bailar aun cuando no lleves el ritmo, romper con las formas sin miedo al ridículo?, Félix: ustedes los alemanes son incapaces de escapar a la partitura… En el cerebro tienen un esquema cementado del que no pueden salirse. ¿Te gustaría hacer el amor en un privado de una sala de conciertos mientras un pianista interpreta para todo el público el concierto de violín de Beethoven? Rompe, rompe con todo Félix, yo te ayudaré, ven, ven, párate en esta rama y yo te enseñaré a volar… Solo tómame de la mano y vive, vive, vive… me murmuraron un día al oído, era la muerte, dijo el poeta…

«Vivir es una enseñanza diaria, un aprendizaje cotidiano, una sorpresa, un desafío personal, un descubrimiento de nuestra más íntima realidad en la que no caben fantasías para embellecer nuestra autoimagen, estas solo nos confunden», pensó Sommerfeld mientras se zafaba la hebilla del cinturón. ¿Qué hago aquí sentado en el automóvil mientras mi mujer nada desnuda?

Sin preocuparse ya por el rugido de un motor cercano o lejano, sin reparar en los sabuesos ingleses, americanos y mexicanos, Félix arrojó su ropa anudada sobre la de María y corriendo sobre un breve trecho de playa a la voz de Maríaaaaaa… Maríaaaa… se arrojó al mar tan pronto lo tuvo a su alcance. Después de unas breves brazadas para mitigar el frío del agua, alcanzó a María cuando se perdía zambulléndose entre las olas. Jugaba como siempre. Nunca perdía la oportunidad de jugar. Ella no se sorprendió cuando él la tomó por atrás, la sujetó por los hombros y la hundió. María se dejó hacer yéndose tan abajo que Félix perdió el contacto con ella. En la oscuridad de la noche era imposible detectarla. El alemán giraba de un lado al otro como el capitán de un barco espera angustiado el impacto fatal de un torpedo nocturno. Bien sabía Sommerfeld que sería víctima de una feroz represalia. Volteaba inquieto a todos lados y de María nada, absolutamente nada.

Decidió gritar y gritar alegando que se había pasado la broma, que ya estaba bien, que asustarlo era un golpe bajo:

—Pinche María, ¿dónde estás…? —preguntaba mientras golpeaba el agua con las palmas de las manos abiertas.

De repente, claro que sí, María lo sujetó rabiosamente del centro mismo de su virilidad, del depósito de donde él se nutría de audacia, tomaba coraje para vivir y se llenaba de energía; el dinamo de donde cargaba fuerza y cobraba vigor; la fuente de su seguridad, de su simpatía, el origen antropológico de su autoridad, el sentido mismo de la ley, el símbolo de su poder, el don del mando, el glorioso bastón del mariscal de campo…

—¿A quién le dijiste pinche María, maldito tragasalchichas? —le dijo al oído sin soltarlo.

—No, a ti no, a ti no, se lo dije a otra María…

—¿Otra María? No la veo por aquí —dijo volteando a diestra y siniestra.

—Ya se fue…

—¿Por dónde…?

—Por allá…

—No la veo, prusianito —contestó apretando para no soltar a su presa—. ¿Me dijiste una mentira…?

—No —dijo el alemán con los ojos crispados.

—La verdaaaaad… —estrujó al alemán sin piedad alguna.

—Sí, pero suéltame ya…

—¿Te mereces un castigo?

—El que quieras, pero suéltame…

—Entonces ponte en posición de firmes como cuando eras cadete.

—María, si me pongo firmes me ahogo —agregó tragando agua—. Tengo que moverme para flotar, mi vida.

—¡Firme, te dije, carajo…! ¿Sabes o no cumplir órdenes, alemancito de quinta?

Y Félix, uno de los espías más distinguidos al servicio del káiser, vendedor de armas, cancerbero de diversas facciones empresariales y políticas, nacionales y extranjeras, en las que podía defender una posición en la mañana y criticarla ante otro grupo por la noche, uno de los causantes de la expedición Pershing y casi responsable de otra guerra entre Estados Unidos y México, falsificador de pasaportes y proveedor del Imperio alemán de la información más diversa y comprometedora de los aliados, hombre cercano a Bernstorff en Washington y a Von Eckardt en México, amigo y enemigo de Villa y de Carranza en su tiempo, amigo y enemigo de los petroleros norteamericanos, tomó aire y empezó a hundirse en la más absoluta inmovilidad hasta el fondo mismo de la mar océana. María lo acompañaba en su lento camino hasta el lecho del Pacífico. Al tocar la arena del mar con los pies, ambos cayeron de rodillas. Ella aflojó, soltó, lo volteó y lo besó. Rodeó su cabeza con sus manos. Perdió sus dedos entre sus cabellos besándolo como si fuera el último arrebato y quisiera llevarse su saliva y su semen al otro mundo, mientras él la atraía soñándose un Poseidón deseoso de engendrar un hijo que fuera el monarca mismo del universo.

Salieron entrelazados y risueños a la superficie. Se abrazaban, se tenían, se acariciaban, se limpiaban el uno a otro el agua del rostro, se peinaban como podían con los dedos de la mano, mientras las corrientes marinas, aliadas del amor, los acercaban entre las olas de regreso a la playa.

Se turnaron por momentos la vista de las estrellas. Ambos las veían por instantes mientras se juraban amor sobre la arena. Se montaban, se bajaban, se besaban, gritaban, se estremecían, se quejaban, se preguntaban, reían, ¿así? No, ¡ay!, la arena, me duele, *Du bist ein grosser Esel*,* ten cuidado, ¿me muevo?, ¡cállate!, bueno, muévete, ¿más?, muévete, sí, más, mucho más, káisercito, mi general, mi comandante, espía, agente secreto, mentiroso profesional, traidor, mi traidor, ¡ay!, ¡ay!, ¡ay...!

La primera luz del amanecer despertó a Félix, quien todavía pasó un buen rato viéndola a su lado, completamente desnuda. Ambos tenían el cuerpo lleno de arena. La expresión de su rostro cuando estaba dormida parecía la de una chiquilla traviesa que estuviera conteniendo la risa. ¡Si contemplarla era un privilegio, tenerla, como él la había podido tener tantas veces, era ya una experiencia propia de los elegidos!

Cuando el sol empezó a hacer cosquillas en el rostro de María, abrió lentamente los ojos hasta dar con los de Félix.

—Amor...

—¿Síí...?

—¿Estamos vivos?

—Sí, Mari-Mari —contestó el alemán a sabiendas de que su padre se dirigía a ella en esos términos que le recordaban una infancia feliz.

—¿Y tus malditos sabuesos?

—Yo creo que perdieron la pista...

—¿Valió la pena el baño?

—A tu lado todo vale la pena.

Ella contestó tomando la mano de Sommerfeld.

—¿Qué haremos, mi vida?

—Tenemos que arreglárnoslas para salir de aquí lo más rápido que podamos.

—¿Dónde estamos?

—No lo sé, pero vámonos...

—¿A dónde?

—A tratar de encontrar quien nos lleve a una estación de tren o a un puerto. Echémonos a andar.

Durante la caminata, y después de acomodar el automóvil del cónsul como pudieron atrás de unas mojoneras, decidieron viajar a Guatemala.

---

* Eres un gran burro.

México ya era un pañuelo y Estados Unidos no podía significar más que un auténtico peligro. Alemania era un volado. Salgamos de este país sin despedirnos de nadie. Cambiemos dinero al pasar por la Ciudad de México y sigamos a Tapachula con la máxima discreción posible. Con nuestros ahorros viviremos en paz por mucho tiempo. Yo daré clases de alemán y al final de la guerra entraré al comercio internacional. Adiós a la violencia. Adiós al espionaje. Adiós a los actos de sabotaje. Adiós al miedo: mejor tengamos varios hijos y criémoslos en paz.

—Lo que quieras —repuso María—, todo lo que te pido son dos favores, uno, que nos case un juez y un cura aquí en México. Hoy, mañana, lo que tú quieras. Yo me quiero morir siendo tu mujer...

—Casémonos las veces que desees, pero no te vas a morir, eso te lo garantizo yo, para eso viviremos en Antigua.

Sin duda se trataba de un efímero momento de optimismo.

—¿Y el otro? —repuso Félix satisfecho de poder resolver o acceder a las peticiones de su futura esposa.

—Vuélveme a jurar —se detuvo de golpe— que si me detiene la policía secreta inglesa o la americana y yo no tengo tiempo de darme un tiro, tú me vaciarás la cartuchera completa en la cabeza...

—Eso nunca pasará, Mari-Mari, ya te lo expliqué muchas veces...

—¡Júramelo!, ahora mismo, otra vez, ¡júramelo aquí de rodillas! —le repitió obligándolo a hincarse.

—¿Estás loca?

—¡Híncate y júralo!, hazlo —le ordenó, gritándole de modo que no quedaba la menor duda de su seriedad.

—Te lo juro, amor —repitió Sommerfeld arrodillándose—, te lo juro, aun cuando es ridículo...

—Tengo pánico al dolor físico. En mis delirios puedo hablar de ti y traicionarte sin percatarme. No permitas que dañen a mis padres. Júramelo otra vez...

—Te lo juro, María. Confía en mí.

—Así mismo lo haré...

Después de un par de horas de caminar bajo el peso del sol, un camión cargado con plátanos los llevó a Acaponeta. De ahí, el regreso a la Ciudad de México era cuestión de tiempo. Antes de emprenderlo, desayunaron sendos jugos de naranja, machaca con huevo, cerveza, bizcochos y café, abundante café. La vida volvía a sonreír. Era una buena coyuntura para disfrutar el placer de la esperanza.

—¿Ya te diste cuenta, Félix, de que estamos vivos...?

Cuarta parte

El tribunal de la vida

35. En Washington

A unos pasos del Departamento de Estado donde Lansing y Bonillas ¿negociaban?, ¿discutían?, ¿alegaban o se quejaban?, el embajador Bernstorff insistía una y otra vez desde su oficina, por medio de cables transoceánicos, en la conveniencia de la paz, recalcando el papel de mediador de Wilson. Hall leía los mensajes descifrados: «Aceptemos los términos propuestos por Wilson y Alemania no perderá sus posiciones actuales». El diplomático urgía a aceptar la paz sin triunfadores y desistir de la guerra submarina mientras todavía fuera posible. «Suspendan la guerra submarina en beneficio de los neutrales. Todavía estamos a tiempo de hablar y de negociar...»

¿Saben por qué formula peticiones de esta naturaleza nuestro embajador ante la Casa Blanca?, preguntaban con ostensible sorna Hindenburg y Ludendorff, porque Bernstorff nació y se formó en Inglaterra, piensa como inglés y es proinglés...

Hall traducía todas las comunicaciones enviadas por Bernstorff. Era plenamente consciente de los esfuerzos que hacían tanto el propio diplomático como el presidente Wilson para lograr la paz. El embajador no se cansaba de pedirle a Zimmermann y a Bethmann-Hollweg «una tregua en beneficio de los neutrales antes del estallido de la guerra submarina». «Démosle tiempo a Wilson. Él redoblará sus esfuerzos a favor de la paz.» «Concédanle a Wilson una última oportunidad de la negociación antes de la guerra total...» «Conozco los recursos bélicos de Estados Unidos mejor que nadie en Alemania.» «Es un suicidio enfrentarse en las presentes condiciones.» «Nos harán pedazos...» «Solicito autorización para viajar a Alemania y explicar yo mismo, con información a mi disposición, los riesgos y la imposibilidad de ganar la guerra a Estados Unidos.»

Bethmann solicita una reunión de extrema urgencia con el káiser, Ludendorff, Hindenburg y Zimmermann. Con los telegramas de Bernstorff en la mano, va al Castillo de Pless. Bien lo sabe el canciller: es su última oportunidad. Insiste: nos aplastarán como una colilla contra el piso. Después de tres años de guerra son mucho más fuertes que nosotros. Son los grandes fabricantes de armamento. Pueden poner en pie de guerra a millones de americanos en lo que cualquiera de nosotros truena los dedos.

Los transportarán en barcos de los aliados y muy pronto en sus propios acorazados. Son tropas frescas. El optimismo de nuestros enemigos será proporcional al pesimismo de nuestros soldados. Asistiremos a la deserción en masa de nuestros ejércitos. Más negativas de cabeza. Más aires de suficiencia. Más insinuaciones de cobardía, intereses inconfesables e ignorancia de las capacidades militares alemanas. Fracasa. Los dos generales niegan en silencio con la cabeza mientras él insiste levantando la voz, empleándose a fondo, para expresar con más convicción y firmeza el peligro que corría el Imperio. ¿Cuándo se iba a atrever nadie a golpear la mesa de juntas del emperador? ¿Cuándo? ¿Dónde estaba Bismarck o Federico I, el padre del actual káiser, para que se hiciera un llamado a la razón? ¡Que ni venga Bernstorff; no tenemos nada que hablar con él!

Bethmann-Hollweg, estando de acuerdo con la postura de Bernstorff y entendiéndola cabalmente, le telegrafió a Washington: «Todas las posibilidades están clausuradas. Los submarinos ya están en el mar. La mayoría fuera del radio de alcance de Nauen. No hay manera de dar la contraorden: el día 1 de febrero empezará la guerra submarina. Hágaselo saber oficialmente un día antes al gobierno de Wilson. La suerte está echada. Es imposible dar marcha atrás…»

Bernstorff entendió dolorosamente que estaba ante el final de su carrera. Sus esfuerzos durante largos años habían sido inútiles para impedir el ingreso de Estados Unidos en la guerra. Ni Huerta ni Villa ni los incendiarios y saboteadores bajo su control ni el Plan de San Diego ni sus informes periódicos sobre el poderío militar yanqui ni su urdimbre diplomática ni sus interminables visitas y discusiones con Wilson y Lansing ni sus enviados a Berlín con informes confidenciales ni sus reportes ni escritos ni sus cartas al káiser impidieron la debacle. La catástrofe era inminente.

36. Hacia la Primera Guerra Mundial

Cuando el 31 de enero de 1917 Bernstorff solicitó audiencia con Lansing para hacer de su conocimiento la iniciación de la guerra submarina indiscriminada, el embajador sabía que estaba apuntándose, él mismo, con una pistola a la sien. El secretario de Estado lo recibiría como siempre, en punto de las 9:00 horas sobre la base de la cortesía, aun cuando el embajador alemán no desconocía el desprecio y el rechazo personal que le profesaba el encargado de las relaciones exteriores del gobierno norteamericano, tanto a él como al imperio que representaba.

La reunión fue muy breve. Mientras Bernstorff confesaba su rechazo personal a la posición de su propio gobierno y reconocía los alcances de la decisión imperial, no dejaba de repetir:

—Sé que es serio, muy serio. Lamento mucho que sea necesario.

Lansing, quien había esperado ansiosamente ese momento y había añorado la comisión de un grave error alemán en contra de Estados Unidos para romper en una primera instancia las relaciones diplomáticas con Alemania y, acto seguido, entrar en la guerra, se puso de pie como si hubiera sido sacudido por una violenta explosión con tan solo escuchar las palabras «estallido de la guerra submarina indiscriminada, a partir de mañana», mister *secretary*.

Un Robert Lansing con la mandíbula desencajada se concretó, sin pronunciar palabra alguna, a apuntar hacia la puerta con el dedo índice y el brazo derecho verdaderamente tiesos. Una gran actuación, puesto que Bell y Hall le habían informado un par de semanas atrás, a través del cable del Departamento de Estado, de la ejecución de los planes alemanes.

El conde Johann Heinrich Andreas von Bernstorff, embajador plenipotenciario del Imperio alemán acreditado ante la Casa Blanca hacía ya nueve años, palideció. Se le trataba como a un barbaján que hubiera irrumpido sin permiso en las oficinas del secretario de Estado. ¿Y las formas protocolarias? ¿Y el exquisito encanto del comportamiento diplomático que debería estar presente en todo momento entre profesionales de carrera?

Mientras Bernstorff tomaba delicadamente su bombín y su breve portafolios negro del sillón anexo ubicado enfrente del escritorio de Lansing, de pronto escuchó un colérico:

—*Raus!*

El embajador volteó con violencia la cabeza, ciertamente perplejo, dudando todavía si la grosera instrucción iba dirigida a él. No tardó en confirmarlo cuando otro *Raus!, Raus!, aber sofort Raus! Haben Sie nicht gehört?,** lo convenció de la necesidad de salir apresuradamente de la oficina en la que durante tantos años había negociado con diversos secretarios de Estado los difíciles asuntos imperiales. Lansing no bajaba el brazo apuntando todavía a la puerta. Se mostraba tan alterado y descompuesto que en cualquier momento podría recurrir a la violencia física. Nunca en toda su existencia Bernstorff había sido ofendido tan gravemente. Jamás había conocido el doloroso sentimiento de la humillación.

Mientras Bernstorff bajaba descompuesto las escaleras del edificio del Departamento de Estado sintiendo que las piernas lo sostendrían tan solo unos instantes más y el rostro le ardía como si lo hubieran abofeteado repetidamente, Zimmermann esperaba, en su oficina, a las 16:00 horas de ese mismo día, a James Gerard, el embajador de Estados Unidos ante Berlín, para anunciarle la decisión del gobierno imperial en el sentido de iniciar la guerra submarina total.

—Ustedes no son un país neutral. Ustedes abastecen de armas a nuestros enemigos. Ustedes alargan la guerra e impiden la ejecución de nuestros planes para matar de hambre a los ingleses bloqueándolos para continuar un proceso de inanición masiva en la isla. Ustedes les venden alimentos y medicinas y los ayudan en lugar de establecer un embargo generalizado a todos los beligerantes, incluida Alemania misma. Ustedes impiden que cada parte combata con lo que tiene a su alcance y se defienda con lo que pueda. Ustedes son de alguna manera responsables de que Alemania se vea obligada a tomar esta difícil decisión, ya que no respetaron el rígido marco de neutralidad. Ustedes hacen que nuestros soldados mueran con balas norteamericanas, mientras nuestros enemigos comen trigo texano y se curan con medicinas fabricadas por ustedes mismos. Ustedes extienden créditos para que nuestros enemigos adquieran armas y nos aniquilen con ellas, señor Gerard…

—Nosotros le vendemos a quien nos compre.

—Esa no es una posición neutral, señor embajador.

—Sí lo es, porque es igual para todos los beligerantes sin excepción alguna.

—Nosotros en Alemania comemos papas y dependemos de nuestros arsenales.

---

* Fuera, fuera de inmediato. ¿No ha oído usted?

336

—No es nuestra responsabilidad que los ingleses hundan sus barcos en medio del Atlántico. Nosotros cumplimos con poner la mercancía libre a bordo en puertos americanos.

—La única manera de oponernos a esa teoría es hundiendo a cualquier barco que transporte bienes para ayudar a nuestros enemigos. No es una declaración de guerra a Estados Unidos, es una medida a la que ustedes nos obligan indirectamente.

—Lo informaré a mi gobierno. Debo suponer que ustedes ya midieron las consecuencias de semejante decisión.

—La hemos estudiado en todos sus extremos. Si ustedes continúan ayudando a nuestros enemigos nunca ganaremos la guerra… No tenemos alternativa. Nuestro respeto para su país, para su gobierno y para su presidente…

Ni Zimmermann ni Bernstorff suponían que tanto Lansing como Gerard estaban debidamente informados del rompimiento de hostilidades submarinas. Hall lo sabía todo. Había traducido los textos. Había descifrado la mayoría de los mensajes, solicitudes, instrucciones y acuerdos con sus criptógrafos del «Cuarto 40». Sabía que el presidente Wilson efectivamente se negaba por todos los medios a entrar en la guerra. Hall guiñaba angustiosamente ambos ojos en cada mensaje a los beligerantes pidiendo una paz sin triunfadores. Estados Unidos debe entrar en la guerra al lado de los aliados. Ya no hay tiempo para conversaciones. Debemos estrangular, asfixiar a Alemania, aplastarla antes de que acabe con el Reino Unido. Hall filtraba la información a Washington. Difundía solo aquella que era conveniente para los intereses de la *Entente Cordiale*, la manipulaba políticamente siempre a favor de la Gran Bretaña. ¿Que se extralimitaba en sus funciones? ¡Sí! ¿Que iba mucho más allá de sus atribuciones? ¡También! Solo que la guerra era la guerra y el desarrollo de las hostilidades no se podía dejar, al menos totalmente, al arbitrio de los políticos. Se daban ciertas semejanzas entre Hindenburg y Ludendorff y Bethmann-Hollweg y el káiser: ambas eran de fondo pero con sentidos y apreciaciones diferentes…

37. Estados Unidos rompe con Alemania

Cuando se hizo pública en Estados Unidos la noticia de la declaración alemana de guerra submarina indiscriminada, todo el país se convirtió en un auténtico hervidero. Hall aplaudía en el interior del «Cuarto 40». El ingreso del ejército americano al lado de los aliados era una mera cuestión de tiempo.

Lansing citó para una conferencia de prensa ante 80 periodistas para dar su versión de los hechos y exponer las medidas a tomar por parte de su gobierno. Confirmó la decisión de Wilson: el rompimiento de relaciones entre el Imperio alemán y Estados Unidos cuando se esperaba por parte de ciertos grupos interesados ya una declaración formal de guerra. El rompimiento de hostilidades.

Horas antes, durante un acuerdo previo con el presidente, este le había confesado a Lansing que sentía «como si el mundo girara al revés y hubiera perdido toda sustentación. Soy un pacifista. Es un crimen hacer entrar a mi gobierno en la guerra». Recordó cuando le dijo a Bryan, el antecesor de Lansing, que «nunca permitiría que soldados norteamericanos murieran en territorio europeo». Lansing no pudo sacar el acuerdo de una declaración formal de guerra muy a pesar de sus acalorados argumentos. Trabajaría arduamente para lograrlo…

En la reunión de gabinete de los viernes, del mismo día 2 de febrero a las 14:30, Wilson preguntó qué hacer, qué sugieren, cuestionó cuando sus colaboradores más íntimos estuvieron sentados alrededor de una mesa ovalada ubicada en salón de juntas anexo a su oficina. Antes de escuchar sus respuestas sentenció:

—Todos los países neutrales deben exigir la paz, la paz y solo la paz —sostuvo durante un breve monólogo que muy pocos se atrevieron a interrumpir.

Wilson aceptó los peligros de una guerra submarina indiscriminada; confesó el malestar que le producía la indefinición y la inestabilidad japonesas y volvió a insistir en la necesidad inaplazable de lograr un acuerdo entre los beligerantes antes de que nosotros tengamos que entrar en la guerra en contra de nuestra propia voluntad.

—Exijo la firma de la paz por Europa, sí, pero también por Estados Unidos antes de que nos involucren en la masacre.

Después de escuchar uno por uno a los miembros de su gabinete de seguridad, de concederles una respetuosa y prolongada atención a sus argumentos y de tomar ocasionalmente apuntes, se retiró lamentándose de la suerte que correría su programa de la «New Freedom». Como siempre, quería estar solo y diseñar alternativas de salida. En algo se parecía al káiser Guillermo II: le costaba un gran trabajo aceptar puntos de vista opuestos a los suyos…

Según la prensa y la opinión pública, después de la ruptura de relaciones con Alemania, parecía evidente el ingreso de Estados Unidos en la guerra. Bernstorff debería devolver su acreditamiento diplomático. Abandonar el país a la brevedad posible. Largarse. Su estancia era considerada *non grata*. Las expectativas por el discurso del presidente Wilson se deshicieron como papel mojado días más tarde. El propio almirante Hall no pudo ocultar su decepción cuando leyó en la primera página del *Times* un extracto del discurso de Woodrow Wilson:

> Me rehúso a creer que la intención de las autoridades alemanas sea de hecho la que nos advirtieron que sienten la libertad de hacer […] Solo actos abiertos de su parte me convencerán de que así es […] Nosotros no pensaremos que ellos nos son hostiles hasta que nos obliguen a creerlo. Nosotros no nos proponemos nada salvo la razonable defensa de los derechos indudables de nuestra gente. Dios garantiza que nosotros no nos sentiremos desafiados por actos de injusticia deliberada de parte del gobierno alemán.[138]

—Somos sinceros amigos de Alemania a menos que nos obliguen a creer lo contrario —continuó declarando días más tarde. ¿Era posible que Wilson todavía tuviera dudas?—. Esperaremos una agresión abierta que ojalá y nunca llegue…

—Wilson espera a que le hundan media marina… ¿Actos abiertos es lo que espera Wilson de Alemania? —se preguntó Hall ya muy entrada la noche. Él estaba casi listo para tener la prueba irrefutable. ¿No bastaba con la declaración de guerra submarina irrestricta? ¿Faltaban evidencias de las intenciones alemanas? El jefe de la Casa Blanca pronto las tendría encima de su escritorio… ¿Pruebas? Se va a indigestar con ellas…

Las relaciones entre Estados Unidos y Alemania empeoraban día con día. El envenenamiento de la opinión pública norteamericana en razón de la política militar imperial en cualquier momento podía ser letal.

Los barcos cargados con las más diversas mercancías, armas y municiones simplemente no se atrevían a zarpar a menos que se les permitiera armarse. El trigo, el algodón y los alimentos se pudrían a bordo. Los seguros para cruzar el Atlántico alcanzaban importes impagables. Los puertos se congestionaban día con día. Las actividades comerciales se estancaban. Los bancos no operaban créditos a los exportadores. Los negocios languidecían. La actividad económica se contraía. Las utilidades se desplomaban. La parálisis se generalizaba. El coraje popular crecía. Los insultos al presidente se escuchan en reuniones, en la calle, en el Congreso, en cafés, bares y restaurantes. El fantasma del desempleo amenazaba con aparecer en las salas de juntas de los sindicatos yanquis. La presión de la comunidad empresarial en contra del presidente Wilson se hacía irresistible, más aún cuando esta enderezaba sus agresiones a través de la prensa y de sus cabilderos en el Congreso. La nación desesperaba al sentirse atacada en su fibra más sensible: el dinero. La declaración abierta de guerra parecía ser cuestión de un par de semanas. *War! War! War…!*, parecía ser la palabra de moda, el monosílabo que provocaría el incendio planetario antes de la asfixia económica norteamericana.

38. Bernstorff abandona Washington

¡Que se cuiden los alemanes de hundir un barco con bandera norteamericana ondeando en sus mástiles y en la popa porque los submarinos supusieron que no la exhibían de buena fe! ¡Que se atengan a las consecuencias! La bandera de las barras y de las estrellas es sagrada, ¿está claro? ¡Sagrada! ¿Y Wilson? Wilson intentaba aprovechar el hambre y la angustia de la Gran Bretaña para obligarla a firmar la paz. Hay quien sostenía que su posición política se explicaba como una estrategia para imponer más condiciones a los aliados con tal de que su país se enriqueciera más en la posguerra. «Es muy fácil negociar con quien está hundido hasta la nariz en las arenas movedizas. Dará lo que sea a cambio de un lazo.»

Para Page, el embajador norteamericano en Londres, íntimo amigo de la infancia del presidente Wilson, el hecho de mantenerse en la neutralidad en lugar de defender fanáticamente la democracia implicaba casi una traición. «¿Cómo ser neutral ante el salvajismo autocrático teutón? ¿Esperamos convertirnos en una sociedad militar universal?» Para acabar con esa amenaza solo cabía tomar parte en la guerra del lado de los aliados. «Ni pateando los alemanes al presidente este declarará la guerra», comenta Teddy Roosevelt desde la oposición, lamiéndose las heridas porque Wilson le había pedido perdón a Colombia por la mutilación de Panamá y, además, porque todavía los había indemnizado con 25 millones de dólares que habrían ido a dar a los bolsillos de los políticos colombianos... «Si los alemanes ganan la guerra invadirán Cuba, amenazarán el Canal de Panamá y se unirán a Japón para atacar a Estados Unidos por los dos océanos.»

El exsecretario Elihu Root dice que «estando el káiser en la frontera norte de Estados Unidos tomará Canadá y todos los dominios británicos, promoverá otra revuelta en México para imponer a otro Huerta en el poder, otro incondicional del káiser y después de una alianza con Japón estrangularán definitivamente a Norteamérica».

Por su parte, Lansing, siempre en privado, alegaba: tenemos que entrar a defender la democracia en contra del absolutismo. Wilson le contestaba: la única forma que existe para no entrar en esta guerra es acabándola. Tenemos que negociar «una paz sin victoria» entre los beligerantes.

Bernstorff solicita un salvoconducto para viajar a Alemania vía Inglaterra. Desea abandonar Estados Unidos lo más rápido posible. Su salida es escandalosa porque se le consideraba jefe de los conspiradores y de los agentes secretos. Los ingleses le dan el salvoconducto con la condición de que el barco danés *Federico VIII* fuera revisado en Halifax, Canadá. Extraña solicitud, ¿no…? Hall, claro que Hall deseaba hurgar en los baúles sellados y protegidos con la inmunidad diplomática del embajador imperial en busca de documentos comprometedores, en particular, copias del «Telegrama Zimmermann». El *Federico VIII* se detiene inexplicablemente dos días en Nueva York. No zarpa. No median explicaciones. Simplemente no se echan a andar los motores. Los sabuesos de Hall recorren la nave de arriba abajo. Al llegar finalmente a Halifax, la nave se mantiene anclada por 12 días más. Ahí los agentes del «Cuarto 40» se emplean a fondo. Rompen candados, arrancan los sellos oficiales y revisan papel por papel toda la correspondencia del ministro imperial. Se habla de que «unos ladrones abrieron y violaron el equipaje completo en busca de joyas y otros bienes de valor…» Bernstorff se consume de la rabia. De nada sirven sus protestas ante la presencia repentina de hampones vulgares, delincuentes, sí, delincuentes como los que existen en todo país. Usted perdonará, Su Excelencia. La compañía naviera le indemnizará a usted cualquier daño material que hubiera sufrido…

Otra parte de la verdad consistía en que Hall había convencido al Foreign Office para que entretuvieran a como diera lugar la llegada de Bernstorff a Alemania. Una vez ahí, alegaba el director de Inteligencia Naval de Inglaterra, bien podría influir en la suspensión de alguna actividad militar y diplomática que impidiera o retrasara el ingreso de Estados Unidos en la guerra.

Bernstorff no era un diplomático novato. No llevaba documentos comprometedores consigo. Los manda por otra vía a Alemania. Sin embargo, Hall se guarda un tiro en el revólver: más tarde podrá esparcir el rumor a través de la prensa de los hallazgos que se hicieron en el equipaje del embajador alemán ante Estados Unidos. Tiempo, tiempo…

—Se le debe entretener en Canadá y en Estados Unidos con cualquier pretexto. Mientras más tarde en hablar personalmente con el alto mando alemán y con el káiser, mejor, mucho mejor.

—Él puede de alguna manera retrasar los acontecimientos y restarle poder explosivo cuando revelemos el «Telegrama Zimmermann».

Todos los telegramas interceptados y enviados por medio del cable del Departamento de Estado eran para ofrecer la mediación de Wilson y para insistir en la inconveniencia de la entrada de Estados Unidos en la guerra.

No nos conviene que llegue a Berlín… Denme tiempo. Que coma mariscos por lo menos 10 días en Halifax… ¿Qué tal filtrar la sospecha de que entre los papeles íntimos de Bernstorff encontrados cuando sus baúles fueron violados por rateros desaprensivos se localizó el «Telegrama Zimmermann», ya descifrado? Tenemos que ocultar la verdadera fuente. Ocultar los descubrimientos del «Cuarto 40…» ¿Quién iba a creer que no era un error, una imprudencia, una irresponsabilidad y ligereza de Bernstorff? En Alemania lo crucificarían y Hall dejaría a salvo el secreto…

39. La tentación alemana

Habían transcurrido más de dos meses de su viaje ecuestre a Querétaro. El 5 de febrero de 1917 se promulgó finalmente la Constitución. Días antes fue firmada y jurada. En un banquete servido en honor de Carranza en el Centro Fronterizo de Querétaro, el presidente no ocultó su molestia e inconformidad con el resultado y recalcó a lo largo de su discurso que él «no había intervenido, que dejó al Congreso decidir y deliberar con libertad y que muchas veces se fue más allá de las fronteras de nuestro medio social».

Los escenarios políticos y sociales de 1917 ya no eran los mismos, no podían ser los mismos de 60 años atrás cuando se promulgó la Constitución de 1857. México había sufrido una nueva y catastrófica revolución. El país era diferente. Los problemas, el discurso y las preocupaciones eran diferentes. Los protagonistas, los objetivos, las razones y las justificaciones también eran diferentes. Todo era, en síntesis, diferente.

Después de más de 20 horas de debate el grupo carrancista, encabezado por Palavicini, perdió ante el grupo obregonista la redacción del artículo 3. El artículo 5 estableció que la jornada de trabajo por ningún motivo debía exceder de ocho horas y prohibió que las mujeres y los niños trabajaran en horarios nocturnos en las industrias. El proyecto de Carranza era ignorado o modificado en sus partes fundamentales. Por supuesto que a las iglesias no se les concedió personalidad jurídica, se les prohibió a los sacerdotes la actividad política y se impidió el registro de partidos políticos de filiación clerical. La votación fue unánime, como lo fue también cuando en el Teatro Iturbide fue modificada diametralmente su iniciativa del artículo 16 constitucional.

La primera revolución social del siglo XX creó un nuevo régimen de propiedad con la nación como indiscutible e inalienable propietaria de la totalidad de los recursos y del espacio que conformaban el territorio nacional. Se confirmó la supremacía del Estado sobre la Iglesia al tiempo que aquel asumía un papel fundamental en los asuntos económicos y sociales. Se establecieron la educación laica, los derechos laborales, la libertad de cultos, la propiedad comunitaria, en contraposición a la pequeña propiedad privada con la que se identificaba. Se respetó la *Doctrina Carranza*,[139] uno de los legados más nobles y relucientes del presidente en la vida política e institucional del país. Todo extranjero debía someterse a las leyes mexicanas en tanto se encontrara en territorio nacional… La única persona que conoció de cerca la satisfacción de don Venustiano solo podía ser Ernestina. Ella y solo ella conoció y padeció los interminables monólogos presidenciales para preservar la soberanía política y la integridad territorial de México.

El 5 de febrero, el mismo 5 de febrero, abandonó el país el último pelotón de Pershing. ¿Esos soldados norteamericanos que habían invadido México en busca de Villa irían a Europa a la guerra? ¿Eran necesarios? ¿Así estaba de grave la situación?

El mismo día 5 de febrero de 1917 Von Eckardt recibe un segundo telegrama enviado por Zimmermann a través de Suecia. Se le ordena actuar de inmediato. No debe esperar a la declaración de guerra de Estados Unidos a Alemania. Se le instruye que ya proponga de inmediato las bases del primer telegrama. Una alianza Japón-Alemania-México contra Estados Unidos. ¿El premio? Las extensiones territoriales conocidas. El ministro alemán de Asuntos Extranjeros dice:

> Sobre la base de que no hay peligro de traicionar el secreto ante Estados Unidos […] deseamos que Su Excelencia trate la cuestión de la alianza sin más demora con el Presidente. Carranza puede desde ahora, por propia iniciativa, sondear al Japón. Si el Presidente declina por temor a la subsiguiente venganza, está usted autorizado a ofrecerle una alianza definitiva después de concluida la paz, con tal de que México consiga hacer entrar al Japón en Alianza.
>
> ZIMMERMANN[140]

Von Eckardt solicita de inmediato una audiencia con Cándido Aguilar, yerno de Carranza y secretario de Relaciones Exteriores de su gobierno. Resulta imperativo comunicar al presidente los planes del káiser. Nunca ningún presidente mexicano volverá a tener una oportunidad como la presente para vengar todas las ignominias y los abusos norteamericanos del pasado. Soñaba en viajar a Texas como parte de la comitiva presidencial para acompañar a Carranza a la toma de posesión de dicho estado de la Unión Americana que jamás debería haber dejado de ser mexicano, simplemente mexicano. Después iría él como invitado especial a Arizona y días más tarde izaría la bandera al lado de Carranza en las oficinas de gobierno del estado de Nuevo México apoyado por los cañones imperiales de Japón y de Alemania. Era como haber podido acompañar a Guillermo I a la toma de la Alsacia y la Lorena en 1871. Menudo honor. Cuánta gloria. ¡Qué imaginación la de este Hohenzollern, un hombre excepcionalmente brillante, digno representante de una generación de virtuosos gobernantes capacitados para presidir el mundo entero!

El día 20 de febrero Cándido Aguilar se quedó petrificado en la cancillería mexicana, más aún cuando Von Eckardt le explicó los detalles del telegrama y sus alcances. El ministro alemán contaba con la ventaja de haber recibido el texto de Zimmermann casi 30 días antes, mismos en los que había tenido la oportunidad de pensar y meditar en su estrategia. Había concluido varios días antes su plan de abordaje con las máximas autoridades mexicanas, solo que Carranza aún permanecía en Querétaro de gira y por lo visto no regresaría jamás… De hecho, hasta había ensayado con Magnus, el inseparable y enorme Magnus, la mejor manera de recitar sus largos parlamentos como si se tratara de su debut como actor dramático.

—*Stimmt es, Magnus, stimmt es…?**

¿Pero, y Aguilar? El secretario de Relaciones Exteriores fue el primero en conocer la audacia de los planes alemanes. Nunca mexicano alguno había recibido una oferta similar. ¿Cuándo se iba a imaginar que México llegaría a desempeñar un papel tan determinante en la guerra europea? Si México trababa la alianza con Japón y Alemania en contra de Estados Unidos, la conflagración adquiriría proporciones mundiales. El incendio y la devastación serían planetarias por primera vez en la historia de la humanidad. El canciller mexicano difícilmente disimulaba su nerviosismo ante el desbordado entusiasmo del ministro alemán.

—Vea usted la generosidad de esta alianza —volvía a la carga Von Eckardt, poniéndose de pie e inclinándose sobre el escritorio de Aguilar, mientras apoyaba las yemas de los dedos sobre la cubierta barnizada—, tendrán ustedes la oportunidad única en la vida de su país de vengar las afrentas y el robo que sufrieron a manos de los gringos en 1848… ¿No es una maravilla…?

Aguilar mascaba en silencio sus propias ideas. Medía fuerzas. Basculaba las posibilidades de éxito y trataba de desentrañar la verdad oculta en las palabras del diplomático. De sobra sabía que Carranza le apostaba al gobierno alemán para ganar la guerra, y por esa razón especuló y jugó con las posibilidades de instalar bases alemanas navales que sirvieran para apoyar a los submarinos del káiser.[141]

---

* ¿De acuerdo, Magnus, de acuerdo?

346

Dada la importancia de México por su vecindad con Estados Unidos, el káiser no iba a enviar como su representante a un trasnochado. El propio Von Hintze, el antecesor de Von Eckardt, ¿no había sido enviado a China para que desde ahí intentara por cualquier vía imaginable que Japón cambiara de bando y se uniera a las potencias centrales? De modo que los ministros del Imperio alemán acreditados en México de ninguna manera podían ser etiquetados como funcionarios menores. Eran destacados expertos de carrera merecedores de todo respeto. Sus planteamientos siempre eran dignos de la mejor atención. La interpretación de las entrelíneas también requería de un esfuerzo especial.

—¿Cuándo llega el presidente? —preguntó el ministro alemán después de haber tenido que esperar varios días para hacer el planteamiento ante la máxima autoridad del país.

—Continúa en Querétaro y de ahí saldrá de gira a Guadalajara —repuso Aguilar, ya buscando espacios para la reflexión.

—Pues mire usted —continuó Von Eckardt escondiendo su frustración por no poder exponer su plan ante el propio Carranza, tal y como era su deseo y sus instrucciones—, nuestra flota de submarinos es verdaderamente colosal pues ya ha hundido miles de toneladas y ya pronto cientos de miles de toneladas al mes de barcos enemigos. Mataremos a Inglaterra de hambre al igual que a Francia… A ambos países los pondremos de rodillas. Los bloqueadores resultarán bloqueados. Dios está con nosotros al igual que la naturaleza: por esa razón Inglaterra tuvo una pésima cosecha en el último ciclo agrícola. Si su campo ha fracasado en un año crítico y nosotros continuamos torpedeando a cuanto barco se acerque a las costas británicas, muy pronto los ingleses levantarán la bandera blanca en las Casas del Parlamento, en Westminster Abbey, en Buckingham y en 10 Downing Street y después se arrastrarán, desgarrándose sus odiosos fracs, hasta la Wilhelmstrasse en busca de perdón…

Aguilar no sabía si estaba en presencia de un gran actor que dominaba su papel a la perfección o de un fanático que había extraviado todo control de sus emociones. Von Eckardt caminaba de un lado al otro gesticulando, subiendo y bajando la voz, modulándola, según fueran las circunstancias. Por momentos se desplazaba a lo largo y ancho de la estancia con las manos metidas en las bolsas de sus pantalones y repentinamente se golpeaba las piernas con los puños. Iba y venía. Se acercaba o se retiraba. Le hablaba al oído a Aguilar. Murmuraba apretando la cuenca del ojo como si se le fuera a caer el monóculo.

—Mire, mire usted lo que nos espera. Echemos un poco de luz en el futuro. Imaginemos por un momento que todo esto pudiera ser realidad

—invocaba la comprensión y el apoyo de Aguilar levantando ambos brazos como si agitara dos espadas mientras ordenaba sus argumentos viendo al techo— y hagamos de cuenta que Dios mismo nos va dando las últimas piezas para dejar perfectamente armado el rompecabezas.

Aguilar se acomodó inconscientemente en su sillón en espera de un argumento tan novedoso o más que el propio «Telegrama Zimmermann».

—Suponga usted —Von Eckardt cerraba todas las salidas al estilo de un vendedor experimentado— que gracias a la abdicación la semana pasada del zar Nicolás II de Rusia nuestros odiosos vecinos del frente oriental se ven involucrados en una revolución doméstica de alcances imprevisibles, ¿bien…?

—Bien —contestó Aguilar frunciendo el ceño.

—Suponga usted, asimismo, que como consecuencia del estallido de dicha revolución, Rusia decide suscribir una paz por separado con Alemania ante la imposibilidad práctica de continuar en la guerra y simultáneamente poner orden en casa, ¿de acuerdo…?

—De acuerdo —musitó el secretario de Relaciones Exteriores, cuestionándose la conclusión del discurso del ministro alemán.

—¿Está claro entonces que los únicos dos enemigos por vencer serían Francia e Inglaterra?

—Sin duda —arguyó Aguilar, tapándose la boca con la mano izquierda.

—Pues bien, asumamos que en razón del poderío submarino alemán, antes de que la Casa Blanca pueda poner un solo soldado en las costas europeas, tanto Francia como Inglaterra se rinden agitando la bandera blanca y confesando su incapacidad de soportar tanto castigo —avanzaba el alemán, cercando a su presa con sigilo metódico.

Aguilar entendió entonces con meridiana claridad el sentido del discurso tan bien estructurado del diplomático. Él mismo interrumpió a Von Eckardt y se adelantó al desenlace en dos palabras:

—Al resultar ustedes vencedores absolutos en la guerra se convertirán en amos y señores de Europa y parte de Asia, ¿correcto…? —preguntó como si adivinara el esquema de presentación del embajador.

—Correcto —agregó satisfecho el ministro imperial como si se tratara de un sinodal en plena cátedra.

—Entonces —continuó Aguilar, mordiéndose instintivamente un labio—, al tener nuevamente las manos libres, Alemania aprovechará todo su potencial militar junto con el de Japón y el de México para batir al último enemigo de envergadura mundial, como sin duda lo es Estados Unidos…

—¡Cierto! —repuso Von Eckardt como si concluyera la dirección del último movimiento de la sinfonía *Pastoral* de Ludwig van Beethoven. No podía ocultar su sorpresa ante la lucidez del canciller mexicano. No son tan tontos como parecen, ¿verdad?, se dijo en silencio.

—Entre los tres países aplastaremos a los yanquis y ustedes premiarán nuestra gestión regresándonos Arizona, Texas y Nuevo México...

—Lavarán ustedes una afrenta histórica y no solo estarán en todas las enciclopedias mexicanas, sino en todos los altares de este maravilloso país tan proclive a la beatificación —iba a agregar «de auténticos inútiles» pero hubiera arruinado su estudiada presentación.

—¿Resultado? —continuó Aguilar, golpeando la palma de su mano izquierda con el puño de la derecha.

—¿Sí...? —preguntó Von Eckardt devorado por la curiosidad.

—En ese momento ustedes se repartirán el mundo entero como si fuera una colonia más.

—Eso jamás —respondió con cierta indignación el alemán—, nosotros militarizaríamos el planeta, eso sí, para mostrar las ventajas de la disciplina en los estudios, en la política y en los negocios. Disciplina académica, industrial y comercial; disciplina familiar, disciplina social, disciplina urbana, disciplina en las faenas agrícolas, disciplina en las autoridades, disciplina en los individuos, disciplina en todos los órdenes de la vida nacional, disciplina legislativa, disciplina judicial y disciplina ejecutiva, disciplina, disciplina, disciplina, *mein freund*...

Aguilar decidió entonces volver al tema del «Telegrama Zimmermann» y no caer en las apologías al dios germano a las que era tan inclinado el diplomático. Era muy tarde. Von Eckardt ya había comenzado con sus arranques megalómanos.

—¡Orden!, si el mundo fuera nuestro impondríamos orden y respeto a la ley —adujo como si se echara el rifle al hombro y apuntara en dirección al blanco—. ¿Saben ustedes por qué México y otros países no progresan? —preguntó y contestó sin esperar respuesta—, porque emiten reglas de convivencia a través de leyes y nadie las respeta ni existen consecuencias ni jurídicas ni sociales ante el incumplimiento de las normas y eso se llama caos y donde hay caos no hay prosperidad y donde no hay prosperidad hay amenazas de estallidos sociales y donde hay estallidos sociales hay atraso, confusión, miseria y desesperación.

La única manera en que Aguilar pudo escapar al nuevo discurso de Von Eckardt fue ponerse de pie al igual que su interlocutor y encender un puro de Catemaco, Veracruz, estado que algún día llegaría a gobernar con el apoyo de su suegro.

—¿Ustedes ya hablaron con los diplomáticos japoneses acreditados en México? —cortó el secretario de un golpe la interlocución del alemán para entrar en terreno práctico.

—Por supuesto que no, ni siquiera hemos esbozado el asunto ni filtrado nuestras intenciones —repuso poniendo los brazos en jarras en espera de un revés—. El papel de México, según nuestra cancillería, consiste en convencer precisamente a los japoneses de las ventajas de cambiar de bando y unirse a los vencedores, a nosotros, por supuesto, al Imperio alemán —agregó, sin mencionar al austrohúngaro…

Von Eckardt le contó cómo hacía una semana habían llegado a México dos exempleados de la embajada alemana en Washington por haber cerrado sus puertas.

—Uno de ellos, el barón Von Schoen, es todo un experto en asuntos japoneses. Él le advirtió a Wilson de la posibilidad de una guerra de Estados Unidos con Japón.

Aguilar ya solo pensaba en la respuesta de Carranza. Al otro día en la noche lo vería en el Castillo de Chapultepec. Le recomendaría salir discretamente y de inmediato en tren a Guadalajara sin que nadie supiera de su llegada ni de su inmediata partida hacia la Perla de Occidente. Lo informaría en detalle de los planes alemanes. Desde luego que lo haría, pero antes de resolver nada ni de permitir la realización de una entrevista directa con Von Eckardt y decidir o asumir una posición, se requería tiempo, y ese se lo concedería la distancia geográfica.

—México es un gran amigo de Japón. Eso es bien sabido. Carranza será escuchado con respeto. Sabemos de sus relaciones diplomáticas. Sabemos del comercio de armas entre los dos países. Sabemos de las misiones comerciales y de la solidez de los lazos que los unen. ¿Cuándo hablará usted con el embajador japonés? —cuestionó con avidez Von Eckardt intentando despedirse para correr a informar a Zimmermann del resultado de su reunión con Cándido Aguilar. Su respuesta era esperada en términos perentorios e imperativos.

—Tengo que consultar con el presidente de la República —adujo, mientras el diplomático alemán tomaba su sombrero.

—Lo entiendo, pero por lo menos dígame qué piensa de la propuesta de alianza de mi país. ¿Cuál es su opinión? ¿Qué puedo informar a mi ministerio?

—La propuesta de ustedes es estremecedora y en principio la veo favorable.[142] No perdamos de vista que hablamos de una violenta volcadura en la distribución de fuerzas mundiales. Tengo mucho que meditar, mucho que analizar, mucho que evaluar. Hay muchos riesgos y posiciones estratégicas en juego. La exposición política de México es delicada.

—Lo comprendo, si ustedes tienen miedo promuevan la alianza entre Japón y Alemania y nosotros los compensaremos con creces cuando se firme la paz. No declaren la guerra junto con nosotros. Solo ayúdennos a que Japón cambie de bando y se una a nuestra causa.

—No es miedo, embajador, nunca le diga usted a un mexicano que tiene miedo porque sacará lo peor de él. Es una de las peores humillaciones y provocaciones que puede hacernos. Solo es, llamémoslo así, precaución, elemental precaución.

—Disculpe usted, no era mi interés ofenderlo —aclaró el diplomático, sintiendo que había hecho una jugada equivocada.

—No se preocupe, mi embajador —agregó Aguilar en tono conciliador—, ¿sabe usted lo que es una mecha? —preguntó Aguilar poniendo su mano izquierda en el hombro derecho del diplomático.

—Sí, claro, es el palito del cuete.

—Pues sépase, querido amigo —concluyó al estrechar la mano tiesa del alemán—, que los mexicanos somos de mecha corta: no acaba usted de prender el palito, como usted dice, cuando el cuete ya le reventó en plena cara —iba a decir jeta, pero todavía logró controlarse—. De modo que nunca hable de miedo entre mexicanos porque prenderá usted muchos cuetes, mi amigo…

40. El «Cuarto 40» / III

En el «Cuarto 40» la efervescencia era mayúscula. ¡Cuánto extrañaban sus criptógrafos las visitas al Club de Oficiales de la Marina para beber muchos sorbitos de whisky acompañados por Hall! Imposible volver a repetirlas por lo menos durante la guerra.

De Grey, ojeroso y agotado, sin haberse afeitado en más de una semana, había avanzado notablemente en el desciframiento del «Telegrama Zimmermann». Trabajaba intensamente en los libros de señales y códigos encontrados en el *Magdeburg*, en el *Signalbuch der Káiserlichen Marine*, en el *Verkehrsbuch* y en el *Handelsverkehrsbuch*, en los códigos encontrados durante la fuga de Wassmuss en Persia, en las claves copiadas a mano y facilitadas por Szek.

Aprovechaba todos los hallazgos de los últimos años y, además, comparaba todos los telegramas a su alcance enviados con la clave 0075 de Berlín a diferentes partes del mundo. Inventaba fórmulas, buscaba encontrar constantes que le permitieran establecer una regla general. Después de casi tres semanas de febril actividad en que el texto cifrado había llegado mágicamente por un tubo neumático, ya casi tenía en su poder la versión completa y definitiva. Hall la necesitaba ávidamente como el general que espera los refuerzos por el flanco izquierdo, tropas frescas y bien armadas, cuya oportuna llegada garantizará el éxito de la guerra y, por supuesto, el resultado de la batalla.

Para el almirante Hall no solo era fundamental descifrar al pie de la letra el telegrama enviado por Zimmermann, evitando la menor sombra de duda respecto de su contenido, de modo que Estados Unidos no desconfiara de su autenticidad, además, como estrategia de guerra, resultaba imperativo ocultar, a como diera lugar, una crítica realidad, una ventaja insuperable de cara a las hostilidades: los ingleses interceptaban y traducían los mensajes alemanes. De llegar a divulgarse semejante secreto, constituiría una auténtica catástrofe para la Inteligencia Naval Inglesa, puesto que los alemanes de inmediato suspenderían la comunicación aérea o la submarina por cable y se abocarían de inmediato a construir nuevos códigos. Es decir, se perdería un arma fabulosa para inclinar a favor de los aliados el curso de la guerra…

Era el problema de todo criptógrafo y de todo político responsable: ¿cómo aprovechar estratégicamente la información sin que los alemanes cambiaran sus códigos y el «Cuarto 40» tardara un par de años en descifrarlos?

En otro orden de ideas, si Hall revelaba ante el Departamento de Estado americano que había estado traduciendo los mensajes de Suecia, supuestamente un país neutral, así como los de Alemania, en ese evento bien podrían sospechar fundadamente Lansing y Wilson que los mismos ingleses habían espiado y descifrado los propios mensajes enviados por la Casa Blanca a otros países y, en ese caso, el escándalo sería de proporciones temerarias. Todos los planes para hacer entrar a Estados Unidos en la guerra del lado de los aliados se irían vertiginosamente a pique. Las relaciones entre la Unión Americana y el Reino Unido podían complicarse como nunca en las últimas décadas. Esta coyuntura la podría aprovechar el káiser, especialmente hábil en la capitalización de diferencias entre países amigos.

—Estados Unidos —discutía Hall con De Grey y Montgomery— bien podría argumentar la falsedad del telegrama y etiquetarlo como una provocación más del Reino Unido para arrastrar a Norteamérica a una guerra que los yanquis no desean. Ellos conocen nuestro nivel de desesperación…

Finalmente, en la mañana del día 5 de febrero, ¡ay!, qué 5 de febrero, De Grey y Montgomery tiraron materialmente la puerta de la oficina de Hall para poner sobre su mesa el texto completo del «Telegrama Zimmermann». El almirante garrapateaba unas notas sobre unas cuartillas. Ninguno de los dos criptólogos habló, simplemente De Grey le extendió una hoja de papel blanco con el mensaje perfectamente descifrado. El almirante, después de constatar la mirada vidriosa y entusiasmada de sus colaboradores, ni siquiera regresó la pluma al tintero. Tomó entre sus manos el telegrama y parpadeando y guiñando como nunca, empezó a leer en voz baja.

Su respuesta fue un golpe con la palma de su mano izquierda en plena frente. Echó la cabeza para atrás. Cerró los ojos con los párpados crispados. Respiraba agitadamente. Después apoyó los codos sobre la carpeta de cuero negro de su escritorio y se cubrió la cara. Permaneció inmóvil. Bien sabía que estaba frente al descubrimiento más importante y sensacional en la historia de la criptografía de todos los tiempos. A continuación, peinó con sus dedos una y otra vez su escasa cabellera canosa. No levantaba la vista ni volteaba a ver a sus colaboradores. En lugar de felicitarlos, preguntó:

—¿Rompieron todas las copias?

—Por supuesto, señor almirante —respondieron ansiosos.

—¿Tienen guardados herméticamente los papeles de trabajo?

—En efecto, señor.

—¿Nadie se ha acercado sospechosamente a sus privados?

—No, señor.

—¿Sus hijas, hermanas y esposas siguieron siendo siempre sus secretarias?

—Nunca las cambiamos ni lo haríamos.

Hall se incorporó lentamente. El peso de la responsabilidad lo aplastaba. ¡Claro que hubiera deseado abrazar entusiastamente a los criptólogos, felicitarlos, estrecharlos en sus brazos y hasta besarlos! ¡Claro que sí!, solo que de la administración inteligente, cuidadosa y estratégica del mensaje dependía en buena parte el destino inmediato del mundo. No pensó en la celebración ni pasó por su mente la idea de un festejo ni de una palabra de aliento. Toda la presión que conjuntamente recibían el káiser, Hindenburg, Ludendorff, Bethmann-Hollweg, Asquith, el rey Jorge V, el zar Nicolás II, Poincaré, Woodrow Wilson, Lansing y Carranza, él, Hall, tenía que resistirla y administrarla. No podía fallar: Estados Unidos tenía que entrar en la guerra y los alemanes no deberían siquiera imaginar que sus textos eran descifrados. ¿Cómo hacerlo?

—*You did an excellent job. The king and England will appreciate it.*

Les dio la mano, la colocó sobre los hombros de sus lúcidos criptólogos y, verdaderamente abrumado, les pidió que se fueran a casa a cenar, a comer o a descansar o a lo que fuera. ¿Era de día o de noche, martes o domingo? ¡A saber…!

—*You deserve a rest… Go home!* —con una palmada y sin guiñar los ojos, con una voz apenas audible, los despachó de su oficina.

—Duerman, descansen, reposen, apártense si pueden de esta verdadera cueva de lobos donde vivimos… Los necesitaré de regreso en cualquier momento. Apártense de toda tensión. ¿Qué tal un *unhurried scotch…*? Tú, De Grey, toma dos *shillings* y cómprate una hoja de afeitar, así no conseguirás novia —dicho esto cerró la puerta y se hundió en sus reflexiones.

Pensó entonces que el telegrama enviado por Bernstorff a México nunca podía haber sido traducido utilizando el código 0075. Sabía que ni Von Eckardt ni Magnus contaban todavía con las claves para descifrar el «Telegrama Zimmermann», tal y como había sido enviado de Berlín a Washington. Por ende, Bernstorff tendría que haber usado forzosamente otro código, asentado una fecha distinta por el tiempo que le habría llevado traducir el mensaje, vaciarlo y mandarlo en términos legibles para México. Finalmente, debería haber dejado constancia del número interno de identificación de la embajada alemana en Washington para comunicarse con el mundo. En fin, la versión enviada a Von Eckardt del «Telegrama Zimmermann» no podría contener la clave del Ministerio de Asuntos Extranjeros de Alemania, sino los datos inherentes de aquella legación diplomática para hacer llegar el texto.

Zimmermann y Bernstorff habrían utilizado sus propios preámbulos para mandar el mensaje de Berlín a Washington y de Washington a México.

Hall requería tener en su poder a como diera lugar una copia del telegrama enviado por Bernstorff a Von Eckardt. De esta suerte, podría hacer creer a los alemanes que alguien en América o en México se había robado el texto de algún archivo, cajón o escritorio o que algún funcionario indiscreto o corrupto lo había vendido o dejado irresponsablemente al alcance de extraños en el interior de ambas embajadas alemanas al otro lado del Atlántico. Se trataba de filtrar la idea de que un espía profesional en América se las había arreglado para hacerse del texto completo. Hall volvió a contratar, desde luego, los efectivos servicios del agente «H», el mismo que había descubierto la «ruta sueca», gracias a la avidez por las condecoraciones de Cronholm, el encargado de asuntos comerciales de la embajada de la Corona sueca en México… El agente «H» no tardó en tener una copia del telegrama enviado por Bernstorff a través de Western Union.

La suerte, una protagonista invisible y muda, invariablemente presente en todos los lances de la vida, esta vez volvió a jugar su papel silencioso del lado de Hall. Un impresor inglés había sido aprehendido y acusado injustificadamente en la Ciudad de México con el cargo de falsificación de billetes del gobierno carrancista. La realidad consistía en que durante las noches, y sin contar con su autorización, sus empleados mexicanos utilizaban las planchas y tintas de la imprenta para fabricar los billetes con matrices manufacturadas por ellos y fabricar así el dinero ilícitamente. El hombre de negocios inglés, en su carácter de propietario de la imprenta, fue capturado un sábado y condenado a muerte después de un juicio sumarísimo para ser pasado por las armas el lunes siguiente. La ley era ley, ¿no? Pues bien, un amigo muy cercano del desafortunado impresor le pidió ayuda al agente «H» para que el impresor no fuera ejecutado, menos aún por un crimen del que no era culpable. Los buenos y expeditos oficios, la influencia del agente «H» en el gobierno carrancista, le permitieron rescatar del paredón al impresor, quien ya se había encomendado a Dios en su propio idioma…

¿Cómo llegó a manos del agente «H» una copia del mensaje recibido por la Western Union en México? El amigo íntimo del impresor, el mismo que había intervenido tan exitosamente en su rescate, resultó ser un importante empleado de la Western Union mexicana. ¿Rara casualidad? Sí, pero esta también, en ocasiones, hace uso de la palabra en los escenarios de la vida… Por elemental agradecimiento puso a disposición del agente «H» los telegramas recibidos por la embajada alemana en México provenientes de Washington a partir del 15 de enero de 1917. Hall tuvo en sus manos el día 10 de febrero la versión mexicana del «Telegrama Zimmermann» recibida por Von Eckardt el día 19 de enero. Había acertado. Se lo mostró a De Grey y a Montgomery sin ostentar el menor entusiasmo. Mientras durara la guerra no podía permitirse caer en el menor descontrol. Los encabezados eran diferentes. El proveniente de Berlín decía así:

Número 158. De la máxima importancia. Para la información personal de Su Excelencia y para ser enviado al Ministro Imperial en México por una ruta segura.

Bernstorff utilizó su propia numeración más un dato adicional cuando lo reenvió a México:

Número 130. Telegrama de la Oficina de Asuntos Extranjeros. Enero 16, número 1. Máximo Secreto. Descífrelo usted mismo. Clave 13042.

De Grey y Montgomery se abrazaron y despeinaron el uno al otro al salir del despacho de Hall, quien ya planeaba el paso a seguir en el hermetismo de su soledad. Los dos criptógrafos se golpeaban la espalda para dejar escapar de alguna manera su emoción. ¡Había sido tan intenso el esfuerzo! El «Cuarto 40» descifró la copia del telegrama mexicano con el código 13042. Ahora Hall tenía el texto completo. Se consagraba como el rey del espionaje y de la inteligencia. El telegrama estaba listo para dárselo a los americanos. La estrategia, perfectamente bien diseñada, sería utilizada para engañar a los alemanes haciéndolos creer que «alguien» en América se había vendido o se había descuidado, subestimando la presencia de agentes secretos hasta en el servicio doméstico… Wilson continuaba insistiendo en la paz sin triunfadores, en la presencia de actos hostiles en contra de Estados Unidos por parte de Alemania para adoptar una posición beligerante. Las cosechas agrícolas de 1917 habían sido catastróficas en la Gran Bretaña. La inanición era una realidad. La guerra submarina efectivamente doblegaría al gigante inglés en los seis meses apuntados por el alto mando alemán.

En esos días y contra toda su costumbre, Hall apuntó en la esquina superior de su agenda: «La paz entre iguales no es duradera si no es sobre la base de un triunfo aliado. Una Alemania bárbara no puede dar seguridad a ningún vecino. Es necesario aplastarlos para extinguir totalmente sus tentaciones de dominar al mundo. Wilson está loco si piensa que la paz con Alemania prosperará sin hacerla escarmentar destruyéndola previamente. Se la debe castigar salvajemente. ¿Cuál paz entre iguales? Wilson es un soñador. Hay que aplacar para siempre la furia teutona».

41. Carranza y Cándido Aguilar

Carranza regresó de Querétaro dentro del máximo sigilo. Por alguna razón extraña deseaba entrevistarse a solas con Cándido Aguilar en el Castillo de Chapultepec. Una ocasión histórica como la presente requería de un escenario histórico. ¿Y Palacio Nacional? ¡No!, ahí siempre había curiosos y hasta el chicharronero de la calle de Corregidora podía ser espía alemán o inglés o norteamericano... Mejor, siempre mejor el Castillo de Chapultepec.

Al día siguiente, a primera hora, saldría rumbo a Guadalajara con la misma discreción con la que había llegado. Al pie de la gran reja verde forjada en hierro que conducía a la puerta de acceso al alcázar ya lo esperaba Cándido Aguilar, su yerno, con quien sostenía una relación respetuosa y protocolaria. Por supuesto que el secretario de Relaciones Exteriores sabía de la existencia de Ernestina y de los cuatro hijos varones que su suegro había engendrado con ella fuera de su matrimonio con Virginia... Solo que esa noche no se trataba de discutir asuntos amorosos ni mucho menos éticos. El futuro de México estaba nuevamente en juego. Un paso en falso se podría traducir en la extinción del país, en su absorción definitiva y total por Estados Unidos o en su constitución como un protectorado o una colonia más de ultramar de aquellas que tanto anhelaba el káiser Guillermo II. El presidente y el secretario habrían de caminar sobre una cuerda floja colocada a 50 metros de altura y sin red de protección.

Aguilar le había informado el día anterior por escrito a Carranza los detalles del plan alemán. Imposible digerirlos en tan corto plazo. En apuestas de semejante magnitud se puede ganar todo, sí, pero nunca se debe dejar de considerar también la ruina total. ¿La ganancia? La recuperación de los territorios perdidos, cientos de miles de kilómetros cuadrados robados por Estados Unidos a México tan solo hacía 70 años. ¿No era una maravilla volver a incorporar al mapa político mexicano a los estados al norte del Río Bravo? ¿Y las pérdidas...? Ambos funcionarios aceptaron que el movimiento equivocado o precipitado de una sola ficha podría traducirse en la desaparición total de México. Por lo pronto, se trataba de descubrir las verdaderas intenciones del káiser en esta nueva conjura...

Carranza desconfiaba de Alemania después de que esta intentara reinstalar a Huerta en la presidencia y del patrocinio que le concedió a Villa para crear un conflicto con Estados Unidos. ¿Cómo dejar de considerar que los alemanes bien podían haber estado involucrados en lo de Santa Isabel y Columbus? ¿Lo dejarían solo a la hora de la hora? ¿Y por qué no saber qué pensaba Japón? ¿Por qué no jugarla y semblantear diplomáticamente las posibilidades reales? No, simplemente, porque no… Eso no era inteligente. Mejor ponderar, cabildear, intrigar, proponer y aprender a vender ventajas disminuyendo los inconvenientes.

Respecto de la posición del jefe del Estado mexicano en relación con Estados Unidos —las elecciones presidenciales serían el próximo mes de abril—, esta, desde luego, era sumamente cómoda. ¡De qué manera le irritaba la insolencia del Departamento de Estado y del embajador Fletcher, quien ni siquiera había presentado sus cartas credenciales y ya se atrevía a pedir por todos los medios la derogación de la Constitución de 1917 y de las leyes que incrementaban los impuestos a las empresas norteamericanas…! Le indignaba la exigencia inglesa y la yanqui para que dejara hacer y deshacer a Peláez, quien, apoyado por un ejército de guardias blancas y financiado por los propios petroleros, permitía el saqueo de los recursos naturales de su propio país.

Imposible contener las palabras altisonantes y, sin embargo, el presidente escogía pausadamente su vocabulario.

Antes de discutir a fondo las implicaciones del telegrama, parecía recoger todos los agravios y cargos en contra de Estados Unidos para resumirlos a la hora de fundar una decisión. Fue entonces cuando maldijo a Wilson por haber exigido cínicamente una serie de concesiones petroleras para sus «muchachos inversionistas» a cambio del retiro de la expedición Pershing… ¿No habían invadido México para arrestar a Villa? ¿Ya se les había olvidado? Condenó una y mil veces a los empresarios yanquis que contrataron a Cánova y otra vez a Félix Díaz para que juntaran fuerzas militares con el objeto de derrocarlo en 1916. ¡Malvivientes!

Por otro lado, no habría que olvidar que Japón en cualquier momento podría hacer con Alemania una paz por separado y un posible cambio de alianzas.

—¿Por qué debemos desconfiar de los gringos? —preguntó Carranza a Aguilar. El rencor siempre estaba presente. Antes de que este pudiera contestar, el presidente ya alegaba que, en un principio, Taft había estado de acuerdo con Madero en su política en contra de Díaz hasta que Madero empezó a cobrar impuestos a las empresas norteamericanas. ¡Adiós al presidente de la República…! Luego su propio embajador, Henry Lane Wilson, coordinó el asesinato de Madero. Nada más y nada menos… Impusieron a Huerta después del magnicidio y con la llegada de Wilson al poder, esta vez se empeñaron en expulsar al propio Huerta de la presidencia mientras un Lane Wilson cesado no entendía ni así de lo que acontecía…—. Durante su lucha para derrocar a Huerta, la Casa Blanca estuvo con Villa y también conmigo. Un doble juego. Después se volvió contra Villa apoyándome solo a mí y más tarde casi llegó a declararme la guerra. ¿Cuál congruencia? La única política de Estados Unidos es la defensa de sus intereses… El dinero, los dólares, sus inversiones, su enriquecimiento impúdico a costa de lo que sea…

Antes de entrar en materia, el presidente parecía estar reconociendo los antecedentes de sus adversarios o de los protagonistas en esta nueva y espectacular jugada. ¿Cómo ignorar con quién se vería las caras y mediría fuerzas?

—Wilson me salvó, debo aceptarlo, de varios intentos de derrocamiento y de golpes de Estado, pero no porque no le interesara hacerme desaparecer del mapa político, siempre me vio como un incomprensible obnubilado, sino porque durante la guerra no quería cambios en México y menos que alguien pudiera lucrar con los vacíos de poder al sur de su frontera.

Era tal la admiración de Cándido Aguilar por su suegro, que al oírlo hablar sentía estar conversando con la historia. Aun cuando únicamente deseaba hablar de Zimmermann y de Von Eckardt no intentaba siquiera interrumpir a Carranza en este breve preámbulo del que podrían desprenderse más tarde las conclusiones y decisiones.

—Si continúo ahora mismo en el poder —señor secretario— y pudimos promulgar la Constitución con todo y sus *asegunes* fue gracias a la guerra europea. A Wilson —agregó, acariciándose la barba blanca— no le interesa ningún giro violento de la política en México y de ahí que no apoyara ningún movimiento armado en mi contra. Por eso, solo por eso me he salvado hasta hoy del derrocamiento o de la invasión masiva…

»Ellos me utilizan, Cándido. Toman de mí lo que les conviene. ¿Acaso yo no puedo hacer lo propio en ventaja de mi país? Si Villa o Zapata hubieran ganado, ¿a dónde hubiera ido a dar México con gente que escasamente sabe leer y escribir o lloran o matan por cualquier cosa o son tan necios que ya ni saben de qué discuten?»

El malestar en Carranza continuaba vivo e intenso como si el tiempo no hubiera transcurrido. Confesó que desde la invasión del 47 y 48 y de la Intervención francesa, México nunca había estado tan amenazado, y si no constituimos un protectorado americano y seguimos siendo soberanos sin rendirnos a las presiones americanas es gracias a mí, querido Cándido.

El secretario de Relaciones deseaba empezar a analizar las posibilidades del «Telegrama Zimmermann», pero tenía que aceptar los considerandos de Carranza como si fuera un juez infalible próximo a dictar una sentencia irrevocable.

—¿Wilson no quería enviar tropas en el propio 1913 para «ayudarnos» a acabar con Huerta? En 1915 Wilson, el amigo de México, el padre de la democracia, enemigo del «Gran garrote» y de la «Diplomacia del dólar», ¿no decidió imponer a su propio presidente en México, uno de acuerdo con su conveniencia y el mejor para los intereses de nuestro país? ¿En 1916 no nos volvió a invadir, esta vez con la expedición punitiva?

Contó cómo Obregón lo había presionado para que aceptara las condiciones impuestas por Wilson y se facilitara la salida de Pershing del país: de haber aceptado, hoy seríamos colonia norteamericana…

—¡Cuídate de Obregón! —recalcó como si dictara un testamento—. Su ambición lo puede conducir a cometer muchas locuras y traiciones…

Solo que nada le haría distraerse de su conclusión final. Prosiguió:

—¿No estuvimos varias veces al borde de la guerra con Estados Unidos? ¿No supe evitarla y nos defendimos con mañas y lengua, mucha lengua y talento…? De haber aceptado los «favores» de Wilson me hubiera sometido a sus exigencias, a chantajes o a las presiones de sus empresarios, hoy seríamos otra estrella más de la bandera americana.

Carranza alegó, moviendo escasamente los labios, que él deseaba devolverle a Estados Unidos las intervenciones, los chantajes y las humillaciones que México había padecido a lo largo de su historia. Adujo que los malditos gringos habían mutilado el territorio mexicano, se habían robado materialmente la mitad del país, estando o no invadido, después de haberlo despojado, intervenido, saqueado, amenazado, abusando siempre de la debilidad militar…

—Invariablemente nos han agraviado —disparaba furioso como si él hubiera vivido como testigo en los últimos 100 años y los recuerdos amargaran su existencia.

»Si toleraron a Maximiliano en México y renunciaron temporalmente a la Doctrina Monroe —escúchame bien— fue porque tenían las manos atadas con la guerra de secesión… Ellos precipitaron la salida de mi general Díaz, les guste o no, uno de los grandes mexicanos de todos los tiempos. Ellos participaron, estimularon y armaron el asesinato del imbécil de Madero y de Pino Suárez; ellos invadieron Tampico, bombardearon Veracruz; ellos impusieron un embargo de armas para acabar con el ejército constitucionalista; ellos organizaron la expedición Pershing; ellos se opusieron a la promulgación de la actual Carta Magna. Ellos, ellos, ellos…»

Sintiendo que se repetía y harto de preámbulos, de golpe decidió analizar la invitación de Zimmermann. Una urgencia repentina lo había impulsado a justificar su posición política. De sobra conocía los alcances de todos los actores internacionales. ¿Para qué insistir en el tema?

—El «Telegrama Zimmermann» despierta en mí tentaciones de venganza en contra de Estados Unidos, Cándido. No puedo ocultarlo —confesó el presidente mexicano.

De pronto se hizo un breve y pesado silencio. Una expresión mordaz se dibujó en el rostro sobrio del presidente. Su mirada delataba dudas respecto de la conveniencia de expresar sus pensamientos. Su personalidad no se prestaba a las bromas y, sin embargo, en este caso la picardía afloraba en un conjunto de muecas incontrolables. Sin pensar más sus preguntas, cuestionó a Cándido:

—¿Habla usted alemán…? —preguntó Carranza repentinamente a su yerno.

—No, ni papa, señor —repuso el secretario sorprendido por el cuestionamiento.

—¿Inglés? —insistió el presidente.

—Lo balbuceo —volvió a contestar, lleno de curiosidad.

—Pues bien le valdría a usted tomar unas clasecitas, Cándido, porque si ganamos y recuperamos los territorios perdidos no nos quitaremos a Alemania de encima, andará usted vestido por Palacio Nacional con el uniforme de militar prusiano, eso si ganamos…

—¿Y si perdemos, don Venustiano?

—¡Ah!, entonces a dominar la lengua de Shakespeare para acatar las órdenes de nuestros nuevos amos. En el mejor de los casos nos mantendrán como un protectorado entre comillas para saquearnos a su antojo —concluyó el jefe de la nación haciendo un ademán con sus dedos índices como si estuviera colocando dos enormes acentos.

—¿Entonces, señor, si ganamos estamos muertos y si perdemos también…?

—Así de claro, Cándido. Por eso debemos entender que es el momento de lucrar políticamente con los intereses de los gigantes. ¿Te sirvo? ¿Te soy útil? ¿Quieres algo de mí? ¿Sí…? Larguémosles una factura, cobrémosles el servicio bien caro sin comprometernos. ¿Está claro?

Carranza se peinaba la barba con los dedos de la mano izquierda al tiempo que alzaba ligeramente el rostro. Recurría generalmente a ese hábito mientras reflexionaba con sorprendente lentitud. Se sabía el primer jefe.

Cándido Aguilar coincidió con la jugada. Por eso estos hombres llegan a presidir un país, se dijo en silencio. Tienen una imaginación y una audacia superior a la generalidad. Rayan en la temeridad, desafían los peligros como si no existieran. Mira que ponerse a lucrar en estos momentos con Wilson, con el káiser y con el emperador japonés.

—Siempre he temido, y usted lo sabe, una invasión masiva norteamericana, más aún ahora que promulgamos la nueva Constitución: no se acaba de largar Pershing cuando ya nos vuelven a amenazar con otra intervención armada —adujo Carranza, adusto—, por eso mismo debemos aprovechar esta coyuntura y pedirle, por ejemplo, armas a Alemania, armas y parque por si Villa vuelve a hacer de las suyas o Emiliano Zapata se me quiere salir del huacal o los empresarios gringos financian levantamientos en diferentes partes del país porque lastimamos sus intereses.

—¿Armas…?

—Sí, armas —contestó Carranza de inmediato, contra su costumbre de espaciar sus respuestas pensándolas muy bien—. Usted no se niegue a nada y pida, pida y pida, esta vez como prueba de certeza, una garantía en el abasto de armas. ¿No quieren que invadamos conjuntamente a Estados Unidos? ¿No…? Entonces que nos muestren la factibilidad de aprovisionarnos de armas dado que a nosotros después de la revolución únicamente nos quedan en nuestros arsenales un par de pinches cuetes pueblerinos y si acaso un par de palomas solo *pa* espantar a los perros milperos —finalizó el presidente con lo que consideró un destello de sentido del humor—. ¿Con esta dotación de pólvora quieren que crucemos el Río Bravo rumbo al norte…?

—Ya se las hemos pedido muchas veces a los alemanes.

—¿Sí…? ¿Y qué nos han dado?

—Nada, como tampoco nunca nos han concedido la menor ayuda económica.[143]

—Por eso mismo, si tanto les urge una alianza secreta, que Von Eckardt nos mande armas y municiones en el submarino *Deutschland*, ya luego nosotros veremos contra quién las usamos y cuándo. Por lo pronto que nos las manden. Tengámoslas a la mano porque Wilson nunca levantará su maldito embargo: el país no está pacificado y hay facciones y grupos interesados en que la revolución continúe.

Aguilar reveló entonces que esa misma mañana, de acuerdo con las instrucciones de Carranza, él se había entrevistado con un funcionario del ministerio japonés,[144] y le había preguntado cuál sería el papel de Japón en el evento de una guerra entre Alemania y Estados Unidos.

—Kita Arai[145] —expuso Aguilar— mencionó que su país no cambiaría de bando, que permanecería al lado de los aliados, que el propio Ohta, encargado japonés de negocios, lo había confirmado con el embajador del

Imperio del Sol Naciente. De modo que de una alianza con los japoneses ni hablar.

—Tú pídeles también armas. Cada vez que se habla del desembarco de armamento japonés en los puertos mexicanos del Pacífico, los americanos piensan en el horror de una guerra de dos frentes, uno en cada océano.

—Los japoneses sí nos han abastecido —Aguilar recordó haber tratado anteriormente con Fukutaro Teresawa,[146] un agente secreto para mantener desde hacía tiempo «relaciones» más estrechas con el gobierno de Japón—. Él nos fue particularmente útil…

—¡Claro!, y los americanos han temblado al saber que no estamos solos en caso de que estén pensando en una nueva invasión. Asustémoslos con nuestras relaciones con el Japón y con Alemania. Un problema con México también lo será con esas dos potencias, Cándido, eso deben entenderlo en el Capitolio y, sobre todo, en la Casa Blanca.

—Entonces, don Venustiano, entre usted y yo ¿reducimos los alcances del «Telegrama Zimmermann» a la solicitud de armas japonesas y alemanas y a ver qué más les sacamos?

—¡No! —tronó Carranza pronunciando lenta, muy lentamente—: vayamos al fondo y hablemos más en serio y en profundidad con los japoneses. El telegrama contiene un enorme capital político. Midamos fuerzas y la consistencia de nuestros aliados. Descubramos las verdaderas intenciones. Confirmemos la viabilidad militar de la alianza. Veamos con nuestros expertos de campo la logística en el abastecimiento de armas a través de submarinos alemanes. ¿Los dejarán entrar al Golfo de México los acorazados norteamericanos una vez abiertas las hostilidades? ¿Tienen la capacidad para transportar el volumen de equipo que se necesita como para declararle la guerra a Estados Unidos? Consulta todos estos detalles técnicos con nuestro personal especializado. Ellos ¿qué opinan?

—Ayer mismo hablé con Álvaro Obregón —a Carranza se le endureció el rostro repentinamente—, y el ministro de la Guerra sostiene que muy a pesar de su antiamericanismo, «la salvación de México está en Estados Unidos». «Nosotros —agregó todavía Obregón— debemos conservar la amistad y el apoyo moral de la Casa Blanca», y protestó enérgicamente contra la aceptación de la nota. «Con que Wilson levante el teléfono los mexicanos estaremos muertos», «¿es muy difícil de entender?, don Venustiano», repitió el manco hasta el cansancio.

Se hizo un pesado silencio. A Obregón todo lo que le interesa es tener el apoyo yanqui para cuando termine ni mandato, pensó en silencio el presidente. Ya lo vi actuar entre bambalinas en el Congreso Constituyente de Querétaro y es un traidor malagradecido. Lo único que lo mueve es el poder. Por mi cuenta corre que nunca llegue a la presidencia.

—No le haga usted caso, es muy caprichudo y quién sabe qué mosca le picó, usted vea las posibilidades de la alianza desde el punto de vista del abastecimiento de armas y municiones, ya después analizaremos los recursos militares conjuntos… ¡Ah!, Cándido —dijo al terminar—, el embajador Von Eckardt me ha pedido ayuda para entrevistarse con el ministro japonés en México —concluyó aclarándose la garganta—, ¡ayúdelo![147]

42. El almirante Hall

Los mares se convertían día con día en auténticos cementerios de acero gracias a los torpedos alemanes. Los barcos mercantes o de pasajeros se iban a pique cuidando, hasta donde fuera posible, que no ostentaran la bandera norteamericana. Las noticias eran apabullantes. Los alimentos esperados eran devorados por los peces del Mar del Norte o los del Atlántico. El cerco era feroz. El anuncio de los naufragios estremecía a la sociedad inglesa y deprimía los ánimos de la tropa británica cuando las novedades llegaban al frente. El archipiélago inglés se aislaba. El estrangulamiento operaba con notable eficacia. Los recursos financieros británicos se agotaban junto con la paciencia de su pueblo y de su armada. Se requerían 10 millones de dólares diarios para poder pagar los pertrechos de guerra a Estados Unidos y solo se podían obtener a través de créditos otorgados por los crecientes magnates de Wall Street. Wilson restringía los préstamos y el comercio para obligar a la negociación sacudiéndose la presión de banqueros, diplomáticos, de la prensa y de los congresistas interesados en los negocios de sus representados. Norteamérica debía entrar en la guerra para que los aliados pudieran obtener créditos, barcos, municiones, comida y todo género de ayudas. Todos los flujos quedarían garantizados de esta suerte.

Hall pensó que los actos hostiles abiertos en contra de los barcos norteamericanos podían conducir tarde o temprano a Estados Unidos a tomar partido como beligerante, sí, pero también él y solo él tenía una poderosa bomba que podía hacer estallar abajo de la mesa de juntas de la Casa Blanca y precipitar el ingreso de Estados Unidos en la guerra. El pavoroso estallido alcanzaría al Capitolio y a toda la Unión Americana... ¡Claro que a pesar de tener el «Telegrama Zimmermann» totalmente descifrado Hall prefería que Wilson declarara la guerra sin necesidad de aprovechar la devastadora pieza de artillería que el «Cuarto 40» tenía en sus arsenales! Si ya Estados Unidos se alineaba al lado de los aliados por el hundimiento de sus barcos mercantes, resultaba innecesario exponer los secretos encerrados en el «Cuarto 40». ¿Ya Estados Unidos combate hombro con hombro junto con Inglaterra? ¿Sí...? ¿Entonces para qué informar a nadie que la inteligencia inglesa podía descifrar los mensajes alemanes desde el principio de la guerra? A callar...

Como Wilson no declaraba la guerra al káiser Guillermo II y el hambre y las penurias atacaban por todos los flancos, Hall decidió arrancar el espolón de la granada y aventarla con inaudita fuerza al otro lado del Atlántico, concretamente a una mansión blanca en la calle Pennsylvania en la capital misma de Estados Unidos.

Hall tomó del perchero su gorra con las insignias de almirante de la Real Marina Inglesa, y se la caló con una expresión sobria en el rostro. Tomó una copia del «Telegrama Zimmermann» ya descifrado. Se cubrió con una gabardina beige su permanente saco azul marino cruzado con botones dorados. Se la ajustó mirando por la ventana el desfile de la policía montada y mientras se ceñía las solapas salió precipitadamente de su oficina rumbo al Foreign Office con el ánimo de entrevistarse urgentemente con lord Hardinge, el subsecretario de Asuntos Extranjeros.

El almirante no esperó en la antesala. La cita planteada como «prioritaria» propició que el alto funcionario lo recibiera de inmediato. El director de Inteligencia Naval le explicó la razón de su visita. Razonó los alcances de su hallazgo. La importancia de preservar el secreto. El origen del descubrimiento del telegrama a través de sus agentes en México… La herramienta crítica con la que contaban. Las dificultades inenarrables para hacerse de tan vital información. Ni al propio subsecretario le contó que ya descifraban los mensajes alemanes desde el principio de la guerra. Una indiscreción, aun en los más altos niveles, sería catastrófica.

El subsecretario, después de oír detenidamente las explicaciones del director de Inteligencia Naval, se limitó a decir:

—Considero repugnante usar este pretexto para presionar a Estados Unidos.[148]

Hall casi escupió el té de la India que le habían servido en una fina taza de porcelana. El almirante Hall había imaginado que Hardinge saldría corriendo de su oficina para comentarle a Balfour, *the Secretary of Foreign Affairs*, la llave virtuosa que el Reino Unido tenía en sus manos para presionar el ingreso de Estados Unidos en la guerra y para ganar el conflicto armado, el peor en la historia de Inglaterra.

Wilson, ¿deseabas un acto hostil abierto? ¿Qué tal el hecho de que tu propio vecino, el pintoresco e intratable vecino del sur de tu frontera, esté planeando declararte la guerra junto con Japón y Alemania con el objetivo de desmembrarte como país? ¿Semejante conjura no es el hecho concreto que esperabas de parte de Alemania como para entender que los teutones no son tus amigos, sino tus más perniciosos enemigos desde la fundación de Estados Unidos?

El subsecretario Hardinge reaccionó a la inversa. Le irritaron las ideas de Hall. Se disgustó como correspondía a un funcionario de la vieja guardia acostumbrado a observar rigurosa y escrupulosamente las reglas del protocolo diplomático.

—Me parece nauseabundo que tengamos que recurrir a estas estrategias tan bajas para alcanzar nuestros objetivos políticos y militares.

Hall guiñó ambos ojos con una rapidez y frecuencia pocas veces vista.

—Esto equivale, señor almirante, a la actitud de un violador, quien incapaz de seducir a una mujer con estilo y categoría prefiere golpearla y medio matarla para poder poseerla.

El almirante se mostraba mudo, absolutamente perplejo. ¿Estaría soñando?

Hardinge siguió dando ejemplos para enriquecer su posición. La propuesta de usted equivale a la del bandido que necesita robar para tener dinero porque de hecho se está declarando incapaz de trabajar y solo el hurto puede satisfacer sus necesidades…

Hall ya no contestó. Prefirió guardar silencio y ser prudente antes de llegar a los improperios. ¡Menudo imbécil en un cargo de tanta importancia…! Existen personas con las que resulta inútil discutir…

—Me gustaría hablar con Balfour para conocer su punto de vista —argumentó Hall, intentando todavía respetar los conductos oficiales sin echarse encima a toda la oficina de Asuntos Extranjeros. Malditos políticos, se dijo furioso. ¡Qué fácil sería la vida sin ellos…! Lo mismo acontece con los abogados, tan pronto entra uno solo en la escena todo se deteriora y se complica.

—Es inútil —repuso Hardinge—, él le contestará lo mismo que yo. Su propuesta es repugnante e impropia de un hombre de su prestigio.

—¿Puedo ver a Balfour?

—Yo le notificaré a usted cuando exista un espacio en la apretada agenda del secretario Balfour.

Hall tomó sus papeles y se despidió de Hardinge con una breve reverencia sin extenderle la mano. Al cerrar la puerta, en lugar de regresar a su oficina, subió tres pisos y pidió una reunión inmediata con Balfour.

—Dígale, señorita, que no me moveré de este lugar hasta no verlo personalmente. El futuro de Inglaterra depende de esta reunión. ¿Puede usted tomar nota de lo último para dar el mensaje literal?

Conociendo a Hall y sabiendo de su capacidad e imagen en las altas esferas del gobierno, Balfour mismo salió a la antesala para hacer pasar al almirante. Lo tomó del brazo y lo condujo directamente a una sala privada, donde lo recibiría como a un huésped distinguido, para no entrevistarlo sentado frente a su escritorio. En los sillones era un amigo, en su escritorio era el señor secretario de Asuntos Extranjeros.

Hall contó el hallazgo sin sacar un solo papel de su portafolios.

Deseaba que antes de distraerse en la lectura del «Telegrama Zimmermann», Balfour le dedicara la atención necesaria para garantizarse el éxito en su planteamiento. ¿Tendría que ir a ver al primer ministro o tal vez al rey para que le hicieran caso? ¡Jamás se imaginó una respuesta de esa naturaleza de las autoridades civiles!

Conforme Balfour decía: *Oh, my God, oh, my God, oh, my God!*, Hall sabía que se iba asegurando el resultado. Se tranquilizaba mientras el secretario parecía salirse de la piel:

—*Sweet Lord, sweet Lord, sweet Lord…*

Cuando Balfour terminó de leer el telegrama se dirigió a la ventana desde la cual pudo ver la última parte del desfile de la policía montada. ¡Cuánta elegancia, cuánto prestigio, cuánta seguridad civil con una fuerza de esa categoría! Llevaba en la mano la hoja amarilla. Le daba la espalda a Hall. Giró repentinamente. Lo encaró.

—¿Quién sabe de esto?

—Una parte de mi equipo del «Cuarto 40».

—¿Quién más?

—Hardinge —repuso Hall a secas.

—¿Hardinge…? ¡Por qué Hardinge…!

—Es lo mismo que me pregunto yo. Seguí el escalafón para no herir susceptibilidades.

—¿Qué le dijo Hardinge?

—Mejor ni le contesto…

—*Oh, bloody Hardinge…!* —se lamentó Balfour.

El secretario volvió lentamente a su escritorio. Abrió la puerta tímidamente su jefe de asistentes.

—No estoy para nadie. No existo. ¡Que nadie vuelva a entrar! ¡Ni usted, mister Rutherford!

Balfour captó sin mayores explicaciones los alcances del telegrama. Él sentía las manos del káiser en su garganta cada vez que le informaban del naufragio de un nuevo barco cargado con armas, alimentos o medicinas. Él conocía los partes de guerra y por supuesto no ignoraba el estado de ánimo de las tropas que se jugaban la vida en los frentes franceses. Si alguien dominaba los escenarios políticos y militares, así como la caótica situación por la que atravesaba el Reino Unido y la proximidad del colapso total, ese era Balfour, solo Balfour…

Hall recibió una primera pregunta lógica, largamente esperada.

—Por supuesto no tiene usted duda de la autenticidad del telegrama, ¿verdad?

—Lo tengo comprobado por tres diferentes conductos. Los alemanes fueron tan insensatos como para enviar el telegrama a través del cable del Departamento de Estado, abusando de la generosidad del gobierno americano. Será muy fácil la prueba: simplemente deben revisar sus archivos para constatar lo recibido el día 18 de enero...

Balfour palidecía.

—No sé si son más audaces que estúpidos o a la inversa...

—Por si fuera poco, yo me aseguré una copia del mismo telegrama que Bernstorff le envió a Von Eckardt. No hay duda, señor secretario. Los americanos pueden comprobar nuestro dicho con revisar sus archivos y luego obtener copia en la Western Union del mensaje que Bernstorff envió a México. Ellos mismos tienen en su poder las mejores pruebas para demostrar el abuso de confianza de los alemanes.

—¿Y cómo van a saber que el texto del 18 es el mismo que nosotros les estamos enviando?

—Que venga alguien de la inteligencia americana con el texto que Bernstorff le mandó a Von Eckardt y juntos lo descifraremos. No podemos decir que podríamos hacer lo mismo con el de Zimmermann a Bernstorff porque en ese momento en Washington sabrían que también los hemos estado espiando.

—¿Cuál es su estrategia para presentar el telegrama a los norteamericanos?

—Visitaré a Edward Bell, el secretario de la embajada americana aquí, en Londres. Él es el conducto para incendiarle la cabeza al embajador Page.

—Creo que funcionará su idea —concluyó Balfour sonriendo por primera vez.

—En sus manos me siento seguro, señor secretario —no dejó de insistir Hall—: si los alemanes supieran que tenemos capacidad para descifrar sus mensajes cambiarían sus códigos y perderíamos un arma maravillosa para triunfar en la guerra...

—Confíe usted, almirante: no tenemos otra patria más que Inglaterra...

Balfour aplaudió una sola vez. Se frotó las manos como si se preparara para disfrutar un suculento banquete. Ordenó que procediera a hablar con los funcionarios de la embajada de Estados Unidos en Londres. Él mismo se encargaría de informar al primer ministro y ambos al rey.

Hall bajó de cuatro zancadas las escaleras del Foreign Office. Al pasar por la de Hardinge tomó una de las flores que decoraban la mesa central de la antesala y se la dio cortésmente a su secretaria:

—Dele al señor subsecretario mis respetos…

—Creí que ya se había usted retirado, señor almirante…

—Yo creí lo mismo —agregó otra vez sonriente, «pero al diablo», se dijo en silencio.

Al cruzar la calle, el desfile ya había terminado. Unos minutos después entraba a su oficina, arrojaba la gabardina por un lado y la gorra por otro. Telefoneaba a Edward Bell…

—Necesito verte, ¿te puedo visitar hoy mismo…? Es sumamente urgente…

43. El error de Félix

¿Y toda la experiencia de la que habías hablado, Félix Sommerfeld? ¿Por qué hablando tanto de ella no la utilizaste en el momento más crítico de tu existencia? ¿Por qué cometiste el mismo error que María? ¿Por qué...? Con tu clásica puntualidad y escrupuloso respeto a las formas, esa precisión teutona que les impide a ustedes dejar algún cabo suelto, ¿por qué tenías que mandarle imperativa e inaplazablemente a tu amigo, el cónsul alemán, un telegrama de Antigua, a tres días de tu llegada a Guatemala, un cable en el que le agradecías el préstamo del vehículo y le informabas el lugar exacto en donde lo habías dejado abandonado sobre la cuneta? ¿Por qué insististe en pagar todos los gastos en que él pudiera incurrir? ¿Tenías que ofrecer el pago de esa cuenta en ese preciso instante? ¿No conocía él a la perfección tu sentido del honor? ¡Claro que la policía encontraría el coche sin necesidad de tu intervención y se lo regresaría a su propietario! ¿El mundo entero se iba a caer si no amarrabas hasta el último hilo como todo neurótico alemán? ¿No supusiste que los agentes ingleses podrían haber tomado las placas del automóvil por la violencia con la que saliste de La Cubeta con la mujer que ellos buscaban, averiguarían que se trataba de matrículas diplomáticas del cónsul al servicio del Imperio alemán en Sinaloa y que, desde entonces, sería interceptado todo lo que llegara o saliera tanto de la residencia como del domicilio oficial del consulado? ¿Qué crees que sintieron los sabuesos ingleses, como tú los llamas, cuando sobornaron al mensajero que llevaba el telegrama y descubrieron que estabas en Antigua y tal vez acompañado de María? ¿No crees que valía la pena el viaje de los agentes hasta Antigua, sobre todo porque ya había recompensas del gobierno inglés y del yanqui para quien presentara viva o muerta a María, tu mujer? Antigua no es Shanghái ni Nueva York, ¿verdad Félix? ¿Te parecen bien 10 mil habitantes...?

44. El gobierno de Estados Unidos es enterado del «Telegrama Zimmermann»

A partir del 13 de febrero de 1917 Hall se había reunido casi todos los días con Balfour para conocer los avances de las negociaciones con Edward Bell, el secretario de la embajada de Estados Unidos en Londres. Este fue el primer funcionario norteamericano que leyó íntegramente el texto del «Telegrama Zimmermann». El diplomático no podía salir de su estupor.

—¿Cómo alguien en sus cabales puede pensar en mutilar el territorio norteamericano?[149]

Hall, angustiado con la que podría ser la reacción del diplomático, imaginando una respuesta similar a la de Hardinge, descansó al compartir la catarata de adjetivos altisonantes pronunciados por un individuo permanentemente sujeto a las formas más delicadas impuestas por el protocolo.

La pregunta de rigor no se hizo esperar:

—Almirante —repuso Bell con los ojos desorbitados—, esto es verdaderamente grave y puede precipitar el ingreso de Estados Unidos en la guerra —Hall parpadeaba y sonreía esquivamente—, debo suponer que usted mismo ya verificó la autenticidad del mismo, ¿no?

—Por supuesto, puede usted confiar en que antes de venir a visitarlo confirmé por diferentes fuentes que el mensaje fuera genuino.

Bell subió los codos al escritorio. Hizo descansar el mentón sobre los dedos cruzados de sus manos. Vio a la cara al director de Inteligencia Naval de Inglaterra. Era claro que afinaba una estrategia. Imposible dar un solo paso más sin consultar directamente con el embajador Page, con quien había comentado una y mil veces la resistencia del presidente Wilson a entrar en la guerra. Recordó cómo en la última entrevista el propio Page le había comunicado su decisión de renunciar al cargo, puesto que sus consejos y observaciones ya no eran tomados en cuenta por el jefe de la Casa Blanca.

—Esto es una bomba, una auténtica bomba —afirmó Bell al tiempo que descolgaba sin más el teléfono de la red de la embajada y marcaba el número del embajador.

—Aquí Page —contestó una voz ronca.

—Bell, señor, ¿puedo ir a verlo?

—Venga después del *lunch*, estoy a la mitad de una reunión.

—Señor, debe ser ahora mismo. Lo que tengo en mis manos le alegrará su vida hasta el último día de su existencia.

—*Is that so...?* —repuso Page en tono burlón, sin suponer el material explosivo que Bell pondría a su disposición en unos instantes más.

—Nunca en la historia de la guerra volveremos a contar con un arma tan devastadora, señor, le suplico que me reciba ahora mismo —insistió Bell, mientras Hall guiñaba impaciente ya con ambos ojos.

Ante la severidad del llamado y ya sin bromear, Page le pidió a su colaborador que fuera en ese momento a su oficina.

—La curiosidad me devora...

—Iré con el señor almirante William Reginald Hall, el director de Inteligencia Naval del Reino de Su Majestad —advirtió al jefe de la misión diplomática norteamericana en Inglaterra.

—Venga con quien usted desee, pero venga ya —alcanzó a decir antes de colgar sin despedirse.

Ambos salieron precipitadamente de la oficina de Bell olvidando sus imprescindibles gabardinas en esa época del año. En Londres o llovía o helaba. Subieron por Park Lane hasta doblar a la derecha por Upper Brook Street y bien pronto llegaron a Grosvenor Square. Hall no podía estar más satisfecho. No esperaba una reacción distinta ante la gravedad de las circunstancias. Como el elevador se encontraba en los pisos superiores los dos decidieron subir la escalera circular de mármol de Carrara cubierta en su parte central por un tapete rojo, hasta llegar al tercer piso con la respiración desacompasada. ¿Cómo no abrir la puerta sin importar con quién se encontraba el embajador ante un asunto de semejante envergadura? Sin embargo, Bell tuvo todavía que saludar a la secretaria de Page, pedirle cortésmente que le informara de su presencia y esperar a que ella volviera con la respuesta anotada en su bloc de dictados. Las palabras contaban mucho para anticipar reacciones. Mejor, mucho mejor, escuchar las pronunciadas exactamente por el embajador norteamericano.

Hall y Bell fueron recibidos por Page en la sala de juntas. Por supuesto, el secretario inició la conversación después de las presentaciones de rigor. Hall asentía con la cabeza sin pronunciar palabra. Al embajador no dejaba de llamarle la atención la mirada penetrante del almirante que, como él confesaría más tarde en sus memorias, sintió que «le traspasaba el alma». Según explicaban ya entre los dos el alcance de su descubrimiento, Page abría la boca, se ajustaba las gafas, se arreglaba el pelo, se acomodaba una y otra vez en el asiento, se arreglaba el bigote, cruzaba los dedos de las manos, se soltaba, en ocasiones controlaba sus impulsos para levantarse incapaz de recibir tanta presión.

—¿Una alianza entre México, Japón y Alemania en contra de Estados Unidos?

—*Yes indeed, Sir...*

—De ganar la guerra entre los tres países, ¿México recuperaría Texas, Arizona y Nuevo México?

—Sí, señor...

—¿Y Japón, qué ganaría con todo esto?

—Hasta donde sabemos —repuso Hall—, el káiser le ofrece como recompensa y agradecimiento por suscribir la alianza, además de las colonias alemanas en Asia, nada menos que California y parte de Centroamérica, incluido el Canal de Panamá.

—¿A partir de cuándo están negociando todo esto? —cuestionó el embajador en voz apenas audible.

—Por lo menos seis meses, señor embajador —interrumpió Hall a Page—. En un primer telegrama del 19 de enero el secretario Zimmermann le pidió a Von Eckardt en México que esperara a que Estados Unidos declarara la guerra a Alemania, sobre todo después del estallido de la guerra submarina, solo que otro telegrama, enviado el 5 de febrero, rectificó el anterior y se le pidió que iniciara de inmediato las negociaciones para que Carranza pudiera empezar a trabar la alianza con el Japón.

—¿Entonces esto ya se echó a andar? ¿No son planes?

—El «Telegrama Zimmermann» es una realidad. Los diplomáticos alemanes, japoneses y mexicanos han trabajado arduamente en la materialización del proyecto desde hace 15 días —atajó Hall para incendiar los ánimos de Page. Debemos asumir que llevan meses tramando todo esto desde Berlín...

Cuando Page guardaba silencio y reflexionaba, vino a su mente la imagen del presidente Jefferson, el padre de la expansión norteamericana y de las libertades políticas y religiosas de su país. Jefferson, su héroe, era un ejemplo a seguir.

Hall disparó sin piedad el tiro de gracia. Le mostró al diplomático el texto descifrado del telegrama. Cuando Page lo terminó de leer, dejó caer la hoja amarilla sobre su escritorio. Como si se desvaneciera, posó la cabeza encima del texto. Se tapó los oídos. Lloraba de la rabia[150] y al mismo tiempo sonreía por la calidad del arma que tenía finalmente en sus manos. En ocasiones golpeaba la mesa con la mano izquierda. ¿Cómo un hombre con su estatura política podía reaccionar así? La presión que había venido resistiendo de buen tiempo atrás, el peso de la responsabilidad, de pronto escapó hasta por el último de sus poros. Page se desinflaba. Bien pronto volvería a ser él mismo, dueño de sus sentimientos y en total control de sus reacciones. Reventó por unos momentos liberándose temporalmente de las negras fantasías que lo acosaban de día y de noche. ¿El mundo entero dominado bajo el peso de la bota militar del káiser? ¿Los ciudadanos de Estados Unidos uniformados como los militares alemanes? ¿Un tirano como Guillermo II sentado en el salón oval mientras Wilson no parecía entender nada? ¿El horror de la autocracia en Norteamérica después de tantos años de lucha por conquistar las libertades elementales, inherentes e indiscutibles del hombre? Al fin la vida le había dado la clave para que Estados Unidos entrara en la guerra de parte de la Gran Bretaña y Francia, que ya agonizaban.

—¿Cómo podrá Wilson discutir esta realidad? —levantó Page la cabeza con los ojos empapados, sin mostrar el menor rubor.

Hall solo pensaba en correr a la oficina de Balfour para informarle que la mecha estaba encendida. Que la respuesta de los diplomáticos norteamericanos había superado la más optimista de las expectativas. Que faltaba la segunda parte, la más difícil, convencer al necio de Wilson. Lansing, un antialemán confeso y consumado, tendría frente a sí la tarea más difícil de su carrera.

—Es imposible negar la existencia del mensaje, señor, le aseguro que no es una conjura inglesa —asentó Hall como si no hubiera pasado nada—. Tenemos copia del telegrama enviado por Bernstorff a México —agregó, cuidándose de revelar la verdadera fuente de sus informaciones.

Page, nuevamente dueño de sí y caminando de un lado al otro como un catedrático, apuntó que Washington refutaría la validez del telegrama.

—No creerán en su autenticidad —adujo, concibiendo un plan indestructible—. Pensarán como siempre que es una estrategia diseñada por ustedes —mascaba sus ideas dirigiéndose a Hall— para que Estados Unidos entre en la guerra. Hubo varios intentos de la Gran Bretaña por provocar esta situación, de hecho —confesó circunspecto—, ustedes mismos ya lo habían intentado inventando ardides falsos a través de México que nunca llegaron a formalizarse. Esa es una desventaja —concluyó con toda sobriedad.

Vinieron entonces días y noches de entrevistas entre Hall, Bell, Page e Irwin Laughlin, primer secretario de la embajada. Los cuatro tramaban la mejor manera de comunicar a Wilson y a Lansing el telegrama descifrado sin dejar lugar a dudas sobre su validez. ¿Qué haría Lansing con el mensaje? ¿Y Wilson? ¿Lo tiraría a la basura como una conjura más? ¿Y el Congreso americano? ¿Y la prensa? ¿Y en este último caso, el pueblo de Estados Unidos? ¿Cómo filtrarlo? ¿El mejor conducto sería el oficial, el del Departamento de Estado? O mejor hacerlo publicar en el *New York Times* por un reportero, ¿o en el *Time*? Hall y Balfour también deliberaban sin dejar de informar a Asquith sobre el avance de las negociaciones. El 22 de febrero llegaron finalmente a un acuerdo unánime. Encontraron cómo limpiar de cualquier duda la autenticidad del telegrama, minimizando la incredulidad política y popular y maximizando el impacto nacional.

—Tanta inteligencia reunida en esta oficina solo puede conducir al éxito —anotó Hall, sin ocultar su avidez ni dejar claras las razones fundadas de su esperanza.

Deciden que Balfour, en su calidad de secretario de Estado para Foreign Affairs, haga oficial el contenido del mensaje a Page, con su personalidad diplomática acreditada ante el Reino Unido. Como el texto estaba codificado según Bernstorff lo había enviado a México,[151] un criptólogo inglés, por supuesto De Grey, iría a la embajada de Estados Unidos para descifrarlo «técnicamente» junto con Bell en territorio americano…

—Es el momento más dramático de mi vida —confesó Balfour a tan solo dos meses de haberse hecho cargo del Ministerio de Asuntos Extranjeros—. No volveré a dormir hasta conocer la respuesta de la Casa Blanca. El compás de espera será devastador, señores.

Balfour era el Jefferson inglés que ejercía la política como una ocupación caballerosa y en sus ratos de esparcimiento se dedicaba a la ciencia, a la metafísica, a la estética, al estudio de la lógica y de la filosofía en general, al tenis sobre césped, a los autos deportivos y al golf. Él mismo había redactado la respuesta aliada a Wilson hablando de la inutilidad de discutir con el enemigo…

Page, de acuerdo con el plan, trataría de calentar el ambiente. El día 24 de febrero, temprano en la mañana, anunciaría a Washington que en tres horas más mandaría «un mensaje vital al presidente y al secretario de Estado». Una nota tan extraña despertó un tremendo suspenso en Washington. Esa era precisamente la idea. Lansing no estaba en Washington. Disfrutaba un largo fin de semana. Se encargó la recepción del esperado telegrama a personal especializado, con la instrucción de no moverse de la sala de mensajes hasta no recibir la comunicación de Londres. Page es un hombre serio. No es un incendiario. Con la espera de las noticias comienza una nueva atmósfera de tensión en el Departamento de Estado. ¿Los ingleses se habrían decidido a negociar la paz? El embajador deja pasar el tiempo intencionalmente. Se cuida de ocultar la menor pasión. Transcribe las verdades a medias que, a su vez, el propio Hall le había dicho a él. Redacta con palabras escasas, bien escogidas y, sobre todo, se abstiene de dar consejos de ningún tipo. Piensa para sí: «que el texto hable y se defienda por sí mismo. Debo narrar hechos concretos y transmitir los datos sin contaminarlos emocionalmente». En cualquier país el texto del telegrama haría estallar la guerra: a saber la respuesta de Wilson…

A la una de la tarde envía finalmente el telegrama completo. El torpedo hace blanco a las 8:30 de la noche del mismo sábado 24 en la sala de mensajes del Departamento de Estado:

> Al principio de la guerra el gobierno británico obtuvo una copia del código alemán de cifras usado en el siguiente mensaje y se dedicó a obtener copias de los telegramas cifrados enviados por Bernstorff a México, entre otros, que eran remitidos a Londres para ser descifrados aquí. Eso explica cómo se pudo descifrar este telegrama del gobierno alemán a su representante en México, así como el atraso de enero 19 hasta hoy en la recepción de la información. Este sistema ha sido hasta ahora celosamente guardado y es revelado únicamente a ustedes en vista de las actuales circunstancias extraordinarias y el sentimiento de amistad hacia Estados Unidos. Ellos solicitan con toda seriedad que guarden en secreto la fuente de la información y los métodos para obtenerla, pero no prohíben la publicación del telegrama de Zimmermann.[152]

Frank L. Polk, secretario encargado del despacho en ausencia de Lansing, fue el primer funcionario norteamericano de alto nivel que leyó el mensaje interceptado y traducido por los ingleses. El telegrama no era solo «de gran importancia», como había dicho Hall, era una invitación devastadora, una alianza perversa, amenazadora, temeraria, una abierta agresión en contra de los intereses continentales norteamericanos. Sin más, Polk levantó la red y pidió ser recibido inmediatamente por el presidente Wilson. Solo mejoró el recado de Page al subrayar que la audiencia era de «capital importancia».

Polk cruzó la calle cubierta por una gruesa capa de nieve caída la noche anterior y llegó jadeando al salón oval. Un uniformado de gran estatura y vestido en tonos azules oscuros de la marina norteamericana le abrió la puerta sin saludarlo marcialmente por no ser el jefe supremo de las fuerzas armadas de Estados Unidos. El presidente interpretó el rostro congestionado y severo de su colaborador. Este prefirió o quizá no pudo pronunciar palabra alguna. Le extendió a Wilson las cuatro cuartillas amarillas recién mecanografiadas, una de ellas húmeda por un copo de nieve.

El presidente leyó detenidamente para que la tensión del momento no le impidiera captar todos los argumentos o entenderlos correctamente. Según terminaba cada hoja y una mano arrebataba a la otra la siguiente cuartilla, su coraje crecía junto con su incredulidad. Al concluir levantó lentamente la cabeza para buscar la mirada de Polk y encontrar en él una comprensión muda. Mantenía los papeles arrugados entre sus puños. De pronto los arrojó contra la cubierta de su escritorio poniéndose de pie y dirigiéndose con las manos en la cintura hacia la ventana. Volvía a nevar en Washington. El jardín de la Casa Blanca se teñía gradualmente de blanco.

Wilson giró bruscamente sobre sus talones:

—Polk, publique el texto mañana mismo. Todavía podemos detener las rotativas de la costa este y enviarlo al resto del país para su divulgación inmediata.

—Lo pensé, señor, mientras venía para acá, pero quisiera sugerirle, de no haber inconveniente y con todo respeto, que esperemos el regreso del secretario Lansing. Su opinión es muy valiosa.

—¿Cuándo llega?

—El próximo martes 27. Dentro de tres días, señor…

—Tres días es una eternidad en estas circunstancias.

—Él llegará antes que yo si lo voy a buscar. Yo le aconsejaría esperar. Mientras tanto podemos verificar algunos datos, señor…

Wilson volvió impulsivamente a su escritorio. Tomó de nueva cuenta las cuartillas entre sus manos. La confirmación de una fecha devoraba toda su atención.

—¡Claro!, ¡claro que sí! —parecía perder los estribos—, mientras yo negociaba con Bernstorff y con el propio Zimmermann los términos de una paz sin vencedores, los alemanes tramaban la desintegración territorial de Estados Unidos y articulaban un plan en contra precisamente de quien había propuesto un armisticio conveniente para todos. ¡Canallas!, son unos canallas, Polk.

El subsecretario le comunicó al presidente sus planes sin tratar de suavizar la reacción de Wilson. Entraba ya a un terreno práctico también en su carácter de consejero de seguridad nacional. Aprovecharía el tiempo antes del regreso de Lansing.

Wilson, quien no dejaba de negar con la cabeza absolutamente incrédulo de lo que acababa de leer, se limitó a decir:

—Esperemos a conocer la opinión de Lansing. Es correcto: abstengámonos de tomar decisiones precipitadas… No puedo pasar por alto su punto de vista. Infórmeme de cualquier otra novedad. Nos vemos el martes en la mañana.

45. Carranza y el embajador de Estados Unidos

Mientras Carranza continuaba festejando, ahora en Guadalajara, la promulgación de la Constitución Política de los Estados Unidos Mexicanos, en ningún momento dejó de estar en contacto con Cándido Aguilar.

El ministro del Imperio alemán solicitaba una y otra vez audiencias con el propio Aguilar para revisar los avances de la alianza y acatar puntualmente las instrucciones de Arthur Zimmermann. Las presiones de Berlín eran abrumadoras.

—Confíe —insiste Von Eckardt, confíe, nadie traicionará la suscripción de esta alianza secreta. Los detalles solo los conocerá la cancillería japonesa, la alemana y la mexicana, y le puedo asegurar —aclaró ajustándose el monóculo— que ninguna de ellas tendrá el menor interés en divulgarlos.

Aguilar había sido instruido por Carranza para que escuchara y después volviera a escuchar sin tomar partido.

—Hable despacio, yerno. Mientras yo no regrese de la gira, explíqueles muy bien, usted no podrá resolver nada, ¿estamos…? Claro que necesitamos tiempo para saber qué fichas movemos. Los asuntos pendientes en Guadalajara me demorarán mucho…

Polk no pierde el tiempo. Despliega una aguerrida y febril actividad diplomática. El domingo 25 de febrero informa a Fletcher de la existencia del «Telegrama Zimmermann». Guarde usted todas las reservas. *It's top secret! Mister ambassador…* Sin consultar con Lansing ni con Wilson, instruye, acto seguido, a su embajador en México, hubiera o no presentado las cartas credenciales, para que se entreviste con Carranza y le pregunte su posición con respecto al «Telegrama Zimmermann». ¿Qué hará México?

—¡Arrincónelo! ¡Amenácelo! Exija usted una definición clara y precisa y no una salida ambigua al estilo carrancista —ordena el subsecretario y consejero de seguridad nacional de la Casa Blanca—. Quiero que repudien inequívocamente la invitación perniciosa.

—Carranza no está en México, señor. Se encuentra en Guadalajara de gira… —responde el diplomático. Tendremos que esperar su regreso.

—Vaya usted al lugar ese, se pronuncie como se pronuncie, y hable personalmente con Carranza. ¿Piensa suscribir una alianza con Alemania y

Japón en contra de Estados Unidos, sus amigos? ¡Exijo una respuesta inaplazable! ¿Tenemos a un amigo o a un enemigo en la frontera sur? Nos urge saber...

Horas después, cablegrafía a Page, en Londres, y nuevamente a Fletcher en México: entrevístense inmediatamente con los embajadores japoneses en Inglaterra y en México. Ordena hacer lo mismo en otros países. Es inaplazable saber cuál sería la posición de Japón en el caso de que Alemania le declarara la guerra a Estados Unidos. Las respuestas uniformadas, como si se les hubiera preguntado a las mismas personas, empiezan a llegar al avanzar la semana. El Imperio del Sol Naciente no cambiará de bando. Continuará al lado de la *Entente Cordiale*. Solo pide que se le respeten sus posesiones y mercados asiáticos. Con eso tiene bastante.

Simultáneamente el propio Polk busca un telegrama muy extenso que hubiera podido llegar de Berlín a Washington. Intentaba comprobar si el mensaje enviado por Bernstorff a México había sido enviado por el cable del Departamento de Estado abusando de todas las facilidades concedidas por el presidente Wilson para negociar la paz y solo para eso. Recuerda el pleito de Lansing con Colonel House cuando el secretario arguyó que «esto no es una oficina de correos al servicio de Alemania...» El asesor presidencial repuso a voz en cuello: «Aunque se caiga el cielo, entregaremos este telegrama a Bernstorff en cumplimiento del acuerdo caballeroso suscrito con los alemanes».[153]

En los archivos del propio Departamento de Estado encuentra un cablegrama proveniente de Berlín, del Ministerio Imperial de Asuntos Extranjeros. El texto con fecha 17 de enero era efectivamente muy extenso: mil grupos codificados.

—Este es, este deber ser —mueve violentamente el puño derecho. Lo intuye. Lo presiente. Hay cosas que se saben. No requieren de prueba alguna...

¿Cómo saber que se trata del mismo telegrama si no puede descifrarlo? Fechas, vayamos a las fechas: el recibido por Bernstorff es del 17 de enero y el enviado por él a México, según Hall, es del 19. Dos días después. Es una presunción válida.

—¡Nos han engañado vilmente! Han abusado de nuestra buena fe.

Fletcher habla con Aguilar el lunes 26 de febrero. El secretario de Relaciones Exteriores niega haber recibido semejante telegrama. No se le mueve ni un músculo de la cara. Sabe mentir. Ni su rostro ni su mirada delatan que falta a la verdad. Si Fletcher hubiera sabido que días atrás Aguilar había discutido con Von Eckardt y después con Carranza en el Castillo de Chapultepec los alcances, ventajas y riesgos de la tentadora alianza alemana...

Si además se imaginara que ya hasta había hablado con los japoneses, al igual que lo había hecho el ministro alemán acreditado en México…

—¿Una alianza con Alemania y Japón en contra de Estados Unidos…? No sé de qué está usted hablando, embajador.

—¿No ha hablado con ustedes el ministro alemán Von Eckardt de un telegrama enviado por Zimmermann para declararnos la guerra conjuntamente a Estados Unidos para que México recuperara Texas, Nuevo México y Arizona…?

—Von Eckardt no me ha buscado para un asunto de esa naturaleza.

—¿Y si lo buscara, qué diría…?

—Espere usted a que me busque y lea el texto. Es muy arriesgado comprometerse a ciegas o hablar de fantasías y no de hechos concretos…

—Veré qué me responde el presidente Carranza. Hoy mismo salgo para Guadalajara para presentarle mis cartas credenciales.

—Dudo mucho que lo reciba. Está muy ocupado, usted sabe, asuntos de Estado. Eso sí, de llegar a recibirlo le confirmará lo mismo. Yo soy quien le informa a él del curso de las relaciones exteriores de México y no a la inversa…

Carranza se entrevista con Fletcher en Guadalajara. Efectivamente presenta sus cartas credenciales que lo acreditan como representante oficial de la Casa Blanca. Ahora sí tenía la personalidad diplomática para actuar en nombre de su gobierno. Su primera acción como embajador consiste nada menos que en amenazar al propio Carranza con el rompimiento de relaciones si este no repudiaba el «Telegrama Zimmermann», aun cuando solo fuera en privado.

Don Venustiano, siempre parsimonioso, sobrio sin ser puritano, un hombre fundamentalmente ecuánime, no inconmovible, tenaz, terco, obcecado, trabajador, astuto, paciente y estoico no se retiró del rostro los lentes para mirar lejos, mientras acariciaba su barba entrecana con su mano derecha.

El presidente de la República negó haber recibido oferta alguna de alianza por parte de Alemania.

—Por lo mismo —lentamente y con un volumen de voz apenas audible—, no veo motivo alguno para romper relaciones ni con Alemania ni con ustedes. ¿Por qué había de hacerlo…? Solo porque usted supone que yo recibí un telegrama… ¿Esa es una razón…?[154] No pierda usted de vista que México es un país neutral y no tenemos ningún interés, créamelo, en que la guerra llegue al continente americano. ¡Ninguno!

—¿No romperá relaciones con Alemania para demostrar lealtad a Estados Unidos y saber así de qué lado están ustedes?

—¿Quiere usted que yo rompa relaciones con un país con arreglo a un chisme? Y además —echó la mano metafóricamente a la cacha de la pistola—, no hablemos de lealtades, salvo que quiera usted que le platique las razones que tenemos los mexicanos para estarles «agradecidos» a ustedes o ser «leales» a sus causas…

—No es chisme. Yo tengo el telegrama —alegó Fletcher, envalentonándose y rehuyendo el segundo comentario del presidente.

—Si no es chisme entonces es trampa. ¿Yo por qué razón voy a creer en un papel que usted me trae, mismo que ni siquiera he recibido…? Si lo hiciéramos al revés, ¿usted qué haría? ¿Van ustedes a romper relaciones con Inglaterra solo porque yo le muestre a usted un mensaje que me mandaron a mí los alemanes…?

Fletcher guardó silencio mordiéndose la lengua. ¿Cómo contradecirlo? «Me miente, solo tengo que saber cuánto tiempo tardaré en saber la verdad… Malditos mexicanos mañosos. Es imposible sujetarlos. Se zafan, son jabonosos, escurridizos, para todo tienen una salida, una disculpa, una improvisación magistral para cerrarnos la boca con mentiras… Son verdaderos profesionales del embuste… Ya deberíamos aprender que la decepción con los mexicanos es solo cuestión de tiempo en cualquier orden de la vida entre ambos países.»

—¿Por qué no levantan ustedes el embargo de armas?[155] Yo también quiero saber de qué lado están ustedes. ¿Por qué razón no me las venden a mí y sí lo hacen con otros grupos enemigos…? —aventuró Carranza sus posiciones en medio de la ríspida conversación, la primera que sostenía con el representante de la Casa Blanca.

—Mientras haya dudas respecto de su lealtad hacia Estados Unidos, no creo que el presidente Wilson les vaya a vender ni un solo cartucho.

—¿Las dudas son producto de la imaginación de ustedes o el embargo de armas responde a nuestra negativa a plegarnos a los caprichos de la Casa Blanca? ¿Por qué les cuesta tanto trabajo a ustedes aceptar que aun cuando somos pobres tenemos dignidad?

—Eso no se cuestiona.

—Sí se cuestiona, amigo mío. Wilson se enfurece porque somos soberanos legislativamente hablando. Se pierde de la rabia porque promulgamos una Constitución que atenta contra los intereses de los inversionistas de Wall Street, individuos siniestros, asesinos ocultos dispuestos a matar y a derrocar presidentes y a crear el caos en el hemisferio solo por un puñado de dólares.

Fletcher había ido a Guadalajara para discutir la existencia del «Telegrama Zimmermann», solo que…

—Usted cree que un bolero, un limpiabotas, de esos que caminan en la calle, ¿no tiene dignidad? Por más hambre que pueda pasar tírele un taco despectivamente sobre su puesto de trabajo y verá lo que tarda usted en que se lo restrieguen en la cara o lo zurzan a puñaladas... Hasta para dar hay que saber hacerlo, ya ni se diga pedir —concluyó Carranza poniéndose de pie. Para acabar disparó a quemarropa—: ¿Qué privilegios creen ustedes que les concede el tener tanto dinero...?

—Bien, señor presidente... —balbuceó Fletcher.

—Dígale usted a su gobierno que me respete y verá cómo todo fluye fácilmente. Deben comprender lo que es una frontera política. Porque hay fronteras, ¿verdad...? No somos inentendibles ni inexplicables ni impredecibles, no, señor, el origen de las diferencias estriba en que no somos subordinados de ustedes y tenemos nuestra dignidad. Con el tiempo verá usted cómo hasta el más miserable de los mexicanos tiene su corazoncito... —agregó don Venustiano con humor para suavizar la entrevista.

—¿Pase lo que pase serán ustedes siempre neutrales? ¿Eso es lo que debo informar a mi país...?

Pase lo que pase son términos muy amplios y genéricos, señor Fletcher, solo que nosotros, a diferencia suya, sí somos neutrales...

—¿Por qué dice usted eso...?

—Porque nosotros no le venderíamos armas, si las tuviéramos, a ningún beligerante. Esa es la verdadera neutralidad. Embarguen las exportaciones a cualquier país involucrado en la guerra. Traten a Inglaterra y a Francia, por ejemplo, como nos tratan a nosotros: no nos venden nada por una supuesta neutralidad...

—Nunca pierda de vista, embajador Fletcher —le había insistido el presidente en el salón oval el día de su despedida—, que Alemania tiene un gran control en la prensa mexicana, influye en forma determinante en el ejército y en el gobierno mismo y cultiva simpatías en la población al capitalizar el malestar en contra de nosotros y, por si fuera poco, Carranza, además de ser un mañoso, es un germanófilo furibundo... De alguna manera deseaba aleccionarlo y prepararlo respecto al «zoológico humano» ante el cual se va usted a acreditar.

—No creo que sea inteligente ni conveniente dejar Europa en manos de los bárbaros de nuestros días —agregó Fletcher a sabiendas de que Carranza pugnaba por la neutralidad de Estados Unidos, misma que implicaría la cancelación de exportaciones a todos los países beligerantes y con ello beneficiaría a Alemania que, en cambio, dependía mucho menos del exterior.

—¡Ah!, ¿entonces ese es su concepto de neutralidad? A unos sí y a otros no...

Carranza era truculento e inentendible para Wilson, tanto o más que el propio Huerta. El embajador Fletcher recordó el cartón de la prensa extranjera que dibujaba al presidente mexicano como un maniquí manejado por un prusiano.[156] El jefe de la Casa Blanca se moriría sin entender a los mexicanos. ¿Qué querían? ¿De qué se trataba? ¿De qué ideología eran? ¿Con quién estaban? ¿Con la tiranía y la autocracia o con la libertad y la democracia? ¿Tendrían ideología? Por eso el país estaba en las condiciones en que estaba y los mexicanos arreglaban sus diferencias a balazos, recordó Fletcher las últimas palabras del mandatario norteamericano.

—No me ha contestado usted lo que debo responder en torno a la neutralidad mexicana, señor presidente —volvió a la carga Fletcher, evitando enredarse más con la labia de Carranza.

—Diga usted que nosotros sí seguiremos siendo neutrales…

Mientras Fletcher viajaba de regreso a la Ciudad de México para informar a Polk que Carranza no había recibido ningún telegrama y que el rompimiento de relaciones carecería de sentido, el secretario Lansing regresaba de White Sulphur Springs después de un descanso de tres días. Imposible imaginar lo que le esperaba en la oficina aquel martes 27 de febrero. Tan pronto corría las cortinas para dejar entrar la luz de las primeras horas de la mañana, llegó Polk con las cuatro cuartillas amarillas mecanografiadas, las mismas que había tenido en sus manos el presidente Wilson tan solo el sábado anterior.

—¡Lo sabía! —gritó fuera de sí—: Alemania insiste en involucrarnos en un problema militar con México… Jesús! ¿Creerán que somos idiotas como para caer en la trampa…? Esta mierda de telegrama es la mejor prueba de ello —volvió a maldecir mientras caminaba golpeándose las piernas con las cuartillas arrugadas.

—Hay más —interrumpió Polk el nervioso peregrinar de su superior al entregarle otras cuartillas inentendibles, llenas de números, mil grupos de códigos, supuestamente el mensaje original que Berlín le había enviado a Bernstorff—. Tengo la fundada sospecha de que Zimmermann violó todos los acuerdos y utilizó el cable del Departamento de Estado no para negociar la paz de acuerdo con lo convenido, sino para enviar este texto traidor a su embajador en Washington.

Lansing le arrebató a Polk los textos en otro arranque de furia. No entendía nada. Imposible entender el significado de una cifra ni mucho menos de un grupo de números. Ni el propio Hall confesaría comprender, aun cuando pudiera descifrar nuevamente con De Grey el telegrama, ahora sí en un par de horas.

—Le dije a House que esto no era una oficina de correos —volvió a gritar—. Se lo dije, se lo dije, se lo dije…

—Sí, señor, abusaron de nosotros.

—Abusaron porque House es un viejo necio y obcecado que debería estar jubilado y dedicado al cuidado de su jardín. Malditos alemanes, maldito Zimmermann, hipócrita, hijo de puta al igual que Bernstorff: malditos embusteros con caras de moscas muertas —condenó en un vocabulario que Polk nunca había escuchado en voz de su superior.

—¿Qué sabe el presidente?

—Todo. Le informé todo menos de la utilización de nuestro cable.

—¿Qué dijo de lo demás?

—Está tan furioso como tú…

—¿Qué quiere hacer?

—Por lo pronto publicar el telegrama en la prensa.

—¿Y por qué no lo hicieron?

—Decidimos esperar a que llegaras.

—¿Y todo esto acontecía mientras yo tomaba baños de azufre…? *Jesus Christ…!*

—¿Te das cuenta de que ya estamos en la guerra? Nada puede sacudir más al país ni al presidente Wilson que una alianza, una artimaña de esta naturaleza.[157] Ahora vamos a darles su merecido a estos bastardos que se sienten hijos de Dios…

Lansing descolgó la red y a las 11 de la mañana quedó en entrevistarse con el presidente Wilson.

—¿No puede ser ahora mismo?

—*Yes, please, at eleven o'clock, Robert…?*

46. La astucia de Carranza

Carranza, al igual que Wilson, deseaba tomar sus decisiones encerrado en la hermética intimidad de su oficina. El capitán, se dice orgulloso, debe estar solo desde el puente de mando. No cabe la familiaridad ni es posible compartir el poder. Quien gobierne debe escuchar, recabar opiniones, pero finalmente deberá decidir él mismo sin permitir a nadie tomar simultáneamente el timón. Este es mi timón, solo mío... Empieza a alejarse gradualmente de Obregón. ¿Ganó la batalla de Celaya que fue determinante para la causa, es decir para la derrota de Villa? Sí, ¿pero hasta qué punto fue Maximilian Kloss, ese magnífico militar prusiano, el que le dio las claves para aplastar a ese borrachín asesino? ¿Obregón se llevará el crédito o mis relaciones con Alemania y con la academia militar prusiana? Ya lo juzgará la historia...

El presidente se apartaba de uno de sus generales más exitosos, ocultando diplomáticamente su rencor, porque jamás olvidaría cómo el militar sonorense se había resistido a someterse incondicionalmente a sus dictados, inclinaciones, sugerencias y deseos durante la redacción de la Constitución del 17. ¿Qué pruebas adicionales requería? «Álvaro solo busca el poder y en 1920 tratará de arrebatármelo por las buenas o por las malas... A los hechos...»

Por otro lado, ya sabía la posición de Obregón en torno al «Telegrama Zimmermann». Con absoluta obsecuencia se inclinaría reverencialmente hacia Estados Unidos cumpliendo todos sus caprichos. ¿Nadie había aprendido la lección de mi general Díaz? Enséñale un quinto a un yanqui y te dejará sin ahorros... Son insaciables. El dinero los enloquece como a los chinos el opio, a los perros el olor a carne y a las moscas la mierda... ¿Es tan difícil hacer entender a los políticos mexicanos que o guardamos la distancia o nos convertirán en protectorado con una sonrisa en la boca o una pistola en la mano? Si ya los tenemos cerca geográficamente, mantengámoslos lejos políticamente... Cuidado con los entreguistas como Obregón, cuidado, muy a pesar de sus declaraciones públicas y sus supuestos rencores antiamericanos... Cuidado...

Von Eckardt insiste en una entrevista tan pronto Carranza regresara de Guadalajara. Concede de inmediato la audiencia de acuerdo con la promesa de Cándido Aguilar. El ministro alemán no corría ese día con la mejor de las suertes. Al entrar risueño, perfumado y entusiasta a la oficina del presidente en Palacio Nacional, no fue recibido como acontecía tradicionalmente en la sala anexa como una deferencia muy especial, sino en el despacho oficial, y en uno de los sillones colocados en frente del escritorio del «Benemérito».

Carranza estaba demudado. Acababa de leer el último párrafo de un artículo firmado por Martinillo, el mismo columnista que de buen tiempo atrás había demostrado una muy especial facilidad para amargarle la mañana, el día completo y hasta la noche. Con nada había podido corromperlo y mira que le he ofrecido dinero, ranchos, posiciones políticas, poder y nada, absolutamente nada. A él fue a uno de los que le ofrecí los derechos para imprimir papel moneda en el norte del país y no solo lo rechazó, sino que salió publicando mi ofrecimiento. Gusano nauseabundo comegargajos…

Ese día Martinillo había concluido su columna con un párrafo que conduciría al presidente mañana mismo a clausurar indefinidamente otro periódico más. «La libertad de prensa, cavilaba, equivale a dejar a un niño frente a un pastel de chocolate… ¿Qué sucederá? Se enfermará como se empachará una sociedad inmadura, ignorante y sin criterio a la que se le acercan textos falaces y malintencionados que no puede filtrar ni digerir y que, desde luego, envenenan, complicando las difíciles tareas de gobierno en un país donde priva el analfabetismo y la superstición […] Los límites son los límites. La próxima vez que Martinillo quiera escribir lo hará en papel del baño.»

¿Qué revolución mexicana es esta que no confisca ni expropia? ¿Qué revolución es esta que al igual que Díaz permite a los caudillos que se enriquezcan para controlarlos, en lugar de someter al país a una purga gigantesca? ¿Qué clase de revolución es esta que reprime con la fuerza a los sectores campesinos y a los obreros que protestan y en nombre de quienes supuestamente se hizo la revolución? ¿Qué clase de revolución es esta que se alía con los hacendados y con las clases altas del país? Villa y Zapata no lo hubieran hecho. ¿Qué clase de revolución es esta que mantiene intacta la estructura agraria del país? ¿Qué clase de revolución es esta que no incorpora nuevas medidas democráticas a México? ¿Qué clase de revolución es esta que creó un ejército profesional que después empleó contra los campesinos? Su vistoso constitucionalismo contrasta con los hechos. Carranza es igualito a Díaz. No es difícil que su claro porfirismo le llegue a costar la vida y el cargo en un futuro.[158]

El olfato de Carranza le hacía desconfiar de todo lo alemán. El que se quema con jocoque hasta a la leche le sopla… A partir del apoyo que el káiser le había concedido a Huerta, pensaba el presidente con su escasa chispa norteña, había resuelto utilizar a los alemanes como meros espantapájaros: los pondré cada kilómetro a lo largo de la frontera. Así estos malditos pajarracos gringos se cuidarán, lo más que puedan, de entrar a México…

Además de aquel malestar del que Carranza entendía su origen, no podía ocultar la constante perturbación producida ante la presencia de Heinrich von Eckardt, ministro del Imperio alemán. Lo recibía, hablaban, conversaban por buenos espacios de tiempo, sí, aparentaba y en ocasiones se dejaba influir, sí, también… Pero ¿qué sucedía…? ¿Por qué tanta incomodidad?

El embajador Von Eckardt le hubiera podido explicar fácilmente esa comezón al presidente, de haberle informado que el día anterior le había entregado personalmente a Mario Méndez, el secretario de Comunicaciones de Carranza, la cantidad de 600 dólares, como lo hacía mes con mes, por informar a Alemania los acuerdos del gabinete presidencial. ¿Quién se podía imaginar que Méndez era el principal agente alemán dentro del gobierno mexicano?[159]

De la misma manera, el ministro imperial le ocultaba a Carranza las cantidades de dinero que invertía en propaganda alemana en México. En ningún otro país, bien lo sabía él, «la prensa se manejaba con tal decisión y malévola agresividad».[160] Todo ello lo mantenía plenamente orgulloso de su gestión, además de honrar su compromiso personal con el káiser.

Las percepciones venenosas del jefe del Estado mexicano no se reducían a las meras actividades de espionaje del diplomático, no, ¡qué va!, la incomodidad percibida por don Venustiano cuando se encontraba frente al diplomático se debía, entre otras razones, a que Von Eckardt había difundido la calumnia a través de la prensa, que él controlaba con arreglo a jugosos sobornos, respecto de la supuesta llegada de un destacado capitán alemán para preparar otra invasión mexicana a Estados Unidos.[161] ¡Menudo desquiciamiento!

—Controlar a un país como México es muy sencillo —cablegrafió en una ocasión a Zimmermann—, la gente es muy ignorante y supersticiosa: todo se lo creen. No filtran la información y por eso un rumor se esparce con la misma facilidad que un incendio en un pajar… Créame, Su Excelencia, el legado de Cortés está a la venta… ¡Comprémoslo!

¿Faltaban más argumentos para justificar la incomodidad del primer mandatario mexicano? ¡Sí!; Carranza suponía las ligas que el representante alemán tenía con ciertos generales del ejército mexicano y con el exgeneral huertista Higinio Aguilar, de Veracruz, todos ellos sus enemigos. Juntos tramaban un golpe de Estado. El alemán deseaba estar en ambos bandos, invariablemente al lado de los vencedores. Asimismo, don Venustiano tenía comprobados los vínculos de Von Eckardt con representantes de la Iglesia católica, opuestos furibundos a él en razón de la promulgación del artículo 27 constitucional.

Von Eckardt había montado un «dispositivo paralelo» de tal manera que si Zimmermann insistía en robustecer las relaciones con el gobierno triunfante de la revolución, podría lograrlo eficaz y aceleradamente… Ahora bien, de recibir órdenes en contrario, instrucciones precisas para promover un golpe de Estado en contra de Carranza por sentirlo ya inconveniente de cara a los intereses imperiales, ahí estaban, ya «bien lubricados y trabajados», los miembros de la alta jerarquía del ejército federal mexicano, así como del clero en los niveles más influyentes. La pinza perfecta que al apretar en sus dos patas había hecho posible el estrangulamiento de México en todos los órdenes de su vida nacional. ¡Que si Von Eckardt conocía a la perfección la fórmula…! Clero + ejército + México = poder total…

Por eso don Porfirio había renunciado a la aplicación, en los hechos, de las Leyes de Reforma que tanta sangre habían costado, a cambio de que el clero lo ayudara a gobernar revelándole los secretos del confesionario y aprovechando las homilías disparadas desde el púlpito para convencer al pueblo de las ventajas y éxitos de una dictadura, cuya duración se extendió por más de 30 años… ¿A dónde hubiera ido Díaz sin las cruces cubiertas por diamantes y esmeraldas de los purpurados y las bayonetas de los militares?

Cuando se dio aquella nueva reunión con Von Eckardt en Palacio Nacional, Carranza ya había consultado con diversos generales mexicanos las posibilidades de éxito de la alianza mexicano-alemana. Jamás se las revelaría a Von Eckardt, como tampoco lo pondría al tanto de que los norteamericanos ya sabían de la existencia del «Telegrama Zimmermann», y que de secreto el plan tenía lo mismo que el nombre del descubridor de América…

Los técnicos mexicanos le explicaron a Carranza en detalle que la alianza militar con Alemania no podía prosperar por razones de logística, entre otras tantas más. Era imposible transportar el número de armas y los millones de cartuchos y piezas de artillería necesarias, además de soldados y caballería, para iniciar un ataque con probabilidades medianamente exitosas en contra de Estados Unidos.

Con un mapa de Norteamérica colocado sobre la mesa de la sala de juntas, varios uniformados, todos ellos vestidos en traje caqui, guerrera, galones y cuatro estrellas doradas en las mangas, narraron en detalle las dificultades técnicas para el abasto suficiente de los pertrechos de guerra.

—Para comenzar, señor presidente, necesitan mandar las armas en submarinos —adujo sobriamente el mayor de ellos.

—¿Por qué en submarino? —preguntó Carranza sin retirar la vista del mapa.

—Si Estados Unidos entra en la guerra, lo cual es muy probable, navegar en el Atlántico del norte será toda una proeza faraónica.

—No se debe olvidar —interrumpió otro— que Alemania está totalmente bloqueada casi desde el principio de la guerra por los ingleses, razón por la cual el envío de armas a México forzosamente debe ser por la vía submarina.

—Por la vía submarina y solo a través de grandes sumergibles como el *Deutschland*, y de esos solo cuentan con uno —resumió Carranza la conversación, recordando la cantidad de ocasiones en que Von Eckardt se había referido a esa nave como una de las ocho maravillas de la historia de la humanidad.

—Así es, señor presidente…

—Imagínense ustedes —acotó, peinándose la barba con los dedos y viéndolos a todos a la cara—, si ya de entrada no nos podrán enviar las armas necesarias, menos, mucho menos nos van a mandar los soldados de apoyo que desde luego requeriremos tan pronto crucemos la frontera gringa.

—Tiene usted razón —confirmó otro general conocido como el Cartucho por la soldadera—, si Estados Unidos tuviera que mandar a Europa por lo menos un millón de soldados en el caso de entrar a la guerra, Alemania está obligada a hacer lo mismo con nosotros.

—¿Un millón de hombres? —preguntó rápidamente Carranza.

—Sí, un millón de hombres y en embarcaciones de superficie que los aliados se encargarán de hundir el mismo día en que zarpen de Hamburgo.

—Estamos hablando como si ese millón de soldados no los necesitara Alemania para atacar a los ingleses, a los franceses y próximamente a los norteamericanos si las cosas siguen pintando igual.

—Exacto, señor presidente: están muertos si creen que podrán enviarnos millones de carabinas, millones de cajas de parque y millones de soldados. No tienen cómo ni saben por dónde ni pueden reunir a tantos hombres. Quien esté pensando en eso creo que le conviene más darse un tiro en la cabeza. Es más fácil, más rápido y duele menos…

—Quién sabe si estén muertos —repuso Carranza, suspendiendo la celebración del comentario—, no pierdan de vista que los alemanes ya derrotaron a los rusos y a todos los países vecinos a pesar de los fracasos de los austrohúngaros, y que si están a punto de vencer a los ingleses y franceses, es que son enemigos de consideración.

—Es exacto —¿quién se iba a atrever a contradecir al presidente de la República, más aún cuando tenía la razón y aprovechaba toda ocasión para dejar entrever sus tendencias germanófilas?—, yo no me refería a que debamos descartar la alianza por inviable antes de analizarla siquiera, señor.

—Tal vez en este momento los dados estén del lado de sus afirmaciones. Veremos el día de mañana…

—¿En conclusión, señores? —la reunión terminaba sin mediar una explicación de la ausencia de Álvaro Obregón, el ministro de Guerra—, ¿cuál es su posición como experimentados militares?

—Es un suicidio, señor —adujo el primero—. Es un salto en el vacío, señor —indicó el Cartucho—, nos abandonarán con un par de valientes al cruzar la frontera y nos masacrarán a la primera oportunidad. Solo Dios sabe cuál puede ser la represalia norteamericana… Este es un ardid, señor presidente —resumió el mayor—, los alemanes desean que México le declare la guerra a Estados Unidos para distraer hombres y armas con los que los norteamericanos los aplastarán en Europa este mismo año: descartemos, por el bien de México, una invitación de esta naturaleza…

Carranza, dueño ya de una copiosa información, garantizó a Von Eckardt que la alianza tenía posibilidades de éxito. Que la estaba estudiando con su estado mayor. Que había comenzado ya su etapa de acercamiento con los japoneses y que sus primeras impresiones eran también favorables. Que todo era una cuestión de tiempo. Que no había que desanimarse y que, sobre todo, necesitaba que le empezaran a mandar armas…

En aquella ocasión la visita del ministro alemán a Carranza concluyó en términos muy desangelados. El presidente estuvo físicamente presente, pero sus reflexiones se encontraban muy lejos de Palacio Nacional. El año de la promulgación de la Constitución General de la República comenzaba con pestes, asonadas, desplome de cosechas y la imposibilidad de importar granos por los embargos norteamericanos, entre otras catástrofes más.

La mente del presidente estaba ocupada por la amenaza de una invasión yanqui, una pesadilla que materialmente le arrebataba la paz. Ni siquiera con Ernestina, ni en sus brazos, podía sustraerse a esa fijación. La posibilidad de un golpe de Estado de extracción aliada en México, fundamentalmente patrocinado por la Gran Bretaña por el daño causado a sus inversionistas, se materializaba cada vez con más realismo. Ahí estaban como siempre, al lado de los ingleses, sus enemigos eternos, los conservadores más retardatarios del país. Estados Unidos bloquearía estrechamente a México en la medida en que fuera evidente su ingreso en la guerra.

Cancelarían la mayor cantidad de puertas posibles para impedir la penetración alemana al sur de su frontera. Tendría que vigilar de cerca las manos de Von Eckardt y las de los generales mexicanos opuestos a su gobierno. Cada día el servicio secreto revelaba informes adicionales del involucramiento del diplomático en el diseño y ejecución de conjuras en su contra. Y siempre con su odioso: *Guten Morgen, Herr President...* Hijo de puta... ¿Cómo ignorar un sabotaje alemán a los pozos petroleros mexicanos con tal de lastimar las fuentes de abasto energético de Inglaterra?

¡Claro que Estados Unidos intervendría, ocuparía militarmente la región petrolera de Tamaulipas y Veracruz para no desproteger a sus aliados! Estados Unidos se vería obligado a intervenir militarmente en México respetando, desde luego, su supuesta neutralidad... Una nueva convulsión doméstica por otra invasión podría ser el final de su gobierno... No, no, ya no exigiría más impuestos a los petroleros ni limitaría las concesiones condicionándolas a la renuncia de la protección de sus gobiernos. El cielo, también el mexicano, estaba lleno de balas perdidas. Una pausa, pensó, una pausa para dejar descansar también el artículo 27...

Algo extraño tenía hoy el presidente Carranza, pensó Von Eckardt, no era el de siempre, tal vez sabe algo que yo desconozco...

47. En la Casa Blanca

En punto de las 11 horas arribó Lansing a la Casa Blanca. Transcurrieron los instantes necesarios y se vertieron los argumentos adecuados para que Wilson se incendiara y declarara abiertamente la guerra a Alemania y, sin embargo, Lansing tampoco lo logró. La guerra submarina total no había sido una razón mucho más que suficiente para romper las hostilidades, y ahora como respuesta al propio «Telegrama Zimmermann», a pesar de haber sido enviado a través del cable del Departamento de Estado, el presidente solo alcanzaba a decir:

—*Good Lord... Good Lord...*

Parecía que solo perdía los estribos cuando se hablaba de una nueva respuesta de Carranza a sus sugerencias y peticiones.

Lansing vació entonces la cartuchera teniendo a su presa fija. Disparó hasta que el dedo índice se le empezó a hinchar... Bien sabía él que estaba frente a su última oportunidad de hacer entrar en la guerra a Estados Unidos y que, si a pesar de utilizar un arma tan demoledora, no lo lograba, su renuncia tendría que ser la consecuencia directa. Aseveró que había sido una porquería haber abusado así de su buena fe. La prueba estaba en los propios archivos del Departamento de Estado. No necesitaba de ningún criptógrafo para saberlo. Se habían violado flagrantemente las más elementales reglas de la neutralidad, señor presidente. El odio alemán se ha desbordado por el mundo entero porque el telegrama era mucho más grave que las atrocidades cometidas en Bélgica y Francia o el hundimiento del *Lusitania* o el uso de gas venenoso: los criminales deben ser castigados en algún momento, y ese momento ya había llegado.

Un Lansing dueño de sus emociones y empleándose a fondo siguió abriendo fuego para explicar por qué era factible concluir la maldita guerra: la movilización del odio impedía pensar a los beligerantes en cualquier posibilidad de lograr la paz. ¿Cómo se podía hacer un compromiso con el diablo? Estaban frente a la pérdida de la razón y, por ende, ante la imposibilidad de negociar civilizadamente sentados en una mesa. Se habían cambiado las bases. El conflicto ya no era político sino moral y si el pretexto era moral entonces solo podía esperarse un mayor baño de sangre y un baño de sangre requiere más soldados para sancionar a los criminales. Cuando estén muertos deben ser reemplazados. Y las familias que lloran a sus muertos ahora odian a los que los mataron. El odio de esta guerra no es diferente que el de las anteriores, solo era mayor, más ancho, más largo y mucho más profundo.

Oh, my God!, repetía Wilson: yo le prometí a este país mantenerlo apartado de la guerra, por eso me reeligieron.

Lansing solo quería concluir su discurso, ya posteriormente discutiría con el presidente.

La guerra, como la entiende Alemania, requiere de bajas de personas civiles. Es un cambio macabro en el curso de la guerra. Los soldados beligerantes deben ser los objetivos, nunca los civiles. El hundimiento del *Lusitania* lleno de civiles fue la mejor muestra para nosotros de que los planes del káiser no tenían límites de ningún tipo. Nunca nadie ha hecho una mejor propaganda del odio que estos salvajes criminales alemanes. El emperador y su estado mayor y el Reichstag no son los únicos responsables de este holocausto, sino todo el pueblo alemán que lo ha permitido. Ahora nos involucran a nosotros, amenazándonos con mutilar a nuestro país. Quieren acabar con Estados Unidos porque saben que es la única fuerza opositora a sus planes de imponer la tiranía militar en el mundo y, por si fuera poco, ¿no bastaba el malestar de los exportadores americanos? Los barcos estaban anclados y llenos de productos en los puertos americanos. Nadie cobraba y nadie vendía. La actividad económica se paralizaba. Nadie viajaba ni transportaba nada por miedo a que los alemanes torpedearan cualquier barco de pasajeros o mercante. ¿Hasta dónde íbamos a tolerar este daño, este atentado en contra de la prosperidad de los pueblos y el nuestro propio? ¿Esperaríamos a que una escuadra japonesa atacara San Francisco o a que miles de Panchos Villa volvieran a cruzar el Río Bravo para asesinar norteamericanos trabajadores en su propia patria?

Al concluir Lansing su exposición se produjo un denso silencio. El secretario de Estado se sentó en una silla a un lado del escritorio de Wilson. Ninguno de los dos hablaba. ¿Qué más había que decir?

—Por último, señor presidente —concluyó exhausto Lansing después de su largo discurso—, no perdamos de vista que a Japón, como a Alemania, también le conviene inducir a Estados Unidos en una guerra que le permitirá hacer y deshacer en sus proyectos chinos sin nuestra interferencia… Más tarde ofrecerían a México como pieza de regateo en las concesiones generales norteamericanas en el Lejano Oriente. Yo te doy México y tú me das China…[162]

El jefe de la Casa Blanca miraba fijamente a la cara a su secretario de Estado. Ni hablaba ni parpadeaba. Su rostro, muy a pesar de la presión, permanecía impasible.

—Sugiero —finalmente intervino Wilson pensativo— que haga publicar el texto del telegrama mañana mismo. El pueblo norteamericano debe conocer los planes alemanes en relación con nosotros. La conmoción nacional será tremenda…

—¿Preparo también una declaración de guerra en contra de Alemania?

—No —contestó el presidente—, el momento no ha llegado, aunque creo que nuestro destino es inevitable…

—¿Alguna otra indicación? —repuso Lansing más tranquilo, sabiendo que finalmente la suerte estaba a su favor y que todo ya se resumía a una mera cuestión de tiempo.

—Sí —contestó el presidente—, armemos a todos los barcos mercantes y de pasajeros norteamericanos. Que devuelvan el fuego en caso de agresión alemana.

Lansing se frotaba las manos. El final estaba cerca. Hubiera querido aplaudir. Cualquier celebración prematura hubiera derrumbado lo ganado.

—¿Algo más?

—¡Ah!, sí, agradécele a Balfour la información proporcionada y subraya que la entiendo como una deferencia de absoluta amistad.

El cañón se encontraba listo. Apuntaba en la dirección correcta. Estaba cargado. Solamente faltaba tirar de una cuerda para hacerlo disparar. Esa orden no tardaría mucho. Paciencia, se dijo Lansing al llegar de regreso al Departamento de Estado. No esperó el elevador. Subió de tres zancadas hasta sus oficinas.

48. Se publica el «Telegrama Zimmermann»

Después del acuerdo del martes 27 de febrero de 1917, el mismo día en que Robert Lansing regresó sereno y reposado de su largo fin de semana en White Sulphur Springs, los acontecimientos rodaron colina abajo produciendo un gigantesco alud que arrastró cuanto encontró a su paso. En Europa no quedó una piedra encima de la otra. Nadie pudo controlar las fuerzas brutales que se desataron. Las pasiones se desbordaron. Las negociaciones se cancelaron. Las razones se ignoraron. Las palabras se erosionaron. La violencia clausuró todas las puertas de las salas de sesiones donde se discutía la suerte del mundo.

Se tapiaron las ventanas. Cuando los diplomáticos se rindieron, los militares hicieron uso de la palabra y al hacerlo se desencadenaron las explosiones, los hundimientos y los naufragios en todo el orbe. Creció el número de muertos y heridos. Bien pronto el planeta Tierra, al girar, contaminaría con humo al resto del universo.

El día 28 de febrero Lansing filtra con toda precaución el texto íntegro del «Telegrama Zimmermann» a la Associated Press. Se cuida mucho de no darle la exclusiva a ningún medio en particular. Más aún se cuida de declarar que los alemanes habían enviado el telegrama a través de los canales del Departamento de Estado. Hubiera sido embarazoso. El electorado norteamericano y la prensa en general hubieran etiquetado por lo menos de *naive* al gobierno de Wilson...

Es disparado un poderoso torpedo dirigido a toda velocidad al centro mismo de la opinión pública de Estados Unidos. Zimmermann haría hervir la sangre del pueblo norteamericano. El telegrama fusiona a los estados del oeste de un solo golpe en contra de Alemania. Un plan de esa naturaleza hubiera consumido muchos años de intensas labores políticas. El mensaje se publica precisamente el 1º de marzo de 1917. El impacto fue devastador. Una inmensa mayoría de los periódicos de la Unión Americana y del mundo recogen la nota. Ningún otro evento en la historia de los Estados Unidos había sacudido tan intensamente al pueblo norteamericano como la revelación de las intenciones del káiser alemán en contra de su país. Si alguien generosamente todavía abrigaba dudas respecto a las buenas intenciones de los alemanes, aquellas se convirtieron en humo como por arte de magia.

El *Times* proclamó:[163]

ALEMANIA BUSCA UNA ALIANZA EN CONTRA DE ESTADOS UNIDOS.
PIDE LA ADHESIÓN DE JAPÓN Y MÉXICO.
EL TEXTO COMPLETO DE LA PROPUESTA SE HA HECHO PÚBLICO.

El *World* lanzó una serie de encabezados que delataba el furor de los editores:

México y Japón han sido llamados por Alemania para atacar a Estados Unidos si estos entran en la guerra. Bernstorff es uno de los líderes en la conjura.

El presidente tiene una nota del 19 de enero en la cual el Secretario de Asuntos Extranjeros de Alemania revela una solicitud de alianza con México; Texas, Arizona y Nuevo México serían reconquistados; Carranza encargado de transmitir la propuesta a Japón; se piensa que Bernstorff, como jefe de los diplomáticos, ha dirigido la conspiración; se trataba de mantener neutral a Estados Unidos hasta donde fuera posible; el plan es la culminación de una actividad secreta alemana y su descubrimiento explica la política peculiar del gobierno mexicano en su búsqueda para promover embargos; el público se sorprenderá si toda la evidencia de los planes se hace pública por el gobierno.[164]

El *Chicago Daily Tribune* advirtió a sus lectores que «debemos entender sin tardanza que Alemania nos reconoce como a un enemigo y Estados Unidos no puede permanecer ajeno al presente conflicto». El *Cleveland Plain Dealer* sentenció: «que no se alegue virtud o dignidad para rehusar a pelear ahora». El *Oshkosh Northwestern* adujo que el telegrama había convertido a los pacifistas en críticos de un día para el otro. Muchos diarios neutrales dejaron de serlo cuando «Zimmermann disparó una flecha y mató a la neutralidad que cayó al suelo como un pato muerto».[165]

La prensa sostiene que el «Telegrama Zimmermann» es tan claro como un cuchillo en la espalda y está tan cerca como la puerta anexa.

Solo algunos periódicos proalemanes o escépticos alegaron que el telegrama era un fraude o una trampa para hacer entrar a Estados Unidos en la guerra.[166] El resto del país estalló como un gigantesco depósito de pólvora…

49. Félix y María en Antigua

En Antigua, Guatemala, el tiempo parecía haberse detenido para siempre. Ahí estaba el Ayuntamiento, su catedral, donde reposaban los restos del sanguinario conquistador español Pedro de Alvarado y del cronista Bernal Díaz del Castillo, así como el convento de La Merced, la iglesia de San Agustín, el arco de Santa Catalina y el volcán de Agua, este último testigo mudo de todo el acontecer del país centroamericano desde que a sus pies Antigua fue fundada como sede gubernativa del Reino de Guatemala, el que también incluía Chiapas y Tabasco. Las manecillas de todos los relojes de los monasterios como los de Las Capuchinas y Santa Clara permanecían inmóviles y oxidadas. El pueblo, paralizado y aletargado, parecía una primera impresión vaciada en el óleo por un viejo maestro holandés posrenacentista.

Cruzar la frontera había sido un alivio. Antigua se encontraba escasamente poblada, las noticias se conocían buen tiempo después de sucedidos los acontecimientos. La conexión con el mundo exterior no era una tarea sencilla. Mejor, mucho mejor: María y Félix se acercaban solo por riesgosa excepción a la agencia de correos o a la de telégrafos. Pasarían tres o cuatro meses, tal vez seis, antes de que nadie tuviera otra vez conocimiento de su existencia y mucho más antes de que le revelaran a cualquier familiar o amigo su nuevo domicilio.

Al llegar tan solo dos días antes a Antigua, ambos acordaron un par de reglas de comportamiento. María sería la encargada de salir a comprar el periódico. Los dos requerían estar medianamente informados de los avances de la guerra. Ella saldría a horas invariablemente distintas de la pequeña casa de huéspedes, sita en la calle de Volcán del Agua, donde habían rentado un par de cuartos en el segundo piso muy cerca del Palacio de los Capitanes. Félix, tanto por su aspecto como por su pronunciación del castellano, debería permanecer el mayor tiempo posible dentro de las habitaciones. Empezarían a convivir de día y de noche como una auténtica pareja. Prescindirían de aquellos encuentros fugaces que un tiempo después confundían con sueños o fantasías. Habían acordado cómo transferir sus ahorros a Guatemala, así como la mecánica para beneficiar a sus familias en caso de algún percance imprevisto. María y Félix se heredarían recíprocamente la mitad de sus bienes en caso de muerte de cualquiera de los dos. ¿Casarse? Sí, se casarían tan pronto se cambiaran a la casa definitiva, misma que se apresurarían a comprar en las próximas semanas…

María debería caminar en la calle volteando la cabeza insistente y discretamente. Tenía prohibido y había jurado nunca regresar por la misma ruta.

«Jamás vuelvas por donde previsiblemente te pueden estar esperando.»

Así se complicaría cualquier plan de secuestro o de asesinato. Igual podía detenerse de golpe en la cevichería del pueblo, que entrar en la panadería o en la heladería aunque no comprara nada: necesitaba oportunamente descubrir si alguien la seguía. Sobre todo, ambos ponían su mejor atención en la detección de personas con acento o apariencia extranjeros.

Desde lo acontecido en La Cubeta, los dos sufrían manías persecutorias con tan solo poner un pie en los viejos adoquines de aquella ciudad cargada de magia y de historia. Félix, sobre todo Félix, había padecido en las últimas cinco noches desde que abandonaron Mazatlán todo género de alucinaciones y pesadillas de las que María lo arrancaba a veces a gritos, golpes y jalones de la pijama, invariablemente empapada de sudor.

—Cuando se acerca la hora de dormir, mi amor, para mí es una tortura, un espantoso suplicio —comentó varias noches el agente alemán, durante el viaje de Sinaloa a Antigua—. Verdaderamente me enloquece el hecho de perder la conciencia para descansar. ¿Y si esos rufianes vuelven a dar con nosotros…?

Guatemala no podía estar llena de espías como México. No tenía la colindancia con Estados Unidos ni el káiser podría tener el menor interés estratégico en ese país. En Antigua no había Panchos Villa ni Carranzas ni concentraciones de alemanes ni Von Eckardt ni Bernstorff ni pozos petroleros ni mucho menos agentes secretos ingleses, porque los que Félix se había encontrado en Mazatlán sin lugar a dudas lo eran… En Centroamérica comenzarían una nueva vida. Construirían con el tiempo un remanso de paz. De violencia y peligro los dos ya habían tenido bastante. María, bien lo sabía Félix, no era una mujer de puerto, era una aguerrida pirata acostumbrada a luchar en el mar, ¿en el mar?, ¡no!, en alta mar, en medio de tormentas, amarrada a los mástiles para tratar de salir a salvo al entrar en tantos ojos de huracanes que ella encontraba a su paso. Una apasionada amante del riesgo tenía que jugarse la vida en cada lance para sentir la emoción de la existencia. ¿Ya se habría tranquilizado? ¿No era la hora de reposar, de tener familia y de echar raíces? A Félix Sommerfeld no solo le angustiaba la idea de volver a encontrarse con los matones de La Cubeta, sino la de despertar una mañana y encontrar sobre el lecho vacío donde descansaba María una nota con el siguiente texto:

Amor, Félix, mi vida: no soy flor de sombra. No estoy hecha para la domesticidad. No soy la mujer estable con la que sueñas para formar una familia feliz. No deseo engañarte ni quiero lastimar en el futuro a terceros inocentes como bien podrían ser nuestros hijos. No quiero continuar esta relación que finalmente no nos conducirá sino al vacío, a la ruptura, a la desilusión y al rencor. Me llevo hoy en la noche en mis entrañas el recuerdo de tu semen. Perdóname. Soy de bosque, de campo, de persecución, de peligro, de retos y desafíos. Un día moriré sonriente por haberte conocido. Gracias por las ilusiones forjadas en relación con mi persona. Gracias por tanto amor. Me lo llevo todo en su estado máximo de pureza antes de que se deteriore. Hasta siempre, María…

La incertidumbre lo agobiaba. Bien sabía el alemán que si María llegaba a tomar la decisión de abandonarlo sin más, sería sobre la base de desaparecer sin dejar huella ni advertir previamente de su partida. No podría despedirse de ella ni sugerirle cuidados ni protegerla con consejos y advertencias. Una mañana simplemente ella ya no estaría: porque se había ido, porque la habían secuestrado para conducirla esposada a un tribunal en Estados Unidos o en Inglaterra o porque la habían estrangulado o batido a tiros en cualquier calle del mundo. ¿Cómo estar tranquilo cuando los agentes la estaban husmeando en cualquier matorral? Él sabía la persistencia de los servicios secretos, sobre todo cuando había una jugosa recompensa de por medio…

¿Y qué tal si a él era al que secuestraban? ¿No lo estaba buscando la policía norteamericana con arreglo a un buen número de cargos que bien le podían valer una cadena perpetua? ¡Claro que sí! En cualquier momento podía desaparecer María o podían arrestarlo a él y con ello todo habría acabado…

50. La tempestad

La publicación del «Telegrama Zimmermann» convirtió a la sociedad norteamericana en un inmenso caldero. Como un solo hombre todos apuntaron y condenaron a Alemania. Los anglófilos de la costa este no necesitaban ser calentados: «Hordas de mexicanos capitaneados por alemanes nos invaden: ¡horror! Los mexicanos quieren recuperar sus territorios para regresarlos al barbarismo... Japón quiere California para orientalizarla...»

Los texanos enfurecen: ¿Volver a pertenecer a México? ¡Ni muertos! Los americanos sienten la guerra en su propia frontera. Se incendian. El coraje toma su lugar. Los de Arizona no pueden imaginar a las tropas del káiser cruzando el Río Bravo o la frontera ni entender la presencia de japoneses en su propio estado. Un sombrerudo como Villa o Zapata ¿gobernará nuestros estados sureños...? Se produce una descomposición política interna muy severa. Los tambores llaman a la guerra. La exaltación de patriotismo supera todos los pronósticos. ¿No tenemos dignidad?

De golpe comienzan las suspicacias, particularmente en el Congreso y en la prensa. ¿Y si todo es un truco inglés para obligarnos a entrar en la guerra?, empieza a cuestionarse un importante grupo de senadores. La prensa de Hearst: «Todo es falso. Una cínica falsificación tramada por agentes británicos».[167]

—No puedo revelar más datos. Pondría en peligro la vida de un atrevido agente secreto al servicio de Estados Unidos que bien podría ser alemán, americano, inglés o mexicano —responde Lansing, secándose en su oficina el sudor de la cara al aparecer ante una nube de fotógrafos. ¡Imposible descubrir la fuente! Estaba empeñada la palabra de honor ante el gobierno de Su Majestad el rey de Inglaterra. Los códigos alemanes no podían ser modificados por una indiscreción de Estados Unidos...

Cabot Lodge, inseparable de Teddy Roosevelt, tiende una trampa magnífica al presidente Wilson: le exige una declaración por escrito en donde certifique la autenticidad del telegrama. Esa manifestación asegurará la entrada de Estados Unidos en la guerra... Ambos querían la guerra. Cabot Lodge ganó la moción del Congreso. Tan pronto llegó la respuesta de Page confirmando la veracidad del telegrama por el propio gobierno americano, Wilson mandó una nota al Congreso garantizando la validez del telegrama. ¿Cómo evitar ahora ir a la guerra después de una estrategia alemana de esa naturaleza?[168]

El telegrama es verídico. Que no quepa la menor duda, confirma la Casa Blanca.[169]

Casi cada periódico tenía su versión de los hechos y los lectores les creían a todos. Cundía la incertidumbre como las gotas de veneno vertidas en la pócima. Cada uno parecía tener una pista distinta. Se empieza a dudar de la autoridad presidencial. Los norteamericanos se sorprenden. Detienen por un tiempo sus cantos guerreros. Se silencian los tambores. ¿De verdad es un truco? ¿Una broma de mal gusto…?

El desconcierto es todavía mayor cuando el agente Cobb, en El Paso, Texas, anuncia que Villa muy pronto atacará a Estados Unidos ayudado por Alemania para rescatar Texas, Arizona y California. La similitud de palabras, de ideas y de estrategias llama poderosamente la atención de todos los estrategas. ¿No era curioso que Villa repitiera esas ideas sin conocer desde luego el contenido del «Telegrama Zimmermann»? ¿De dónde las iba a sacar Cobb? ¿No era una prueba adicional de las relaciones inconfesables de Villa con los alemanes? ¿Sus declaraciones no eran pruebas adicionales de la participación conjunta de los agentes del káiser y Villa en Columbus y Santa Isabel? ¿No…?

¿Qué hacer? Los espacios de maniobra son reducidos. El tiempo corría en contra de los amigos de la guerra. De enfriarse la opinión pública norteamericana, se habría perdido una maravillosa oportunidad. Ni Wilson ni Lansing deseaban quedar como un par de charlatanes que habían urdido la conjura con fines inconfesables. Por otro lado, la intensa gestión diplomática desplegada por Polk reflejaba que Cándido Aguilar, secretario de Relaciones Exteriores de México, había negado la existencia de semejante invitación por parte de Zimmermann.

—¿Yo…?

El Imperio del Sol Naciente negó igualmente la recepción de semejante ofrecimiento cuando el encargado de asuntos comerciales de la embajada de Japón en México se había entrevistado por más de una hora con el propio Aguilar…

Finalmente, el embajador Von Eckardt había rechazado la validez del plan sin dejar de reflejar en su rostro un rictus de angustia al ignorar las razones y los orígenes de la filtración de la noticia. Nadie confirmaba nada. La teoría del viejo truco urdido por los ilusionistas ingleses subsistía. ¡Aquí hay un embustero! ¿Quién es? ¡Desenmascarémoslo!

En el gabinete del presidente Wilson solo cabía una pregunta: ¿Cómo proceder si Alemania negaba la validez del telegrama sobre todo después de que el presidente había garantizado por escrito su autenticidad con un: «no quepa la menor duda»…? ¡Qué escándalo!

De acuerdo, solo que lo más curioso de todo lo anterior consistía en el silencio de Alemania. Ni el káiser, tan afecto a las declaraciones escandalosas, ni Bethmann-Hollweg ni Hindenburg ni Ludendorff ni Zimmermann abrían la boca. ¿Qué pasaba…?

Los alemanes no declaran nada ante la prensa. No se explican. Se estaba ante la calma chicha que precede a la tormenta. En el Departamento de Estado había quien sostenía un sistema de respuestas airadas del Imperio: ¡Calumnia! ¡Ultraje! ¡Embustes! ¡Mentiras! ¡Manipulaciones! ¡Son las perversas alucinaciones de nuestros enemigos! ¡Eso demuestra sus niveles de fatiga porque estamos a punto de aplastarlos como piojos…!

En cambio, el gobierno de Guillermo II se cuestionaba a fondo si alguien podía haber descifrado un texto indescifrable. ¡Imposible! Es una idea fuera de lugar. Solo el hermano menor del káiser insistía en dicha posibilidad, pero nadie le ponía atención en el griterío. ¡No olviden los códigos secretos del *Magdeburg*…! Nos pueden estar escuchando desde el principio de la guerra… Pueden conocer todos nuestros planes… Sin embargo, era una figura decorativa. ¿Hohenzollern…? Sí, pero viste al gobierno al igual que muchos Habsburgos… Que navegue, que navegue el príncipe, en el mar estará bien… Descifrarlo, ¿no…?

Continuaba la conversación: entonces alguien robó el texto traducido o alguien lo vendió a los espías americanos o estos lo secuestraron… Sí, pero ¿quién, cuándo, cómo y, sobre todo, dónde? Algo debe quedar claro: no se robaron o secuestraron el telegrama de Berlín a Washington, no, el que se publicó fue precisamente el que Bernstorff le envió a Von Eckardt… ¡Ah!, la pista debe estar en la embajada alemana en Estados Unidos o en la de México. ¿México…? México está lleno de corruptos… ¿A dónde fuimos a dar…?

El káiser, asustado, y para salvar las apariencias, declara: ¡Estoy rodeado de idiotas…! Acto seguido, se encierra en su recámara con Eulenburg, su amigo de la infancia, sin saber qué contestar ni qué decir.

En el gobierno alemán empiezan a criticar a Zimmermann por haber tratado a Carranza sobre una base de igualdad y no como a un jefe de bandidos. A Carranza se le debe mostrar oro en una mano y un puñal en la otra: él sabe lo que tiene que hacer.[170]

—La idea era genial —dicen en el gabinete y en la prensa imperial—, la estupidez fue que saliera a la luz pública. ¿Cómo no íbamos a atraer a nuestro bando a los enemigos naturales de Estados Unidos e incitarlos a atacar? ¡Claro que sí…! Solo que Carranza no es un aliado digno de confianza. No pasa de ser un bandido de éxito.[171]

Cuando Zimmermann se va encima de Von Eckardt en busca de explicaciones, este contesta:

—Los telegramas me los lee a mí Magnus a solas y en voz baja. Nadie puede oírnos… ¡Lo juro…!

Las carcajadas en el «Cuarto 40» se escuchan en todo el edificio. Un inmueble negro y siniestro se vuelve de repente la casa de la alegría. ¿Se habrán vuelto locos los de la Inteligencia Naval…? Es sin duda el momento más divertido de la guerra. Hall parpadea cuando está nervioso, pero también cuando se encuentra feliz. Se concreta a sonreír. Falta mucho trabajo por hacer. De Grey confiesa que otro ataque de risa le va a hacer estallar la cabeza.

—Es lo más gracioso que me ha tocado vivir…

Von Eckardt continúa disculpándose. Los mensajes los traducen en el «Cuarto 40» cada vez con más facilidad y rapidez. Hall y su equipo tienen ya en su poder todas las claves:

—La servidumbre de la embajada es mexicana —contesta el embajador Von Eckardt—. Con dificultad habla bien ni siquiera el español. Ha sido muy difícil y penoso enseñarles a usar zapatos y a no comer con las manos… Aquí le llaman náhuatl al dialecto de estos indios. Es un léxico inentendible. Es imposible que hablen alemán. ¿A quién se le ocurre que un aborigen indigente pueda ser espía…?

Montgomery se seca las lágrimas de la cara. Llora cuando ríe.

—*Naguati…? What did he say…? Oh! God please stop this torture… Naguati…? What…?*

Von Eckardt insiste en explicar su inocencia:

—Solo Magnus y yo tenemos la combinación de la caja —leen en un reducido grupo en el «Cuarto 40» su mecánica de trabajo—. Kinkel, quien hasta hace un mes trabajaba en nuestra embajada en Washington y ahora está en México bajo mis órdenes, dice que Bernstorff revelaba al personal hasta los telegramas secretos y siempre se hacían dos copias. ¿Por qué no pensar que algún malintencionado se haya podido quedar con copias al carbón?

—¿Malintencionado? —preguntó De Grey, ajustándose las gafas como si se preparara para un nuevo ataque de risa—, ¿este creerá que en lugar de guerra estamos jugando a la Cinderella…? —preguntó rompiendo los formalismos impuestos rígidamente por Hall.

—Estoy dispuesto a someterme a una investigación judicial —amenazó Von Eckardt—, solo que exijo lo mismo para Bernstorff tan pronto termine su viaje trasatlántico. ¿Y si se robaron su correspondencia personal? —más risas en el «40»—… ¡Escúlquenle primero a él, pero averigüen antes con quién viaja…! Por una indiscreción supe que la travesía por el Atlántico del norte la hace acompañado por una mujer singularmente hermosa. Ahí tienen ustedes al responsable de la fuga de información…

El pleito entre Zimmermann y la embajada en México era un premio para los agotados criptógrafos del «Cuarto 40».

—Magnus, mi hombre de confianza, si él me traicionara me moriría —se defiende Von Eckardt—, rompió los originales delante de mí, luego los quemó y esparció las cenizas y finalmente guardamos los textos en la caja fuerte especialmente diseñada en la recámara de Magnus para evitar cualquier robo en la embajada. Tomé todas las precauciones y más, mucho más. Quemé todo aquello que nos pudiera comprometer, todo. La filtración seguro no se hizo en México.

—*The treachery argument sounds like a gay explanation, isn't it so?* —preguntó De Grey, quien de seguro había trabajado más que nadie en el asunto y por ello festejaba más estruendosamente que los demás.

En varios de los mensajes enviados por Von Eckardt a Zimmermann a través de la embajada sueca en México, el embajador exigía el restablecimiento de su honor y dignidad. Por supuesto que enviaba los telegramas cifrados cañoneando fundamentalmente a Bernstorff mientras este cruzaba el Atlántico en 12 días sin posibilidad de defenderse. En una de sus justificaciones afirmó:

—La traición o la filtración proviene de Estados Unidos: nosotros, aquí, en México, somos inocentes. De todos los mensajes que me ha mandado Su Excelencia, justo el del problema es el que me remitió Bernstorff a mí. ¿No le parece curioso que precisamente el enviado desde Washington sea el del problema y los que usted me manda directamente, como el del 5 de febrero, jamás hayan tropezado con nada? En Washington fueron torpes e indiscretos, sanciónelos a ellos… Debe usted buscar la responsabilidad en quienes fueron funcionarios de esa embajada.

Hall dejó escrito en la esquina de su agenda: «La insolencia y el sentido de superioridad de los alemanes les impide suponer que podían haber sido descifrados. Yo hubiera pensado en esa posibilidad antes que en ninguna otra. Se merecen pagar este costo tan alto por ser tan autosuficientes y soberbios. La arrogancia es la madre de la ingenuidad».

51. Zimmermann confirma el telegrama

Si Alemania negaba la validez del telegrama, Estados Unidos estaría en un problema porque no podía echar de cabeza al Reino Unido ni al propio Hall. El gabinete alega tener pruebas irrefutables de la veracidad sin tenerlas. La exposición política es altísima. El gobierno de Wilson podría caer en plomada...

Lansing le pide a Page:

—Hágame llegar una copia del código con el que se logró descifrar el telegrama mexicano. Lo necesito inequívoca e inaplazablemente... Negócielo con Balfour. Es prioritario.

Hall, sabiendo el peligro de una decisión de esa naturaleza, se niega. Sí, solo que cómo negarse ante una petición formal de Balfour, de Asquith o del mismísimo rey: ¡entréguelo sin más! Mejor, mucho mejor mentir:

—De nada les serviría tener el código en su poder. Este se encuentra interrelacionado con otras claves, textos y libros cifrados que se manejan entre un conjunto de especialistas... —responde, parpadeando como siempre.

El embuste funciona. Se disminuyen los riesgos.

Lansing reflexiona: si no es útil que nos mande el código entonces que algún técnico de la embajada norteamericana en Inglaterra descifre el telegrama de la Western Union, por supuesto el mismo que Bernstorff le había enviado a Von Eckardt. De esta suerte se podría alegar que «algún americano» había descifrado el telegrama sin faltar a la verdad.

¡Eureka! Hall accede. Que venga Bell, mi gran amigo y casi hermano, con quien comparto los placeres de la causa y conoce una parte mínima de mis secretos.

Edward Bell se presenta en el «Cuarto 40». Era algo así como entrar en una enorme biblioteca de varios pisos con barandales de madera y vitrinas talladas para proteger bien a los incunables. Los amantes de la sabiduría demostraban su respeto concediéndose un recíproco y atento silencio. En el fondo se trataba de un edificio fúnebre, algo parecido a una caja fuerte en donde el aire se hubiera enrarecido. Jamás las ventanas podían permanecer abiertas en ninguna hora del día o de la noche, ni siquiera a lo largo de la época de calor pegajoso del verano.

Hall llamó a De Grey y a Montgomery para asesorar al «técnico» norteamericano. Juntos comenzaron la odisea del desciframiento. La primera serie de cifras se refiere al número del telegrama, la segunda debe entenderse como la clave en la que fue enviado el mensaje, la tercera…

—¡Basta! —repuso Bell ante semejante tortura—. No puedo improvisar en media mañana lo que ustedes llevan años intentando y ahora con buen éxito. ¿Podrían traducir el mensaje delante de mí y ayudarme a decir que lo hicimos juntos?

Antes del *lunch time*, el texto estaba listo. Ese día Bell no bebería cerveza amarga ni comería el *pudding pie* con Hall, como lo habían hecho tantas veces. El segundo secretario de la embajada podría propiciar otra ocasión: por el momento tenía que telegrafiar la confirmación de validez a Washington con la firma del embajador Page.

Mientras el mensaje de Page viajaba sin obstáculo alguno a través del cable submarino en dirección a la sala de mensajes del Departamento de Estado, otro cablegrama cruzaba raudo y veloz el Atlántico rumbo a las mesas de redacción de la cadena de periódicos de Randolph Hearst. Se trataba de una declaración del ministro Zimmermann. Finalmente Alemania hablaba y se explicaba. ¿Era todo un montaje inglés? ¿Un producto de la imaginación febril de un alto funcionario británico interesado en lograr el ingreso de Estados Unidos en la guerra antes de la rendición inminente de Alemania ante los ejércitos aliados? No, no: el efecto de las confesiones de Zimmermann tenía más poder destructivo que todos los torpedos juntos de la marina imperial germana estallados simultáneamente contra el mismo blanco.

La presión que durante dos días soportó el gabinete alemán fue sin duda una de las más devastadoras de toda la guerra. Zimmermann por supuesto sabía la verdad, como en ese momento ya la conocían todos sus colegas del gobierno imperial y, sin embargo, no sabía cuáles podían ser las pruebas irrefutables que tenían los americanos para comprobar la autenticidad. ¿Cómo se atreve Wilson a decir: el telegrama es verídico? Que no quepa la menor duda… Y claro está, nadie mejor que el propio Zimmermann para saber que efectivamente era auténtico.

El ministro de Asuntos Extranjeros del káiser duda de su equipo de asesores; piensa en una alianza criminal entre los criptógrafos y los oficiales encargados de despachar los mensajes reales; su mujer, su mujer también conocía el secreto, ¿sería ella capaz de semejante traición? Bernstorff o Von Eckardt ¿podían haber cometido una indiscreción? *Wer, zum Teuffel…?* Se siente rodeado por espías. Este maldito chofer que me impuso el alto mando para mi seguridad. O tal vez el ama de llaves… Sí, su rostro tiene una expresión aviesa, ¿será lesbiana y desleal? ¿Habré dejado el manuscrito antes de dormir sobre mi escritorio? ¿Mi secretaria lo habrá sustraído de una de las gavetas y habrá vendido la copia? ¿Quién? ¿Quién? ¿Quién...? *Scheisse...!*

Negar el telegrama, rechazar su autenticidad y que Estados Unidos sacara después pruebas concluyentes para exhibirlo como un individuo doblemente idiota, una, por haber mandado un telegrama de esa naturaleza por más cifrado que estuviera —alguien tendría que descifrarlo, ¿no?— y, dos, por no aceptar su validez cuando la propia Casa Blanca la había garantizado contundentemente y solo esperaba la siguiente jugada de Zimmermann para proyectarlo ante el mundo como un perfecto idiota y, además, mentiroso... «Los alemanes tenemos un miedo ancestral al ridículo. En un país de gente inteligente las estupideces se destacan como cuando los timbales estallan para anunciar que la orquesta ya no puede más», se dijo antes de conceder una entrevista particular a William B. Hale. Su argumento era congruente, solo que muchas veces lo más lógico podía estar equivocado. Sin embargo, decidió decir la verdad y la dijo, la confesó abiertamente como si revelara el nombre del cantante bávaro de su predilección. «Yo no seré más el idiota del cuento...»

El «periodista» B. Hale (agente secreto alemán que cobraba 15 mil dólares al año, un hombre entregado a la causa imperial y dispuesto a desmentir a Wilson, un influyente representante de la prensa americana) le preguntó a Zimmermann esperando una respuesta positiva:

—Niega usted, por supuesto, la realidad del telegrama, ¿verdad...?

Para su azoro y el del mundo entero, en especial para ingleses, franceses y americanos, Zimmermann contestó:

—No lo puedo negar. Es verdad —declaró ante el mundo atónito.[172]

Hale enmudece. Palidece. Con dificultad puede sostener el lápiz entre los dedos de su mano. Invitarlo en ese momento a decir lo contrario o sugerir otras posibilidades para salir de la crisis hubiera sido una auténtica insolencia. ¿Cómo decirle que hubiera sido más inteligente tal vez haber presentado el telegrama como una invención de los enemigos, una estrategia para despistar...? Por ejemplo: los ingleses salen con este cuento del telegrama porque quieren forzar a entrar a Estados Unidos en la guerra: eso es todo. Mentiras, patrañas de nuestros enemigos. Un embuste, una calumnia más de las tantas que han vertido durante la guerra. Esa era la declaración esperada por propios y extraños. En el orden interno se debería culpar a Bernstorff por indiscreto e imprudente y continuar con la posibilidad de la alianza con México y Japón. Si tantas pruebas tienen los americanos, que las muestren. En el juego de la política se debe aprender a resistir las presiones. Bernstorff era impopular en la derecha alemana y agresivo opositor de la guerra submarina: era la ocasión ideal para que Zimmermann se deshiciera de un enemigo de peso completo. Pero nada, absolutamente nada. El ministro de Asuntos Extranjeros, se imaginó Hale, había tenido tiempo mucho más que suficiente para meditar su respuesta, consultándola previamente con sus superiores. Hale no le iba a enseñar al propio Papa a dar la bendición… ¿verdad…?

Ningún funcionario del gobierno alemán declara nada al respecto. En la vergüenza y tal vez el coraje y la confusión producen un silencio total.

El presidente recibe la noticia en el salón oval mientras discutía con Lansing el próximo paso a seguir. Un uniformado le entregó en un sobre cerrado colocado sobre una pequeña charola de plata, una nota con las declaraciones de Zimmermann. El presidente saltó de su sillón impulsado por un movimiento extraño. Lansing se alarmó.

—¿Qué su-su-sucede Woodrow? —iba a decir Lansing presa del miedo o de la angustia o de la curiosidad. Jamás se había dirigido al presidente por su nombre. La ansiedad y la reacción del jefe de la Casa Blanca traicionaron sus nervios.

Wilson leyó, volvió a leer de pie. No podía creer lo que le decían sus ojos. Se desplomó sobre su asiento de cuero negro extendiéndole el texto a su secretario de Estado.

Lansing leyó el texto sujetándolo firmemente entre sus dedos como si le preocupara que se le fuera a caer o a escapar. Al terminar quiso soltar un grito al estilo de los vaqueros de Texas. Por primera vez deseó besar al ciudadano presidente de Estados Unidos de América. ¿Por qué no salir corriendo del acartonamiento de la oficina más importante del país y echarse simplemente una o muchas marometas en el jardín de la Casa Blanca, estuviera o no cubierto de nieve? ¿Abrazar? Sí, sí abrazó al presidente, quien escasamente sonreía.

—¿Cómo es posible que Zimmermann lo haya confesado? —cuestionó Wilson—. ¿Cómo…?

—Lo importante, señor, es que lo hizo. Sus razones tendrá —casi gritaba eufórico—, lo importante ahora es que ya no necesitamos pruebas para el Congreso y que salvamos a los ingleses sin revelar el origen de la información.

—Es para una novela contar lo que habría discutido el gabinete imperial antes de soltar una declaración así, ¿no cree? —cuestionó Wilson.

—No puedo estar más de acuerdo con usted. Percibo una gran confusión en todo ello —concedió, pensando en la celebración con Polk.

Wilson metió los dedos pulgares en las bolsas de su chaleco.

—Si los propios alemanes confiesan una conjura de semejantes proporciones en contra de Estados Unidos, nuestra posición se vuelve extremadamente delicada: no podemos permitirlo porque cabrían todas las interpretaciones, desde el miedo o la impotencia, hasta la apatía y la indefensión...

Hall escuchaba las palabras que había esperado en sus últimas 10 vidas. Se golpeaba las palmas con los puños por debajo de la mesa. Era hora de dejar al presidente solo en su conclusión.

—No existe ningún norteamericano patriota que no esté de su lado en sus reflexiones. Todos integramos una gran familia reunida alrededor de nuestro jefe. La verdad, señor presidente, no tenemos alternativa...

Dicho lo anterior abandonó el salón oval alegando:

—Si no tiene inconveniente verificaré que ningún periódico del país —agregó en tono pausado— pierda esta nota. La publicaremos hasta en las revistas de modas, señor. *Good afternoon...*

—¡Lansing! —llamó el presidente al secretario—: ¿Cuál será la respuesta de Carranza ante la confesión de Zimmermann?

—Seguirá negando todo, señor. Es un truculento manipulador.

—Pues tendrá que alinearse al lado de la democracia...

—Él seguirá siendo neutral o mejor dicho oportunista para decidir el momento adecuado en que deba tomar el partido que más le convenga.

—Instruya a Fletcher para que exija una definición política de su parte: o está con la dictadura militar o con la democracia y la libertad...

—Así lo haré...

52. La cacería

Solo habían transcurrido 11 días de la esperanzadora llegada de Félix y de María a Antigua, Guatemala, cuando tres hombres de tez muy clara, con apariencia nórdica, empezaron a hacer preguntas en el mercado del pueblo, en la lonchería más popular, en los puestos de periódicos, en la catedral, entre los dos boleros apostados en el Parque Central, en la agencia de telégrafos y de correos, entre los escasos policías municipales, en la tienda de víveres, donde de una u otra forma los visitantes, aun cuando escasos, algún día tendrían que ir a comprar mercancías imprescindibles. ¿Jabón, cepillos para los dientes, arroz, queroseno, veneno para los alacranes ahora que comenzaban los calores?

La cacería continuaba sin tregua alguna. Por supuesto que en el domicilio del cónsul alemán en Mazatlán habían apostados dos agentes que reportaban todos los días al «Cuarto 40». La única pista que había dejado Sommerfeld en Sinaloa era precisamente en el consulado alemán. Las placas del automóvil lo habían delatado. Cuanta persona se acercaba a dejar una pieza de correo, un telegrama, un paquete o cualquier encargo o envío era interceptada por fuerzas de la policía local debidamente sobornadas para «encontrar supuestamente a los ladrones del automóvil del diplomático…» Diez días después del «hurto» la policía y los agentes de la inteligencia inglesa sobornaron a un mensajero de telégrafos con la respuesta a todas sus interrogantes. Una vez leído el telegrama por el personal de Hall, dejaron en libertad al humilde empleado municipal que solo cumplía con sus obligaciones. Una generosa propina y la devolución del sobre amarillo despertaron en él una amable sonrisa llena de sorpresa y el mejor de sus agradecimientos.

—Ya puedes entregarlo —repuso uno de los policías descalzo y con una chapa oxidada que lo acreditaba como miembro de las fuerzas del orden. Tenía un bigote ralo a los lados de las comisuras de los labios y la gorra, de una talla inferior a la suya, llena de manchas de sudor, la mantenía levantada dejando ver su frente estrecha y una abundante mata de pelo negro.

El telegrama se había originado en la Oficina de Correos de Antigua, Guatemala, el día 2 de marzo de 1917… ¿Qué más necesitaban saber? Antigua no era Shanghái ni Nueva York, ¿verdad, Félix Sommerfeld?

Una semana después, los agentes la describían como a una mujer muy alta, mexicana, de ojos y pelo negro muy largo que le cae sobre la espalda, de unos 27 años de edad, una voz suave, delgada, guapa, atractiva, piel oscura, color canela...

—¿*No la haber vistou por aquí...?*

—No, amigo, la *verdá* no, *verdá* de Dios que no...

—¿Y a él?

—Pos si nos dice *asté...*

A Félix lo describieron como alemán, habla mucho con la «erre»; es alto, de pelo rubio abundante, sin barba, de unos 40 años, robusto, se ve fuerte y tiene ojos claros, tal vez azules...

—Estos gringuitos que tanto carajos preguntan, ¿se ven buenas personas, *verdá*, tú?

No hay crimen perfecto, ¿no es cierto, Félix? De muy joven mentías y engañabas y apenas se afianzó en ti la rígida disciplina prusiana cambiaste radicalmente y te exhibiste como todo buen alemán amante de la verdad y del honor. Un prusiano no miente salvo para ayudar al Imperio. Un prusiano tiene un alto concepto de la dignidad y aprecia marcialmente su amor y respeto a la patria. Un prusiano habla claro y ama sus valores personales por encima de cualquier otra instancia. Un prusiano no tiene por qué falsear los hechos al llenar una solicitud pública. Por esa razón, cuando a Sommerfeld le exigieron los datos de su domicilio como remitente del telegrama, incapaz de imaginarse que podría caer en manos de sus perseguidores, dejó asentada por escrito la dirección de la casa de huéspedes Los Vientos Mayas. Al fin y al cabo, pensó, esos datos personales contenidos en un mugroso papel no aparecerían en el encabezado del mensaje y, por otro lado, irían a dar, por lo pronto, al piso de aquella humilde oficina carente de presupuesto para comprar siquiera un ventilador y más tarde, si acaso, alguien se apiadaría y lo depositaría en un bote de basura, que no se veía por ningún lado.

La tercera visita de uno de los agentes de Hall a la oficina municipal de correos, la amable solicitud y el pretexto razonable, acompañados de un rollo de billetes, hicieron el milagro: apareció el texto original del telegrama enviado por Sommerfeld con algunas manchas de grasa. Lo habían guardado casualmente en un expediente de acuerdo con la norma de la oficina.

Sommerfeld había firmado el telegrama interceptado en Mazatlán antes de que llegara al consulado general de Alemania. No había la menor duda. Se trataba de él. Solo esperaban que María Bernstorff lo estuviera acompañando y que juntos hubieran viajado hasta Antigua.

Las manos del agente inglés sudaban. Supo disimular su emoción. *Thanks God I have another opportunity...*

—¿*Dounde estar la calli qui decir aquí...?*

—'Stá bien fácil, mistercito... Salga a la derecha, camine dos calles, llegue al Palacio de los Capitanes, lo pasa, luego jale pa la izquierda, suba por 'onde 'stá la Ermita de la Santa Cruz, pase unos gallineros, cruce las ruinas de San Jerónimo y ahí mero enfrente está la calle de Volcán del Agua. Busque el número 37. Jale el mecate pa que suene la campanita y le abran...

El 5 de marzo, mientras Wilson protestaba para un segundo término como presidente de los Estados Unidos ante el Congreso de su país, los agentes de Hall dejaban caer la tarde y la noche para que las lámparas del segundo piso de la calle del Volcán número 37 iluminaran los movimientos de sus inquilinos. Pasaban una y otra vez para identificar los rostros de sus víctimas. María fue la primera en abrir la ventana para ventilar su cuarto. Estaba enmarcada detrás del vidrio. Era ella. No había la menor duda. El inglés continuó su paso como si nada hubiera acontecido. En la esquina lo esperaba uno de sus colegas para proceder a ejecutar su misión ahora sí, sin margen de error. Ya conocían la rapidez de reflejos del alemán. Esta vez no fallarían...

Hall conocía las habilidades de cada uno de sus agentes, en especial las de «H». Él le había sido particularmente útil para descubrir la ruta sueca y para obtener una copia mexicana del «Telegrama Zimmermann». A él le había encargado una serie de trabajos desde el inicio de la guerra y los había ejecutado al pie de la letra. ¿Un error como el de Mazatlán? Cualquiera podía sufrirlo. Hall lo había reconfortado y animado por cable. Recuperarás tu prestigio en el «Cuarto 40...»

—Ánimo, «H». No puedes ser tan arrogante como para pensar que ibas a acertar en todas tus actividades. ¿Quién te sientes? ¿Dios, el infalible? Adelante, querido amigo, seguro estoy de que la próxima vez te coronarás con el éxito...

El agente «H» se había encargado de matar a Alexander Szek, sí, aquel inglés nacido en Austria y radicado en la Bélgica ocupada por Alemania. Szek, el mismo que había copiado a mano el Código Diplomático alemán por encargo de Hall. Su dominio de ambos idiomas, su origen británico y su acceso a los libros secretos habían hecho de este joven el hombre apropiado para ese trabajo. Cuando en un principio Szek se negó a cumplir con sus instrucciones fue amenazado por «H» sobre la base de que si no entregaba las copias manuscritas en un término perentorio, sus padres radicados en Croydon, al sur de Londres, un día amanecerían degollados. Hall podía haber obtenido un doctorado en técnicas de chantaje. El pobre Szek no se pudo resistir y cumplió con lo ofrecido en tiempo y forma. Tan pronto la copia del Código Diplomático llegó a manos del director de Inteligencia Naval, este ordenó a «H», a modo de agradecimiento por los servicios prestados, el asesinato de Szek para evitar riesgos de que los alemanes pudieran saber que en el «Cuarto 40» ya era posible descifrar sus mensajes aéreos enviados a sus embajadas en el mundo entero.

«H» pudo envenenar a Szek, lo pudo igualmente balear al salir de la oficina alemana de telégrafos, donde la víctima trabajaba desde el principio de la guerra. «H» pudo atropellar con un camión o un automóvil a su presa descuidada y ajena a su destino, la pudo matar de diferentes maneras, solo que escogió la que más placer le reportaba desde el momento en que sentía en sus manos y en sus dedos cómo privaba de la vida a su presa. ¡Qué sensación aquella, cuando al estrangular a una persona detectaba el preciso instante en que había dejado de existir…! Aprieta, aprieta el cuello. El sentenciado a muerte pateará el piso, arañará, se moverá y arrastrará compulsivamente contra el suelo, tratará de golpearte enloquecido con lo que tenga a la mano hasta que la sofocación lo vaya debilitando, pierda gradualmente posibilidades defensivas, deje de agitarse llegando a la inmovilidad total y se entregue sin oposición alguna a un sueño del que nunca habrá de salir… Tú sabes exactamente el momento en que murió y entonces ya puedes soltar la tráquea, levantarte, ajustarte la corbata y retirarte sin necesidad de secarte el sudor: un profesional no suda…

El mismo agente «H» fue el primero en tener en sus manos el texto original del telegrama enviado por Sommerfeld a su amigo, el cónsul de Mazatlán. El propio «H» armó metódicamente el plan para llegar hasta la Calle del Volcán de Agua número 37. Él entró a la vieja casona, una vecindad limpia y digna en el centro del pueblo. Cuando salió una anciana apoyándose en su bastón, «H» ingresó lentamente, deseoso de tener una composición del lugar. Subió al segundo piso por una pequeña escalera hasta llegar a un pasillo rectangular por el que se tenía acceso a cada uno de los cuartos. Los dos contratados por Félix y María, los más caros, eran los únicos que al mismo tiempo gozaban de vista a la calle. Ambos ya disponían de sus ahorros en un banco guatemalteco en una sola cuenta donde los dos podían firmar indistintamente. Al lado derecho estaban las habitaciones y al izquierdo un barandal de fierro y el vacío que daba a un patio central, donde retozaban unos niños. Ninguna construcción en Antigua podía contar con más de dos niveles: los terremotos habían hecho desistir a muchos empresarios de cualquier esfuerzo adicional.

414

¿Y si «H» se encontraba con María mientras realizaba su inspección? En ese momento la detendría, la sometería o la liquidaría… Sin embargo, «H» prefería aprehenderla viva ya no solo para cobrar una mayor recompensa desde que ella podría confesar a través de la tortura los nombres de sus cómplices y dicha información era oro molido en manos de la inteligencia inglesa y americana, no, no, no solo lo movía el dinero, sino el placer de estar un rato largo con María, a quien había tenido oportunidad de contemplar mientras la esperaba en la puerta de salida de La Cubeta. ¿Por qué no secuestrarla previamente y quedarse con ella un par de semanas encerrado en cualquier hotel de Guatemala antes de reportarle a Hall que ya la tenía en su poder? ¿Quién se daría cuenta en el «Cuarto 40» con la locura que existía en sus cuatro paredes? Nadie, ¿verdad? Su reporte bien podía ser telegrafiado 15 días después.

«Una mujer así es la delicia de todo europeo. Se le ve fuerte, brava, risueña, intensa, divertida, pero sobre todo parece un animal salvaje salido de la selva maya, una fiera a la que se le debe domesticar con violaciones y más violaciones hasta que pida piedad… Después exigirá más amor y al dárselo con cuenta gotas la harás adicta… Yo sé cómo tratar a estas piezas tan codiciadas de pelo negro y uña pintada… Ya tengo varios trofeos de cacería así en mi vida…»

—¿Y el alemán?

—Vayamos primero por el alemán. Denle un tiro en la cabeza o degüéllenlo sin más. A ella la quiero viva, ¿entendido…?

Desde la calle observaban a la pareja hasta distinguir con toda claridad también al hombre aquel que la había rescatado del restaurante La Cubeta. Al lograr la plena identificación de ambos, se acercaron a la puerta los tres agentes de Hall. «H» le dijo a uno que se mantuviera en la calle por si trataban de descolgarse por la ventana.

—Debes hacerlos desistir del intento a balazos. Si tratan de abrir la ventana, disparas para cerrarles esa alternativa. Si de cualquier manera quieren brincar, mátalos a tiros —instruyó con sangre fría, como si estuviera tramando un juego entre niños y él fuera el jefe de la pandilla—. Tú te pondrás en el patio —ordenó al otro—, al pie de la escalera, y si intentan huir saliendo por la puerta de su habitación, es que a mí me hirieron o me mataron, entonces vacíales también la cartuchera: espero que me vean salir del cuarto arrastrando a mi presa de la cabellera… En ese momento ya saben ustedes que cuentan con vacaciones *on the house…*

—¿Entendido…?

—¡Entendido!

Como el clavadista que se concentra antes de saltar al vacío, así «H» respiró dos veces, llenó sus pulmones como para darse valor. Verificó que su pistola estuviera cargada y sujetándola discretamente con la mano derecha violentó con un breve golpe la puerta de entrada y se dirigió sigilosamente a la escalera.

En los planes siempre se debe incluir un cierto número de imprevistos. Personas con las que no se contaba y aparecen repentinamente. Ruidos, señales inimaginables, la presencia de animales, cambios intempestivos en las víctimas, giros inusitados, un incendio, una trampa colocada por el alemán en caso de ataque, el desmayo de uno de los ingleses, ¿no podían desmayarse? Un tropiezo, la ruptura de uno de los escalones y la pérdida de conciencia del jefe de los asesinos, el ladrido de un perro y la alarma de Félix, quien, como él mismo decía, se estaba acostumbrando a dormir con un ojo abierto y el oído encendido… Un buen estratega estudia varios escenarios de catástrofe y piensa en posibilidades ilimitadas.

«H» no supuso que al abrir la puerta se tensaba un mecate que accionaba una campana para anunciar al portero que alguien entraba o salía de la vecindad. La primera vez que «H» ingresó en el inmueble encontró la puerta abierta. No podía saber la existencia de este peculiar sistema de alarma. En este nuevo intento, ya no en la tarde, sino entrada la noche, los ruidos se escuchaban magnificados y con toda nitidez.

«Nadie antes había llegado o salido a estas horas», pensó Sommerfeld al escuchar la campana. Discutía con María la declaración del ministro Zimmermann confesando la autenticidad del telegrama. ¿Por qué lo habría hecho? ¿Cuáles habrían sido sus razones? ¡Cuántas consecuencias tendría para el mundo entero semejante confesión…! Imposible que la hiciera sin la autorización del káiser. Sus razones tendrían en el alto mando alemán.

Félix saltó movido por un impulso nervioso en dirección a la puerta. La abrió lentamente sin poder impedir que la luz se fugara e iluminara el piso delatando su preocupación. La volvió a cerrar con sumo cuidado. Escuchó unos pasos más ligeros que el viento. Alguien se acercaba. Su oído estaba aguzado a la perfección. No eran fantasías. No estaba soñando. La silla mecedora de bejuco se golpeó bruscamente una y otra vez contra la pared hasta llegar a la inmovilidad total. María no salía de su azoro. A grandes pasos y sin contestar las preguntas de su mujer, llegó a la ventana. Alcanzó a ver a una persona que se escondía en un zaguán enfrente de la casa.

—*Gott!* —dijo cortante—, *lieber Gott!* —repitió mientras se llevó ambas manos a la cabeza.

—¿Qué pasa, Félix? ¿Qué sucede? —preguntó María mientras se acercaba de dos pasos a la ventana.

—Nos tienen —repuso el alemán.

—¿Por qué? Nadie sabe que estamos aquí…

—Nos tienen, lo sé, nos tienen —repitió mientras empezaba a empujar un armario para colocarlo contra la puerta—. ¡Ayúdame!

—¿Te has vuelto loco, mi amor? —cuestionó María, viéndolo a la cara y ayudando a arrastrar el mueble hasta el lugar acordado.

—No seas necia y apaga la luz mientras yo voy por mi pistola. ¿Cómo no viajar con el revólver que le había regalado Villa cuando importaba armas para él, más aún después de los acontecimientos de La Cubeta?

María obedeció sin imaginar el peligro. Criticaba en silencio a Félix cuando una voz la sacó de todas sus dudas. No había necesidad de esforzarse en hablar español. Los dos, por diferentes razones, dominaban el inglés. Bien lo sabía el agente «H». Sommerfeld se percató con claridad que quien estaba llamando a la puerta no la golpeaba con los nudillos, sino con el cañón de una pistola. Ambos sufrieron un terrible estremecimiento. María quedó paralizada mientras los ojos parecían saltar por encima de sus cuencas. ¡Horror! Volteó a ver a Félix, quién la llamó tratando de tranquilizarla al cruzar los labios con el dedo índice.

—Señor Sommerfeld, señora Bernstorff, es mejor que se entreguen sin derramamiento de sangre… No tienen salida posible… Hay hombres rodeando todo el edificio… No compliquen las cosas… Hasta aquí llegaron…

En la duda, permanecieron callados. Ella llegó a un lado de Félix arrodillándose junto a él a un lado de la cama. Silencio.

—Sé que están ustedes ahí. Los vimos entrar. Los vimos desde la ventana. No me compliquen las cosas. Sepan perder. Entréguense civilizadamente.

—¿Quién le va a creer a usted? —contestó Félix, confesando su impotencia. Era inútil mentir.

—Tienen ustedes dos alternativas —sentenció la voz a modo de ultimátum—: o se entregan o se mueren —concluyó, sin dejar espacio a contemplaciones ni negociaciones.

—Nos vamos a morir de cualquier manera —adujo Félix revisando que las seis balas estuvieran dentro del revólver.

—Tengo una propuesta que les permitirá a los dos salvar la vida —abrió el personaje siniestro una posibilidad de salida.

—¿Cuál? —preguntó Félix, sin que María lograra recuperar la respiración.

—Entréguenos a María y saldrá usted tan tranquilo de esta casa. Ella es la que nos interesa, sálvese usted y sálvela a ella cuando todavía estamos a tiempo.

María le dijo entonces a Félix al oído que era la mejor solución, que todo tenía un principio y un fin, que ella debía muchas y que por ningún concepto podía permitir que él también perdiera la vida por su culpa. Trató inútilmente de besarlo. Félix se retiró:

—Estás loca. ¿Cómo supones que voy a dejar que te entregues? Te matarán de cualquier manera. Son asesinos a sueldo. No tienen sentido de la piedad ni conocen el honor. ¿Cómo habrán sabido que estábamos aquí y tan pronto?

—Esa pregunta ya no tiene sentido. Están del otro lado de la puerta. En el patio, en la calle, en fin, nos tienen cercados. Si nos defendemos nos matarán, si me entrego tendremos posibilidades de vivir los dos.

En el fondo de su alma, ella sabía que jamás podría convencer a Félix de la conveniencia de entregarla. Intentarlo siquiera era una batalla perdida. Por esa razón de repente María trató de arrebatarle el revólver a su amante con el propósito de darse un tiro. ¿Entregarla?

No la entregaría. ¿Matarla como habían acordado? Tampoco la mataría. Era más conveniente que forcejeara con él aprovechando la distracción y acabara con el problema.

Los dos luchaban suplicándole al otro que cediera. El agente «H» empujó la puerta y empezó a aparecer tras el armario. Félix pudo distinguirlo entre las sombras de la noche. Con un movimiento brusco venció a María, apuntó al intruso e hizo fuego una, dos veces. Este retrocedió de inmediato y logró esconderse sin que el alemán supiera si había o no dado en el blanco. Al volver a hablar y amenazar a Sommerfeld, este disparó contra el armario. Parecía enloquecer.

—Basta, basta —gritó María desarmada—, no desperdicies balas, si eres hombre cumple con tus promesas. Tú me juraste que me matarías antes de que estos salvajes me arrestaran y me arrancaran las confesiones junto con la piel.

La expresión de pánico de Félix equivalía a la pérdida total de su control. Si María se entregaba, la despellejarían después de someterla a innumerables torturas más. Si él oponía resistencia bien podría ser herido de un tiro y entonces dejar indefensa a su mujer en el predicamento más espantoso de su vida. ¿Qué restaba por hacer? ¿Matarla? Eso no lo haría jamás.

—Dame un balazo en el pecho ahora mismo —gritó María llorando desesperada, suponiendo lo que le esperaba si la atrapaban viva.

«¿Cómo el pecho, tu pecho, nuestro pecho? —pensó Sommerfeld a punto del derrumbe—. ¿Cómo supones que voy a destruir tu pecho con una bala?», siguió angustiado en busca de soluciones.

En ese momento y al estilo de María, en un acto desesperado, se puso rápidamente de pie y trató de correr hacia la puerta. Se entregaría. Félix intentó detenerla pero ella logró zafarse. Saltó sobre la cama y al intentar quitar el armario y salir hacia la muerte, Félix, llorando y gritando en su ofuscación y en su crueldad, disparó apuntando a la espalda de su mujer. Ella se paralizó. Otro tiro. Trató de girar para verlo por última vez. Félix disparó a la cabeza. Volvió a accionar el gatillo. No podía dejarla herida. Imposible imaginar su destino. María rodó por el suelo en un charco de sangre. De inmediato el agente alemán se llevó el cañón a la boca. La abrió y accionó el gatillo una vez, dos, tres... Trató entonces de meter más proyectiles en el revólver cuando dos de los agentes saltaron sobre él y lo inmovilizaron. Lloraba. Lloraba lastimosamente. Los ingleses tenían las manos y los zapatos llenos también de sangre, la del agente «H». Había muerto.

Lo golpearon frenéticamente con la cacha de la pistola hasta que perdió el sentido. Vengaban la pérdida de su jefe. Nada mejor le pudo pasar al agente alemán...

53. El presidente Wilson

El «Telegrama Zimmermann» hizo añicos la indiferencia de la inmensa mayoría del pueblo norteamericano hacia la guerra. Convencerlo de la imperativa necesidad de incorporarse como beligerante al lado de los aliados fue una tarea ciertamente sencilla. Nunca nada había sacudido tanto a aquella nación ni la había unido tan estrechamente como la invitación de una alianza suscrita por el ministro de Asuntos Extranjeros de Alemania en contra de Estados Unidos. La hostilidad alemana hacia este país se había desbordado desde el rompimiento de relaciones diplomáticas a raíz de la declaración de guerra submarina indiscriminada. Ni el hundimiento del *Sussex* ni el del *Lusitania* ni los ultimátums ni las amenazas ni la suspensión de libertades de los mares ni la doctrina internacional al respecto habían irritado y violentado tanto a los norteamericanos como saber que Alemania trataba de asociarse con su vecino del sur para «robar» parte de su territorio y, lo peor, establecer un enemigo oriental a espaldas de Estados Unidos, un país que había luchado en todos los foros y escenarios para mantenerse en la neutralidad y encontrar fórmulas para firmar perentoriamente la paz. ¿La respuesta alemana a sus buenas intenciones? Un disparo certero y de alto calibre al corazón mismo de los norteamericanos. Alemania nos contempla como enemigos, publicaba la prensa día tras día. Es imposible mantenernos al margen de la guerra. La gente, con el paso del tiempo, tomaba la decisión por Wilson.

En aquellos días la alianza germano-mexicano-japonesa sufrió su peor revés: Japón declaró públicamente que no le haría el juego a Alemania ni a México en su política antinorteamericana, arguyendo que el Imperio asiático lo único que buscaba era mantener su imperialismo comercial en la región.[173] Japón aprovechó la ocasión para declarar públicamente su negativa a la venta de armas a Carranza...

Nada pudo haber convencido más a los americanos que el «Telegrama Zimmermann». El único tema de conversación en las mesas familiares, a la reposada hora de la cena, en los bares, en los viajes en tren subterráneo, en los *lunch* de negocios, en las salas donde sesionaban los consejos de administración, en las aulas donde se impartía educación elemental o se dictaban cátedras, en los púlpitos, en las áreas de redacción de los periódicos, en la cama, cuando los matrimonios analizaban el balance de sus días, era la inevitabilidad de la guerra. ¿Acaso vamos a esperar que Alemania trabe las alianzas que ya descubrimos y ejecute sus planes mientras nosotros disfrutamos esas películas que empiezan a hacerse en Hollywood?

«El káiser intentó una confrontación entre nosotros y Japón y eso equivale a un acto de guerra.» Hasta los alemanes-norteamericanos que vivían en Estados Unidos se pusieron del lado del resto de sus compatriotas yanquis como si el tan querido y nunca suficientemente bien recordado *minute man* hubiera convocado nuevamente con su breve clarín a una guerra para proteger esta vez la libertad y la democracia...

El centro cervecero de Milwaukee, con una concentración notable de alemanes, adquirió una franca orientación proamericana. Entre Alemania y Estados Unidos, su nueva patria, la respuesta era evidente... Todos los americanos de California a Massachusetts y de Carolina a Nebraska y a Seattle, Washington, se unieron automáticamente como un solo hombre en contra de Alemania. Las diferencias políticas desaparecieron mágicamente. El «Telegrama Zimmermann» operaba auténticos milagros. Si Wilson había dicho que no creería en la hostilidad de Alemania hasta no verse obligado a hacerlo, sin duda había llegado el momento de no negar ya por más tiempo la terca realidad.

Los acontecimientos se suceden frenéticamente. El presidente firma una orden ejecutiva autorizando la colocación de armas del máximo poder posible a bordo de la flota mercante y de pasajeros propiedad de su país. La iniciativa fluye. Ya nadie se opone en el Congreso. Parece disfrutar de facultades extraordinarias sin que se las hubieran concedido los representantes populares. Es el furor de la guerra. La sed de venganza. La rabia originada en la amenaza de la desintegración real de la patria. Un nuevo telegrama arriba al Departamento de Estado. Es de Page. Deja muy en claro que si no se le conceden préstamos a Inglaterra, el Reino Unido carecerá de fondos hasta para comprarnos un Winchester... La situación financiera de la Gran Bretaña es crítica. Por lo que más quieran: abran los créditos sin tardanza alguna. La asfixia es inminente. La Federal Reserve Board abre los empréstitos a Francia y a Inglaterra. Los banqueros norteamericanos se frotan las manos. Uno de ellos le da un papirotazo a su sombrero de copa: es la hora de comprar uno nuevo...

Zimmermann, por su parte, comparece ante el Reichstag. Se le concede la oportunidad de contar detalladamente su plan. Se le aplaude y se le apoya. La idea de la alianza convence, si bien era una pena que hubiera sido descubierta por una conjura norteamericana... A pesar de todo estaba decidido a insistir en su proyecto político y convencer a México y a Japón.

—Alguien nos traicionó. Por algún lado se ha producido una fuga… ¿Qué tiene de malo buscar aliados y lucrar políticamente con sus diferencias políticas? Seguiré insistiendo. El éxito es mi mejor defensa. Lograremos crear el conflicto México-Estados Unidos y para ello quisiera su apoyo económico —exige a los legisladores alemanes.

Después de dos semanas de calentamiento, de fantasías invasoras, de revelar las consecuencias de la inactividad y de hacer patente el terrible costo de la prudencia, el pueblo norteamericano estaba listo para la guerra. ¿Esperar más…? ¿A qué…? La conciencia mayoritaria aceptaba en silencio o a voz en cuello la ausencia de alternativas. La inacción era suicida. Si Estados Unidos no entra en la guerra —declara Roosevelt sensata y tranquilamente— despellejaré vivo a Wilson… El *Literary Digest* publica un artículo: ¡Cómo Zimmermann unió a los Estados Unidos!

Alemania hunde al *Lanconia*, al *Algonquin*, al *City of Memphis*, al *Vigilancia* y al *Illinois*, los últimos dos sin previo aviso. ¿Qué otras pruebas adicionales necesita Wilson para someter a estas hordas de bárbaros de nuestros días…? ¿Tiene acaso que volar la Casa Blanca por los aires, como han estallado sospechosamente tantas fábricas de pólvora y de armamento a lo largo y ancho de Estados Unidos, para que Wilson tenga a la vista los hechos concretos que requiere? *Jesus Christ…!*

En una reunión del gabinete, la del 20 de marzo, los secretarios de Estado piden airadamente la guerra. Hay unanimidad. «El hundimiento de nuestros barcos y el maldito telegrama son evidencias más que suficientes de la hostilidad alemana como para tomar la decisión.» «Inglaterra y Francia se hunden, señor. Todo se complicará con el paso del tiempo…» «Ayer se instaló el gobierno parlamentario de Kerensky en Rusia: eso no constituye ninguna seguridad a favor de la democracia…» «No es difícil, por lo tanto, señor presidente, un cambio de bando de Rusia al lado de Alemania. Japón podría unirse con los autócratas en contra nuestra. Cuidado con los vuelcos políticos en las guerras…» «Las botas teutonas acabarán con cualquier vestigio de civilización. Aplastarán una de las grandes conquistas de la humanidad: la democracia…» «Todavía podemos detener al nuevo Atila, al bárbaro de nuestros días, antes de cruzar el Atlántico: cuando lo haga será muy tarde…» «En el vivero de la libertad es donde florece lo mejor del género humano, no toleremos que estos salvajes lo destruyan…» «¿Vamos a permitir que estos hunos modernos decapiten el bienestar norteamericano? ¿Les vamos a regalar nuestras empresas y nuestros mercados para convertirnos en empleados uniformados al estilo imperial?» «Estados Unidos tiene que erigirse como defensor de la democracia. Somos la última esperanza del mundo para detener y vencer al absolutismo, a la autocracia y a la tiranía militar encabezada por estos descendientes del mismísimo Lucifer…»

Wilson escuchó uno a uno a los secretarios de su gobierno, según su costumbre. En ocasiones tomaba notas. Rara vez cuestionaba o pedía una mayor aclaración o precisión. De golpe, y como siempre, se levantó y se retiró sin decir palabra. ¿Habría sido suficiente…? ¿Qué pensaría? ¿Declarará ahora sí la guerra? ¿Nunca se le agotará la paciencia en contra de los alemanes…?

Para la sorpresa de todos, en la prensa del día siguiente se conoció una noticia de ocho columnas: Wilson cita al Congreso para el lunes 2 de abril. Rendirá un informe sobre «graves asuntos de política nacional». La efervescencia empezó a desbordarse a lo largo y ancho del país.

En realidad Wilson ya no necesitó discutir un solo tema más con Lansing ni con House ni con su gabinete ni con sus consejeros de seguridad nacional. Desde el día 20 de marzo dedicó la mayor parte de su tiempo a la redacción del discurso que pronunciaría en el Capitolio. Lo redactó en su propia máquina de escribir. Conversaba escasamente con autoridades civiles. Solo intercambiaba ya puntos de vista con las fuerzas armadas de su país. «Se acabaron las razones. Ya no hay espacios para argumentos: nos entenderemos y comunicaremos por la boca de nuestros cañones…» La nación norteamericana, la prensa mundial, su gabinete, el Congreso en pleno, el estado mayor del Ejército de Estados Unidos, los gobernadores de la Unión, desde luego Francia e Inglaterra, el desfalleciente Imperio austrohúngaro, Japón, México, Kerensky y Lenin, en síntesis, el mundo entero estaba a la expectativa de su decisión.

Solo Edith, su mujer, había conocido con oportunidad y detalle la posición de su marido. Ambos discutieron noche con noche los párrafos de su ponencia. Ella, más que nadie, supo paso a paso cómo el presidente llegaba a sus conclusiones. ¡Cuántas veces lo escuchó decir cómo había luchado hasta el límite de sus fuerzas con tal de evitar la guerra…!

—Ahora, amor, Alemania debe ser definitivamente derrotada. No hay otra alternativa. La destrucción será total. Siempre estuve en contra de una paz victoriosa y dictada. Invariablemente suscribí el principio de una paz sin triunfadores.

—¿Te acuerdas cuando decías que la guerra mundial sería un crimen en contra de la civilización? —repuso ella con toda suavidad. Por ningún concepto debería parecer una reclamación o un señalamiento de incongruencia.

—Las condiciones políticas me han hecho cambiar. Los escenarios se modifican todos los días. Hoy creo más en la supervivencia del derecho, de la libertad y de la democracia que en la paz: por esa razón voy a la guerra —confesó Wilson mientras su esposa, recostada en la cama, apoyada en la cabecera y con medio cuerpo cubierto por las sábanas, lo escuchaba una vez más en sus recorridos nocturnos.

—Si en la vida diaria hacer algo en contra de tus deseos representa una terrible frustración, no puedo imaginar lo que sientes al meter a tu país en una guerra de la que es completamente inocente.

—Solo piensa que soy hijo de un ministro religioso completamente opuesto a la violencia y cuando llegué a la presidencia de Estados Unidos yo me sentía un instrumento para la paz mundial. Por eso me dolió tanto tener que bombardear Veracruz casi al principio de mi primer término. Bueno, bueno, pero eso ya es otro asunto —concluyó, sin esconder su malestar.

—Para Teddy Roosevelt hubiera sido muy sencillo declarar la guerra. Parece estar hecho para eso... A la primera hubiera atacado —arguyó, poniendo su dedo índice y el pulgar en forma de pistola.

—Tú sabes cuántas provocaciones recibí de parte de los alemanes —agitó los brazos amenazadoramente—. ¿Qué sentirías si recurrentemente te informaran del estallido de nuestras fábricas de armas y municiones, del hundimiento de nuestros barcos a medio Atlántico gracias a la instalación de bombas de tiempo, de la destrucción de puentes y vías férreas en razón de acciones de sabotaje y no poder declarar la guerra a esos traidores? —se quejaba una y otra vez el presidente mientras colocaba un nuevo leño en el hogar de la chimenea—. Piensa —agregó decepcionado— lo que resistí cuando el káiser contrató a Huerta a cambio de una fortuna, *for heaven's sake, once again*, Huerta... para que volviera a la presidencia de México, solo para declararnos la guerra...

«México, ¿por qué México? Siempre México ha de atravesarse en mi vida... ¿Por qué México, otra vez México y esta vez ha de ser el detonador de la Primera Guerra Mundial?», se repetía Wilson en silencio como si lo persiguiera una sombra macabra.

—Piensa en el Plan de San Diego —continuó incontenible el presidente desahogándose con Edith—, otro plan para mutilarnos territorialmente... Piensa cuando Villa acribilló a aquellos norteamericanos en Santa Isabel, y lo peor, cuando invadió Estados Unidos para masacrar a tantos norteamericanos en Columbus...

Edith leía las cuartillas del discurso de su marido con unas breves gafas de metal. Escuchaba las reflexiones y justificaciones del presidente, hacía anotaciones con un lápiz que colgaba de sus labios y simultáneamente hacía observaciones puntuales respecto de las palabras que dirigiría al Congreso y a la nación en general. Sin duda se trataba de una mujer informada. El respeto y la consideración de Wilson se los había ganado a pulso. La primera dama podía concentrarse en varias actividades al mismo tiempo. Esto, en un principio, irritaba mucho al presidente, hasta que se acostumbró a los talentos de su esposa, sin considerar ya una falta de cortesía la supuesta dispersión de su atención.

El jefe de la Casa Blanca narraba los antecedentes y se justificaba como si fuera el último intento por despejar todas las dudas de su mente. Se explicaba como si estuviera frente a un gran jurado. Su decisión, bien lo sabía él, conduciría a la explosión de la Primera Guerra Mundial. Los muertos se contarían por decenas de millones al igual que los mutilados. La destrucción se evaluaría en miles de millones de dólares. Por lo tanto, sin aceptar presión alguna, había tomado el tiempo necesario para escoger el camino a seguir, apartado de toda emoción. No había cabida para prontos ni para respuestas impulsivas.

—Día con día, mes con mes y año con año los alemanes me abofetearon sin que yo pudiera devolver los golpes... Te juro que hice un acopio de paciencia cuando hundieron nuestros barcos indefensos, la mayoría de ellos con pasajeros y mercancías norteamericanos a bordo. *God damned...!*

El malestar del presidente era genuino. Colgó su saco y su chaleco en un perchero. Su reloj y su cadena de oro los dejó a un lado de un pequeño armario, donde se encontraba una fotografía de su padre. Luego agregó:

—Resistí horrores cuando declararon la guerra submarina indiscriminada. La mejor prueba de ello es que mi reacción se redujo al rompimiento de relaciones diplomáticas con el káiser y a la expulsión inmediata del bribón de Bernstorff... Aun así me abstuve de llegar a una declaración de guerra como me lo pedían y me lo exigían propios, opositores y extraños. ¡Acuérdate de Teddy Roosevelt y de Cabot...! —concluyó lamentándose—. ¡Hay que ser muy fuerte para dejarse golpear sin contestar mil verdades de los alemanes, y todavía tener que retener a nuestras escuadras en puerto en lugar de enviarlas a bombardear a la odiosa Wilhelmstrasse!

—Woody —adujo finalmente Edith al quitarse las gafas—, al pueblo norteamericano le constan los esfuerzos que hiciste para no entrar en guerra. Nadie duda de que vas a declararla porque no tienes otra alternativa, amor.

—¿Cómo voy a tenerla si el káiser, después de fracasar con Huerta y Villa y de planear mil conjuras y ejecutar sabotajes en contra nuestra, ahora pretende suscribir una alianza junto con México y Japón para mutilar

425

nuestro territorio y comenzar a instalar un poderoso gobierno autoritario y militar en nuestras fronteras que terminará por engullir a toda América?

—¿El «Telegrama Zimmermann» es la razón por la que declararás la guerra o es un pretexto para entrar al rescate de Francia y de Inglaterra?

—El telegrama me impactó en términos definitivos. Es la gran gota que derramó el vaso —confesó el jefe de la Casa Blanca—. La alianza Alemania-México-Japón constituye la peor amenaza para Estados Unidos desde la época de la fundación de las 13 colonias. ¡No lo permitiré! Resistí todo lo anterior, pero por ahí no pasaré… ¡Lo juro!

—¿No fue más grave el hundimiento de los cuatro o cinco barcos mercantes americanos?

—No, el telegrama acabó con mi paciencia y con mi comprensión.[174]

—La gente se ha irritado igual que tú. No tengas la menor duda de que lograrás unanimidad en el Congreso el día de mañana.

—Sí, con lo que saben está justificado nuestro ingreso en la guerra.

—¿Les falta información…?

—Imagínate que corriera la voz de que el «Telegrama Zimmermann» llegó a través del cable del Departamento de Estado que nosotros les facilitamos de buena fe… Por lo menos nos dirían que fuimos unos candorosos idiotas…

—Todos los políticos esconden siempre algún error en la caja fuerte, amor…

—Gracias por consolarme siempre, Edith, solo pregunto quién les dará consuelo a los cientos de miles de hogares norteamericanos que se sumarán al duelo, al luto de las familias europeas, ¿quién…? En un número imprevisible de casas norteamericanas veremos moños negros en sus puertas…

54. La Primera Guerra Mundial

Al día siguiente, el lunes 2 de abril de 1917, el presidente jugó golf con Edith. Falló tres *boggies* y logró un par de *birdies*, comió con House y cenó temprano acompañado de su familia. A las 8:30 de una noche lluviosa, una enorme masa densa de nubes grises amenazaba con dejarse caer encima de la capital de Estados Unidos, Thomas Woodrow Wilson hizo el breve recorrido en automóvil de la Casa Blanca hasta el Capitolio, flanqueado por un selecto grupo de caballería armada que lo protegió de las masas de fanáticos que ya celebraban anticipadamente en las calles el contenido de su discurso. Fue escoltado a lo largo de la escalinata hasta llegar al salón del pleno, donde dejó asentadas para la historia las siguientes palabras:

> Con un profundo sentido de solemnidad y carácter trágico del paso que estoy tomando recomiendo considerar al Congreso que el curso actual del gobierno imperial de Alemania sea tomado de hecho como guerra en contra del gobierno y del pueblo de Estados Unidos y aceptar formalmente el estatus de beligerante...
>
> La neutralidad ya no es posible o deseable bajo la amenaza que subyace en la existencia de gobiernos autocráticos apoyados por una fuerza organizada que es controlada por su voluntad y no solo por la voluntad de sus pueblos.
>
> El gobierno alemán es un enemigo natural de la democracia... La paz debe ser plantada en la base ya demostrada de los principios políticos. Nosotros jamás escogeremos el camino de la sumisión...[175]
>
> El gobierno alemán desea levantar enemigos en contra de nosotros en nuestras propias puertas. La nota interceptada al ministro alemán en México es de una elocuente evidencia... Entendemos este desafío como una propuesta hostil...[176]

Acto seguido concluiría:

> Es cosa terrible llevar a este gran pueblo pacífico a la guerra, a la más terrible y desastrosa de todas las guerras, que parece poner en

juego la suerte de la civilización misma. Pero el derecho es más precioso que la paz y nosotros lucharemos por aquello que nos ha sido siempre caro: por la democracia, por el derecho de los que se someten a la autoridad, para tener voz en su propio gobierno; por los derechos y libertades de las pequeñas naciones; por el dominio universal del derecho realizado por un concierto de pueblos libres, que traiga paz y seguridad a todas las naciones y haga por fin libre al mundo mismo. A semejante tarea podemos dedicar nuestra vida y nuestras fortunas, todo lo que somos y lo que tenemos, con el orgullo de los que saben que ha llegado el día en que América tiene el privilegio de dar su fuerza y su sangre por los principios que le dieron vida, la felicidad y la paz que ha atesorado. Con la ayuda de Dios no puedo hacer otra cosa.[177]

La misma emoción habrían percibido George Washington, John Adams, Benjamin Franklin, Roger Sherman, Robert R. Livingstone y Thomas Jefferson cuando firmaron el Acta de Independencia de los Estados Unidos.

Un rugido similar a una feroz tormenta se desató en todo el graderío ocupado desde luego por todos los legisladores de la Unión Americana, por los ministros de la Suprema Corte de Justicia, el Cuerpo Diplomático, el gabinete, la prensa y diferentes invitados. La sonora ovación se escuchó al otro lado del Atlántico. Embajadores, periodistas y militares corrieron a las salas de mensajes. Lansing y Polk desahogaron su entusiasmo en el Departamento de Estado. Se abrazaron y abrieron una botella de champán. Lansing confesó que el «Telegrama Zimmermann» había tenido efectos más devastadores que la declaración de guerra submarina indiscriminada.[178] Lo sabía, lo sabía, lo sabía...

Cuando los primeros cables anunciaron el ingreso irreversible de Estados Unidos en la guerra, nadie quiso despertar al káiser Federico Guillermo Víctor Alberto von Hohenzollern. Su reacción era imprevisible. ¿Otro ataque de nervios? ¿Un arrebato como el de los últimos días? Mejor esperar a que fuera informado junto con los primeros rayos del amanecer. No se descorchó ninguna botella ni hubo espuma ni burbujas ni cantos ni alegría ni los tapones de Sekt se estrellaron enloquecidos contra los artesanados de los salones donde despachaba y planeaba el alto mando alemán. ¿Había acaso alguna razón en particular por la cual festejar...? Ahora Ludendorff, Hindenburg y Von Tirpitz tendrían que demostrar los verdaderos alcances de la guerra submarina y hundir millones de toneladas de barcos en el Atlántico y en las aguas heladas del Mar del Norte para poner a Inglaterra de rodillas antes de que un solo soldado norteamericano pudiera poner un pie en el territorio europeo.

¿Y Lenin? ¡Lenin, sí, Lenin! Vladimir Ilich Ulianov abordaría en los primeros días también de abril de 1917 un tren blindado que saldría de Suiza, pasaría por Alemania, de ahí llegaría a Suecia y más tarde a Finlandia hasta arribar a Rusia para hacer estallar la revolución en forma y propiciar así el cierre del frente oriental con la conquista de vastos territorios que concedería Lenin a cambio del reconocimiento diplomático de su gobierno.

Bien pronto comenzaría el desplazamiento masivo de tropas alemanas del este hacia Francia para aplastar a esos necios, con o sin *Schlieffen Plan*, y de ahí restaría someter a los ingleses, que para aquel entonces se rendirían por inanición. Sí, solo que la euforia que movía a los ejércitos franceses e ingleses no la compartía la armada alemana, igualmente fatigada y que no se vería beneficiada por el arribo de cientos de miles de soldados americanos frescos y bien pertrechados. ¿Sekt o champán o vino blanco espumoso? No era el momento oportuno. Ni Bethmann-Hollweg ni Zimmermann pensaron siquiera en la posibilidad de cantar ni de brindar… Primero era menester dar con un verdadero motivo…

Carranza fue informado en su casa del estallido de la guerra mundial, sentado en su escritorio, redactando su discurso de toma de posesión como presidente de la República, electo en términos de la Constitución recién promulgada el 5 de febrero. Ernestina estaba a su lado bordando, viéndolo de reojo. ¡Ay! Este 1917… La alianza abierta Estados Unidos-Inglaterra hacía más posible que nunca la invasión que tanto había temido. La represalia británica por la expropiación de sus bienes y la necesidad vital del petróleo mexicano, sumado a los rencores y a la falta de entendimiento entre él y Wilson, podría propiciar una intervención armada sin precedentes.

«No, se dijo en sus reflexiones, a los yanquis no les conviene ahora un incendio al sur de su frontera. Ellos ya entendieron que cuando se le prende fuego a un bosque mexicano el viento puede soplar en dirección a ellos hasta quemarles el culo —concluyó con una sonrisa que supo esconder tras sus barbas—… Seguiré jugando con Alemania y, por supuesto, no le declararé la guerra aun cuando los aliados enloquezcan del coraje: seré neutral para asegurarme la supervivencia de México y que nadie nos convierta en protectorado. No suscribiré pactos con el diablo… Cualquier concesión a los gringos será suficiente como para ya nunca poderles negar nada…»

En Londres empezaría a amanecer de un momento a otro. Hall y los integrantes del «Cuarto 40» pasaron la noche en vela, una más de las tantas desde que había comenzado la guerra. La Dirección de Inteligencia Naval tenía dos razones en especial para festejar: una, el rescate de la Gran Bretaña, otra, la preservación del secreto. Los alemanes continuarían comunicándose a través de los mensajes aéreos, los que serían de inmediato descifrados para hacer descarrilar sus planes. Hall, guiñando ambos ojos como nunca, abrazó a quienes estaban presentes en la histórica habitación. En especial se dirigió a De Grey y a Montgomery:

—¿Se acuerdan cuando salió por el tubo neumático ese inmenso telegrama cifrado escrito en hojas amarillas…?

—*Yes, sir* —respondieron al unísono, suspendiendo unos instantes los hurras, los abrazos y los brindis.

—¿Se han puesto a pensar que gracias a ese día Inglaterra se salvará?

—Se salvará —acotó De Grey— gracias a la inteligencia que hay reunida en este cuarto. Bajaremos a Nelson de la columna en Trafalgar Square y lo subiremos a usted…

Dejando pasar por alto el halago, Hall concluyó:

—El «Telegrama Zimmermann» hizo que Estados Unidos entrara en la guerra. La adopción de su papel como beligerante hará que el Big Ben continúe de pie: *cheers*… Volvamos a trabajar… Apenas comienza la segunda y última etapa de la guerra… Tenemos mucho por hacer…

Montgomery detuvo a Hall del brazo cuando este ya se retiraba. Deseaba arrancarle tres confesiones:

—Concédame al menos —le pidió sin soltarlo— que nunca ninguna labor de criptoanálisis había propiciado tantas consecuencias en la historia.

—Lo concedo —repuso Hall sin ocultar su ansiedad. Había llegado la hora de retirarse. Se impacientaba. ¿Cómo olvidar que era incapaz de festejar un evento con algo más que una sonrisa, y siempre y cuando la celebración no le robara más de tres minutos…?

—¡Bien! —gritó Montgomery como si estuviera en un concurso—. ¿Cierto o falso que el telegrama descifrado cambiará el rumbo de la guerra?

—Cierto —afirmó Hall sin sacudirse la mano del criptógrafo. ¿Por qué no dejarlo continuar con su juego? Esperaba ansioso la última pregunta mientras empezaba a guiñar ambos ojos. Sonreía esquivamente. Era un éxito sin precedentes.

—Diga usted si es falso o verdadero que los rompedores de códigos tenemos la historia en nuestras manos…

Hall le contestó con una palmada en el hombro y se retiró diciendo:

—Primero ganemos la guerra. Cuando decapitemos al káiser en los patíbulos de la Torre de Londres, continuaremos con sus preguntas, Montgomery… Quiero ver el cuerpo de Guillermo II, este maldito descendiente de Dios, con la cabeza separada del tronco… Necesito recordarlo como a Eduardo V, Ana Bolena, Catherine Howard y Ricardo, duque de York…

Contemplarlo decapitado será un triunfo definitivo para la democracia…

Epílogo

Cuatro días después de la declaración de guerra de Estados Unidos, la gigantesca planta productora de municiones en Eddystone estalló por los aires dejando un saldo de 112 trabajadores muertos, la mayoría de ellos mujeres y niñas.[179] Imposible culpar ya a María Bernstorff Sánchez. «No es un ejército lo que hemos de formar y adiestrar para la guerra, es a una nación», advirtió el presidente Wilson como respuesta a uno más de los atentados alemanes. La batalla para atrapar a los saboteadores se llevó a cabo sin escatimar esfuerzos, reglas o pruritos: detuvieron a Louis Knopf, uno de los colegas de María, al tratar de dinamitar una presa del Río Grande.[180] A partir de entonces se desató una furiosa cacería de enormes proporciones para atrapar y matar a los agentes incendiarios y por lo menos arrestar a los espías alemanes.

La Unión Americana empezó a prepararse para la guerra. Se destinaron generosos recursos para financiar los trabajos de inteligencia. Creció la nómina y el personal del servicio secreto. Los créditos fluyeron mágicamente a las fábricas de armamento y municiones. La industria, en general, se convirtió de civil a militar de la noche a la mañana. Se otorgaron empréstitos a laboratorios de productos farmacéuticos: los medicamentos no podían escasear en el frente. Se concedieron fondos de urgencia a los agricultores norteamericanos para dejar garantizado el abasto de alimentos en el país y en la Europa aliada. Se trató de fabricar «un puente» a través del Atlántico, construir muelles, tender miles de kilómetros de hilos telefónicos, crear un interminable cuerpo de médicos y enfermeras, edificar cientos de hospitales en Estados Unidos y en ultramar. El ejército aumentó sus filas como si la nación entera fuera convocada por un simple toque de clarín. Se reforzó la guardia nacional. Nació un cuerpo de oficiales de reserva. En los astilleros, donde antes se construían barcos mercantes, muy pronto se botarían acorazados y cruceros de batalla. Las plantas automotrices sufrieron una dramática conversión para producir equipos militares en lugar de vehículos citadinos. La guerra era el gran negocio. La expansión de la economía prometía ser formidable. El optimismo se tradujo en una fuerza indomable. Los marinos abordaron sus fragatas entonando sin cansar el «Yankee-Dooddle».

431

No se escucharon quejas cuando el gobierno impuso censuras a la prensa y negó el servicio de correos a dos periódicos socialistas ni cuando encarcelaron a un productor de cine que proyectaba «sentimientos antipatrióticos» en sus películas ni cuando sentenciaron a un cura a 15 años de cárcel solo por citar a Jesucristo como una autoridad a favor del pacifismo… ¿Por qué el pacifismo? ¿Quién se atreve a hablar de pacifismo…?

Nadie protestó cuando el gobierno confiscó el sistema nacional ferroviario, así como otros medios de transporte y comunicación, incluyendo almacenes, teléfonos, telégrafos y líneas de cable. Eran necesidades de la guerra. Se trataba de facultades extraordinarias concedidas al presidente. Las indemnizaciones generosas y oportunas acabaron con todo resentimiento en contra del gobierno. En todo caso sería una estrategia transitoria. El pueblo norteamericano se sometió a una política de reducción de alimentos: «el lunes sin trigo», «los martes sin carne», «los jueves sin tocino». Se introdujeron cortes al servicio eléctrico en diversas horas del día y el «domingo sin combustible». Se clausuraron plantas no esenciales para conservar carbón. La solidaridad nacional sorprendió a los más optimistas. Lo que fuera con tal de que los mexicanos no volvieran a gobernar Texas, Arizona y Nuevo México, entre otros objetivos. Los puestos de empleo se ofrecen por millones a lo largo y ancho del país. Las utilidades crecen exponencialmente. El fisco recauda gozoso, ampliando sus posibilidades presupuestales.

Encerrados en las salas de juntas de sus instituciones, los banqueros arrojaban los billetes al aire como si fuera una lluvia divina. Era la gran fiesta del dinero, la de las utilidades extraordinarias. Las carcajadas eran contagiosas. El gobierno prestaba y pedía prestado, avalaba créditos a los aliados. Wall Street se distinguía a la distancia como un conjunto de fuegos artificiales. Francia e Inglaterra invertían sus créditos obtenidos en Manhattan comprando bienes de manufactura norteamericana. El bienestar era una realidad. Era la gran borrachera nacional. ¿Por qué tardamos tanto en declarar la guerra a las potencias centrales…? En Estados Unidos, por supuesto, se descorchaban de costa a costa las botellas de champán. Los motivos para brindar no se reducían al rescate de la democracia y de los principios políticos de los Padres Fundadores. Hasta los empresarios indemnizados chocaban delicadamente sus copas.[181]

Tuvo que transcurrir un año antes de que los soldados norteamericanos pudieran revertir la situación en el frente occidental. Toda Francia se convirtió en un campo de batalla. Infantería y armamento fueron transportados a Europa a través del sistema de *convoy* a bordo de barcos franceses o ingleses mientras Estados Unidos terminaba la construcción de los suyos. Las naves con pasajeros militares, mercancías o artillería pesada fueron escoltadas por cruceros o *destroyers* para protegerlas de los torpedos germanos.

Las personas y los bienes empezaron a llegar sanos y salvos a los puertos aliados en Europa. La marina norteamericana colocó una barrera de poderosas minas a través del Mar del Norte para anular la campaña submarina alemana. Los germanos estaban incapacitados para traducir los mensajes americanos. Requerían de tiempo: no lo tenían. Von Tirpitz se sangró los nudillos al golpear la mesa de su escritorio al constatar el avance aliado, así como la inutilidad de sus sumergibles. ¿Cómo poner a Inglaterra de rodillas en esas condiciones? Sus planes se deshacían como papel mojado...

Las esperanzas de Hindenburg y Ludendorff de vencer a Inglaterra en seis meses se esfumaron como los vapores de la boca de un cañón después de la detonación. La batalla de Chateau-Thierry equivalió a un golpe en pleno rostro para los estrategas del alto mando imperial. El káiser se encerró en sus habitaciones. Canceló todas sus cacerías. «No quiero oír malas noticias.» «Que ni venga Eulenburg...»

En un plazo de 18 meses Estados Unidos creó un ejército efectivo de más de cuatro millones de hombres, transportaron más de dos millones a Francia y condujeron a un millón 300 mil a la línea de fuego. Resultó muy exitosa la política de conscripción en lugar del sistema voluntario de registro. Josephus Daniels y su subsecretario de marina, Franklin Delano Roosevelt, elevaron triunfalmente el nivel moral de los infantes.[182]

El plan urdido por Guillermo II y Bethmann-Hollweg para permitir el paso a Lenin y a su esposa Nadezhda, además de una treintena de bolcheviques, fue coronado con el éxito. El gobierno alemán puso a disposición de Lenin oro en abundancia, además de un vagón blindado para que el grupo viajara de Suiza a Rusia, se ocupara de la desintegración de la armada, organizara levantamientos civiles que condujeran a la revolución, a la toma del poder por medio de la fuerza y de ahí a la rendición incondicional con enormes ventajas territoriales y económicas. El gobierno provisional de Kerensky nunca debió haber continuado la guerra desde febrero, en los días siguientes a la ejecución de Nicolás II. El frente ruso se desplomó y sobrevino la guerra civil. Lenin ofreció la paz a los rusos a través de una revolución mundial. Cuando el alto mando alemán facilitó a Lenin el paso a través de Alemania, en realidad estaba suscribiendo un pacto con el diablo: el siguiente país en la lista bolchevique era Alemania. La revolución socialista no tardaría en estallar ahí mismo.

No fue sino hasta que los bolcheviques recibieron de nosotros un flujo constante de fondos a través de varios canales y bajo diferentes etiquetas, que ellos estuvieron en una posición de poder construir su principal órgano *Pravda* para conducir propaganda y extender su originalmente estrecha base del partido. VON KÜHLMANN.[183]

En el otoño de 1917 estalló la revolución rusa. El káiser, Hindenburg y Ludendorff finalmente pudieron mojar, al menos, los labios con champán. Un brindis sonoro, optimista y risueño no estaba del todo justificado, dada la creciente amenaza que se cernía por el frente occidental. En el invierno Rusia pidió la paz. Se rindió. Las condiciones impuestas a Lenin por la Wilhelmstrasse fueron desorbitadas. Al mismo tiempo que los alemanes festejaban y se hacían dueños de medio mundo, movilizaron sus tropas liberadas hacia el oeste. Los aliados tenían que llegar antes a las trincheras y al frente galo. El esfuerzo naval para el transporte de tropas norteamericanas era colosal. Tenían que llegar antes de la rendición incondicional de París. Empezó la «carrera a Francia».

—¿Llegarán a tiempo para arrancarnos de las sienes los laureles de la victoria? —preguntaba Hindenburg.[184]

Pershing, lamiéndose todavía las heridas por no haber encontrado a Villa en el norte de México, puso a disposición del general Foch, en su carácter de comandante supremo, a las tropas frescas de norteamericanos. La moral aliada se fortaleció mágicamente. Se resiste en Chateau-Thierry. París no cede. No cae. El 18 de julio Foch contraataca formando una punta de lanza. En tres meses se juega la suerte del mundo. El 18 de septiembre de 1918 ya pocos estrategas del alto mando alemán creen en la victoria. Pershing logra contar con la autorización de un ejército norteamericano independiente y se anota éxitos notables en St. Mihiel, en Meuse-Argonne hasta lograr romper la altiva línea Hindenburg.

El Imperio germano empezó a padecer un frío sin precedentes. Se acentuó la hambruna y se extendió la miseria como una sombra macabra. ¿En qué se había convertido el envidiable bienestar kaiseriano de finales del siglo XIX y principios del XX? La epidemia de influenza mató de un solo corte de guadaña a cientos de miles de personas debilitadas después de tantos años de severas privaciones. ¿La guerra duraría siete meses…? El dinero había perdido su valor, la deuda pública alcanzó proporciones temerarias y los bonos emitidos por el Estado difícilmente podrían ser jamás amortizados. La guerra mundial devoró todas las materias primas, produjo un desempleo masivo, arruinó la vida civil, otorgó poder a los militares como nunca antes, endureció el discurso público, infló las monedas, expandió el crédito público más allá de las posibilidades razonables de pago, hipotecó a los grandes consorcios, mató a las pequeñas empresas y hundió en dictaduras económicas a varios de los países involucrados. Las bajas en los frentes continuaron siendo escandalosas. Tan solo en el primer semestre perecieron en combate 700 mil hombres.

En Brest-Litovsk se resolvió finalmente la paz en el centro europeo. Trotski se negó a firmar el tratado por sentirlo humillante. Lenin lo suscribió sin temblarle el pulso el 3 de marzo de 1918, cediendo gigantescos territorios poblados por 62 millones de personas con la mitad de las instalaciones industriales rusas. Los bolcheviques se obligaron a pagarle a Alemania una gigantesca indemnización por daños de guerra. El káiser adquirió ricas regiones como Ucrania, la Rusia Blanca, Georgia, Lituania y Letonia. Lenin firmó la rendición a sabiendas de que la revolución socialista en Alemania era inminente, propiciaría la recuperación de los territorios y la cancelación de todo tipo de pago y de compensación de cualquier naturaleza. Lenin: «cualquier ventaja que obtengan los alemanes en Brest-Litovsk la perderán tan pronto la revolución les quite los pies del piso...»[185]

Comienzan las huelgas en Berlín. Ludendorff renuncia porque se niega a firmar un armisticio. Los obreros exigieron la salida de la monarquía y el arribo de una República. La huelga general estalló. Las tropas agotadas y diezmadas decidieron sumarse a los obreros. La revolución tan vaticinada por Lenin se incuba en Berlín, Hamburgo, Hannover, Bremen, Lübeck, Múnich y Colonia.

Ninguno de nosotros supo ni previó el peligro a la humanidad y las consecuencias que traería este viaje de los bolcheviques a Rusia.

MAJOR GENERAL HOFFMAN[186]

El mariscal Foch preparaba las condiciones de la rendición alemana. El káiser sería arrestado y juzgado como criminal de guerra. Ya nada ni nadie podía salvar a los Hohenzollern. Los frentes se desplomaron. El 9 de noviembre de 1918 el emperador entendió que había perdido la jugada. Solo la abdicación podría impedir el caos. El emperador se negó. A pesar de todo pretendía ser el rey de Prusia.[187] Los marinos también se negaron a obedecer sus órdenes. La *Hochseeflotte* se hunde estando a flote... Algunos oficiales del alto mando alemán le sugirieron al káiser la conveniencia de «una muerte heroica» en el campo del honor para salvar la dignidad de la dinastía Hohenzollern. Guillermo II duda.

—Duele mucho una herida de bala, ¿no...?

435

—Pise usted mejor una mina, Su Majestad, así no se dará cuenta de la explosión…

—¡No! Mi rostro se lastimaría y sería un mal legado para la posteridad…

—¿Y si torpedeáramos el barco en el que usted zarpara?

—¡Ni hablar! Perecer ahogado debe ser espantoso…

Mientras se instalaban las banderas rojas en todas las ciudades alemanas, surgían los consejos revolucionarios y se lanzaban lemas radicales inspirados por la revolución bolchevique, el Castillo de Pless, el de Unter den Linden, Berlín y la Wilhelmstrasse se desplomaron cuando el káiser huyó en lugar de suicidarse como se lo decían su conciencia y sus allegados. Se fugó en su tren particular rumbo a Holanda, donde se le había ofrecido asilo, sin notificar siquiera a sus hijos. Viajó con 30 sirvientes y su barbero, sus doncellas, su mayordomo, sus cocineros, su médico y su viejo asistente, el padre Schulz.

De nada sirvieron las peticiones de los aliados para lograr la entrega del exemperador. El gobierno holandés le concedió el asilo a cambio de buena conducta, mientras Federico Guillermo Víctor Alberto von Hohenzollern ya se probaba distintos disfraces para huir a Suecia o a Dinamarca.

Con la firma del armisticio concluyó la Gran Guerra, en aquel entonces el episodio más dramático conocido en la historia de la humanidad. Guillermo II murió en 1941 en la más agresiva amargura, deprimido e incomprendido, sin ser jamás recibido por Hitler cuando ya iba a estallar la Segunda Guerra Mundial. El expríncipe heredero, Willy, quien intentó un golpe de Estado fallido para derrocar a su padre, portó con orgullo el uniforme nazi.

Carranza continuó negociando con Alemania durante la Primera Guerra Mundial. El káiser le ofreció más instructores, suministros de armas, desarrollo de la telegrafía inalámbrica, negociación del pago de intereses, préstamos para la reconstrucción del país, modificación del tratado comercial, apoyo diplomático en las negociaciones sobre concesiones petroleras y mineras y asesoría técnica en los dos bancos de emisión capitalinos. Esperaba ayuda económica germana en la posguerra.[188]

¿Carranza era un germanófilo? Las evidencias así parecen demostrarlo. ¿Utilizaba a Alemania para contener a los norteamericanos? Las evidencias así parecen demostrarlo. ¿Movía la pieza japonesa para que Estados Unidos pensara bien las consecuencias de una nueva intervención militar en México? Las evidencias así parecen demostrarlo. ¿Es cierto que se parecía a Juárez por su defensa de las instituciones y del territorio nacional, así como por el respeto a la investidura de la figura presidencial?[189] Las evidencias así parecen demostrarlo. Carranza, a quien las potencias veían como un mero

436

instrumento maleable para sus propias políticas, ¿logró invertir los papeles y lucrar en su beneficio con las diferencias que prevalecían entre aquellas? Las evidencias así parecen demostrarlo. ¿Ni los planes americanos ni los alemanes ni los ingleses dieron sus resultados apetecidos porque, entre otras razones, Carranza logró el retiro de la expedición Pershing, mantuvo contra viento y marea la neutralidad mexicana y consiguió la abstención alemana en cuanto a acciones de sabotaje, principalmente en lo que hace al incendio de los pozos petroleros?[190] Las evidencias así parecen de mostrarlo.

Por otro lado, ¿Carranza influía en las elecciones domésticas a título personal y controlaba también el nombramiento de jueces? ¿En su mano estaba el control del ejército, del Congreso y del Poder Judicial? Las evidencias así parecen demostrarlo.

¿Que Carranza preconizaba la enseñanza libre, no el contenido laico que se dio al artículo 3º de la Constitución, aprobado en contra de sus deseos? ¿Que Carranza nunca pensó en promulgar una nueva Constitución? ¿Que Carranza no era agrarista y tenía mentalidad de latifundista? Las evidencias así parecen demostrarlo. ¿Que Carranza no era obrerista, toda vez que la industrialización de México era muy incipiente, al igual que su proletariado? ¿Que su principal deseo era nacionalizar la riqueza natural de México? ¿Que su patriotismo era indiscutible? ¿Que su gobierno careció de sentido social por más que agreda la aseveración? Las evidencias así parecen demostrarlo. ¿Que quiso eternizarse en el poder nombrando a Bonillas al igual que Díaz lo hizo con el Manco González y que su ambición e intolerancia políticas le costaron la vida en Tlaxcalantongo? Las evidencias así parecen demostrarlo. Thomas Woodrow Wilson murió en Estados Unidos en 1924. Él contribuyó como nadie a la creación de la Sociedad de Naciones. Pereció en la frustración sin que el Congreso de Estados Unidos hubiera ratificado el Tratado de Versalles.

Arthur Zimmermann vivió en el ostracismo hasta su muerte, después de iniciada la Segunda Guerra Mundial. Jamás ocupó un cargo público. Se dice que después de la publicación del «Telegrama Zimmermann» en los diarios del mundo entero nunca volvió a sonreír. El peso de la culpa lo aplastó hasta el último de sus días.

William Reginald Hall fue electo miembro del Parlamento. Dictó un sinnúmero de conferencias y viajó intensamente. Cuando estalló la Segunda Guerra su edad le impidió ayudar en las tareas de inteligencia, sin embargo, formó parte del «Home Guard» hasta su muerte en 1943.

Vladimir Ilich Ulianov, Lenin, murió de un derrame cerebral en 1924 después de haber fundado el Estado soviético y de haber sido adversario desde su juventud del régimen zarista. ¿Quién le iba a decir a Guillermo II que las masas obreras socialistas de Alemania se iban a levantar en contra de su gobierno después de que él ayudó a Lenin a salir de un exilio de 10 años para hacer estallar la revolución rusa de octubre de 1917? ¿No lo vaticinó Lenin antes de suscribir los tratados de Brest-Litovsk?

Balfour continuó como secretario de Asuntos Extranjeros de la Corona inglesa hasta 1919. Él apoyó el establecimiento en Palestina de una patria para los judíos desde 1917. Su posición condujo a la fundación del Estado de Israel en 1948. Firmó la paz de Versalles entre los aliados y Alemania en 1919. John Maynard Keynes se refirió al tratado en los siguientes términos: «… contiene las semillas de la siguiente guerra…»

¿Todo comenzó cuando Gavrilo Princip vació la cartuchera de su pistola en la cabeza y en el cuerpo del archiduque Francisco Fernando o cuando en 1888, el año de los tres káiseres, Guillermo II se convirtió en el emperador de Alemania? ¿Cómo discutir con quienes alegan que la «Gran Guerra» nació cuando Napoleón III fue derrotado por quien más tarde sería Guillermo I y Bismarck en 1870 y el resentimiento francés por la pérdida de la Alsacia y la Lorena ya invitaba a la venganza? La carrera armamentista en Europa ¿no se aceleró a partir de 1905 cuando Rusia perdió la guerra en contra de Japón y Nicolás II decidió equiparse militarmente? ¿Qué papel jugó la anexión austriaca de Bosnia en 1908? ¿Tendrán razón quienes sostienen que los traumas, prejuicios y envidias sufridas por Guillermo II cuando era apenas un chiquillo se deben a que su madre, la hija de la reina Victoria, lo educó con valores ingleses que el káiser apreciaba y simultáneamente odiaba? ¿Estos sentimientos personales de inferioridad, estimulados por su madre en razón de su parálisis infantil que le dejó el brazo izquierdo más seco que la rama de un árbol muerto, no serían una suficiente carga de odio que le llevaría a construir una flota gigantesca que pudiera competir con la de sus primos? ¿Fueron los ingleses reacios a ceder una parte de sus mercados?

¿La envidia como siempre tendrá un mayor poder destructivo que la detonación conjunta de todos los arsenales nucleares creados en el siglo XX por la mente paranoica del hombre…?

Por lo demás, Félix Sommerfeld fue conducido a ciegas ante la justicia norteamericana después de haber sido hecho preso en Antigua. Los sabuesos de Hall, después de enterrar al agente «H», jamás creyeron sus versiones ni dieron crédito a la nacionalidad que ostentaba cuando encontraron en su equipaje 10 pasaportes de diversos países, así como estados de cuenta de diferentes bancos norteamericanos. ¿Cuál era en realidad su nombre y sus antecedentes? ¿Sommerfeld?

¿Y por qué no Smith o Perkins o George Washington revivido…? ¿Quién era este mal bicho que encontramos al lado de una de las agentes más buscadas por las policías de todos los tiempos? Imposible pensar en esas condiciones que se trataba de un sujeto irrelevante. Si las autoridades judiciales norteamericanas conocen su identidad y hay motivos para arrestarlo y sobre todo hay recompensas pendientes, que dispongan de él, de lo contrario que lo liberen y vuelva a donde nunca debió salir.

Félix Sommerfeld fue encarcelado definitivamente en abril de 1917[191] y salió de la prisión federal al concluir la guerra gracias a las gestiones de Sherbourn Hopkins, quien deseaba rescatarlo como agente valioso al servicio de compañías norteamericanas inconformes con las políticas dictadas por los gobiernos donde tenían sus inversiones. Hopkins ¿no había sido contratado para desestabilizar el gobierno de Madero y llegar, si fuera necesario, a su derrocamiento y a su liquidación física…?

Cuando Félix Sommerfeld salió de la cárcel solo hizo una última petición ante el procurador de Justicia de Estados Unidos:

—Señor, yo asesiné personalmente a María Bernstorff Sánchez.

—Es falso su argumento —contestó el alto funcionario—. Quienes lo trajeron preso ante esta dependencia me hicieron saber que ellos la habían ultimado y, acto seguido, lo habían hecho preso a usted.

—No fue así, señor: el único asesino fui yo…

—De acuerdo —gruñó harto el procurador—, ¿y a qué viene todo esto?

—Deseo cobrar la recompensa ofrecida por su cabeza…

Las declaraciones a Hall de los agentes ingleses comprobaron lo dicho por Sommerfeld y con ello se le concedió el derecho de cobrar la recompensa ofrecida por la cabeza de María. Bien valía la pena recuperar cierto capital, sobre todo después de las penurias sufridas durante los años de prisión en Estados Unidos.

Él, Sommerfeld, fue el mismo personaje que se presentó en un banco de la ciudad de Antigua para retirar todos los fondos depositados en una cuenta a nombre de María Bernstorff Sánchez y de él mismo.

¿Entregarle la parte del dinero de María a sus padres tal y como habían quedado a falta de ella? ¡Ni hablar! En el más allá, el día del Juicio Final, Félix le explicaría por qué había adoptado otra estrategia financiera…

Lomas de Chapultepec, México, agosto de 2002

Notas

PRIMERA PARTE

[1] No puede considerarse que Venustiano Carranza fuera en ese momento presidente *de facto*, aunque no se hubieran realizado las elecciones para presidente de la República conforme a las normas de la Constitución recién promulgada, debido a que era presidente de acuerdo con las normas del orden jurídico revolucionario, previo al orden constitucional, como lo ha demostrado Ulises Schmill en su libro *El sistema de la Constitución mexicana*, Librería de Manuel Porrúa, México, 1971, pp. 65-81. Dicho orden jurídico revolucionario constituyó el fundamento de validez de la Constitución de 1917.

[2] *Historia, biografía y geografía de México*, 4a. ed., Porrúa, México, vol. II, p. 1922.

[3] Giles MacDonogh, *The Last Kaiser, William the Impetuous*, Weidenfeld & Nicolson, Londres, 2000, p. 144. Francisco José I se mostraba receloso cuando se hablaba del ascenso de su hijo Rodolfo al trono austrohúngaro. Efectivamente, este advirtió que bajo el gobierno de Guillermo II Austria y Alemania se hundirían en un baño de sangre.

[4] MacDonogh, *op. cit.*, p. 220.

[5] Bismarck se cuidaba mucho de decir cómo llegaban a sus manos las cartas de Vicky. Para él era un mero problema de inteligencia prusiana, más aún cuando los más íntimos problemas y planes secretos de Estado, a los que Vicky tenía acceso por conducto de su marido, Fritz, el príncipe heredero, ella se los hacía saber por carta a su madre, la reina Victoria nada menos que de Inglaterra. De modo que el espionaje de toda la realeza era auspiciado por el propio canciller. Resultaba inadmisible que Vicky transmitiera a la Gran Bretaña detalles de los programas alemanes de construcción de barcos de guerra para que el Real Almirantazgo tomara las medidas defensivas adecuadas… Véase MacDonogh, *op. cit.*, p. 83.

[6] MacDonogh, *op. cit.*, p. 210. La alianza franco-rusa se firma el 4 de enero de 1894.

[7] *Ibid.*, p. 232.

[8] Entre 1900 y 1910 la población creció 866 mil, una tercera parte de lo que era hasta 1870. La producción alemana de carbón aumentó 218.1% y la de acero mil 335%, mientras que la de Gran Bretaña fue de 72 y de 154% en cada caso. En acero Alemania estaba 50% adelante de Inglaterra. Alemania forjó 4.1 millones de toneladas en 1880, en 1900 llegó a 6.3 y en 1913 a 17.6, mientras las cifras correspondientes al Reino Unido fueron 8, 5 y 7.7 y para Estados Unidos 9.3, 10.3 y 31.8 millones, respectivamente. Véase Stürmer, *The German Empire (1871-1919)*, Weidenfeld and Nicolson, p. 71. Para datos comparativos sobre ejércitos y tonelaje de barcos, véase Stürmer, *op. cit.*, p. 72. La inversión internacional alemana en minas y acero llegó a ser de 10%, mientras que en Antwerp se decía que era mitad alemán; véase MacDonogh, *op. cit.*, p. 321.

[9] MacDonogh, *op. cit.*, p. 191.

[10] *Ibid.*, p. 215.

[11] *Ibid.*, p. 145.

[12] Michael Balfour, *The Kaiser and his Times*, W. W. Norton & Company, Nueva York, 1972, p. 154.

[13] Balfour, *op. cit.*, p. 1.

[14] En 1904, después de 16 años de reinado, había cambiado 37 veces el uniforme del ejército.

[15] Jules Witcover, *Sabotage at Black Tom*, Algonquin Books of Chapel Hill, 1989, p. 44.

[16] Friedrich Katz, *La guerra secreta en México*, Era, México, 1982, p. 19.

[17] Félix Sommerfeld llegó a cotizarse como uno de los 10 mejores espías y agentes del mundo por aquellos años. Véase Katz, *op. cit.*, p. 346.

[18] *Ibid.*, p. 19.

[19] *Ibid.*, pp. 19-22.

[20] *Idem.*

[21] *Ibid.*, p. 20.

[22] *Ibid.*, p. 21.

[23] Reinhard Doerries, *Imperial Challenge*, University of North Carolina Press, pp. 170-171.

[24] Balfour, *op. cit.*, p. 138.

[25] El movimiento contrarrevolucionario de Huerta y Pascual Orozco estaba planeado para comenzar el 28 de junio de 1915. Véase Michael C. Meyer, *Huerta: A political Portrait*, Lincoln, University of Nebraska Press, Nebraska, 1980, pp. 211-226.

[26] Véase Franz Rintelen, *The Dark Invader; Wartime Reminiscenses of a German Naval Intelligence Officer*, L. Dickson, Londres, 1933, pp. 175-177.

Se debe resaltar que Franz von Rintelen fue el agregado militar por el almirantazgo germano en su embajada en Washington. Los alemanes buscaron por mucho tiempo que Estados Unidos interviniera militarmente México.

[27] Katz, *op. cit.*, p. 14.

[28] Douglas Richmond, *La lucha nacionalista de Venustiano Carranza*, Fondo de Cultura Económica, México, p. 276. Se trata de una pequeña población del estado de Texas donde se «establecerá un gobierno y se organizará un Ejército Liberador de las Razas y los Pueblos».

[29] C. H. Harris III y L. R. Sadler, «The plan of San Diego and the Mexican-United States War Crisis of 1916: A Reexamination», *Hispanic American Historical Review*, núm. 58, agosto de 1978, pp. 381-408.

[30] Kenneth Grieb, *The United States and Huerta*, University of Nebraska Press, 1969, p. 182.

[31] Nemesio García Naranjo, *Memorias de Nemesio García Naranjo*, 8 vols., Ediciones de El Porvenir, Monterrey, 1956-1962, vol. VIII, pp. 130-136.

[32] Véase Barbara Tuchman, *The Zimmermann Telegram*, Ballantine Books, Nueva York, 1985.

[33] Witcover, *op. cit.*, p. 101.

[34] Reinhard Doerries, *Imperial Challenge*, University of North Carolina Press, 1989, p. 188.

[35] Tuchman, *op. cit.*, p. 90.

[36] Doerries, *op. cit.*, p. 184.

[37] Tuchman, *op. cit.*, p. 57. Paul von Hintze, el antiguo embajador alemán en México, es nombrado embajador en China para tratar de convencer a Japón de las ventajas de formar parte de las potencias centrales y desertar de la *Entente Cordiale*. Von Hintze también representó al káiser siete años frente a su primo el zar Nicolás II en San Petersburgo. Von Hintze negoció con Huerta, en su momento, la entrega de armas alemanas a cambio de cortar el abasto de petróleo a Inglaterra.

[38] C. Charles Cumberland, *Mexican Revolution: The Constitutionalist Years*, University of Texas Press, 1972. El 28 de febrero de 1914 decretó la aceptación de dicho papel como moneda de curso legal. Llama la atención que el estado de Coahuila no formaba parte del decreto. El mismo Carranza estimó que en total se habían impreso más de 60 millones de pesos en toda la República.

[39] Witcover, *op. cit.*, p. 76.

[40] *Ibid.*, p. 57.

[41] Jeffrey T. Richelson, *A Century of Spies Intelligence in the Twentieth Century*, Oxford University Press, 1995, p. 28. Véase también Tuchman, *op. cit.*

[42] Richelson, *op. cit.*, p. 29.
[43] Doerries, *op. cit.*, p. 167. Von Papen, de acuerdo con Von Bernstorff, ya había enviado a Petersdorff a Tampico para hacer estallar los pozos mexicanos.

SEGUNDA PARTE

[44] *Alte Kartoffel* significa vieja papa. Era una de las tantas expresiones de cariño con la que María Bernstorff se dirigía a Félix Sommerfeld.
[45] Doerries, *op. cit.*, p. 170.
[46] *Ibid.*, pp. 196-197.
[47] Katz, *op. cit.*, p. 140.
[48] En *México secreto*, en la página 72, el káiser parece haber tenido una idea similar a los hechos de Columbus o un plan parecido. Véase Katz, *op. cit.*, pp. 19-22.
[49] Villa tiene una serie de reuniones con Sommerfeld. Véase Katz, *op. cit.*, p. 17.
[50] *Ibid.*, p. 24.
[51] José E. Iturriaga, *México en el Congreso de los Estados Unidos*, Secretaría de Educación Pública / Fondo de Cultura Económica, México, 1988, p. 280.
[52] Katz, *op. cit.*, p. 150.
[53] *Ibid.*, pp. 135-136.
[54] *Ibid.*, p. 138.
[55] *Ibid.*, p. 150.
[56] *Ibid.*, p. 139, II.
[57] Véase Tuchman, *op. cit.*, p. 95.
[58] Existen indicios de que el coronel Maximiliano Kloss peleó contra villistas al lado de los carrancistas Fortunato Maycotte y Cesáreo Castro. Cabe destacar que en el poblado de San Juanico, el 15 de abril de 1915, el coronel Kloss, por orden del mismo Obregón, fusiló a más de 150 oficiales maderistas ahora villistas de alto rango, entre los que se encontraban el oficial Bracamontes y el teniente coronel Joaquín Bauche Alcalde.
[59] Debe subrayarse que Maximiliano Kloss se distinguió por ser un personaje clave en el ejército carrancista. Hay quienes hasta le atribuyen el triunfo obregonista de la famosa batalla de Celaya contra Doroteo Arango (Pancho Villa).
[60] Katz, *op. cit.*, p. 141.

[61] El mismo director del periódico en cuestión, que actuaba bajo el seudónimo de Rip, un hombre llamado Rafael Martínez, escribió en el *Universal Gráfico* del 15 de febrero de 1935 que fue el mismo Carranza el que le ordenó asumir tal actitud.

[62] *El Universal* fue el único diario nacional proaliado y tuvo una sección especial a favor de la causa británica, razón por la cual Félix E. Palavicini recibió el grado de Comendador de la Orden del Imperio Británico. Véase *El Universal* del 3 de agosto de 1919.

[63] Alfonso Taracena, *La verdadera Revolución mexicana, 1915-1917*, Porrúa, México, 1960, pp. 301-302.

[64] Véase el informe del traductor de la entrevista en la *Public Record Office* de Londres, 371, comunicación de Thrustan al Foreign Office del 10 de diciembre de 1916.

[65] Carta de Eckardt a Hertling del 30 de noviembre de 1917, citada por Katz, *op. cit.*, pp. 75-76.

[66] Archivos Nacionales de Washington, StDF862.202 12/1619, de las actividades militares alemanas en México, microcopia 36, legajo 59, comunicación de Walter Page al secretario de Estado norteamericano del 31 de julio de 1918.

[67] Archivos Nacionales de Washington, StDF862.202 12/1645, de las actividades militares alemanas en México, microcopia 336, legajo 59, comunicación del embajador norteamericano en Guatemala al secretario de Estado del 4 de noviembre de 1918.

[68] Algunos informes de la inteligencia aliada afirman que la misma se pudo haber construido en el territorio de Baja California como primer paso para la instalación de la base submarina, aunque es importante resaltar aquí que no se encontraron pruebas fehacientes de ello; *ibid.*, pp. 364-366.

[69] Aquí es importante resaltar el hecho de que Carranza otorgó el grado de general mexicano a un extranjero. En efecto, Maximilian Kloss fue nombrado director de la manufactura de municiones carrancista, con el grado de general del Ejército Mexicano. Véase John Eisenhower, *Yanks*, The Free Press, Nueva York, 2001, p. 311.

[70] Richmond, *op. cit.*, p. 26.

[71] A pesar de haber quedado viudo en 1915, Carranza nunca contrajo nupcias con Ernestina Hernández Garza. La existencia de sus cuatro hijos varones le reportaron al presidente inmensas satisfacciones. Su segunda relación amorosa fue definitiva colmándolo como hombre.

[72] Richmond, *op. cit.*, p. 21.

[73] Alfonso Junco, *Carranza y los orígenes de su rebelión*, 2a. ed., Jus, México, 1955, p. 22.

[74] Enrique Krauze, *Venustiano Carranza*, Col. Biografía del Poder, t. 5, México, 1987, p. 19.

[75] Véanse las memorias *De mi vida*, 1.1, cap. 19, escritas por Rodolfo Reyes, hijo de Bernardo Reyes, en donde comenta la participación de Carranza en contra del gobierno de Madero.

[76] Véase Junco, *op. cit.*, p. 83. Publicaciones en el *New York Herald*.

[77] *Ibid.*, p. 76, diario *Orientación*.

[78] Junco, *op. cit.*, p. 43.

[79] Véase «La Voz del Público» en el periódico *El Imparcial* del 22 de mayo de 1914, firmado por Ramón Fernández.

[80] *El Imparcial*, 22 de mayo de 1914.

[81] *La ciudad de México. Centro Histórico*, Ediciones Nueva Guía, México, 2001, p. 129.

[82] Junco, *op. cit.*, p. 66.

[83] Taracena, *op. cit.*, p. 365.

[84] Recuérdese que Pablo González tramó junto con Jesús Guajardo el asesinato de Emiliano Zapata en la Hacienda de Chinameca.

[85] Junco, *op. cit.*, p. 89.

[86] Véase *Revista Mejicana*, publicada en San Antonio, Texas, por Nemesio García Naranjo, de fechas 24 de junio de 1917 y 31 de marzo de 1918.

[87] Junco, *op. cit.*, p. 108.

[88] Carranza no solo no se opuso en primera instancia al gobierno de Victoriano Huerta, sino que además envió a Eliseo Arredondo y a Rafael Arizpe y Ramos a entrevistarse con él en febrero de 1913. Asimismo, existen los registros de que Carranza le había comunicado a Philip Holland, el cónsul norteamericano en Saltillo, que había decidido reconocer al mismo gobierno espurio. Por si ello fuera poco, a finales del mismo mes le ordenó a Jesús, su hermano, y a Pablo González que suspendieran todas las operaciones militares, pues había «arreglado la paz con Huerta», Cumberland C., *op. cit.*, pp. 26-27. Véase también la declaración que realizó, en conferencia en Pittsburg el 27 de abril de 1916, Philander C. Knox, secretario de Estado norteamericano en época de Huerta, quien afirma que el mismo Carranza le comunicó su adhesión al gobierno de Huerta en febrero de 1913.

[89] Véase *Revista Mejicana*, publicada en San Antonio, Texas, por Nemesio García Naranjo, de fechas 24 de junio de 1917 y 31 de marzo de 1918.

[90] *El Imparcial* del 1 de marzo de 1913: «La conducta de Carranza es sospechosa».

[91] Periódico *La Nación* del 28 de febrero de 1913: «Las causas de que don Venustiano Carranza vacilara para reconocer al gobierno provisional».

[92] Secretario particular de Venustiano Carranza.

[93] El 28 de septiembre de 1915 Pablo González mandó arrestar al ingeniero Alberto García Granados, acusado de ser huertista y de haber coadyuvado en el asesinato de Francisco Madero. Carranza, violando sus derechos legales y constitucionales, le impidió acogerse a la amnistía en vigor. Al argumentar su defensor que el acusado se encontraba enfermo, Carranza ordenó que el ingeniero García Granados fuera fusilado, y que si estaba enfermo, lo amarraran a un poste. García Granados fue pasado por las armas el 8 de octubre. Sin embargo, la noche anterior a su fusilamiento, García Granados le confió a su abogado, Francisco A. Serralde, que Carranza lo mandaba matar porque entregó «al ministro de Alemania en México unos documentos secretos que fueron enviados a Alemania» tan pronto Venustiano Carranza salió de Saltillo para rebelarse contra Huerta. Cabe destacar que el Departamento de Estado norteamericano recibiría proveniente de Guatemala la confesión del militar Francisco Cárdenas, donde aseguraba que él y el sargento Rafael Pimienta fueron los que asesinaron a Madero y a Pino Suárez por órdenes de Blanquet, Mondragón, Félix Díaz y Cecilio Ocón… Nunca, sin embargo, mencionó siquiera al ingeniero García Granados… aun así, este fue fusilado disparándosele el obligatorio tiro de gracia.

[94] Entre ellos estaban, según el propio Carranza, la corriente zapatista, la villista, la cedillista, y tantas otras, aunadas a cualquier funcionario público o burócrata que hubiera trabajado en el gobierno durante el cuartelazo de Victoriano Huerta, sin importar siquiera si participaron o no en el atentado contra Madero…

[95] Venustiano Carranza, Primer Jefe del Ejército Constitucionalista, Encargado del Poder Ejecutivo de la Nación, en uso de las facultades extraordinarias de que me hallo investido y considerando:

»Que si bien la suspensión del trabajo es el medio que los operarios tienen para obligar a un empresario a mejorar los salarios cuando estos se consideran bajos […] tal medio se convierte en ilícito desde que se emplea no solo para servir de presión sobre el industrial [… sino para presionar…] de una manera principal y directa al Gobierno […]

»Que la conducta del sindicato obrero constituye […] un ataque a la paz pública, tanto por el fin que con ella se persigue, toda vez que, según se ha expresado, procede de los enemigos del Gobierno […]

»Por todo lo expuesto, he tenido a bien decretar lo siguiente:

»Artículo 1. Se castigará con la Pena de Muerte, además de a los trastornadores del orden público que señala la Ley de 25 de enero de 1862.

»Primero. A los que inciten a la suspensión del trabajo en las fábricas o empresas [...] a los que presidan las reuniones en que se proponga, discuta o apruebe; a los que las defiendan o sostengan; a los que las aprueben o suscriban; a los que asistan a dichas reuniones o no se separen de ellas tan pronto como sepan su objeto, y a los que procuren hacerla efectiva una vez que se hubiera declarado.

»Artículo 2 Los delitos de que habla esta Ley serán de la competencia de la misma autoridad militar que corresponde conocer de los que define y castiga la Ley de 25 de enero de 1862, y se perseguirán, y averiguarán, y castigarán en los términos y con los procedimientos que señala el decreto número 14, de 12 de diciembre de 1913.

»Por tanto, mando se imprima, publique y circule para su debido cumplimiento y efectos consiguientes:

»Dado en la Ciudad de México, a primero de agosto de 1916. Venustiano Carranza.»

[96] A bordo del *Lusitania* iban 4 mil 200 cajas de municiones para rifle, mil 950 cajas de bombas de tres pulgadas. Estaba claro que las dobles y triples explosiones del barco no fueron causadas por el torpedo, sino por la carga de municiones tan abundante que había en un barco de pasajeros. Véase también Patrick Beesly, *Room 40, British Naval Intelligence, 1914-1918*, Harcourt Brace Jovanovich, Nueva York, 1982, p. 114.

[97] *Ibid.*, p. 120.

[98] El *Magdeburg* encalló. Fue abordado y destruido casi al comenzar la guerra. Sin embargo, la inteligencia alemana no cambió el SKM (*Signalbuch der Kaiserlichen Marine*), el VB (*Verkehrsbuch*) ni el HVB (el *Handelsverkehrsbuch*), si bien de tiempo en tiempo cambiaron las claves de acceso, mismas que el «Cuarto 40» pudo resolver oportunamente.

[99] David Kahn, *The Code Breakers*, Scribner, Nueva York, 1996, p. 285.

[100] También formaban parte del «Cuarto 40», entre otras personalidades, F. E. Sandbach, de Birmingham; C. E. Gough, de Leeds; el doctor E. C. Quiggin, del Caius College, y Fraser, oficiales inválidos de la marina; Gerard Lawrence y Desmond McCarthy, autores.

[101] Beesly, *op. cit.*, p. 24. Enrique de Prusia era el hermano menor de Guillermo y gozaba del nombramiento de comandante en jefe del Báltico, jerarquía con la que insistió ante el comandante en jefe de la Gran Flota de Alta Mar para que se cambiaran los códigos a partir del naufragio del *Magdeburg*. Sus reiteradas peticiones invariablemente fueron desoídas.

[102] Beesly, *op. cit.*, p. 24.

[103] *Ibid.*, p. 201.

[104] *Ibid.*, p. 202.

[105] Kahn, *op. cit.*, p. 280.

[106] Véase Doerries, *op. cit.*, p. 157.

[107] Richelson, *op. cit.*, p. 30.

[108] *Ibid.*, pp. 30, 61 y 62. Los rusos en el frente europeo fueron los primeros afectados, puesto que se perdieron 275 mil bombas cargadas, un millón de obuses sin cargar, 500 mil espoletas, 300 mil cajas de cartuchos, 100 mil detonadores y cantidades incontables de TNT.

[109] Peláez acordonó militarmente la zona petrolera de la Huasteca durante la Primera Guerra Mundial de tal manera que no pudieran entrar en su territorio ni las leyes ni los ejércitos carrancistas. Todo ello fue financiado fundamentalmente por los petroleros ingleses y norteamericanos.

[110] Ricardo Pérez Montfort, *Yerba, goma y polvo. Drogas, ambientes y policías en México 1900-1940*, Era / Conaculta / INAH, México, 1999.

TERCERA PARTE

[111] Witcover, *op. cit.*, p. 201.

[112] La circulación monetaria había pasado de 1.6 billones de rublos a principios de la guerra a 9.1 billones a finales de ese catastrófico 1916. El alza de los precios alcanzaba hasta 600%, superando por mucho el incremento de los salarios.

[113] François Xavier Coquin, *La Revolución rusa*, Diana, México, 1972, p. 30.

[114] MacDonogh, *op. cit.*, es el autor que más insinúa el homosexualismo del káiser.

[115] Tuchman, *op. cit.*, p. 104.

[116] Katz, *op. cit.*, p. 35.

[117] MacDonogh, *op. cit.*, pp. 517-532.

[118] Véase Tuchman, *op. cit.*, p. 140.

[119] *Ibid.*, p. 137.

[120] Doerries, *op. cit.*, p. 2.

[121] *Ibid.*, pp. 2-3.

[122] Tuchman, *op. cit.*, p. 110.

[123] *Ibid.*, p. 105.

[124] Doerries, *op. cit.*, p. 147.

[125] Tuchman, *op. cit.*, p. 130.

[126] *Ibid.*, p. 146; Doerries, *op. cit.*, p. 209.

[127] Véase *The Cali*, periódico socialista de Nueva York, 15 de febrero de 1915. Véase también *Regeneración* del 6 de marzo de 1915, núm. 205,

basado en un artículo en *Acción Libertaria de Gijón*, España, 6 de febrero de 1915.

[128] Véase Félix F. Palavicini, *Historia de la Constitución de 1917*, Gobierno del Estado de Querétaro / INEHRM, 1987.

[129] Samuel E. Morrison, *Breve historia de los Estados Unidos*, 2a. ed., Fondo de Cultura Económica, México, 1980, p. 660.

[130] *Ibid.*, p. 660.

[131] Kahn, *op. cit.*, p. 276.

[132] Fuente: «Zimmermann Telegram», internet.

[133] Kahn, *op. cit.*, p. 282.

[134] *Ibid.*, p. 283.

[135] Tuchman, *op. cit.*, p. 135.

[136] Veinticuatro años después, Pearl Harbor será una realidad.

[137] Friedrich Katz, *Pancho Villa*, Era, México, 1998, pp. 477-478.

CUARTA PARTE

[138] Witcover, *op. cit.*, p. 209.

[139] *Enciclopedia de México*, vol. II, p. 388.

[140] Tuchman, *op. cit.*, p. 152.

[141] Robert Lansing, *War Memoirs of Robert Lansing*, Secretary of State, Washington, 1935, p. 310.

[142] Katz, *op. cit.*, p. 51.

[143] *Ibid.*, p. 267.

[144] Véase el periódico *Excélsior* del 24 de octubre de 1917. También se recomienda consultar a Raymond C. Gerhardt, *England and the Mexican Revolution: 1919-1920*, tesis de doctorado de la Texas Tech University, 1970, pp. 484-485.

[145] Katz, *op. cit.*, t. II, p. 51.

[146] Residente japonés en México que trabajó como consejero del Ministerio de Relaciones Exteriores y como funcionario secreto del gobierno carrancista. Véanse los documentos del Ministerio de Relaciones Exteriores del Japón, México, MT 1133 02 479-02 481, Terasawa a Kusakabe, 9 de septiembre de 1915.

[147] Katz, *op. cit.*, afirma lo anterior al citar una comunicación de Eckardt al Ministerio de Relaciones Exteriores germano del 10 de diciembre de 1917.

[148] Tuchman, *op. cit.*, p. 156.

[149] *Ibid.*, p. 163.

[150] Varios tratadistas sostienen que efectivamente Page lloró de desesperación y coraje al leer el texto del telegrama. Véanse Kahn, *op. cit.*, y Tuchman, *op. cit.*

[151] Tuchman, *op. cit.*, p. 166.

[152] Kahn, *op. cit.*, p. 292.

[153] Tuchman, *op. cit.*, p. 135.

[154] Katz, *op. cit.*, p. 53.

[155] *Ibid.*, p. 54.

[156] Tuchman, *op. cit.*, p. 158.

[157] Katz, *op. cit.*, p. 49.

[158] *Ibid.*, pp. 278-280.

[159] Archivo de la Secretaría de la Defensa Nacional, XI, 481.5/100f, 301. Carta enviada por el agente secreto José Flores a Carranza, 2 de febrero de 1917. También véase *El Universal* del 24 de abril de 1918, y Cumberland, *op. cit.*, p. 121.

[160] T. A. Bailey, *The policy of the United States toward the neutrals*, Gloucester, 1966, p. 313.

[161] Tuchman, *op. cit.*, p. 153.

[162] En Estados Unidos existen sospechas fuera y adentro del gobierno americano de que Japón estaba considerando un ataque en contra de Estados Unidos y que para lograrlo estaba buscando alianzas con alguna facción mexicana para contar con bases y apoyos de todo tipo. No habría que olvidar que Japón en cualquier momento podría hacer con Alemania una paz por separado y un posible cambio de alianzas. Véase Katz, *op. cit.*, p. 203.

[163] Tuchman, *op. cit.*, p. 175.

[164] Véase Richelson, *op. cit.*, p. 46.

[165] Tuchman, *op. cit.*, p. 185.

[166] *Ibid.*, pp. 185-186.

[167] Tuchman, *op. cit.*, p. 181.

[168] *Ibid.*, p. 180.

[169] *Ibid.*, p. 178.

[170] Katz, *op. cit.*, p. 56.

[171] *Ibid.*, p. 58.

[172] Véase Witcover, *op. cit.*, p. 225.

[173] Japón afirmó que todo se debía a una «Doctrina Monroe» para Asia. Véase Lyon C. Jessie, *Diplomatic Relations Between the United States, Mexico and Japan: 1913-1917*, tesis doctoral inédita, Claremont College, 1975, pp. 98 y 171.

[174] Tuchman, *op. cit.*, p. 199.

[175] Witcover, *op. cit.*, p. 229.
[176] Tuchman, *op. cit.*, p. 197.
[177] Morrison, *op. cit.*, p. 666.
[178] Witcover, *op. cit.*, p. 231.

EPÍLOGO

[179] *Idem.*
[180] Morrison, *op. cit.*, p. 672.
[181] Las exportaciones americanas a los aliados eran en el periodo 1911-1913 del orden de 3.44 billones y en 1915-1917 llegaron a 9.8 billones. Gran negocio era la guerra, ¿no? Witcover, *op. cit.*, p. 74.
[182] Ninguno de los dos olvidará jamás cuando se ordenó el bombardeo a Veracruz porque se trataba de expulsar a Huerta del poder a cualquier precio. Años más tarde, Daniels vendrá a México como embajador, enviado por quien anteriormente fuera su asistente, en ese entonces el presidente Roosevelt, y apoyaría la expropiación petrolera de Lázaro Cárdenas en 1938, como si con ello pretendiera salvar una deuda de conciencia con los mexicanos.
[183] Ministro de Asuntos Exteriores al káiser, el 3 de diciembre de 1917.
[184] Morrison, *op. cit.*, p. 675.
[185] Stürmer, *op. cit.*, p. 91.
[186] Major General Max Hoffman, *War Diaries and other Papers*, M. Secker, Londres, 1929, 2:17.
[187] Ian Buruma, *Anglomanía. Una fascinación europea*, Anagrama, Col. Argumentos, p. 254. Véase también Michel Balfour, *The Kaiser and his Times*, Norton & Company, 1972, p. 407.
[188] Friedrich Katz, *La guerra secreta de México*, t. 2, p. 70.
[189] Krauze, *op. cit.*, *passim.*
[190] Katz, *op. cit.*, p. 226.
[191] Véase Katz, *Pancho Villa.*

Bibliografía

Ampudia, Ricardo, *México en los informes presidenciales de los Estados Unidos de América*, Secretaría de Relaciones Exteriores / Fondo de Cultura Económica, México, 1996, 260 pp.

Andrew, Christopher, *For the President's Eyes Only*, Harper Perennial, Nueva York, 1996, 660 pp.

Asprey, Robert B., *The German High Command at War*, Warner Books, Londres, 1991, 558 pp.

Bailey, T. A., *The policy of the U.S. toward the neutrals*, Gloucester, 1966, 313 pp.

Balfour, Michael, *The Kaiser and his Times*, W. W. Norton & Company, Nueva York, 1972, 532 pp.

Barnett, Correlli, *The Great War*, Penguin Books, Londres, 1979, 192 pp.

Beesly, Patrick, *Room 40, British Naval Intelligence 1914-1918*, Harcourt Brace Jovanovich, Nueva York, 1982, 338 pp.

Bix, Herbert R., *Hirohito and the making of Modern Japan*, Harper Collins Publishers, Nueva York, 2000, 800 pp.

Blanco, José Joaquín, *Espejos del siglo* XX Era / INAH, México, 2000, 72 pp.

Blanco Moheno, Roberto, *Crónica de la Revolución mexicana*, t. II, 2a. ed., Libro Mex Editores, México, 1959, 366 pp.

Buruma, Ian, *Anglomanía*, Anagrama, Barcelona, 2001, 398 pp.

Carranza Castro, Jesús, *Origen, destino y legado de Carranza*, B. Costa-Amic, México, 1977, 642 pp.

Casasola, Gustavo, *Historia gráfica de la Revolución mexicana 1900-1960*, t. II, Editorial F. Trillas, México, 1960, 1472 pp.

Chickering, Roger, *Imperial Germany and the Great War, 1914-1918*, Cambridge University Press, 1998, 228 pp.

Cipriano Venzon, Anne (ed.), *The United States in the First World War*, Garland Publishing, Nueva York, 1995, 830 pp.

Clarke, Peter, *Hope and Glory Britain. 1900-1990*, Penguin Books, Londres, 1997, 454 pp.

Clausewitz, Carl Von, *On War*, Penguin Classics, Londres, 1968, 462 pp.

Colitt, Leslie, *Spy Master*, Addison-Wesley Publishing, Nueva York, 1995, 302 pp.

Conquest, Robert, *Lenin*, Grijalbo, Barcelona, 1973, 240 pp.

Coquin, Francois-Xavier, *La Revolución rusa*, trad. Adolfo A. de Alba, Diana, México, 1972, 138 pp.

Cossío, José Ramón, *Cambio social y cambio jurídico*, Instituto Tecnológico Autónomo de México, México, 2001, 392 pp.

Cumberland, Charles C., *La Revolución mexicana, los años constitucionalistas*, Fondo de Cultura Económica, México, 1995, 390 pp.

De Fornaro, Carlo, *Carranza and Mexico*, Mitchell Kennerley, Nueva York, 1915, 242 pp.

Dictionary of World History, Chambers Harrap Publishers, Nueva York, 2001, 950 pp.

Doerries, Reinhard R., *Imperial Challenge*, University of North Carolina Press, 1989, 444 pp.

Dossier, John, *Myth of the Great War*, Harper Collins Publishers, Nueva York, 2001, 382 pp.

Eisenhower, John S. D., *Yanks*, The Free Press, Nueva York, 2001, 354 pp.

Eslava Galán, Juan, *Historias de la Inquisición*, Planeta, Barcelona, 1992, 240 pp.

Fabela, Isidro, *Historia diplomática de la Revolución mexicana*, 2 tomos, Fondo de Cultura Económica, México, 1958, 390 pp.

Ferguson, Niall, *The Pity of War*, Basic Books, Londres, 1999, 564 pp.

Friedrich, Otto, *Blood & Iron*, Harper Perennial, Nueva York, 1995, 434 pp.

Fuentes Mares, José, *Biografía de una nación, de Cortés a López Portillo*, 2a. ed., Océano, México, 1982, 312 pp.

Fulbrook, Mary, *A Concise History of Germany*, Cambridge University Press, 1990, 266 pp.

Gamas Torruco, José, *Regímenes parlamentarios de gobierno*, Universidad Nacional Autónoma de México-Instituto de Investigaciones Jurídicas, México, 1976, 296 pp.

García Cantú, Gastón, *Las invasiones norteamericanas en México*, 3a. ed., Serie Popular, 13, Era, 1980, 354 pp.

González Obregón, Luis, *México viejo*, Alianza Editorial, México, 1991, 736 pp.

Grieb, Kenneth Jr., *The United States and Huerta*, University of Nebraska Press, 1969, 342 pp.

Grover, David H., *The San Francisco Shipping Conspiracies of World War One*, Western Maritime Press, 1995, 170 pp.

Hall, John W., *El Imperio japonés*, Siglo XXI, Madrid, 1973, 360 pp.

Hartung, Fritz, *Historia de Alemania*, Manuales UTEHA, sección 10, núm. 206, México, 1964, 158 pp.

Herman, David G., *The Arming of Europe and the Making of the First World War*, Princeton University Press, 1996, 308 pp.

Hill, Christopher, *La Revolución rusa*, 2a. ed., Ariel, Barcelona, 1971, 216 pp.

Historia General de México, 2a. ed., vol. 4, El Colegio de México, México, 1977.

Historia y leyendas de las calles de México, t. II, El Libro Español, México, 1951, 274 pp.

Hobsbawm, Eric, *Age of Extremes*, Abacus, Londres, 1994, 628 pp.

Howard, Michael, y W. M. Roger Louis (eds.), *The Oxford History of the Twentieth Century*, Oxford University Press, 1998, 458 pp.

Huntington, Samuel R., *La Tercera Ola*, Paidós, Buenos Aires, 1994, 330 pp.

Iturriaga, José E., *México en el Congreso de los Estados Unidos*, Secretaría de Educación Pública / Fondo de Cultura Económica, México, 1988, 420 pp.

Jannen, William Jr., *The Lions of July, Prelude to War 1914*, Presidio Press, California, 1997, 456 pp.

Jenkins, Roy, *Churchill A Biography*, Farrar, Stratus and Giroux, Nueva York, 2001, 1002 pp.

Johnson, David Alan, *Germany's Spies and Saboteurs*, MBI Publishing Co., 1998, 176 pp.

Junco, Alfonso, *Carranza y los orígenes de su rebelión*, 2a. ed., Jus, México, 1955, 256 pp.

Kahn, David, *The Code Breakers*, Scribner, Nueva York, 1996, 1182 pp.

Katz, Friedrich, *Pancho Villa*, 2 vols., Era, México, 1998, 2 vols.

——, *La guerra secreta en México*, vol. II, trad. Isabel Fraire, Era, México, 1982, 352 pp.

Keegan, John, *An Illustrated History of the First World War*, Alfred A. Knopf, Nueva York, 2001, 438 pp.

——, *The First World War*, Pimlico, Londres, 1999, 500 pp.

Keene, Jennifer D., *The United States and the First World War*, Pearson Education, Londres, 2000, 142 pp.

Kippenhahn, Rudolf, *Code Breaking*, The Overlook Press, Nueva York, 1999, 284 pp.

Krauze, Enrique, *Venustiano Carranza*, Biografía del Poder, 5, Fondo de Cultura Económica, México, 1987, 180 pp.

La Ciudad de México Centro Histórico, Ediciones Nueva Guía, México, 2001, 226 pp.

Lansing, Robert, *War Memoirs of Robert Lansing*, Secretary of State, Washington, 1935.

Lawrence, D. H., *Mañanas en México*, Universidad Autónoma Metropolitana, México, 1987, 118 pp.

Le Queux, William, *Spies of the Kaiser*, Frank Cass, Londres, 1996, 220 pp.

Lewin, Ronald, *Ultra goes to War*, McGraw-Hill Book Co., Nueva York, 1978, 398 pp.

Livesey, Anthony, *Grandes batallas de la Primera Guerra Mundial*, Óptima, Barcelona, 1995, 200 pp.

Ludwig, Emil, *Historia de Alemania*, Diana, México, 1953, 540 pp.

——, *Biografías*, 4a. ed., Editorial Juventud, Barcelona, 1957, 1224 pp.

MacDonogh, Giles, *The Last Kaiser, William the Impetuous*, Weidenfeld & Nicolson, Londres, 2000, 532 pp.

Manusevich, Alejandro, *La Primera Guerra Mundial 1914-1918*, Cartago, México, 1985, 152 pp.

Martel, Gordon, *The Origins of the First World War*, 2a. ed., Longman, Londres, 1996, 146 pp.

Massie, Robert K., *Dreadnought, Britain, Germany, and the Corning of the Great War*, Ballantine Books, Nueva York, 1991, 1008 pp.

Matute, Álvaro, *Historia de la Revolución mexicana 1917-1924. Las dificultades del nuevo Estado*, El Colegio de México, México, 1995, 314 pp.

——, *Historia de la Revolución mexicana 1917-1924, La carrera del caudillo*, El Colegio de México, México, 1988, 202 pp.

Mejido, Manuel, *México amargo*, 11a. ed., Siglo XXI, México, 1987, 380 pp.

Meyer, Lorenzo, *México y los Estados Unidos en el conflicto petrolero 1917-1942*, 2a. ed., El Colegio de México, México, 1981, 506 pp.

Mommsen, Wolfgang J., *La época del imperialismo*, 12a. ed., Siglo XXI, México, 1985, 362 pp.

Morrison, Samuel Eliot, *et al.*, *Breve historia de los Estados Unidos*, 2a. ed., Fondo de Cultura Económica, México, 1980, 968 pp.

Nolte, Ernst, *La guerra civil europea, 1917-1945*, Fondo de Cultura Económica, México, 1996, 516 pp.

O'Gorman, Edmundo, *México, el trauma de su historia*, Consejo Nacional para la Cultura y las Artes, México, 1999, 112 pp.

Orozco Linares, Fernando, *Fechas históricas de México*, Panorama Editorial, México, 1998, 264 pp.

Pérez Montfort, Ricardo, *Yerba, goma y polvo*, Era / INAH, México, 1999, 72 pp.

Polmar, Norman, y Thomas B. Allen, *Spy Book, The Encyclopedia of Espionage*, Random House, Nueva York, 1998, 646 pp.

Poniatowska, Elena, *Las soldaderas*, Era / INAH, México, 2000, 80 pp.

Pulzer, Peter, *Germany 1870-1945*, Oxford University Press, 1997, 176 pp.

Richelson, Jeffrey T., *A Century of Spies Intelligence in the Twentieth Century*, Oxford University Press, 1995, 534 pp.

Richmond, Douglas W., *La lucha nacionalista de Venustiano Carranza*, Fondo de Cultura Económica, México, 1986, 336 pp.

Schwalker, John Frederick, *Orígenes de la riqueza de la Iglesia en México*, Fondo de Cultura Económica, México, 1990, 264 pp.

Shakespeare, William, *Ricardo III*, Andrés Bello, Barcelona, 1999, 188 pp.

Silva Herzog, Jesús, *De la historia de México 1810-1938*, Siglo XXI, México, 1980, 304 pp.

Singh, Simon, *The Code Book*, Doubleday, Nueva York, 1999, 402 pp.

Stein, Stanley J., y Barbara Stein, *La herencia colonial de América Latina*, 23a. ed., Siglo XXI, México, 1993, 206 pp.

Strachan, Hew (ed.), *World War I, a History*, Oxford University Press, 1998, 356 pp.

Stürmer, Michael, *The German Empire, 1871-1919*, Weidenfeld & Nicolson, Londres, 2000, 122 pp.

——, *The German Century, a Photographic History*, Barnes & Noble, Nueva York, 1999, 268 pp.

Taracena, Alfonso, *La verdadera Revolución mexicana, 1915-1917*, Porrúa, México, 1960, 365 pp.

Taylor, A. J. P., *The Habsburg Monarchy 1809-1918*, Penguin Books, Nueva York, 1990, 304 pp.

The Russian Revolution 1917, Uncovered Editions, Londres, 2000, 248 pp.

Thomas, Hugh, *La conquista de México*, trad. Víctor Alba, Patria, México, 1994, 896 pp.

Torner, Florentino M., *Creadores de la imagen histórica de México*, Compañía General de Ediciones, México, 1953, 318 pp.

Tuchman, Barbara W., *The Guns of August*, Ballantine Books, Nueva York, 1994, 514 pp.

——, *The Proud Tower*, Ballantine Books, Nueva York, 1994, 530 pp.

——, *The Zimmerman Telegram*, Ballantine Books, Nueva York, 1985, 244 pp.

Ulloa, Berta, *Historia de la Revolución mexicana 1914-1917, La encrucijada de 1915*, El Colegio de México, México, 1981, 268 pp.

——, *Historia de la Revolución mexicana, La Constitución de 1917*, El Colegio de México, México, 1981, 570 pp.

Urquizo, F. L., *Carranza*, 9a. ed., Patronato del INEHRM, México, 1970, 80 pp.

Urrea, Blas, *Obras políticas*, INEHRM, México, 1985, 512 pp.

Vellacott, Jo, *Bertrand Russell and the Pacifists in the First World War*, The Harvester Press, 1980, 326 pp.

Vera Estañol, Jorge, *Carranza and his Bolshevik Regime*, Wayside Press, Los Ángeles, 1920, 248 pp.

Viqueira Albán, Juan Pedro, *¿Relajados o reprimidos?*, Fondo de Cultura Económica, México, 1995, 302 pp.

Volkman, Ernest, *Espionaje*, John Wiley & Sons, Nueva York, 1995, 264 pp.

Warner, Philip, *World War One*, Cassell, Londres, 1998, 256 pp.

Witcover, Jules, *Sabotage at Black Tom*, Algonquin Books of Chapel Hill, 1989, 340 pp.

Cronología

1856 Nace Thomas Woodrow Wilson en Staunton, Virginia, Estados Unidos.

1859 Nacen Venustiano Carranza en Cuatro Ciénegas, Coahuila, y el káiser Guillermo II, en Berlín.

1860 Los barcos de vapor y las locomotoras se multiplican y desploman el precio de los fletes. Se estimula el comercio y las economías mundiales.

1862 Nace Johann Heinrich Andreas von Bernstorff en Londres, Inglaterra.

1864 Nace Arthur Zimmermann en Marggrabowa, Prusia del Este.

1865 Nace Jorge V en Marlborough House, Londres, Inglaterra.

1866 Estados Unidos toleró la invasión francesa de Maximiliano de 1861-1867 en México porque tenía las manos atadas con la guerra civil, de otra forma habrían hecho valer la Doctrina Monroe con represalias diplomáticas y militares en contra de los intereses franceses del mundo.

1868 Nace Nicolás II, zar de Rusia.

1869 Se inaugura el Canal de Suez.

1870 Prusia gana la guerra francoprusiana. Guillermo I es coronado como emperador de Alemania. Nacen Vladimir Ilich Ulianov (Lenin), en Rusia, y Reginald Hall, en Inglaterra.

1876 Graham Bell inventa el teléfono. Nikolaus Otto inventa el motor de combustión interna.

1881 Se arma la primera red telefónica en Berlín.

1882 Contrae matrimonio Venustiano Carranza. Llega a tener dos hijas: Virginia y Julia.

1886 Gottlieb Daimler y Carl Benz patentan su primer automóvil de cuatro ruedas.

1877 Porfirio Díaz empieza a ejercer un control total en México. Siemens construye la primera locomotora eléctrica.

1888 Hertz descubre el telégrafo sin cable y por lo mismo fija los fundamentos de la radio y la televisión. El año de los káiseres: muere

Guillermo I, muere Federico I y llega al poder Guillermo II a los 29 años de edad.

1890 Alfred Thayer Mahan les explica a los norteamericanos (no solo a ellos) que una flota poderosa era el factor más importante para lograr una auténtica expansión en el futuro. Es despedido Otto von Bismarck de la cancillería.

1893 Se firma la alianza ruso-francesa.

1895 Sigmund Freud y José Breuer publican sus estudios sobre la histeria, el primer estudio sobre psicoanálisis.

1896 Marconi solicitó una patente para telégrafo sin cables. Al subir la antena de altura se aumentó dramáticamente la longitud de onda. El invento de Marconi sería determinante en la Primera Guerra Mundial.

1898 Arthur Zimmermann llega como cónsul a Cantón, China. Estados Unidos iza la bandera de las barras y de las estrellas en Puerto Rico y las Filipinas. Marconi ya puede transmitir directamente al aire sin necesidad de cables como en el teléfono o el telégrafo.

1899 El zar Nicolás II propuso una conferencia internacional para limitar armamentos y la fundación de una corte internacional para la solución de disputas entre estados a través del arbitraje.

1900 Alemania llega a ser una verdadera potencia industrial. Vuela el primer zepelín.

1902 Robert Bosch inventa la bujía. Theodor Mommsen gana el premio Nobel de literatura.

1903 Los hermanos Wright surcan los aires por primera vez.

1904 La *Entente Cordiale* es suscrita por Francia e Inglaterra para contener la influencia y el poder de Alemania. Estalla la guerra ruso-japonesa. Se expande el poder japonés por Asia. Comandados por el vicealmirante Togo Heichachiro, los japoneses atacan por sorpresa la base naval rusa de Port Arthur en el noreste chino.

1905 La guerra significa para Rusia el colapso de su poder militar en Asia y en Europa. Estalla una revolución en San Petersburgo en 1905. Rusia queda descartada como potencia mundial. La historia del balance del poder militar en Europa es la historia de la postración rusa y su posterior recuperación que rompió con el equilibrio militar europeo.

1907 Francia demuestra contar con un ejército similar en tamaño al alemán. ¿Quién era el militarista? Se firma la alianza anglo-rusa.

1908 Carranza llega a ser gobernador interino del estado de Coahuila. Bernstorff presenta sus cartas credenciales ante Teddy Roosevelt.

Habla de la paz y del intercambio comercial insistentemente. Enemigo de la violencia y de la guerra. Su esposa, la condesa Bernstorff, era nativa norteamericana.

1909 Después de ocho años como rey, Eduardo VII decide visitar finalmente Alemania por primera vez. Fritz Hofmann inventa el hule artificial.

1910 Estalla la Revolución mexicana. Alemania hace la segunda revolución industrial en materia de acero, químicos e ingeniería eléctrica. Muere Eduardo VII.

1911 En enero de este año Carranza se reúne con Madero en San Antonio Texas.

1912 El distanciamiento entre Carranza y Madero empieza a hacerse público.

1913 El 9 de febrero comienza la Decena Trágica en México. Madero es asesinado el 22 de febrero. La Iglesia católica, los latifundistas extranjeros e influyentes apoyan a Victoriano Huerta. Estalla la verdadera Revolución mexicana. Woodrow Wilson, enemigo de la «Diplomacia del dólar», toma posesión como presidente de Estados Unidos el 4 de marzo. El 26 de marzo Carranza publica el Plan de Guadalupe.

1914 Villa gana la batalla de Torreón. Empieza la invasión norteamericana en Veracruz con varias decenas de buques de la flota atlántica de Estados Unidos. El 28 de junio es asesinado en Sarajevo el archiduque Francisco Fernando y su esposa Sofía. En julio renuncia Victoriano Huerta. En agosto de ese mismo año estalla la guerra en Europa. Muere la esposa del presidente Wilson. Hace su entrada triunfal en la Ciudad de México Venustiano Carranza. Encalla el *Magdeburg*, un crucero ligero. En septiembre de ese año Paul von Hintze es nombrado embajador del Imperio alemán en China. En octubre inicia en México la Convención de Aguascalientes. En noviembre el capitán Reginald Hall es nombrado director de inteligencia militar en el «Cuarto 40».

1915 Se logra secuestrar el código diplomático propiedad de Wassmuss. Se suspenden los planes alemanes para hacer estallar los pozos de petróleo en Tampico. Obregón vence a Villa en Celaya y hace fusilar a los jefes y oficiales villistas. En abril llega Victoriano Huerta a Nueva York rumbo a México. Atraca en México el barco japonés *Azama*, creando enormes expectativas y suspicacias. En abril Venustiano Carranza hace llevar a la Ciudad de México a su mujer, Ernestina Hernández Garza. En Estados Unidos estalla un sinnúmero de plantas productoras de armamento. Alemania hunde el *Arabic*. En julio Victoriano Huerta es detenido. En noviembre Villa es derrotado definitivamente en Agua Prieta. En diciembre los alemanes torpedean el *Amona* y Victoriano Huerta empieza a agonizar. Sommerfeld sostiene una serie de reuniones con Villa, Von Papen y Boy-Ed; altos funcionarios de la embajada alemana en Washington son expulsados de Estados Unidos.

1916 Villa asesina en Santa Isabel a 16 ingenieros estadounidenses. En enero fallece Victoriano Huerta. En marzo Villa ataca Columbus en Nuevo México. Inicia la expedición punitiva encabezada por Pershing. En julio de ese año explota el depósito de pólvora de Black Tom en Nueva York. En septiembre Carranza pone en vigor la Ley del 25 de enero de 1862, que establece la pena de muerte en contra de los huelguistas. La batalla de Verdún arroja 700 mil muertos. Carranza empieza a devolver a sus antiguos dueños propiedades confiscadas. Se piensa que la guerra no aguantará otro invierno. Carranza sostiene que está dispuesto a permitir bases de submarinos alemanes en México. En noviembre Zimmermann se convierte en ministro de Relaciones Exteriores del Imperio alemán. En diciembre inician los trabajos del Congreso constituyente mexicano.

1917 En enero se detiene a un impresor inglés por falsificación de dinero mexicano en la Ciudad de México. Se toma la decisión final para iniciar la guerra submarina indiscriminada por parte de Alemania. Zimmermann manda el famoso telegrama a la embajada de Alemania en Washington para que esta lo retransmita a su embajada en México. Wilson da su discurso ante el Senado de su país pidiendo una paz sin victoria. Hall intercepta el telegrama enviado por Zimmermann en donde invita a México y a Japón a suscribir una alianza para declararle la guerra a Estados Unidos. Es promulgada la Constitución de 1917. Estados Unidos rompe relaciones con Alemania. Concluye la expedición punitiva en México. Hall logra descifrar todo el telegrama de Zimmermann. En febrero Balfour, secretario de Relaciones Exteriores de Inglaterra, es informado del contenido del telegrama, mientras el embajador imperial en México discute con Cándido Aguilar la ventaja de una alianza México-Japón-Alemania en contra de Estados Unidos. En ese mismo mes de febrero Wilson conoce el telegrama, mismo que es publicado en Estados Unidos el 1 de marzo de 1917. Wilson firma una orden ejecutiva para armar los barcos mercantes. Carranza niega haber recibido el telegrama de Zimmermann. El ministro alemán confiesa ante la prensa el hecho de haber enviado el telegrama. Estados Unidos se pone en pie de guerra como un solo hombre. Abdica Nicolás II y es asesinado junto con su familia. Llega al poder Kerenski. El 2 de abril Estados Unidos declara la guerra a Alemania, fundamentalmente por el «Telegrama Zimmermann». Carranza controla el Poder Judicial, el Legislativo y la prensa mexicana. Encarcelamiento de Félix Sommerfeld en Estados Unidos.

1918 Fuga del káiser a Holanda. Rendición incondicional de la armada, de la marina y del gobierno imperial alemán.

Índice

México secreto de Francisco Martín Moreno
se terminó de imprimir en agosto de 2022
en los talleres de
Litográfica Ingramex, S.A. de C.V.,
Centeno 162-1, Col. Granjas Esmeralda, C.P. 09810,
Ciudad de México.